MELISSE J. ROSE

DIE INSEL DER GEHEIMEN DÜFTE

atb aufbau taschenbuch

MELISSE J. ROSE schreibt und lebt mit ihrem Mann und ihrem Hund in Connecticut. Für die Recherche zu diesem Roman tauchte sie in die Welt der Düfte ein und bereiste die Schauplätze des Romans in Frankreich und auf der Insel Jersey. Mehr zur Autorin unter: www.mjrose.com

Eigentlich will Jac L'Étoile auf der Insel Jersey ihrem Jugendfreund Theo Gaspard bei der Aufklärung eines keltischen Mythos helfen. Doch dann gerät sie auf die Spuren eines verlorenen Tagebuchs von Victor Hugo, der Mitte des 19. Jahrhunderts Zuflucht auf der Insel suchte. Damals verschwanden immer wieder junge Mädchen, und es wurde von einem merkwürdig süßlichen Duft berichtet. Während Jac das Geheimnis zu entschlüsseln versucht, muss sie sich eingestehen, dass sowohl Theo als auch sein mit ihm verfeindeter Bruder eine rätselhafte Anziehungskraft auf sie ausüben. Als sie schließlich an einer mythischen Kultstätte das Tagebuch Hugos findet, überschlagen sich die Ereignisse und Jac gerät in tödliche Gefahr.

»Eine ungewöhnliche Geschichtenerzählerin.«

The Washington Post

MELISSE J. ROSE

DIE INSEL DER GEHEIMEN DÜFTE

ROMAN

Aus dem Amerikanischen
von Gesine Schröder und Max Stadler

aufbau taschenbuch

Die Originalausgabe unter dem Titel
The Seduction of Victor H.
erschien 2013 bei Atria Books,
a Division of Simon & Schuster, Inc., New York.

ISBN 978-3-7466-3109-7

Aufbau Taschenbuch ist eine Marke
der Aufbau Verlag GmbH & Co. KG

1. Auflage 2015

Die deutsche Erstausgabe erschien 2013 bei Rütten & Loening,
einer Marke der Aufbau Verlag GmbH & Co. KG

Published by Arrangement with Melisse Shapiro
Covergestaltung www.buerosued.de, München
Grafische Adaption Mediabureau Di Stefano, Berlin
unter Verwendung eines Motivs von © Jayne Szekely/
Arcangel Images und © Jillswainsonphotography/getty images
Druck und Binden CPI books GmbH, Leck, Germany
Printed in Germany

www.aufbau-verlag.de

Gewisse Gedanken sind Gebete. Es gibt Augenblicke, in denen die Seele, welche Stellung auch immer der Körper einnehmen mag, auf den Knien liegt.

– Victor Hugo

Eins

30. Oktober 1855
Kanalinsel Jersey, Großbritannien

Jede neue Geschichte beginnt mit einem Schauder der Erwartung. An ihrem Ausgangspunkt ahnen wir schon, wohin sie uns führen wird, doch was uns schaudern lässt, ist der unentdeckte Weg dorthin. Diese absonderliche, seltsame Geschichte beginne ich am Meer. Seine Geräusche und Gerüche sind meine Satzzeichen. Seine Bewegungen meine Worte. Während ich schreibe, rennen Wellen zornig gegen die Küste an, und wenn sich das Wasser von den Felsen zurückzieht, sieht es aus, als weinten sie. Als wollte die Natur zum Ausdruck bringen, was in meiner Seele vor sich geht. Was ich nicht aussprechen, nur aufschreiben kann, nur heimlich und nur für dich, Fantine.

Dies ist die Geschichte eines Verlorenen. Eines Verbannten, der nicht nur seine geliebte Heimat, sondern seinen gesunden Verstand hinter sich ließ. Ich glaube, dass mir eine getreue und ehrliche Darstellung gelungen ist. Ob auch du es glauben wirst, kann ich nicht wissen. Doch wenigstens den Versuch schulde ich dir – den Versuch, mein Tun zu erklären und dir zu erhellen, wie dies alles zustande kam.

Die Geschichte nimmt ihren Anfang in Frankreichs Süden im September des Jahres 1843. Die erste Szene spielt, wie das Schicksal so will, am Meer.

Ich befand mich auf einer vierwöchigen Reise mit meiner

Geliebten, Juliette D., die dir nur allzu gut bekannt ist. Wir waren seit drei Wochen unterwegs, als wir die Île d'Oléron erreichten. Es herrschte drückende Hitze, ohne jeden erfrischenden Hauch.

»So muss sich ein Sünder in der Hölle fühlen«, sagte ich auf der Fahrt in unser Hotel. Ich wusste ja nicht, wie ahnungsvoll meine Worte waren.

Wohin wir uns auch wandten, überall sprach man von dem grauenvollen Wetter und einer rätselhaften Seuche, die Dutzenden Kindern den Tod gebracht habe. Selbst meine Lieblingsbucht bot keine Erquickung. Keine frische Meeresbrise, kein Vogelgesang. Auf dem Weg durch die Marschen, wo ich von einem Büschel Seetang zum anderen schreiten musste, um nicht im Schlick einzusinken, waren die Stimmen der Sträflinge, die einer nach dem anderen zum Abendappell ihren Namen riefen, meine einzige Gesellschaft.

Zum ersten Mal in meinem Leben empfand ich angesichts des Meeres keine Freude. Es war, als hätte sich der Tod in meine Seele geschlichen. Als sei die Insel ein zu Wasser gelassener Sarg und der Mond eine Fackel.

Da wir das rätselhafte Fieber fürchteten und der Melancholie zu entkommen hofften, beschlossen wir, unseren Aufenthalt zu verkürzen, und trafen sogleich Vorkehrungen, um am nächsten Morgen abzureisen.

Am nächsten Tag auf dem Schiff waren die Gespräche der Seeleute ebenso bedrückend wie zuvor auf der Insel. Sie drehten sich um mehrere arme Seelen aus der Umgegend, die in jüngster Zeit ertrunken waren.

»Als wollte der Tod uns nachfolgen«, sagte ich zu Juliette.

Als wir endlich in Rochefort auf dem Festland eintrafen, waren wir niedergeschlagen, durstig und erschöpft. Da die Kutsche nach La Rochelle erst Stunden später fahren würde, beschlossen wir, am Marktplatz Erfrischungen zu uns zu nehmen. Das Café de l'Europe hatte geöffnet und war nicht allzu überfüllt. Wir setzten uns und bestellten Bier.

Es lagen Zeitungen aus. Juliette wählte die *Charivari* und ich *Le Siècle*.

In diesem Augenblick schob sich vor dem Fenster eine vierschrötige Frau vorbei und lenkte mich von der Titelseite ab. Sie hatte ein Kind bei sich, ein Mädchen von acht oder neun Jahren. Mit einem Mal stolperte die Frau und ging zu Boden. Das Kind stand einen Augenblick wie versteinert, als könne es nicht fassen, dass seine Mutter überhaupt zu fallen in der Lage sei. Dann kniete es sich mit ernstem, sorgenvollem Gesicht zu seiner Mama und bot ihr sacht die Hand.

Ich nahm das Bild tief in mich auf. Beim Schreiben würde ich die Szene wieder hervorholen können. Ich wollte die Sorge im Antlitz der Tochter und die Liebe in dem der Mutter, als ihr Kind ihr aufhalf, für alle Zukunft bewahren.

Dann wandte ich mich mit den üblichen düsteren Vorahnungen wieder der Zeitung zu. Politiker sind Narren und fechten närrische Kämpfe aus. Menschenleben stehen dabei auf dem Spiel, doch diese Männer erreichen mit ihren endlosen Possen nur, dass ihre Geldbeutel immer fetter werden. Wie stets war die Zeitung mit verdrießlichen Nachrichten über ihre Ränkespiele gefüllt. Spanien erlitt eine Krise … in Paris flammten erneute Kämpfe auf … und dann flimmerte mein eigener Name vor meinen Augen.

Ich war es gewohnt, Kommentare zu meinen politischen Schriften oder meiner Dichtung vorzufinden, doch dies war ganz anderer Art. Grauenhafte Worte sprangen mich an. Ich konnte kaum mehr atmen. Nein, es konnte nicht sein. Ich musste mich verlesen haben.

»Was gibt es, Victor?«

Ich sah hoch, doch Juliette verschwamm vor meinem Blick.

»Etwas Entsetzliches«, sagte ich und schob ihr die Zeitung hin.

Die Worte, die ich soeben gelesen hatte, jagten mir durch den Kopf, ein unendliches Echo, das in den Stunden, Tagen, Monaten und Jahren darauf immer wiederkehren sollte.

»… ist eine Yacht gekentert … auch Monsieur Ch. Vacqueries Ehegattin, Leopoldine, die Tochter des Victor Hugo, war an Bord … fand man den Leichnam des Monsieur Pierre Vacquerie. Es wurde zunächst angenommen, Monsieur Ch. Vacquerie, ein erfahrener Schwimmer, sei stromabwärts abgetrieben worden, als er seine Ehefrau und seine Verwandten zu retten versuchte … förderte das Netz die sterblichen Überreste der bedauernswerten jungen Frau zutage …«

Ich erfuhr aus der Zeitung, was meine in Le Havre verbliebene Ehefrau Adèle schon seit Tagen wusste, was meine Söhne und meine andere Tochter längst erfahren hatten: Meine älteste Tochter, meine über alles geliebte Didine, war mit ihrem erst acht Monate zuvor angetrauten Ehemann bei Villequier in der Seine ertrunken.

In den Stunden darauf irrten Juliette und ich durch die Stadt, da die Kutsche, die uns nach Hause zurückbringen sollte, noch nicht abfahrbereit war. Juliette erzählte mir später, wie die Sonne auf uns herabbrannte, wie wir den Marktplatz hinter uns ließen und ins offene Land hinauswanderten, um der drückenden Hitze und den Blicken der Bewohner zu entfliehen. Auch sie hatten die Neuigkeit bereits gehört, hatten mich erkannt und verfolgten nun stumm unseren kleinen Trauerzug.

An all das blieb mir keinerlei Erinnerung. Ich stellte mir nur die entsetzlichen Bilder des Unfalls vor, sah das Boot vor mir, wie es die Seine hinuntersegelte. Wind peitschte den Fluss zu schäumenden Wellen auf. Ich sah das Boot schwanken. Stampfen. Rollen. Und kentern. Die wilden Strudel griffen begierig nach den Passagieren. Ich las im Antlitz meines Lieblings Staunen über die Rohheit des nassen Elements. Sah, wie sie sich mühte, der Strömung zu widerstehen. Wie sich ihr Kleid um sie her ausbreitete. Wie sie verzweifelt nach Luft schnappte, trübes Wasser schluckte und sank. Ich stellte mir ihr Gesicht unter Wasser vor. Wie sie immer bleicher wurde und ihre Hände hilflos ins Leere fassten. Wie Fische sich in ihrem schönen Haar verfingen. Ihre weit aufgerissenen Augen, die in der Düsternis nach einem rettenden Lichtstrahl suchten.

Der Bericht konnte unmöglich wahr sein, sagte ich ein ums andere Mal zu Juliette, als schon die Ahnung in mir aufstieg, dass er sehr wohl der schrecklichen Wahrheit entsprach, als sich schon die Trauer um mich ausbreitete wie ein Bach, ein Strom, ein Ozean; als ich selbst schon zu ertrinken drohte.

Wenn ich mich Didine doch zugesellen könnte! Es wäre eine Erlösung.

Mit jedem unserer Schritte bedrängte mich das Grauen der Ereignisse stärker. Schuld stürmte auf mich ein wie schäumende, windgepeitschte Brecher.

Während meine Tochter starb, war ich mit der Geliebten auf Vergnügungsfahrt gewesen. Adèle, meine Frau, ließ ich mit der Tragödie allein.

Schlimmer noch – wäre Didine je an Bord dieses Schiffes gegangen, wenn ich in Le Havre geblieben wäre? Vielleicht hätte man Adèle und mich ebenfalls zu der Bootsfahrt eingeladen. Wäre ich dabei gewesen, ich hätte sie womöglich retten können.

Doch ich war nicht dabei gewesen, und meine Herzenstochter, das Kind meiner Seele, war tot.

Kein größerer, unerbittlicherer Schmerz kann einen Menschen treffen als der Verlust seines Kindes. Ebendieser Schmerz war es, der mich endlich in jene Geistesverfassung versetzte, in der ich mich vor zwei Jahren bei meiner Ankunft auf Jersey als Verbannter aus meinem geliebten Frankreich befand. Ein Jahrzehnt der Trauer hatte mich auf ein schmales Gestade der Hoffnung gespült. Ich glaube an keine Religion noch an die Geistlichkeit und habe doch feste Überzeugungen. Ich glaube, dass wir noch einmal leben werden, dass mich und meine Lieben nach diesem ein neues Leben erwartet. Wie könnte ich auch nicht? Gäbe es keine Dauerhaftigkeit, welchen Sinn hätte da all das Leid, das wir zu erdulden haben? Was mich Tag um Tag am Leben hielt, war allein der Gedanke, dass Didine nicht für immer fort war.

Die Liebe zu meiner Tochter ist in dieser Geschichte die treibende Kraft. Mein Augapfel! Mein Sonnenschein! Gewiss hält jeder Vater seine Lieblingstochter für etwas Besonderes, aber sie war es wahrhaftig. Selbst in unserer irdischen Welt lebte sie ein höheres Leben. Ich kannte ihre Seele; sie hatte mich tief im Innern berührt. In dieser Welt des Leids, des Elends und der Ungerechtigkeit war Didine mein kleines Wunder, mein Glück. Und auf Jersey wurde sie zu meinem Wahn.

Wer jemanden verliert, der seinem Herzen so nahe war, der geht der Welt verloren. Er lebt nur mehr seinem Schmerz. Ohne den anderen zu existieren ist ihm eine untragbare Last. Allmählich erst kehrt er ins Leben zurück. Allmählich entwickelt er wieder Appetit, trinkt er Wein aus Genuss, nicht um seinen Durst zu stillen. Allmählich dringen wieder Worte zu ihm durch und gibt er Antwort. Lässt er sich hinreißen, sich über die Staatsmänner, die Geistlichen, die Regierenden zu empören. Allmählich kehrt er zurück. Und dann, eines Morgens, sieht er die Sonne über den Horizont steigen und begreift, dass die Tochter fort, er selbst aber am Leben ist.

Ich hätte nicht für möglich gehalten, dass ein Schmerz, so unverrückbar wie meine Liebe, mir bleiben würde. Meine Trauer um Didine führte ein Eigenleben. Mein Verlangen nach einem Wiedersehen mit ihr hat nie nachgelassen. Nie ist mein Wunsch versiegt, ihre Stimme zu vernehmen, ihre Augen freudig aufleuchten zu sehen, zu spüren, wie sie sich neugierig über meine Schulter beugt, wenn ich schreibe. Ach, könnte ich noch ein einziges Mal mit ihr über meine Ideen sprechen – Ideen, die auch die ihren waren.

All die Jahre habe ich gehofft, sie würde mir im Traum erscheinen. Würde mir einen Besuch abstatten, und sei es hinter geschlossenen Lidern. Ich bekniete den schrecklichen Gott, der sie mir nahm, er möge mir erlauben, sie wiederzusehen, mich zumindest von ihr zu verabschieden. Mich bei ihr zu entschuldigen, weil ich nicht auf ihrer Beerdigung war. Ihr zu sagen, dass mein Schmerz nur umso größer sei. Ich flehte ihn, den Ungerechten, an, er möge mir nur einen kurzen Blick gewähren, damit ich sähe, dass sie das Tor durchschritten hatte und wohlbehalten im Himmelreich angekommen war. Nicht einmal im Schlaf wurde mir dies Wiedersehen gewährt.

So kam es, dass kurz nach unserer Ankunft auf Jersey, am Jahrestag von Didines Tod, die Bühnenautorin Delphine de Girardin, meine Freundin aus Kindheitstagen, für eine Woche aus Paris zu Besuch kam und neben allen erdenklichen Delikatessen und Annehmlichkeiten auch eine teuflische neue Form der Zauberei mitbrachte. Seither ist nichts mehr, wie es war.

Meine Tagesabläufe hier auf Jersey ähneln denen in Paris. Abends dinieren wir meist *en famille,* einfache Mahlzeiten aus Fisch und Gemüse, frischem Brot, Wein und Gebäck. Unsere Köchin ist keinen Deut schlechter als die in Frankreich, dabei aber jünger und anmutiger. Carolines Tarte Framboise ist so delikat wie ihre Lippen, von denen zu kosten sie mir manchmal erlaubt.

Für das erste Diner mit Delphine hatte Caroline ein Festmahl zubereitet, das mit einer Hummersuppe begann und mit einer Mousse au Chocolat den Ausklang fand. Vorzüglicher hätte es nicht einmal im Pariser Grand Véfour sein können.

Niemand erwähnte während der Mahlzeit Didines Todestag. Meine Ehefrau und ich lebten tagtäglich mit unserem Verlust; ein Datum mehr zu ehren als jedes andere wäre uns nicht in den

Sinn gekommen. So gab es keinen Grund, den Tischgenossen mit makabren Themen den Appetit zu verderben. Stattdessen erzählte uns Delphine die neuesten Pariser Klatschgeschichten: Wie es unseren Freunden ergangen war, wer seine Residenz in die Provinz verlegt hatte, welche Schauspiele ein Erfolg gewesen und welche durchgefallen waren, die neuesten Herzensangelegenheiten und Skandale, welches Restaurant neu eröffnet und welches seine Türen geschlossen hatte.

Zuletzt berichtete sie von einer neuen Mode, welche die ganze Stadt in ihren Bann geschlagen hatte: Ein Gesellschaftsspiel namens Tischerücken. Sie sagte, es öffne eine Tür ins Totenreich.

Dies letzte Wort hallte schaurig von den Wänden wider. Bemerkte Delphine den Blick, den wir Eheleute wechselten? Sah sie, wie ich mich abwandte, als ich den Schmerz in Adèles Augen nicht ertrug? Wie mein Sohn Charles zu hastig seinen Becher leerte und sein Bruder François-Victor sich räusperte? Und wie meine Jüngste, die nach der Mutter Adèle heißt, zu Boden blickte, weil ihr Tränen in die Augen traten?

Delphine bemerkte nichts von alledem. Atemlos fuhr sie in ihrer Schilderung fort, berichtete von Séancen, die sie besucht, und von Geistern, die sie dort gesehen habe.

Mich hatte seit je die Neugier auf die Fähigkeit des Geistes, sein beinernes Gefängnis hinter sich zu lassen, umgetrieben. Im Zuge eines meiner Experimente hatte ich mit Balzac und Dumas den Klub der Haschischesser gegründet. Das süße Harz bescherte tatsächlich Träume jenseits all meiner Erwartungen. Doch ging die Reise tiefer in mich selbst hinein, statt hinaus ins Unbekannte. Das aber war es, was ich mir ersehnte: die engen Grenzen meines Selbst zu überwinden.

Auch die provokanten Thesen des Franz Anton Mesmer faszinierten mich. Er hatte das Fluidum entdeckt, ein unsichtbares Prinzip, welches unsere Körper miteinander und mit dem All verbindet. Ich hatte selbst erlebt, wie Magnete bei meinem Sohn François-Victor eine Stockung lösten und ihn von einer Krankheit heilten. Einmal hatte ich einem Magnetiseur erlaubt, mich in Trance zu versetzen, in der Hoffnung, ich werde mit empfindlicheren Sinnen daraus erwachen, vielleicht auch in der Lage sein, die Zukunft vorherzusehen. Doch der Zustand, den ich mir ersehnte, blieb mir verwehrt.

Delphines Spiritismus klang nun vielversprechend. Der Vater dieser geistigen Bewegung, ein gewisser Hippolyte Léon Denizard Rivail, der sich inzwischen Allan Kardec nennen ließ, erklärte, dass das Zwiegespräch mit Toten möglich sei. Er war der Auffassung, wir Geisteswesen lebten viele Leben. Wir seien schon früher auf der Welt gewesen und kehrten dereinst zurück. Bei seinen Vorträgen behauptete er, die Lehre von der Seelenwanderung einst als keltischer Druide erlernt zu haben und schon zuvor im alten Griechenland als Schüler des Pythagoras.

Diese Ahnenreihe überraschte mich, denn es gab, wie ich sogleich Delphine erzählte, auf Jersey hunderte keltischer Überreste. »Bei jedem Ausflug in den Wald oder ans Meer stolpern wir über die Ruinen ihrer Tempel und Gräber«, sagte ich.

Delphine bat mich, sie gleich am kommenden Nachmittag herumzuführen, und als ich es versprach, erzählte sie weiter von ihren Erlebnissen bei Séancen in Paris.

»Aber wie kommt bei diesem Tischerücken das Gespräch mit dem Jenseits zustande?«, fragte meine Frau.

»Nun, wir wählen aus unserem Kreis ein Medium. Er oder sie legt die Hände auf einen kleinen dreibeinigen Hocker, der auf dem Tisch platziert worden ist. Die Geister sprechen, indem sie mit den Hockerbeinen Botschaften klopfen. Das Zwiegespräch mit Geistern«, sagte sie, »ist groß in Mode.«

Wir überfielen sie mit Fragen, die sie geduldig beantwortete. »Ach, es lässt sich alles schwer erklären«, sagte sie endlich. »Viel besser wäre es, wenn ich es vorführen dürfte. Halten wir doch selbst eine Séance ab.« Sie blickte fragend in die Runde. »Sollen wir?«

Alle waren begeistert, bis auf meine Ehefrau.

»Bien«, sagte Delphine. »Wir sind zu sechst. Wenigstens einer in der Runde sollte in der Lage sein, Kontakt aufzunehmen.«

Das Ganze kam mir harmlos vor. Ich war von der Idee gefesselt, doch auch skeptisch. Es klang zu spielerisch, zu leichtfertig, auf diese Weise mit dem Totenreich Verbindung aufzunehmen.

Und so nahm das Schicksal seinen Lauf.

An jenem ersten Abend saß ich nicht selbst am Tisch, sondern sah nur zu, wie ein Mitglied unserer kleinen Gesellschaft nach dem anderen sich bemühte, aus dem Hocker einen Geist hervorzulocken. Keinem gelang es, doch das Verlangen packte sie nur umso mehr. Sie waren wild entschlossen, die neuentdeckten Möglichkeiten auch zu nutzen. Deshalb bat mich Delphine tags darauf, als wir einige der seltsamen Ruinen besichtigt hatten, sie in den Ort zu begleiten, wo sie einen kleineren Hocker erstehen wollte. Vielleicht, sagte sie, sei unser klobiges, vierbeiniges Möbel das Hindernis.

Doch auch mit dem schlankeren Dreibeiner änderte sich nichts.

Nach vier Tagen wurde ich das Spielchen leid und ermunterte die anderen, diese Torheit aufzugeben.

»Nur einen Versuch noch«, bat mein Ältester flehentlich. »Diesmal sollten Sie mit am Tisch sitzen, Papa, und ich lege die Hände auf den Hocker. Das ist die einzige Kombination, die wir nicht erprobt haben.«

Wider besseres Wissen willigte ich ein. Ich urteilte allzu oft harsch über Charles und hatte auf Jersey den Vorsatz gefasst, ihm mehr Anerkennung zu erweisen.

Unser letzter Versuch fiel auf den Abend des elften September.

Zum Diner empfingen wir an jenem Tag Delphine, Auguste Vacquerie, General Le Flo und Pierre de Revenue. Es gab Geflügelbraten, Kräuterkartoffeln, zarte Spargel und Apfeltarte. Dazu tranken wir guten Rotwein, den ich jedoch kaum anrührte. Da ich später an der Séance teilnehmen würde, wollte ich wach und empfänglich bleiben, falls etwas geschah. Wein benebelt die Sinne und verursacht Schläfrigkeit. Statt seiner führte ich mir, als Delphine die Sitzung vorbereitete, ein wenig Haschisch zu, das meinen Geist anregen, mein Bewusstsein schärfen und meine Aufnahmefähigkeit erhöhen sollte.

Unser Haus auf Jersey sieht auf den Ärmelkanal hinaus. Öffnet man ein Fenster, so hört man das Meer. An jenem Abend war es besonders gesprächig. Seine Wellen stürmten unablässig auf die felsige Küste ein und unterlegten unser Schweigen mit zornigem Donnerhallen, als wir unsere Plätze am Kartentisch einnahmen. Es klang rastlos, wollte mir scheinen; als wartete auch das Meer voll ängstlicher Ungeduld darauf, dass etwas Besonderes geschah.

Und das tat es auch. Diese vierte Séance war beglückend und entsetzlich zugleich. Sie war von einer Macht, gegen die weder Mensch noch Tier noch Gott etwas ausrichten kann. Uns eröffnete sich in jener Nacht eine neue Welt, eine Welt jenseits des Meers, des Himmels, jenseits der entferntesten Sterne. Wir entdeckten einen Riss in der Mauer, welche die Gegenwart von der Vergangenheit trennt. Als am Abend jenes elften September 1853 der Seewind zu den Fenstern des Salons hereinblies, brachte er das Undenkbare ins Haus. Das Meer heulte in wildem Protest. Und ein einfacher Sterblicher wurde mit einer Gabe in Versuchung geführt, die ihn – und dich, Fantine – leicht ins Verderben hätte reißen können.

»Leg deine Fingerspitzen hier oben auf den Hocker«, sagte Delphine.

Charles tat wie geheißen.

»Was auch geschieht, du darfst deine Hände nie wegziehen. François-Victor, du schreibst alles genau auf, wenn der Hocker auf den Tisch klopft. Einmal klopfen heißt ja, zweimal nein. Und denk daran, ganze Wörter werden ausbuchstabiert – wie oft geklopft wird, entspricht der Position des Buchstabens im Alphabet. Wir können das Gespräch dann später entschlüsseln.«

Wir setzten uns im Kreis um den Kartentisch herum, in dessen Mitte der kleine Hocker stand. Erwachsene Menschen bei einem Gesellschaftsspiel. Neugierig waren alle, doch einen trieb ein so starkes Verlangen, dass es bis in den Äther ausstrahlte, bis in die Geisterwelt.

Während ich noch wartete, gestand ich mir ein, wie gerne ich an diesen Budenzauber glauben wollte. Ich brauchte die Verbindung ins Totenreich. Gerade hatte sich Leopoldines Todestag zum zehnten Mal gejährt, und ich sehnte mich verzweifelt nach einem Zwiegespräch mit meiner Tochter.

»Öffnet euren Geist«, wies Delphine uns an. »Lasst die Seelen der Toten zu euch kommen. Heißt sie willkommen und ladet sie ein, zu uns zu sprechen.«

Nichts geschah. Mit jeder Sekunde, die verstrich, flaute meine Hoffnung weiter ab. Dann, nach fast einer Minute, begann sich der Hocker zu bewegen. Eines seiner Beine klopfte auf den Tisch. Und dann wieder. Und wieder.

»Ist jemand in unserer Mitte?«, fragte Delphine. »Bist du es, Leopoldine?«

Tock, tock.

Dies trockene Klopfen von Holz auf Holz werde ich nie vergessen. Es klang wie das Brechen dünner Äste. Wie der Deckel einer Truhe. Ein unschuldiges Geräusch, so dachte ich. Wie sehr ich mich irrte! Denn mit jedem Klopfen schlug die Saat des Wahnsinns neue Wurzeln in dem Boden meines Geistes. Das Klopfen war lasterhaft, gottlos. Es war verderbt.

»Ist da jemand?«, schrie meine Ehefrau voller Angst.

Weitere Klopfer folgten in längeren Abständen. François-Victor machte sich pflichtbewusst Notizen, doch ich war fest überzeugt, dass sich kein Muster herauslesen lassen würde. Delphine war anzusehen, dass sie dasselbe dachte.

Wieder ein Fehlversuch, dachte ich.

Doch dann änderte sich der Rhythmus. Das Klopfen klang jetzt dringlicher, entschlossener.

Während François-Victor wieder jedes Klopfen zählte und notierte, gelang es mir, die Worte vorauszuahnen, als spräche jemand direkt zu mir. Ich verstand dieses Flüstern der Luft. Ach, es ist nicht leicht zu erklären, selbst für mich nicht. Wie so vieles, was noch folgen soll. Aber glaube mir: Während dieser Séance, wie auch während der vielen weiteren danach, vernahm ich die Stimmen der Geister. Nicht laut; nicht so, dass alle es hören konnten. Doch sie entsprangen auch nicht meiner Einbildungskraft.

Ich bin hier. Ich bin bei euch.

Dann hörte das Klopfen auf. Der Hocker regte sich nicht mehr. Dieses Mal geschah volle zwei Minuten lang nichts. Ich wollte mich schon vom Tisch erheben, als es wieder einsetzte. Der Hocker zitterte, rutschte ein Stück weg und wieder heran. Rief etwa Charles diese Bewegungen hervor?

»Bist du der Geist, der uns soeben schon einmal besucht hat?«, fragte Delphine.

Es klopfte zweimal.

Nein.

»Wer bist du?«, fragte sie.

Der Hocker klopfte lange und gleichmäßig. Zwanzig Mal zählte François-Victor. Dann wurde es still.

T.

Dann klopfte es fünfzehnmal.

O.

Dann nur drei Klopfer und eine Pause.

C.

Dann achtmal.

H.

Ich hatte in einer Sekunde erfasst, wofür der Hocker Minuten brauchen sollte. Ein Wort nur: *Tochter.*

»Bist du es wirklich, Didine?«, keuchte ich. »Bist du es?«

Ich brauchte die ermüdenden Klopfzeichen nicht. Ich wusste es. Dennoch klopfte es ein einziges, beglückendes Mal.

Ja.

»Bist du glücklich?«

Ja.

»Wo bist du?«

Licht.

»Wie können wir dir nahe sein, mein Liebling?«

Liebe.

»Wachst du über uns und siehst unser Unglück?«

Ja.

Ich bin geübt darin, anderen die Regungen ihres Herzens an den Gesichtern abzulesen, ohne mich von Worten irreleiten zu lassen. Als jener Hocker die Antworten auf unsere Fragen gab, suchte ich bei meinen Gefährten nach Anzeichen von Arglist und Betrug. Bewegte etwa Charles aus Verzweiflung und Trauer den Hocker? Oder war er grausam genug, sich in dieser ernsten Stunde einen Scherz zu erlauben?

Ich fragte ihn offen danach, und er versicherte, er habe das Möbelstück nicht absichtlich bewegt. Hatten meine anderen Kinder etwas damit zu schaffen? Oder meine Ehefrau? Sie litt unter meinen Tändeleien, doch sicher grollte sie mir nicht genug, um mich derart zu bestrafen. Zu solchen Streichen war Adèle nicht imstande. Sie schluchzte sogar, und unsere Tochter Adèle gab ihre eigenen Tränen dazu.

Nein, es war keine Schelmerei. Vor uns stand der dreibeinige Hocker der Sibylle.

Ich stellte Didine noch eine letzte Frage.

»Wirst du wiederkommen und wieder zu uns sprechen?«

Ein einzelnes Klopfgeräusch war die Antwort. Ein *Ja,* bei dem mein Herz jubilierte.

Und so veränderten nur wenige Augenblicke ein ganzes Leben.

Ich, der ich nicht an Spukgeschichten glaubte, ließ selbst die kühnsten Möglichkeiten gelten. Oder, wie ein Priester sagen würde, ich ließ den Teufel in mein Leben ein.

Und ich tat weit mehr als das. Ich bot dem Teufel ein wärmendes Herdfeuer und einen annehmlichen Ruhesessel und meine unbeschränkte Gastfreundschaft. Ich gewährte ihm Einlass in meine Seele.

Zwei

GEGENWART, 14. AUGUST
UPSTATE CONNECTICUT, USA

Seit sie vor sechs Wochen aus Paris zurückgekehrt war, hatte Jac L'Étoile sich jeden Morgen beim Aufwachen geschworen, den Rat ihres Bruders zu befolgen und *präsent* zu sein. Robbie hatte ihr beim Abschied eine lockige Strähne hinters Ohr gestrichen, sie auf die Stirn geküsst und gesagt: »Wenn du das schaffst, Jac, nur das, wirst du endlich zur Ruhe kommen.«

Jetzt, da sie mit Malachai Samuels über die Wiesen stapfte, versuchte sie, wie Robbie es formuliert hätte, achtsam zu sein, ganz im Hier und Jetzt. Sie wollte nicht zulassen, dass ihr Geist abschweifte und in tiefe Trauer versank.

Sei präsent.

Es gab so vieles, wofür es sich lohnte, präsent zu sein. Die Luft war von einem frischen Duft nach Äpfeln und Laub erfüllt. Malachai war bei ihr, ihr Mentor, dem sie vertraute, und wollte ihr etwas Wichtiges zeigen.

Vor ihnen tauchte eine Grenzlinie aus Schildern mit der Aufschrift »Betreten verboten« auf. Während sie sich ihnen näherten, zog sich der heitere Sommerhimmel zu. Die knisternde Spannung eines nahenden Sturms brachte die Luft zum Flirren, und Jac schauderte. Eine Vorahnung, dass sie besser umkehren sollten. Dann tadelte sie sich selbst für ihre kindische Reaktion. Das hier war kein Schauermärchen. Sie war nicht Gretel. Und

Malachai war ganz bestimmt nicht Hänsel. Er war ein in Oxford ausgebildeter Psychoanalytiker und der Vizedirektor der renommierten New Yorker Phoenix Foundation, einer andert-halb Jahrhunderte alten Institution, die sich mit Reinkarnationsforschung befasste. Ihm gehörten diese Ländereien. Sie waren seit fast zweihundert Jahren im Besitz seiner Familie. Hier konnte ihr nichts passieren.

Vorhin, nach dem Mittagessen, hatte Malachai sie gebeten, mitzukommen, weil er ihr etwas zeigen wolle.

»Was denn?«, hatte sie gefragt.

»Meinen geheimen Garten«, hatte er nur geantwortet.

Malachai war kompromisslos verschwiegen, eine Eigenschaft, die mal altmodisch und mal erfrischend neuartig wirkte. Er war ein Taschenspieler, der nie seine Tricks verriet. Der Kinder von ihren Alpträumen erlöste, ohne seine Geheimformel preiszugeben. Er war ein Magier. Vielleicht der einzige wahre Zauberer, den Jac je kennengelernt hatte. Er hatte, als sie vierzehn war, die Halluzinationen, an denen sie seit Jahren litt, in der frischen Schweizer Alpenluft einfach verschwinden lassen.

Jac und Malachai verließen das mit Erkern und Wasserspeiern verzierte Herrenhaus durch die Flügeltüren des Salons. Steinerne Stufen führten von dort in einen gepflegten Ziergarten, dessen sommerliche Pracht sich allmählich dem Ende zuneigte. Sie folgten einem kiesbedeckten Weg, der sich zwischen kunstvoll wuchernden Beeten voller Hortensien, Steinkraut, rosa Rosen und Blaurauten hindurchschlängelte.

Der Blumenduft begleitete die beiden durch das schmiedeeiserne Gartentor. Am viktorianischen Pavillon gesellte sich noch das Aroma frisch gemähten Grases hinzu.

Ein paar Dutzend Meter weiter lag eine Apfelplantage. Die Bäume waren alt und knorrig, aber die Zweige hingen voller harter, grüner Früchte, die erst nach Wochen reif werden würden.

Hinter den Obstbäumen erstiegen sie eine kleine Anhöhe und näherten sich dem Wald. Hier endeten die kultivierten Flächen und begann die ungezügelte Natur. Kein Zeichen menschlichen Wirkens war mehr zu sehen außer den handgeschriebenen Warnschildern, die alle zwei Meter schief an unbehauenen Holzpflöcken hingen.

Privat – Betreten verboten.

Zuwiderhandlungen werden strafrechtlich verfolgt.

Gilt für Pilger wie Touristen.

Pilger?

Jac wollte Malachai danach fragen, aber er war schon vorausgegangen und erwartete sie jenseits der unsichtbaren Grenzlinie am Rande eines Tannen- und Kieferngehölzes. Gemeinsam betraten sie den Wald.

Die blaugrüne Finsternis und die Gerüche überwältigten Jac. Normalerweise mochte sie den Harzgeruch der Nadelbäume, aber hier war er viel zu intensiv. Stechend. Es fühlte sich an, als bohrten sich die feinen Spitzen der Tannennadeln in ihre Geruchssensoren.

»Schön hier, nicht?«, fragte Malachai und breitete die Arme aus, als wollte er den ganzen Wald umarmen.

»Ja«, sagte sie, aber insgeheim fand sie, dass hier neben Schönheit auch Rohheit herrschte. Der urtümliche Wald, der ringsumher aufragte, kam ihr bedrohlich vor. Sie fühlte sich winzig im Vergleich zu den Bäumen. Diese Kiefern hatten ihre Mutter überlebt. Viele waren älter als ihre Großmutter. Ihnen gehörte dieses Land. Sie war bloß ein Eindringling.

Jac und Malachai waren jetzt ganz von Schatten umgeben, in sie eingetaucht. Die Bäume standen so dicht, dass sie jeden Sonnenstrahl abschirmten, der noch durch die Wolken drang. Jac fühlte sich in eine alles durchdringende Dunkelheit gehüllt.

Als Produzentin und Autorin einer Fernsehsendung über die wahren Ursprünge von Mythen wusste Jac nur allzu genau, wie bedeutsam Schatten für die Griechen der Antike und die alten Ägypter waren.

Von allen mythischen Geschichten, mit denen sie sich befasst hatte, war eine beängstigender als alle anderen und suchte sie immer wieder in ihren Träumen heim – die von Agaue, der Mutter des Pentheus. Dionysos raubte ihr ihren Schatten und mit ihm ihre Identität als Frau und Mutter. Sie wurde männlicher, bösartiger, grausamer und weniger emotional. Ihre rationalen Impulse wurden mehr und mehr von irrationalen verdrängt, bis die Leidenschaften ganz über den Verstand triumphierten. Immer öfter verfiel sie in Raserei, siegte das unbewusste über das bewusste Selbst, bis sie eines Tages in einem letzten, zügellosen Blutrausch das Unvorstellbare tat. Agaue tötete ihren eigenen Sohn.

Und dann, nach dem Kindsmord, ereilte sie das Schicksal, das Jac so verstörte. Das schwerste Los von allen. Nachdem Agaue ihren eigenen Sohn zu Grabe getragen hatte, überlebte sie ihn um viele Jahre und litt unaufhörlich an dem Verlust.

Jac kannte C.G. Jungs Ausführungen über den Schatten als Summe aller negativen, unzugänglichen Aspekte einer Persönlichkeit. Der Schatten war derjenige Teil der Psyche, dem man sich stellen und mit dem man sich aussöhnen musste, um ganz zu werden. Jac wusste, dass sie sich längst nicht allen ihren Schattenseiten gestellt hatte und dass sie eines Tages nicht darum herumkommen würde.

Auch Malachai wusste das. Er hatte sie vor siebzehn Jahren in der Schweizer Klinik Blixer Rath mit C.G. Jungs Methoden therapiert. Sie hatten viel über ihren Schatten gesprochen.

»Geht es dir gut?«, rief Malachai ihr über die Schulter zu.

»Sicher«, war alles, was sie herausbrachte. Wie hätte sie ihre merkwürdige Überreaktion auf diesen Ort zur Sprache bringen können, ohne ihn nervös zu machen? Seit ihrer Reise nach Paris beobachtete er sie viel zu genau. Sie war im Mai zum ersten Mal seit Jahren dorthin gefahren, um ihrem Bruder bei der Suche nach einem geheimnisvollen Buch mit Parfümrezepturen zu helfen, das Teil ihrer Familienlegende war. Am Ende hatte sie sogar Robbies Leben gerettet, aber die Gefahren, in die sie sich begeben hatte, und die Erinnerungen, die dabei heraufbeschworen wurden, hatten sie aus ihrem seelischen Gleichgewicht gebracht. Seitdem benahm sich Malachai wie ein Arzt, der minütlich Fieber maß. Ständig wollte er wissen, ob es ihr gutging. Seit ihrem vierzehnten Lebensjahr hatte Jac ihn nicht mehr so besorgt erlebt.

Nein, Jac wollte ihm auf keinen Fall diesen Ausflug verderben. Malachai war es offenbar wichtig, ihr einen ganz speziellen Ort zu zeigen. Nach allem, was er für sie getan hatte, war es das Mindeste, dass sie jetzt durchhielt. Dennoch zögerte sie und sah sich um. Aus welcher Richtung sie gekommen waren, war nicht mehr zu erkennen. Selbst wenn sie versucht hätte, zu entkommen, gab es keinen Ausweg mehr. Sie hatten keine Spuren hinterlassen.

Entkommen?

Sie begaben sich schließlich nicht in Gefahr, sondern machten einen Spaziergang durch Malachais Ländereien. Ihre Phantasie musste mit ihr durchgegangen sein.

Sei präsent.

In einigem Abstand hinter Malachai trottete Jac weiter den Pfad entlang, der sich jetzt unter gewaltigen Kiefern hindurchwand. Überirdische Wurzeln und abgebrochene Zweige, die sich unter dem dichten Nadelteppich verbargen, ließen ihn tückisch werden. Sie stolperte, und Malachai, der weit voraus war, bemerkte es nicht. Nur die Vögel wurden Zeuge ihrer Ungeschicklichkeit. Sie richtete sich auf und lief weiter.

Plötzlich hörte sie aus einiger Entfernung ein Geräusch und

nahm neue Gerüche war. Beides war nicht leicht einzuordnen, bis sie über eine Erhebung schritten und dahinter an einen Wasserfall kamen, der über Felsblöcke zu Tal rauschte. Die feine Gischt, die Jacs Gesicht benetzte, roch metallisch, die Luft nach Petrichor, dem Duft von regenfeuchter Erde. Er wurde immer intensiver, je weiter sie dem rauschenden Bach hangaufwärts folgten.

»Haben wir ein festes Ziel?«, fragte Jac schließlich, nachdem sie über eine halbe Stunde gelaufen waren. »Oder zeigst du mir nur die Ländereien?«

Ein umgestürzter Nadelbaum, Opfer eines Sturms oder eines Parasiten, versperrte ihnen den Weg.

»Zeit ist viel zu kostbar, um sie zu vertändeln. Ich habe immer ein festes Ziel. Das solltest du doch wissen. Und unser heutiges Ziel könnte genau das sein, wonach du suchst.«

»Wie meinst du das?« Noch ehe sie zu Ende gesprochen hatte, wusste Jac, dass Malachai ihre Frage nicht beantworten würde. Er liebte es, zu provozieren. Während sie ihn dabei beobachtete, wie er wegen seiner Hüftverletzung ungelenk über den umgestürzten Baum hinwegkletterte, beschlichen sie Sorgen um seine Gesundheit. Sie wusste nicht genau, wie alt er war, schätzte ihn aber auf Mitte sechzig oder älter. Er war der entschlossenste Mensch, den sie kannte. Manchmal ließ seine emotionslose Art, einmal gefasste Ziele zu verfolgen, ihn beinahe übermenschlich erscheinen. Aber das war er nicht. Er würde nicht immer für sie da sein können.

Da tat sie es schon wieder: Sie driftete in negative Gedanken ab. Seit ihrer Rückkehr aus Paris war sie anfälliger als sonst. Existentielle Dilemmas, die sonst ihre Neugier erregten, fand sie jetzt zutiefst verstörend.

Wir sind alle verletzlich. Jeden Moment kann das Schicksal zuschlagen. Es gibt fast nichts, das wir kontrollieren können.

Malachai klopfte sich nach seiner Kletterpartie die Hände ab.

»Wir sind fast da«, sagte er und nahm seinen Weg wieder auf.

Nach weiteren drei oder vier Minuten wand sich der Pfad nicht mehr, sondern verlief zielsicher und gerade wie der Mittelgang einer Kathedrale zwischen knorrigen Eichenstämmen hindurch. An seinem Ende konnte Jac eine Lichtung erkennen.

Malachai breitete theatralisch die Arme aus. »Willkommen in meinem geheimen Garten.« Er lächelte geheimnisvoll und führte sie in das Eichengehölz. Es war kühl und schattig. Der sinnliche, erdige Duft von Eichenmoos erfüllte die Dunkelheit.

Getrocknetes Eichenmoos duftet nach Rinde, nach Laub, manchmal sogar nach Meer. Aber seine Bedeutung lag schon seit der Antike nicht in diesem Eigengeruch. Seinen wahren Wert bewies es als Bindeglied: Eichenmoos harmonisierte die einzelnen Parfümbestandteile miteinander und verlieh dem Endergebnis eine seidige, cremige Note. Eine unvergleichliche Fülle und Langlebigkeit.

»Das sind wunderschöne Bäume«, sagte Jac.

»Majestätisch.«

Auch die Eiche spielte eine wichtige Rolle in der Mythologie und war daher für Jac von besonderer Bedeutung. »Die Bezeichnung ›Druide‹ bedeutet ›der Eichenkundige‹«, sagte sie. »Druiden haben ihre religiösen Rituale in Eichenwäldern abgehalten.«

»Interessant, dass du ausgerechnet auf keltische Mythologie zu sprechen kommst.«

»Wieso interessant?«, fragte Jac.

Malachai lächelte nur wieder und bedeutete ihr, ihm zu folgen.

Der Pfad war von einer dicken Schicht aus Laub, Zweigen und Eicheln bedeckt. Wieder geriet Jac ins Stolpern. Alles verlangsamte sich, als sie das Gleichgewicht verlor.

Bevor sie zu Boden stürzen konnte, packte Malachai sie am Arm und half ihr, sich wieder aufzurichten.

»Ist alles in Ordnung?«, fragte er in dem besorgten Ton, den sie den Sommer über schon so oft von ihm gehört hatte.

»Ja, danke.«

»Man kann unter all dem Laub die Wurzeln und Erdlöcher nicht erkennen. Du musst vorsichtig sein.«

Jac nickte. Sie hatte mehr auf alles andere geachtet als auf den unebenen Boden. Das Aroma von Moos, halbverrottetem Laub und feuchter Erde berauschte sie fast. Es umschmeichelte sie, gaukelte ihr vor, sie könne das Verstreichen der Zeit einatmen. Es war der Geruch von Erde, die sich Jahr für Jahr erneuerte, von Flora und Fauna, die sich regenerierten und zum Nährboden für neues Wachstum wurden.

Es hätte der Geruch der Wiedergeburt sein können. Doch Jac roch den nahenden Herbst. Sie roch den Tod.

Sie erreichten die Lichtung. Große Felsblöcke waren dort zu zwei konzentrischen Kreisen zusammengestellt. Wie bei zahlreichen ähnlichen Kalendarien, die Jac hier in Neuengland und in Europa gesehen hatte, war die Funktion dieses Arrangements leicht zu erraten. Kein Wunder, dass Malachai auf ihren Verweis auf die keltische Mythologie gleich eingestiegen war.

Ihr Gastgeber begleitete sie auf dem Weg um die eindrucksvolle Ruine herum.

»Du hast die Steine doch sicher datieren lassen«, sagte Jac.

»Sie müssen schon vor 2000 vor Christus hier gewesen sein.«

»Unglaublich.« Jac war begeistert.

Sie begann ihre Inspektion an einem Felsblock, der etwas außerhalb des Steinkreises lag. Aufmerksam untersuchte sie seine Seiten und die zerfurchte Oberseite. »Diese Rußreste sehen aus, als wäre das hier eine Kultstätte gewesen.«

»Ganz meiner Meinung«, sagte er. »Aber es hat sich bisher nicht verifizieren lassen.«

»Tja, es ist schwer, aus solchen Spuren detaillierte Schlüsse zu ziehen. Es gibt so vieles, das wir über die Vergangenheit nie erfahren werden«, flüsterte sie, fuhr mit den Fingerspitzen über die verwitterte Steinplatte und versuchte sich vorzustellen, was – oder wer – einmal darauf gelegen hatte.

Malachai lachte spöttisch. »Und so vieles, das wir sehr wohl erfahren könnten, wenn wir bereit wären, die Grenzen der traditionellen Wissenschaft hinter uns zu lassen.«

Jac war verletzt, sagte aber nichts. Malachai war einer der weltweit bedeutendsten Reinkarnationswissenschaftler. Sie hatten sich in den vergangenen Monaten oft genug darüber auseinandergesetzt, dass Jac sich weigerte, die Reinkarnation als Tatsache anzuerkennen. Gut, sie hatte in Paris ein paar schwer erklärbare Halluzinationen gehabt. Aber deswegen mussten es noch lange keine Regressionsschübe gewesen sein. Und ja, sie schienen von einem olfaktorischen Reiz ausgelöst worden zu sein. Aber das war nicht unbedingt ungewöhnlich. Es gab eine ganze Reihe natürlicher Substanzen, die halluzinogen wirken konnten, wenn man sie aß, trank oder einatmete. Seit Urzeiten hatten sich Schamanen und Mönche, Mystiker und Sufis ihrer bedient, um sich in meditative Zustände zu versetzen und Visionen zu empfangen.

Malachai war fest überzeugt, dass ihre geistigen Achterbahnfahrten nichts anderes gewesen waren als Erinnerungen an ihre früheren Leben, aber Jac war einfach nicht ganz bereit, sie als solche anzuerkennen. Irgendwann hatte sie Malachai gebeten, sie nicht weiter zu bedrängen; sie brauche Zeit, das Geschehene zu verarbeiten. Widerstrebend hatte er nachgegeben. Aber das hielt ihn nicht von gelegentlichen spitzen Bemerkungen ab.

»Was denkst du, wer diese Kreise errichtet hat? Die Indianer?«, fragte Jac, um das Gespräch auf die Ruine zurückzulenken.

»Wir haben Pfeilspitzen und Tonfragmente gefunden, die auf Paleo-Indianer hindeuten, aber wir glauben, dass vor ihnen schon andere da waren.«

»Also denkst du tatsächlich, dass das hier keltischen Ursprungs ist?«

»Gehen wir weiter; es gibt noch viel mehr zu sehen.«

Dieser Steinkreis allein wäre schon den Fußmarsch wert gewesen. »Noch mehr? Im Ernst? Das ist wirklich unglaublich, Malachai. Wie viele Fundstellen gibt es denn hier?«

»Etliche. Das hier sind zehn Hektar Land, und wir haben schon mindestens fünf Ruinen gefunden, die so alt sind wie die hier.«

»Seit wann ist das Land schon in eurem Familienbesitz?«

»Eine Gruppe von Transzendentalisten hat dieses Land entdeckt und hielt es für einen heiligen Ort. Aber mein Vorfahr Trevor Talmage hatte als Einziger von ihnen die nötigen finanziellen Mittel, um es in seinen Besitz zu bringen. Er kaufte es in den 1870er Jahren mit dem Vorsatz, hier einen spirituellen Rückzugsort zu schaffen. Die Pläne dazu lagern in der Bibliothek.«

»Was ist daraus geworden?«

»Er wurde erschossen, bevor er sie verwirklichen konnte.«

»Wie furchtbar.«

»Der Schuldige wurde nie gefunden. Ich selbst gehe von Brudermord aus. Mein Vorfahr Davenport Talmage war nach dem Mord in einer ziemlich begünstigten Position. Er heiratete die Witwe seines Bruders, adoptierte dessen Kinder, übersiedelte in den Familiensitz und übernahm die Verwaltung des gesamten Vermögens. Jüngere Brüder tragen manchmal einen gewaltigen Groll mit sich herum.«

Jac fragte sich, ob noch etwas anderes hinter Malachais Aussage stand. Der Tonfall, in dem er von Davenport sprach, klang erstaunlich wohlwollend dafür, dass dieser vielleicht ein Mörder gewesen war.

Inzwischen hatte sich der Wald gelichtet. Auf ihrem Weg über Wiesen und zwischen dichten Büschen hindurch kamen sie an einem Erdhügel vorbei, in den eine kleine steinerne Hütte eingebaut war – nur der Eingang war zu sehen. Es schien noch ein weiteres keltisches Bauwerk aus demselben Zeitraum zu sein. Jac konnte es kaum erwarten, es sich näher anzusehen, und fragte Malachai, ob sie hingehen könnten.

»Auf dem Rückweg«, sagte er.

»Das ist ja eine echte Schatzkammer. Warum habe ich davon noch nie etwas gelesen? Wie habt ihr es all die Jahre unter Verschluss halten können?«

»Nur unter großen Mühen. Vor allem, weil Trevor Talmages Tod so aufsehenerregend war. Historiker mögen nichts lieber als spektakuläre Todesfälle in der Familiengeschichte. Es war alles andere als leicht, diesen heiligen Ort geheim zu halten.«

»Besonders, wenn man an das Spektakel denkt, das du als Reinkarnationswissenschaftler veranstaltest. Ständig wegen seiner bahnbrechenden Forschung über Regressionstherapien in der Zeitung zu stehen ist nicht gerade die überzeugendste Strategie, um von sich abzulenken«, witzelte Jac.

»Eher nicht«, lachte Malachai. »Aber es ist uns trotzdem gelungen. Vor ungefähr dreißig Jahren, als ein hiesiger Indianerstamm das Land für sich einfordern wollte, gab es etwas Medieninteresse. Aber weil es sich nicht nachweisen ließ, dass diese Bauwerke von ihren Vorfahren errichtet worden waren, wurden ihre Forderungen für haltlos erklärt.«

»Tja, sie könnten diese Stätten entdeckt und genutzt haben, aber erbaut haben sie sie nicht«, sagte Jac.

Malachai nickte ihr anerkennend zu. Sie waren am Fuß einer Steigung angelangt, und Malachai ging über grob behauene steinerne Stufen voran. Obwohl ihm seine Hüfte zu schaffen machte, zögerte er keinen Moment.

Über ihren Köpfen ballten sich die Wolken immer dichter zusammen. Der Himmel verdüsterte sich. Gerade als Jac hochsah, fielen die ersten Tropfen.

»Du bist ja nicht aus Zucker, stimmt's?«, fragte Malachai lächelnd.

Jac hatte sein Lächeln schon immer merkwürdig gefunden. Sein Mund bewegte sich, wie es sich gehörte, aber die Augen wirkten seltsam unbeteiligt.

»Nicht dass ich wüsste.« Sie lächelte zurück.

»Dann macht dir so ein bisschen Regen keine Angst, oder?«

Nein, sie hatte keine Angst vor Regen. Vor Gewitter ebenso wenig. Das wusste Malachai. Und er wusste, dass sie in Panik geriet, wenn sie mit Kanten konfrontiert war. Diese seltene Phobie hatte sie schon als Kind entwickelt. Sie hatte einmal mit ihrem Bruder Robbie Verstecken gespielt und war aufs Hausdach geklettert, um ihn dort zu suchen. Die vielen Schornsteine und Nischen gaben großartige Verstecke ab. Als sie auf der Suche nach Robbie umherkletterte, hörte sie Stimmen, wagte sich bis zur Dachkante vor und sah hinab. Unten auf der Straße standen ihre Eltern und stritten sich. Es war eine besonders hässliche, laute Auseinandersetzung. Jac war von ihren Beleidigungen und Drohungen so fasziniert, dass sie Robbie nicht kommen hörte. Als er ihren Namen rief, erschrak sie. Drehte sich zu hastig um. Ihr linker Fuß rutschte über die Kante. Sie verlor das Gleichgewicht. Robbie packte sie an der Hand, hielt sie fest und zog sie über die Kante zu sich hoch. Die Dachziegel schürften ihr die Haut auf, aber er rettete sie vor Knochenbrüchen oder Schlimmerem.

Während ihrer Therapiesitzungen hatten Jac und Malachai über die metaphorische Bedeutung dieser Szene gesprochen – wie sie fast vom Dach gefallen und mitten in der brutalen Auseinandersetzung ihrer Eltern gelandet wäre. Als die Gespräche sie nicht heilten, hatte Malachai ihrer Phobie mit Hypnosesitzungen beizukommen versucht. Als auch die nicht weiterhalfen, hatte er vermutet, dass die Angst das Überbleibsel einer Tragödie aus einem ihrer früheren Leben war.

Jac hatte diese Vorstellung schon damals in der Blixer-Rath-Klinik abgelehnt, wie auch bei jedem seiner folgenden Versuche, ihre Probleme mit früheren Existenzen in Beziehung zu setzen.

»Wenn es allzu ungemütlich wird, können wir uns in den Steinhütten da vorn unterstellen«, sagte Malachai. »Die wollte ich dir ohnehin zeigen. Am Tag der Sommersonnenwende dringt durch ein kleines Loch in der östlichen Wand ein einzelner Sonnenstrahl und erleuchtet Steine, in die Runen eingraviert sind. Bis jetzt hat sie niemand übersetzen können.«

»Kann ich schon mal einen kurzen Blick reinwerfen?«

Er nickte. Jac näherte sich einer der Hütten und begann sie zu untersuchen. Sie ließ sich auf die Knie sinken und fuhr die eingemeißelten Symbole mit den Fingern nach.

»Ein paar davon erkenne ich wieder«, sagte sie.

»Tatsächlich?«

»Das hier zum Beispiel.« Sie zeigte darauf. »Das sieht mir nach Dagda, dem keltischen Allvater aus. Er hatte eine Harfe aus Eichenholz, mit der er den Wechsel der Jahreszeiten einläutete. Meinst du nicht, dass das hier diese Harfe darstellen könnte?«

Malachai starrte darauf. »Da könntest du tatsächlich recht haben«, sagte er. »Wir können auf dem Rückweg noch einmal hier vorbeikommen. Jetzt sollten wir weiter. Ich möchte dir noch den Rest zeigen, bevor es regnet.«

»Ich kann kaum glauben, dass das immer noch nicht die Hauptattraktion gewesen sein soll«, sagte Jac.

Malachai schmunzelte.

Auf dem weiteren Weg fragte sie ihn, wer die Fundstücke datiert hatte. Es wunderte sie, dass derjenige das Harfensymbol nicht erkannt hatte.

»Das war ein echter Eiertanz – Informationen zu brauchen und dabei immer Angst haben zu müssen, dass jemand allzu enthusiastisch wird und anderen unsere Geheimnisse und unseren Standort verrät. Großzügige Spenden für den persönlichen Forschungsetat des jeweiligen Archäologen oder Historikers haben sich als probates Mittel erwiesen. In keinem einzigen Buch und auf keiner Internetseite steht etwas darüber, was wir hier gefunden haben. Aber es gibt auch Fachleute, die ich nicht engagieren konnte.«

Vor ihnen lag jetzt ein von prachtvollen Eichen gesäumter, sanft ansteigender Weg. An seinem Ende war genau im Zentrum einer Lichtung ein Monolith zu sehen. Selbst im gedämpften Licht dieses Nachmittags schien er silbrig zu schimmern. Woher kam dieses Leuchten? Von Glimmerplättchen?

Ungefähr fünf Meter vor dem Stein griff Malachai nach ihrem Arm.

»Warte. Bevor wir näher herangehen, möchte ich, dass du mir sagst, wie es dir geht.«

»Prima. Warum?«

»Ich möchte, dass du dir einen Moment Zeit nimmst und dir deinen körperlichen und psychischen Zustand bewusst machst.«

»Aber warum?«

Er schüttelte den Kopf. »Eins nach dem anderen. Tu es bitte einfach, ja?«

Sie nickte, schloss die Augen und machte eine emotionale und physische Bestandaufnahme. Dann nickte sie ihm zu. »Okay.«

Ohne ihren Arm loszulassen, führte Malachai sie weiter. »Mehrere der Experten, die ich hergeholt habe, waren sich einig, dass dieses Monument über viertausend Jahre alt ist. Ein sehr renommierter Vertreter der esoterischen Schule geht sogar davon aus, dass hier einmal ein intergalaktisches Portal gewesen sein muss. Dass hier Wesen gestartet und gelandet sind.«

»Aber daran glaubst du jetzt nicht, oder? Reinkarnation ist das eine, aber außerirdische Lebensformen?«

»Außerirdische Lebensformen … ein keltisches Monument … was auch immer es sein mag, ich dachte, es könnte dich interessieren, weil du doch nach einem Mythos für deine nächsten Folgen suchst.«

Malachai meinte die nächsten Folgen von *Den Mythen auf der Spur,* Jacs Fernsehsendung, zu der sie auch schon ein gleichnamiges Buch veröffentlicht hatte. »Das ist unglaublich großzügig von dir«, sagte sie. »Vor allem, weil du diesen Ort doch eigentlich geheim halten wolltest.«

»Das will ich auch, aber du kannst doch sicher hier drehen, ohne zu verraten, wo du bist.«

Jac war ganz aufgeregt. Wenn es noch mehr Ruinen gab, konnten diese Ländereien das Ende einer langen Durststrecke sein. Seit dem Frühsommer suchte sie schon nach einem neuen mythischen Rätsel für ihre Sendung. Sie wollte gerade anfangen, die Legenden aufzuzählen, die mit einem Ort wie diesem verknüpft sein konnten, als Malachai von dem riesigen Menhir vor ihnen zu erzählen begann.

So ein großes Exemplar hatte Jac außerhalb Europas noch nie gesehen.

»Ich vermute, dass dieser Fels …« – Malachai wies darauf hin – »… dass dieses Monument das Herz der gesamten historischen Anlage ist. Wir können ihn uns gern aus der Nähe ansehen, wenn du willst.«

Irgendetwas Merkwürdiges schwang in seiner Stimme mit. Wären sie irgendwo sonst gewesen und hätten die steinernen Ruinen sie nicht so sehr fasziniert, dann hätte Jac ihn sofort zur Rede gestellt. Aber was da vor ihr lag, war viel zu verlockend.

Ein riesiger Felsblock inmitten einer Lichtung. Er war ungefähr vier Meter hoch und musste einen Umfang von mindestens fünf Metern haben. Jac trat näher. In seine verwitterte, ebene Oberfläche waren Runen eingraviert. Jac kniff die Augen zusammen und glaubte wieder Dagdas Harfe zu erkennen, vielleicht auch seinen unerschöpflichen Kessel der Fülle.

Der Fuß des Steins war von einer mit Kies befestigten ringförmigen Senke umgeben, die ihn von der Wiese abtrennte.

Inzwischen nieselte es. Jac drehte sich zu Malachai um. »Könnten wir noch einen Moment bleiben? Und darf ich den Stein anfassen?«

Er nickte.

Jac schritt durch den kleinen Graben auf den Menhir zu und streckte die Hand danach aus.

Die Oberfläche des Steins war wärmer als die Luft. Jac sog seinen Geruch ein und durchforstete ihren Erinnerungsspeicher. Er roch, wie sie sich immer den Geruch des Mondes vorgestellt hatte: nach Schwarzpulver, Erde und Salz mit einer intensiven, aber schönen metallischen Note.

Als sie sich nach Malachai umdrehte, um ihn zu fragen, was seine Experten noch zu dem Stein gesagt hatten, überkam sie plötzlich tiefe Trauer, und sie verspürte den überwältigenden Drang, zu weinen.

Jac blieb wie angewurzelt im Regen stehen und wartete darauf, dass das Gefühl sich wieder legte, aber es wurde nur noch stärker.

»Jac?«, fragte Malachai leise und besorgt. »Geht es dir gut?«

Sie brachte keinen Ton heraus und nickte nur.

»Ist wirklich alles in Ordnung?«

»Nein. Nein, ist es nicht.« Jac hörte selbst, wie zittrig ihre Stimme klang.

»Was ist los?«

Sie wusste nicht, was antworten. All ihre Bemühungen, präsent zu bleiben, waren umsonst gewesen. Wie sollte sie in Worte fassen, wie einsam sie sich plötzlich fühlte? Als wäre ihre Mutter, die seit siebzehn Jahren tot war, gerade erst gestorben. Als hätte sie gerade erst erfahren, dass ihr Vater an Alzheimer litt. Dass ihre Großeltern nicht mehr lebten. Als hätte sie sich heute, und nicht schon vor etlichen Wochen in Paris, von Griffin North losgesagt.

Die Trauer lastete auf ihr; Jac spürte das ganze Gewicht all dieser Todesfälle, dieser Verluste und des Abschieds von ihrem Geliebten, den sie so verzweifelt hatte halten wollen. Sie fühlte sich, als sei sie in ein seidenes Netz der Trauer geraten, dessen Fäden sie nicht mehr losließen.

»Was passiert mit mir, Malachai?«, flüsterte sie. »Das hat mit keinem Mythos zu tun, von dem ich je gehört hätte.«

»Die Wissenschaftler haben hier extrem erhöhte elektromagnetische Strahlungswerte gemessen und vermuten, dass diese die Verarbeitung von Emotionen im Gehirn beeinflussen. Ich halte mich lieber an die Deutung der fortschrittlicheren Experten: dass wir uns in einer heiligen Vortex befinden. Die Energie unseres Planeten wird hier zu einem Zweck gebündelt, von dem wir heute nichts mehr verstehen. Was du spürst, sind die Auswirkungen dieser Energie.«

Jac wollte nur noch weg. Wollte den Kiesgraben überqueren und zu dem moosbedeckten Flecken laufen, in dem Malachai stand und wo sie vor dem Einfluss des elektromagnetischen Feldes sicher war. Aber es gelang ihr nicht. Sie stand wie festgewachsen da, als sei sie ebenso Teil der Landschaft wie die imposanten Bäume um sie herum.

»Spürst du es auch?«, fragte sie Malachai.

Er schüttelte den Kopf. Ein enttäuschter, niedergeschlagener Ausdruck huschte über sein Gesicht. Sie hatte diesen Ausdruck schon einmal gesehen, als sie ihn gefragt hatte, ob er selbst Erinnerungen an frühere Leben hatte, und er verneinte. Egal, womit er es versuchte, ob mit Meditation, Hypnose oder halluzinogenen Substanzen – der Mann, der sein ganzes Leben der Reinkarnationsforschung gewidmet hatte, war selbst nie in der Lage gewesen, in ein früheres Leben zu regredieren.

Plötzlich krachte ein Donnerschlag. Im nächsten Augenblick brach der Regen los. Es geschah so schnell, dass weder Jac noch Malachai sich in Sicherheit bringen konnten. Sie waren fast sofort bis auf die Haut durchnässt.

Es war kein milder Sommerregen, sondern ein Zornesausbruch. Eine ungezügelte Naturgewalt. In weniger als einer Minute füllte sich der kleine Graben rings um den Fels, und Jac war eingeschlossen. Sie wusste genau, dass er weder tief noch breit war, dass sie ohne Probleme darüberspringen oder hindurchwaten konnte. Aber die alles durchdringende Trauer hielt sie zurück. Jac blieb, wo sie war, und vermochte sich nicht zu rühren.

Drei Blitze flammten nacheinander am düsteren Himmel auf. Nach jedem folgte ein Donnerschlag, einer lauter als der andere. Die Kelten hätten diese Laute Taranis, dem Gott des Donners, zugeschrieben.

Malachai schrie etwas, aber das Unwetter übertönte seine Worte. Jac erkannte an seinen Gesten, dass er sie dazu bringen wollte, zu ihm zu kommen, weg von dem Felsen.

Sie wollte ihm folgen, unbedingt, aber sie konnte nicht.

Der nächste Donnerschlag war ohrenbetäubend. Ein Blitz erhellte gleichzeitig die Szenerie. Malachai sah aus, als glühte er. Nicht weit entfernt krachte ein Ast zu Boden, und Jac roch den bitteren Dunst von verkohltem Holz.

Malachai gestikulierte wild und brüllte. Jetzt verstand Jac auch seine Worte – *geh in Deckung* –, konnte sich aber immer noch nicht bewegen. Vielleicht wollte sie es auch gar nicht. All die Tränen, die sie schon so lange zurückhielt, entluden sich in diesem Sturm. Sie musste es zulassen. Musste sie auf sich herabregnen lassen, damit sie sie reinwuschen und es ihr endlich erlaubten, präsent zu sein.

»Jac!«, schrie Malachai, als Blitz und Donner gleichzeitig einschlugen.

Alles verlangsamte sich. Der Duft des Felsens, der im Regen intensiver geworden war, überwältigte sie. Jac fühlte sich, als sei sie zwischen dem Jetzt und dem Gleich hängengeblieben, als würde der nächste Augenblick nie eintreten wollen. Als sei der gleißende Lichtstrahl das Ende von allem. Sie wusste genau, was mit ihr geschah, und staunte, wie hellwach ihre Sinne waren. Staunte, wie viele Gedanken in den Bruchteil einer Sekunde passten.

Ergebnisse ihrer Recherchen über Zeus flackerten an ihrem inneren Auge vorbei. Sie erinnerte sich an jedes noch so erschreckende Detail. In jedem beliebigen Moment fegen 1800 Gewitter über die Erde hinweg. Achtzig bis hundert Blitze entladen sich pro Sekunde; allein in den USA sind es pro Jahr vierzig Millionen.

Wie viel Strom dabei floss, war der Wissenschaft noch immer ein Rätsel, wie so viele Naturphänomene auch. Aber nicht den Schamanen. Den Mystikern und Magiern. Nicht in den Mythen. In jenen verrückten letzten Augenblicken wurde Jac schlagartig bewusst, dass eine Frau, die im Gewitter auf einer lichten Anhöhe stand, für die gewaltigen Ladungen auf der Suche nach einer Erdung das perfekte Gefäß abgab. Eine Frau auf einer Lichtung war das ideale Ziel für den flammenden Zorn des Sturms. Für seinen einen, feurigen Kuss.

Drei

Jac wusste nicht gleich, wo sie war, nur dass sie Schmerzen hatte. Ein Krampf zog ihr den Unterleib zusammen. Dann ließ er nach. Mit seinem Verschwinden erwachte Jac ganz und fand sich in Malachais Gästezimmer wieder.

Als ihre Augen sich an die Dunkelheit gewöhnt hatten, entdeckte sie Malachai, der einige Meter entfernt in einem großen Sessel lag. Er schlief, und ein Buch, das ihm aus der Hand gerutscht sein musste, lag auf seiner Brust ausgebreitet.

Jac erinnerte sich, dass Malachai ihr gesagt hatte, er wolle bei ihr bleiben, bis sie eingeschlafen war. Aber warum? Was war denn los? Sie konnte sich nicht erinnern, was davor passiert war.

Sie waren spazieren gegangen, und da war dieser riesige Felsblock gewesen …

Wieder packte sie ein schmerzhafter Krampf. Sie drehte sich ein wenig in dem Versuch, eine bessere Liegehaltung zu finden, und bemerkte etwas Warmes, Klebriges zwischen ihren Beinen.

Vorsichtig stand sie auf. Sie griff nach ihrem Kulturbeutel und eilte ins Badezimmer.

Jac war nie ein Uhrwerk gewesen. Stress und Flugreisen hatten schon immer ihren Monatszyklus durcheinandergebracht. Da sie in letzter Zeit viel unterwegs gewesen war, hatte sie sich nichts weiter dabei gedacht, als im Juni ihre Menstruation ausblieb. Und im Juli. Außerdem hatte sie sich nicht anders gefühlt als sonst. Alle sagten immer, man fühle sich anders. Man wüsste sofort Bescheid. Jac hatte nicht Bescheid gewusst.

Deshalb hatte sie vor ein paar Tagen schließlich einen Apothekentest gekauft. Sie hatte ihn zu Hause ausgepackt, sich auf die Bettkante gesetzt und den Plastikstift in ihrer Hand nur angestarrt, als sei er ein unschätzbar wertvolles Artefakt von einer ihrer Forschungsreisen nach Griechenland, Japan oder in die Türkei.

Sie hatte ihn angestarrt und sich gefragt, was sie tun sollte, falls sie tatsächlich schwanger war. Jac hatte keinen Ehemann, keinen festen Freund. Alles, was sie hatte – gehabt hatte –, war die in wenigen kurzen Nächten in Paris wieder aufgeflammte Leidenschaft für einen Mann, der, ob sie wollte oder nicht, die Liebe ihres Lebens war. Aber Griffin war verheiratet. Er hatte Familie. Steckte mitten in einer Ehekrise, die er unbedingt überwinden musste. Jac durfte ihm nicht im Weg stehen. Wie sollte sie damit fertig werden, wenn sie tatsächlich schwanger war?

Jac war anders als die meisten ihrer Freundinnen. Sie hatte nie davon geträumt, Kinder in die Welt zu setzen. Hatte sich nie erlaubt, sich der Sehnsucht nach einem Baby hinzugeben. Dazu fürchtete sie viel zu sehr, dass sie als Mutter so werden könnte wie die Frau, die sie und Robbie geboren hatte. Eine derart belastete Kindheit ließ bleibende Schäden zurück, und Jac konnte die Vorstellung nicht ertragen, dieses Leid an die nächste Generation weiterzureichen. Niemals wollte sie jemandem anderen antun, was sie selbst hatte durchmachen müssen.

Aber konnte sie ihr Kind aufgeben, wenn sie schwanger war? Griffins Kind? Hatte sie nicht ohnehin schon zu viel aufgegeben?

Also hatte Jac den Test nicht benutzt. Sie hatte ihn in ihren Badezimmerschrank gelegt und beschlossen, sich nach dem Wochenende mit Malachai darum zu kümmern. Jetzt würde es nicht mehr nötig sein. Jetzt wusste sie Bescheid. Sie wusste nur nicht, wie sie mit diesem Wissen leben sollte.

Während sie sich wusch, versuchte sie sich zu erinnern, was im Wald geschehen war.

Der Blitz hatte sie nicht getroffen, aber er hatte dicht neben ihr eingeschlagen. Einen Moment lang hatte das grelle Licht sie geblendet. Der Donnerschlag hatte sie taub gemacht. Die Erde hatte gebebt. Der Stromstoß hatte sich durch das Erdreich auf sie übertragen, so machtvoll, dass es sie bis ins Mark erschütterte und ihre Zähne aufeinanderschlugen. Der beißende Geruch verkohlter Blätter stieg ihr in die Nase. Sie vollführte einen Satz rückwärts und prallte gegen den harten, unverrückbaren Fels. Überall um sie her wirbelten Blätter und krachten Äste zu Boden, und der Regen, der unaufhörliche Regen, ließ keinen Augenblick nach.

Dann, endlich, stürzte Malachai auf sie zu, zerrte sie über den Graben und führte sie in eine der steinernen Hütten, wo sie den Rest des Gewitters abwarteten. Jac wusste noch, dass er ihr geholfen hatte, die Turnschuhe auszuziehen. Die Kunststoffsohlen waren verkohlt und die Socken angesengt. Aber ihre Fußsohlen waren unverletzt. Malachai hatte gesagt, es sei vermutlich keine Elektrizität durch ihren Körper geflossen.

Aber sickerte nicht jetzt gerade der Beweis ihrer tödlichen Kräfte aus Jac heraus? Und hatte sie nicht schon wieder einen Verlust zu beklagen?

Jac zog den Reißverschluss ihres Kulturbeutels zu und erinnerte sich an die überwältigende Trauer, die sie empfunden hatte, kurz bevor der Sturm losbrach. Und an einen rätselhaften, bitter-schönen Duft. Einen urtümlichen Geruch wie den des Waldes. Wie den Duft der Sterne. Sie hatte ihn erkannt, obwohl sie ihn nicht kannte. Falls es so etwas geben konnte, musste dieser Geruch in ihrer DNA verankert sein. Es war, als sei er auf vorbewusste, ursprüngliche Art ein Teil ihrer selbst.

Malachai hatte nichts gerochen. Er hatte nicht einmal genau

sehen können, was passierte, weil er ebenfalls von dem Blitzschlag geblendet worden war.

Jac schöpfte etwas Wasser mit der hohlen Hand und schluckte damit zwei Schmerztabletten. Dann wusch sie sich das Gesicht. Kämmte ihr Haar. Zog sich den Bademantel wieder über und band ihn fest zu.

Selbst wenn die Krämpfe jetzt nachließen, würde sie nicht wieder schlafen können, also ging sie nicht ins Gästezimmer zurück. Stattdessen beschloss sie, nach unten zu gehen. Sie wollte tun, was Robbie immer tat: sich einen Tee kochen. Allein der Gedanke an ihren Bruder beruhigte sie ein wenig. Sie würde ihn anrufen. Tee kochen und dann Robbie anrufen. Das war immerhin ein Plan. Und den brauchte sie jetzt unbedingt.

Die Villa war Mitte des neunzehnten Jahrhunderts im neogotischen Stil erbaut worden. Während sie tagsüber prachtvoll aussah, war sie nachts eher unheimlich. Jac lauschte auf ihrem Weg durch den matt erleuchteten Flur den knarrenden Dielen unter dem Teppichboden und sah ihren Schatten die Wände entlanghuschen.

Die Prunktreppe erstreckte sich über zwei Stockwerke, und Jac fühlte sich winzig, als sie die Stufen hinabstieg. In regelmäßigen Abständen hingen düstere Porträts von Familienahnen in schweren Eichenholzrahmen an der Wand. Jac kam es vor, als folgten die toten Vorfahren ihr mit den Augen, bis sie unten angekommen war.

In der Küche setzte sie Wasser auf. Während sie darauf wartete, dass es kochte, sah sie durch das Fenster in den Garten hinaus. Bleiches Mondlicht beschien die mächtigen Bäume, die sich im Sturm krümmten und wanden. Blätter wirbelten durch die Luft, obwohl es noch lange nicht Herbst war. Jac sah, wie ein drei Meter langer Ast abbrach und vom Wind fortgerissen wurde, einen steinernen Engel vom Sockel stieß und schließlich im schimmernden Gartenteich landete.

In der Bibliothek war es ein wenig angenehmer. Hier verdeckten immerhin schwere Damastvorhänge die Fenster und dämpften das unerbittliche Wüten des Sturms.

Jac zitterten die Hände. Auf der Hausbar stand neben den Zutaten, aus denen Malachai am Abend zuvor Martinis angemischt hatte, eine Flasche Armagnac. Sie goss sich etwas davon in den Tee und nippte daran. Der Geruch war scharf und belebend, das Getränk warm und tröstlich.

Das Bibliothekszimmer gab, wie überhaupt alle Räume im Haus, keinerlei Hinweise auf die Gegenwart. Alle modernen Gerätschaften waren so getarnt, dass sie die Illusion nicht störten, in eine frühere Zeit, ein anderes Jahrhundert, versetzt worden zu sein. Als Jac hier angekommen war, hatte es sie verunsichert, aber inzwischen gefiel ihr diese Möglichkeit, ihrer eigentlichen Realität zu entfliehen. Ebenso wie der Geruch nach Leder ihr gefiel. Es war ein volles, maskulines, dunkles Aroma. Für aufstrebende Parfümeure war es eine Art Feuertaufe, ihr erstes Parfüm mit Ledernote, ihr *Cuir de Russie,* zu erschaffen. Das Leder in dieser Bibliothek erinnerte Jac an das Cuir ihres Großvaters. Das Haus L'Étoile produzierte es bis heute, und obwohl es als Männerduft verkauft wurde, trug sie es immer wieder gern.

Während sie ihren Tee trank, ließ Jac den Blick über die Regale wandern, las die goldenen Buchtitel und stellte sich die Menschen vor, die im Laufe von Jahrhunderten diese Sammlung zusammengetragen und die Bücher gelesen hatten.

Hinter einem Bücherstapel auf dem wuchtigen Schreibtisch drang ein Lichtschein hervor, und Jac sah nach, woher er kam. Es war Malachais nagelneuer Laptop. Ein starker Kontrast zu dem Rest der Einrichtung, die komplett aus dem neunzehnten Jahrhundert zu stammen schien.

Auf dem Bildschirm war die Startseite einer Suchmaschine zu sehen. Jac setzte sich in den bequemen Lederstuhl, stellte ihre Tasse ab und gab »Blitzeinschläge« ein. Sofort erschienen hunderttausende Suchergebnisse. Sie überflog sie und folgte dem zehnten Link zu einem Artikel in einem Wissenschaftsmagazin. Der Artikel erzählte die erschütternde Geschichte einer Frau, die mit einer Gruppe von Kajakfahrern unterwegs gewesen war, als der Blitz in ihren Unterstand einschlug. Dabei waren einige aus der Gruppe umgekommen, nur wenige überlebten schwerverletzt.

»Wenn Stromstärken von mehreren Millionen Volt durch den Körper schießen, werden Gehirnzellen verbrannt, verletzt und beschädigt, was zu Hirnödem, Hirnblutungen oder epileptischen Anfällen führen kann. Bei der weiteren Ausbreitung durch den Körper schädigt der Strom die inneren Organe – Herz, Lunge und Nieren …«

Ein Wort fiel ihr ins Auge, und sie übersprang ein Stück.

»… und wenn schwangere Frauen getroffen werden, erfolgt entweder eine sofortige Fehlgeburt, oder das Kind wird ausgetragen, stirbt jedoch nach der Niederkunft.«

Jac klappte den Laptop zu. Schloss die Augen. Die Vorstellung, dass sie eine Fehlgeburt erlitten hatte, war einfach zu ungeheuerlich und zu vielschichtig, um sie richtig fassen zu können.

Sie stand hastig auf, um nur ja schnell von dem Computer wegzukommen. Dabei übersah sie Malachais Aktentasche auf dem Boden und stolperte. Die Tasche kippte um, und ihr Inhalt ergoss sich über den Teppich.

Jac beugte sich hinab, sammelte die Papiere auf und legte sie in die Tasche zurück. Draußen heulte der Wind noch immer und peitschte den Regen vor sich her. Mit jedem Donnergrollen zuckte Jac unwillkürlich zusammen. Sie versuchte sich einzureden, dass sie das Schlimmste jetzt hinter sich habe. Oder das Beste. Dass es keine Rolle spielte, ob sie schwanger gewesen war. Es half ja nichts, darüber nachzugrübeln. *Auch das geht vorüber*, sagte sie im Stillen zu sich selbst, wie ihre Mutter es so oft gesagt hatte. *Auch das geht vorüber.*

Jac achtete nicht weiter auf die Schriftstücke, die sie wieder einpackte, bis ihr auf einem Briefumschlag ihr eigener Name ins Auge stach.

Jac L'Étoile
c/o Malachai Samuels
Phoenix Foundation
19 West 83rd Street
New York, NY

Es war eine stark geneigte Handschrift, wie sie für Linkshänder typisch ist. In der Mythologie wurde die linke Hand mit Luzifer und der schwarzen Magie in Verbindung gebracht.

Jac drehte den Umschlag um und bemerkte, dass er bereits geöffnet worden war – mit dem beinahe chirurgisch präzisen Schnitt eines Brieföffners. Wie das wertvolle Exemplar aus Lapislazuli, das Malachai in seinem Büro in der Foundation benutzte, dachte Jac. Aber warum hätte Malachai einen Brief öffnen sollen, der an sie adressiert war?

Sie sah sich die Absenderadresse an.

Wells in Wood House, Kanalinsel Jersey, England

Die Worte waren in teures, schweres Briefpapier geprägt. Eine Erinnerung stieg in Jac auf, ließ sich aber nicht ganz fassen.

Von wem war der Brief?

Sie zog den Briefbogen heraus und überflog die Schrift – noch nicht, um zu lesen, sondern nur auf der Suche nach der Unterschrift.

Theo

Nur der Vorname. Seinen Nachnamen hatte sie auch damals nicht gekannt. Die Patienten der Blixer-Rath-Klinik wurden einander grundsätzlich nur mit Vornamen vorgestellt, das war Teil der umfangreichen Maßnahmen zum Schutz ihrer Privatsphäre.

Jac hatte seit Ewigkeiten nicht an ihn gedacht, aber jetzt hatte sie den seltsamen, faszinierenden Jungen von vor siebzehn Jahren wieder deutlich vor Augen. Erstaunlich, dass Theo sie nach so langer Zeit wiedergefunden hatte.

Es war Sommer, als sie ihm zum ersten Mal begegnete, und Jac war auf einem Bergwanderweg unterwegs. Als sie um eine Kurve bog, entdeckte sie ihn auf dem Felsvorsprung, der bisher ihr Geheimversteck gewesen war. Er blickte in die Ferne und bemerkte Jac erst, als ein Zweig unter ihren Füßen knackte.

Theo war nicht unbedingt gutaussehend, aber eine auffallende Erscheinung. Groß und hager. Das von der Sonne gesträhnte Haar hatte er sich zu einem Zopf zurückgebunden, der seine ohnehin schon markanten Wangenknochen und seine breite Stirn betonte. Die Augen, mit denen er Jac unverhohlen musterte, waren von einem wässrig blassen Blau, als hätten Tränen einen Teil ihrer Farbe ausgewaschen. Er wirkte wie ein gehetztes Tier.

Jac fühlte sich vom ersten Augenblick an, als sei er ein Magnet und sie ein Haufen hilfloser Eisenspäne. Sie war noch nie jemandem begegnet, von dem sie sich so unmittelbar angezogen fühlte, und war von ihrer eigenen Reaktion überrascht.

Sie war vierzehn, ein junges Mädchen mit überschießenden Hormonen und einer lebhaften Phantasie – sie wartete nur darauf, dass ein Junge daherkam und sie ins emotionale Chaos stürzte. Noch dazu einer, der äußerlich ihrer Vorstellung von den griechischen Helden entsprach, die sie aus den Mythen kannte.

Jac war, wie die meisten Mädchen in ihrem Alter, nicht gerade selbstsicher. Als sie Theo begegnete, war sie befangen und wurde sich mehr denn je bewusst, dass sie nicht hübsch war; nicht im herkömmlichen Sinn jedenfalls. Ihr kastanienbraunes

Haar rahmte, genau wie bei ihrer Mutter, mit medusenhaften Locken ihr Gesicht. Ihr Hals war zu lang, ihre Nase zu prägnant. Ihre Augen waren grün wie flüssige Jade, nicht leuchtend, sondern undurchdringlich. Jac wirkte altmodisch im Vergleich zu den Mädchen aus der Zeitung oder dem Fernsehen. Nur wenn sie mit ihrer Mutter ins Museum ging, erkannte sie sich in den präraffaelitischen Gemälden aus dem neunzehnten Jahrhundert wieder. In den detaillierten, farbsatten Neubearbeitungen mittelalterlicher Motive gab es Frauen mit schweren Augenlidern, die durchaus Ähnlichkeit mit ihr hatten.

Aber Theo hatte sie nicht angesehen, als sei sie aus der Mode. Er hatte ihr neugierig entgegengeblickt. Und während er das tat, sah Jac in seinen Wangen eine Gluthitze aufsteigen, die sie auch selbst spürte. Von einer neuen, ungewohnten Begierde überrumpelt, machte sie kehrt. Und floh.

Die nächsten zwei Wochen über belauerten Jac und Theo einander – sie wechselten heimlich Blicke, ohne sich je ernsthaft zu unterhalten. Sie waren wie jedes angehende Highschool-Pärchen: voneinander fasziniert, aber viel zu schüchtern, um den ersten Schritt zu tun. Nur waren sie nicht an der Highschool, sondern in einer psychiatrischen Klinik in den Schweizer Alpen, die sich auf das Borderline-Syndrom, Schizophrenie und affektive Störungen spezialisiert hatte.

Patienten der Blixer-Rath-Klinik konnten sich frei bewegen. Sie standen nicht unter Dauerbeobachtung. Es wurden nur Heranwachsende angenommen, die alltagstauglich und ungefährlich waren. Freundschaften und soziale Aktivitäten waren ausdrücklich erwünscht. Wenn es den Patienten gut ging und sie die Erlaubnis ihrer Eltern hatten, durften sie tagsüber wandern, schwimmen gehen oder Tennis spielen.

Liebesbeziehungen waren allerdings nicht erlaubt. Alkohol, Zigaretten und Drogen waren tabu. Jedes Gepäckstück wurde kontrolliert.

Wer eine dieser Regeln brach, wurde zu einem ernsten Gespräch geladen. Mehrere Verstöße führten dazu, dass Privilegien entzogen wurden. Theo brach alle Regeln. Außer Jac wusste allerdings lange niemand davon.

Regeln, sagte Theo, gäben ihm das Gefühl, eingesperrt zu sein. Also meldete er sich nicht wie üblich ab, sondern ging in die Bücherei und kletterte ganz hinten, wo nie jemand nachsah, aus dem Fenster. Bei seiner Ankunft hatte er es irgendwie geschafft, Drogen hereinzuschmuggeln – hauptsächlich Marihuana, aber auch härtere Sachen. Die Küchenaushilfen bestach er mit so viel Geld, dass selbst sie nicht widerstehen konnten, damit sie ihm Zigaretten und Wein beschafften.

Bis sie Theo kennenlernte, war Jac eine vorbildliche Patientin gewesen. Sie war gar nicht auf die Idee gekommen, die Regeln infrage zu stellen. Aber das änderte sich schlagartig, als sie ihm begegnete. Weil sie schon seit Monaten in Blixer Rath war und das Vertrauen ihrer Betreuer besaß, hatte es niemanden besonders beunruhigt, dass sie plötzlich abends länger ausblieb als erlaubt.

Jedenfalls nicht sofort.

Liebe Jac,
so viele Jahre ist es schon her, dass wir uns damals im Sommer kennengelernt haben. Was für ein verrückter Sommer das war! Nach meiner Rückkehr aus Blixer Rath habe ich immer bereut, dass ich abreiste, ohne mich nach dem Nachnamen meiner Freundin zu erkundigen oder sonst irgendetwas über dich herauszufinden. Jahrelang wollte ich dich unbedingt wiedersehen und wusste nicht, wie ich es anstellen sollte. In meinen schlimmsten Zeiten habe ich mich sogar gefragt, ob es dich wirklich gegeben hatte.

Um dich schnell auf den neuesten Stand zu bringen: Ich lebe auf der Kanalinsel Jersey auf dem Anwesen meiner Familie, das ich mit zwei Großtanten teile. Ich betreibe hier eine Kunstgalerie, die mir meine Mutter vererbt hat. Bis vor sechs Monaten war ich glücklich verheiratet. Meine Frau ist bei einem tragischen Unfall verstorben. Kinder hatten wir keine.

Ihr Tod hat mich in unbeschreibliche Trauer gestürzt. Auf meiner Suche nach Erlösung oder zumindest nach einer Möglichkeit, mit meinem unablässigen Schmerz umzugehen und ihn besser zu verstehen, habe ich mich den Büchern zugewandt. Ich habe viel Zeit in der riesigen Hausbibliothek hier in Wells in Wood verbracht und war häufig in der Buchhandlung. Und in ebenjener Buchhandlung stieß ich auf dein Buch über die Mythologie. Es ist ein großartiges Buch und hat so viele Erinnerungen an unsere gemeinsame Zeit wieder wach werden lassen. Und es hat mir etwas Entscheidendes mitgeteilt: deinen Nachnamen. Trotzdem ist es mir nicht gelungen, herauszufinden, wo du wohnst. Deshalb adressiere ich diesen Brief an Malachai. Ich weiß selbst nicht, warum mir diese Möglichkeit nicht früher eingefallen ist. Vielleicht deshalb, weil ich dich nie so dringend finden musste wie jetzt.

Vor ungefähr zwei Wochen habe ich nämlich in unserer Familienbibliothek in einem Band aus dem neunzehnten Jahrhundert einen Brief entdeckt. In diesem Brief, den ein sehr gebildeter, nicht ganz unbekannter Verfasser 1855 abgeschickt hat, klingt an, dass es hier in der Nähe Beweise für die von dir im Buch erwähnten Druiden-Mythen gibt.

Außerdem scheinen die Bilder, die wir damals in Blixer Rath gemalt haben, mit diesem Rätsel zu tun zu haben. Weißt du noch? Die Bilder von dem Steinkreis? So unmöglich es scheint – in dem Brief findet sich eine ganz ähnliche Skizze.

Deshalb meine Bitte: Würdest du mich besuchen kommen und mir helfen, den Hinweisen nachzugehen? Es wäre …

Vier

»Geht es dir gut?«

Jac schreckte aus ihrer Lektüre auf.

Malachai stand auf der Türschwelle. Er wirkte sehr elegant in seiner Hose, dem seidenen Hausmantel und den samtenen Hausschuhen – gar nicht so, als hätte er bis eben in einem Sessel geschlafen.

»Als ich aufgewacht bin, warst du verschwunden«, sagte er.

Jac nickte. »Ich … ich konnte nicht mehr einschlafen.«

Es gab keinen Grund, ihm von den Krämpfen zu erzählen. Vielleicht, wenn er Allgemeinmediziner gewesen wäre … aber selbst dann eigentlich nicht. Das Ganze war nicht weit genug gediehen, dass sie jetzt ärztliche Hilfe gebraucht hätte, es sei denn, die Blutung wäre sehr stark. Und das war sie nicht. Jac zwang sich, nicht mehr daran zu denken. Damit konnte sie sich immer noch auseinandersetzen, wenn sie wieder allein war. Jetzt musste sie mehr über Theos Brief herausfinden.

Malachai warf einen Blick auf ihre Teetasse, dann auf die Flasche Armagnac und fragte: »Dürfte ich dir Gesellschaft leisten?«

»Bitte, natürlich.«

Malachai klang immer ein wenig förmlich. Es mochte ungewöhnlich sein, wirkte aber auch beruhigend. Seine altertümlichen Manieren flößten Jac Vertrauen ein. Sie fühlte sich an ihren Großvater erinnert, dem sie sowohl ihren Namen als auch ihre Liebe zu Büchern verdankte. Nach Jacs Geburt hatte er ihrer Mutter einen großen Strauß frisch gepflückter Hyazinthen mitgebracht. Audrey war von dem Duft dieser Blumen so begeistert – einem der wenigen, der sich nicht für Parfüms extrahieren lässt –, dass sie der Tochter ihren Namen gab: *Jacinthe,* französisch für Hyazinthe. Malachai goss sich einen Fingerbreit der bernsteinfarbenen Flüssigkeit in einen Kristallglas-Schwenker und setzte sich Jac am Schreibtisch gegenüber.

»Inzwischen finde ich, dass dieses Haus für stürmische Nächte wie geschaffen ist. Aber als Kind hatte ich Angst vor nächtlichen Gewittern. Unter den Fundamenten gibt es alte Gräber, und ich wurde die Vorstellung nicht los, der Regen könnte das Erdreich so sehr aufweichen, dass die Toten freikämen«, sagte Malachai.

Jac hatte vorgehabt, ihn mit dem Brief zu konfrontieren, aber seine Äußerung machte sie neugierig, und sie fragte, wessen Gräber es gewesen seien.

»Eine Familiengruft, die schon zu Zeiten meines Vorfahren Trevor Talmage und seines Bruders Davenport angelegt wurde.«

»Direkt unter dem Haus?«

»Ja, eine zweite Kelleretage. Ich kann es dir morgen zeigen, wenn du willst. Es ist ein richtiger unterirdischer Garten, ganz aus Stein, sogar mit Sitzbänken und einem Springbrunnen. Ein wunderbarer Ort, um zur Ruhe zu kommen und nachzudenken.«

»Und warum unter dem Haus?«

»Mein Urahn wollte nicht auf einem öffentlichen Friedhof beigesetzt werden, wo Grabräuber seine Totenruhe hätten stören können. Er hielt den Tod eben nicht für endgültig.«

»Weil er an die Reinkarnation glaubte?«

»Exakt. Da er überzeugt war, dass sein Tod nur eine Ruhephase vor dem nächsten Leben sein würde, traf er alle möglichen Vorkehrungen, um zu gegebener Zeit sein Zuhause und sein

Vermögen wieder in Besitz nehmen zu können und nicht ganz von vorn anfangen zu müssen.«

»Ist denn jemals jemand aufgetaucht und hat behauptet, dieser Vorfahr zu sein?«

»Nicht dass ich wüsste, aber …« Malachai hielt inne. Er hatte den Umschlag auf dem Schreibtisch bemerkt und starrte auf den Brief, den Jac in der Hand hielt.

»Was liest du da?«, fragte er.

Sie hielt ihm den Brief hin.

»Wie hast du den gefunden, wenn ich fragen darf?«, fragte Malachai.

»Er ist an mich adressiert, und du hast ihn aufgemacht. Ich denke, ich bin hier diejenige, die zuerst Fragen stellen darf«, gab Jac zurück.

»Nur dass du meine Aktentasche geöffnet haben musst, um diesen Brief zu finden. Ich wüsste nicht zu sagen, wer von uns das größere Anrecht hat, entrüstet zu sein.«

»Aber ich weiß es. Ich habe deine Tasche aus Versehen umgeworfen und habe den Brief gefunden, als ich alles wieder einräumen wollte.«

Ein ironisches Lächeln umspielte seine Mundwinkel. »Versehen gibt es nicht, genauso wenig wie Zufälle.«

»Also hast du eine Ausrede weniger. Wenn du den Brief nicht aus Versehen geöffnet hast, warum dann?«

»Um dich zu beschützen.«

»Malachai. Wir sind hier nicht in einem Schauerroman aus dem neunzehnten Jahrhundert. Das ist doch lächerlich«, sagte Jac. »Du hast ja gelesen, was Theo schreibt. Er glaubt, dass er auf Jersey Belege für die Ursprünge keltischer Mythen gefunden hat. Warum solltest du mich davor beschützen wollen, meine Arbeit zu tun?«

»Keltische Mythen kannst du auch erforschen, ohne nach Jersey zu fahren«, sagte Malachai, ohne auf ihre Frage einzugehen.

»Was interessiert es dich, wo ich meine Forschung betreibe? Jersey ist bekannt dafür, dass es dort viele bedeutende neolithische und keltische Fundstätten gibt. Wenn er wirklich Hinweisen auf der Spur ist, mit denen sich zeigen lässt, dass Druiden …«

»Ist das, was ich dir heute gezeigt habe, nicht bedeutend genug?«, unterbrach sie Malachai.

»Du weichst mir aus. Was hast du für ein Problem damit, wenn ich nach Jersey fahre? Hast du mich deshalb hierher eingeladen und mir die Ruinen gezeigt? Als Ausgleich für das, was du vor mir versteckst?«

»Keineswegs. Ich finde lediglich …« Er unterbrach sich und begann noch einmal neu. »Reicht es dir nicht, wenn ich sage, dass ich gute Gründe zu der Annahme habe, dass es besser wäre, sein Angebot zu ignorieren?«

»Nein.«

»Vertraust du mir nicht?«

»Du hast einen Brief geöffnet, der an mich adressiert war, und ihn dann behalten, ohne mir etwas davon zu sagen. Das ist nicht gerade vertrauenerweckend, Malachai.«

Plötzlich setzten die Bauchkrämpfe wieder ein, die sich in der letzten halben Stunde gelegt hatten. Jac trank einen großen Schluck von ihrem mittlerweile lauwarmen Tee.

Malachai stand auf, ging zum Kamin und begann Anmachholz aufzuschichten. Trotz der Jahreszeit war es eine ungemütlich kühle Nacht, und Jac wusste, dass ein Kaminfeuer ihr guttun würde, aber sie wusste auch, dass Malachai nur Zeit schinden wollte. Dass er sich eine neue Strategie zurechtlegte. Sie beobachtete ihn, den Mann, der ihre Seele in- und auswendig kannte, und sann darüber nach, wie wenig er von sich preisgab. Sie hatten immer eine sehr asymmetrische Beziehung geführt.

»Was geht hier vor, Malachai?«

Er zündete ein Streichholz an. Scharfer Schwefeldunst stieg

Jac in die Nase. Mit einer routinierten Bewegung aus dem Handgelenk warf Malachai das Hölzchen in den Zunderhaufen. Ein erster Funke flammte auf, flackerte und wuchs. Dann fing das Anmachholz Feuer. Der helle, frische Duft von Sandelholz und Zedern verbreitete sich im Raum. Jac roch süßlichen Rauch, dann das beißende Aroma von Holzteer.

»Warum antwortest du nicht?«, fragte sie.

Langsam wandte er sich zu ihr um. Mit dem Kamin hinter ihm war sein Gesicht ganz in Dunkel gehüllt, und sein riesenhafter Schatten flackerte über die Zimmerdecke. Er wollte etwas sagen, überlegte es sich dann aber anders und ging zu einem der Regale, um etwas zwischen zwei Büchern hervorzuholen.

»Was ist los, Malachai? Es gibt bis heute keinen Beweis dafür, dass es die Druiden wirklich gegeben hat«, sagte Jac. »Wenn Theo so einen Beweis gefunden zu haben glaubt, muss ich dem nachgehen. Warum benimmst du dich so rätselhaft?«

Malachai wog einen Moment lang den Gegenstand in seiner Hand, dann trat er näher und stellte ihn vor Jac auf den Tisch. Es war eine perfekt nachgebildete, mit Bernstein besetzte Eule von wenigen Zentimetern Höhe. In dem gedämpften Licht der Tiffanylampe funkelten die Brillantaugen des Vogels wie von innen heraus.

»Von Fabergé.« Malachai verweilte genüsslich bei diesem Wort, verlieh ihm Bedeutung und Gewicht. »Ein sehr seltenes, wertvolles Stück.« Er hob die Eule hoch und reichte sie Jac.

Sie betrachtete das Schmuckstück und spürte, wie er sie dabei beobachtete. Malachai war einer der wichtigsten Menschen in ihrem Leben. Aber was war sie für ihn? Eine seiner Kuriositäten? Kunstobjekte und Patienten – beide hatte er in seiner Laufbahn reichlich angesammelt.

In Jacs Jugend war Malachai der Erste von einem halben Dutzend Therapeuten gewesen, die ihr tatsächlich helfen konnten. Bei ihrer Einweisung in die Klinik hatte sie an einem Borderline-Syndrom gelitten, das sich kurz zuvor durch den Tod ihrer Mutter verschlimmert hatte. Audreys Selbstmord hatte sowohl Jac als auch ihren jüngeren Bruder zutiefst erschüttert, doch anders als Robbie hatte er Jac völlig aus der Bahn geworfen. Sie hatte ihre Mutter tot aufgefunden und den Brief gelesen, der kein Abschiedswort an ihre Kinder enthielt, sondern nur Verwünschungen gegen ihren letzten Liebhaber.

Im Laufe von zwölf Monaten und von über tausend Therapiesitzungen hatte Malachai Jac in der Blixer-Rath-Klinik Mittel an die Hand gegeben, mit denen sie sich selbst helfen konnte. Seitdem war er zu einer festen Größe in ihrem Leben geworden. Alle paar Monate erkundigte er sich nach ihr, ermutigte sie und vergewisserte sich, ob sie auf einem guten Weg war oder Unterstützung brauchte.

Dann, im letzten Mai, war Jac nach Paris geflogen, wo Robbie in Schwierigkeiten war und ihre Hilfe brauchte, und Malachai war ihr gefolgt. Er hatte ihr stärker und anders zur Seite gestanden, als sie es je erwartet hätte.

»Die Eule«, sagte er jetzt, »ist eines der neugierigsten Wesen, die es gibt. Ein Vogel, der wach bleibt, wenn alle anderen schlafen. Sie kann im Dunkeln sehen. Ich finde es faszinierend: Während alle träumen, bleibt sie der Realität verhaftet. Was sieht sie, und was weiß sie, das allen anderen entgeht?« Er hielt inne. »Ich hatte mal eine Eule, weißt du.«

Malachai sprach so selten über sich selbst, dass dieses Geständnis Jac verblüffte.

»Ich konnte sie sogar streicheln«, sagte er wehmütig.

»War es ein Käfigvogel?«

»Nein. Wir lebten damals außerhalb Londons auf einem Landgut, auf dessen Ländereien es ein Vogelreservat gab, und die Eule hat sich mit mir angefreundet. Wahrscheinlich tat ihr der kleine Junge leid, der immer so allein seine Runden drehte. Ich habe damals in den Wäldern viel über Tiere und Vögel gelernt. Sie strahlen diese Ehrlichkeit und Reinheit aus, die wir Menschen nicht besitzen. Unsere Komplexität überfordert uns.«

Jac reichte Malachai die Eule zurück. Er stellte sie andächtig wieder ins Regal und nahm einen neuen Gegenstand zur Hand. Es war eine Kugel aus Bernstein, in deren Oberfläche ein filigranes Muster eingraviert war.

»Noch ein sehr schönes Stück«, sagte er und reichte sie Jac. »Das ist ein asiatisches Siegel. Ein ganz besonderes Exemplar. Egal, welchen Teil der Oberfläche du in das Wachs drückst, es ergibt immer dasselbe Muster.«

Jac rechnete jeden Moment damit, dass er ein Stück Siegelwachs hervorholen und es ihr demonstrieren würde. Womöglich benutzte er das Siegel für seine persönliche Korrespondenz. Malachai wirkte genauso aus der Zeit gefallen wie seine Ländereien, die Villa und all seine Antiquitäten und Sammlerstücke. Und Jac hatte ihr Leben der Erkundung anderer Zeiten gewidmet, alter Geschichten, die zu Legenden und Mythen geworden waren. Das verband sie beide miteinander. Deshalb hatten sie sich auch lange nach der Therapie nie aus den Augen verloren.

»So scheint es jedenfalls auf den ersten Blick«, fuhr Malachai mit seinen Erläuterungen fort. »In Wirklichkeit gibt es aber winzige, nur unter der Lupe erkennbare Zeichen, die jeden Abdruck einzigartig machen.« Er nahm die Kugel wieder an sich und rollte sie zwischen seinen Handflächen hin und her. »Nichts ist, wie es scheint.«

»Wann beantwortest du endlich meine Frage?«

»Theo war ein problembeladener junger Mann.«

»Ich weiß. Mir ging es damals nicht anders.«

»Ihr beide hattet einen katastrophal schlechten Einfluss aufeinander.«

»Das habe ich aber nicht so in Erinnerung. Wir waren gute Freunde. Er war in der Klinik mein einziger echter Freund.«

Malachai seufzte. »Ich kann dich nur bitten, auf mein Urteil zu vertrauen, Jac. Aus Datenschutzgründen kann ich dir nicht alles sagen, was ich über Theo weiß, und nicht erklären, warum es so gefährlich ist, wenn du mit jemandem wie ihm zu tun hast. Aber das ist es. Sehr sogar.«

Jac musterte ihn und versuchte in seinem verschlossenen Gesicht zu lesen.

»Druiden haben an die Reinkarnation geglaubt«, sagte sie und betrachtete die durchscheinende Kugel, die er noch immer in Händen hielt. In dem warmen Lichtschein sah es aus, als sei ein Feuer darin eingeschlossen, das bis in alle Ewigkeit weiterbrannte.

»Ja, ich weiß«, sagte Malachai.

»Wenn ich nach Jersey fahre, kann ich dir anschließend mitteilen, was ich herausgefunden habe. Ich kann meinem Lieblingsmythos nachgehen und gleichzeitig Beweise für deinen finden.«

»Reinkarnation ist kein Mythos«, sagte Malachai. »Genau dieselbe Diskussion habe ich vor zwei Monaten schon mit Griffin North geführt.«

Jac ließ sich nichts anmerken. Biss sich auf die Wange. Fühlte Tränen in sich aufsteigen. Sie konnte es sich nicht erlauben, an Griffin zu denken. Nicht jetzt, wo sie noch mehr von ihm verloren hatte. Er war nicht mehr Teil ihres Lebens. Sie konnten nicht zusammen sein. Griffin war, wo er hingehörte, bei seiner Frau und seiner Tochter. Jac atmete tief durch.

Konzentriere dich.

»Dann finde ich eben Beweise für deine Theorie, klingt es so besser?« Jac musste darum kämpfen, nicht abzudriften. »Vielleicht gibt es auf Jersey sogar eine Erinnerungshilfe.«

Jac wusste genau, wie sehr Malachai darauf hoffte, eines jener legendären Kultobjekte zu finden, denen man nachsagte, dass sie als Erinnerungshilfen die Regression in frühere Leben ermöglichten. Der Legende nach hatten Mystiker vor vier- oder sechstausend Jahren im Industal Objekte geschaffen, die ihren Benutzer in einen Zustand tiefer Entspannung versetzten und es ihm erlaubten, in eines seiner vergangenen Leben zurückzublicken.

Insgesamt sollten zwölf solche Erinnerungshilfen geschaffen worden sein, hatte Malachai gesagt, dieselbe mystische Anzahl, die sich quer durch die verschiedensten Religionen und in vielen Naturphänomenen wiederfindet. Zwölf Gegenstände, mit denen die Grenzen zur Vergangenheit durchlässig wurden.

Malachai ging davon aus, dass zwei dieser Objekte im Laufe der letzten Jahre gefunden worden waren. Eines davon war eine Sammlung von Edelsteinen, das andere eine aus menschlichen Knochen gefertigte Flöte. Beide waren wieder verlorengegangen. Schließlich war noch ein dritter Gegenstand aufgetaucht, ein Parfüm, das durch olfaktorische Reize Erinnerungen auslöste, aber auch das war bald darauf wieder verschwunden. Die Legenden, die sich um diese Gegenstände rankten, wucherten dagegen immer weiter. Man erzählte sich, mancher sei bereit, für sie zu töten oder sein ganzen Vermögen für die Suche auszugeben. Die Schatzsucher hörten niemals auf, ihnen nachzujagen, und Betrüger verdienten an Nachahmungen, die sie ahnungslosen Sammlern teuer verkauften. Abenteuerfilme und Thriller beschäftigten sich mit der Jagd nach den Erinnerungshilfen oder mit Vorstellungen davon, wie jemand sie für finstere Zwecke missbrauchte.

Für Malachai waren sie wie der Heilige Gral. Jac wusste, dass er danach gierte, sie zu finden, wie andere nach Geld oder Macht.

»Bestechungsversuche helfen hier auch nicht weiter. Dein Wohlergehen ist wichtiger«, sagte Malachai.

»Ach, tatsächlich? Ich dachte immer, du wolltest nichts dringlicher, als so eine Erinnerungshilfe zu finden.«

»Das ist sehr verletzend, Jac. Glaubst du wirklich, ich würde für einen bloßen Gegenstand deine Gesundheit aufs Spiel setzen?«

Sie betrachtete im Widerschein des Feuers sein Gesicht. Hätte man ihr bis zu diesem Augenblick diese Frage gestellt, sie hätte sie nicht mit Sicherheit beantworten können. Malachai interessierte sich nicht bloß für Reinkarnation – er glaubte aus tiefstem Herzen daran. Dieser Glaube hatte ihn in den 90er Jahren auch in die Blixer-Rath-Klinik geführt.

Ebenso wie C.G. Jung ging Malachai davon aus, dass viele Menschen, bei denen Persönlichkeitsstörungen diagnostiziert werden, in Wirklichkeit an Problemen aus einem früheren Leben litten. An Erinnerungen, die bis in die neue Existenz durchgedrungen waren und dort Ängste, Phobien, Zwänge oder sogar Persönlichkeitsspaltungen auslösten. Viele psychische Störungen, so folgerte er, waren auf ungelöste Konflikte in früheren Existenzen zurückzuführen, die in dem neuen Leben Aufmerksamkeit einforderten.

Malachai hatte an der Klinik gearbeitet, weil die Regressionstherapie zu ihren Behandlungsmethoden zählte. Mit Hilfe der Hypnose hatte er die jüngere und die weiter zurückliegende Vergangenheit seiner Patienten erforscht. Jac war allerdings kein gutes Studienobjekt gewesen. Sie hatte sich unter Hypnose nie weiter zurückversetzen können als zu den jüngsten Ereignissen ihrer Kindheit.

Reinkarnation war nicht Malachais Leidenschaft, sondern sein Herzblut. Jac bewunderte ihn für seinen Feuereifer und seinen unverbrüchlichen Glauben an eine Sache. Beneidete ihn um seine Gewissheiten. Sie selbst stellte immer alles in Frage und sehnte sich doch nach einem Regelwerk, einem Bekenntnis. Sie wäre zu gern einer dieser Menschen gewesen, die ganz genau wissen, wer sie sind, und die in allem, was sie tun, ihrem inneren Wesen treu bleiben.

Jac interessierte sich für alle Religionen, Mythen und Legenden, ohne je fest an eine zu glauben. Wenn man sie fragte, wovon sie wirklich überzeugt war, hätte sie höchstens antworten können, dass es keine Rolle spiele, wie sehr man jemanden liebe, sei es einen Freund, ein Familienmitglied oder einen Partner: Früher oder später würde man immer enttäuscht oder verletzt. Jac glaubte an die Hinfälligkeit jeder Gewissheit. Ihr Leben, ihre Erfahrungen hatten sie zu einer Zynikerin gemacht.

Ihre Fernsehshow und das dazugehörige Buch präsentierten daher die Sicht einer Zynikerin auf die Mythologie. Natürlich waren diese Geschichten bloß Metaphern. Trotzdem fand Jac es wichtig, das brüchige Fundament freizulegen, auf dem sie aufgebaut waren. Sie verfolgte Mythen bis zu der Person oder dem Ereignis zurück, in dem sie ihren Ursprung hatten, und zeigte, wie dieses winzige Ereignis aufgebauscht und glorifiziert worden war. Vielleicht, so hoffte sie, half sie damit ihren Zuschauern, besser mit Erwartungshaltungen umzugehen. Der ewige Versuch, hehren Idealen gerecht zu werden, machte einem nur das Leben schwer. Wer sich nach etwas sehnt, das er nicht erfüllen, nicht erreichen kann, bleibt immer unzufrieden.

Hatte Jac das nicht selbst erlebt? Ihr Vater hatte bei seinem Versuch, der Familienlegende gerecht zu werden, sich selbst und alles, was ihm lieb war, zugrunde gerichtet. Ihre Mutter hatte sich künstlerische Ziele gesteckt, die ihr Talent überstiegen, und damit so gründlich ihr Selbstvertrauen zerstört, dass sie sich in unglückliche Affären stürzte.

Aber die Auswirkungen ihrer Fernsehshow waren ganz anders, als Jac es erwartet hatte. Ihre Zuschauer fanden sie inspirierend. Jacs Bemühungen, zu zeigen, wie winzig die realen Bezugspunkte der Mythen waren, verkehrten sich ins Gegenteil: Dass es überhaupt so einen Bezugspunkt gab, so klein er auch sein mochte, machte ihren Zuschauern Mut. Statt heilsam desillusioniert zu werden, schöpften sie neue Hoffnung und Zuversicht.

»Tja, wenn das alles ist, ist es zu wenig«, sagte Jac, faltete Theos Brief wieder zusammen und steckte ihn in seinen Umschlag. »Ich sehe keinen guten Grund, die Einladung abzulehnen.«

»Ist deine Gesundheit etwa kein guter Grund?«, fragte Malachai.

»Sie wäre es, wenn ich den Eindruck hätte, dass sie ernstlich gefährdet ist. Aber was du dazu sagst, ist ziemlich vage. Du meinst, Theo und ich hätten uns als Teenager … tja, was eigentlich? Zu Regelverstößen angestachelt. Das weiß ich selbst. Wir haben damals eine Menge Regeln gebrochen.«

»Aber nicht nur das. Du warst ihm hörig. Sein Bedürfnis, sich immer neuen Gefahren auszusetzen, hat dich zu ihm hingezogen. Du bist auf unbefestigten Wegen in unbekanntes Gelände vorgedrungen. Bist nachts weggeblieben. Er hat dir Wein angeboten, und du hast ihn getrunken. Hast Marihuana geraucht …«

»Ich war vierzehn, und ich war verliebt in ihn.«

»Nicht bloß verliebt. Du warst auf eine sehr grundlegende Art und Weise empfänglich für seinen Einfluss.«

»Kann ja sein, aber ich war erst vierzehn.«

»Was, wenn ich dir sage, dass es dir jetzt wahrscheinlich nicht anders gehen wird? Wir mussten ihn entlassen, Jac. Wir konnten ihn nicht behandeln. Vielleicht ist er bis heute nicht behandelt worden.«

»Das alles ist siebzehn Jahre her. Er war ein sechzehnjähriger Junge, der irgendwelche mentalen Probleme hatte. Siehst du nicht, dass deine Argumente selbst für deine Verhältnisse ziemlich irrational und weit hergeholt klingen?«

»Ich kann sagen, was ich will – du fährst sowieso hin, oder?«

»Sei nicht so kryptisch. Was könntest du denn noch sagen?«

»Er könnte dich verführen, Jac. Und nicht bloß sexuell. Sondern emotional. In deinem Innersten. Er könnte dich für seine eigenen Ziele benutzen.«

»Malachai, du redest ja, als wäre er eine Art böser Hexenmeister.«

»Ich fürchte, in Bezug auf dich ist er das auch.«

Fünf

8. September 1855
Kanalinsel Jersey, Grossbritannien

Seit zwei Jahren schon war es uns und unseren Freunden zur Gewohnheit geworden, fast jede Nacht Séancen abzuhalten. Wir löschten die Petroleumlampen und stellten Kerzen auf – zwei auf den Kaminsims und zwei auf die Anrichte. Wir versammelten uns um den Kartentisch, wo je einer von uns die Hände auf den Hocker legte und François-Victor die Antworten auf die Fragen notierte, die wir reihum stellten. Es kam vor, dass unsere Versammlungen bis nach Mitternacht andauerten, wenn die Geister redselig waren, woran jedoch niemand Anstoß nahm.

Was uns immer wieder an jenen Tisch zurückdrängte, vermag ich nur für mich selbst zu beantworten. Mich trieb der unstillbare Wunsch, Didine zu begegnen. Ich wollte noch einmal versichert sein, dass sie im Licht geborgen und in Frieden war. Doch blieb ihr Erscheinen eine Seltenheit. Zweimal nur war sie seit jener ersten Begegnung zurückgekehrt, aber immer schnell wieder verschwunden.

Ich war verzweifelt. Ihre kurzen Besuche hatten meinen Schmerz noch mehr gesteigert. Im Fleische hatte sie uns verlassen, und nun verließ sie uns im Geist ein zweites Mal. Statt dass meine Trauer nachließ, wurde sie nur noch quälender. Jeder flüchtige Anblick ihrer Seele riss die Wunde weiter auf.

Von meiner Trauer um Didine abgesehen, waren die Séancen ein großer Erfolg. Mehr noch; sie waren unerhört. Unsere kleine Gruppe zog die größten Geister der Menschheitsgeschichte an, die alle kamen, um mit mir zu sprechen und uns an ihrer Weisheit teilhaben zu lassen.

Doch dieses Heft ist nicht der Ort, die Gespräche mit jenen Weisen aufzuzeichnen; ich habe es an anderer Stelle schon getan. Der Zweck dieser meiner Aufzeichnungen ist es allein, von dem zu schreiben, der schlangengleich in meine Seele kroch und mich um ein Haar vernichtete. Und auch dich, Fantine, liebe Freundin, hätte er beinah zerstört.

Am folgenden Abend saßen wir wie üblich um den Kartentisch und erwarteten die Ankunft eines Geistes, als ein Hund Laut zu geben begann. Doch es war keiner der üblichen Hofhunde, der ein Huhn verbellte. Es war ein wütendes und zugleich verlorenes Gekläff. Nach wenigen Augenblicken stimmten andere Hunde ein. Eine unheilige Kakophonie wie von mythischen Höllenhunden. Du kennst doch sicher diese Kreaturen? Unnatürlich schnell sind sie, und ihre bösen Augen glühen mal rot, mal gelb. Mal wachen sie über das Tor zur Unterwelt in alten Schriften, mal hetzen sie verlorene Seelen oder hüten sagenhafte Schätze. Wer ihnen dreimal in die Augen sieht, heißt es, ist des Todes. Ihr Geheul gilt als Omen, als Vorzeichen für den nahenden Tod oder noch Schlimmeres.

Eine Zeitlang sprach unsere Gesellschaft nur noch von dem misstönenden Gebell und spekulierte, was die Hunde derart aufgebracht haben mochte. Während des Gesprächs erhob sich meine Ehefrau. »Die Szene mit den Hunden hat mir zugesetzt«, sagte sie und zog sich für die Nacht zurück.

Mir war noch nicht danach, die Séance aufzugeben, und ich fragte meine Gefährten, ob sie bleiben und versuchen wollten, einen Geist heraufzubeschwören. Alle bejahten, und Charles legte wieder seine Hände auf den Hockerrand.

»Mir scheint, es will jemand zu uns sprechen«, sagte er. »Ist dort ein Geist?«

Ich hoffte, es wäre Didine. Ich hoffte es jedes Mal. In jenen Augenblicken, bevor der Geist sich offenbarte, sehnte ich mich wieder nach der geliebten Tochter. Doch es war nicht Didine, die unserer Einladung folgte. Statt ihrer kam ein anderer, ein ungebetener Gast.

Das erste Zeichen seiner Ankunft war, dass es plötzlich kälter wurde. Meine Tochter Adèle stand auf und legte ein Holzscheit nach. Doch es half nichts gegen die klamme Kälte, die sich im Raum verbreitete. Der Wind frischte auf, fuhr durch einen Fensterspalt und löschte alle Kerzen. Nur noch das Feuer im Kamin beschien unsere trübe Gemeinschaft am Kartentisch. Ponto, der schwarze Spaniel, der sich aus freien Stücken unserem Haushalt angeschlossen hatte, knurrte tief und kehlig. Unsere Katze Grise fauchte und lief die Stiegen hoch.

»Wer ist da?«, fragte Charles.

Endlich begannen die Klopfzeichen und begann auch die Stimme zu sprechen, die mir wie stets schon während der Séance einflüsterte, was François-Victor erst nachträglich mühsam entschlüsseln musste.

Ein Freund, der helfen kann.

»Helfen? Was willst du tun?«, fragte ich.

Leopoldine holen.

Die Kälte drang jetzt in mein Innerstes. Mein Blut gefror. Es war, als erstarrte selbst mein Herz zu Eis.

»Du meinst, du kannst bewirken, dass sie uns hier erscheint?«

Wenn das alles ist, was du wünschst.

»Was könnte ich denn anderes wünschen?«

Keine Antwort.

»Kannst du sie auf andere Weise zu mir holen?«

Mag sein.

»Was muss ich tun?«

Beweisen, dass du würdig bist.

»Ist das eine Prüfung? Stellst du mir eine Aufgabe?«

Ja.

»Wer bist du, dass du so etwas verlangst?«

Wir sind uns schon begegnet. Es kränkt mich, dass du mich nicht erkennst.

»Du sprichst in Rätseln. Offenbare dich!«

Du willst deine Tochter zurück. Ich kann sie dir bringen.

»Im Geiste?«

Deine Tochter kann wieder an deiner Seite sein.

»Was soll das heißen?«

Du wirst es früh genug erfahren.

»Warum nicht jetzt?«

Erst wenn du dich würdig erwiesen hast.

»Wer bist du?«

Errätst du es nicht?

»Nein, verflucht. Wer bist du?«

Glaubst du an das Böse?

»Ja.«

Hast du einen Beweis für seine Existenz?

»Ja, gewiss. Ich habe es gesehen. Ich sah Männer, denen man am Galgen das Leben nahm. Unschuldige Kinder, die geprügelt wurden. Frauen, die Hungers starben.«

Und glaubst du an die Freiheit des Geistes und die Unabhängigkeit?

»Gewiss. Für jeden Menschen und zu allen Zeiten.«

Und welcher von den Erzengeln verkörpert sie?

Ich fürchtete fast, ihn beim Namen zu nennen. Scheute vor dem zurück, was ich erahnte.

Wer?

»Luzifer.«

Ja. Er, der Verehrte und Gefürchtete. Wie du, Hugo. Für deinen Geist, deine Ideen verehrt und fürchtet man auch dich. Und du bist deshalb kein Teufel, oder doch?

»Nein.«

Für einen Literaten bist du recht einsilbig, mein Freund.

Ich musste wider Willen lachen. Das Klopfen ließ nicht nach; unerbittlich sprach die Stimme weiter.

Deine Aufgabe ist die folgende. Ich will ein Meisterwerk der Dichtung, ein Poem, das mich wiederauferstehen lässt, das mich als den zeigt, der ich bin. Eine Ode an meine Schöpferkraft, die auch die deine ist. An den, der sich aufschwingt, der vollbringt, der Neues schafft, der sich von der Heuchelei machthungriger, kleingeistiger Narren nicht aufhalten lässt. Den Titel magst du selber finden – »Ende des Luzifer« gefiele mir. Es sei denn, du willst mich bei meinem anderen Namen nennen. Dem Namen, den ich lieber mag.

Ich musste nicht erst fragen. Ich kannte den Namen und flüsterte ihn.

»Der Schatten aus dem Grabe?«

Es kam keine Antwort. Ich benötigte sie auch nicht. Und wenig später war er fort. Ich wusste es, weil es im Zimmer wärmer wurde. Mein Blut pulsierte wieder. Das Zittern meiner Hände ließ allmählich nach.

Ich entschuldigte mich mit wenigen Worten und eilte die Treppen hinauf in mein Arbeitszimmer. Denn ich hatte es mir zur Gewohnheit gemacht, die Unterhaltungen des Abends aufzuzeichnen, solange sie noch frisch in meinem Gedächtnis waren.

Unser Haus sieht, wie du weißt, Fantine, aufs Meer hinaus. Von meinem Fenster blicke ich auf die schäumenden Wellen, als stünde ich am Rande einer hohen Felsenklippe. An Franz Stevens schrieb ich einmal: »Ich bewohne diesen unermesslichen Traum des Ozeans; ich werde nach und nach ein Schlafwandler des Meeres.«

Wie so oft, wenn ich mich nach einer Séance zum Schreiben zurückzog, stieß ich auch an jenem Abend die Fenster auf und sog begierig die frische Meeresluft in mich ein. Ich hatte schon zuvor ein wenig Haschisch geraucht. Jetzt steckte ich die Pfeife nochmals an, stellte mich an das Schreibpult und brachte zu Papier, was der Schatten zu mir gesprochen hatte.

Bei dieser Arbeit, wenn nichts mir Halt gab als die Tinte, die in das Papier einsank, erlahmte der Widerstand meines Geistes. Die Gesetze der Logik verloren an Verbindlichkeit. Ich öffnete mich den Lockungen der Nacht, dem Zauber der Finsternis, den unergründlichen Ideen, die man mir eingeflüstert hatte.

Wenn ich schreibe, bin ich für alles außer den schwarzen Spuren meiner Feder blind. Ich hörte das Haus nicht atmen noch mein Herz schlagen noch die Wellen an der Felsenküste. Alles, was ich hörte, waren die Worte, die ich schrieb. Nicht meine Worte, nein. Nach den Séancen war ich ein Schreibknecht, der die Worte anderer getreulich wiedergab. Die Geister suchten mich in meinem Zimmer ein zweites Mal heim, führten ihre Gedanken weiter aus und erläuterten sie, als sei die Séance bloß eine Stellprobe gewesen und dies die eigentliche Feier.

Als ich mein Gespräch mit dem Schatten aus dem Grabe niedergeschrieben hatte, troff mir der Schweiß. Selbst mit offenen Fenstern kam meine Schreibstube mir erstickend warm vor. Ich musste hinaus, musste Nachtluft atmen und den Trost der körperlichen Welt erleben. Ich beschloss, Juliette einen Besuch abzustatten. Der Fußmarsch zum Haus meiner Geliebten würde mir guttun, und wie gut erst sie selbst, wenn ich mich zu ihr legte.

Trotz der Gewitterwolken, die über den Himmel zogen, beschloss ich, statt auf der Straße am Strand entlangzuwandern. Wie immer zogen die unermüdlichen Wellen mich an, die salzige Luft und das Gefühl von Sand unter meinen Füßen.

Am Ufer angekommen, hielt ich inne und überdachte das Angebot, das der Geist mir unterbreitet hatte. Staunen und Angst, Neugier und Grauen erfüllten mich gleichermaßen. Wie konnte ich an seine Worte glauben? Es war unmöglich, meine Tochter zurückzuholen. Und der Preis dafür – ein Gedicht? Das alles war doch lächerlich.

Tief in Gedanken versunken, spürte ich plötzlich jemandes Gegenwart und wandte mich um. Doch es war niemand zu sehen.

Ich sah zum Himmel auf und fragte mich, ob Didine einer der Sterne sei, die zwischen den Wolken hervorlugten. Blickte sie auf mich herab und wachte über mich?

Ich war immer überzeugt gewesen, dass wir, solange wir die Geographie der Himmelssphären nicht vermessen, solange wir die Weiten des Himmels nicht erfahren, seine Meere nicht besegeln können und nie wissen würden, wer dort wohnt. Doch in den vergangenen zwei Jahren und während mehr als hundert Séancen hatte man mir in eben diese Geographie Einblicke gewährt. Oder etwa nicht?

Mit diesen Fragen im Geiste wanderte ich den Strand entlang. Nach einer Weile bemerkte ich in einiger Entfernung vor mir eine menschliche Gestalt. Erst war nicht einmal zu erkennen, ob es ein Mann war oder eine Frau. Doch dann, als ich näher kam, erblickte ich im Mondlicht dich, Fantine, das anmutige Dienstmädchen, das meine Geliebte vor kurzem zu sich genommen hatte. Du liefst am Ufer entlang und blicktest auf das weite Meer hinaus. Der Himmel hatte sich aufgeklart, und dein weißes Hemd glomm wie ein Leuchtfeuer durch die Nacht.

Als ich Juliette nach dir fragte, hatte sie gesagt, auch du seist aus Paris geflohen. Nur zwei-, dreimal hatte ich dich gesehen und doch deine Trauer bemerkt. Du hülltest dich in sie ein wie in ein Büßergewand. Sie umwölkte deine Augen, färbte den blauen Himmel grau. Selbst der Duft, der von dir blieb, wenn du den Raum verließest, gemahnte an Verlust. Es war der Hauch gekappter Blumen im letzten Todeskampf.

Du bemerktest mich, als ich mich näherte, und drehtest dich um. Auf deinen Wangen glaubte ich die silbrigen Spuren von Tränen zu erkennen.

Es tat mir leid, dich gestört zu haben, doch jetzt noch kehrt zu machen wäre unhöflich gewesen. »Guten Abend, Fantine«, sagte ich.

»Monsieur Hugo, guten Abend.«

In Juliettes Behausung warst du spröde. Hier war davon weniger zu spüren. Dort hättest du in meiner Gegenwart verschämt die Augen gesenkt, doch hier am Strand begegnetest du meinem Blick. Du warst freimütig, trotzig fast. Als sei dies dein Grund und Boden, und ich hätte die Grenze überschritten.

Ich ging eine Weile schweigend neben dir her. Zuerst, muss ich bekennen, nahmen mich die Ereignisse in meinem Haus noch so gefangen, dass ich dir kaum Beachtung schenkte.

Tief versunken in pechschwarze Gedanken, versuchte ich den Enthüllungen Sinn abzugewinnen und wälzte meine Hoffnungen und Zweifel hin und her. Da ich keinen Ausweg fand, beschloss ich endlich, das Geschehene mit jemandem zu besprechen, der nicht dabei gewesen, der nicht Zeuge der Klopfzeichen geworden war.

»Glaubst du an Geister?«, fragte ich.

»An Gespenster, meinen Sie?«

»Nun ja, wenn du sie so nennen willst. Die Geister all derer, die nicht mehr unter den Lebenden sind. Glaubst du, dass sie mit uns in Verbindung treten können?«

Du nicktest, und die Art, wie deine dunklen Locken lebhaft dein Gesicht umtanzten, verlieh der ernsten Frage Leichtigkeit. »Oh ja. Ich spüre oft die Nähe meiner Mutter und rieche ihr Parfüm, wenn ich alleine bin. Das ist sehr tröstlich für mich.«

»Spricht sie denn zu dir, oder erinnerst du dich nur lebhaft an sie? Glaubst du, dass ein Teil ihres Wesens wirklich hier ist und über dich wacht, dich besuchen kommt?«

Der Strand war steinig, und als du antworten wolltest, stolpertest du. Ich hielt dich fest. Aus der Nähe bemerkte ich dein eigenes Parfüm. In Juliettes Haus hatte ich es auch schon wahrgenommen, doch jetzt unterschied ich die Nuancen, die sich mit dem Duft von Rosen mischten. Nachtjasmin, Zitrone … Ich schloss einen Moment die Augen, um den ungewohnten Duft in mich aufzunehmen. Bei Juliette zu Hause stecktest du dein Haar stets hoch, bedecktest es mit einer Haube und trugst ein Dienstkleid, das deinen Busen und die schmale Taille verhüllte. Jetzt waren sie sichtbar und wallte dein Haar dir den Rücken herab. Im Haus meiner Geliebten warst du ein Dienstmädchen wie jedes andere. Hier warst du eine prachtvolle, leidende Frau.

»Ich glaube, dass sie wirklich zu mir spricht.«

»Heute jährt sich der Todestag meiner Tochter«, sagte ich.

Meine Worte hallten einen Augenblick wider, bis die heranstürmenden Wellen sie übertönten.

»Ich habe auch ein Kind verloren«, flüstertest du. »Sie wurde tot geboren.«

»Aber du bist so jung.«

»Ich bin fünfundzwanzig«, sagtest du in einem Ton, als sei das ein gesetztes Alter.

»Was ist mit deinem Mann?«

Du sahst wieder aufs Meer hinaus.

»Verschollen?«, fragte ich. Das Meer forderte viele Menschenleben, wie ich nur allzu gut wusste.

»Er war nicht mein Ehemann. Aber – ja, verschollen ist er.«

»Hast du beide zur selben Zeit verloren?«

Du schütteltest den Kopf. »Aber um beide trauere ich noch immer.«

»Würdest du, wenn du es könntest, jetzt mit deiner Mutter sprechen? Wenn sie im Jenseits weilt, würdest du wissen wollen, wie es ihr dort ergeht? Ob sie dort dein Kind behütet?«

»Gewiss.«

»Was würdest du für dieses Privileg bezahlen?«

»Alles, was man von mir verlangte.« Dann sahst du mich an, als sei ich irr. »Sie wollen doch nicht sagen, es gäbe einen Weg?«

»Wer weiß«, sagte ich und fing an, von den Séancen zu erzählen. Ich weiß noch, wie du dich anfangs zurückhieltest, um mir nicht ins Gesicht zu lachen. Aus den Fragen, die du stelltest, war herauszuhören, dass du mich für einen Narren hieltest. Doch als ich auf unserem Weiterweg mehr und mehr berichtete, trat Neugier an die Stelle deiner Skepsis.

In jenen Momenten verliebte ich mich ein wenig in dich. Ich bewundere nichts so sehr wie die Bereitschaft, seine Zweifel zurückzustellen und den Geist einer neuen Vorstellung zu öffnen.

»Wie hieß Ihre Tochter?«

»Leopoldine«, sagte ich. »Aber ich rief sie immer Didine.«

»Dann haben Sie mit Ihrer Didine gesprochen?«

»Ich habe nicht ihre Stimme gehört, aber ich bin überzeugt, dass sie zu mir spricht.«

Du sahst mich lange an, nicht mehr, als sei ich einfältig, sondern als sei ich nicht ganz von dieser Welt.

Eine Weile gingen wir schweigend weiter. Meine Gedanken galten jetzt dir. Du schienst gebildet zu sein. Als Dienstmädchen auf einer abgelegenen Insel warst du fehl am Platz.

»Seit wann bist du schon auf Jersey?«, fragte ich.

»Seit zweieinhalb Jahren. Vor Madame Drouet stand ich bei einer anderen Dame in Diensten.«

»Und was geschah?«

»Sie war alt und ist diesen Sommer von uns gegangen.«

»Warst du in Paris auch ein Dienstmädchen?«, fragte ich.

»Nein, ich habe im Laden meines Vaters mitgeholfen.«

»Was für ein Laden war das?«

»Mein Vater war ein renommierter Parfümeur.«

»Dann lebt er nicht mehr?«

Du nicktest.

Das Bersten der Brecher an den Küstenfelsen untermalte unsere makabre Unterhaltung mit unheimlichen Melodien. Ich spürte, dass ich dich zu sehr bedrängte. Deine kurzen, knappen

Antworten zeigten, dass dir das Reden über deine Vergangenheit nicht angenehm war. Auch fürchtete ich, dich zu verletzen. Doch Geschichten sind mein Leben, und ich wollte die deine erfahren. Ich bemühte mich, zurückhaltender zu sein.

»Was geschah mit dem Geschäft deines Vaters?«

»Mein Onkel, der auch dort arbeitete, hat es übernommen.«

»Kenne ich es?«

»Wahrscheinlich. Es besteht schon lange.«

Du nanntest mir den Namen des Familiengeschäfts. Ich erkannte ihn gleich, ja kannte ihn sogar gut. Oft hatte ich dort Geschenke für meine Ehefrau, meine Töchter, für Juliette gekauft. Eine Weile schwieg ich und hing meinen Gedanken nach. Es war so lange her, dass ich Paris hatte verlassen müssen, und ich vermisste meine Heimatstadt.

Wir waren unterdessen weit gewandert; Juliettes Haus lag bereits hinter uns. Den Strand, den wir gerade überquerten, kannte ich kaum, denn außer wenn bei Niedrigwasser ein schmaler Streifen Sand zutage trat, gab es hier nur die steile Felsenküste. Und diese Steilküste war für ihre Höhlen bekannt. Tatsächlich entdeckte ich im Mondlicht viele Öffnungen. Man erzählte sich, in manchen seien die Wände mit alten Zeichnungen bedeckt; es gebe große Kavernen tief im Fels, die in früheren Zeiten als Andachtsorte, Tempel oder Begräbnisstätten dienten. Ich selbst hatte auf der anderen Seite der Insel, in Plemont Bay, schon manche Höhle erkundet, doch in keiner fand ich den Beweis für eine mystische Bedeutung.

»Sind Sie je in einer der Höhlen gewesen?«, fragtest du, als hättest du meine Gedanken erraten.

»Hier noch nicht.«

»Oh, aber das sollten Sie. Manche sind erstaunlich.«

»Dann warst du dort? Hattest du keine Angst, eingeschlossen zu werden? Man sagt, dass einen an diesen Stränden leicht die Flut überrascht, und dann ist der einzige Ausweg das Meer.«

»Es hätte mir nichts ausgemacht.«

Wie schlicht und klar du dein Leid in Worte fasstest. Ganz ohne Pathos, nicht mitleidheischend, konstatiertest du die traurige Wahrheit. Du ahntest ja nicht, dass dein Geständnis in mir Wurzeln schlagen würde und wie viel Leid daraus erwachsen sollte.

Ich nickte und beugte angesichts deines Grams meinen Kopf. Von Trauer verstand auch ich etwas, auch ich hatte schon die Versuchung verspürt, meinem Kummer ein Ende zu bereiten.

»Auch mir ist …«, begann ich und hielt inne. Ich vermochte nicht fortzufahren. Von meiner unsagbaren Trauer zu sprechen hätte bedeutet, mich erneut in ihr zu verlieren.

Nach der dir eigentümlichen Art, die ich noch kennen- und schätzen lernen sollte, schwiegst du und bedrängtest mich nicht. Du wartetest. Deine Geduld ist eine große Gabe. Ach, Fantine, ich danke dir dafür.

»Was ist in Paris geschehen, dass du fliehen musstest?«, fragte ich nach einer Weile.

Als du zögertest, begriff ich, dass ich genau das tat, was du so taktvoll vermieden hattest. Noch bevor du antworten konntest, entschuldigte ich mich. »Verzeihung. Meine Ehefrau hält mich für rücksichtslos, und Juliette gibt ihr recht. Sie lacht mich aus und sagt, ich sei geradezu versessen auf die Geschichten der Leute. Dass ich zu gierig nach den Tragödien und Komödien des Lebens lechze. Sie glaubt, ich höre überhaupt nur zu, um die Wendepunkte einer jeden Lebensreise in mein Gedächtnis einzuimpfen. Ich sammele Schicksale, sagt sie, füge neue Zutaten hinzu, würze sie und koche ein Buch daraus. Dabei geht es mir in Wahrheit darum, meine Sichtweise den Menschen als Spiegel anzubieten, in dem sie sich selbst in einem anderen Licht betrachten können.«

Als ich endete, blicktest du weiter auf den endlosen schwarzen Ozean hinaus. Deine Schultern bebten ein wenig.

»Friert dich?«, fragte ich. »Darf ich dir meinen Mantel anbieten?«

»Nein. Nein, danke.«

»Was ist es dann?«

Du deutetest auf das brodelnde Wasser. »Manchmal glaube ich zu hören, wie es nach mir ruft. Ich wünschte nur, ich wäre mutig genug, darauf zu hören.«

»Und dann?«

»Dann würde ich seinem Ruf folgen. Mich ihm hingeben.«

»So sehr wünscht du dir den Tod?«

»Nein. Ich wünsche mir nicht den Tod, sondern ich ertrage das Leben nicht. Ich ertrage es nicht, jemanden so sehr zu vermissen. Mich so sehr nach ihm zu sehnen.«

Dann drehtest du dich nach mir um, und ich sah, wie erschüttert du von deinen Worten warst.

»Wusstest du selbst nicht, dass du so empfindest?«, fragte ich.

Du schütteltest den Kopf. »Vergeben Sie mir. Ich habe nicht das Recht, so mit Ihnen zu sprechen. Ihnen meine Gedanken aufzudrängen und meine Lasten aufzubürden.«

Du schienst zutiefst beschämt zu sein.

»Beleidige mich nicht, Fantine. Seit wir uns hier begegnet sind, haben wir als Gleichgestellte ein Gespräch geführt. Ein Mann und eine Frau, die durch denselben Trennungsschmerz verbunden sind. Ein Mann und eine Frau, die sich unter dem Sternenhimmel Geheimnisse erzählen. Hätte ich nicht hören wollen, was du zu sagen hast, dann wüsstest du das längst.«

Du senktest den Blick. Ich fasste dein Kinn. Deine Haut, die ich berührte, war zart, und trotz unserer düsteren Gespräche rührte sich in mir die Sinnenfreude. Mein Segen und mein Fluch. Meine Leidenschaften sind tief in mir verwurzelt und dringen doch rasch an die Oberfläche. Körperlicher Genuss ist eine Erlösung, die meine Erzählungen und Schauspiele, meine Gedichte und Pamphlete mir nicht bieten können.

Jene treiben mich nur tiefer in mich selbst hinein. Erst in der Lust finde ich das Vergessen, nach dem ich mich sehne.

Ich beugte mich langsam herab, damit du merktest, wonach mir der Sinn stand – ich bin kein Lüstling und mag es nicht, Küsse mit Gewalt zu rauben. Du wichest nicht zurück. Ich gab dir behutsam einen Kuss. Du erwidertest ihn nicht. Keine Regung zeichnete sich auf dein vom Mond beschienenes Gesicht.

Ach, Fantine, fast tot warst du und wusstest es nicht einmal.

»Brauchst du nicht etwa Geld?«, fragte ich. »Zahlt Madame Drouet dir reichlich?«

»Ja, das tut sie.« Du zögertest vor deinen nächsten Worten.

»Was ist, Fantine?«

»Ich weiß so manches über Sie, Monsieur Hugo.«

»Ach, ja?«

»Von den anderen Dienstmädchen …«

Du verstummtest. Ich lächelte. »Erzähle nur. Sagt man mir schlimme Taten nach?«

»Nein, ganz im Gegenteil. Sie sagen, Ihr seid freundlich und großzügig, und dass Ihr, wenn ein Mädchen Geld braucht, zärtlich zu ihr seid und sehr wenig verlangt.«

»Soll ich auch zu dir großzügig sein?«

»Wenn es Ihnen hilft, Monsieur. Wenn Sie es brauchen, gebe ich Ihnen das Gewünschte, aber Geld möchte ich keines.«

»Aber warum solltest du das tun?«

»Wegen der Trauer.«

»Deiner Trauer?«, fragte ich.

»Nein, Monsieur, wegen Ihrer.«

Mir fehlten die Worte. Seit langer Zeit hatte niemand mich so vollständig durchschaut. Ich küsste dich noch einmal. Dann machten wir kehrt und folgten unseren eigenen Spuren auf dem Weg zurück.

»Ich würde dich dennoch gern bezahlen«, sagte ich, mein Angebot erneuernd.

»Nein, das wird nicht nötig sein.«

»Aber wenn ich dich nicht bezahle …« Ich hielt inne. Was verärgerte mich an Deiner Weigerung, im Austausch zu dem, was ich verlangen würde, mein Geld zu nehmen? Warum lag mir so viel daran, dich zu entlohnen?

Zum zweiten Mal errietest du meine Gedanken. »Ich weiß schon, was Sie sagen wollten. Wenn Sie nicht bezahlen, werden Sie mich ins Herz schließen müssen, und das möchten Sie nicht.«

Du hättest eine Nymphe sein können, wie du vor mir standest. Ein hauchzartes Kind mit ungebändigtem Haar und funkelnden, graublauen Augen, in denen sich das Meeresleuchten und das Mondlicht widerspiegelten.

»Und du möchtest es?«

»Mich hat schon lange, lange niemand mehr ins Herz geschlossen«, sagtest du. »Ich will wieder wissen, wie es sich anfühlt. Selbst wenn es nur ein wenig ist. Ich möchte es ausprobieren und sehen, ob es mich am Leben hält.«

»Was für ein erstaunliches kleines Ding du bist. Du bietest mir einen allzu günstigen Preis.«

Du lächeltest. »Das mag wohl sein.«

Ich griff nach deinem schönen Haar, hob eine deiner Locken an. Dabei gewahrte ich wieder dein Parfüm. Was für ein eleganter Duft das war. Er passte mehr zu einer Dame, die unter dem Kristalllüster von silbernen Tellern speiste, als zu einer Dienstmagd am Strand der Insel Jersey.

Ich zog eine Handvoll Münzen aus der Tasche und hielt sie dir hin.

»Möchtest du sie wirklich nicht?«

»Es gibt andere auf dieser Insel, die Ihre Centimes gern nehmen werden, Monsieur. Aber ich nicht. Wenn Sie von mir etwas wollen, gebe ich es frei heraus und nehme, was immer Sie mir an Gefühlen entgegenbringen mögen.«

Forsch nahmst du meine Hand und schlossest meine Finger um die Münzen. Du hast mein Angebot mit aller Strenge zurückgewiesen, die dir zu Gebote stand. Und dann, dann beugtest du dich vor, gabst einen Kuss und nahmst ihn dir zugleich. Mir stockte der Atem.

Ein Wort nur sagtest du nach diesem Kuss: »Danke.«

»Aber wofür denn?«, fragte ich verblüfft.

»Dafür, dass ich zum ersten Mal seit langem gezweifelt habe. Jetzt muss ich gehen.«

»Lass mich dich begleiten.«

»Nein, Sie müssen über wichtige Dinge nachdenken – weit wichtigere als ich.«

Aber ich wollte dich in der Dunkelheit nicht allein lassen. Ich fürchtete, du könntest ins Wasser gehen statt nach Hause. Ich ertrug die Vorstellung nicht, wie das Meer dein Kleid tränken würde, wie es dich herabziehen, um dich herumwirbeln würde, wie Sand und Seetang sich in deinem Haar verfingen. Ich wollte dich retten, Fantine. Zumindest dich wollte ich retten, im Ausgleich für die andere junge Frau, die mir entglitten war.

Ich begleitete dich fast bis zu Juliettes Haus. Ich selbst wollte nun doch nicht dorthin. Ich hatte das Bedürfnis, allein zu sein. So ging ich an den Strand zurück und wählte den langen Weg nach Hause, am Ufer entlang.

Auf dem Weg zur Marine Terrace spürte ich, dass jemand mir folgte, und meinte Brandgeruch und Weihrauch wahrzunehmen, doch als ich mich umwandte, sah ich nur die Schatten der großen Felsen und roch nur noch den salzigen, herben Duft des Ozeans.

Nur das Brausen der Wellen war zu hören, und nichts lenkte mich von meinen Betrachtungen ab, bis irgendwo in der Ferne ein Hund zu bellen begann. Er warnte nicht seinen Herrn vor einem sich nähernden Fremden, im Gegenteil. Dieser Hund warnte jeden, der ihn hören mochte, dass er selbst zu fürchten sei. Gleich darauf fielen andere Hunde mit ein, und die Nacht war ganz von ihrem Getöse erfüllt, gerade so wie einige Stunden zuvor.

Ich neige nicht dazu, mich vor Angriffen zu fürchten, aber nach diesem seltsamen Abend bückte ich mich doch nach einem handlichen Stein, der groß genug war, um ihn auf einen Angreifer zu schleudern, auch auf einen Hund, wenn er mich anfallen sollte. Auf dem weiteren Weg nach Hause wog ich diesen Stein in der Hand und fand in seinem Gewicht und seiner rauen Oberfläche Trost.

Erst als ich die Tür meines Hauses hinter mir verschlossen hatte, fand ich die Ruhe, mir das Fundstück anzusehen. Im Kerzenlicht erblickte ich einen fast ovalen, milchig weißen Klumpen Quarz mit einem zarten blassroten Schimmer. Eigentlich hatte er die Form eines menschlichen Kopfes. Genau besehen, ergab sich aus den Dellen, Höckern und Scharten der Eindruck eines weiblichen Gesichts. Doch es war nicht irgendeine Frau. Staunend betrachtete ich einen Stein, der aussah wie das unvollendete Bildnis meiner Tochter, meiner lieben Didine. Es war, als hätte ein Bildhauer ein Werkstück begonnen und hätte gerade im Groben ihre Züge herausgearbeitet, gerade ihr Wesen erfasst.

Ich stellte den Stein, noch immer ihn bestaunend, auf dem Kaminsims ab und fragte mich, ob wohl am nächsten Morgen ihre Schwester, ihre Brüder oder die Mutter ihn entdecken und die Ähnlichkeit bemerken würden.

Im Obergeschoss öffnete ich das Fenster und sah, während ich meine nasse Kleidung ablegte, auf das Meer hinaus. Ich schenkte mir Cognac ein, trank davon und starrte hinaus in die uferlose Schwärze.

Ich dachte an das Gefühl deiner zarten Wange an meinen Fingerspitzen, deiner nachgiebigen Lippen auf den meinen, an den Duft von Rosen und Zitronen. Deine melancholischen Worte hallten noch in mir nach.

Es hatte mir wohlgetan, unverstellt mit dir zu sprechen, anders, als ich es mit meiner Ehefrau, selbst mit Juliette tun musste. Dir durfte ich offenbaren, wie sehr die Trauer noch immer an mir nagte, ohne zu befürchten, dass es dir schaden könnte.

Ich trat an mein Schreibpult. Die Feder in der Hand, begann ich, während der Wind über mich hinwegströmte und der Haushalt rings um mich schlief, mit dieser Niederschrift eines seltsamen Abends, an dessen Anfang eine Séance gestanden hatte und am Ende die Begegnung zweier verlorener Seelen – deiner, Fantine, und der meinen.

Sechs

GEGENWART, 22. AUGUST
NEW YORK CITY

Der Ring an Jacs Zeigefinger fühlte sich eiskalt an. Die Kälte zog sich den Arm hinauf, und Jac schauderte trotz der angenehmen Temperaturen im Untergeschoss des Metropolitan Museum of Art. Das historische Schmuckstück war aus einer Kupferlegierung mit einem pflaumenroten Schimmer gefertigt. Wie es für den Zeitraum typisch war, bildete das Metall ein filigranes Flechtwerk ohne lose Enden. Ein gespenstisches Gesicht in seiner Mitte starrte der Betrachterin aus großen, leeren Augen entgegen. Jac war hingerissen. Je mehr sie herausfand, desto gespannter wurde sie auf ihre bevorstehende Reise nach Jersey.

Wer hatte dieses Schmuckstück vor 2600 Jahren wohl getragen? Ein Mann oder eine Frau? War es ein Kultgegenstand? Jac wusste, dass das Volk der Kelten aus verschiedenen Stämmen bestanden hatte, über die je ein König herrschte. Zu seinen Untertanen zählten Druiden oder Priester, Krieger, Adelige und das einfache Volk. Jac hatte gelesen, dass Könige verdienten Kriegern manchmal Ringe als Amtszeichen und Machtsymbol überlassen hatten. Auch Priester trugen Ringe, um ihren Status anzuzeigen.

»Seit wann befindet sich dieses Stück hier im Museum?«, fragte Jac Christine Bullock, die Kuratorin der Mittelalter-Sammlung.

»Er war Teil einer Schenkung von Josef und Brigitte Hatzenbuehler im Jahr 2009. Sie haben uns damals einen Großteil ihrer Sammlung übereignet. Fast alles davon ist jetzt im Bestand dieser Abteilung.«

Jac drehte die Hand hin und her, um das Licht besser einzufangen. Das Schmuckstück befeuerte ihre Phantasie. In diesem wunderschön geschmiedeten Gegenstand erwachte die uralte keltische Kultur zu neuem Leben. Jac konnte es kaum erwarten, auf Jersey mit ihren Nachforschungen zu beginnen.

Trotz oder vielleicht sogar wegen Malachais Bedenken hatte sie beschlossen, dass sie Theos rätselhafte Einladung unmöglich ausschlagen konnte. Auf der Insel gab es über hundert bereits bekannte keltische Ruinen. Verschiebungen der Landmassen beförderten im Laufe der Zeit immer wieder neue Kulturzeugnisse ans Tageslicht. Wenn Theo eines gefunden hatte, wollte Jac es sehen.

Wenn Jac ein neues Thema zu erforschen begann, pflegte sie das Ritual, immer zuerst so viel wie möglich zu lesen und sich dann nach Bildern von Kunst und Artefakten aus der jeweiligen Zeit umzutun, die sie ansehen und anfassen konnte. Seit Theos Brief hatte sie Hunderte Fotos keltischer Ruinen und archäologischer Funde sowie Illustrationen zu ihren Mythen und Legenden gesammelt.

Dieser Museumsbesuch war eindeutig der Höhepunkt ihrer bisherigen Recherchen.

Christine Bullock hatte Jac im Foyer empfangen und sie mit dem Fahrstuhl in dieses Untergeschoss begleitet. Sie waren lange durch labyrinthische Gänge gewandert, bis sie schließlich in diesen stillen, fensterlosen Lagerraum gelangten. In Regalen, die vom Boden bis zur Decke reichten, lagen unzählige verlockende, mit kleinen Etiketten versehene Objekte aufgereiht, die alle aus dem Mittelalter zu stammen schienen. Jac hätte sie sich liebend gern angesehen, aber der eigentliche Zweck ihres Besuchs war ein Dutzend keltischer Funde, die Christine Bullock auf einem Tisch in der Mitte des Raums ausgelegt hatte.

Außer dem Ring hatte die Kuratorin zwei Armreife, ein Schwert, drei Münzen, zwei Broschen, eine Gürtelschnalle und mehrere Sattel- und Zaumzeugteile herausgesucht. All diese Alltagsgegenstände waren außergewöhnlich kunstvoll gefertigt und wunderschön gestaltet – einfach, aber elegant.

Viel wusste man nicht über dieses Volk, dessen Geschichte sich bis in die Bronzezeit, bis um 1200 vor Christus zurückverfolgen ließ. Die meisten schriftlichen Überlieferungen waren voreingenommene, bornierte Berichte von Römern, in deren Augen die ländlich lebenden, heidnischen Kelten bloß Barbaren waren. Wenn man den Schleier der Arroganz beiseiteschob, dann zeigte sich, so schien es Jac, eine komplexe, zutiefst spirituelle und hochentwickelte Kultur.

»Geht es Ihnen um einen bestimmten Mythos?«, fragte Christine.

»Bis jetzt nicht. Ich will erst einmal hinfahren und sehen, was ich dort vorfinde.« Der Ring lenkte Jac von ihren eigenen Worten ab. Sie spürte sein Gewicht und die Berührung des Metalls auf ihrer Haut. Normalerweise trug sie Ohrringe, aber keine Fingerringe. Sie wirkten fremd an ihrer Hand, und Jac hatte immer Angst, sie zu verlieren. Aber dieser hier war wie für sie gemacht. Und noch etwas war anders: Er gab Jac nicht das Gefühl, sie könnte ihn verlieren, sondern als sei er gerade wiedergefunden worden.

»Wo hat man diesen Ring gefunden?«, fragte sie die Kuratorin.

Christine warf einen Blick auf das beschriftete Tablett, auf das der Ring gehörte. »In einer Grabanlage auf den britischen Kanalinseln.« Sie hob die Augenbrauen. »So ein netter Zufall.«

Jac hörte Malachais Lieblingssatz in sich widerhallen. *Zufälle gibt es nicht.*

Doch Christine sprach schon weiter, und Jac konzentrierte sich wieder auf ihre Ausführungen.

»Ähnlich wie die alten Ägypter gaben die Kelten ihren Toten, besonders den Adeligen, private Besitztümer und Haushaltsgegenstände mit ins Grab, darunter auch Waffen und sogar Pferdekarren. Deshalb haben wir überhaupt so viele Artefakte aus dieser Zeit.«

»Wenn man an die Unsterblichkeit der Seele glaubt und davon ausgeht, dass die Lebenden und die Toten immer wieder die Plätze tauschen, bekommt ein Begräbnis eine ganz andere Bedeutung«, sagte Jac. Sie griff nach dem Ring, um ihn abzuziehen, und plötzlich überrollte sie eine Welle von … ja, von was? Von Schwermut? Einen Augenblick lang war dieses Gefühl beinahe stärker als die Vorfreude auf die anderen Artefakte. Die Kuratorin merkte nichts davon; sie griff schon nach dem nächsten Gegenstand. Also ließ Jac den Ring am Finger und nahm das Schwert entgegen, das Christine ihr reichte.

»Das ist eine echte Kostbarkeit«, sagte die Kuratorin. »Es ist für diese Epoche ungewöhnlich kunstvoll gemacht.«

Der Schwertgriff hatte die Form eines Menschen, eines Kriegers. Sein sorgfältig herausgearbeitetes Gesicht hatte mandelförmige Augen und wallendes Haar.

»Es ist wunderschön«, sagte Jac.

»Wahrscheinlich das Schönste seiner Art, das bisher gefunden wurde.«

»Und wissen Sie, wo es entdeckt wurde?«

»In der Schweiz. Es belegt nicht nur die Kunstfertigkeit der Kelten, sondern auch ihren Expansionsdrang. Wir haben es 1999 bekommen.«

Jac hielt das Schwert in der Hand. Die Patina auf der Klinge faszinierte sie; der Prozess der Oxidation hatte auf dem Kupfer grüne Kreise und Schnörkel hinterlassen, die nicht weniger kunstvoll wirkten als die Verzierungen des Waffenschmieds.

Dann hörte Jac ein Geräusch. Kam dieses raue Klirren von einer Glocke? Sie hob den Kopf und lauschte, aber es war zu weit entfernt, um es zu identifizieren. Allmählich bemerkte sie auch einen Geruch, der vorher ganz sicher nicht da gewesen war. Sie schnüffelte und erkannte das rauchige Aroma eines Holzfeuers, Asche, Weihrauch und etwas Süßliches. Was war das nur? Sie schnüffelte noch einmal.

»Riechen Sie etwas?«, fragte Christine.

So, wie die Kuratorin fragte, wusste Jac sofort, dass sie selbst nichts bemerkt hatte. Es war nicht ungewöhnlich, dass Jac Gerüche wahrnahm, die anderen entgingen. Ihre Nase war eben besser geschult und nahm differenzierter wahr. Bis vor ein paar Monaten hätte so etwas Jac nicht weiter beunruhigt. Aber im Sommer in Paris hatte sie jedes Mal, wenn sie einen Geruch bemerkte, den andere nicht rochen, Halluzinationen gehabt. Dass sie zum ersten Mal seit ihrem Aufenthalt in der Blixer-Rath-Klinik wieder von Traumbildern heimgesucht worden war, verwirrte und bedrückte sie.

Allerdings hatte sie seit ihrer Heimkehr nach New York im Juni keine Anfälle mehr gehabt und hatte sich kaum noch Gedanken darum gemacht. Was, wenn es jetzt wieder anfing? In Paris war Jac nicht in der Lage gewesen, die Halluzinationen unter Kontrolle zu bringen – würde sie es jetzt schaffen?

Schon spürte sie die typischen Schauder an beiden Armen, die ihren Anfällen immer vorangingen. Schmerzhafte, kalte Nadelstiche zeigten an, dass ein Ausbruch kurz bevorstand. Die Gerüche um sie herum wurden intensiver. Der Raum verdunkelte sich. Jac versuchte dagegen anzukämpfen, aber die Schatten rückten immer näher.

Jacs Gedanken verwirrten sich, als würde sie ihren eigenen Geist verlassen, um in einen anderen einzutauchen. Sie sah sich um. Statt der weißen Wände waren da tropfende, zähflüssige rote Ströme. Blut floss auf den Boden herab und sammelte sich in großen Lachen. Das war es, was so süßlich roch. Eine herzzerreißende Klage erfüllte die Luft – die Schreie einer Frau, so schrill, dass sie Jac in den Ohren schmerzten.

Mit allen ihr verbliebenen Kräften versuchte Jac, in die Realität zurückzugelangen. Sie musste diesen Alptraum unbedingt durchbrechen. Sie hatte Angst, eines Tages aus einer ihrer Visionen nicht mehr heil herauszukommen.

Damals in der Klinik hatte Malachai ihr Strategien beigebracht, mit denen sie in ihren eigenen Geist zurückfinden konnte. Eine Reihe von Anweisungen, die sie ihren Notfallplan nannte.

Leise rief Jac die erste Anweisung auf.

Öffne ein Fenster. Verschaff dir frische Luft.

Ein Fenster gab es hier nicht. Also weiter.

Atme langsam und bewusst ein und aus. Zähle mit jedem Atemzug im Geist bis vier.

Jac atmete tief ein. Zählte: *Eins ... zwei ... drei ... vier.* Und noch einmal. Und noch einmal. Ein künstlicher Geruch stieg ihr in die Nase. Ein realer Geruch, einer aus der Gegenwart. Ein etwas zu liebliches Parfüm. Das von Christine Bullock. Sehr gut. Sie kehrte allmählich in die Gegenwart zurück. Jetzt musste sie nur dort bleiben und ihre Gedanken davon abhalten, abzuschweifen.

Gib deinem Verstand etwas zu tun.

Jac konnte versuchen, die einzelnen Duftnoten in dem Parfüm der Kuratorin auseinanderzuhalten. Sie atmete noch einmal tief durch, identifizierte die Komponenten und zählte sie auf: Moschus, Benzoin und Karamell.

Allmählich ging es ihr besser. Jetzt musste sie nur noch zu zittern aufhören. Behutsam legte sie das Schwert beiseite, atmete wieder bewusst langsam und zählte bis vier. Und noch einmal. Schon viel besser.

Wie lange hatte der Anfall gedauert? Jac war es vorgekommen, als seien mindestens fünf Minuten vergangen, aber sie wusste aus Erfahrung, dass es vermutlich nur Sekunden gewesen waren. Christine schien nichts bemerkt zu haben. Sie sprach einfach weiter, als sei nichts gewesen.

»Es werden bis heute immer wieder neue keltische Grabanlagen gefunden. Weil sie meistens mit Erdhügeln bedeckt wurden, geben Landschaftsformationen Hinweise auf ihre Standorte. Manchmal werden sie im Laufe der Zeit unkenntlich und tauchen dann wieder auf, weil sich die Landschaft aus den verschiedensten Gründen verändert hat. In Schottland hat man vor kurzem ein neues Grab entdeckt, als ein Waldstück gerodet wurde.«

Die Kuratorin stand auf, und einen Moment lang fiel ihr Schatten auf den Ring. Als sie sich weiterbewegte und wieder Licht darauf fiel, schien das Kupfer heller zu leuchten als vorher. Es musste Einbildung sein, dachte Jac, aber es fühlte sich tatsächlich so an, als sei das Metall ein wenig wärmer geworden. Und ein paar Sekunden später war es beinahe heiß. Als Jac den Ring abzog, entdeckte sie an der Stelle, wo sie ihn getragen hatte, eine Verfärbung. Wie ein umgekehrter Sonnenbrand: Der Rest der Hand war blass, und eine ringförmige Partie auf ihrem untersten Fingerglied war gerötet. Ihre Haut brannte ein wenig, und sie hielt sich davor zurück, daran zu kratzen. Es musste wohl eine allergische Reaktion auf ein Lösungsmittel sein, das das Museum zum Reinigen oder als Schutzbeschichtung einsetzte.

Aber auch den Rest des Nachmittags und den Abend über spürte Jac den brennenden Schmerz an ihrem linken Zeigefinger. Zwei Tage darauf, am Flughafen, auf dem Weg nach England, reichte sie einer Stewardess ihre Bordkarte und bemerkte, dass der rötliche Ring zwar blasser geworden, aber immer noch deutlich zu sehen war.

Sieben

GEGENWART, 5. SEPTEMBER
ÄRMELKANAL

Die Hauptsaison war vorüber, und nur ein Dutzend Passagiere bevölkerte die Fähre. Das Boot schwankte bei heftigem Wind in der aufgewühlten See, aber Jac genoss dennoch die Überfahrt. Sie hatte in London ein paar Tage damit verbracht, ihren Jetlag auszuschlafen und weitere Recherchen anzustellen. Seit heute früh hatte sie angenehme vier Stunden im Zug nach Poole verbracht und war mit dem Taxi zum Fähr-Terminal gefahren. Von den gut dreieinhalb Stunden Überfahrt lag schon die Hälfte hinter ihr. Die ganze Zeit war sie auf dem Oberdeck allein geblieben, bis sich ein paar Minuten zuvor eine Frau zu ihr gesellte. Sie schien Mitte sechzig zu sein. Ein seidenes, unter dem Kinn geknotetes Tuch schützte ihr dunkelbraunes Haar vor der stürmischen Brise. Unter einer rostroten Kaschmirjacke trug sie einen passenden Pullover. Eine schwarze Stoffhose und schwarze, flache Stiefel rundeten das Outfit ab. Ziemlich schick für eine Bootsfahrt.

Als die Frau auf eine Sitzbank zusteuerte, begann das Boot zu schlingern, und sie geriet ins Stolpern.

Jac war sofort auf den Beinen, erreichte die Frau, bevor sie stürzen konnte, fasste sie am Arm und stützte sie.

»Alles in Ordnung?«, fragte Jac.

»Ja, es geht schon. Vielen Dank.« Dann bemerkte die Frau,

dass der Inhalt ihrer Handtasche über das Deck verstreut lag, das noch immer heftig schaukelte.

»Warten Sie, ich helfe Ihnen«, sagte Jac und kniete sich auf den Boden.

An dem Portemonnaie, das sie der Frau zurückgab, war nichts Ungewöhnliches. Ebenso wenig an dem silbernen Kamm und dem Spiegel. Es waren teure, aber alltägliche Gegenstände.

»Ich wollte mir gerade einen Tee holen«, sagte Jac und reichte der Frau noch ihren Lippenstift. »Möchten Sie auch einen? Oder Kaffee?«

»Das wäre wunderbar. Einen Tee, bitte. Mit Zitrone, ohne Zucker.«

Als Jac mit dem Tee zurückkehrte, hatte die Frau sich einen Sitzplatz ausgesucht und sah auf das Meer hinaus. Sie strahlte Kraft und Autorität aus. Wie eine Frau, die wusste, was sie wollte, und ihr Leben selbst in die Hand nahm. Man konnte sie sich gut als Führungskraft in einer Firma vorstellen. Eine Frau, die immer frische Blumen auf dem Schreibtisch stehen hatte. Die echte Perlen trug. Die sich nichts gefallen ließ.

»Danke, dass Sie so schnell reagiert haben«, sagte die Frau, nachdem sie ihren ersten Schluck Tee getrunken hatte. »Das hätte ein übler Sturz werden können.« Sie schüttelte den Kopf. »Ich komme gerade von einem Besuch bei meiner Tochter zurück, der mich ziemlich aufgewühlt hat, wissen Sie.«

Jac wusste nicht, was sie dazu sagen sollte, also nippte sie schweigend an ihrem Tee.

»Es ist ihr Ehemann, der mich so aus der Fassung gebracht hat«, fuhr die Frau fort. »Wir haben uns von Anfang an nicht gut verstanden. Meine Tochter hat aus Rebellion gegen ihre unorthodoxe Mutter einen Pfarrer geheiratet. So rechtschaffen und fromm, dass es an Irrsinn grenzt, wenn Sie mich fragen. Olivia scheint gar nicht zu bemerken, wie engstirnig er ist. Er findet natürlich, ich hätte einen furchtbar schlechten Einfluss auf sie.«

»Warum?«

»Die Angst vor dem Unbekannten kann sehr mächtig sein.« Die Frau trank einen großen Schluck Tee.

Inzwischen war der Nebel immer dichter geworden. Es war, als hätten sich die Wolken herabgesenkt und umhüllten jetzt die Fähre. Der Nebel benetzte Jacs Haut, und ihre Locken ringelten sich. Der Geruch von Meerwasser und Salz war genauso urtümlich wie der des Waldes in Connecticut an jenem Nachmittag mit Malachai vor dem Gewitter.

»Ist Ihnen je aufgefallen, wie man einen Fremden sofort als solchen erkennt?«, fragte die Frau. »Ich meine nicht jemanden, dem Sie einfach noch nie begegnet sind, wie mir zum Beispiel, sondern jemanden, der Ihnen immer fremd bleiben wird. Jemanden, den Sie nie wirklich verstehen werden. Es ist genau dieselbe Fähigkeit, die einem auch hilft, Seelenverwandte zu erkennen.«

»Ja, das kenne ich«, sagte Jac.

»Also ist es Ihnen auch schon passiert?«

Als Jac vor siebzehn Jahren zum ersten Mal Theo begegnet war, hatte sie so eine sofortige Vertrautheit gespürt. Und einige Jahre darauf bei ihrer Begegnung mit Griffin North war es dasselbe. Vom ersten Moment an hatte es zwischen ihnen diese tiefe, unerklärliche Verbindung gegeben. Es war eine Verbindung, die sie noch immer nicht ganz abschütteln konnte. Sie konnten nicht zusammen sein. Sie gehörten nicht zueinander. Sie musste aufhören, um etwas zu trauern, was einfach nicht hatte sein sollen.

»Und wenn es passiert, müssen Sie auf Ihren Instinkt vertrauen«, sagte die Frau.

»Warum sagen Sie das?« Jac war verblüfft. Es war, als hätte die Frau ihre Gedanken gelesen.

»Oh, das ist kein großes Kunststück. Ich bin Psychotherapeutin. Ich habe gelernt, Menschen genau zu beobachten. Ihr Gesichtsausdruck hat Bände gesprochen. Es tut mir leid, wenn ich etwas gesagt habe, was Sie aufgewühlt hat.«

In Jacs Handtasche lag ein in hellgrünes Leder gebundenes Notizbuch von Hermès. Ihre Mutter hatte es ihr zum dreizehnten Geburtstag geschenkt. »Damit du deine Träume und Alpträume aufschreiben kannst«, hatte sie gesagt. »Wenn du sie nämlich aufschreibst, sind sie etwas Reales. Dann hast du die Kontrolle über sie, nicht umgekehrt.«

Für Audrey selbst hatte dieser Trick allerdings nicht funktioniert. Nicht einmal ihre Lyrik hatte sie retten können. Trotzdem hielt sich Jac an ihre Empfehlung. Als sie dann in der Blixer-Rath-Klinik behandelt wurde, hatte Malachai sie ermuntert, ihr Traumtagebuch weiterzuführen. Und er hatte noch einen zusätzlichen Vorschlag gehabt: Jac sollte auch sämtliche Zufälle auflisten, die ihr begegneten. Also hatte sie das Notizbuch umgedreht und von hinten nach vorn mit ihrer Liste begonnen.

»Eines Tages«, hatte Malachai gesagt, »kannst du dann deine Liste durchgehen und deinen Lebensweg nachvollziehen. Vor jeder wichtigen Entscheidung kannst du zurückblättern und erkennen, wie du dorthin gelangt bist. Aber deine Weichenstellungen zu verstehen ist nicht das einzige Ziel; du musst dich auch ganz dem Augenblick hingeben und deine Entscheidungen mit Leben erfüllen können. Wenn du das kannst, ist meine Aufgabe als Therapeut erledigt.«

Seitdem kaufte Jac jedes Jahr bei Hermès auf der Madison Avenue eine neue Schreibeinlage für ihr Notizbuch. Achtzehn Stück lagerten schon in einem Aktenschrank bei ihr zu Hause. Heutzutage nutzte sie die vorderen Seiten für Notizen und Ideen zu ihrer Arbeit als Mythenforscherin. Hinten schrieb sie nach wie vor besondere Zufälle auf. Zwar hatte sie noch kein einziges Mal zurückgeblättert und sie gelesen, aber es war ihr zur Gewohnheit geworden.

Irgendwo aus der Ferne hallte der Ruf eines Nebelhorns über das Wasser. Ein Warnruf; er klang beinahe menschlich.

»Welche Therapieform praktizieren Sie denn?«, fragte Jac.

»Analytische Psychologie.«

Wie Malachai. Das überraschte Jac gar nicht. Es passte zu dem, was die Frau erzählt hatte. »Das dachte ich mir. Die Analytische Psychologie hat in meinem Leben lange eine wichtige Rolle gespielt«, sagte Jac, während das Nebelhorn noch einmal seinen Warnruf ertönen ließ.

Trotz ihrer jahrelangen Erfahrung war Jac auf Reisen noch immer ein wenig nervös. Sie hatte gar nicht so sehr Angst vor Flugzeugabstürzen, Zugentgleisungen oder sinkenden Schiffen; vielmehr beunruhigte sie die Vorstellung, dass sie auf unbekannten Wegen unterwegs war, auf denen lauter unvorhersehbare Entdeckungen, Wunderdinge und Katastrophen sie erwarteten.

»Machen Sie Urlaub auf Jersey?«

»Nein, ich bin beruflich unterwegs«, sagte Jac und bekam gleich bessere Laune.

Am Handgelenk der Frau fiel Jac ein Armreif ins Auge, der unter der Jacke hervorgerutscht war.

Der Armreif bestand auf drei geflochtenen, dunklen Goldsträngen. Er sah sehr alt aus und erinnerte Jac an die Artefakte, welche die Mittelalter-Kuratorin in New York ihr gezeigt hatte.

»Lassen Sie mich raten«, sagte die Frau und musterte Jac aufmerksam. »Die meisten, die aus beruflichen Gründen herkommen, sind in der Finanzbranche …«

Jac war im Zuge ihrer Recherchen darauf gestoßen, dass Jersey eines der wenigen großen Offshore-Finanzzentren war. Bei einer Einwohnerzahl von nicht einmal 90 000 gab es dort 45 Banken und 32 000 registrierte Unternehmen. Über 189 Milliarden Pfund waren zu jedem Zeitpunkt auf der Insel deponiert.

»Aber – nein, das wäre zu seelenlos für Sie. Ich muss es ja wissen; meiner Familie gehört eine Bank. Mein Vater hat sie geleitet, genauso wie sein Vater. Jetzt sind meine Neffen dran.

Ein kaltes Geschäft. Sie bemühen sich vielleicht, genauso leidenschaftslos zu sein, aber das gelingt Ihnen nicht besonders, oder?«

Jac schmunzelte über den eleganten Übergang vom Beruflichen zum Privaten. So eine präzise Beschreibung ihrer selbst hatte sie schon lange nicht mehr gehört. Sie hätte glatt von ihrem Bruder stammen können.

»Ah, jetzt weiß ich, was Sie hier vorhaben«, sagte die Frau. »Sie sind auf der Suche nach Ihrem Schicksal.«

»Wie meinen Sie das?« Wieder so eine merkwürdige Bemerkung, dachte Jac.

Die ältere Dame lächelte. Ihre grauen Augen blitzten. Sie schien sich bestens zu amüsieren.

»Na ja, Sie tragen keinen Ehering und auch sonst keinen Schmuck. Also nehme ich an, dass Sie ungebunden sind. Sie reisen mit leichtem Gepäck. Sie haben kein einziges Mal Ihr Handy rausgeholt, seit wir uns begegnet sind. Offenbar erwarten Sie keine SMS oder E-Mails, haben also weder privat noch geschäftlich wichtige Angelegenheiten zu regeln. Keine feste Anbindung, weder an Personen noch Orte. So weit, so offensichtlich. Weniger offensichtlich sind all die kleinen Anzeichen dafür, dass Sie eine Suchende sind. Als ich so alt war wie Sie, habe ich viele von ihnen kennengelernt. Ich konnte mir sogar selbst einmal schmeicheln, eine zu sein. Sie sind auf der Suche nach einer bestimmten Art Wissen. Nach Verbindungen, die Sie aufspüren und an Menschen weiterreichen, die sie brauchen. Das sieht man schon daran, wie Sie mich ansehen, an den Fragen, die Sie stellen, aber noch viel mehr an denen, die Sie auslassen.«

Jac war es ein wenig unangenehm, von einer Wildfremden analysiert zu werden, aber es beeindruckte sie auch, wie viel Gespür diese Frau hatte.

»Nehmen Sie es mir nicht übel. Das ist nun mal meine Berufskrankheit.« Die Frau öffnete ihre Brieftasche und reichte Jac eine Visitenkarte. In das schwere Papier war wie ein Wappen das Bild eines Vogels eingestanzt, eines Adlers oder eines Phönix vielleicht. Darunter standen ihr Name – Minerva Eastmond – sowie eine Telefonnummer und eine Adresse in der Gemeinde Saint Helier auf Jersey.

»Das ist meine Büroadresse«, sagte sie. »Falls Sie irgendetwas brauchen – eine Tasse Tee, Volkskundebücher oder einfach ein nettes Gespräch. Außerdem habe ich viele Landkarten, besonders historische. Meine Familie besitzt eine ansehnliche Sammlung.«

»Danke, darauf komme ich vielleicht zurück. Ich bin tatsächlich hier, um mich ein bisschen umzusehen.«

»Auf ausgetretenen Pfaden zu gehen ist das Eine. Aber reisen kann man nur allein.«

Dieses ganze Gespräch war einfach nur surreal, fand Jac. »Warum haben Sie das gesagt?«

»Wir haben alle ein gemeinsames Bewusstsein. Wir atmen dieselbe Luft. Manchmal können zwei Seelen selbst dann den Schatten des je anderen sehen, wenn die Sonne nicht scheint.« Minerva sah in den verhangenen Himmel. »Jersey ist von allen Kanalinseln die mit den meisten Sonnenstunden. Aber im Moment sieht es finster aus. So ein Nebel kann sich tagelang halten. Und wenn es kalt wird, dringt Ihnen die Kälte bis in die Knochen. Es kommt mir fast so vor, als ob sich die Insel nach dem Touristenansturm im Sommer erst einmal ausruhen will und dafür die Jalousien runterlässt und die Türen schließt. Davon sollten Sie sich aber nicht abschrecken lassen. Geheimnisse findet man im Nebel sogar leichter, habe ich das Gefühl. Es gibt hier viele Verstecke – nicht nur die Banken, sondern auch Höhlen. Die sind unser eigentliches Kapital. Da sind die Mythen unserer Insel noch lebendig.«

Noch einmal erklang das tiefe, sonore Geräusch des Nebelhorns.

»Wir laufen in den Hafen ein«, sagte Minerva. »Es tut gut, nach Hause zurückzukommen.«

Jac spähte in den Dunst hinaus und suchte nach Anzeichen von Gebäuden, Schiffen und festem Untergrund, aber alles, was sie vor sich sah, war eine dichte graue Nebelwand.

Acht

14. September 1855
Kanalinsel Jersey, Grossbritannien

Von Geistern heimgesucht zu werden ist beängstigend. Das war wohl zu erwarten. Doch wie entkräftend, wie zehrend es auch werden könnte, habe ich nicht geahnt. Mir ist, als würde ich ausgelaugt, erstickt und niedergedrückt. Wie viel Beachtung alle diese Geister fordern! Und wie listig sie mich in Versuchung führen, indem sie versprechen, mir neue Kräfte zu verleihen! Ihre Schmeicheleien haben mich süchtig gemacht. Ihre Heftigkeit hat mich verstört. Was für einen heiligen Schrecken ich in ihrer Gegenwart verspüre!

Manche der Geister beschränken sich nicht länger darauf, während der Séancen zu erscheinen, sondern kommen auch danach zu mir. Nacht für Nacht reißen sie mich aus dem Schlaf, was meiner Gemütsverfassung sehr abträglich ist. Es hilft nichts, meine Fenster und Türen zu verschließen. Mauern sind für diese blutleeren Kreaturen kein Hindernis. Es gelingt mir nicht, sie fernzuhalten.

Seit vier Nächten schon ist ein Geist kühner als die anderen. Mit sonderbaren Geräuschen fängt es an, wenn alle Hausbewohner schlafen und die Lichter gelöscht sind. Dielen knarren, Fensterläden quietschen. Gegenstände regen sich, obwohl die Fenster geschlossen sind. Papiere fliegen umher. Allmählich verbreitet sich ein Licht im Raum, ein überirdisches Leuchten, und in seiner Mitte erscheint La Dame Blanche, wie man sie hier auf der Insel nennt.

Einmal hat sie uns im letzten Jahr am Kartentisch besucht und dann nicht wieder, bis zu dem Tag, da ich dir am Strand begegnete. Seither ist sie wieder und wieder zurückgekehrt. Nicht nur zu den Séancen erscheint sie. Die urzeitliche Kokette sucht mich in meinem Zimmer auf, drängt sich in meine Träume und reißt mich aus dem Schlaf. Sie steht vor meinem Bett, die Verführerin, so schön und gewandt wie die besten Huren von Paris, und bietet mir Gefälligkeiten an. Im Gegenzug verlangt sie, was auch der Schatten forderte – dass ich zu ihren Ehren dichte.

Ich weiß, dass ich mein Verlangen nicht an einem Geisterwesen stillen kann. Der Gedanke allein ist Wahnsinn. Und doch verlangt mich nach ihr. Ich will sie besitzen, wie nur Sterbliche einander besitzen können – sie riechen, schmecken und berühren. Allein, sie ist ganz Rauch und Schatten. Ich weiß es, doch es ändert nichts daran. Vernunftgedanken vermögen nichts gegen meine Leidenschaft. Seite um Seite fülle ich mit ihr. Nacht um Nacht flieht mich der Schlaf. Tag um Tag wächst mein Verlangen, mit den Toten Zwiesprache zu halten statt mit den Lebenden.

Auch bin ich nicht länger der Einzige, der sie sehen kann. Der Geist der Dame Blanche ist so stark geworden, dass er die Grenze zur körperlichen Welt überwinden kann. Mein Barbier will sie auf seinem Heimweg gesehen haben, wie sie nachts mein Haus umschlich. Der Krämersjunge sah sie morgens früh, noch in der Dämmerung. Er rannte fort und weigert sich seither, uns Einkäufe zu liefern.

Kennst du die Sage von der Dame in Weiß? Es ist eine jener Druiden-Legenden, welche die Inselbewohner so gern erzählen.

Anderthalb Kilometer von meinem Haus entfernt ragt ein imposanter Menhir aus dem Boden auf. Es ist einer von Jerseys großen Monolithen aus der Zeit der Druiden. So viel darf als sicher gelten. Weniger gesichert ist die Legende, die sich um den Felsen rankt: Man sagt, er sei das Gefäß für die Seele der Weißen Frau und bei Tag ihr Gefängnis, in dem sie die Strafe für ihr Vergehen verbüßt. Nur bei Nacht ist es ihr erlaubt, die Insel zu durchstreifen; die ersten morgendlichen Sonnenstrahlen verbannen sie wieder in den Stein.

La Dame hat ihr Kind ermordet. Das bekannte sie bei einer der Séancen und behauptete, die erste Frau auf Jersey gewesen zu sein, die ihr eigen Fleisch und Blut getötet hat. Seit dreitausend Jahren büßt sie für ihr Verbrechen.

Auch gestern Abend besuchte sie unsere Séance, sprach von der Ewigkeit, der Unendlichkeit und der Strafe, die ihr zugemessen wurde. Danach zog ich mich auf mein Zimmer zurück und schrieb binnen mehrerer Stunden unsere Unterhaltung nieder. Ihre Stimme klang mir noch im Ohr und ergänzte immer neue Einzelheiten. Bei dieser Arbeit wurde mir zunehmend heiß und unbehaglich zumute. Ich öffnete die Fenster, um eine frische Brise einzulassen, und im selben Augenblick begann ein infernalisches Gebell. Der Lärm war unerträglich. Doch bei neuerlich geschlossenen Fenstern konnte ich kaum Atem holen.

Schließlich warf ich die Feder hin, ließ meine Aufzeichnungen auf dem Pult zurück und stürzte aus dem Haus. Nach Atem ringend, lief ich hinunter an den Strand. Ich musste ans Meer, fort von der schwelenden Seele der Dame in Weiß und dem Höllengeheul.

Kaum war ich fünfzehn Minuten gewandert, als eine Stimme nach mir rief.

»Monsieur Hugo?«

Ich wandte mich um und sah mich dem Connétable Jessie Trent, dem Leiter der ehrenamtlichen Polizei, gegenüber. Sein mit Silber beschlagener Stock leuchtete im Mondlicht auf.

»Guten Abend, Connétable.«

Trent war ein hochgewachsener, athletischer Mann mit wettergegerbtem Gesicht. Ich war ihm bei meinen nächtlichen Streifzügen schon oftmals begegnet, und wir hatten uns im Laufe zweier Jahre über vieles unterhalten, von den politischen Zuständen auf der Insel bis zu den Unterschieden zwischen Töchtern und Söhnen. Seine Frau war drei Jahre zuvor nach der Geburt des fünften Sohnes im Kindbett gestorben. Er hatte erneut geheiratet, und seine zweite Ehefrau hatte ihm unlängst eine erste Tochter geschenkt. Er war mir gleich als ungewöhnlich aufmerksamer Vater aufgefallen: Stets lugte aus einer seiner Taschen ein Spielzeug hervor, das er seinem Nachwuchs mit nach Hause bringen wollte, und in jener Nacht war es nicht anders. Ich bemerkte ein rotes Tüchlein, das jemand in die Form eines Hundes geknotet hatte.

»Sind Sie schon länger aus dem Haus?«, fragte Trent.

»Nicht mehr als eine Viertelstunde. Gibt es Probleme?«

»Haben Sie dieses infernalische Bellen gehört?«

»Die Hunde? Ja. Warum?«

»Ein Mädchen wird vermisst. Seine Mutter hat nicht weit von ihrem Haus einen Hund gehört. Das hat alle in Aufruhr versetzt. Wie Sie wissen, gibt es hier auf den Inseln unzählige Schauermärchen. Wir haben einen Suchtrupp nach dem Mädchen ausgesandt.«

Ich hatte schon oft die volkstümlichen Geschichten gehört, die sich um Jerseys Hunde rankten. Die beliebteste handelte von einer schwarzen Bestie, die in der Gemeinde Trinity in der Bouley Bay die Klippen durchstreifte. Spaziergänger, die dem Untier begegnet sind, berichten, es habe sie mit erstaunlicher Geschwindigkeit umkreist und sei dann spurlos verschwunden.

»Wessen Kind ist es?«, fragte ich.

»Die Tochter von Tom Meechams. Kennen Sie ihn?«

»Den Fischhändler?«

Trent nickte. »Lilly ist ein hübsches kleines Ding. Ist letzte Woche gerade zehn geworden.«

Es klang, als kenne er das Kind, und vermutlich war dem auch so. Sein Ältester musste etwa in ihrem Alter sein.

»Seit wann wird sie vermisst?«

»Wir wissen es nicht genau. Gegen sieben Uhr, als Mrs Meecham ihre Näharbeiten aufgenommen hat, ist Lilly mit ihren zwei Schwestern zu Bett gegangen. Etwa eine Stunde später hörte die Mutter draußen einen Hund. Er klang nicht wie gewöhnlich, sagte sie. Auch ihr Hund schien so zu empfinden, denn er lief am Fenster auf und ab und knurrte. Mrs Meecham war so verstört, dass sie ihre Arbeit unterbrach und alle Türen und Fenster verschloss. Als sie in das Zimmer ihrer Töchter kam, stand dort das Fenster offen, und Lillys Bett war leer. Erst durchsuchte sie das Haus. Dann den Garten und die Gasse. Lilly ist ein gutes Kind und hängt sehr an der Mutter. Hätte sie ihre Rufe gehört, dann wäre sie gekommen. Als sie das nicht tat, schickte Mrs Meecham einen der Söhne ins Wirtshaus nach dem Vater. Er kam sogleich zu mir. Es kommt nicht häufig vor, dass hier in Saint Helier ein Kind verschwindet. Natürlich gibt es die Ausreißer, die zur See fahren, aber nie im Alter von zehn Jahren.«

»Ob Lilly nur nach dem Hund sehen wollte? Mag sein, dass sie besonders empfänglich dafür war, wie trostlos er klang. Ich selbst war es jedenfalls.«

»Genau das vermute ich. Doch bleibt die Frage, ob der Hund trostlos oder eher boshaft war. Und als sie ihn suchen ging, kam sie da einer Klippe zu nah? Oder dem Wasser? Ist sie gestürzt und hat sich verletzt?«

»Wenn ein Suchtrupp ausgesandt worden ist, Trent, möchte ich meine Mithilfe anbieten und auch die meiner Söhne, falls es der Sache dienlich ist.«

»Das nehme ich gerne an«, sagte er. »Wenn meine Männer sie heute Nacht nicht finden, klopfen wir bei Sonnenaufgang an Ihre Tür.«

»Lassen Sie zumindest mich noch heute bei der Suche helfen. Nach dem, was Sie erzählten, finde ich ohnehin keinen Schlaf.«

Trent suchte und fand einen handlichen Stock für mich und sagte, er sei dankbar, dass ich ihn begleiten wollte. »Wenn jener Hund die Tollwut hat, begegne ich ihm besser nicht allein. Ich habe meine Männer zu zweien ausgesandt, aber wir waren eine ungerade Anzahl.«

Wir machten uns auf den Weg am Ufer entlang.

»Ich weiß, dass es auf Jersey auch Verbrechen gibt«, sagte ich. »Schlägereien, Wirtshausstreitigkeiten, Diebstahl und dergleichen. Aber gibt es viele ungeklärte Fälle? Hat es zuvor schon Morde gegeben?«

»Das Mädchen ist eine Vermisste, Monsieur Hugo, kein Mordopfer.«

Doch ich wurde – sosehr ich es auch wünschte – das Gefühl nicht los, dass sie tot war. Oder dass sie es bald sein würde, wenn wir sie nicht fanden.

»Lassen Sie ja nicht Ihre Phantasie mit sich durchgehen«, fuhr Trent fort. »Ein Mann wie Sie, der raffinierte Bücher und Schauspiele verfasst, denkt sogleich an das schlimmste Szenario, aber was wir hier haben, wird nur ein Mädchen sein, das einem bellenden Hund nachgelaufen ist.«

Die 157 ehrenamtlichen Polizisten der Insel waren auf ihre zwölf Gemeinden aufgeteilt. Saint Helier hatte mit seinen über 20000 Einwohnern beinahe dreißig Mann. Sie alle und noch weitere Männer, solche wie ich, die von Lillys Verschwinden erfahren hatten, schritten nun die Straßen ab, durchkämmten Felder und Wälder, erklommen die Felsen, erkundeten die Höhlen in der Küste, und alle riefen den Namen des Mädchens. Ihr Sprechchor erfüllte die Nacht wie der feierliche Kehrreim eines Liedes. Mal klang es wie eine Ode an die Hoffnung, mal wie ein Grabgesang.

Allmählich kühlte sich die Nachtluft ab. Wir wanderten lange, einen großen Kreis beschreibend, und kehrten schließlich zur St. Aubin's Bay zurück. Wir blickten auf die Elisabeth-Burg hinaus. Nur bei Niedrigwasser kann man sie zu Fuß erreichen, und das war längst vorüber. Wir fragten uns, ob das Mädchen früher am Abend über die Sandbank dorthin gelangt sein mochte. Bei Tag ist die Ruine prachtvoll, bei Nacht beängstigend. In jener Nacht umso mehr, da sich nun Nebel heranwälzte und den Mond verhüllte. Nach zehn Minuten schon raubte uns ein dichter Dunst die Sicht auf die Burg. Trent bestand darauf, die Suche abzubrechen und am Morgen fortzusetzen. Uns blieb auch keine andere Wahl. Wir konnten kaum einen Schritt weit mehr sehen. Eine falsche Bewegung, und wir wären von der Klippe oder in eine Kluft gestürzt.

Der Nebel war so dicht, dass wir alsbald die Orientierung verloren. »Es ist sinnlos, den Heimweg finden zu wollen«, erklärte Trent erbittert. »Die Küste ist zu nah. In dieser Suppe könnten wir leicht zu Schaden kommen.«

»Was schlagen Sie vor?« Das kondensierte Wasser lief mir über das Gesicht; mein Haar war nass wie nach einem Regenguss.

»Wir sollten versuchen, ein Stück landeinwärts zu gelangen.« Trent blieb stehen und sog prüfend die Luft ein. »Ich denke, rechts von uns liegt eine Weide«, sagte er. »Ich rieche Kuhdung. Dort sollten wir sicher sein.«

Auch ich unterschied nun den Duft des Landes von dem des Meers. Wir folgten unseren Nasen, bis wir die Weide erreichten. Trent ging wie ein Blinder, die Arme tastend vor sich ausgestreckt, in kleinen, zögerlichen Schritten. Ich muss genauso ausgesehen haben.

»Dort ist eine Mauer, Monsieur Hugo«, rief er mir zu. »Da können wir Schutz suchen. Kommen Sie, folgen Sie meiner Stimme.«

Wir ließen uns in einer Mauernische nieder, und ich bat Trent, mir zu berichten, was er über die Burg wusste. Ich hatte sie oft genug gesehen, doch noch nie erkundet. Ob sich darin ein Kind verbergen konnte? Und wäre sie die Nacht über dort in Sicherheit?

»Die Elisabeth-Burg wurde 1590 errichtet und trägt den Namen unserer Königin«, sagte Trent. »Sie wurde auf dem Grund jenes Klosters erbaut, das im sechsten Jahrhundert die Wirkstätte unseres Schutzpatrons Sankt Helier gewesen ist. Unsere Geschichtsbücher wissen zu berichten, dass ihr erster Bewohner Sir Walter Raleigh war, der damalige Gouverneur von Jersey. Später beherbergte sie auch Karl den Zweiten, als er vor dem Bürgerkrieg auf diese Insel floh. Seit ich mein Amt angetreten habe, hat sich dort mancher Unglücksfall ereignet. Vor allem Reisende überschätzen mitunter ihre Kräfte und versuchen, die Türme oder Mauern zu erklimmen. Doch wenn das Mädchen dort ist, dürfte sie gut aufgehoben sein.«

»Wenn es dort keine Geister gibt …«

»Monsieur Hugo, es dürfte kaum der geeignete Abend sein, von solchen Dingen zu sprechen.«

»Es ist sogar ein perfekter Abend dafür.«

»Ein gebildeter Mann wie Sie«, sagte er, »glaubt doch gewiss nicht an Geister?«

Fast hätte ich ihm die Wahrheit gesagt – dass ich es mein Leben lang verneint haben würde, doch inzwischen nicht mehr. »Es gibt immer wieder Dinge, die wir nicht sicher wissen können, Connétable.«

»Wie dem auch sei, man sollte doch erwarten, dass Sie vielmehr mir Geschichten erzählen.«

»Aber meine eigenen Geschichten kenne ich ja.«

Er lachte. Im ersten Augenblick war es ein angenehmes Geräusch, doch dann geschah etwas Eigenartiges. Sein Lachen schien als Echo von der Mauer zurückzuprallen, nur dass es jetzt hohl und schwermütig und sorgenvoll klang. Sicherlich nahm auch Trent die Veränderung wahr. Doch wir sagten beide nichts dazu. Stattdessen bedauerte er, nicht zu meiner Unterhaltung beitragen zu können.

»Es tut mir leid, Monsieur. Ich weiß keine Geistergeschichten.«

Ich weiß nicht, warum, doch ich glaubte ihm nicht ganz. War da nicht ein Zögern in seiner Stimme? Ganz sicher verbargen sich grausige Geschichten in jenem Gemäuer und harrten ihrer Entdeckung. Hinter jedem Stein, den man aus der Fassade zog, musste eine zu finden sein.

Da wir beide schwiegen, traten die nächtlichen Geräusche, die noch kurz zuvor kaum hörbar gewesen waren, immer mehr in den Vordergrund. Wellen brachen sich an den Felsen, Eulen schrien, Hunde heulten in der Ferne, Grillen kreischten, und ein einsamer Wind stritt mit allem, was ihm im Wege war. Während mich der Andrang der Geräusche überwältigte, nickte Trent neben mir ein.

Männer, die so hart arbeiten wie er, haben bisweilen die Fertigkeit, an jedem Ort und unter den unangenehmsten Umständen einzuschlafen. Ich war nicht derart begünstigt, daher lehnte ich mich an das nasse Gemäuer, lauschte den nächtlichen Geräuschen, bemühte mich vergeblich, die Rufe eines Kindes auszumachen, und stellte mir das Grauen seiner Eltern vor.

Als Schriftsteller braucht man Empathie und Einbildungskraft. Diese Eigenschaften mögen der Kunst zuträglich sein; der Seele aber schaden sie. Ein Künstler erleidet nicht nur eigenen Kummer, eigene Sehnsüchte und eigene Sorgen um Frau und Kinder. Es lasten auf ihm auch die Gemütsregungen einer Vielzahl fremder Existenzen.

Kaum habe ich von jemandes Unglück erfahren, stolpere ich schon in sein Gemüt hinein, peinigt mich sein Schmerz und trifft mich sein Ungemach. Seinen inneren Aufruhr erleide auch ich. Seine Sorgen lasten auch auf meinen Schultern.

Erleichterung erfahre ich oftmals nur in den Armen einer

Frau. In jenem ganz anderen Nebeldunst kann ich mich hingeben, kann loslassen, mich ganz in dem Genuss verlieren, der alles andere verblassen lässt.

Was gäbe ich nicht für den tröstenden Duft und die Berührung einer Frau, dachte ich, wie ich dort im Dunkeln saß, von einer Melancholie bedrückt, die mich bis zum Morgen nicht aus ihrem Griff entlassen würde. Es fiel mir schwer, an jener Mauer auszuharren, während die Nacht mich wie ein zänkisches Weib am Ärmel zerrte. Ich schloss die Augen und versuchte abzuspannen, versuchte einzuschlafen. Doch mit geschlossenen Lidern schärfte sich mein Gehör nur umso mehr. Das Bellen des Hundes schien jetzt näher zu sein. Sein Jaulen dringlicher, entschlossener. Als wollte er etwas ganz Bestimmtes sagen. War es derselbe Hund, den ich nun schon seit Tagen immer wieder hörte? Was wollte er?

Und dann, plötzlich, spürte ich jemandes Gegenwart, und ich roch Brandgeruch und Weihrauch und noch etwas anderes, das mich an seit Ewigkeiten nicht mehr angerührte Altertümer denken ließ. Es überraschte mich, so einen Geruch hier draußen nahe der Küste wahrzunehmen.

Dann kamst du, Fantine, mir in den Sinn. Ich wanderte durch die Geschichte deiner Parfümeursfamilie, als sei sie ein Gewirr von Gassen. Ich spionierte durch die Fenster und erblickte Szenen, die du nur angedeutet hattest. Die erste Begegnung mit dem Geliebten. Deine Arbeit in der Parfümerie. Den Tod deines Vaters. Wie dein Onkel dich verjagte. Was es bedeutet hatte, nach einem behüteten Leben plötzlich allein zu sein, eine Verstoßene.

Mich packte das Verlangen, dich zu sehen. Warum gerade dann? Was faszinierte mich so an deiner Geschichte? Damals wusste ich es nicht. Doch jetzt ahne ich es. Nie zuvor war ich einer Frau begegnet, die so empfindungslos war und ihr Schicksal so fraglos hinnahm wie du. Die innerlich gestorben war und nicht dagegen aufbegehrte.

Wenn ich jemandes Geschichte nicht vollständig kenne, quälen mich bisweilen die fehlenden Teile. Ich muss unbedingt die Lücken füllen. Und so erging es mir auch mit dir. Wer war dein Geliebter? Warum hatte er dich verlassen? Hatte er gewusst, dass du guter Hoffnung warst?

Ich wollte mehr. Ich wollte alles, bis in das kleinste Detail, wollte die ganze Geschichte. Es schien mir mehr zu sein als bloße Wissbegier. Weit dringlicher als das. Doch warum?

Du willst ihre Seele besitzen, damit du deine eigene heilen kannst.

Es war nicht mein eigener Gedanke, und doch ertönte er in meinem Inneren. Jemand oder etwas hatte ihn mir eingepflanzt. Er drang auf mich ein wie die Stimmen der Geister während der Séancen.

»Nein«, widersprach ich wortlos, innerlich. »Ich will niemandes Seele besitzen. Ich bin kein Ungeheuer.«

Oh doch. Wie alle Menschen. Das zu akzeptieren ist der erste Schritt.

»Der erste Schritt?« Seine Antwort hatte so real geklungen, dass ich laut herausplatzte.

Trent hatte nur gedöst und schrak bei meinen Worten auf.

»Ist etwas geschehen?«, fragte er.

Ich schüttelte den Kopf. »Ich muss eingeschlafen sein«, log ich, »und dann habe ich im Schlaf gesprochen, fürchte ich.«

Ich fürchtete mich wirklich, doch vor etwas sehr viel Ernsterem. War einer der Geister mir aus dem Haus hierher gefolgt? Hatte eines jener Wesen, die wir am Kartentisch heraufbeschworen, sich mir angeschlossen, statt in das Jenseits zurückzukehren? Hatte es mich soeben in ein Gespräch verstrickt, das so real erschien, dass ich lauthals Antwort gab?

Neun

Gegenwart
Kanalinsel Jersey, Grossbritannien

Den meisten Menschen wäre das Zimmer im Webber Inn gemütlich vorgekommen. Eine leicht verblichene Tapete mit Moosrosen und Efeuranken zierte die Wände. Auf den Korbmöbeln sorgten dazu passende Polster für Behaglichkeit. Das viktorianische Bett lockte mit prallen Kissen und einer Daunendecke, und der Boden war mit einem hochflorigen, tannengrünen Teppich bedeckt.

Jac dagegen mochte es lieber schlicht und modern als lieblich und antik. Mochte weiße Handtücher, nicht altrosafarbene mit Spitzenborte. Bei ihrer Arbeit ging es um nichts als Geschichte. Immer hing ihr der Staub der Jahrhunderte in den Haaren. Wenn sie Feierabend hatte, mochte sie es klar und dezent.

Während sie ihren Koffer auspackte, dachte Jac an die Überfahrt zurück. Durch dichten Nebel zu reisen, ohne jeden Ausblick, war seltsam gewesen. Und dann diese ungewöhnliche Frau, die viel zu viel über sie erraten hatte.

Es kam ihr vor, als hätte sie mit der Fähre nicht nur den Kanal überquert, sondern eine unsichtbare Grenze überschritten und sei irgendwo außerhalb der Zeit gelandet. Bis jetzt wusste sie nicht einmal, wie es auf Jersey aussah, weil zu dichter Nebel über der Insel hing.

Das Wenige, was sie während der zwanzigminütigen Fahrt im

Taxi an Straßen und Gebäuden, Autos und Menschen gesehen hatte, kam ihr jedenfalls nicht exotisch vor. Nur von den Landkarten wusste sie, wie isoliert die Insel war. Wie abgeschnitten. Jac konnte nicht einfach gehen, wenn sie wollte. Dafür hätte sie erst darauf warten müssen, dass eine der Fähren auslief – eine nach England, die andere nach Frankreich.

Jac räumte den Rest ihrer Kleidung in den Schrank, verstaute den Koffer und setzte sich an den Schreibtisch, auf dem eine Vase von üppigen, altmodischen Damaszener-Rosen fast überquoll. Sie waren die Lieblinge aller Parfümeure und wurden schon seit grauer Vorzeit wegen ihrer Duftstoffe angebaut. Jac senkte den Kopf, vergrub die Nase in den samtenen Blütenblättern und atmete ihren süßen Duft.

Nur wenigen neuzeitlichen Parfüms war es gelungen, die wahre, verwirrende Schönheit dieser Blume so einzufangen, wie *Rouge* aus dem Haus L'Étoile es tat. Es war das einzige Parfüm mit Rosennote, das Jac je trug. Aber an die Blume selbst reichte selbst *Rouge* nicht heran.

Als sie den Kopf wieder hob, fiel Jac auf, dass es draußen aufzuklaren begann. Es war erst sechs Uhr; es blieben also noch mindestens zwei Stunden, bis es dunkel wurde, und in Wells in Wood wurde sie erst um halb acht erwartet. Theo Gaspard hatte sie ein paar Tage zuvor per E-Mail für ihren ersten Abend zum Essen eingeladen.

»Nur, wenn du nicht zu müde bist«, hatte er geschrieben und hinzugefügt, sie könne jederzeit absagen. »Fühle dich zu nichts verpflichtet. Wir essen so oder so. Claire müsste bloß ein Gedeck wieder wegräumen, das macht ihr nichts aus.«

Wer war Claire? Theos Haushälterin? Seine Schwester?

Sie wusste nur, dass sie nicht seine Frau sein konnte.

Jac war nicht müde. Nach dem Zwischenhalt in London war ihr Jetlag durchgestanden. Aber selbst wenn die Reise ihr mehr zugesetzt hätte, wäre sie viel zu gespannt auf das Wiedersehen mit Theo gewesen, um es zu verschieben. Auch das Haus wollte sie unbedingt sehen – ein ehemaliges Kloster, hatte er gesagt, das allem Anschein nach über keltischen Überresten errichtet worden war. Außer dass es auf den Ländereien ein Hügelgrab und verschiedene Ruinen gab, hatte Theo wenig verraten.

»Ich will nicht zu viel vorwegnehmen«, schrieb er weiter. »Es wird reichlich Zeit sein, alles zu erkunden. Also halte ich mich lieber zurück, damit es eine Überraschung bleibt.«

Obwohl sie den Duft der Rosen liebte, holte Jac als Nächstes ihre Reisekerze hervor und zündete sie an. Das war ihr Ritual an jedem neuen Ort, den sie besuchte. Wenn sie ein Hotelzimmer mit *Noir* parfümierte, kam sie erst richtig an. Der Duft, der jetzt in alle Ecken und in die Polster drang, machte aus einem fremden ein vertrautes Zimmer. Es gab so wenige Konstanten in ihrem Leben, und Jac hatte so viele Familienmitglieder verloren, dass sie den Duft brauchte, um ihre Erinnerung und ihre Identität zu bewahren.

Jac duschte und zog sich um. Die Kunst, sich einzukleiden, hatte sie von ihrer Großmutter gelernt, die durch und durch Französin gewesen war. Sosehr Grandmère ihre Schwiegertochter liebte, hatte sie sich doch für Audreys legeren Look aus Jeans und Stiefeln, abgewetzten Lederjacken, T-Shirts und Indianerschmuck nie begeistern können, und Jac ebenso wenig. Jac bewunderte den Stil ihrer Großmutter und machte ihn sich zu eigen. Ihr Prinzip war einfach: Kaufe immer nur vom Besten, selbst wenn es bedeutet, dir pro Jahr nur ein neues Stück zuzulegen.

Jac schlüpfte in eine schwarze Gabardine-Hose und zog sich einen cremefarbenen Rollkragenpullover aus Kaschmir über. Leuchtende Farben trug sie nicht gern. Ihre Mutter hatte eine grellgrüne Bluse angehabt, als Jac sie fand. Mit den vielen Parfümölflecken, die den Stoff verfärbten, hatte die Bluse wie ein abstraktes Kunstwerk ausgesehen.

Jac stieg in ihre knöchelhohen schwarzen Wildlederschuhe und zog die Reißverschlüsse zu. Dann wand sie sich in ihr schwarz-beige Tweedjackett – ein altes Chanel-Teil von ihrer Großmutter. Zuletzt wickelte sie sich eine passende cremefarbene Strickjacke wie einen Schal um den Hals.

In den Ohren trug Jac die kleinen, aber hell funkelnden Brillantohrstecker, die sie von den Großeltern zum zwanzigsten Geburtstag bekommen hatte. Daneben war ihr einziges Accessoire die Cartier-Uhr ihrer Mutter aus Weißgold, die sie locker wie ein Armband um das Handgelenk trug. Die winzigen Brillanten auf der zwölf, drei, sechs und neun sah man nur, wenn man danach schaute. In dem Safe in Paris gab es noch weiteren Schmuck, aber Jac hatte ihn nie haben wollen. Die Sammlung mehrerer Generationen, immer von der Mutter zur Tochter, von der Tochter an ihre Kinder weitergereicht, lag ungenutzt im Schließfach. Jac fühlte sich von diesen Schmuckstücken wie erdrückt. Als lasteten alle Geschichten und Träume, die mit ihnen verbunden waren, auf ihrer Seele, wenn Jac sie trug.

Mit der Uhr war es anders. Jac stellte sich manchmal vor, ihr Ticken sei das Herz ihrer früheren Trägerin, das noch immer schlug. Jac trauerte nicht nur und vermisste ihre Mutter, sondern litt um sie. Audrey hatte den Kampf gegen ihre Dämonen verloren.

Es war eine Niederlage, die ihren zwölfjährigen Sohn und ihre vierzehnjährige Tochter für ihr Leben prägen sollte und deren ganzes Ausmaß Jac nie ganz erfassen würde. Was wäre ohne diese Tragödie, die ihren Charakter so stark formte, aus ihr geworden? Jac griff nach ihrer Handtasche, die ebenfalls ein Erbstück von der Großmutter war, und verließ das Zimmer.

»Eine Dreiviertelstunde, wenn der Nebel nicht wiederkommt«, sagte Noreen O'Neil, die kurz darauf eine Landkarte vor Jac ausbreitete, um ihr den Fußweg nach Wells in Wood zu zeigen. »Was allerdings gut passieren kann.« Die Hotelwirtin mochte um die sechzig sein, hatte aber zarte Haut und trug ihr Alter mit Würde. Mit ihrer marineblauen Hose, einem weißen Pullover und einer schlichten Perlenkette wirkte sie elegant, ohne jedoch ihre Gäste zu überstrahlen.

»Am besten gehen Sie hier los und folgen diesem Weg, von dem Sie einen wunderbaren Meerblick haben. Aber dann geht es ein ganzes Stückchen bergauf«, sagte Mrs O'Neil und fuhr mit einem zerkauten Bleistift den Weg entlang. »Und ab hier müssten Sie durch den Wald. So spät abends würde ich es wirklich nicht empfehlen. Der Weg ist nicht beleuchtet und läuft streckenweise dicht an der Steilküste entlang. Wenn es dunkel wird, könnten Sie sich ernsthaft verletzen.«

Jac hatte schon ganz andere Wanderungen hinter sich. Sie hatte in Ägypten den Untergrund erkundet und war in Peru bis über die Wolken hochgestiegen, ohne sich je zu verlaufen. Sie hatte einen Kompass in ihrem Handy, hatte das Handy selbst und die Telefonnummern des Hotels und von Theo Gaspard.

»Vielen Dank. Ich werde mich beeilen, also wird es kein Problem sein.« Sie nahm die Landkarte an sich.

»Aber hören Sie, Sie können auf keinen Fall zu Fuß zurück. Nicht wenn es dunkel ist. Auf gar keinen Fall. Das Haus steht ganz allein da oben auf den Felsen. Dafür hat der Alte schon gesorgt. Es kann nichts hinzugebaut werden. Er wollte es genauso rau und einsam lassen, wie er es vorgefunden hat.«

»Was heißt ›dafür gesorgt‹?«

»Einer der Enkel wollte Teile des Anwesens bebauen. Aber Alexander Gaspard hat es über eine Stiftung abgesichert. Auf hundert Jahre hinaus kann da niemand auch nur einen Pflock einschlagen, selbst wenn er die allerbesten Absichten hat. Noch im Grab hat er seine Familie fest im Griff.« Sie schüttelte den Kopf. »Es ist wunderbar, dass das Land so erhalten bleibt, aber ein Testament, das unter den Hinterbliebenen Unfrieden stiftet, kann nicht gut sein.«

Jac hätte gern mehr über die Gaspards herausgefunden, aber es wäre unklug gewesen, gleich am ersten Tag zu neugierig zu sein. Jersey war offenbar klein. Zu viele Fragen zu stellen, bevor sie wusste, wer die Hauptakteure waren und wie sie zueinander standen, konnte nach hinten losgehen. Schließlich hatten die Gaspards sie eingeladen.

»Wir können Sie nach dem Essen abholen«, sagte Mrs O'Neil und gab Jac eine Visitenkarte. »Wir haben hier einen Taxidienst, und mein Sohn ist der Fahrer. Ein ziemlich guter übrigens«, fügte sie lächelnd hinzu. Jac bedankte sich und steckte die Karte ein.

Vor der Tür fuhr der Wind in die aufgefaltete Landkarte. Vier Wanderwege waren in verschiedenen Farben darauf eingetragen. In ihrem Zimmer, auf dem PC, hatte Jac eine exaktere topographische Karte, aber für den Spaziergang reichte ihr der vereinfachte ausfaltbare Lageplan.

Die Strecke, die Mrs O'Neil ihr gezeigt hatte, war leicht zu finden. Hinter dem Hotel führte ein Weg zu der Steilküste hoch und daran entlang. Einzelne Nebelschwaden hingen noch an den Felsen fest und schwebten über dem Meer, aber die Sicht war gut genug, um die Küstenlinie bis zu dem fernen Leuchtturm zu verfolgen. Der Horizont wirkte verschwommen, als würden Himmel und Meer ineinander überfließen.

Während Jac noch die Aussicht bewunderte, atmete sie tief und prüfend ein. Die salzige Meeresluft erinnerte sie an die Sommer, die sie mit ihrem Bruder und der Großmutter in Südfrankreich verbracht hatte. Egal, wie oft sie mit Robbie telefonierte – es war einfach nicht dasselbe, wie wenn sie sich trafen. Sobald dieser Ausflug zu Ende war, wollte sie ihn ein paar Tage in Paris besuchen, bevor sie nach New York zurückkehrte. Robbie hatte sie ihr Leben lang unerschrocken verteidigt und unterstützt. Und er war der Einzige in der Familie, der das Meer genauso liebte wie sie.

Malachai hatte einmal im Scherz gesagt, Jac müsse in einem früheren Leben eine Meerjungfrau gewesen sein. Sie hatte nicht gewusst, was sie ihm zuerst entgegenhalten sollte – dass es keine Meerjungfrauen gab oder keine Reinkarnation. Also hatte sie beides sein gelassen. Probleme und Konflikte, starke Zu- und Abneigungen konnten von allen möglichen Ursachen herrühren. Sie mussten keineswegs, wie Malachai es immer nahelegte, mit Traumata aus vergangenen Existenzen zu tun haben.

»Wenn du nur eine einzige Faser eines früheren Lebens zu fassen bekämst, könntest du deine gesamte Vergangenheit vor dir ausbreiten und von jeder deiner Seelen etwas lernen«, hatte Malachai gesagt. »Deine gesamte berufliche Existenz baut darauf auf, dass man aus der Vergangenheit lernen kann. Warum blockst du sie nur so sehr ab?«

Halsstarrig hatte ihre Mutter sie immer genannt. Auch Robbie hatte Jac oft wegen ihrer Sturheit aufgezogen und ihr erklärt, dass harte Gegenstände viel leichter brachen als solche, die flexibel blieben. Er selbst war ein Magier der Düfte und hatte als praktizierender Buddhist sein Verständnis des Zen in den Parfümeriebetrieb der L'Étoiles eingebracht.

Der Weg beschrieb eine Kurve um ein Gehölz herum und führte dann an die Küste zurück, wo sich Jac ein neuer Ausblick bot. Unter ihr, wo die Uferlinie auf die Felsen traf, lag ein langgestreckter, schmaler Strand. In der Küste waren Höhlenöffnungen zu erkennen. Insgesamt gab es über zweihundert, hatte Jac gelesen. Mehr, als man je würde zählen können, denn herabgestürzte Felsen und Erdrutsche hatten im Laufe der Jahre viele Öffnungen verschlossen.

Die meisten Höhlen seien zwar längst bekannt, hatte Theo geschrieben, aber einige seien bisher noch unentdeckt geblieben. Nur – wie wahrscheinlich war es, dass die spezielle Höhle, von der er sprach, nicht längst geplündert worden war? Was wusste er darüber? Er hatte sich ziemlich bedeckt gehalten.

Jac folgte dem Weg eine kurze Steigung hoch und gut hundert Meter dicht an der Küste entlang, bis er sich landeinwärts wandte. Der Wald war ein dichtes Geflecht aus Eschen, Eichen und Birken. Jac roch Harz und Erde und nur einen Hauch von Meeresluft. Die Kombination erinnerte sie an ein Parfüm, das sie in jüngeren Jahren erschaffen hatte. Sie schnupperte noch einmal. Ja, es stimmte fast genau. Wie sonderbar. Während sie immer tiefer in den Wald hineinwanderte, dachte sie darüber nach, wie lange es her war, dass sie diese spezielle Rezeptur erfunden hatte, und wie stolz sie darauf gewesen war.

Als Jac zehn und Robbie acht Jahre alt war, hatte ihr Vater ihnen eine Kinder-Duftorgel gebaut, ein kleines Abbild der vielstöckigen Apparatur, an der jede neue Generation der L'Étoiles ihre Kunst praktiziert hatte.

In der großen Duftorgel waren über fünfhundert kostbare Essenzen und Absolues in kleinen Fläschchen aufbewahrt – das Werkzeug jedes Parfümeurs. In der Miniaturausgabe waren es fast hundert. Ein wahrer Schatz für die Geschwister. In ihrer Begeisterung hatten sie ein neues Spiel erfunden: Sie hatten Parfüms komponiert, die Emotionen oder Handlungen abbildeten. *Das Parfüm der Loyalität. Das Parfüm der Schande. Der Duft der Lügner.*

Jac hatte genau die Komponenten, die sie jetzt roch – Wald- und Meeresdüfte – für ein Parfüm verwendet, das sie den *Duft der Erinnerung* nannte. Damals hatte sie ihrem Vater noch nicht erklären können, warum sie gerade diese Kombination so stimmig fand und was sie mit Erinnerungen zu tun hatte. Aber als sie jetzt durch diesen Wald spazierte, der ihren Recherchen zufolge vielleicht schon acht Jahrtausende alt war, wurde ihr klar, wie passend es gewesen war, gerade diese Essenzen auszuwählen.

Der Boden unter ihren Füßen war mit einer über viele Jahre angesammelten Schicht von Pflanzenresten bedeckt. Zwei-

Mann mit sandfarbenem Haar. Seine Jeans steckte in den Stiefeln, und er trug ein braunes Sakko.

Der Mann erreichte die Lichtung, sah seinen Hund an und folgte dann dem Blick des Tiers. Sein Gesicht war im Schatten nicht zu erkennen.

»Tut mir leid. Ich hoffe, sie hat Ihnen keine Angst eingejagt. Tasha ist ein ganz lieber Hund.« Er hatte einen britischen Akzent. Seine tiefe Stimme klang, als flösse sie aus ihm heraus.

»Nein, hat sie nicht.«

»Jedenfalls nicht allzu sehr?«, scherzte er.

»Nein, keine Sorge. Was für ein schöner Hund. Ich habe solche wie sie schon auf Gemälden gesehen, aber noch nicht in echt. Was für eine Rasse ist das?«

»Ein russischer Barsoi. Sie waren bei den Malern der zwanziger Jahre sehr beliebt. Sie haben eben gut in diese Zeit gepasst. Barsois sind sehr sportlich. Tasha gehört meiner Großtante, aber ich habe mich angeboten, sie spazieren zu führen … damit ich sie auf deine Spur setzen konnte. Damit sie mir die schönste Frau im ganzen Wald apportiert.«

Jac starrte ihn bestürzt an. Der Mann bemerkte es und runzelte die Stirn. »Bist … bist du nicht Jac L'Étoile?«

Jac nickte.

Er trat aus dem Schatten der Bäume hervor. »Ich war erst sicher, aber dann dachte ich doch noch, ich hätte mich geirrt. Ich bin es, Theo.«

»Theo?« Jac hatte Mühe, den erwachsenen Mann mit dem Teenager übereinzubringen, den sie von damals kannte. Das aschblonde Haar, das ihm in die Stirn fiel, war dunkler, als sie es in Erinnerung hatte. Um seine Augen hatten sich Lachfältchen eingegraben. Mit Dreitagebart wirkte er älter, als er war. Auch seine eingefallenen Wangen trugen zu diesem Eindruck bei. Und in seinen Augen lag ein tiefer, unablässiger Schmerz, der Jac beunruhigte. Früher, als sie einander nahestanden, hatte es ihr nichts ausgemacht, diese Emotionen mitzuerleben. Jetzt gab es ihr das Gefühl, zudringlich zu sein.

Jac blieb eine Weile stehen und fragte sich, ob sie ihm die Hand geben oder warten sollte, dass er auf sie zukam. Sie hatten einander in der Abendsonne am Berghang in den Armen gelegen. Sich berührt. Sich geküsst. Sie kannte den Geruch seiner Haut, seines Haars. Aber an dem Mann, der jetzt vor ihr stand, war so wenig, was ihr vertraut vorkam. Damals in der Blixer-Rath-Klinik war er noch ein Junge mit viel Potential gewesen. Und mit Problemen, ja. Aber ihn hatte immer eine Aura der Möglichkeiten umgeben. Jetzt war er dreiunddreißig und beinahe ein Wrack. Sie hatten so viel Zeit zusammen verbracht, sich an den Händen gehalten, einer den Atem des anderen getrunken. Diese körperliche Nähe hatte Jac bis eben ganz vergessen, und jetzt plötzlich stürmte die Erinnerung auf sie ein.

Sie näherte sich ihm nicht, sondern wartete nur, verlegen wie damals als Vierzehnjährige, als sie ihn zum ersten Mal sah.

»Ich habe dich nicht erkannt«, sagte sie schließlich.

Halb hoffte sie sogar, dass er sie in die Arme schließen und den alten Bund erneuern würde, aber er blieb, wo er war. Nur mit den Augen umschlang er sie.

»Das habe ich gemerkt.« Er schob sich wie früher das Haar aus der Stirn und lächelte ironisch, und da sah sie in ihm den Jungen, den sie kannte.

Jac lächelte zurück und fühlte sich endlich angekommen. Die Insel kam ihr gleich viel gastlicher vor. Sie tat den ersten Schritt auf ihn zu, stellte sich auf die Zehenspitzen und küsste ihn auf die Wange. Er strich ihr mit den Armen über den Rücken. Die Berührung war vertraut und doch auch seltsam fremd. Seit damals in Blixer Rath hatten sie komplizierte Jahre hinter sich. So viel Zeit war vergangen. Und dazu kamen ihre jüngsten persönlichen Tragödien. Er hatte seine Frau verloren. Und sie ihren Weg.

Sie ließen einander los, und Theo ging voran, aber nicht in die Richtung, in der Jac sein Haus vermutet hatte.

»Als ich in dem Buch dein Foto gesehen habe, habe ich dich gleich erkannt«, sagte er. »Du bist nicht mehr vierzehn, aber dein Gesicht ist …« Er sah sie offen an, musterte sie so eindringlich, dass es unhöflich gewesen wäre, hätten sie einander nicht vor all den Jahren so nahegestanden. »Du hast dich nicht so sehr verändert wie die meisten Menschen. Ich kann das Mädchen von damals immer noch sehen.«

Jac hatte sich als Teenager von Theo angezogen gefühlt, also hätte es sie nicht verwundern sollen, dass sich auch jetzt Gefühle in ihr regten. Aber sie waren überraschend stark. Jac wusste, dass es keine echten, gegenwartsbezogenen Gefühle waren, sondern nur die Reaktion auf eine Erinnerung. Sie würde aufpassen müssen, dass sie das nicht vergaß. Eine Affäre wäre das Letzte, was sie jetzt gebrauchen konnte. Ihr Abschied von Griffin war gerade erst ein paar Wochen her. Und sie wusste aus Theos Brief, dass er heftig um seine Frau trauerte.

»Wie hast du mich gefunden? Woher wusstest du, dass ich hier sein würde?«, fragte Jac, die plötzlich das Bedürfnis hatte, die Stille mit harmlosem Small Talk auszufüllen.

»Ich war im Hotel, um dich abzuholen, und Mrs O'Neil hat mir erzählt, dass du zu Fuß losgelaufen warst. Sie meinte, sie hätte dir erzählt, dass es hier draußen im Dunkeln gefährlich werden kann; warum hast du nicht auf sie gehört?«

»Es ist doch noch nicht dunkel.«

»Aber bald. Die Dämmerung kommt hier ziemlich früh und ziemlich plötzlich. Ich kenne mich auf diesen Wegen gut aus, aber wenn die Sonne untergeht, finde selbst ich es manchmal unheimlich. In diesen Wäldern können schlimme Dinge passieren.«

»Wieso unheimlich? Gibt es Geister?«, fragte Jac und staunte selbst, wie nüchtern und beiläufig es klang.

Theo reagierte gar nicht so, als sei es eine merkwürdige, kindische Frage.

»Ich habe eigentlich eher die Wölfe gemeint«, sagte er und zögerte einen Moment. »Aber manche meinen, dass es auch Geister gibt. Beunruhigt dich das?«

»Was, das mit den Wölfen oder mit den Geistern?«

»Egal. Beides.«

»Na ja, vor Geistern habe ich keine Angst«, sagte sie. »Ich glaube nicht daran.«

»Gut so.«

»Aber vor Wölfen habe ich ganz schön Respekt.«

»Auch das ist gut. Wölfe greifen so gut wie nie Menschen an, es sei denn, sie sind tollwütig, aber dann können sie sehr gefährlich und ihr Angriff sogar tödlich sein. Hier kursiert so eine grauenhafte Geschichte von einem Mädchen, das von einem Wolf verschleppt worden sein soll.« Seine Stimme klang jetzt noch tiefer als zuvor. Er runzelte die Stirn. »Pass auf, da sind Wurzeln unter dem Laub. Nicht, dass du stolperst.«

In der beginnenden Dämmerung wirkte der Wald immer bedrohlicher. Nach einer Weile erreichten sie eine Weggabelung. Jac wurde allmählich bewusst, dass sie sich vielleicht doch hätte verlaufen können. Auf dem Weg, den Mrs O'Neil ihr aufgezeichnet hatte, war diese Abzweigung nicht zu sehen gewesen.

»Hier entlang«, sagte Theo. »Mein Auto steht gleich dort, hinter den Bäumen.«

Sie erreichten die Straße, und Theo öffnete erst die Heckklappe seines Range Rovers für Tasha und dann für Jac die Beifahrertür.

Als sie losfuhren, nahm Jac Theos Parfüm wahr: Eukalyptus, Honig, Zimt und Eichenmoos. Denselben Duft hatte er schon damals in Blixer Rath benutzt. Sie hatte ihn einmal danach gefragt, und er hatte ihr den Namen genannt, aber sie hatte von der Marke noch nie gehört.

Mit dem Duft kam plötzlich auch die Erinnerung wieder hoch, wie sich seine Haut angefühlt hatte, wenn sie zusammen im Gras gelegen und den Körper des anderen erkundet hatten. Sie betrachtete seine Hände auf dem Lenkrad. Dieselben langen, schmalen Finger, die sie damals berührt hatten.

Die Landschaft zog an ihnen vorbei, und Jac beobachtete, wie im schwindenden Licht das Grün allmählich in Schwarz überging. Nach einigen Hundert Metern auf einer schmalen, kurvenreichen Straße bog Theo in eine lange Zufahrt ein, die durch ein Birkenwäldchen verlief. Die Muster auf den schwarzweißen Stämmen sahen wie Augen aus. Tausende Augen, die Ausschau hielten. Hinter dem Wäldchen kamen sie an hohen steinernen Pfeilern vorbei. An einem war ein schlichtes bronzenes Schild angebracht.

Wells in Wood House
Privat

»Seit wann lebt deine Familie schon hier?«, fragte Jac, während sie durch noch ein Gehölz hindurchfuhren. Ein Haus war immer noch nicht in Sicht.

»Mein Großvater hat immer gesagt, die Gaspards seien schon so lange auf Jersey wie die Felsen. Aber wenn du meinst, wie lange wir in diesem Haus sind – seit Mitte des neunzehnten Jahrhunderts. Es ist im zwölften Jahrhundert als Kloster erbaut worden. Und im fünfzehnten Jahrhundert umgebaut. In den letzten hundertfünfzig Jahren hat meine Familie es renoviert und ausgebaut, aber die ursprüngliche Struktur ist erhalten geblieben.«

Hinter der nächsten Kurve eröffnete sich im letzten Abendlicht ein prachtvoller Anblick. Der Weg wurde jetzt von hohen Haselbäumen gesäumt. Viele davon schienen Jahrhunderte alt zu sein. Der stetige Wind hatte sie wie Greise leicht gebeugt.

Aus der Entfernung hatte es ausgesehen, als stünden hohe Steine zwischen den Bäumen, aber im Vorüberfahren erkannte Jac, dass es fast lebensgroße Abbilder von menschlichen Gestalten waren, schlichte, stilisierte Figuren in Mönchskutten, deren Gesichter von den Kapuzen verborgen wurden. Manche blickten auf die Zufahrt hinaus, andere standen dem Haus zugewandt. Eine ganze Armee von Heiligen, die ihre Festung beschützten.

»Sind die Skulpturen alt oder neu?«, fragte Jac. »Manchmal haben alte Bildhauerarbeiten diese Schlichtheit, die sie schon wieder modern wirken lässt. Die hier könnten beides sein.«

»Alt. Wir haben ein bisschen nachgeforscht, und es sieht danach aus, dass sie älter als das Kloster sind. Sie lassen sich nicht genau datieren, aber die Experten gingen davon aus, dass sie ungefähr einhundert nach Christus hergestellt wurden.«

»Also zur Eisenzeit, als die Kelten hier lebten.«

»Ganz genau.«

»Die sind sehr eindrucksvoll«, sagte Jac. Sie konnte sich gar nicht vom Anblick der Mönche losreißen.

»Und beängstigend, wenn man noch ein Kind ist.« Theos Stimme klang tief verschattet. »Besonders, wenn man ihnen ins Gesicht schaut. Sie wirken allesamt, als könnten sie dir mitten ins Herz sehen.«

In der Blixer-Rath-Klinik, erinnerte sich Jac, hatte er immer zwischen Schwermut und Rebellion hin und her geschwankt. Mal brütete er stundenlang allein in der Bücherei über seiner Lektüre, und mal begehrte er gegen jede einzelne Regel auf, als wollte er sich beweisen, dass sie für ihn nicht galten.

Jetzt, wo sie sah, wo er aufgewachsen war, erkannte sie, wie sehr ihn der Ort geprägt haben musste: die unbeugsamen Steinfiguren. Die zerklüftete Felsenküste. Der verwunschene Wald.

»Hast du deine ganze Kindheit hier verbracht?«, fragte sie. »Ich habe irgendwie immer gedacht, du seist aus London.«

»Wir haben in London gelebt, bis mein Vater starb. Da war ich acht. Wir sind dann mit Mum hierhergezogen. Damals haben meine Tanten und Onkel, Cousins und Cousinen alle hier gelebt. Es war eine richtige Großfamilie, und mein Großvater war das Familienoberhaupt.«

»Du sagtest, *ihr* seid hergezogen?«

»Mein Bruder und ich.«

Wieder hatte sich seine Stimme verändert; sie klang jetzt flach und ausdruckslos. Obwohl sie diesen erwachsenen Theo kaum kannte, spürte Jac seine Anspannung und ahnte, dass es zwischen den Brüdern Konflikte gab.

»Älter oder jünger?«

»Jünger. Er ist nach der Tradition der Familie Banker geworden.« Das Wort *Banker* sprach er fast wie ein Schimpfwort aus. »So, da wären wir«, fügte er hinzu, als sie vor dem Haus hielten, und beendete damit das Gespräch über seinen Bruder. Jac fiel auf, dass Theo nicht einmal seinen Namen erwähnt hatte.

Zehn

Das matt erleuchtete Gutshaus ragte aus dem abendlichen Nebel. Das Licht machte es gerade eben sichtbar, ohne es weithin erstrahlen zu lassen. Es sah weniger einladend als vielmehr verführerisch aus, provozierend fast. Als wäre es ein Rätsel, das gelöst werden wollte.

Statt der Gediegenheit und des Charmes ehrwürdiger Landresidenzen schien dieses Bauwerk einen verstörenden Hang zum Exzessiven zu besitzen. Das zweigeschossige Herzstück des Ensembles musste das Kloster sein, von dem Theo gesprochen hatte. Es war offensichtlich der älteste Gebäudeteil. Flankiert wurde es von zwei Seitenflügeln mit je drei Stockwerken.

Die Fenster dieser Anbauten passten nicht zu den Stabwerkfenstern des mittleren Teils. Sie schienen im Gegenteil absichtlich bunt zusammengewürfelt zu sein: Im Erdgeschoss gab es hohe Bogenfenster, darüber Rechtecke und Ovale und ganz oben kleinere runde Luken. Im ersten Stock waren französische Balkons angebracht, und um das runde, turmförmige Obergeschoss verlief jeweils ein kleiner Rundweg mit Geländer.

Das Einzige, was das Hauptgebäude und die Seitenflügel gemeinsam hatten, waren das graue Mauerwerk und die Schieferdächer. Die Steine stammten offenbar von der Insel selbst, denn sie erinnerten an die Klippen, die Jac unterwegs gesehen hatte.

Überhaupt bekam Jac, je länger sie hinsah, desto mehr das Gefühl, das ganze Bauwerk sei aus der felsigen Landschaft herausgemeißelt worden.

»Das ist sehr beeindruckend«, sagte sie.

»Es ist ein Monstrum.« Theo stellte den Wagen ab und ging außen herum, um Jac die Tür zu öffnen, doch sie war schon ausgestiegen. »Zu groß. Zu teuer, um es instandzuhalten. Zu historisch, um es abzureißen. Es kennt zu viele Geheimnisse und hat zu viele Verbrechen gesehen.«

Auf dem Weg zur Haustür bemerkte Jac das Rauschen der Brandung. »Sind wir nah am Meer?«

»Das ist man auf Jersey fast immer. Komm, ich zeige es dir.«

Theo ging mit ihr einen kleinen Umweg, damit sie sehen konnte, dass das Haus tatsächlich auf einer Steilküste stand.

Am Himmel über dem Ärmelkanal glomm violettes, blaues und graues Abendlicht. Das Mauerwerk des Hauses hatte dieselbe Färbung angenommen. Es verschmolz mit dem Hintergrund, als sei Wells in Wood nicht ganz real.

Wieder an der Haustür angekommen, hörte Jac den unverwechselbaren leisen Ruf einer Eule und dachte, als sie eintrat, an Malachai. Dieser atmosphärische Ort und seine Geschichte hätten ihm sicher gefallen. Jac wünschte, er hätte ihren Ausflug gutgeheißen, aber sie hatten bis zur Abreise darüber gestritten. Seine Abschiedsworte hatten sie nicht beunruhigen sollen, aber genau das taten sie: »Wenn du mich brauchst, ruf an. Sorge dafür, dass du für den Notfall meine Nummer abrufbar hast.«

»Für was für einen Notfall denn?«, hatte sie gefragt.

Er hatte nur den Kopf geschüttelt. »Das werden wir hoffentlich nie herausfinden.«

Im Haus war der Klang einer Harfe zu hören. Eine opulente, ätherische Hintergrundmusik zu den Farben des Abendhimmels, den knorrigen Bäumen, den strengen Steinskulpturen und dem merkwürdigen Gebäude. Ein Duft nach Weihrauch und

Vanille zog durch die Räume. Von all den auf sie einstürmenden Sinneseindrücken überwältigt, blieb Jac in der Eingangshalle mit ihren hohen Decken stehen und sah sich um.

An einer dicken silbernen Kette hing ein kolossaler Kronleuchter von der Decke herab. Sein Licht, das nicht durch Prismen, sondern durch große durchscheinende Straußeneier drang, war weich und gelb getönt. Byzantinische und mittelalterliche religiöse Artefakte füllten Dutzende kleiner Nischen, die in die glatten Steinwände eingelassen waren. Eine altersmatte vergoldete Madonna aus Holz schimmerte in dem buttrigen Lampenlicht. Ein mit Edelstein-Cabochons besetztes Keltenkreuz blitzte in einer Ecke auf. Urnen schmiegten sich in die Mauernischen. An den Wänden hingen, von hinten beleuchtet, Fragmente alter Buntglasfenster mit Bruchstücken von Geschichten darauf.

Als Jac sie sich näher ansah, erkannte sie, dass die Fenster keine religiösen Allegorien, sondern mythische Szenen darstellten. Ikarus und Dädalus auf ihrem Unglücksflug, Leda und der verführerische Schwan, der Minotaurus in seinem Labyrinth.

»Willkommen im Heiligenschrein der grauen Vorzeit«, sagte Theo mit Verachtung in der Stimme.

»Das ist erstaunlich. Dieses Haus hat bestimmt eine Menge Geschichten zu erzählen.«

»Und mein Großvater hat versucht, sie alle zu sammeln. Er ist sogar auf der Suche nach neuen Geschichten gestorben.«

»War er ein Künstler?«

»Nein, ein Banker, aber einer der ganz wenigen mit Seele.«

»Theo!«, rief eine Frau mit kräftiger Stimme. »Da vorn zieht es doch so. Kommt herein. Ich mache uns Drinks.«

»Komme schon!«, antwortete er. Dann hielt er Jac noch einen Moment am Arm zurück. »Ich habe meinen Tanten gesagt, du seist eine alte Freundin von mir. Von deinem Beruf und davon, dass du mir bei der Suche nach keltischen Ruinen helfen willst, habe ich noch nichts erzählt.«

Jac blieb keine Zeit, ihm Fragen zu stellen. Aber sie hätte gern gewusst, warum er den Zweck ihrer Reise verschwieg.

Als Jac und Theo das große Wohnzimmer betraten, unterbrach die weißhaarige ältere Dame an der Harfe ihr Spiel. Die letzten Noten hingen noch in der Luft. Der Widerhall blieb. Erst als er ganz verklungen war, hob die Frau den Kopf, stand von ihrem zierlichen vergoldeten Stuhl auf und näherte sich ihren Gästen.

»Guten Abend. Sie müssen Jac L'Étoile sein«, sagte sie und reichte Jac die Hand. Ihre Stimme klang heiser, und ihre Hand war hager und sehr klein. Durch die pergamentartige Haut zeichneten sich die Adern ab wie eine Landkarte ihres Lebens. Sie war kaum größer als einen Meter fünfzig und humpelte leicht. Die tief in den Höhlen liegenden blauen Augen passten zu ihren elfengleichen Zügen.

»Das ist meine Tante Eva«, stellte Theo sie vor.

»Willkommen«, sagte Eva. »Und das ist meine Schwester Minerva.« Sie wies zu der Hausbar hinüber. Jac erkannte verblüfft die Frau von der Fähre wieder, die eine Karaffe in der Hand hielt.

»Na so was!«, sagte Minerva. »Ich habe wohl ganz vergessen, Sie nach Ihrem Namen zu fragen. Trotzdem hätte ich es ahnen sollen. Wie viele junge Frauen kommen schon außerhalb der Sommersaison hierher?« Sie wies auf ihre Karaffe. »Jetzt bin ich an der Reihe, Ihnen Getränke anzubieten. Was halten Sie von einem Martini?«

»Das wäre wunderbar«, sagte Jac.

Minerva reichte ihr ein elegantes, hochstieliges Glas und schenkte ihr ein.

Als alle versorgt waren, erhob Minerva ihr Glas. »Willkommen in Wells in Wood.«

Der Drink war genau richtig gekühlt und erfrischend trocken, und Jac genoss das leichte Beißen des Alkohols.

Sie sah sich das Zimmer näher an. Drei der Wände waren mit den unterschiedlichsten Kunstwerken bedeckt. Zeichnungen und Gemälde hingen dicht an dicht. Kein einzelnes Werk nahm mehr Raum ein als das andere, und erst wenn man genau hinsah, erkannte man, wie gut sie waren. Ein kleines Vermögen hing an diesen Wänden. Die vierte Wand war fast ausschließlich aus Glas und bot einen Ausblick auf das Meer. Jac ging hin und sah hinaus. Es kam ihr vor, als hinge sie direkt über dem Wasser und müsste nur die Fenster öffnen, um hineinzuspringen. Im nächsten Moment schlug das Gefühl der Faszination in blanke Angst um, und sie trat schnell zurück, wie um einer Versuchung zu entgehen.

Minerva war sofort bei ihr, als hätte sie etwas bemerkt. Sie hakte sich bei Jac unter und führte sie in die Mitte des Raumes zurück. »Setzen Sie sich doch«, sagte sie und wies auf zwei mit meergrünem Samt gepolsterte Sofas, die einander gegenüberstanden. Jac machte es sich auf den weichen Polstern bequem und erkannte, dass das Zimmer in verschiedene Bereiche aufgeteilt war.

In einer Ecke stand neben der Harfe ein Konzertflügel. In einer anderen standen eine Staffelei, ein Zeichentisch und eine Kommode, die von Künstlerbedarf überquoll. Im dritten Bereich war vor einem Regal voller Garne in allen Regenbogenfarben ein Webstuhl aufgebaut. Ein wunderschönes meerblaues Tuch war darin eingespannt und schimmerte im Lampenlicht. Neben der Sitzecke waren Beistelltische mit Büchern, begonnenen Stickereien und Skizzenblöcken vollgestapelt.

»Was für ein wunderbares Zimmer«, sagte Jac.

»Wir verbringen hier den Großteil unserer Zeit«, antwortete Eva. »Das Haus ist so ungeheuer groß, und da wir nur zu zweit sind, bleiben die meisten Räume verschlossen. Selbst mit Theo im Haus ist noch reichlich Platz.«

»Kann ich mir den Webstuhl mal ansehen?« Jac hatte noch nie einen aus der Nähe gesehen.

»Natürlich, ich zeige es Ihnen.« Eva stand auf und ging mit Jac zu dem Webstuhl.

»Haben Sie das gewoben?«

Eva nickte.

Das wunderte Jac gar nicht. Die Harfe und der Webstuhl sahen aus, als sei eines die Fortsetzung des anderen.

»Meine Schwester ist sehr bescheiden«, sagte Minerva. »Sie ist für ihre Webarbeiten auf ganz Jersey bekannt und gilt als eine der größten Künstlerinnen der Insel. Ihre Werke sind schon in London ausgestellt worden.«

»Kein Wunder«, sagte Jac. Sie konnte von den ineinander verschlungenen Garnen gar nicht den Blick abwenden. »Dieser Stoff ist so wunderschön. Als hätten Sie das Meer hineingewebt.«

»Danke sehr.« Eva strahlte. »Es ist ein Privileg, schöne Dinge erschaffen zu dürfen.« Plötzlich trübte sich ihr Blick, und ihr Lächeln verschwand. »Davon kann es gar nicht genug geben. Wir brauchen sie.«

Es verunsicherte Jac, wie unvermittelt die zierliche alte Dame melancholisch wurde. »Das Haus ist auch wunderschön. Und das Grundstück«, sagte Jac. »Hier kann man die Vergangenheit noch mit Händen greifen. Es ist so … atmosphärisch.« Und so traurig, hätte sie am liebsten gesagt, schwieg aber aus Rücksicht auf Eva.

Traurig war es wirklich. Wenn man nur hinsah, zeigte sich die Wehmut überall. In den Kobalttönen des Webtuchs. In den verschlissenen Indigo-Läufern und den blassblauen Wänden. Überall war die Farbe Blau. Sie sickerte durch die Buntglasfenster und ergoss sich in Flecken auf den Boden. Es war, als trüge das ganze Haus Trauer. Ohne es bewusst zu merken, hatte Jac es schon wahrgenommen, sobald sie zur Tür hereinkam. Hatte es aus den Harfenklängen herausgehört.

»Ja, die Vergangenheit ist hier allgegenwärtig«, sagte Minerva. »Dieser Ort ist schon seit Jahrhunderten bewohnt. Das Kloster ist so alt. Es sind bereits viele Menschen gekommen und gegangen, und viele ihrer Geister leben bis heute hier. Wir werden sie einfach nicht los.« Sie lachte.

Minerva hatte von Geistern gesprochen, genau wie Theo.

Eva beeilte sich, die Bemerkung ihrer Schwester zu kommentieren. »Das mit den Geistern meint sie natürlich nicht wörtlich.« Sie sprach hastig, als wollte sie Minervas Worte beiseitefegen. »Geister gibt es hier nur im übertragenen Sinn, als Geister der Vergangenheit. Man kann keine zwei Schritte tun, ohne in irgendeiner Ecke über die Vergangenheit und die Obsessionen unserer Vorfahren zu stolpern. Ihre Porträts. Ihre Kunstgegenstände. Ihre Bücher und Möbel. Die Gaspards haben schon immer ein Problem damit gehabt, Dinge wegzuwerfen.«

Auf dem Abendbrottisch standen Teller aus Limoges-Porzellan mit Goldrand und grün-violetten floralen Motiven. Das Silberbesteck musste mindestens hundert Jahre alt sein.

Eva gab die Gastgeberin und kümmerte sich geschäftig um jedes Detail. Serviert wurde das Essen von einer rothaarigen jungen Frau namens Claire, die eine gestärkte weiße Bluse zu einer schlichten schwarzen Stoffhose trug. Das war also die Frau, die Theo in seiner Einladung erwähnt hatte.

Das Hähnchen war knusprig, die Kartoffeln buttrig, und die Beilage aus Tomaten, Zucchini und Knoblauch war würzig und süß zugleich. In zarte Kristallglas-Weinkelche wurde ständig kräftiger Burgunder nachgeschenkt. Im Hintergrund waren Chopins *Nocturnes* zu hören.

Jac gegenüber gab es ein Wandgemälde, das eine bacchantische Szene aus der griechischen Mythologie darstellte. Hermes war zu erkennen, Aphrodite, Athene und Apollo. Der Künstler hatte seine Figuren in einem ästhetischen präraffaelitischen Stil ausgeführt; sie wirkten alle ein wenig zu groß, zu schön und seltsam entrückt. Jac fühlte sich dennoch zu ihnen hingezogen.

»Diese Wandgemälde sind wundervoll«, sagte sie.

»In unserer Familie gibt es eine lange künstlerische Tradition. Diese Bilder hat meine Großmutter gemalt«, sagte Theo.

»Bevor sie verrückt geworden ist«, ergänzte Eva. »Sie war eine wunderschöne Frau. Und klug. Aber total irre.«

Minerva warf ihr einen vorwurfsvollen Blick zu.

»Stimmt doch, oder etwa nicht?«, verteidigte sich Eva.

»Sie litt an einer dissoziativen Persönlichkeitsstörung«, sagte Minerva. »Das weißt du doch.«

»Sie war verrückt«, beharrte Eva. »Und damit war sie nicht die Einzige. In unserer Familie gab es mehr als genug Geistesgestörte.«

»Dagegen sage ich gar nichts. Nur gegen den Ausdruck *irre*«, sagte Minerva.

»Ganz die Akademikerin«, schnaubte Eva.

»Das Faszinierende an Familien«, sagte Minerva, »ist doch, wie tief sich uns die Rollen aus unserer Kindheit eingraben. Eigentlich sind meine Schwester und ich noch immer elf und dreizehn Jahre alt. Haben Sie Geschwister?«

»Ja, einen Bruder. Robbie ist zwei Jahre jünger als ich. Und uns geht es genauso. Wir streiten uns immer noch auf dieselbe Art und Weise über dieselben Dinge wie in unserer Kindheit.«

Eva seufzte. »Es kann ziemlich ermüdend sein, wenn man es schon so lange betreibt wie wir zwei.«

»Sie und Theo sind also alte Freunde«, sagte Minerva, offenbar um das Thema zu wechseln. »Wie lange kennen Sie ihn schon?«

Jac sah unsicher zu Theo hinüber, um an seinem Gesicht abzulesen, was sie verraten durfte und was nicht. Doch sie fand keinen Hinweis.

»Wir haben uns kennengelernt, als ich vierzehn war.«

»In der Schweiz?«, fragte Minerva.

Jac erkannte, dass sie aus Vorsicht nur die Schweiz erwähnte – wenn Jac nicht in der Klinik gewesen war, hatte Minerva damit nichts über die Vergangenheit ihres Neffen preisgegeben. Wenn doch, würde Jac wissen, wovon sie sprach.

»Ja, in der Blixer-Rath-Klinik.«

Eva lehnte sich mit besorgtem Blick nach vorn. Jac hätte nicht sagen können, ob ihr Gesicht Mitleid ausdrückte oder Beunruhigung darüber, dass noch eine *Irre* mit am Tisch saß.

»Waren Sie lange dort?«, fragte Eva.

»Etwas über ein Jahr.«

»Reden wir nicht mehr über die Schweiz«, unterbrach Theo sie. »Das ist lange her.« Er klang angespannt. »Jac, erzähle doch meinen Tanten, was du beruflich machst. Das wird sie bestimmt interessieren.«

Was hatte Theo dagegen, über die Klinik zu sprechen? Sie würde ihn später fragen müssen. Jetzt erzählte sie von *Den Mythen auf der Spur.*

»Deshalb sind Sie also hergekommen?«, fragte Minerva anschließend.

»Ja. Wenn es tatsächlich Beweise für die Existenz der Druiden gäbe, wäre das ein bedeutender Fund. Es gibt viel zu wenige gesicherte Kenntnisse über sie.« Jac fragte sich, ob Theo jetzt den Faden aufnehmen würde.

Doch es war Eva, die weitersprach. »Nach dem Essen sollten wir unbedingt mit Ihnen einen Rundgang durchs Haus machen. Es gibt hier viele Kunstwerke, die für eine Mythologin interessant sein dürften. Alle großen Sagen sind dabei, von den alten Ägyptern bis zu den Griechen, den Römern und den Kelten.«

»Unser Großvater hielt sich für die Reinkarnation eines Kelten«, sagte Minerva.

Jac bemerkte, wie Eva den Kopf zwischen die Schultern zog. »Wieder so ein Beispiel für die Eskapaden unserer Familie.«

»Reinkarnation?«, fragte Jac.

»Damit hat die Familie schon seit etlichen Generationen zu tun«, sagte Theo. »Einer meiner Vorfahren war ein Vorreiter der spiritistischen Bewegung in England. Pierre Gaspard, der Mann, der auch dieses Haus gebaut hat. Wusstest du das nicht?«

»Woher denn?«

»Er war damals Mitglied im Phoenix Club, und sein Sohn auch. Ich dachte, Malachai Samuels hätte es dir erzählt. Dieser Klub war die Keimzelle der Phoenix Foundation.«

»Das wusste ich, aber nicht, dass deine Familie etwas damit zu tun hatte«, sagte Jac.

»Malachai wusste jedenfalls davon. Wir haben in Blixer Rath viel darüber geredet. Deshalb war ich ja überhaupt erst dort. Andere Familien haben Verbindungen nach Oxford, unsere zu einer Nervenheilanstalt.«

»Nach Oxford aber auch«, sagte Minerva und wandte sich dann an Jac. »Mein Exehemann hat Malachai Samuels unterrichtet, als er dort Student war.«

Jac wunderte sich. Warum hatte Malachai gar nichts von Theos Verwandtschaft erzählt? Er sprach oft und gern von den Männern und Frauen, die Mitte des neunzehnten Jahrhunderts den Phoenix Club gegründet hatten. Warum hatte er verschwiegen, dass ein Gaspard dabei gewesen war?

»Genau genommen interessieren sich sogar die meisten in unserer Verwandtschaft bis heute für die Reinkarnation«, fuhr Minerva fort. »Mein Großvater hat mir viel davon erzählt, als ich noch klein war. Das hat mich auf C.G. Jung und sein Konzept des kollektiven Unbewussten gebracht.«

»Wir sind aber nicht alle so versessen auf die Vergangenheit«, sagte Eva. »Ich zum Beispiel halte mich lieber an die Gegenwart.«

Jac hörte nur mit halbem Ohr hin und versuchte zugleich, die neuen Erkenntnisse einzuordnen. Während ihres Aufenthalts in der Schweizer Klinik hatte sie nicht gewusst, dass Malachai Reinkarnationsforscher war. Das hatte ihre Großmutter erst später erzählt. Es war sogar der eigentliche Grund, warum sich Grandmère für ihren Aufenthalt in Blixer Rath eingesetzt hatte. Keine der konventionellen Therapiemethoden hatte etwas gegen Jacs Halluzinationen ausrichten können. Wenn auch nur entfernt die Möglichkeit bestand, dass die Probleme ihrer Enkelin mit einem früheren Leben zu tun hatten, dann wollte Grandmère es ausprobieren.

In Theos Fall hatte es offensichtlich nicht diesen Mut der Verzweiflung gebraucht, um ihn in die Klinik zu schicken. Warum also hatte Malachai Jac vor der Abreise nicht erzählt, dass Theos Onkel ihn in Oxford unterrichtet hatte? Warum hatte er ihr die Geschichte von Theos Familie und ihren Interessen verheimlicht?

Elf

12. September 1855
Kanalinsel Jersey, Grossbritannien

Als am nächsten Morgen die Dämmerung anbrach, schlossen sich Dutzende weitere Männer der Suche nach Lilly, der vermissten Tochter des Fischhändlers, an. Es gab keinen rüstigen Mann in ganz Saint Helier, der nicht die Strände, Wälder, Höhlen und Ruinen abgesucht hätte. Viele der uralten Felsentempel und Grabkammern auf der Insel waren eingestürzt und boten höchst geeignete Verstecke für ein Kind. Oder für seine Leiche.

Die mühselige Suche wurde noch durch einen steten Regen erschwert, der bei unserem Aufbruch einsetzte und den ganzen Vormittag nicht nachließ. Er breitete einen Schleier der Schwermut über uns, der nicht notgetan hätte: Wir fürchteten ohnedies, das Kind könnte von einem Felsvorsprung gestürzt und ertrunken sein. Unzählige Klippen und ein raubgieriges Meer ließen dieses Szenario wahrscheinlicher als jedes andere erscheinen. Doch wollte niemand die Hoffnung aufgeben, und so suchten wir weiter – Väter, Söhne und Brüder –, in ständiger Angst vor einem grauenvollen Fund.

Trent und mir hatten sich sechs weitere zugesellt, die mit uns das Ufer abschritten, in jede Höhle schauten, in jede Nische uralter Felsformationen, und Orte suchten, wohin Lilly sich hätte verirren können. Wann immer eine große Welle sich brach, sahen wir nach, was sie auf dem Strand zurückgelassen hatte.

Niemand wollte der Erste sein, der das Mädchen entdeckte – mit Seetang in den Haaren, die Wangen vom Sand zerschunden.

Mag sein, dass ich von uns allen am meisten diesen Anblick fürchtete, denn darin wäre das Bild meiner ertrunkenen Didine ins Sein getreten, das ich seit einem Jahrzehnt vor meinem geistigen Auge sah.

»Warum ist die Kleine bloß rausgegangen?«, fragte ein Mann einen anderen. »Ein bellender Hund hätte sie doch beängstigen müssen, statt sie zu verlocken.«

Es war eine naheliegende Frage, doch fiel es mir nicht schwer, mir die Szene vorzustellen. Ich sah das Kind sich mit seinen Schwestern zur Ruhe legen. Sah sie die Augen schließen. Dunkle Wimpern auf rosiger Haut. Sah die blassblauen Adern an ihrem Hals, den Kopf, wie er zur Seite nickte. Ihre Brust, wie sie sich langsam hob und senkte. Hörte ihre tiefen Atemzüge. Und dann …

Dann sah ich den Hund an ihrem Fenster. Einen Hund mit topasgelben Augen, die beinahe menschlich wirkten. Ein pechschwarzes Tier, größer als die meisten Hunde, mit glattem Fell, das im Mondlicht schimmerte. Wahrscheinlich sah er hungrig aus.

Kinder lieben Tiere. Lilly war mit Hunden aufgewachsen. Vielleicht weckte das Gebell ihre Besorgnis. Warum hätte sie sich ängstigen sollen? An ihrem Fenster stand ein Hund, der allem Anschein nach halb verhungert war.

Es herrschte Ebbe, und Trent schlug vor, zur Elisabeth-Burg hinauszugehen und die Ruine zu durchsuchen. Es mochte unwahrscheinlich sein, dass Lilly dort war, doch wir durften nichts unversucht lassen. Sollte jemand sie entführt haben, so könnte er mit ihr zu der Burg gerudert sein. War sie allein dem Hund gefolgt, dann war sie womöglich des Abends bei Niedrigwasser hinübergelaufen und hatte, so wie wir, die Nacht im Freien verbracht, um nach dem Erwachen die Burg zu erkunden.

Die Kinder der Insel zählten sie zu ihren Lieblingsorten, war sie doch genauso märchenhaft wie alles, was der kindlichen Phantasie entsprang. Womöglich ahnte das Mädchen nicht einmal, wie viel Unheil es angerichtet hatte.

Seit meiner Ankunft auf Jersey hatte ich die gewaltige Ruine schon erkunden wollen. Sie war seit Jahrhunderten unbenutzt und der Zerstörung preisgegeben und diente nur noch Reisenden als Ausflugsziel. Als ich sie endlich aus der Nähe sah, verblüffte mich das wahre Ausmaß des Verfalls.

Zu viert durchsuchten wir an jenem Morgen die Überreste des massigen Gemäuers. Ich habe bis heute niemandem von dem berichtet, was am Ende dieser Suche stand, da ich es nicht erklären kann. Als ich der Ruine entronnen war – ja, ich wähle diese Worte mit Bedacht – und unter freiem Himmel nach Atem rang, beschloss ich, besser nicht davon zu sprechen, damit niemand glaubte, ich habe den Verstand verloren. Vielleicht hätte ich es besser doch getan. Vielleicht hätte ich damit manches verhindert, was noch geschehen sollte.

Kaum hatten wir den ersten steinernen Torbogen durchschritten, als sich die Kälte wie eine Schraubzwinge um meine Glieder legte, mich packte und umschlang. Auf Jersey ist alles von Feuchtigkeit durchdrungen, doch hier war es viel schlimmer als überall sonst. Als hätten die Mauersteine der Burg jahrhundertelang die klamme Kälte in sich aufgesogen und setzten sie jetzt wieder frei.

Die Außenmauern waren einen Meter dick und von langen, schmalen Scharten durchschnitten, die Licht und Luft hereinließen. Draußen brach jetzt hin und wieder die Sonne durch, und wir warfen bei unserem Erkundungsgang lange Schatten. Manche Wände waren noch von den zerlumpten Überresten von Tapeten bedeckt. Sie mussten einmal prachtvoll gewesen sein, doch nun waren sie abgeschabt und verschmutzt. In ihrem vergilbten Gewebe entdeckte ich geisterhafte Gestalten – Gesichter,

Arme und Beine, denen die Elemente und die Motten zugesetzt hatten. Wie verwesende Leichen, dachte ich.

Alles, was uns auf unserem Weg tiefer in die schattige Festung hinein über die Lippen kam, waren unsere Rufe nach Lilly. Ihr Name hallte von den Wänden der Ruine wider.

Teile des Dachs waren noch intakt, andere längst eingestürzt. Das Mobiliar war in beklagenswertem Zustand. Holz, das einmal prächtig geglänzt haben mochte, hatten Würmer und Nässe zerstört. Staub bedeckte die große Tafel im Speisesaal. Die Stühle lagen am Boden, ihre Polsterung war herausgequollen und diente den Mäusen als Nistmaterial. Bei einer großen Anrichte fehlten die Schubladen, und an ihrer Stelle gähnten tiefe, dunkle Schächte.

Wir stiegen eine intakt gebliebene steinerne Treppe hinauf. In dem zweiten Zimmer, das ich betrat, das mit seinen zwei kleinen Bettgestellen und der hölzernen Wiege einst eine Kinderstube gewesen sein mochte, bemerkte ich den Geruch. Der salzige Dunst des Meeres, der die Burg erfüllte, wurde von Brandgeruch, einem schweren, blumigen Duft und dem Aroma von süßem Weihrauch verdrängt. War jemand eingetreten? Ich wandte mich um. Nein, ich war allein.

Ich betrachtete den Kamin, halb in der Erwartung, dort ein knisterndes Feuer vorzufinden. Doch über der Feuerstelle lag Staub. Es gab schlichtweg keine Erklärung für den Geruch.

In meiner Erregung rief ich laut nach dem Connétable.

Trent und einer seiner Männer liefen herbei.

»Haben Sie etwas gefunden?«, fragte Trent.

Ich schüttelte den Kopf. »Riechen Sie das? Es muss jemand hier gewesen sein.«

Die Männer schnüffelten in der Luft herum. Sie nickten. »Ich rieche Blumen«, sagte Trent.

Der andere sagt: »Es riecht nach Feuer«, und witterte noch einmal.

Doch es gab keine Blumen, keine Flammen. Woher also dieser Duft? Das Zimmer war ein gewöhnlicher Kasten mit nichts als einer Tür und zwei Flügelfenstern. Die Wände waren kahl bis auf eine einzelne schwere Tapete, die sich gelöst hatte und schief auf den Boden herabhing. Sie war ebenso abgewetzt wie die im Parterre.

Ob sich etwas dahinter verbarg? Ob sich dort ein Kind versteckte?

Ich schob den Stoff beiseite. Fasern lösten sich unter dem Druck meiner Hand und rieselten zu Boden. Es war tatsächlich etwas hinter der Tapete – kein Kind, aber eine Tür.

Mit angehaltenem Atem öffnete ich sie. Dahinter versteckte sich nur ein Wandschrank, und er war leer.

Sorgsam betastete ich ringsum die Wände, beklopfte sie, suchte nach verborgenen Fächern.

»Ist dort etwas?«, fragte Trent.

»Nichts«, sagte ich. Aber als ich mich abwandte, senkte ich zufällig den Blick und entdeckte den Umriss einer Klappe in den Bodenbrettern und in einer Vertiefung einen metallenen Ring. Ich versuchte ihn aufzurichten, doch er war festgerostet.

»Kommen Sie, helfen Sie mir«, sagte ich zu Trent.

Mit einem Taschenmesser gelang es ihm, den Ring hochzuhebeln. Dann zog er die Falltür auf. Gemeinsam sahen wir hinein. Da war nichts, nur Staub und die Knochen irgendeines Ungeziefers. Der Größe nach mochten es Ratten gewesen sein.

»Suchen wir anderswo weiter«, sagte Trent nach dieser enttäuschenden Entdeckung. »Hier gibt es nichts.«

Er und der andere Polizist gingen, doch ich blieb. Mich verwirrte noch immer jener Geruch. Woher kam er nur?

Ich schritt noch einmal die Wände des Zimmers ab, beklopfte die steinernen Wände, drückte hier und dort dagegen und suchte nach weiteren verborgenen Kammern. Ich fand keine. Am Kamin blieb ich stehen.

War es nur Einbildung, oder roch ich es hier wahrhaftig deutlicher?

Es mussten gewaltige Feuer nötig gewesen sein, um aus diesen feuchten Zimmern die Kälte zu vertreiben, also konnte es nicht verwundern, dass die Feuerstätten hier weit größer waren als bei uns in der Marine Terrace oder in Le Havre. Ich konnte sogar hineingehen, ohne den Kopf zu beugen. Ich hockte mich hin und berührte das mit Schlacken bedeckte Eisengitter über der Aschenlade. Es war kalt.

Wie lange war es her, dass hier zuletzt brennende Scheite Wärme gespendet hatten? Und wer hatte sie entzündet? War es Jahrzehnte her oder Jahrhunderte? Oder spielte mir mein romantisches Empfinden einen Streich? Vielleicht war keine Woche vergangen, seit junge Männer hier kampiert und sich eine Mahlzeit bereitet hatten.

Als ich in den langen Schornstein hinaufblickte, sah ich einen Flecken Himmel. So blau und heiter war er im Kontrast zu diesen dunklen Kammern, dass er mir das Gemüt erhellte. Und dann bemerkte ich, dass der Geruch hier im Kamin wahrhaftig stärker hervortrat als anderswo.

Seine steinernen Innenwände standen einen Meter senkrecht in die Höhe, dann weiteten sie sich nach hinten. Diese Bauweise kam mir seltsam vor. Als ich einen Schritt vortrat, um mir die Konstruktion näher anzusehen, wühlte ich die Überreste jenes letzten Feuers auf. Schwarze Aschewolken wurden vom Luftzug erfasst und wirbelten umher. Ich hustete und rieb mir die Augen. Als ich wieder sehen konnte, entdeckte ich etwas, was von außen nicht sichtbar gewesen wäre. In der linken hinteren Ecke des Kamins gab es einen schmalen Durchschlupf. Und dahinter erkannte ich eine steinerne Treppe, die abwärts führte. Vermutlich reichte sie bis ins untere Geschoss, vielleicht auch tiefer hinab in die Eingeweide der Burg.

Ich zögerte keinen Augenblick, sondern entzündete eine Fackel und stieg, dem Geruch folgend, zehn Stufen, dann zwanzig, vierzig, sechzig Stufen hinab, bis ich mich bei fünfundachtzig Stufen einer schweren Holztür gegenübersah. Sie ließ sich ohne allzu große Mühen öffnen.

Dahinter befand sich ein überraschend wohlerhaltener Raum, dessen Möbel von Feuchtigkeit und Fäulnis weitgehend verschont geblieben waren. Auch die Tapeten waren hier intakt, weder von Motten noch Mäusen benagt. Jede der vier Wände stellte eine unterschiedliche Ansicht desselben Gartens dar, in welchem Tiere, unter ihnen auch Einhörner und Phönixe, mit einigen kleinen Kindern umhertollten. Den Vordergrund bildeten Pflanzen und Blüten, von denen ich viele noch nie gesehen hatte. Diese Tapeten waren Meisterwerke, wie es auch in Pariser Museen keine schöneren gab.

So sehr nahm mich ihr Anblick gefangen, dass ich im ersten Moment nicht bemerkte, dass ich den Ursprung des Geruchs gefunden hatte. Der Duft ging von den gewobenen Blumen und Blüten aus. Unmöglich, aber wahr.

Ich atmete Rauchgeruch und Weihrauchduft, Rosen und Hyazinthen und Jasmin und noch etwas, das ich nicht recht fassen konnte. Wie war das nur möglich? Je länger ich dort stand, desto verwirrter wurde ich, bis ich mich fragte, ob der Duft mich trunken machte.

Ich war müde – doch wen sollte das wundern? Ich hatte die ganze letzte Nacht kein Auge zugetan. Und mich schwindelte leicht. Schließlich hatte ich außer einem Apfel, den Trent mir morgens gegeben hatte, nichts zu mir genommen und war gerade etliche Stufen hinuntergestiegen.

Ein Hund bellte. Das Geräusch kam von rechts. Ich wandte mich um. Auf der Tapete tummelten sich mehrere zottige Gestalten am Fuße eines Wasserfalls. Wieder war das Gebell zu vernehmen. Es schien von einem glänzend schwarzen Hund zu kommen, der leicht so groß wie eine Ziege war. Er blickte mit topasgelben, gleichsam leuchtenden Augen zu mir herüber. Verständig, nicht bösartig sah er mich an.

Meine Erschöpfung und Verzweiflung mussten meine Sinne getrübt haben. Noch immer spürte ich Ruß unter meinen Lidern. Vielleicht verwirrte das meine Sicht. Ich rieb mir noch einmal die Augen, öffnete sie wieder und blickte auf die Tapete. Jetzt war neben dem schwarzen Hund ein Kind zu erkennen. Ein Mädchen mit blondem Haar. Zuvor war sie noch nicht im Bild gewesen. Oder doch?

Ich schloss die Augen. Zählte bis fünf. Sah wieder hin.

Das Kind spielte nicht mehr. Sie schrie jetzt vor Schmerz und streckte die Hände nach mir aus. An ihrem Arm klaffte eine Wunde, vielleicht ein Hundebiss. Blut troff heraus. Zweige und Blätter hatten sich im Haar des Mädchens verfangen. Auf ihrer Wange prangte eine hässliche Schramme.

Ich dachte keine Sekunde nach. Hätte ich es getan, ich hätte an meinem Verstand zweifeln müssen. So streckte ich einfach den Arm aus, beugte mich vor und hielt dem seidenen Wesen meine Hand hin.

Ihre Finger waren nicht aus Stoff, sondern aus Fleisch und Blut und berührten warm die meinen.

Wieder bellte der Hund. Wollte er mich warnen? Sich von dem Mädchen verabschieden?

»Halte dich fest«, sagte ich zu der Kleinen, und dann zog ich sie aus der Tapete in den Raum hinein. Die Anstrengung und die plötzliche Erleichterung brachten mich aus der Balance. Ich fiel hintenüber, und das Mädchen landete auf mir.

Ihr Blut rann über meine Hände. Ich musste diese Blutung stoppen. Sie war bleich, und ihr Atem ging schnell und flach. Das Kind war in ernster Gefahr.

Misch dich nicht ein.

Ich hörte die Stimme weniger, als dass ich sie spürte, fast so, wie es bei den Séancen gewesen war.

Lass sie gehen.

Ich erkannte diese Stimme, doch ich konnte sie nicht zur Rede stellen. Erst musste ich die Wunde des Mädchens versorgen. Ich zog die Jacke aus, rollte sie auf und legte sie dem Mädchen unter den Kopf. Dann presste ich mein Hemd auf ihre Wunde.

Dies ist die Chance, die ich dir versprochen habe. Lass sie gehen, mein Freund. Gib das Kind auf.

Ich verstand nicht, was er meinte. Mein ganzes Streben war darauf ausgerichtet, Lilly zu retten.

Fehlgeleiteter Eigensinn steht zwischen dir und deinen Möglichkeiten. Du kämpfst gegen den falschen Engel an.

Ich übte weiter stetig Druck auf ihre Wunde aus.

Dies ist mein Angebot an dich. Verstehst du denn nicht? Willst du nicht deine Tochter wiederhaben?

»Monsieur Hugo? Sind Sie hier?« Das war Trent, der von oben nach mir rief.

»Ja, und ich brauche Hilfe, schnell! Hier unten!«

»Wir kommen!«

Der Hund knurrte und fuhr fort zu knurren, bis die Männer kamen.

»Grundgütiger, ist sie wohlauf?«, fragte Trent, eilte herbei und kniete sich neben uns.

»Ich glaube, es wird wieder«, sagte ich.

»Lassen Sie mich mal sehen.« Er beugte sich über sie, nahm sich ihrer an. Ich war froh, der Verantwortung enthoben zu werden. Das Oberhaupt der Polizeikräfte war sicher weit besser in der Lage als ich, einen medizinischen Notfall zu betreuen.

Rufe hallten die Treppen hinauf und weiter hinaus.

»Sie ist wohlauf!«

»Monsieur Hugo hat sie!«

»Hugo hat Lilly gefunden!«

Jubel brandete durch die Burg, als die Nachricht alle Männer erreichte.

Nach wenigen, endlosen Minuten schlug Lilly endlich die Augen auf. Sie blickte erst Trent an, dann mich. Das Mädchen wirkte verwirrt, als wisse es nicht, wo es sich befand oder was ihm widerfahren war. Doch schien sie keine allzu großen Schmerzen zu haben. Sie war ein tapferes Kind und ließ es ohne Tränen oder Jammern zu, dass Trent ihre Wunde untersuchte, ihr den Puls fühlte und ihr Herz abhorchte.

In dem Moment polterten schwere Schritte die Treppen herab, und der Fischhändler stürzte herein. Er stieß einen Freudenschrei aus und kniete vor Lilly nieder. Besah sich das Kind, berührte ihr Haar und schloss sie schließlich in die Arme. Er stellte ihr Fragen über Fragen, offensichtlich ohne Antworten auf sie zu erwarten.

Seine Tochter vergrub den Kopf an seiner Brust, und ihr zarter Rücken bebte unter den Tränen, denen sie in den sicheren, starken Armen des Vaters endlich freien Lauf ließ.

Trent vergewisserte sich, dass die Blutung nachgelassen hatte, und erlaubte dem Fischhändler, mit Lilly heimzugehen.

Wir sahen den beiden gemeinsam nach.

»Gut gemacht, Monsieur Hugo«, sagte Trent. »Auch wir sollten jetzt gehen. Sie wollen sicher nach Hause.«

Ich ließ Trent vorausgehen und zögerte noch einige Augenblicke lang. Was war geschehen? Ich begriff es nicht. Ich ließ den Fackelschein noch einmal über die Tapeten gleiten. Die hundeartigen Gestalten tummelten sich wieder am Fuße des Wasserfalls. Ich atmete tief ein, doch der Duft von Weihrauch und Blumen war verschwunden. Mit einem letzten Blick versuchte ich mir den Ort gut einzuprägen, da ich wusste, dass ich eines Tages darüber würde schreiben wollen. Dann kehrte ich dem Raum den Rücken und stieg die Treppen hinauf. In meiner Erschöpfung kam ich nur langsam voran, mir schwindelte. Meine Schritte hallten auf der engen Stiege wider. Bis ich oben ankam, waren sie das einzige Geräusch, das an mein Ohr drang. Dann hörte ich fernes Hundegebell.

War es ein Abschiedsgruß? Eine Warnung? Ich wusste genau, welches Tier mir etwas mitzuteilen suchte. Es war der prachtvolle schwarze Hund mit den topasgelben Augen. Nur was er mir sagen wollte, wusste ich nicht.

Zwölf

Nachdem Jac und Theo und seine Tanten mit dem Hauptgericht fertig waren, servierte Claire ihnen eine Tarte tatin. Der perfekt gebräunte Kuchen tränkte die Luft mit seinem Duft nach Butter und Karamell. Neben jedes Stück setzte Claire einen dicken Klecks Schlagsahne.

»Jersey-Kühe«, erklärte Eva, als Jac den exquisiten Geschmack bewunderte. »Butter und Sahne schmecken hier besser als überall sonst auf der Welt.«

»Ganz objektiv gesprochen«, spottete Theo.

Claire schenkte reihum Kaffee aus.

»Theo hat mir schon ein wenig von dem Haus erzählt«, sagte Jac zu den beiden Schwestern, »aber ich würde zu gern mehr über seine Geschichte wissen.«

Minerva sah zu Eva hinüber. »Wie wäre es, wenn du das übernimmst? Du unterschlägst nicht so viel wie ich.«

Eva schien von den beiden die wahre Hausherrin zu sein. Außer den Begrüßungsdrinks hatte Minerva bisher alles ihr überlassen. Aber sie hatte Eva beobachtet, wie sie sicherging, dass jeder versorgt war, wie sie die Blumen neu arrangierte, das Tischtuch glättete und das Besteck zurechtrückte. Und wenn sie nicht gerade Eva zusah, beobachtete Minerva ihren Neffen. Jac hatte den Eindruck, dass Minerva die beiden geradezu ärztlich überwachte, dass sie jede Veränderung registrierte und aufpasste, dass nichts aus dem Ruder lief.

Eva begann zu erzählen. »Unser Vorfahr Pierre Gaspard hat das Kloster und das Anwesen 1850 gekauft. Er war ein Juwelier, der ähnlich wie Tiffany in den USA mit Buntglas arbeitete und der hier eine Werkstatt und eine Glasfabrik aufbauen wollte, um Lampen, Fenster und Vasen zu produzieren. Zum Wohnen brauchte er nicht viel Platz. Er war Witwer, kinderlos und hatte nicht vor, sich neu zu verheiraten. Also nutzte er bis auf ein paar wenige Wohnräume alles als Ausstellungsfläche und baute auf dem Anwesen auch eine Werkstatt. Für ihn war alles eine einzige große Leinwand. Es gibt noch Briefe von ihm, in denen er das Haus seine Version von Ali Babas Höhle nennt. Er war weit herumgekommen und mochte diese exotische Geschichte. Oben gibt es sogar Fenster mit Illustrationen zu dem Märchen.

Aber dann, 1855, änderte sich alles, weil Victor Hugo, der damals hier im Exil lebte, Pierre mit einer jungen Pariserin namens Fantine bekanntmachte.«

»Ich wusste gar nicht, dass er auf Jersey gelebt hat«, sagte Jac. »Ich dachte immer, es sei Guernsey gewesen.«

»Die ersten drei Jahre über hat er hier gewohnt«, erklärte Eva. »In Saint Helier, direkt am Meer, in einem Haus namens Marine Terrace. Das gibt es heute nicht mehr, es ist durch Mietwohnungen ersetzt worden.«

»Fantine war Parfümeurin«, sagte Theo zu Jac.

Mit einem Mal kam es Jac so vor, als sei sie in einem Paralleluniversum gelandet, wo sämtliche zufälligen Ereignisse mit einem einzigen Ursprung verbunden waren.

Zufälle gibt es nicht, sagte Malachai immer.

»Eine Parfümeurin? Wie hieß sie denn?«

»Tja, sie hat Pierre geheiratet, also hieß sie Fantine Gaspard«, sagte Eva. »Ihren Mädchennamen weiß ich nicht. Du vielleicht, Minerva?«

»Nein. Sie haben aber hier geheiratet, also könnte es im Rathaus Unterlagen dazu geben. Ist es denn wichtig?«

»Meine Vorfahren waren seit vorrevolutionären Zeiten Parfümeure in Paris. Ich war einfach neugierig.«

»Oh, darauf hätte ich kommen können. Natürlich, das Haus L'Étoile. *Verte* finde ich wunderbar«, sagte Eva und nannte damit ein Parfüm, das Jacs Vater 1987 erschaffen hatte. »Kein Wunder, dass Sie sich für Fantine interessieren. Es heißt, sie sei nach Jersey geflohen, weil sie in Paris Schwierigkeiten hatte, ein Familiendrama oder ein Skandal vielleicht. Victor Hugo könnte sie schon aus Paris gekannt haben. Man weiß nicht genau, wie sie einander begegnet sind oder in welcher Beziehung sie zueinander standen. Sicher ist nur, dass er sie Pierre vorgestellt hat, der sich erst in ihre Parfüms und dann auch in sie verliebte. Ende 1855 heirateten sie. Er richtete ihr eine Parfümeurswerkstatt ein. Vor Ablauf eines Jahres bekamen sie eine Tochter und dann noch vier Söhne.«

Claire kam herein. »Soll ich noch Kaffee nachkochen?«, fragte sie.

Da niemand mehr wollte, lehnte Eva dankend ab und schlug vor, auf einen Drink ins Wohnzimmer überzusiedeln.

Dort flackerte ein Feuer im Kamin und beleuchtete die türkisfarben, meergrün und violett schillernden Kacheln, mit denen er eingerahmt war. Die Farben entsprachen genau denen in Evas Webarbeit.

»Sind diese Kacheln von Pierre Gaspard?«, fragte Jac.

»Ja, so wie alle Fenster und Kacheln hier im Haus«, sagte Minerva. »Meine Mutter hat einmal erzählt, das seien Fantines Lieblingsfarben gewesen.«

Sämtliche Geschäftspapiere und Etiketten aus dem Hause L'Étoile enthielten seit der Firmengründung genau diese drei Farben. Jac hatte oft genug alte blau, grün und lavendelfarben bedruckte Kartons und Rechnungen im Archiv gefunden. Hier war ihr die Kombination bisher nicht aufgefallen. Doch sie wiederholte sich überall, in den Polstermöbeln aus Samt und Rohseide, in den Teppichen und Kronleuchtern. Es schien mehr als unwahrscheinlich, dass Fantine ausgerechnet eine L'Étoile gewesen war. Dennoch nahm Jac sich vor, später Robbie anzurufen, damit er der Sache nachging.

Theo fragte herum, wer einen Brandy wollte, und schenkte allen bis auf Eva davon ein.

»Wie ging es mit Fantine und Pierre weiter?«, fragte Jac.

»Sie waren ein glückliches Paar«, sagte Eva. »Pierres Buntglasobjekte und sein Schmuck waren sehr gefragt. Zwei seiner Lampen sind sogar im Louvre ausgestellt. Aber für die Frauen in unserer Familie war Fantine das große Vorbild. Sie war für die damalige Zeit ziemlich unkonventionell. Zu ihrer Zeit haben Frauen selten andere Berufe ergriffen als die Schauspielerei. Aber sie hat es neben ihren Aufgaben als Ehefrau und Mutter geschafft, Parfüms herzustellen und zu verkaufen. Mit Victor Hugo ist sie weiter in Verbindung geblieben. Er hat ihr ein paar Zeichnungen geschenkt, die bis heute hier und da im Haus aufgehängt sind.«

»Nach seinem Umzug nach Guernsey hat er ihr noch oft geschrieben und hat den Kontakt auch nach seiner Rückkehr nach Paris nicht abreißen lassen. Einige seiner Briefe sind noch in unserem Besitz«, sagte Theo.

Jac fiel auf, dass Minerva die Stirn in Falten zog, als er die Briefe erwähnte, und Eva an einem roten geflochtenen Armband herumzuspielen begann, das sie am Handgelenk trug.

»Hieß nicht die Prostituierte in Hugos *Les Misérables* auch Fantine? Die Frau, deren Tochter Jean Valjean bei sich aufnimmt?«, fragte Jac.

»Ja«, sagte Minerva. »Ganz genau. Sie ist nach unserer Vorfahrin benannt.«

»Die beiden standen einander sehr nah«, sagte Theo. »Hugo hat Fantine auch mit dem Spiritismus in Berührung gebracht.«

Eva drehte sich ruckartig nach ihrem Neffen um. »Das müssen wir wohl nicht näher ausführen.«

Minerva lächelte ihrer Schwester beruhigend zu. »Schon gut, Liebes, es wird niemandem schaden, davon zu sprechen. Das kennen wir doch alles schon.« Sie wandte sich an Jac. »Ja, Victor Hugo war ein Spiritist.«

»Das wusste ich gar nicht«, sagte Jac.

»Seine politischen Aktivitäten haben seine esoterischen Interessen überstrahlt, aber er war ein begeisterter Anhänger. Allein in seiner Zeit auf Jersey hat er über hundert Séancen abgehalten. Pierre Gaspard war regelmäßig mit dabei.«

»Hugo hat die Sitzungen alle aufgezeichnet«, sagte Theo.

»Wir besitzen ein Buch mit seinen Protokollen«, fügte Minerva hinzu und nickte in Richtung Flur. »Es steht in der Bibliothek, falls Sie Interesse daran haben.«

Eva spielte wieder mit dem roten geflochtenen Band.

»Die Insel Jersey ist ein sehr spiritueller Ort«, sagte Eva, als sei der Satz Medizin, die sie schlucken musste. »Manche schreiben ihr sogar magische Fähigkeiten zu. Kein Wunder, dass Victor Hugo davon nicht unberührt geblieben ist. Das geht allen so. Hier sind hunderte neolithische Monumente. Alle paar hundert Meter gibt es heilige Quellen und Brunnen. Gleich hier hinter dem Haus ist auch eine. Dort sollen Druiden ihre Waschungen vorgenommen haben. Ich glaube, deshalb gibt es hier auch so viele Kirchen. Das Heidentum ist fest im Untergrund verwurzelt, sosehr sich die Kirche auch bemüht, es zu überformen und kleinzuhalten.«

»Von den Séancen würde ich gern noch mehr erfahren«, sagte Jac.

»Haben Sie mal an einer teilgenommen?«, fragte Minerva.

»Nein.«

Minerva stand auf und ging zu der Staffelei hinüber. Dahinter stand eine mit filigranen Schnitzereien verzierte Anrichte, deren

Oberseite mit denselben türkisblauen, violetten und meergrünen Kacheln besetzt war, die auch den Kamin rahmten.

Minerva zog eine der Schubladen auf.

»Was tust du da?« Evas Stimme klang angespannt, beinahe schrill.

»Ich wollte Jac nur ein bisschen von unserer Familiengeschichte zeigen. Das wird sie bestimmt interessieren.«

»Ich halte das für keine gute Idee«, sagte Eva.

Plötzlich öffnete sich eine der Glastüren an der gegenüberliegenden Wand. Jac spürte, wie ein kalter Luftzug über sie hinwegstrich.

»Siehst du!«, rief Eva. Sie klang jetzt nicht mehr besorgt, sondern aufgebracht.

Theo stand rasch auf, lief zu der verglasten Tür, ließ sie zuschnappen und schloss sie ab. »Kein Grund zur Sorge, Tante Eva.«

»Das passiert sonst nie«, sagte Eva. »Warum hätte es wohl genau jetzt passieren sollen?«

»Natürlich ist es schon passiert«, sagte Minerva. »Es passiert andauernd.«

»Nein. Das war deinetwegen. Wegen dem, was du vorhattest. Ich will es nicht«, sagte Eva zu ihrer Schwester. »Und das weißt du auch.«

Jac wurde immer unbehaglicher zumute. Was auch immer hier zwischen den beiden Schwestern vorging, es war sicher nicht für sie bestimmt. Sie setzte ihr Glas ab und wandte sich an Theo. »Das war ein wunderbarer Abend nach einem schönen Tag, aber jetzt sollte ich allmählich los. Könntest du mir ein Taxi rufen? Mrs O'Neil meinte, es sollte kein Problem sein, eines zu bekommen.«

»Ich fahre dich«, sagte Theo.

»Nein, mach dir keine Mühe.«

»Kein Problem, wirklich.«

Doch es gab ein Problem. Es hatte sich leise über das Haus gesenkt und lauerte in jedem Winkel.

Dreizehn

Theo ging viel zu schnell in die Kurven, fand Jac. Es hatte sich wieder Nebel über die Insel gesenkt, und seine Scheinwerfer drangen kaum zwanzig Meter weit durch. Die Rückfahrt kam ihr endlos vor. Von den Wäldern, die den Weg säumten, war nichts mehr zu sehen. Es kamen keine Autos. Sie hätten überallhin unterwegs sein können. Oder nirgendwohin.

»Warum hast du deinen Tanten nicht erzählt, weshalb du mich eingeladen hast?«, fragte sie.

»Vielleicht finden wir gar nichts, und da wollte ich ihnen unnötige Aufregung ersparen.«

»Aufregung im positiven oder negativen Sinn?«

»Im positiven«, antwortete Theo, aber Jac war nicht überzeugt, dass er die Wahrheit sagte.

»Wirklich? Deine Tante Eva wirkte besorgt, als du die Briefe erwähnt hast.«

Er beschleunigte noch mehr und nahm die nächste Kurve. Als er antwortete, wählte er die Worte mit Bedacht. »Eva hat Angst vor ihrem eigenen Schatten. Sie mag keine Veränderungen. Der Status quo ist ihr Ein und Alles. Die Vorstellung, dass ich da weitermache, wo mein Großvater aufgehört hat, passt ihr gar nicht.«

»Dein Großvater?«

»Er hat nach demselben Schatz gesucht wie ich. Deshalb habe ich auch den Brief gefunden. Er lag nach seinem Tod in einem seiner Bücher.«

»Woran ist er gestorben?«

»Er hat sich bei einem Sturz auf den Felsen die Hüfte gebrochen und ist dann an Lungenentzündung erkrankt.«

»Wann ist das passiert?«

»Vor elf Monaten.«

»Wie furchtbar. Dann hast du in nur einem Jahr deinen Großvater und deine Frau verloren?«

Er nickte. »Danke für dein Mitgefühl, aber können wir das Thema wechseln?«

Jac spürte seinen Schmerz und hätte ihm gern geholfen, aber er wollte sich offensichtlich nicht weiter damit befassen. Das konnte sie verstehen. Also brachte sie das Gespräch wieder auf die verwirrende Reaktion seiner Tanten auf Theos Vorhaben.

»Minerva wirkt gar nicht wie ein ängstlicher Mensch. Ich hätte gedacht, so eine Suche würde sie begeistern, genauso wie die Aussicht auf das, was dabei herauskommen könnte.« Sie dachte an die Fährfahrt zurück, als Minerva sich selbst und Jac als Suchende bezeichnet hatte.

»Ja, das würde es. Und du hast recht – sie ist überhaupt kein ängstlicher Mensch.«

»Was dann?«

»Es ist meinetwegen. Sie hat Angst um mich.«

»Kannst du mir sagen, warum?«

Er fuhr schweigend weiter. Konzentrierte er sich aufs Fahren? Dachte er über ihre Frage nach? Legte er sich eine Antwort zurecht?

»Sie glaubt, dass der Tod meiner Frau mich zu sehr beschäftigt.«

»Was hat das …«

Er fiel ihr ins Wort. »Ich habe die Trauerarbeit noch nicht abschließen können. Minerva befürchtet, dass es zu früh ist, mir so ein Projekt vorzunehmen.«

»Ich verstehe einfach nicht, was das eine mit dem anderen zu tun hat.«

»Deswegen musst du den Brief lesen. Er liegt zu Hause im Safe.« Theo schwieg wieder eine Weile. »Ich bringe dich morgen wieder hin, wenn die beiden arbeiten. Dann können wir besprechen, was zu tun ist. Ich weiß wirklich nicht, wie ich ohne eine Expertin weiterkommen soll.«

»Und das willst du, trotz der Bedenken deiner Tanten?«

»Deshalb habe ich dich schließlich hergebeten. Ich glaube, was wir finden, könnte für dich genauso wichtig sein wie für mich. Und ich will es nicht trotz, sondern wegen ihrer Bedenken.«

»Du hast recht, ich verstehe gar nichts.«

»Das wirst du schon noch.«

Vor ihnen tauchten die Lichter des Hotels aus dem Nebel. Die Stimmung im Auto wurde gleich besser, als draußen etwas anderes zu sehen war als nur grauer Dunst.

»Verstehst du, wie du an diesen Punkt deines Lebens gelangt bist, Jac?« Theos Frage klang so ernsthaft, dass Jac sich überrumpelt fühlte.

»Darüber habe ich noch nicht nachgedacht.«

»Was uns zu jedem beliebigen Punkt hinführt, sind immer unsere Entscheidungen. Selbst die scheinbar belanglosen haben oft weitreichende Konsequenzen. Glaubst du, du hast immer die richtigen Entscheidungen getroffen?«

Jac dachte nach. »Nein, natürlich nicht. Ganz sicher nicht.«

»Verstehst du, warum du sie getroffen hast?«

»Bei den meisten schon. Zumindest wusste ich es währenddessen.«

»Ich verstehe nur die wenigsten meiner Entscheidungen. Manchmal fühlt es sich an, als ob ich nur reagiere, aber ich weiß nicht, worauf.«

Sie betrachtete Theos Profil. Seine hohe Stirn und die markante Nase wirkten jetzt stimmiger als an dem Jugendlichen. Als sie ihn kennenlernte, war er verstört und verwirrt gewesen. Und auch jetzt wirkte er so. Hatte es dazwischen Zeiten der Ruhe und des inneren Friedens gegeben? Jac hoffte es zumindest.

Theo hielt vor dem Hotel und legte Jac eine Hand auf den Arm. Es war keine zärtliche Geste; er wollte sie aufhalten, sie daran hindern, gleich auszusteigen. »Du hast mir in Blixer Rath sehr geholfen.«

»Du mir auch.« Theo hatte ihr Augenblicke beschert, in denen sie ihre Trauer hinter sich lassen und Begeisterung erleben konnte. Ganze Stunden, in denen sie sich nicht fragen musste, ob sie den Verstand verlor. Wenn sie zusammen waren, konnten sie manchmal einfach Kinder sein, die rebellierten, die Neuland entdeckten und sich im anderen wiederfanden.

Theo wirkte überrascht. »Daran erinnere ich mich gar nicht. Ich dachte, ich hätte dir jede Menge Ärger eingebracht.«

Sie lächelte. »Das auch. Aber, doch, du hast mir geholfen. Ich durfte dir endlos von meiner Mutter erzählen. Das muss langweilig gewesen sein, aber du hast es mich nie spüren lassen. Bei dir durfte ich mich aussprechen, und dann hast du mir geholfen, aus der Vergangenheit wieder in die Gegenwart zu kommen. Vielleicht kann ich mich ja jetzt erkenntlich zeigen.«

Theo wandte sich ab. Sie wusste nicht, ob er seine Reaktion vor ihr verbergen wollte oder nur abgelenkt worden war. Als er sie wieder ansah, war sein Gesichtsausdruck undurchschaubar.

»Ich muss morgen früh erst mal in die Galerie. Aber gegen Mittag könnte ich dich abholen, wenn es dir passt. Du siehst dir den Brief an, und wir essen zusammen. Einverstanden?«

»Ja, gern.«

Er stieg aus und ging um den Wagen herum, um ihr die Tür zu öffnen.

»Bist du hier zufrieden?« Er wies auf das Hotel. »Oder willst du in Wells in Wood übernachten? Du wärst herzlich eingeladen.«

Das Haus war faszinierend, und Jac zögerte, allein schon deshalb, weil sie dann mehr Zeit hätte, seine Kunstwerke, seine Geschichte und seine Geheimnisse zu erforschen. Aber sie wollte ihre Privatsphäre nicht aufgeben.

»Es gefällt mir hier«, sagte sie und lächelte.

Theo beugte sich über sie.

Zuerst dachte sie, er wollte sie auf den Mund küssen. Und sie wich ihm nicht aus, was sie selbst überraschte. Doch im letzten Augenblick schien er es sich anders zu überlegen und gab ihr einen Kuss auf die Wange.

Auf dem Weg zur Treppe kam Jac an der Hotelbar vorbei. Sie war noch nicht müde, und der Raum sah mit einem knisternden Kaminfeuer, einem altmodischen Schanktresen, kleinen Tischen und gemütlichen Sesseln einladend aus.

Jac setzte sich an den Tresen, bestellte ein Glas Portwein und sah sich um.

Nur zwei der Tische waren belegt. An einem war ein Ehepaar mittleren Alters damit beschäftigt, Postkarten zu schreiben, und an dem anderen saßen zwei Männer über Papiere gebeugt.

Jac wollte nicht lauschen, aber der Raum war klein und ihre Stimmen unüberhörbar.

»Das ist eine gute Idee«, sagte der jüngere der beiden. Er mochte Mitte dreißig sein und hatte eine aristokratische Ausstrahlung, hohe Wangenknochen und einen dichten blonden Haarschopf. Der andere war gedrungen und um die fünfzig.

»Das finde ich auch, Ash. Freut mich, dass du es genauso siehst.« Er sah auf seine Armbanduhr.

»Danke für dies ergiebige Gespräch. Lass dich nicht weiter aufhalten. Du willst sicher nach Hause zu deiner Frau.«

Der Mann stand auf. Seine leicht unterwürfige Art, sich zu verabschieden, ließ Jac vermuten, dass er für Ash arbeitete und nicht umgekehrt.

Ash sammelte seine Papiere zusammen, steckte sie in eine abgewetzte lederne Aktentasche und klemmte sie sich unter den Arm. Auf dem Weg zur Tür blieb er am Tresen stehen.

»Thomas? Kann ich zahlen?«, fragte er den Barkeeper.

Ash stand so dicht neben ihr, dass Jac sein Parfüm bemerkte und die einzelnen Duftnoten auseinanderhalten konnte: Zitrone, Verbene, Bergamotte, Tonkabohne, Patschuli und noch etwas, das sie nicht identifizieren konnte. Solche schwer fassbaren Zutaten faszinierten sie immer am meisten. Normalerweise konnte sie jede Duftnote benennen, aber manchmal veränderte sich eine Essenz in Kombination mit den anderen so sehr, dass sie nicht zu identifizieren war. Jac atmete noch einmal tief ein. Sie bemühte sich, den fehlenden Bestandteil aufzuspüren, aber er tarnte sich. Es überraschte Jac, wie gut ihr das Parfüm gefiel. Sie war sehr anspruchsvoll, was moderne Duftkreationen anging, selbst wenn ihr Bruder sie geschaffen hatte. Dies war seit längerem die erste Komposition, die sie wirklich in den Bann schlug. Sie war sinnlich, aber mit einem Hauch von Zitrus, der, wie ihr Vater immer gesagt hatte, einen Duft zugänglicher machte.

Ash spürte, dass sie ihn ansah, und drehte sich zu ihr um. Er musterte sie genauso ungeniert, wie sie seinen Duft einer Musterung unterzogen hatte.

Jac war im ersten Moment verunsichert. Sie glaubte ihn zu kennen. Aber nein. Sie konnte sich Gesichter gut merken. Seines war markant, wirkte aber irgendwie unfertig. Als hätte ein Bildhauer ihm nicht den letzten Schliff gegeben. Wenn sie ihn schon einmal gesehen hätte, würde sie sich daran erinnern. Sie hatte gerade beschlossen, dass es sich um ein Déjà-vu handeln musste, als er sich vorstellte.

»Ich heiße Ash«, sagte er und streckte ihr die Hand hin.

Jac ergriff sie und zuckte zurück. Sie hatte einen elektrischen Schlag abbekommen. Ash lächelte. »Oh, statische Elektrizität. Tut mir leid.«

Jac sah zu Boden. Da lag nur ein Läufer, kein Teppichboden. Aber es musste ja statische Elektrizität gewesen sein, weshalb hätte sie sonst einen Schlag abbekommen sollen?

»Ash Gaspard«, setzte er hinzu.

Jetzt begriff sie, warum er ihr bekannt vorkam. Er ähnelte Theo, trotz seines helleren Haars und des weniger gequälten Gesichtsausdrucks. Das war es also, was sie aus der Fassung gebracht hatte.

»Hallo. Ich kenne übrigens Ihren Bruder«, sagte sie.

»Tatsächlich?« Ash wirkte überrascht.

»Seinetwegen bin ich hier auf Jersey.«

»Dürfte ich mich noch auf einen Drink zu ihnen setzen?«

Jac hätte schlafen gehen sollen; es war schon spät. Aber als Theo von seinem Bruder gesprochen hatte, hatte sie gleich gespürt, dass es zwischen den beiden Konflikte gab, und jetzt war sie neugierig. Also nickte sie.

Ash setzte sich neben sie. »Und was genau führt Sie hierher zu meinem Bruder? Ein Jobangebot vielleicht?«

Jac verneinte etwas verwirrt und gab ihm dieselbe Erklärung, die sie auch den beiden Tanten gegeben hatte – dass sie sich auf Theos Initiative hin mit den Druiden beschäftigen wolle.

»Tja, wenn es das ist, was Sie wollen – Ruinen haben Sie hier auf Monate hinaus genug.« Er trank einen Schluck von seinem Brandy. »Aber Moment mal, das hat doch nicht etwa mit diesem verdammten Brief zu tun?«

Da er offensichtlich schon darüber Bescheid wusste, nickte Jac.

»Reine Zeitverschwendung. Wir sollten das Ding verkaufen und das Geld einsacken.«

»Verkaufen?«

»Ein Schriftstück mit so einer Unterschrift darauf ist bestimmt viertausend Pfund wert.«

Theo hatte nicht erwähnt, wer den Brief geschrieben hatte, und Jac wollte nicht durchblicken lassen, dass sie es nicht wusste, also nickte sie nur. »Also können Sie Theos Sinn für Abenteuer nicht teilen?«

»Ist das Ihre eigene Frage?«

»Wessen sonst?«

»Die meines Bruders. Er und ich werden uns in dieser Sache nicht einig.« Ash zuckte mit den Schultern. »Und in vielen anderen auch nicht. Schwierige Familiendynamik offenbar.«

»Das ist gar nicht so selten.«

»Vermutlich nicht.« Aus seiner Stimme war Trauer herauszuhören. Er trank einen Schluck. Dann schüttelte er den Kopf, als hätte er einen Disput mit sich selbst geführt. Da er nichts weiter hinzufügte, brach Jac das Schweigen.

»Wells in Wood ist ein wundervolles Haus. Leben Sie auch dort?«

»Nicht im Hauptgebäude. Ich habe ein eigenes Häuschen ein Stück abseits. Mir ist dieses zugige alte Gemäuer zu vollgestopft. Meine Familie hat das Anhäufen von Erinnerungen zur Kunstform erhoben.«

»Halten Sie nichts von Geschichte?«

»Ich respektiere sie, aber ich lebe lieber in der Gegenwart.«

»Das hat Ihre Tante auch gesagt.«

»Eva.« Er lachte. »Sie ist echt ein Original. Minerva auch, auf ihre Art. Ich verstehe gar nicht, wie sie es so viele Jahre miteinander ausgehalten haben, ohne einander an die Gurgel zu gehen.« Bei diesen letzten Worten verschwand sein heiterer Tonfall wieder, und etwas sehr viel Ernsteres brach sich Bahn.

»Aber man kann niemandem Vorwürfe machen, wenn er Erinnerungen bewahrt«, sagte Jac. »Abschiednehmen folgt seinem ganz eigenen Zeitplan.«

»Jetzt sprechen Sie von Theo.«

Sie wollte schon ja sagen, überlegte es sich aber anders. Es wäre nicht ehrlich gewesen, und aus irgendeinem Grund wollte sie Ash gegenüber ehrlich sein. »Nein, ich habe von mir selbst gesprochen.«

Ash sah sie an, und Mitgefühl und Neugier lagen in seinem Blick. »Entschuldigung. Ich weiß, wie schwer es ist, einen Verlust zu bewältigen.«

»Sie sollten nicht so hart zu Ihrem Bruder sein«, sagte Jac.

»Er gibt sich keine Mühe. Und meine Tanten sind auch keine Hilfe. Eva verwöhnt ihn. Und Minerva … tja, sie kann nicht aus ihrer Haut. Sie hat zu wenig Abstand zu ihm. Und da sind wir wieder! Wie peinlich, dass wir schon wieder über meinen Bruder reden. Ich muss mich entschuldigen. Erzählen Sie doch von sich. Was tun Sie beruflich, das es Ihnen erlaubt, den Druiden nachzuspüren?«

Sie erzählte von ihrer Fernsehsendung.

»Mythologin also«, sagte er. »Dann sind Sie bei den Gaspards ja bestens aufgehoben. Da Sie schon in dem Haus waren, haben Sie wohl auch die Wandbilder gesehen?«

»Ja. Sie sind außergewöhnlich.«

»Ich bin nicht so firm in diesen Geschichten. Das sind eher meine Tanten und mein Bruder …« Er unterbrach sich. »Warten Sie, sind Sie das Mädchen, mit dem Theo in der Klinik zusammen war?« Bevor sie antworten konnte, sprach er schon weiter. »Tut mir leid. Das war unhöflich von mir. Es geht mich nichts an.«

»Ist schon in Ordnung. Ja, die bin ich.«

»Ich habe viel von Ihnen gehört. Als Theo nach dem Sommer damals nach Hause kam, hat er nur von zwei Dingen geredet. Von der Mythologie und von Ihnen. Er war total hin und weg. Und er glaubte, es gebe irgendeine merkwürdige Verbindung zwischen Ihnen, war es nicht so?«

»Ja.«

»Was war das noch – irgendetwas mit einer Zeichnung?«

Jac nickte. »Ja.«

»Ich war so eifersüchtig. Ich habe Sie fast ein bisschen gehasst.«

»Gehasst?«

»Damals habe ich ihn noch angehimmelt. Ich war so glücklich, als mein Vater sagte, dass Theo früher heimkommen würde als gedacht. Bis er dann da war jedenfalls. Vorher war er ja schon schwierig gewesen, aber bei seiner Rückkehr war er noch unzugänglicher und verstörter. Er wollte mir überhaupt nichts erklären, hat mich noch verächtlicher behandelt als zuvor. Für ihn gab es nur noch seine Briefe an Sie und …«

»Briefe? An mich?«

»Ja, Dutzende. Er hat Ihnen jeden Tag geschrieben, wochenlang.«

»Sie sind nicht bei mir angekommen.« Jac fragte sich, ob Malachai die Briefe abgefangen hatte.

»Das muss dann wohl der Grund gewesen sein, warum er irgendwann damit aufgehört hat.« Ash nahm einen großen Schluck Brandy. Als er das Glas absetzte, stieß es hart auf dem Tresen auf. »Er weiß nichts davon, aber ich habe einige dieser Briefe gelesen. Auch wenn ich heute nicht gerade stolz darauf bin. Es ging mich natürlich nichts an, aber ich wollte unbedingt wissen, was mit ihm passiert war, das ihn noch tiefer in die Depression gestürzt hatte.«

»Und haben Sie es herausgefunden?«

»Nein.« Er zögerte. »Aber ich glaube, er hielt Sie für den Schlüssel zu seiner Heilung.«

»Wirklich? Das verstehe ich nicht.«

»Ich auch nicht. Aber Sie wissen, dass mein Bruder große Probleme hat, oder? Sehr große sogar. Es ist nicht nur, dass er trauert. Seine Depressionen hat er schon viel länger. Solange ich denken kann. Ich bezweifle, dass Sie einen Rat von mir annehmen werden, schließlich kennen Sie mich gar nicht – genauso wenig wie ich Sie –, aber seien Sie lieber vorsichtig.«

»Was meinen Sie damit?« Jac hatte wieder den Impuls, Theo zu verteidigen. Erst Malachai gegenüber und jetzt gegen Ash.

»Mein Bruder ist manchmal emotionaler, als es den Menschen in seiner Umgebung guttut.«

»Ich finde nicht, dass du sie auch noch vergraulen musst, Ash. Auf dem Gebiet hast du schon dermaßen gute Arbeit geleistet, dass ich mein Leben lang damit zu tun haben werde.«

Jac wirbelte herum. Hinter ihr stand Theo und funkelte seinen Bruder an. Er hielt das Buch über Victor Hugos Leben im Exil in der Hand und streckte es Jac entgegen.

»Das hast du im Auto vergessen. Ich habe es erst gemerkt, als ich fast wieder zu Hause war, und wollte es dir vorbeibringen. Du schienst so interessiert daran.«

Jac nahm das Buch. »Danke, Theo. Ich war …«

»Wie kam es zu diesem Treffen?«, unterbrach Theo sie. Er klang misstrauisch, anklagend, und Jac fühlte sich überrumpelt.

»Ganz zufällig. Ich wollte noch nicht schlafen, und …«

»Es war Zufall, Theo. Lass gut sein«, sagte Ash. »Da war diese hübsche junge Frau an der Bar, und ich habe mich dazugesellt. Also hör auf, nach finsteren Motiven zu bohren.«

»Ich entscheide selbst, was ich tue«, sagte Theo.

»Apropos entscheiden – du hast also deine Suche wiederaufgenommen?«

»Sie war nie zu Ende. Ich brauchte nur professionelle Hilfe, und die bekomme ich jetzt von Jac. Wenn es wirklich die Chance gibt, dass in einer dieser Höhlen ein geheimes Tagebuch liegt, werde ich es bestimmt nicht einfach verkommen lassen.«

Ash zuckte gleichgültig mit den Schultern und stand auf. »Es gibt genug anderes, das du einfach verkommen lässt. Du hast viel dringendere Arbeit zu tun.«

Jac fragte sich, welche Arbeit er meinen könnte. Die in der Galerie?

Theo ignorierte seinen Bruder und sah Jac gerade ins Gesicht. »Also sehen wir uns morgen wie gehabt?«

»Ja, natürlich.«

Theo wies mit dem Kinn in Richtung Ash, ohne den Blick von Jac zu lassen. »Das ist sein Standardverfahren. Er versucht Leute gegen mich aufzuhetzen. Dabei redet er nur Mist.«

Dann beugte er sich vor, küsste sie flüchtig auf den Mund und ging, bevor Jac reagieren konnte. Weder auf seine Worte noch auf den Kuss.

Vierzehn

Später, als Jac sich in ihrem Zimmer bettfertig machte, ließ sie die Szene in der Bar noch einmal Revue passieren und versuchte, Ordnung in ihre eigenen Reaktionen und Eindrücke zu bringen. Dass die beiden Brüder einander bekriegten, war offensichtlich. Sie hatte ihre Aggressionen beinahe riechen können.

Jacs Großvater hatte ihr beigebracht, Emotionen zu erschnuppern. Er vertrat die These, dass starke Gefühle die Körperchemie veränderten und dass man sie riechen konnte, wenn man dafür sensibilisiert war. Das war nur eine seiner vielen Ideen. Er stellte immer wieder neue Theorien über Düfte auf oder belebte uralte wieder. Jacs Großvater war nie nur ein Parfümeur gewesen, sondern hatte sich mit ägyptischer Mystik, griechischer Philosophie, Alchemie und den Zauberern des Mittelalters befasst, mit dem Ägyptischen Totenbuch, den gnostischen Schriften und der Kabbala.

»Parfüm ist Magie. Es ist ein Mysterium. Wir erschaffen den Duft einer Blüte noch einmal neu. Den von Holz. Von Gras. Wir destillieren die Essenz des Lebens heraus. Verflüssigen sie. Wir speichern Erinnerungen. Wir kreieren Träume«, hatte er einmal gesagt. »Was wir tun, ist Zauberei, ist eine Kunstform, und wir haben die Pflicht, unser Bestes zu geben.«

Jac würde nie vergessen, wie er sich bemüht hatte, seine Trauer zu verbergen, als sie ihm sagte, dass sie keine Parfümeurin werden würde. Er liebte die Mythologie und hatte betont, wie stolz er sei, dass sie sich für so ein faszinierendes Thema entschieden hatte. Aber Jac hatte hinter seine Worte geblickt und die Enttäuschung in seinem Gesicht gesehen. Er hatte immer davon geträumt, dass sie und Robbie gemeinsam die Aufgabe übernahmen, die ihre Familie seit fast dreihundert Jahren erfüllte.

Wie sehr ihm das Haus gefallen hätte, das sie heute Abend besichtigt hatte, dachte Jac. Und wie neugierig Grandpère auf Fantine gewesen wäre, die vertriebene Pariser Parfümeurin, die in diesem Haus gelebt und die edlen Flakons ihres Ehemanns mit ihren Düften gefüllt hatte.

Robbie wäre ebenso fasziniert davon. Plötzlich hatte sie Heimweh nach ihm. Sie zog ihren Bademantel über und ging zu ihrer Handtasche, um das Handy zu holen. Um ihn anzurufen. Genau in dem Moment klingelte es. Jac erschrak, aber es wunderte sie nicht besonders. Sie und ihr Bruder standen einander nah und spürten oft, wenn der andere an sie dachte. Doch ein Blick auf das Display sagte ihr, dass es nicht Robbie war. Es war jemand, der sich auch für das Haus und seine Bewohner interessieren würde, aber aus ganz anderen Gründen.

»Guten Abend, meine Liebe.« Malachais wohltönende Stimme erklang aus der Leitung. »Ich wollte mich nur einmal melden.« Nach den vielen Diskussionen vor ihrer Reise befürchtete Jac, er könnte ihr wieder einen Vortrag halten und sie zur Heimkehr bewegen wollen, doch als er nichts dergleichen tat, erzählte sie entspannt von Theos Tanten und dem Haus.

Sie war froh, dass sie ihre Differenzen hinter sich gelassen hatten.

»Es hat mich überrascht, als Minerva sagte, dass sie dich kennt. Das hast du gar nicht erzählt.«

»Nein? Ach, ich dachte. Ja, ich habe sie und ihren Bruder einmal kennengelernt und habe mit ihrem früheren Ehemann in Oxford studiert. Er war ein guter Therapeut, und sie ist es auch. Aber erzähle mal, Jac, was sagst du zu Theo, wie ist er so?«

Verbittert und verstört, hätte sie am liebsten gesagt. Aber sie wollte Malachai nicht alarmieren und beschrieb ihren Jugendfreund mit weniger suggestiven Worten. »Aufgewühlt, glaube ich. Er sagt, dass er den Tod seiner Frau noch nicht überwunden hat.«

»Hat er auch gesagt, wie sie gestorben ist?«

»Nein.«

»Ich habe nachgeforscht.«

»Warum wundert mich das jetzt nicht?«

»Willst du es wissen?«, fragte Malachai.

»Würde es etwas nützen, wenn nicht?«

Er lachte.

Manchmal lag in seinem Lachen etwas, das sie an eine Figur aus einem Vierziger-Jahre-Noir-Film erinnerte. Es war ein herrisches Lachen. Ein Lachen, bei dem man heraushörte, dass es ihm widerstrebte. Jac hatte es schon bei der Filmfigur nicht gefallen, und an Malachai mochte sie es noch weniger.

»Seine Frau ist ertrunken, Jac.«

»Wie furchtbar.«

»Ja. Es war wirklich schrecklich.«

Er verstummte.

»Malachai? Was verschweigst du mir?«

In dem Schweigen, das noch einige Sekunden länger anhielt, fiel Jac ein, wie besorgt Ash sich um sie gezeigt hatte.

»Man geht davon aus, dass es ein Unfall war«, sagte Malachai.

»Und?«

»Sie hatte kurz vorher eine Therapie begonnen und eine Wohnung in London angemietet.«

»Was willst du damit sagen? Dürfen Menschen, die Wohnungen mieten oder sich therapieren lassen, keine Unfälle haben?«

»Es sprach manches dafür, dass sie Selbstmord begangen haben könnte.«

»Selbst wenn dem so wäre, warum sollte es mich davon abhalten, nach einer Höhle mit Kulturzeugnissen der Druiden zu suchen?«

»Als ihr beiden in der Klinik wart, warst du Theo gegenüber übermäßig empfänglich.«

»Das sagst du nicht zum ersten Mal. Aber ich verstehe immer noch nicht, worauf du hinauswillst.«

»Ich glaube, dass er unbewältigte Probleme hat, und will nicht, dass du in sie verwickelt wirst. Versprich mir einfach, dass du abreist, wenn es Schwierigkeiten gibt.«

»Ich verspreche, dass ich dich anrufe. Reicht dir das?«

»Beim ersten Anzeichen?«

»Ja. Zufrieden?«

»Ja.«

»Jetzt habe ich aber auch eine Frage«, sagte Jac.

»Was für eine?«

»Warum hast du mir sämtliche Informationen zu Theos Familie vorenthalten? Ich habe erfahren, dass einer seiner Vorfahren Gründungsmitglied des Phoenix Club war. Anscheinend haben alle in seiner Familie an die Reinkarnation oder irgendwelche Varianten des Spiritismus geglaubt. Bei unseren vielen Gesprächen über meine Reisepläne hast du nie etwas von alledem erwähnt. Warum nicht?«

»Wegen der ärztlichen Schweigepflicht.«

»Was fällt denn davon unter die Schweigepflicht? Dass eure Familiengeschichten zusammenhängen? Dass du seine Verwandtschaft kennst?«

»Über die familiären Hintergründe meiner Patienten zu sprechen ist tabu, Jac. Das weißt du doch. Wenn ich je mit dir über einen anderen Patienten sprechen würde, könntest du nie wieder darauf vertrauen, dass ich nicht mit anderen über dich rede.«

»Hast du auch Theos Großvater gekannt?«

»Ja. Ich habe ihn schon als Kind kennengelernt, als ich noch in London lebte. Damals hatten sie zwei Wohnsitze, dort und auf Jersey, und wegen der Verbindung über den Phoenix Club trafen unsere Familien sich regelmäßig. Alexander war ein gutes Stück älter als ich, aber wir hatten viel gemeinsam. Und er hatte noch eine zweite Schwester. Eine sehr nervöse Person. Ich weiß leider ihren Namen nicht mehr.«

»Eva.«

»Ja, richtig, jetzt erinnere ich mich. Ihr Großvater war ganz versessen darauf, in das Unbekannte vorzudringen, und hat die Kinder in seine Experimente mit einbezogen. Alexander und Minerva waren ganz angetan davon, aber wenn ich mich recht erinnere, hat es Eva eher traumatisiert, und sein Tod hat ihr sehr zugesetzt. Es gab Andeutungen über einen Unfall.« Malachai zögerte. »Aber es hat nie jemand darüber gesprochen, was genau geschehen ist.«

»Ich kann kaum glauben, dass du mir nichts von alledem vor der Abreise erzählt hast.«

»Es war vertraulich.«

Jac hörte durch die Leitung Stimmen im Hintergrund.

»Da kommt ein Patient, Jac, ich muss leider auflegen. Aber bitte ruf mich an. Halte mich auf dem Laufenden, ja?«

»Ja, mache ich. Wenn du versprichst, dir keine Sorgen mehr zu machen.«

»Sei einfach so nett und melde dich jeden Tag. Diese Tageszeit passt mir gut. In Ordnung?«

Jac wollte widersprechen, aber er unterbrach sie.

»Ich kann meinen Patienten nicht warten lassen. Pass auf dich auf, meine Liebe.« Damit legte er auf.

Jac goss sich ein Glas Wasser ein und rief Robbie an, aber auf dem Handy ihres Bruders meldete sich nur die Mailbox. Sie hinterließ ihm eine Nachricht, dass sie ihn vermisste, und schlüpfte ins Bett. Die Bezüge waren aus bester ägyptischer Baumwolle. Sie waren kühl, fest und rochen nach frischer Seeluft. Jac war erleichtert. Manche Hotelwaschküchen benutzten grauenvolle kommerzielle Duftstoffe. Es hatte schon Nächte gegeben, wo weder ihre Duftkerze noch das Parfüm, das sie auf den Decken versprühte, den Geruch hatten ausblenden können und wo sie trotz Minusgraden bei offenem Fenster geschlafen hatte.

Auch heute hatte Jac das Fenster offen gelassen. Aber nicht, um Gerüche zu vertreiben, sondern um die sanfte, kühle Meeresbrise hereinzulassen.

Die Kissen, das Unterbett und die Decke waren mit Gänsedaunen gefüllt und gaben Jac eher das Gefühl, zu schweben als in einem Bett zu liegen. Selbst für ein gutes Hotel war dieses Bett außergewöhnlich luxuriös. Sie schloss im Dunkeln die Augen, lauschte auf die Brandung an der Felsenküste und ließ sich auf den Wogen dahintreiben.

Sie stellte sich Wells in Wood vor und ging im Geist durch die Eingangstür. Sah die unzähligen Wandnischen voller antiker Kunstwerke und mittelalterlicher Artefakte in der Eingangshalle. Dieses Gedächtnisspiel hatte sie von ihrem Großvater gelernt. Die griechischen Mystiker hatten gelehrt, dass man Erinnerungen, wenn man sie jeweils einem Zimmer in einem imaginären Haus zuordnete, dort ablegen und nach Belieben wieder aufrufen konnte. Als Nächstes betrat Jac das Esszimmer. Sah sich noch einmal die Wandgemälde an. Dann die Gesichter der Menschen am Tisch. Eva, Minerva und Theo. Sie sann darüber nach, wie er sich seit ihrer ersten Begegnung verändert hatte. Und wie er sich gleich geblieben war. Sie dachte an damals zurück. An die Klinik in der Schweiz.

Jac hatte sich zwar elend gefühlt, als ihre Großmutter sie in der Blixer-Rath-Klinik zurückließ, aber die Schönheit der Landschaft hatte sie nicht unberührt gelassen. Im Vergleich zu diesem Rückzugsort in den Alpen war Paris laut, voll und stickig. Der nächste Nachbar war fünf Kilometer entfernt, die Stille der Gebirgslandschaft kam Jac sofort entgegen und versprach ihr tröstliche Einsamkeit.

Sieben andere Jugendliche im Alter von zwölf bis siebzehn Jahren wohnten bereits in der Klinik. Insgesamt war Platz für zwölf. Das Personal bestand aus drei Ärzten und zwei Lehrern: einer Kunst- und Musiklehrerin, die malen konnte und Violine und Klavier spielte, und einem Lehrer für Naturwissenschaften, Geisteswissenschaften und Mathematik. Dazu unterrichteten auch die Therapeuten ausgewählte Fächer. Als Hauspersonal waren ein Koch und ein Gärtner angestellt und zwei Damen, die putzten und sich um die Wäsche kümmerten. Noch einmal so viele kamen nach Bedarf als Aushilfen dazu.

Morgens nach dem Frühstück besuchten die Schüler ihre Kurse. Die Therapeuten nannten sie lieber *Schüler* als *Patienten.* »Du wirst hier keine Medikamente bekommen, die dich gesund machen«, hatte Malachai Jac am ersten Tag gesagt, »sondern du wirst deine Psyche erforschen, wirst daraus lernen und deine Erkenntnisse nutzen, um Probleme zu bewältigen.«

Jeder Schüler hatte einen individuellen Stundenplan. Manchmal waren auch andere im selben Kurs, aber es kam ebenso oft vor, dass sich ein Schüler und ein Lehrer allein gegenübersaßen. Jac hatte jeden Morgen erst eine Mythologiestunde, dann Zeichnen, dann Klavier und schließlich Geometrie.

Niemand erklärte ihr, warum sie gerade diese Fächer und keine anderen belegen sollte, und als sie nachfragte, antwortete Malachai nur, das seien die Fächer, die sie brauchte.

Am Nachmittag hatte jeder Schüler eine Einzelsitzung von neunzig Minuten mit seinem Therapeuten. Die übrige Zeit hatten sie zu ihrer freien Verfügung.

Als Jac in Blixer Rath ankam, kannten die sieben anderen Schüler einander schon seit mindestens drei Monaten und hatten sich miteinander angefreundet. Jac passte nicht dazu. Das Problem waren nicht die bereits bestehenden Freundschaften; es lag an Jac. Die anderen bemühten sich sehr darum, sie mit einzubeziehen, sie willkommen zu heißen. Abends nach dem Essen übten einige von ihnen Szenen aus griechischen Dramen ein und machten einmal wöchentlich eine Aufführung für das gesamte Personal. Malachai, der die Truppe betreute, ermunterte Jac, mitzumachen. Beziehungen zu den anderen Schülern aufzubauen war ihre größte Herausforderung während des gesamten Aufenthalts. Nach wenigen halbherzigen Versuchen gab sie es auf.

Es lag nicht nur daran, dass Jac trauerte und ihren Bruder vermisste. Der Umgang mit Gleichaltrigen war ihr noch nie leichtgefallen. In ihrer Schule in Paris nannten die anderen sie hinter ihrem Rücken abgehoben und arrogant. Sie hielten sie für wunderlich, weil sie keine engen Freundschaften pflegte. Aber Jac war nicht arrogant, und sie hatte sehr wohl einen engen Vertrauten – ihren Bruder. Sie und Robbie waren einander genug. Durch ihre Liebe zu Düften und durch das verbunden, was sie vom Großvater und vom Vater über das Familiengeschäft lernten, lebten sie in ihrer eigenen Welt.

Als sie in der fünften Klasse war, beschloss Jac, Freunde zu finden, aber nach zwei Monaten voller systematischer Bemühungen musste sie Robbie gestehen, dass sie gescheitert war. Sie hatte sich bemüht, mit den anderen Mädchen auszugehen und über Themen zu reden, die diese mochten, sagte sie, aber ihre Geschmäcker waren einfach zu verschieden. Sie interessierten sich nicht für Parfüms, Gemälde und Gartenkunst. Die meisten von ihnen lasen gern, aber es bedeutete ihnen nicht so viel wie Jac. Parfüms lebten von Geschichten, von Träumen, hatte ihr Großvater gesagt. Er war ein großartiger Geschichtenerzähler. Genau wie Jacs Vater. Robbie war ihm in vielen guten Eigenschaften ähnlich. Als Jacs Versuch missglückt war, sagte Robbie, sie solle sich über die anderen Mädchen nicht den Kopf zerbrechen. Sie habe ja ihn, und er werde immer ihr Freund sein.

Von der Klinik aus rief Jac ihn jede Woche einmal an; mehr war ihr nicht erlaubt. Sie hatten beschlossen, dieselben Bücher zu lesen, solange sie fort war, und Robbie war schon bald genauso sehr von Mythologie fasziniert wie sie.

Jac hatte zehn Wochen in der Klinik verbracht, als Theo dazukam. Er war der erste neue Patient seit ihrer Ankunft. Theo schien es genauso schwerzufallen wie ihr, Kontakte zu den anderen zu knüpfen. Noch so ein Einzelgänger, dachte sie. Aber das steigerte nicht ihr Interesse an ihm. In den ersten zwei Wochen seines Aufenthalts wechselten sie nicht mehr Worte miteinander als ein gelegentliches *Hallo* oder *Gute Nacht*. Dann kam es zu ihrer Begegnung auf dem Gebirgspfad, die Jac nur noch mehr dazu trieb, ihn zu meiden.

Erst am Ende der zweiten Woche passierte im Kunstunterricht etwas, das sie einander näherbrachte.

Im täglichen Programm der Blixer-Rath-Klinik spielten Archetypen und Symbole eine große Rolle. Jede Kunststunde begann mit der »Aufwärmrunde Träume malen«.

Wenn Jac sich einmal nicht an ihre Träume erinnerte, riet die Lehrerin Miss Snell ihr, eine Weile Tiefenatmung zu betreiben, bis die Bilder wiederkehrten. Sobald Jac sich entspannte, tauchten tatsächlich Bilder auf, nur dass sie sich nicht immer erinnern konnte, sie geträumt zu haben. So war es auch an jenem Vormittag.

Jac sah sich selbst in einem dunklen Wald. Sie nahm ovale, weiße, ungefähr handgroße Steine von einem Haufen und legte sie kreisförmig auf den Boden. In der Mitte des Kreises saß eine Eule. Der Vogel betrachtete sie reglos und still. Als der Kreis geschlossen war, sprach er zu ihr in einer Sprache, die Jac weder erkannte noch verstand.

Die L'Étoiles waren katholisch, aber nicht religiös. »Reine Taufscheinchristen!«, hatte Jacs Mutter manchmal lachend gesagt und dann hinzugefügt: »Gott sei Dank.« Trotzdem war Jac oft genug in der Kirche gewesen, um den Rhythmus der Eulenrufe wiederzuerkennen und zu wissen, dass es ein Segen oder ein Gebet sein musste. Nur klang der Singsang des Vogels nicht tröstlich, sondern unheimlich.

Jac öffnete die Augen. Der dunkle Wald war verschwunden. Sie saß im Kunstraum, und die Sonne, die durch die länglichen Oberlichter drang, tauchte den Raum in ein warmes, goldenes Licht. Mit harter und weicher Zeichenkohle brachte Jac die Steine zu Papier. Sie war so konzentriert, dass sie gar nicht mehr mitbekam, was die anderen taten oder wie die Zeit verging.

Mit der Eule hatte sie noch nicht angefangen, als sie plötzlich schon da war – ein Schatten in der Mitte des Kreises. Ohne dass sie den Stift angesetzt hätte. Jac brauchte einen Moment, um zu begreifen, dass jemand hinter ihr stand.

Sie fuhr herum.

Theo hatte sich über sie gebeugt und betrachtete ihr Bild. Irgendwie hatte sein Schatten einen Augenblick lang die Form der Eule aus ihrem Traumbild angenommen.

Er stand so dicht bei ihr, dass sie seinen Duft riechen konnte. Mühelos unterschied sie Eukalyptus, Honig, Zimt, Eichenmoos und noch etwas, das sie nicht identifizieren konnte.

»Was schnüffelst du?« Er hatte einen britischen Akzent und klang beinahe beleidigt.

»Dein Eau de Cologne. Das kenne ich nicht.«

»Woher auch?«

»Ich komme aus einer Parfümeursfamilie.«

»Ist ja komisch«, sagte er.

»Warum?«

»Das frage ich dich.«

»Wie meinst du das?«

»Warum hast du das da gemalt?« Er wies auf ihre Zeichnung.

Jac zuckte mit den Schultern. Sie wusste nicht, warum.

Theo war mit seinen sechzehn Jahren schon über eins achtzig

groß und sehr schlaksig. Er war kantig und hager, und nur sein beinahe herzförmiger Mund milderte die Härte seiner Züge. Er trug dasselbe wie immer: Jeans und ein weißes Hemd. Ihr fiel auf, dass seine Haut leicht gebräunt war.

Er kam noch näher und sprach leise, als sollte es niemand hören.

»Ich muss dir was zeigen«, sagte er. »Komm mit.«

Das war keine Bitte. Es war eine Aufforderung. Und in seiner Stimme schwang eine Verzweiflung mit, die Jac nicht ignorieren konnte.

Er nahm ihre Hand. In seinem Griff lag etwas Dringliches. Jac hatte das Gefühl, gleich müsste etwas Bedeutendes geschehen. Aber er führte sie nur zu seinem Pult und seinem Skizzenbuch. Sie hatte oft gesehen, wie er im Esszimmer oder in den anderen Kursen zeichnete. Wie sie so darüber nachdachte, fiel ihr auf, dass er das Büchlein immer bei sich hatte.

Theo öffnete es und blätterte ein Stück. Jac sah lauter kunstvolle, detaillierte und komplexe Zeichnungen, aber sie flogen zu schnell vorüber, als dass sie etwas hätte erkennen können. Schließlich fand er eine Seite ungefähr in der Mitte des Buches und hielt sie ihr hin.

»Guck mal, hier«, flüsterte er.

Jacs eigene Zeichnung war nicht annähernd so routiniert und technisch ausgefeilt wie diese. Theo hatte wirklich Talent. Aber die Komposition war dieselbe. Auf Theos Bild war eine Eule in einem Kreis aus Steinen.

»Das verstehe ich nicht«, sagte Jac.

»Davon habe ich letzte Nacht geträumt. Und hier …« Er blätterte ein Stück zurück. »Da habe ich es auch schon gemalt. Ich male dieses Bild seit Jahren, Jac. Das ist ein Ort, den ich kenne. Bei mir zu Hause.«

Sie wusste nicht, was sie sagen sollte.

»Hast du jemals in dieses Buch reingesehen? Habe ich es vielleicht mal irgendwo liegenlassen?« Es war keine Anschuldigung. Er wollte es einfach wissen.

»Nein. Das ist dein Buch. Ich schnüffele nicht in anderer Leute Sachen herum.«

»Schon gut. Ich wäre nicht sauer, wenn du es getan hättest. Ich wäre erleichtert.«

»Wieso erleichtert?«

»Weil das erklären würde, wie das hier passieren konnte«, sagte Theo. »Du hast meinen Traum geträumt.«

Jac schüttelte den Kopf. »Das kann gar nicht sein.« Sie konnte den Blick nicht von dem Bild abwenden. Von all den Details. Sie hatten nicht jeder zufällig irgendwelche Steine gezeichnet. Es waren dieselben. Mit identischen Formen und Konturen.

Am selben Nachmittag erzählte Jac während der Therapiesitzung Malachai, was geschehen war.

»Hast du dich mit Theo schon einmal länger unterhalten?«, fragte er.

»Nein, überhaupt nicht. Ich habe ihn nur mal bei einem Spaziergang getroffen …« Jac erinnerte sich noch gut daran, wie er sie angesehen hatte, als sie ihn zum ersten Mal auf ihrem Lieblingsplatz sah.

»Hast du in deinen Mythologiebüchern etwas gelesen, was dir dieses Bild nahegelegt haben könnte?«

»Nein, nicht dass ich wüsste.«

»Kam es dir sonst irgendwie vertraut vor, als du es gezeichnet hast?«

»Nein. Ich konnte mich gar nicht erinnern, davon geträumt zu haben.«

Sie suchten weiter nach irgendeinem Hinweis, fanden aber keinen.

»Sie scheinen froh zu sein, dass wir keine Erklärung finden«, sagte Jac irgendwann.

»Warum sollte ich darüber wohl froh sein?«

»Sie haben mal gesagt, wie gut es wäre, wenn ich mich dem kollektiven Unbewussten öffne und einsehe, dass ich davon mehr beeinflusst werde, als mir klar ist. Sie meinen, dass da der Schlüssel zu meinen Halluzinationen liegt. Und Sie denken, dass es hier genau darum geht.«

»Du scheinst dagegen nicht sehr erfreut zu sein.«

»Nein. Ich bin genervt.«

»Warum?«

»Weiß ich nicht. Ist doch sowieso albern. Das ist alles bloß Zufall«, sagte Jac schulterzuckend.

»Du solltest nie etwas als ›bloßen‹ Zufall betrachten«, sagte Malachai. »Sind dir in letzter Zeit öfter welche aufgefallen?«

»Nein.«

»Achtest du denn darauf? Schreibst du sie auf?«

Sie zuckte noch einmal mit den Schultern. »Warum sollte es nicht bloß Zufall sein? Sie haben gesagt, so was gibt es.«

»Sicher, ja, es gibt Koinzidenzen. Aber nicht vieles geschieht zusammenhanglos, besonders wenn man sich in Therapie befindet und seine Widerstände aufgibt. Jac, ich könnte dir für das, was dir heute begegnet ist, logische Erklärungen anbieten. Vielleicht war Theo in der Bücherei, hatte sein Skizzenbuch auf der Seite mit dem Steinkreis aufgeschlagen, und du hast es im Vorübergehen gesehen, ohne es bewusst wahrzunehmen. So könnte es unbemerkt in dein Gedächtnis gelangt sein. Aber selbst dann wäre es kein Zufall, dass du es heute gezeichnet hast. Jung hat nicht an Zufälle geglaubt. Er ging davon aus, dass es Resonanzen gibt, weil wir mehr sind als das, was auf der Ebene des Bewusstseins geschieht. Vielleicht kannst du dich ja einmal mit der Vorstellung auseinandersetzen, dass es eine Kraft gibt, die wir nicht messen können und die dennoch Materie, Energie und Bewusstsein miteinander verbindet. Die Mystiker haben immer um ihre Existenz gewusst, von den Ägyptern bis zu den Sufis und den Indianern. Die Alchemisten haben sie im zwölften Jahrhundert

Magie genannt. Sie konnten sie sehen. Jung vertrat die These, dass wir modernen Menschen uns antrainiert haben, die Magie zu ignorieren und uns anzupassen. Die Religionen haben uns dazu gedrängt, um uns besser unter Kontrolle halten zu können.«

Jac mochte es, dass Malachai nie von oben herab mit ihr sprach. Genau wie ihr Großvater gab er ihr das Gefühl, intellektuell ebenbürtig zu sein und trotz ihres Alters bei jedem beliebigen Thema mitreden zu können. Und sie verstand sehr wohl, wovon er sprach; sie glaubte nur nicht daran. Jac war überzeugt, dass es im Universum durchaus Zufälle gab. Dass nicht jedes Zusammentreffen bedeutungsvoll war. Sonst wäre das Leben viel zu anstrengend. Wenn all diese Begegnungen zwischen Menschen miteinander verknüpft wären, würde daraus ein undurchdringliches Geflecht entstehen. Und man bliebe in der Kausalität, in seinem Schicksal gefangen.

Nach der Therapiesitzung saß sie in der Bücherei und las, als Theo zu ihr kam und sie zu einem Spaziergang einlud. Sie zögerte. Seine intensive Ausstrahlung machte sie unsicher, fast ein bisschen ängstlich. Doch zugleich fühlte sie sich zu ihm hingezogen. Letztlich war die Neugier stärker als die Angst.

Auf dem Weg zum Bergsee erzählte Theo, dass er sich über die verwirrende Sache mit den Zeichnungen mit Malachai unterhalten hatte. »Hast du es ihm auch erzählt?«

Jac zögerte. »Wir sollen nicht über die Inhalte unserer Therapiesitzungen reden.«

Er blickte sie ungläubig an. »Hältst du dich etwa an deren Regeln?«

Sie nickte. »Seit ich hier bin, geht es mir besser. Also scheinen sie zu wissen, was sie tun. Ich will es nicht wieder kaputtmachen.«

»Aber wenn du mir sagst, was Malachai zu den Zeichnungen gesagt hat, kann das doch wohl kaum deine Fortschritte kaputtmachen. Überleg doch mal. Du und ich, wir hatten denselben Traum, Jac. Bei mir ist das nicht ungewöhnlich. Ich habe von einer Ruine geträumt, die nicht weit von meinem Wohnhaus liegt. Aber warst du etwa mal auf den Kanalinseln?«

Sie schüttelte den Kopf.

»Also kennst du auch die archäologischen Fundstätten nicht, und trotzdem hast du eine davon exakt wiedergegeben. Ist das nicht wichtiger als die Regel, nichts von unseren Sitzungen zu erzählen?«

»Ich … ich weiß nicht.«

Eine Weile liefen sie schweigend nebeneinander den Pfad entlang. Es ging eine leichte Brise, und Jac roch die Wildblumen und Theos ungewöhnliches Parfüm.

»Du glaubst doch nicht ernsthaft, dass eine Regel wichtiger ist als das, was mit uns passiert ist, oder?«, hakte Theo nach.

»Nein, eigentlich nicht.«

»Und? Hat Malachai versucht, es dir zu erklären?«

»Nicht so richtig. Er hat vom kollektiven Unbewussten geredet.«

»Mit mir auch.«

»Was denkst du, was es bedeutet?«, fragte sie.

»Dass wir etwas gemeinsam haben.«

»Was denn? Dass wir beide ein bisschen irre sind?«

Theo lachte. Sein Lachen war ebenso tief, warm und fließend wie seine Stimme. »Wir sind nicht irre«, sagte er, »sondern wir sind beide zu sensibel.«

»Wie meinst du das?«

»Ich glaube, wir sind für bestimmte Dinge empfänglicher als die meisten. Wir haben eine Art sechsten Sinn. Ich habe von vielen Leuten quer durch alle Zeitalter gelesen, die ausgegrenzt worden sind, die man für verrückt erklärt oder Hexen genannt hat oder noch Schlimmeres. Zu Zeiten der Katharer und der Inquisition wurden sie auf den Scheiterhaufen geschickt. In Amerika haben die frühen Siedler sie gesteinigt oder erhängt. Und alles nur, weil sie sensibler waren. Weil sie geistig ein kleines bisschen achtsamer waren. Weil sie Wissen aus einer verborgenen Quelle abzapfen konnten, von der die anderen überhaupt nichts wussten. Manche von uns können in die Zukunft sehen, und andere erinnern sich an die Vergangenheit.«

»Das klingt nach Science-Fiction.«

»Ist es aber nicht. Es ist tragisch. So viele Menschen werden weggesperrt, bloß weil sie anders sind. Vielleicht ist keiner von denen – keiner von uns – wirklich verrückt. Vielleicht sollte man sich lieber um die Gedanken machen, die keine besonderen Fähigkeiten haben. Vielleicht haben die bloß Angst davor, wie viel wir wissen und was wir spüren können, und deshalb auch Angst vor uns.«

»Ich verstehe nicht, wovon du da redest.«

»Ich verstehe auch nicht alles davon, aber Großvater sagt immer, dass es im Lauf der Geschichte ständig Leute gegeben hat, die alles zerstören wollten, was sie bedrohlich finden, und dass trotz dieser engstirnigen Menschen die Mysterien obsiegen. So formuliert er es immer: Die Mysterien obsiegen.«

»Also denkst du, wir haben übersinnliche Fähigkeiten?«

»Jung glaubt doch, dass nichts ohne Grund geschieht, richtig?«

Jac nickte.

»Und dass eine Handlung, wenn sie erst ausgeführt wurde, fortdauert, ja?«

»Ja.«

»Und er hat gesagt, dass das Universum ein Gedächtnis hat, auf das wir zugreifen können, das wir noch einmal sehen und hören können, wenn wir nur dafür sensibilisiert sind.«

Sie hatten das Ufer des Bergsees erreicht. Es war ein sonniger Tag, ganz ohne Wolken, und die ruhige Wasseroberfläche spiegelte so perfekt die Landschaft wider, dass es aussah, als wüchsen Bäume in den See hinein. Jac stellte sich an den Rand und starrte auf ihr Ebenbild. Diese wässrige Jac war fast mit ihr identisch. Aber nur fast. Die echte hätte sich nie über das Verbot hinweggesetzt, über ihre Therapiesitzungen zu sprechen.

»Warum bist du hier?«, fragte sie Theo.

»In der Klinik?«

Sie nickte.

»Weil ich schuldig bin.«

»Woran denn?«

»Das weiß ich nicht, es ist nur so ein Gefühl, das ich immer habe. Es vergeht kein Tag, an dem ich nicht die schlimme Vorahnung habe, dass ich irgendeine Krise verursachen werde, eine Katastrophe, irgendwas Furchtbares eben. Ich komme nicht von der Vorstellung los, dass nur wegen mir alles den Bach runtergehen wird und dass ich überhaupt nichts dagegen tun kann. Ich kann so nicht leben, und ich will nur noch …« Er verstummte. Er war kurz davor gewesen, etwas Grauenvolles zu sagen, dachte Jac. Und sie war beinahe froh, dass er sich unterbrochen hatte.

»Kein einziger Therapeut hat mir bisher helfen können. Und es waren Dutzende.«

»Ich wollte nicht neugierig sein, tut mir leid.« Jac hatte einen Stein aufgesammelt, und jetzt warf sie ihn in ihr Spiegelbild. Sah zu, wie die Wellen es auflösten. Da war kein Mädchen mehr, das am Ufer stand, nur noch blaue Schlieren.

»Ist schon komisch, sämtlichen Psychologen ein Rätsel zu sein. Man fühlt sich ganz schön fremd. Normalerweise rede ich mit niemandem darüber außer mit den Seelenklempnern. Aber es dir zu sagen fühlt sich irgendwie richtig an.« Es klang, als sei er selbst von diesem Gedanken überrascht.

Die Oberfläche des Sees hatte sich beruhigt, und das Mädchen war wieder da. Jac nickte. Ihr Zwilling auch. »Mir konnte auch keiner helfen. Deshalb bin ich hier im Haus der letzten Hoffnung gelandet.«

Er lächelte. »Schöner Spitzname.«

Sie lächelte zurück.

»Und was ist bei dir das Problem?«

»Ich hatte Anfälle. Halluzinationen. Sie haben alles Mögliche probiert, von Medikamenten bis zu Elektroschocks. Ohne Erfolg. Also hat meine Großmutter mich hierhergebracht.« Sie schwieg einen Augenblick. »Ich habe bis heute mit niemandem anderen als den Ärzten darüber geredet. Aber die beobachten und interpretieren und diagnostizieren alle nur von außen. Malachai ist da schon verständnisvoller. Aber es dir zu erzählen ist … das ist anders. Besser.«

Die Sonne berührte jetzt den Horizont, und orangerote Flammen züngelten über das Wasser. Das Feuer verschlang ihr anderes Selbst auf der Oberfläche des Sees. Und auch Theo.

»Frierst du?«, fragte er.

»Nein.«

»Aber du zitterst.«

»Ich habe plötzlich Angst gekriegt.«

»Nicht vor mir, oder?«, fragte er.

Seine Stimme klang ernst, aber in seinen Augen funkelte es, und dieses Funkeln war ansteckend.

»Sollte ich das denn?«

Jac hatte noch nie geflirtet. Es gefiel ihr eigentlich ganz gut. Sie wusste, dass sie viel zu ernst war. Zu düster, hatte ihre Mutter oft gemahnt, obwohl es Audrey selbst nicht anders ging. Theo war noch ernsthafter als sie. Er war von einer beinahe spürbaren dunklen Kälte umgeben. Eines seiner Geheimnisse hatte er ihr erzählt, aber sie wusste, dass es nicht sein einziges war.

»Nein, ich denke nicht«, sagte er nach einer so langen Pause, dass sie erst überlegen musste, worauf er antwortete.

»Hast du wirklich die ganze Zeit darüber nachgedacht, wie du antworten sollst?«

»Ja«, sagte Theo. »Du bist wirklich die Letzte, von der ich möchte, dass du dich vor mir fürchtest. Aber es ist nicht leicht mit mir. Das höre ich immer wieder. Sogar meine Mutter fühlt sich manchmal unwohl in meiner Gegenwart. Mein Bruder ist dauernd vor mir weggerannt, als er noch klein war.«

»So redet doch keiner«, sagte Jac plötzlich.

»Wie meinst du das?«

»Ich weiß auch nicht. Wie wir reden, das kommt mir so besonders vor.«

»Ist es auch. Wir spielen keine Spielchen. Dafür haben wir keine Zeit, du und ich. Wir müssen unsere Zeit hier voll ausschöpfen. Wir müssen rausfinden, wo wir hingehören.«

Und dann, bevor Jac wusste, wie ihr geschah, beugte er sich vor und küsste sie auf den Mund.

Es war ihr erster Kuss, und sie zitterte am ganzen Körper, aber nicht vor Angst. Es war, als würden hunderte Parfümflakons auf einmal ausgegossen. Als träfen sich die Duftnuancen in der Luft, mischten sich und verwandelten sich in eine Melodie. Jac war plötzlich auf ganz neue Art und Weise offen für Duft und Töne, Geräusche und Geschmack und Berührungen. Mit neuen Sinnen, die bis zu diesem Augenblick in ihr geschlummert hatten.

Von da an waren sie unzertrennlich, bis zu dem Unfall vier Wochen danach. Jac war damals im Krankenzimmer aufgewacht und hatte sich an nichts erinnern können. Sie hatte nach Theo gefragt, und die Krankenschwester hatte ihr gesagt, er sei abgereist. Abgereist? Ohne dass sie die Chance gehabt hätten, sich zu verabschieden oder einander die Möglichkeit zu geben, sich in der echten Welt wiederzufinden?

Oder in der anderen Welt, hatte Jac gedacht. Denn vielleicht war Blixer Rath die echte Welt, mit Theo und mit dem, was sie mit ihm verband.

Fünfzehn

12. September 1855
Kanalinsel Jersey, Großbritannien

Nach den Ereignissen in der Burg kehrte ich nicht nach Hause zurück, wo mich der Lärm zahlreicher Gäste erwartet hätte, sondern besuchte Juliette. Ich sehnte mich nach ungestörter Rast, und da es in ihrem Haushalt keine Kinder gab und er auch nicht von Pariser Gästen befallen war, wusste ich, dass ich dort Ruhe finden würde.

Ich verschlief den Großteil des Tages, und als ich um neun Uhr am Abend erwachte, war ich heißhungrig. Meine letzte volle Mahlzeit lag mehr als vierundzwanzig Stunden zurück.

Im Haus war es ebenso dunkel wie draußen. Juliette hatte bei meiner Ankunft erwähnt, dass sie zum Abendessen eingeladen war und um meinetwillen absagen wollte, doch ich hatte darauf bestanden, dass sie annahm. Ich wollte keine Gesellschaft, nur meine Ruhe.

Die hatte ich bekommen, und nun brauchte ich Nahrung.

Ich begab mich in die Küche, inspizierte den Speisenschrank und fand darin Brot, Käse, Wurst und Wein. Kaum hatte ich mir eine Mahlzeit zusammengestellt und ein großes Glas Burgunder eingeschenkt, als ich Schritte vernahm.

Mir fiel ein, dass Juliette versichert hatte, ihr Dienstmädchen werde in Bereitschaft sein, falls ich etwas brauchte.

»Bonsoir, Monsieur Hugo.«

Ich nickte zum Gruß. »Bonsoir, Fantine.«

»Madame haben schon vermutet, dass Sie hungrig sein würden. Darf ich Ihnen etwas Reichhaltigeres auftischen?«

»Nein, das hier reicht mir«, sagte ich mit Blick auf meinen Teller.

»Im ganzen Ort spricht man davon, dass Sie das Mädchen gefunden haben. Das ist wunderbar.«

»Wir alle haben sie gefunden.«

»Man sagt aber, Sie seien es gewesen, stimmt's?«

»Es stimmt, aber nur weil ich als Erster die Treppe hinuntergestiegen bin.«

»Ein vermisstes Kind wiederzufinden ist ein mehr als ehrenwertes Tagewerk.«

Die Melancholie in deinem Blick sagte weit mehr als deine Worte. Ich wusste, was in dir vorging. Und ich gestehe, dass mir mehr auffiel als nur deine Trauer: dein wallendes Haar, dein süßer Duft, die Wölbung deiner Brüste unter dem Hemd – all das erfasste ich in einem Augenblick.

»Möchtest du Wein?«, fragte ich.

Du zögertest, doch dann blitzte etwas in deinen Augen auf und verdrängte die Melancholie. War es Kühnheit? War es Trotz?

Du nahmst ein Glas aus der Vitrine und setztest dich neben mich. Schenktest dir ein und kostetest.

»Und sie war unverletzt?«

Ich schluckte einen Bissen Brot hinunter. »Sie hatte eine hässliche Wunde am Arm, aber das wird heilen.«

»Wie ist sie überhaupt in den Burgkeller gelangt?«

»Sie sagte, sie sei einem Hund gefolgt, der vor ihrem Fenster umherlief.«

»Aber es ist mehr als das, nicht wahr? Ich höre es Ihnen an.«

Ich zuckte mit den Achseln. Noch war ich nicht bereit dazu, von den sonderbaren Ereignissen zu berichten, deren Zeuge ich geworden war. Oder die ich mir eingebildet hatte. Ich war zu dem Zeitpunkt nicht einmal bereit, meinen Sinnen zu trauen. Mich trieb die Sorge um, mein Verstand könnte beeinträchtigt gewesen sein und mir etwas vorgegaukelt haben.

»Wie hast du den Abend verbracht?«, fragte ich, um das Gespräch in eine andere Richtung zu lenken.

»Ich habe am Fenster gesessen und auf das Meer hinausgeschaut. Man sollte meinen, dass ich das Warten inzwischen aufgegeben hätte. Ich weiß ja, dass er nicht kommt. Dass er niemals kommen wird.«

»Warum denn nicht?«

»Wegen seiner Familie. Sie haben unsere Verbindung nicht gebilligt. Ich gehöre zur Arbeiterklasse, er zum Adel. Sie haben gedroht, ihn zu enterben. Einige Monate nach meiner Ankunft hier auf Jersey ist mir aufgegangen, dass sein Plan, mich vorauszuschicken und mir nachzufolgen, nichts als Lüge war. Es war eine List, um sich meiner zu entledigen und des Kindes, das er nicht anerkennen wollte. Und doch sehe ich auf das Meer hinaus. Ich weiß, dass es keinen Grund zur Hoffnung gibt, aber wenn ich das Hornsignal eines einfahrenden Schiffes höre, denke ich mitunter …«

»Die Hoffnung ist beständiger als manches andere Gefühl.«

»Worauf hoffen Sie, Monsieur Hugo?«

»Dass du dich von mir verführen lässt.« Ich strich mit dem Daumen über deine Hand. Die Hausarbeit hatte deiner Haut noch nicht geschadet. Juliette hatte eine Wäscherin angestellt, und ich war froh darum. Es wäre eine Schande gewesen, diese seidige Zartheit zu zerstören.

Ich hielt inne und wartete ab, wie du reagieren würdest. Als sich weder Widerstand noch Zustimmung regte, führte ich deine Hand zu meinem Mund und küsste ihre Innenseite. Ein raffinierter, köstlicher Duft stieg mir in die Nase. Wollust regte sich in mir und lenkte meine Gedanken aufs Angenehmste von den verstörenden Ereignissen des vergangenen Tages ab.

»Ist dieses Parfüm eine Schöpfung deines Vaters?«

»Nein, das habe ich gemacht. Ich habe in einem leeren Zimmer ein kleines Labor.«

»Darf ich es sehen?«

»Selbstverständlich.«

»Wie du errötest, steigert noch mein Verlangen. Deine Unschuld ist entzückend«, sagte ich.

Auf der Treppe ins Obergeschoss betrachtete ich das Wogen deiner Röcke und erhaschte einen Blick auf deine Fesseln. Ich stellte mir vor, wie ich meine Hände aufwärtswandern lassen würde.

Auf dem Absatz wandten wir uns nicht nach links, wo Juliettes Zimmer lag, sondern gingen rechts herum. Diesen Teil des Hauses hatte ich noch nie erkundet; es hatte dazu nie einen Grund gegeben.

Sobald du die Tür des Zimmers öffnetest, umfing mich eine überwältigende Vielzahl von Aromen. Nie zuvor hatte ich einen so üppigen, komplexen Duft erlebt. Ich schloss die Augen und atmete eine Weile nur diesen Geruch. Er versetzte mich auf eine Blumenwiese und zugleich in einen Marktstand voller Gewürze, in einen Zitronenhain, in den Wald und ans Meer.

Als ich die Augen wieder öffnete, verblüffte es mich, wie schmucklos das Zimmer in Wirklichkeit war. So prachtvoll, so schön waren die Gerüche darin. Das Mobiliar bestand nur aus einem langen Holztisch, einem einzelnen Sessel und einer hohen Vitrine. Zwei gläserne Wandleuchten und ein einfacher Kronleuchter brannten bereits. Ich mutmaßte, dass du bis eben gearbeitet hattest.

Ein einzelnes Erkerfenster ging auf das Meer hinaus.

Und dann waren dort deine Gerätschaften und Zutaten. Überall funkelten gläserne Gefäße, Kannen, Fläschchen und Krüge. Der Duft, der mich umgab, wandelte sich unentwegt. Bald hatte ich das Gefühl, in einer Bibliothek zu sein, bald in einer Kirche, bald in einem Schlafgemach neben dem erhitzten Körper einer Liebsten.

Die ganze Welt der Düfte entfaltete sich in diesem kleinen Zimmer. Wie war das möglich?

»Das ist höchst erstaunlich. Du bist eine wahre Alchemistin«, sagte ich.

»Nein, nur eine Parfümeurin.«

»Sicher, natürlich. Sage mir, Fantine: Warum arbeitest du bei deinem Talent als Dienstmädchen?«

»Monsieur, ich bin eine Frau. Das sollten Sie doch am besten wissen. Keine der Parfümerien in Paris hätte mich angestellt, außer als Verkäuferin oder zum Befüllen der Flakons. Frauen gelten nicht als Nasen. Wir sind nicht schöpferisch.«

»Möchtest du nicht auf Jersey ein Geschäft eröffnen?«

Dein Achselzucken dauerte mich. So wenig Kraft lag in dieser Geste.

»Ach, nein. Mir reicht es, für Madame Juliette und ihre Freundinnen zu arbeiten. Ich mische Parfüms für sie an, um sie zu erfreuen und weil ich meinen Vater vermisse. Solange ich arbeite, ist es beinahe so, als sei ich wieder zu Hause.«

»Aber ich könnte dir helfen, einen eigenen Betrieb aufzubauen und deine Schöpfungen im Ort zu verkaufen. Mag sein, dass es dir mehr Freude bereitet, als du ahnst. Madame Juliette ist eine selbstständige Frau; kannst du dir daran nicht ein Beispiel nehmen?«

Als du keine Antwort gabst, begriff ich, dass dich nur deine gute Erziehung daran hinderte, mir zu widersprechen. Was ich behauptet hatte, entsprach nicht mehr der Wahrheit. Juliette war eine selbstständige Person gewesen, als wir uns kennenlernten. Doch mittlerweile hatte sie die Schauspielerei aufgegeben, um mir nachzufolgen, und war ebenso von mir abhängig wie meine Ehefrau.

»Hast du alles, was du brauchst?«

»Das ist sehr freundlich von Ihnen, aber ja, ich habe alles. Wenn etwas fehlt, lässt Madame Juliette es aus Paris kommen.«

»Magst du mir zumindest einmal zeigen, wie du einen Duft zusammenstellst? Einen Duft für mich?«

Endlich gewährtest du mir ein Lächeln.

Ich ließ mich in dem Sessel nieder und folgte fasziniert deiner Darbietung. Die Arbeit veränderte dich. Du warst viel lebhafter als zuvor. Der gepeinigte Ausdruck deiner Augen wich einer ungeahnten Entschlossenheit und Konzentration, während du ein Gefäß ums andere zur Hand nahmst, daran rochst und schließlich eines wähltest. Aus jeder deiner Bewegungen sprachen Selbstvertrauen und Könnerschaft, und ich wähnte mich nicht weniger gut unterhalten als bei einem der Auftritte meiner Juliette. Tropfen für Tropfen wuchs das Gemisch in dem Flakon zu einem Ganzen heran. Hin und wieder tauchtest du ein Stückchen Stoff in die Flüssigkeit, schwenktest es durch die Luft und schlossest die Augen, um dem Wesen des Duftes nachzuspüren.

Ich stellte mir vor, dass du deinen eigenen Träumen nachhingst und meine Gegenwart vollkommen vergessen hattest. Und das steigerte noch mein Verlangen nach dir. Die Sehnsucht kann zuweilen befriedigender als ihre Erfüllung sein. Ich jedenfalls ziehe die Erwartung der Sättigung vor. Verlangen lässt uns unsere Lebendigkeit erst wahrhaft spüren. Unsere Sinne sind geschärft. Wir stellen uns vor, wie die Lippen unserer Liebsten schmecken werden und wie ihre Haut. Wie es sein wird, ihr Hemd aufzuknöpfen, es ihr von den Schultern zu streifen, sie mit Küssen zu bedecken und unter unseren gewölbten Händen ihre vor Erregung festen Brüste zu spüren. Wie sie sich uns entgegenstemmt, uns gerade genug von ihrer Lust spüren lässt, um unsere zu entfachen.

Diese Erwartung ist alles, was es braucht. Sie macht alle Feindschaften vergessen, alle Ängste, alle Alpdrücke.

Den Augenblick der Begierde auszukosten bedeutet, auf reinste und schmerzhafteste Weise man selbst zu sein, denn in jeder Berührung lauert das Wissen um die Vergänglichkeit der Lust. Um die Flüchtigkeit jeder Leidenschaft, die Unmöglichkeit, sie länger zu halten.

»Das könnte Ihnen gefallen, denke ich.« Du reichtest mir einen kleinen Behälter mit einer topasgelben Flüssigkeit.

Ich führte ihn an meine Nase.

»Nein!«

Es gefiel mir, dich lachen zu hören und den Kopf schütteln zu sehen.

»Man soll nie direkt an der Flasche riechen. Ein Duft muss atmen und mit der Haut verschmelzen. Sie müssen ihn auftragen.«

Ich hielt ihr das Fläschchen hin. »Würdest du das bitte für mich tun?«

Ein kurzes Zögern. Deine Unentschlossenheit war anziehend, ja verführerisch. Dieser Augenblick war die Furt, die es zu überwinden galt. Die Vergangenheit am einen Ufer, am anderen die Zukunft. Ich fragte mich, was in dir vorging. Schließlich legtest du einen Finger auf die Öffnung des Gefäßes, kipptest es um und ließest dann deine feuchte Fingerspitze über meine beiden Handgelenke gleiten. Ein Schauder überlief mich.

Der Duft wallte hoch und erfüllte die Luft um mich her. Du hattest den Geruch eines urtümlichen Waldes eingefangen. Undurchdringlich und holzig. Tiefe Grotten und mit Moos bewachsene Felsen kamen mir in den Sinn. Es war wie eine ganze Reise in nur einem Atemzug.

»So siehst du mich also?«, fragte ich.

»Mein Vater hat mich gelehrt, mit Düften Porträts zu malen.«

»Duftporträts«, wiederholte ich andächtig. Ich hatte den Ausdruck noch nie gehört und war hingerissen davon. »Trägst du mir noch mehr auf?« Ich fragte scherzend, provozierend, und war beglückt, als du gehorchtest und mit dem parfümierten Finger den kleinen Zwischenraum hinter meinem linken Ohr berührtest.

»Es gibt da noch andere Stellen«, sagte ich.

»Ich weiß.« Ein hingehauchtes Lachen. War es Erregung oder nur Nervosität?

Ich nahm dir das Parfüm aus der Hand und benetzte meinen Finger. »Darf ich dir denselben Dienst erweisen?«

»Wenn es Ihnen Freude macht.«

»Vielleicht macht es auch dir Freude, Fantine?«

Wieder jenes schlaffe Achselzucken. Ich wollte deine Sinne wecken, dich zum Genuss hinführen. Ich löste den obersten Knopf deines Hemds. Als du dich nicht wehrtest, öffnete ich den nächsten Knopf. Ebenso gut hätte ich Brote belegen können.

»Woran denkst du? Warum siehst du so traurig drein?«, fragte ich.

»Sie erinnern mich daran, dass mir einst die Berührung eines Mannes etwas bedeutet hat.«

»Möchtest du, dass ich aufhöre?«

»Nein, es ist schon recht. Wenn sie mögen … bitte.«

Ich knöpfte dein Hemd vollends auf und zog es dir von den Schultern. Deine Haut schimmerte im Kerzenlicht wie das Innere einer Nautilusschale. Deine Brüste waren klein, aber wohlgeformt. Ich benetzte noch einmal meinen Finger mit Parfüm und zeichnete feuchte Kreise um ihre Mittelpunkte herum. Dann beugte ich mich vor und berauschte mich am Duft deiner Haut.

Meine Berührungen waren dir nicht unangenehm, das wusste ich. Ich hatte genügend Frauen gekannt. Du zogst dich nicht angewidert zurück. Doch du gabst dich auch nicht hin. Es war dir gleichgültig, was ich tat. Alle meine Versuche, dich zu erreichen, schlugen fehl.

Und doch warst du bereit, mich meine Lust an dir haben zu lassen. Es war mir ein Rätsel.

Schließlich ließest du dein Hemd zu Boden fallen und standest von der Hüfte aufwärts nackt vor mir. Der Herr möge mir verzeihen, dass ich mich nur noch in dich versenken und die Welt um mich her vergessen wollte. Wie diesen Duft von Haut, von Wald und Blüten stellte ich mir den Duft des Gartens Eden vor, und dann glitt ich in eine allumfassende Umarmung, die mir Trost und Schutz gewährte und mich doch erregte.

Nie hatte ich, außer den Dirnen, eine so leidenschaftslose Frau erlebt. Ich konnte es mir nicht erklären. Warum ließest du es zu? Warum warst du bereit, dich mir zum Geschenk zu machen? Was war mit dir geschehen, dass ich dich nicht mit meinen Worten noch den Händen entflammen konnte? Ich presste meine Lippen auf die deinen und schwor mir, dein Geheimnis zu ergründen, nicht ahnend, dass seine Entdeckung uns ins Verderben stürzen könnte.

Sechzehn

Die Bücherei in Wells in Wood war ein großes, fensterloses Oktagon. Sie erstreckte sich über zwei Stockwerke, wobei eine von Hand gefertigte Wendeltreppe in die obere Etage führte. Jeder Zentimeter Wand war von Bücherregalen bedeckt. Wohin das Auge blickte, überall Bücher. Hunderte goldene Titel auf roten, braunen, grünen und kastanienbraunen Buchrücken glänzten im weichen Licht der Lampen.

Jac hatte noch nie eine so große Privatbibliothek gesehen. Und der Geruch! Ohne dass man es ihr gesagt hätte, wusste sie, dass es hier antike Bücher gab, und sie fragte Theo, wie alt die ältesten Bände waren. Er ging zur Wand am anderen Ende des Raumes und zog ein schwarzes, in Leder gebundenes Buch aus dem Regal. Es trug den Duft vieler Jahrhunderte.

Sie nahm es behutsam entgegen und sog dabei den Geruch ein, den es verströmte.

»Schlag es ruhig auf«, sagte er lächelnd.

Das mittelalterliche Manuskript war mit Feder und Tinte geschrieben. Die Illustrationen waren mit in Eitempera getunkten Pinseln aus Zobelhaaren gezeichnet worden. Ihre Farben leuchteten noch so hell wie vor fünf- oder sechshundert Jahren.

Vorsichtig gab sie es ihm wieder zurück.

In ihrer Kindheit hatte sie oft in der Bibliothek ihres Elternhauses Zuflucht gesucht. Der Ort hatte sie magisch angezogen. Wenn sie von Ängsten geplagt wurde, hatte es sie beruhigt, ein Buch aus einem Regal zu nehmen. Es aufzuschlagen, das glatte, weiche Papier zu spüren, die Blätter zu riechen, das Leder, manchmal sogar die Tinte, all das hatte sie wieder ins Gleichgewicht gebracht. Jac liebte Bücher als Gegenstände ebenso wie für ihren Inhalt.

Ihr Großvater hatte diese Liebe geteilt. Seine Bibliothek roch wie diese hier. Plötzlich verspürte Jac eine Welle der Sehnsucht nach Paris und Robbie und sogar nach der Parfümerie in der Rue des Saints-Pères.

Theo zeigte Jac einige besonders seltene und interessante Bände.

»Diese Bücher sollten eigentlich in Museen stehen«, sagte sie.

»Ich weiß. Wir sollten diese Raritäten wirklich der British Library spenden. Aber meine Tanten sind noch nicht bereit, das Haus seiner Schätze zu berauben. Seit ihrer Kindheit hat sich hier nichts verändert.«

»Ich kann sie verstehen«, sagte Jac. Und sie konnte tatsächlich sehr gut nachvollziehen, dass die Tanten diese wundervolle Schatzkammer erhalten wollten.

»Hier hast du also den Brief gefunden? War er in einem Buch?«

»Komm, ich zeig es dir. Gehen wir nach oben.«

Sie stiegen die schmiedeeiserne Wendeltreppe hoch. Die Stufen waren schmal und eng gewunden, so eng, dachte Jac, dass man leicht hätte stürzen können. Das obere Stockwerk war eine Galerie, die in den Raum hineinragte.

Theo führte sie zu einer weiteren Ecke mit Regalen. »In diesem Bereich stehen nur Bücher von und über Victor Hugo. Nicht wenige Erstausgaben. Manche nur Fantine gewidmet. Manche an sie und Pierre.«

Direkt vor den Regalen stand ein grüner Ledersessel, der bequem gepolstert und an manchen Stellen bereits verschlissen war. Daneben befand sich ein Holztisch mit Klauenfüßen, auf dem einige Bücher lagen.

»Das war der Lieblingsplatz meines Großvaters. Hier saß er oft und las stundenlang. Hugo war einer seiner bevorzugten Autoren.« Theo legte die Hände auf die Rückenlehne des Stuhls. Seine Finger verkrampften sich. »Nach seinem Tod …« Er hielt inne und räusperte sich. Dann sprach er weiter. »Nach seinem Tod half ich meinen Tanten, seinen Nachlass zu sichten, und kam hier herauf, um nachzusehen, ob es irgendetwas Wichtiges gab. Überall stapelten sich Zeitschriften und Papiere. Über ein Dutzend Bücher waren ausgebreitet, an verschiedenen Stellen geöffnet und mit Lesezeichen versehen. Ich fand einen Aktenordner, der mehr als zwei Dutzend Briefe enthielt. Mein Großvater hatte ganz offenbar in den letzten fünf Jahren mit Victor-Hugo-Experten korrespondiert. Ich brauchte zwei Tage, um all das Material zu sichten.«

Theo ging wieder zu den Bücherregalen, streckte sich und zog ein schmales Buch heraus, das in dunkelgrünes Leder gebunden und mit goldenen Verzierungen versehen war. Er reichte es Jac.

Sie las den Titel: *Ode an das Meer* von Victor Hugo.

»Schlag es auf.«

Auf dem Einband standen die Worte BROWN & SELDEN DRUCKEREI, darunter die Jahreszahl 1856.

»Auf der nächsten Seite steht eine Widmung«, sagte Theo.

Die Buchstaben waren verschnörkelt und doch mit sicherer Hand gesetzt, und die schwarze Tinte glänzte noch immer kräftig; sie konnte nicht allzu oft dem Sonnenlicht ausgesetzt worden sein.

Während Jac die französische Inschrift las, sprach sie die englische Übersetzung laut aus.

»Für dich, liebe Freundin, zur Feier der Geburt deines ersten Kindes. Dein ergebener Victor.«

Unterhalb der Widmung befand sich die Federzeichnung einer felsigen Küstenlandschaft. Ein einzelner Sonnenstrahl durchbrach die dichten Wolken am Himmel, was dem Bildnis statt der ansonsten düsteren eine hoffnungsvolle Stimmung verlieh. Irgendetwas daran kam ihr vertraut vor. Hatte sie die Zeichnung schon einmal gesehen?

Ja, richtig, ganz ähnliche hingen in Victor Hugos Wohnung im Marais, die sie einmal besucht hatte. Das musste es sein. Und jetzt erinnerte sie sich noch an etwas anderes. In dem Skizzenblock, den Theo damals in der Blixer-Rath-Klinik dabeigehabt hatte, waren Zeichnungen von ganz ähnlichen Felsformationen gewesen. Jac blätterte zur nächsten Seite, fand das erste Gedicht und begann es schweigend zu lesen.

»Kannst du es für mich übersetzen?«, fragte Theo. »Eigentlich wollte ich es einem Übersetzer schicken, aber ich fürchtete, dadurch möglicherweise zu viel Aufmerksamkeit darauf zu lenken, und … Nun, ich erkläre es dir später … Würde es dir etwas ausmachen?«

Mit einem französischen Vater und einer amerikanischen Mutter war sie mit beiden Sprachen gleichermaßen vertraut.

Wir spazierten durch die alten Ruinen
Von Rozel Tower
Und lauschten der brüllenden Wand aus Wogen,
die sich finster vor uns erhob …

Sie hielt inne und sah zu Theo auf. »Es tut mir leid, Lyrik ist schwerer zu übersetzen als Prosa. Ich fürchte, es klingt nicht gerade eloquent, was ich hier mache.«

»Doch, deine Version ist ziemlich poetisch.«

»War der Brief in diesem Buch?«

»Ja. Warte, ich zeig dir, wo.«

Jac reichte ihm das Buch, und er blätterte zum Ende vor.

»Diese Seiten wurden nicht ganz aufgeschnitten. Nur die Oberkante wurde aufgeschlitzt, sodass sie eine Art Umschlag bilden.« Er zeigte es ihr. »Ich frage mich, ob Victor den Buchbinder extra darum bat oder ob es nur Zufall war. Doch wie dem auch sei, als ich es wegstellen wollte, fühlte sich die Rückwand irgendwie zu dick an, wie ausgestopft. So bin ich auf den Brief gestoßen. Und auf eine Karte von archäologischen Fundstätten auf Jersey, auf der Großvater bestimmte Stellen markiert hatte.«

Theo gab ihr das Buch zurück. »Vielleicht kannst du den Rest ja auch durchlesen. In einem der Gedichte könnte ein Hinweis sein, den ich mit meinen schlechten Französischkenntnissen übersehen habe.«

Jac blickte in den Umschlag. Er war leer.

»Wo hast du den Brief?«

»Komm mit.«

Theo führte sie wieder die Treppe hinunter und bot ihr einen der vier überdimensionalen Ledersessel an.

»Setz dich doch. Wir haben hier einen Safe.«

Er ging zur mittleren Bücherwand und drückte den Rand des drittuntersten Regals nach innen. Die gesamte Regalwand schwang nach außen auf wie eine Tür.

»Fantines ältester Sohn Louis hat in ein sehr renommiertes Bankgeschäft in Jersey eingeheiratet und ist selbst Bankier geworden. Die Firma *Stillwell und Gaspard* ist aus dieser Vereinigung hervorgegangen. Als er das Haus erbte, ließ er diesen Safe bauen. Darin habe ich den Brief aufbewahrt.«

Er trat durch die Öffnung. Jac konnte einen engen Raum erkennen. Stählerne Schließfächer glänzten im Licht einer Hängelampe. Theo öffnete eines davon. Metall schabte gegen Metall.

Sekunden später kam er mit einem Kunststoff-Futteral in den

Händen zurück. Er zog ein dickes, cremefarbenes Blatt Papier daraus hervor, etwa halb so groß wie ein normaler Briefbogen, und legte es vorsichtig auf den Tisch.

Das Papier war weder spröde noch vergilbt. Die Geheimtasche im Buch, in der er all die Jahre über versteckt gewesen war, hatte den Brief gut geschützt. Im Umgang mit Antiquitäten geübt, beugte sich Jac darüber. Es war immer ratsam, ein Artefakt nicht zu berühren, solange man nicht unbedingt musste.

Sie begann zu lesen.

Meine liebe Fantine,
ich weiß, wir sind übereingekommen, über alles zu schweigen, was zwischen uns geschehen ist. Der Geist, dem wir begegneten, der uns versuchte, hat bewiesen, dass er nichts als Schaden anrichten kann. Doch es gibt da etwas, das ich dir vor meiner Abreise aus Jersey nicht gesagt habe, das ich weder dir noch irgendeiner Menschenseele anvertraute: Ich habe einen wahrhaftigen, vollständigen Bericht über jene Begegnung mit dem Schatten aus dem Grabe verfasst. Eine ehrliche, getreuliche Darstellung der Ereignisse in ihrer genauen Reihenfolge. Sie enthält, was mit mir geschehen ist und was auch mit dir, meine liebe Freundin, beinahe geschah. Wie wir um ein Haar den Lauf des Schicksals in die eigenen Hände nahmen, den natürlichen Lauf der Dinge verkehrten.

Bei der Lektüre dieser meiner Niederschrift hat es mich am meisten aufgewühlt, wie deutlich herauszulesen war, dass meine Faszination für die Toten die Lust am Leben überstieg. Eine Lektion, die zu lernen mir beinahe tragisch schwergefallen ist und die ich an dich weiterreichen möchte.

Wer sich dem einen verschreibt, gibt das andere auf. Man kann nicht beiden die Treue halten; man muss wählen. Ich habe diese schwere Lektion sehr schmerzhaft gelernt. So schmerzhaft, dass ich bei dem Gedanken an die Folgen den

Nacken beuge, um dem gütigen Gott dafür zu danken, dass du lebst. Dass ich lebe. Dass der Schatten aus dem Grabe ruht.

Deshalb, meine Liebe, teile ich dir mit, dass ich meinen Bericht ins Unbekannte dort verborgen habe, wo unsere Reise begann und zu einem glücklichen Ende fand in der Teufelshöhle. Die Mondphase wird unser Geheimnis schützen.

Hat es wirklich einmal druidische Priester gegeben, die dortselbst ihre Künste ausübten? Die denselben Gebrauch vom Weihrauch machten wie wir? Spricht die Wahrheit aus jenen Höhlenmalereien?

Die Antwort auf diese Fragen müssen wir den Geschichtsschreibern überlassen.

Doch eines weiß ich sicher: dass wir einen heiligen Ort gefunden haben. Ja, wir sind dort dem Bösen begegnet, aber dem Guten auch. Und das erfüllt mich mit Dankbarkeit.

Meine Niederschrift unseres Abenteuers magst du an dich nehmen oder dem Verfall überlassen, ganz wie du willst. Ich lege in dieser Hinsicht mein Schicksal in deine Hände. Mag sein, ich hätte nie darüber schreiben sollen. Doch ich musste es verstehen, und das Schreiben ist mein Weg zur Erkenntnis.

So beängstigend, so gefahrvoll unsere Unternehmung war, hat sie doch unsere Leben bereichert. Was wir alles gelernt haben! Wie viel wir erlebten! Wovon wir jetzt wissen! Ich habe es nicht über mich gebracht, meinen Bericht darüber zu vernichten.

Nie werde ich in Gänze verstehen, was geschehen ist, doch ich werde es auch nie vergessen und nie aufhören, dich dafür um Verzeihung zu bitten.

Dein ergebenster Diener und dein Freund

Victor Hugo
Guernsey, England

Und dort, am Ende des Briefes, befand sich eine weitere Zeichnung, wieder von einer Küstenlandschaft. Ovale Steine, ein jeder von der Größe einer Frauenhand, waren am Ufer in einem Kreis angeordnet.

»Du erkennst es wieder, oder?«, fragte Theo.

Jac starrte auf die altvertraute Szene, die sie siebzehn Jahre zuvor selbst gezeichnet hatte, und nickte stumm. Dies war derselbe Felsenkreis, der sie und Theo zusammengebracht hatte. Aber war es, ganz logisch betrachtet, wirklich so seltsam?

Theo war auf Jersey aufgewachsen. War die Strände entlanggelaufen, hatte jeden Winkel gekannt. Er hatte alle möglichen Felsformationen gezeichnet. Und Jac hatte sie in seinem Notizbuch gesehen, ohne es bewusst zu merken. Sie hatte sich das alles schon vor Jahren zurechtgelegt. Es gab keinen Grund, es nun noch einmal aufzurollen. Viel wichtiger war der Inhalt des Briefes. Nur deshalb war sie den ganzen Weg gereist. Nur deshalb hatte sie Malachais Rat ausgeschlagen und war nach Jersey gekommen – um Beweise für die tatsächliche Existenz der legendären keltischen Druiden zu finden.

»Hast du irgendeine Ahnung, wo sich die Teufelshöhle befindet?«, fragte Jac.

Theo schüttelte den Kopf. »Nein, es gibt keine Höhle mit diesem Namen. Es finden sich auch keine Hinweise in dem Brief. Mein Großvater hat sogar versucht, den Brief als Code zu verwenden. Seine vergeblichen Versuche habe ich auch irgendwo.«

»Aber ich habe gelesen, dass nicht alle Höhlen der Insel erforscht worden sind.«

»Wurden sie auch nicht. Doch das Problem ist, dass immer wieder Felsen abstürzen und sich Landmassen mit der Zeit verschieben. Wir können nicht einmal sicher sein, dass die Teufelshöhle noch existiert. Hugo hat das hier immerhin vor mehr als einhundertfünfzig Jahren geschrieben.«

»Die Höhle könnte doch einfach übersehen worden sein.

Manchmal sieht man ja den Wald vor lauter Bäumen nicht«, sagte Jac.

»Schon, aber wo sollen wir überhaupt mit dem Suchen anfangen?«

»Wie viele Höhlen gibt es auf der Insel?«

»Buchstäblich hunderte. Und nicht alle sind immer zugänglich. Einige kann man nur bei extremem Niedrigwasser erreichen. Andere, die womöglich in den 1850ern zugänglich waren, sind heute dauerhaft geflutet.«

»Das klingt wirklich aussichtslos.« Sie war einer vagen Hoffnung hierhergefolgt, aber jetzt kam es ihr plötzlich sinnlos vor, überhaupt mit der Suche anzufangen. Jac hatte ihr gesamtes Erwachsenenleben damit verbracht, Mythen nachzujagen. War das alles nur ein Vorwand gewesen? Robbie hatte sie einmal gefragt, ob ihr die längst untergegangenen Welten, nach denen sie forschte, wirklich etwas bedeuteten oder ob sie bloß so verzweifelt ihrer eigenen Wirklichkeit entkommen wollte, dass sie sich lieber auf ziellosen Wanderungen durch die Vergangenheit verlor.

Sie hatte ihm nie darauf geantwortet.

»Mein Großvater pflegte zu sagen, Probleme scheinen immer nur unüberwindbar, bis man herausgefunden hat, wie man sie lösen kann. Du bist den ganzen weiten Weg gekommen, um mir zu helfen, Jac. Gib jetzt nicht auf.«

Siebzehn

6. Oktober 1855
Kanalinsel Jersey, Grossbritannien

Die Kerzen flackerten und warfen Schatten auf unsere Runde am Kartentisch. Wir hatten bis dahin fast einhundertdreißig Séancen abgehalten, und uns waren viele Persönlichkeiten erschienen. Doch mit meinem Liebling hatte ich nur eine einzige lange Unterhaltung geführt.

An jenem Abend im Oktober begann unsere Unternehmung wie immer mit der Frage, wer anwesend sei. Ich betete im Stillen um eine Antwort meiner geliebten Tochter.

Es verstrichen einige Augenblicke, dann klopften die Beine des kleinen Hockers die Antwort, und ich vernahm eine vertraute Stimme in meinem Geiste.

Ich bin hier. Der Schatten, sagte die Stimme, und der Hocker fuhr fort, den Namen auszubuchstabieren, vor dem mir so sehr graute. *Der Schatten aus dem Grabe.*

Mein Herz raste, der Atem stockte mir. Seit Wochen hatte dieser Geist uns nicht mehr heimgesucht, seit jener Nacht, in der Lilly verschwunden war.

»Was hast du uns mitzuteilen?«, fragte mein Sohn Charles.

Keine Antwort. Wir warteten, doch ich ertrug das Warten nicht. »Was willst du?«, platzte ich heraus.

Versuchung … ist meine … Stärke.

François-Victor schrieb pflichtbewusst mit.

Wissen … ist … meine Gabe.

Meine Tochter und meine Ehefrau blickten gelangweilt drein, meine Söhne nur wenig interessierter. Kaum glaublich, dass meine eigene Familie diesen bestürzenden Offenbarungen aus der magischen Schwärze der Unendlichkeit gegenüber so gleichgültig geworden war. Unsere Gäste hingegen, die an jenem Abend erst ihre zweite Séance erlebten, waren neugierig und sehr beeindruckt von dem, dessen Zeugen sie wurden.

In einer angepassten Welt ein Individuum zu sein …

Ich schloss die Augen und vernahm die Stimme umso klarer.

… ist nicht leicht, wenn Pfaffen das Gute vernichten. Wenn sie mich vernichten und meine Lehre. Doch dich verlangt es nach Wissen, nicht wahr?

»Ja«, flüsterte ich. Ich wusste, dass die Frage mir gegolten hatte.

Du sollst es haben. Ich will dir für meine Weisheit die Augen öffnen.

»Welche Weisheit?«, fragte ich.

Es kam keine Antwort.

»Bist du noch unter uns?«, fragte mein Sohn, als sich der Hocker eine halbe Minute lang nicht regte.

Nichts geschah.

»Bist du hier?«, fragte er wieder.

Eine Vase, die auf dem Kaminsims stand, wankte, stürzte herab und zerbarst auf den Fliesen vor der Feuerstelle. Wasser spritzte, Blütenblätter wurden in alle Richtungen verstreut. Ein fremdartiger, schwefliger Dunst verbreitete sich im Zimmer.

»Was für ein Gestank«, sagte meine Ehefrau und stand eilends auf, um das Dienstmädchen zu rufen. »Mir scheint, das Wasser ist seit Tagen nicht erneuert worden.«

Doch ich ahnte, dass es nicht das Wasser war. Ich schnupperte. Und schnupperte wieder. Der üble Schwefelhauch verzog sich, und darunter erahnte ich Weihrauch und den Geruch von Feuer. Und wieder darunter die vertraute blumige Süße.

»Warum kommen diese Geister?«, fragte meine Tochter Adèle,

als wir unsere Utensilien beiseiteräumten. »Was wollen sie von uns?«

Sie war ein achtsames, gutherziges Kind, doch ein wenig nervöser, als mir lieb sein konnte. Meine Frau fürchtete, die Séancen könnten ihrer Konstitution weiter abträglich sein. Doch als sie die Tochter beschwor, fernzubleiben, hatte Adèle vehement darauf bestanden, an der Sitzung teilzunehmen.

Jetzt forderte sie eine Antwort von mir. »Warum, Papa?«

»Ich glaube, sie möchten, dass ich ihr Wissen zu Papier bringe.«

»Ich denke, da ist noch mehr. Dass sie noch ein anderes Ziel verfolgen.« Ihre braunen Augen blickten forschend in die meinen. »Fragen Sie sie, was es ist.«

Es war schon in Frankreich nie leicht gewesen, ein Kind des Victor Hugo zu sein, und in mancher Hinsicht war es hier im Exil noch schwerer. Ohne Freunde und Verwandte und fern von allem, das ihnen vertraut war, mussten meine Kinder sich mit der Gesellschaft ihrer Geschwister begnügen. Ich hatte meine Familie hierhergebracht; ich allein war schuld an ihrer Einsamkeit. Als ich nun den Kummer und die Sorge meiner Tochter sah, lastete mein Gewissen schwer auf mir. Und so beschloss ich, statt wie sonst in meinem Zimmer den Verlauf der Sitzung nachzuhalten, im Freien den verderbten Geruch aus meinem Kopf zu vertreiben. Die frische Meeresbrise würde mir dabei gute Dienste leisten.

Ein schartiger Mond spendete überreichlich Licht auf meinem kurzen Gang zum Meeresufer. Ich schlenderte die Helling hinunter und wandte mich nach Norden. Etwa eine Viertelstunde war ich schon gewandert, als sich eine Wolkenbank heranschob, meine himmlische Laterne verdeckte und mich in tiefere Dunkelheit hüllte.

Als ich an dem Felssporn vorüberkam, auf dem ich oft saß, um auf das Meer hinaus und nach Frankreich hinüberzublicken, bemerkte ich einen jungen Mann just an der von mir bevorzugten Stelle.

Auch er musste mich gesehen haben, denn er rief mich an. *Darf ich Ihnen Gesellschaft leisten, Monsieur Hugo?*, fragte er auf Französisch, mit einer Stimme, die mir vertraut vorkam.

»Ja, gewiss«, sagte ich. Zwar wünschte ich keine Gesellschaft, doch konnte ich niemanden daran hindern, sich an einem öffentlichen Ort meinen Wanderungen anzuschließen.

Kurz darauf trat der Jüngling aus dem Schatten hervor. Auch der Mond tat dasselbe und strahlte auf ihn herab. Der Mann war nicht groß, aber schlank und trug einen akkurat geschneiderten schwarzen Anzug. Sein welliges schwarzes Haar ballte sich im Nacken zu dichten Locken. Aus mandelförmigen, rätselvollen Augen von einem sehr hellen Braun – beinahe golden – sah er mich regungslos, ohne zu blinzeln, an. Seine kräftigen Wangenknochen und seine fein ziselierte Nase waren perfekt proportioniert, der Mund rot und voll. Er war von einer faszinierenden, beinahe weiblichen Schönheit.

»Kennen wir einander?«, fragte ich.

Wir kennen uns. Doch er nannte mir seinen Namen nicht, sondern fuhr fort: *Du kannst dir deine Wünsche erfüllen, wenn du willst. Du musst nur zugreifen.*

Seine rätselhafte Bemerkung behagte mir nicht, und ich war kurz davor, meinem Missfallen Ausdruck zu verleihen. Doch wollte ich nicht unhöflich erscheinen. Ich war neugierig, wie ich zugeben muss, und ließ mich auf sein Spielchen ein. Bis heute wünsche ich, ich hätte es nicht getan. Hätte ich auf meine Bedenken gehört, ja dann …

»Was meinen Sie damit? Welche Wünsche kann ich mir erfüllen?«

Alles, was du begehrst, kannst du bekommen. Ich kann Realität werden lassen, wonach du dich am meisten sehnst.

»Sie sind ein Fremder – warum sollten Sie mir helfen wollen?«

Ich bin kein Fremder. Du kennst mich sogar gut.

Nein, sein Gesicht war mir nicht bekannt. Die elegant geschwungene Nase nicht, noch das Kinn, die Stirn und der Mund. Auch nicht die dichten schwarzen Locken und die dunklen Wimpern um die topasgelben Augen. Seine Haltung und Kleidung, das Vokabular und der Ton seiner Stimme ließen vermuten, dass er aus besseren Kreisen stammte, die besten Schulen besucht und mit den gebildetsten Köpfen Umgang gepflegt hatte. Und doch erkannte ich ihn nicht.

Suche die Erkenntnis nicht in meinen Zügen. Er hob den Arm zu einer beinahe majestätischen Geste. *Höre nur auf meine Stimme, Freund. Vor einer Stunde erst sind wir einander begegnet, und schon willst du mich nicht mehr kennen?*

»Verflucht noch eins! Ihren Namen will ich!«

Ich bin der Schatten aus dem Grabe.

Ich blieb im vollen Laufe stehen. »Die Brandung ist zu laut«, sagte ich. »Ich fürchte, ich habe mich verhört.«

Keineswegs, mein Freund, du hörst mich gut. Der Schatten aus dem Grabe bin ich. Der Erzengel Luzifer.

»Ein Geist kann nicht in Fleisch und Blut erscheinen.« Mich trieb der Ärger auf den Scherzbold aus meinem Familien- oder Freundeskreis, der mir mit diesem Fremden so üble Streiche spielte, als ich den Mann am Kragen packen wollte, um ihn zur Rede zu stellen. Doch er war schneller als ich und wich zurück, so dass meine Hand ins Leere griff, ins Nichts.

Er lachte, und das geisterhafte Geräusch wehte aufs Meer hinaus, wo das Tosen der Brandung es verschluckte. *Du kannst mich nicht berühren. Ich bin nicht Fleisch und Blut, nur eine Ausgeburt deines Begehrens. Dennoch kann ich dir geben, was du mehr wünschst als das Leben selbst.*

»Und das wäre?«

Ich kann deine Tochter zum Leben erwecken.

»Unmöglich. Das ist Blasphemie.«

Ich habe es von Anfang an gesagt: Zum entsprechenden Preis ist nichts unmöglich.

»Einen Handel mit dem Teufel schlagen Sie vor? Ist das Klischee nicht abgenutzt genug? An solchen Unsinn soll ich glauben? Das ist ein Witz. Gut gemacht, junger Mann.« Ich war erleichtert, das alles als bloße Posse entlarvt zu haben. »Doch auch ein wenig geschmacklos. Und nichts, worüber ich lachen mag. Wer auch immer Sie angestiftet hat, beweist einen wunderlichen Sinn für Humor.«

Ich machte auf dem Absatz kehrt und entfernte mich in die Richtung, aus der ich gekommen war.

Im Schutze der Dunkelheit und mit Hilfe irgendeines Kunstgriffs schien der Mann mich plötzlich überholt zu haben.

Lass die Gelegenheit nicht verstreichen, mein Freund. Es ist nur eine kurze Zeit, in der wir dieses Ziel erreichen können.

In einiger Entfernung entdeckte ich den Schemen eines Menschen, der in meine Richtung kam. Ich zog meine Uhr hervor. Es war neun. Zu der Zeit endeten deine Dienste bei meiner Geliebten.

Um diese Uhrzeit wandert sie allabendlich mit ihren eigenen Toten umher. Sie ist bezaubernd, sagte der Mann neben mir. *Doch auch so voller Trauer. Sie scheint sich nicht davon ablenken zu können wie die meisten anderen Sterblichen.*

»Sie kennen sie?«, fragte ich.

Auch ihr kann ich helfen, sagte er, statt meine Frage zu beantworten.

»Wie sollten Sie ihr helfen können?«

Ich kann ihr geben, was sie wünscht.

»Schon wieder diese Spielchen?«

Es ist kein Spiel. Du solltest mir besser glauben.

»Schön, und wie wollen Sie das zuwege bringen?«

Das kann ich erst erklären, wenn du mein Angebot angenommen hast.

»Das überrascht mich nicht. Schließlich ist das alles nichts als eine abgefeimte Lüge.«

Du wirst es noch bereuen, mich abgewiesen zu haben.

»Was für eine unverfrorene Behauptung«, sagte ich.

Ich habe dir das Angebot schon einmal gemacht, und du hast abgelehnt. Du solltest wirklich umsichtiger sein.

Wir wanderten weiter in deine Richtung, und ich wollte diesen Scherzbold los sein, bevor wir dich erreichten.

»Mir ist nicht einsichtig, welches Angebot damit gemeint sein soll.«

Das Kind, das du in der Burg gefunden hast, habe ich dorthingebracht. Zum Helden bist du geworden, doch deine Trauer blieb. Hättest du getan, was ich dir sagte, wärst du jetzt ein glücklicherer Mensch.

»Das ist doch alles Unsinn.«

O ihr Kleingläubigen!

»Wieder so ein Klischee? Sie sind nicht gerade originell.«

Das trifft mich tief, mein Freund.

»Dann verzeihen Sie mir, dass ich eine raffiniertere Wortwahl bevorzuge.«

Vielleicht möchtest du mir ja ein paar Worte schreiben, schlug er vor.

Ich lachte über diese Anmaßung. »Das könnten Sie sich nicht leisten.«

O doch, das könnte ich. Seine goldbraunen Augen bohrten sich in die meinen, und mich überkam ein Gefühl der Hoffnung, wie ich es noch nie erlebt hatte.

Du spürst es, nicht wahr?, fragte er.

Ich traute ihm nicht. Ich schwieg.

Glaubst du an das, was während der Séancen geschieht?, fragte er schließlich.

»Ich glaube nicht *nicht* daran. Dass es keine Beweise dafür gibt, beweist gar nichts.«

Aber es gibt Beweise. Er wies zu dir hinüber, die du nur wenige Meter entfernt am Strand angehalten hattest und uns erwartetest.

Also gehst du jetzt mit Fantine spazieren?, fragte er.

Es verblüffte mich, dass er deinen Namen kannte, doch dann begriff ich, dass jemand, der ihn angeheuert hatte, um mir diesen Streich zu spielen, ihn genauestens instruiert haben konnte. Schließlich warst du die Dienstmagd meiner Geliebten.

»Mag sein«, sagte ich.

Sei gut zu ihr.

»Was für eine Impertinenz. Was wissen Sie schon von ihr?«

Ich weiß, wie es um ihre Seele steht. Sie ist noch zerrissener als deine, Hugo. Zerrissener als deine. Damit wandte er sich ab und ging auf einen felsigen Vorsprung der Küste zu.

»Dort geht es nicht weiter!«, rief ich ihm nach. »Sie müssen rechtsherum oder linksherum!« Doch er hielt Kurs. In die unmögliche Richtung, als wollte er mitten in die Felswand hineingehen. Ich wartete und sah ihm nach, doch er kam nicht zurück.

»Nach wem haben Sie gerufen?«

Ich drehte mich um. Du hattest mich eingeholt, und ich hatte dich nicht kommen hören.

»Nach diesem jungen Mann. Hast du ihn nicht gesehen?«

»Einen Mann?«

»Aber ja! Ich habe mich soeben eine halbe Stunde lang mit ihm unterhalten und bin mit ihm die ganze Bucht entlanggewandert.«

»Monsieur Hugo, ich habe Ihnen schon gut fünf Minuten zugesehen. Es war niemand bei Ihnen.«

»Dann muss das Licht dir einen Streich gespielt und ihn in Schatten gehüllt haben«, sagte ich und schauderte angesichts dieses Wortes, das ich gewählt hatte. »Es war ein unangenehmes, ein ärgerliches Gespräch, aber ein Gespräch war es gleichwohl.«

»Schauen Sie.« Du zeigtest auf den Weg, den ich gekommen war. »Schauen Sie, da ist nur eine Fußspur. Es war niemand anderes da. Sie waren ganz allein.«

Achtzehn

Kurz vor zwölf Uhr am nächsten Tag holte Theo Jac vor dem Hotel ab. Sobald sie im Wagen saß, zeigte er ihr eine Karte, die mit von Hand gezogenen schwarzen Linien in Quadranten aufgeteilt war.

»Ich habe die letzten Wochen damit zugebracht, abschnittweise die Klippen auf- und abzugehen und jede Öffnung zu untersuchen, die zu der Teufelshöhle führen könnte. Aber ohne Erfolg. Ich rechne nicht damit, tatsächlich einen Ort dieses Namens zu finden. Wahrscheinlich hat sich der Dichter den Ausdruck selbst ausgedacht. Trotzdem hatte ich gehofft, der Verlauf der Felsenküste oder das Aussehen einer Höhle könnte einen Ansatzpunkt liefern. Aber dabei ist nichts herausgekommen.«

»Hast du ältere Karten aus Hugos Zeit zu Rate gezogen?«

»Daran habe ich gar nicht gedacht.«

»Vielleicht gab es zu Hugos Lebzeiten einen Ort, der Teufelshöhle genannt wurde und der heute anders heißt. Gibt es auf der Insel eine Bibliothek, in der sich alte Karten finden ließen?«

»Nicht nötig.« Theo fuhr los und begann zu erklären. »In den späten 1920ern wurde die Kunstsammlung meines Großvaters allmählich vom bloßen Hobby zu einem Nebenerwerb. Er kaufte einen leerstehenden Feuerwachturm, ließ ihn renovieren und eröffnete einen Laden. Während er mit einem seiner Brüder weiterhin die Bankgeschäfte leitete, betrieb er zusammen mit seiner Frau die Galerie.«

Er bog in eine Seitenstraße ein und hielt auf die Klippen zu.

»Ich bin mir nicht sicher, wie viel der Geschichte von Jersey dir geläufig ist, aber während des Zweiten Weltkrieges wurde unsere Insel von den Deutschen besetzt. Es war nach allem, was man so hört, eine trostlose Zeit für die Einheimischen. Viele versuchten heimlich, den hier lebenden Juden zu helfen. Auch mein Großvater. Er sicherte allen seinen Kunden zu, ihre Kunst vor den Nazis zu schützen.«

»Wie hat er das angestellt?«

»Werde ich dir gleich zeigen.«

Die Straße endete abrupt. Vor ihnen erstreckte sich scheinbar endlos das Meer. Zur Rechten befand sich ein Klippenvorsprung, und darauf erhob sich, wie aus den Felsen emporwachsend, ein Turm. Ohne die in seine Oberfläche gehauenen Fenster hätte er ebenso gut Teil des Felsvorsprungs sein können. Rechts neben der Eingangstür prangte eine Plakette aus grünlich oxidiertem Kupfer mit der Aufschrift *Galerie Gaspard*.

Theo öffnete die Tür. In der Eingangshalle befanden sich keinerlei Kunstgegenstände, nur ein Art-Déco-Schreibtisch und ein leerer Aluminiumstuhl. Rechter Hand führte eine Treppe hinauf, links eine nach unten. Oben erblickte Jac großflächige Gemälde in kräftigen Farben. Unten glitzerten goldene Rahmen und Glas. Gleichzeitig roch sie die Düfte, die man mit einer Kunstgalerie verbindet, die Restaurationen und Berahmungen in ihrer Angebotspalette führt: ölige Farben, frisch bearbeitetes Holz, Schellack und den stechenden Dunst von Terpentin. Dazu den holzigen Geruch alten Papiers. Der Duft lang vergessener Schätze, die darauf warten, entdeckt zu werden.

»Oben sind unsere Gemälde und Skulpturen. Hier unten haben wir eine Ephemera-Sammlung aus alten Plakaten und Wandkarten. Damit hat er den Juden geholfen.«

»Das verstehe ich nicht.«

»Um die Kunstwerke zu verstecken, die die Nazis sonst beschlagnahmt hätten, nahm mein Großvater die Gemälde aus ihren Rahmen, deckte sie mit Landkarten ab, rahmte sie neu und hängte sie hier auf – hier und in Wells in Wood. Einige wurden sogar in der Bank ausgestellt. Niemand interessierte sich für alte Landkarten von Jersey.«

Jac ging durch die drei Räume der Kellergalerie und inspizierte dabei die Karten an der Wand. »Und was steckt heute hinter diesen Karten?«

»Nichts. Nach dem Ende des Krieges holte mein Großvater die Gemälde wieder heraus und schloss sie im Banksafe ein. Er wollte jeden einzelnen Schatz seinem rechtmäßigen Eigentümer zurückgeben.« Er blieb vor einem flachen Aktenschrank stehen. »Aus welchem Zeitraum brauchen wir denn Kartenmaterial?«

»Da der Brief auf 1855 datiert war, würde ich sagen, aus den Jahren 1850 bis 1860.«

Theo kniete sich hin, öffnete eine der Schubladen und begann, Karten herauszuholen. Insgesamt sechs Stück breitete er auf einem langen Eichentisch aus. Vier davon waren handgemalt und von Hand koloriert, zwei gedruckt.

»Ist es deinem Großvater gelungen, alle Gemälde zurückzugeben?«

Er schüttelte den Kopf. »Nur die Hälfte ungefähr. Als der Krieg endlich zu Ende war, waren einige der Besitzer geflohen oder verstorben, und viele waren im Holocaust umgekommen. Urkunden waren verlorengegangen. Man brauchte unbestreitbare Besitznachweise. So habe ich übrigens meine Frau kennengelernt. Sie war Expertin für solche Rückerstattungsfragen und hat die Insel ursprünglich im Auftrag eines Kunden besucht, ist dann aber geblieben und hat die Leitung des ganzen Rückführungsprojekts übernommen, und dann …« Plötzlich unterbrach er sich, beugte sich über die Karten und musterte sie eingehend. Jac fragte sich, ob wirklich etwas sein Interesse geweckt hatte oder ob er sich nur abwenden wollte, damit sie ihn nicht ansehen konnte.

»Ihr Tod hat dich ziemlich hart getroffen, oder?«, fragte sie.

Er nickte und blickte dann zu ihr auf. Sie konnte das Leid in seinen Augen lesen. Dies war erst das zweite Mal, dass er seine Frau erwähnte. Und bis auf Malachais Hinweis, dass es ein Unfall war, wusste Jac immer noch nicht, wie sie gestorben war.

»Danke, dass du hergekommen bist«, sagte Theo.

Ganz unabhängig von dem Druidenfund war Jac ebenfalls froh, gekommen zu sein. Es fühlte sich richtig an, hier bei ihm zu sein – bei jemandem, der auf seine Art genauso verloren war wie sie auf ihre. Die seltsame Verbundenheit, die sie mit diesem Mann vor Jahren gespürt hatte, als er noch ein mürrischer Teenager war, war jetzt immer noch da. Sie wusste nicht genau, wie er sich entwickelt hatte, aber sie hatten schon einmal angefangen, sich gegenseitig zu helfen. Vielleicht konnten sie es dieses Mal zu Ende bringen.

»Okay, lass uns mal sehen«, sagte sie. »Wenn uns irgendetwas auf diesen Karten auffällt, können wir es mit dem vergleichen, was auf der aktuellen Karte zu sehen ist.«

Einige Minuten verstrichen. »Was ist das hier – Teufelsgrube?«, fragte Jac. »Das klingt vielversprechend.«

»Das ist ein Krater, der ursprünglich Strudelgrube genannt wurde. Etwa dreißig Meter im Durchmesser und sechzig Meter tief. Bei einem Schiffsunglück 1851 wurde die Galionsfigur des Schiffs dort drinnen angeschwemmt. Sie wurde von einem hiesigen Künstler zu einem Teufel umgestaltet, daher der Name. Das war mein erster Gedanke, als ich den Brief fand. Aber leider ist es ausgeschlossen, dass Hugo dort irgendwas versteckt hat. Denn das Gebiet hätte zu Fuß und ohne anstrengende Kletterei zugänglich sein müssen. Hugo war damals immerhin in den frühen Fünfzigern.«

»Was hältst du hiervon?«, fragte Jac, nachdem sie zehn Minuten den Küstenverlauf auf der ältesten handgemalten Karte betrachtet hatte. »Sieht dieses Gebiet nicht wie ein Horn aus?«

Theo betrachtete den Punkt, auf den sie zeigte. »Könnte sein – aber ein einzelnes Horn deutet kaum auf Luzifer hin, oder?«

»Nicht wirklich.«

Nach einer weiteren Viertelstunde meinte er: »Die Landschaft hat sich nicht allzu sehr verändert. Sie sieht noch immer aus wie auf der Karte, die ich mir angesehen habe. Ich finde einfach nichts.«

Sie hörte die Frustration heraus und nahm es ihm nicht einmal übel. »Ich kann auch nichts entdecken, aber das bedeutet nicht zwangsläufig, dass es nicht da ist.«

»Es gibt einfach zu viele Höhlen, und so wenige davon sind eingezeichnet. Wenn er doch nur Fantine genauere Anweisungen gegeben hätte.«

»Sie wusste ja, wo sie zusammen hingegangen sind. Sie wusste, wo sie suchen musste.«

Jac richtete sich auf, streckte sich und ging zum Fenster. Die Sonne schien auf das Meer, glitzerte auf seiner Oberfläche. »Wollen wir nach Saint Helier? Wer weiß, vielleicht fällt uns etwas auf, wenn wir an der Stelle, wo Hugos Haus gestanden hat, runter zum Wasser laufen.«

»Das habe ich schon versucht, aber klar, warum nicht noch einmal?« Theo sah auf seine Armbanduhr. »Wir sollten bei Ebbe gehen. Sonst sind Teile des Strandes unpassierbar und nicht alle Höhleneingänge sichtbar. Sollen wir in der Zwischenzeit etwas essen? Es gibt eine Reihe ganz anständiger Restaurants in der Nähe.«

Theo rief die Treppe hinauf, woraufhin sich eine Blondine mittleren Alters über die Balustrade beugte. Er stellte Jac seiner Assistentin Samantha Philemon vor und erzählte dieser von ihren

Plänen. Anschließend stiegen er und Jac wieder in den Wagen und fuhren nach Saint Helier zum Royal Yacht Club. Das Restaurant war weit besser als nur »ganz anständig«. Jac bestellte gegrillte Forelle und Theo einen Hamburger. Beide tranken Bier. Das Essen wurde gerade serviert, als Jac Ash Gaspard hereinkommen sah. Er trug eine freundliche Miene zur Schau, doch als er Theo erblickte, runzelte er die Stirn. Theo bemerkte seinen Bruder erst, als dieser nur noch wenige Meter entfernt war. Jac merkte, wie er sich versteifte. Ihr war, als könne sie Furcht riechen.

Der Duft der Angst war eines der Parfüms, an denen sie und Robbie am längsten gearbeitet hatten. Den Geruch der Loyalität einmal ausgenommen, war Angst eine der schwierigsten Herausforderungen gewesen. Robbie fand nicht, dass es auch nur ansatzweise nach Angst roch, eher nach der Luft auf dem Dach des Hauses, in dem sie damals wohnten. Aber genau das hatte Jac auch nachempfinden wollen. Dort hatte sie die größte Furcht ihres Lebens erlebt, als sie um ein Haar von jenem Dach auf die tief darunterliegende Straße gestürzt wäre. Bevor ihr Bruder sie gepackt und zurückgezogen hatte, hatte sie geglaubt, sie müsse sterben. Robbie hatte sie an diesem Tag gerettet, und zwar buchstäblich. Und so viele andere Male im übertragenen Sinn.

»Hallo Theo«, grüßte Ash.

Theo nickte. Die Spannung zwischen den beiden, die sie am Abend zuvor bereits gespürt hatte, war heute noch genauso greifbar. Beide jetzt in hellem Tageslicht zu sehen statt in der schummrigen Bar, ließ sie überrascht erkennen, wie sehr sie sich ähnelten. Ash hatte blondere Haare, hellere Haut und sah jünger aus. Weniger mitgenommen. Weniger verletzt. Seine Augen waren auch blau, aber strahlender. So, als sei ihm nie die geringste Energie entzogen worden. Beide hatten die gleiche Statur und markante, ästhetische Züge.

»Welchem Umstand schulde ich die Freude dieser Störung?«

»Ich habe in der Galerie angerufen, und Samantha hat mir gesagt, wo du zu finden bist. Ich muss mit dir reden. Kannst du kurz mit nach draußen kommen?«

»Nein. Setz dich, und sag mir, was du auf dem Herzen hast. Es ist unhöflich, eine Dame bei Tisch allein zu lassen. Und Jac kann ruhig alles mithören.«

Der Kellner kam herbei, als Ash Platz nahm.

»Nichts zu essen für mich«, sagte Ash, »aber ich hätte nichts gegen eine Tasse Kaffee. Schwarz bitte.«

»Ja, Sir«, erwiderte der Kellner knapp und verschwand wieder.

»Ich muss mit dir über die Galerie reden.«

»Meinetwegen.«

»Eine Frau namens Elizabeth Timmonson ruft mich ständig an. Offenbar hatte sie dich wegen eines Renoir-Pastells kontaktiert. Gibt es einen bestimmten Grund, weshalb du dich nicht um ihr Anliegen kümmerst?«

»Der Papierkram ist kompliziert, Ash. So was wurde bisher durch die passenden Kanäle geleitet, aber jetzt ...« Er beendete den Satz nicht.

»Wenn du nur endlich jemanden als Ersatz für ...«

Theo unterbrach ihn. »Es geht hier nicht einfach um eine neue Sekretärin.« Seine Stimme war harsch und rau vor Schmerz.

Jac begriff, dass nach dem Tod von Theos Frau, die das Rückführungsprojekt geleitet hatte, vieles offengeblieben war. Sie erhob sich. »Entschuldigt mich.« Sie hoffte, die beiden würden das Gespräch über die Galerie beendet haben, bis sie zurückkehrte. Doch fünf Minuten später waren sie immer noch dabei.

»Aber dieser Fall ist überhaupt nicht einfach«, erklärte Theo. »Die Gaspard-Rechnung deutet auf einen Verkauf hin.«

»Aber laut Timmonson behauptet der Neffe, dass sein Großvater, der es uns 1937 verkaufte, unter Zwang gehandelt hat ...«

»Ich kenne die Gesetze, Ash, und ich habe dir bereits gesagt, dass die Briefe in meinem Besitz beweisen, dass es keinen Zwang gab. Ganz im Gegenteil. Er verkaufte uns den Renoir und erwarb dafür einen Dürer, der ein paar Tausend Pfund mehr kostete.«

»Tja, dann sollte es auch kein Problem geben. Aber du musst dich endlich darum kümmern. Du kannst nicht einfach alles schleifen lassen, bis du über deinen Verlust hinweg bist. Es ist für uns alle schlimm, dass Naomi …«

»Dass du es wagst, auch nur ihren Namen auszusprechen!« Theo zischte so leise, dass Jac dachte, sie hätte sich vielleicht verhört. »Ausgerechnet du! Schämst du dich gar nicht?«

Ash wandte sich an Jac. »Es war reizend, dich wiederzusehen, Jac. Tut mir leid, dass es nicht unter erfreulicheren Umständen geschah. Aber vielleicht kann ich dir irgendwann meine Version dieser Insel zeigen. Sie unterscheidet sich sehr von der meines Bruders …«

»Geh jetzt bitte«, sagte Theo. »Wie ich meine Geschäfte in der Galerie erledige, geht dich nichts an.«

»Da irrst du dich aber. Alles, was mit dem Namen Gaspard verbunden ist, geht uns beide an. Ein Skandal in der Galerie wirft ein schlechtes Licht auf die Bank, Theo. Wir können uns solche Ausfälle nicht leisten.« Er zog ein Blatt Papier aus der Tasche und reichte es seinem Bruder. »Timmonson erwartet deinen Anruf. Sie will die Fähre nehmen und sich die Akten selbst ansehen. Lass mich wissen, wenn du alles arrangiert hast. Ich würde bei dem Termin gern anwesend sein. Wir müssen sichergehen, dass sich das Ganze nicht zu einem Problem auswächst. Wenn es nur den geringsten Zweifel an der Herkunft des Pastells gibt, will ich es der Familie zurückgeben.«

Ash sah Jac an. »Nochmals Entschuldigung dafür, euch beim Essen gestört zu haben.«

Er stand auf und ging, ohne sich von Theo zu verabschieden.

Sobald er außer Sicht war, wandte sich Theo an Jac: »Mir tut es auch leid.« Er griff nach seinem Glas Bier und leerte es in einem Zug. Einige Augenblicke lang schien er in Gedanken versunken. Dann blickte er auf die Uhr. Als er wieder aufsah, war von den Sorgen, die sich eben noch in seinem Gesicht abgezeichnet hatten, nichts mehr zu merken.

»Es ist Ebbe. Hättest du gern einen Kaffee, oder bist du bereit für den Strand?«

Neunzehn

Sie spazierten in das Stadtviertel, das an die Grève d'Azette grenzte. Dort säumten reihenweise uninteressante kleine Häuser die Straße. Typisch für die Zersiedelungstendenzen, die man überall beobachten konnte, dachte Jac. Alles, was reizend und historisch war, wurde abgerissen, und dann stellte man dafür neue Häuser hin, die bei minimalem ästhetischem und finanziellem Aufwand den größtmöglichen Profit abwarfen.

»Hier war früher die Marine Terrace.« Theo deutete auf eine Gruppe schlichter zweistöckiger Häuser, die so eng beieinanderstanden, dass sich ihre Außenwände berührten. »Damals war die Gegend überhaupt nicht zugebaut, und es lag nur ein Garten zwischen Hugos Haus und dem Strand, wo er so oft spazieren ging. Vom Schlafzimmer im Obergeschoss konnte er das Meer sehen.«

Theo nahm mit einer freundschaftlichen Geste Jacs Arm, führte sie zum Ende des Blocks und von dort eine Seitenstraße hinab zu *Le Dicq,* dem Pfad, der zum Strand hinabführte. Am Ende dieses Pflastersteinwegs säumten hochaufragende, schroffe Felsformationen das Ufer.

Jac fühlte plötzlich eine Erinnerung in sich aufsteigen. Es war, als hätte sie all das schon einmal gesehen. Sie kannte diesen Ort. War es ein Déjà-vu? Ein Traum? Theo sagte etwas und zeigte zum Horizont. »Da drüben liegt Frankreich. Deshalb war Hugo dieser Ort so wichtig. Er kletterte gern auf die Felsen und blickte zu seinem Heimatland. Er nannte diese Klippe *Rocher des Proscrits* – Felsen der Vertriebenen. Er und seine Freunde sahen darin das Symbol ihres Exils.«

»Das sieht alles so vertraut aus.«

»Es gibt ein berühmtes Foto von Hugo, das hier aufgenommen wurde. Darauf schaut er aufs Meer hinaus. Sein Sohn Charles war Photograph. Hugo hat ihm offenbar unendlich geduldig Modell gestanden. Es gibt Dutzende Schnappschüsse von Hugo an diesem Strand, zwischen diesen Felsen. Einige haben wir bei uns in Wells in Wood. Ich muss sie dir unbedingt noch zeigen.«

Jac bemerkte einen Lichtschein zwischen den Felsen. Sie ging darauf zu. Die Sonnenstrahlen wurden von einer Gedenkplakette zu Ehren Victor Hugos reflektiert. Flechten und Rost hatten die Metallplatte in ein impressionistisches Kunstwerk verwandelt.

»So touristisch, wie es hier ist, gehe ich davon aus, dass die Teufelshöhle woanders sein muss«, sagte Theo. »In dieser Gegend dürfte es nichts Unentdecktes mehr geben.«

»Nur weil ein Ort viel besucht ist, muss das nicht heißen, dass er keine Geheimnisse bergen kann.« Jac sprach zwar mit Theo, merkte aber, dass sie nicht ganz bei der Sache war. »Aber in diesem Fall hast du vermutlich recht. Es sieht nicht danach aus, als gäbe es in diesen Felsen irgendwelche Öffnungen …«

Sie hielt inne und wandte sich ihm zu. »Theo, wie kann mir all dies so bekannt vorkommen? Es kommt mir so vor, als wäre ich schon einmal hier gewesen.«

Er lächelte, und zum ersten Mal spürte sie nichts von seinem sonst stets präsenten Schmerz. »Ich weiß es nicht. Es sei denn … es hat etwas mit uns beiden zu tun. Ich möchte dir etwas zeigen. Komm, hier entlang.«

»Mit uns?«

Er nickte, erklärte es aber nicht weiter. »Komm, es ist nicht sehr weit.«

Sie hielten sich so nah am Wasser, wie es möglich war, ohne nasse Füße zu bekommen. Manchmal schlug eine Welle gegen einen Felsen, und die Gischt besprühte Jacs Gesicht. Als sie den salzigen Meeresduft einatmete, der seit Jahrhunderten unverändert geblieben war, stellte sie sich vor, wie Victor Hugo hier von genau demselben Geruch umweht entlanggelaufen war. Ihr Vater hatte oft gesagt, dass Düfte in der Lage seien, eine Verbindung mit der Vergangenheit herzustellen. Einer Vergangenheit, die wir nicht immer sehen können, die verloren scheint, aber durch einen Geruch leicht heraufbeschworen und wiederentdeckt werden kann.

Theo ging einige Meter vor ihr. Jetzt erinnerte sie sich, dass er das auf ihren Spaziergängen in Blixer Rath auch getan hatte. Immer darauf bedacht, das nächste Ziel möglichst rasch zu erreichen. Am Tag des Unfalls war er ebenfalls in Eile gewesen. Die Erinnerung rollte heran wie die Wogen des Meers, schockierend lebendig.

Es war Mitte Mai gewesen, der sechzehnte. Jac war überrascht, dass ihr das genaue Datum nach so langer Zeit noch einfiel. Seit dem Zwischenfall mit der Steinkreiszeichnung waren sie und Theo unzertrennlich gewesen. Über etliche Wochen hinweg war ihr Band stärker und stärker geworden. Mehrmals hatte Jac von Landschaften geträumt, die Theo gemalt hatte, von Ruinen auf Jersey. Orte, die für ihn eine besondere Bedeutung hatten.

Ja, das war es!

»Deshalb ist mir alles so vertraut«, sagte sie. »Ich habe in Blixer Rath davon geträumt!«

»Ja«, sagte Theo. »Und nicht nur hiervon. Komm, ich zeige dir noch was.«

Während sie durch die felsige Landschaft wanderten, fühlte

Jac sich in ihre Träume von damals zurückversetzt. Das Meer, die Felsvorsprünge, die karge Küste. Sie war in ihren Träumen hier gewesen, so dass Theo scherzhaft behauptet hatte, sie habe sie ihm geklaut; in Träumen, die Malachai ihrer Empfänglichkeit für das kollektive Unbewusste zuzuschreiben pflegte.

An jenem Mainachmittag hatte sie Klavier gespielt, und als sie von den Tasten aufblickte, hatte Theo dagestanden und sie beobachtet. Die durch das Fenster einfallende Sonne hatte ihn angestrahlt, doch dann war das Licht plötzlich wieder verblasst und einer so tiefen Dunkelheit gewichen, als hätten die Wolken sich direkt zwischen sie beide geschoben.

»Lass uns spazieren gehen«, hatte er gesagt.

An seinem Vorschlag war nichts Ungewöhnliches. Sie waren oft während der Freizeit zusammen unterwegs. Anfangs gingen sie gemächlich, und dann sah Theo etwas, das er erkunden wollte, und Jac musste sich beeilen, um mit ihm Schritt zu halten. Und kaum hatte sie es geschafft, hängte er sie wieder ab. So wie jetzt. Theo lief immer so, als müsse er zu einem Termin, bei dem er um keinen Preis zu spät kommen durfte. Einmal hatte eines der anderen Kinder sie auf einem dieser Spaziergänge begleitet. Theos Gangart war gleich eine ganz andere gewesen. Er hatte sich nicht mehr so zielgerichtet bewegt, sondern sie schlenderten entspannt durch immergrüne Lichtungen und Wildblumenwiesen.

Jac mochte es nicht, wenn jemand anderes mitkam.

An diesem Nachmittag im Mai war niemand bei ihnen. Sie waren allein.

Sie kamen zu dem Feld, das für Jac die Grenze zwischen der Klinik und dem Rest der Welt markierte. Sobald man es überquert hatte, war Blixer Rath außer Sichtweite. Wie immer hielt Theo an, um Pflanzen zu sammeln und zu Kränzen zu flechten. Meistens verwendete er Rosmarinzweige. Die waren leicht zu biegen und zu formen. Die ersten Maiglöckchen kamen hervor, und er pflückte auch davon einige und verflocht sie mit dem

Rosmarin. Einen Kranz setzte er Jac auf den Kopf, einen auf seinen eigenen.

Zuerst war Jac das Ritual seltsam vorgekommen, aber inzwischen erwartete sie es und liebte die Art, wie der Blumenduft sie umschwebte. Besonders an diesem Tag. Der Duft der kleinen, weißen Glöckchen war zart, aber wirkungsvoll. Ihr Vater hatte sie bereits als Grundlage für sein bekanntes und beliebtes Parfüm *Blanc de Nuit* benutzt.

Hinter dem Feld betraten sie den Wald und gelangten nach etwa einhundert Metern zu einer Lichtung. Hier vollführte Theo das, was er das »zweite Ritual« nannte. Gemeinsam suchten sie nach Steinen, aber nur nach glatten, abgerundeten, denn Theo meinte, dass in Einschnitten und Rissen negative Energie gefangen sein könnte. Dieses Sammeln dauerte meist etwa eine Viertelstunde. Sie schwiegen dabei. Es störte sie nicht, wenn sie nicht miteinander sprachen. Die Stille zwischen ihnen schien eine eigene Form von Musik zu sein.

Sobald sie zwei Dutzend Steine gesammelt hatten, legte Theo sie zu einem Kreis von fast zwei Metern Durchmesser zusammen. Als sie ihn das erste Mal dabei beobachtete, hatte sie ihn gefragt, warum er das tat.

»Weißt du es nicht?«, antwortete er. »Ist das nicht auch Teil deines Traumes?«

Nein. Sie hatte nie von etwas anderem als dem Kreis selbst geträumt. Nicht davon, wie sie ihn benutzten. Also zeigte er es ihr.

Sie setzten sich einander zugewandt hinein. Dann schloss Theo mit den letzten drei Steinen den Kreis. Aus der im Meditationskurs erlernten Lotusposition heraus begannen sie das »dritte Ritual«. Danach sehnte sich Jac, und nur deshalb erduldete sie die langweiligen Vorbereitungen.

Zuerst meditierten sie, um sich, wie er es beschrieb, für ihre Verbindung zu öffnen. Dann beugte sich Theo vor und küsste sie.

Jac hatte schon andere Menschen geküsst – zum Dank, zum Abschied, zur Begrüßung oder als Trost. Doch diese Küsse zwischen ihnen waren etwas vollkommen anderes. Jeder einzelne war wie eine Einladung in eine Welt, die bei Licht dunkel blieb und im Dunkeln leuchtete. Jeder Kuss begann mit dem sanften Aufeinandertreffen ihrer Lippen und breitete sich durch Jacs ganzen Körper aus. Und jeder einzelne verwandelte sie, löste ihre Gedanken auf und ließ sie ganz in ihren Gefühlen aufgehen. Theos Küsse berührten etwas in Jacs Innerem, das nur darauf wartete, zum Leben erweckt zu werden. Sie sandten kleine Funken durch ihren Körper. Jacs Haut wurde so empfindlich, dass sie bei der kleinsten Berührung seiner Fingerspitzen zusammenfuhr. Er war der erste Junge, der sie je berührt hatte. Vor Theo hatte sie weder die Geheimnisse ihres eigenen Körpers gekannt noch die Gefühle erlebt, die sie verspürte, wenn der Körper eines anderen auf ihren wirkte.

An diesem Maitag atmete sie Theos Parfüm aus Eukalyptus, Honig, Zimt und Eichenmoos zusammen mit dem Duft von Maiglöckchen und Rosmarin. Die Gerüche vermischten sich zu einer schwindelerregenden Mischung, die Jac das Gefühl gab, auf Armen aus Halmen und Blättern zu schweben. Sie konnte nicht einmal sagen, ob die Blumen oder Theo sie küssten. Es war ihr egal. Diese Küsse nährten sie. Sie begannen mit einem Geschmack, süß wie Honig und erfrischend wie Minze. Sie nährten Jac, wie es keine Mahlzeit konnte, und waren köstlich wie nur etwas, das man noch nie geschmeckt hat, köstlich sein kann. Sie waren sanft und leidenschaftlich. Zart wie der Duft der Maiglöckchen und tiefgründig wie das Grün des Rosmarins. Zielstrebig und neugierig zugleich.

Manchmal hatte Theo Wein oder einen Joint an diesen Ort mitgebracht. An diesem Tag jedoch nicht. Stattdessen holte er einen gefalteten Umschlag hervor, öffnete ihn und zeigte ihr, was darinsteckte. Die dunkle und pulverige, ungleichmäßige

Scheibe sah aus wie getrocknetes Leder und roch muffig. Er brach ein kleines Stück davon ab und reichte es ihr. Brach dann ein zweites, ähnlich großes Stück ab, steckte es sich den Mund und kaute. Sie hatte ein wenig Angst, war aber neugierig. Außerdem wollte sie sein Gefährte sein, welche Reise auch immer er antreten mochte.

Als der Pilz in ihren Blutkreislauf vordrang und ihr Bewusstsein zu verändern begann, schärfte sich Jacs Gehör für die Geräusche des Waldes. Sie hörte ein Streifenhörnchen über einen Ast huschen, einen Vogel zwitschern und Wasser tropfen. Ihr Geruchssinn, ohnehin intensiv und präzise, wurde noch weiter gesteigert. Harze, Schimmel, die würzigen und scharfen Aromen des Waldes überfluteten sie. Das Parfüm der Dunkelheit, dachte sie, automatisch in das Spiel verfallend, das sie jahrelang mit ihrem Bruder gespielt hatte.

»Mach die Augen zu«, flüsterte Theo.

Er tat es. Sie nicht. Sie wollte alles sehen. Sie beobachtete, wie Theo seine Arme ausstreckte, ihre Hände ertastete und ergriff. Sobald er sie berührte und ihre Verbindung hergestellt war, geschahen seltsame Dinge. Zuerst spürte sie, wie von den Steinen Wärme aufstieg. Dann begann die Luft um Theo zu wabern, als wäre sie auf eine andere Frequenz eingestellt.

Beiden waren in der Klinik Mantras zugeteilt worden, die ihnen beim Meditieren helfen sollten. Sie durften niemandem verraten, wie sie lauteten, und sie nur in ihren Gedanken aussprechen. Doch Theo sang das seine leise flüsternd, gerade laut genug, dass sie es hörte. Sie lauschte den fremdartigen Klängen. Fühlte den Drang, mitzusummen. Auch sie sang nun sein Mantra. Nur, dass die Worte nicht indisch klangen. Sie glichen keiner Sprache, die sie kannte. Die Worte hatten Geschmäcker.

Honig. Beeren. Malz.

Sie schmeckten bitter und verbrannt. Verkohltes Brot? Zu Asche verbrannte Marshmallows?

Jac glaubte nicht, dass Theo dieses Mantra von den Lehrern der Klinik gelernt hatte. Falls doch, brach er eine weitere Regel, indem er es laut aussprach. Aber spielte das überhaupt noch eine Rolle?

Auf Jac stürzten die ambivalenten Gefühle ein, die mit dem Verbotenen und der Gefahr einhergehen. Sie war verzückt und verängstigt zugleich. Theo hatte ihr erzählt, sie würden C.G. Jungs Schattenwelt erforschen. Auf der Suche nach einer Erklärung für ihre geheimnisvolle Verbindung. Dass sie über die Realität hinaus in jene Dunkelheit eintreten würden, wo Mystiker und Schamanen nach Antworten suchten. Und dass sie dort eine Antwort auf ihre Fragen finden würden.

Sie konnte nicht sagen, wie lange sie auf dem Kiefernnadelteppich saßen und sangen. Es konnten mehrere Minuten gewesen sein, eine halbe Stunde oder sogar eine ganze. Ihr Gesang wurde zu Wind. Zu Vogelgezwitscher. Zum Rascheln der Blätter oder Rauschen eines fernen Wasserfalls.

Jac wurde von Frieden erfüllt. Energie floss aus ihr hinaus und in Theo hinein und umgekehrt. Über Jahrhunderte gewachsenes Verstehen durchströmte sie. Jac sah bewegte Mandalas aus leuchtend buntem Garn. Kunstvoll gewobene Muster wie die heilige buddhistische Kunst, die sie in Büchern ihres Großvaters gesehen hatte und die Malachai in ihren Therapiesitzungen benutzte. Nun waren diese Muster beweglich und dreidimensional.

Plötzlich ging ihr auf, dass sie die Muster nicht nur anschaute – sie war in ihnen. Sie war der rote Faden, Theo der blaue. Sie verwoben sich ineinander und näherten sich nach und nach der Mitte, wo sie – das wusste sie – zu jener Einheit verschmelzen würden, welche die Betrachter mit Hilfe dieser Bilder finden sollten.

Sie saßen auf einer Lichtung im Wald, doch zugleich nahm Theo sie mit auf eine Reise in die kosmische Zeitlosigkeit.

Während diese Gedanken in ihr aufkamen, fühlte sie sich,

als verstünde sie endlich jene Überlegungen, die sie bisher nur verwirrt hatten. Und als lernte sie Ideen kennen, mit denen sie sich nie zuvor beschäftigt hatte. Die Zeit löste sich auf. In dieser neuen Dimension existierte alles, was ihr und Theo je geschehen war, auf ein und derselben Ebene. Ihre Vergangenheiten waren in diesem einen Augenblick präsent. Sie waren miteinander verbunden, hatten sich in die Erinnerungsfäden des anderen verstrickt.

Dann gab er plötzlich ihre Hände frei und unterbrach die Verbindung. In einem heftigen Strudel strömten all die Geräusche, Gerüche und Empfindungen aus ihr heraus. Auch Theo hatte sie verlassen. Er war aufgesprungen und von ihr fortgerannt, als sei jemand hinter ihm her. Sie lief ihm nach, rief seinen Namen. Sie konnte ihn nicht einholen, schaffte es aber immerhin, ihr Tempo zu halten, so dass er in Sichtweite blieb.

Zunächst war sie so darauf konzentriert, ihn einzuholen, dass sie nicht darauf achtete, wohin sie liefen. Doch dann bemerkte sie, dass es über eine in rauen Stein gehauene Treppe den Berg hinauf ging. Höher. Und höher. Immer weiter hinauf. Es war schrecklich, nicht sehen zu können, wohin die Stufen führten. All ihre gemeinsamen Wanderungen hatten bisher über sanfte Hügel mit gemäßigten Steigungen geführt. Diese Gegend war anders. Sie befanden sich auf einem ansteigenden Pfad oberhalb des Waldes. An jeder Biegung sah Jac eine bedrohliche Kante vor sich. Aber sie lief weiter, ließ Theo nicht aus den Augen.

Plötzlich blieb er stehen. Er hatte den Gipfel erreicht. Sank zu Boden. Kniete auf einem Felsvorsprung. Er vergrub sein Gesicht in den Händen, sein Rücken bebte. Das Rauschen eines nahen Wasserfalls überdeckte fast sein ersticktes Schluchzen. Nein, es war kein Schluchzen, es waren drei Wörter, die er ständig wiederholte.

»Ich kann nicht«, rief er und hieb mit der Faust auf die Erde ein. »Ich kann nicht. Ich kann nicht.«

Das Leiden eines ganzen Lebens in nur drei verzweifelten Wörtern.

Langsam erklomm sie die letzten paar Stufen und achtete sorgsam darauf, nicht nach unten zu blicken. Wie tief ging es wohl hinab? Würde er überleben, wenn er abstürzte? Würde sie überleben? Jac wurde von Panik erfasst. Sie konnte keinen Schritt weitergehen. Aber sie konnte ihn auch nicht im Stich lassen. Sie atmete stoßweise. Ihr Puls raste. Mit Mühe zwang sie sich die letzte Stufe hinauf und zu Theo hin. Der Felsvorsprung, auf dem er kniete, hing über einem großen, klaren Teich, der von einem Wasserfall gespeist wurde. Jac wurde schwindlig. Was, wenn sie das Gleichgewicht verlor und kopfüber ins Wasser stürzte? Sie trat zwei Schritte zurück. Drei. Vier. Sie war kurz davor, die Kontrolle über sich zu verlieren. Wollte davonlaufen. Wusste aber, dass sie nicht durfte. Sie musste ihn von der Kante wegbekommen.

Jac holte tief Luft und gebrauchte eine Methode, die Malachai sie gelehrt hatte. Sie atmete ein und zählte dabei bis vier. Dann ließ sie die Luft vier Sekunden lang entweichen. Hielt erneut die Luft an und zählte bis vier.

Wenn sie ihre eigene Angst nicht in den Griff bekam, würde sie nicht in der Lage sein, ihm zu helfen. Und er brauchte Hilfe. Er hatte sich aufgerichtet und stand jetzt noch näher an der äußersten Kante des Felsens.

Jac ging die vier letzten Stufen wieder hinauf und näherte sich Theo. Sollte sie ihn ansprechen oder nicht? Wusste er überhaupt, dass sie da war? Wenn sie ihn erschreckte, könnte er wegzulaufen versuchen, über die Kante stürzen und sie mit sich reißen. Einen Augenblick lang war sie absolut sicher, dass er sie vernichten würde, ganz gleich, was sie tat. Dass Jac allein durch ihre Nähe zu ihm ihr Schicksal besiegelt hatte. Aber das war verrückt.

Geh und halt ihn fest, zieh ihn weg, rette ihn.

Nein, lauf in die andere Richtung, den Berg runter, nur weg von hier. Rette dich selbst. In ihr fochten zwei vollkommen entgegengesetzte Gefühle einen Kampf aus. Jac betrachtete Theos im Wind wehendes Haar, seinen schlanken, geschmeidigen, von Schluchzern geschüttelten Körper.

»Theo?«, flüsterte sie. »Theo, ich bin's, Jac.« Sie schob sich näher heran. »Wir müssen von diesem Felsvorsprung runter.«

Sie hielt ihren Blick fest auf ihn gerichtet, um ja nicht nach unten zu sehen.

»Theo? Wir müssen von diesem Felsen runter. Nimm meine Hand.«

Er reagierte nicht.

Sie schob sich noch weiter vor, streckte den Arm aus und nahm ganz sanft und behutsam seine Hand. Er leistete keinen Widerstand, aber seine Finger waren eiskalt. Für einige Augenblicke verharrten sie reglos. Ihre Hand in seiner.

»Theo, was hast du?«, fragte sie.

Seine Antwort war ein Schritt in Richtung des Abgrunds. Er zog sie mit. Unwillkürlich ließ sie seine Hand los. Sie konnte ihm nicht folgen. Aber was würde aus ihm, wenn sie es nicht tat? Ihr blieb nichts anderes übrig, als ihn wieder zu packen, das Gespräch in Gang zu halten und zu versuchen, ihn zur Umkehr zu überreden. Aber dafür musste sie sich weiter auf den Vorsprung hinaus wagen.

Plötzlich und unerwartet zog sich der Himmel zu. Obwohl Jac wusste, dass sich lediglich die Wolken vor die Sonne geschoben hatten, schien es ihr, als saugte Theo selbst das Licht in sich auf. Sie fürchtete, in dieser plötzlichen Düsternis den Halt zu verlieren und ins Leere zu treten.

Aber mit einem Mal wollte sie den Halt verlieren.

Plötzlich spürte Jac keine Furcht mehr vor der schwindelerregenden Höhe. Stattdessen wollte sie der Verlockung nachgeben und springen.

Was war los mit ihr? Theos Droge verursachte noch schlimmere Halluzinationen als jene, die sie zu Hause immer erlebt hatte. Die waren zwar verwirrend gewesen, aber zumindest linear. Fragmente ausgedachter Geschichten. Aber das hier, das war ein entsetzliches Chaos.

Die Sonne verbarg sich noch immer hinter den Wolken. Jac fror. Die Gischt des Wasserfalls sprühte ihr entgegen. Durchnässte ihre Kleider. Der Fels unter ihren Füßen war glitschig. Nasser Stein, nasse Sohlen. Man konnte leicht abrutschen. Diese Lust, zu fallen. Angst. Verlangen. Das Hin und Her gegensätzlicher Bedürfnisse.

Der Teil von Jac, der sich vor dem Sturz fürchtete, hatte keine Angst vor dem Wasser. Sie war eine gute Schwimmerin, hatte mit ihrer Großmutter und ihrem Bruder endlose Stunden am Strand im Süden Frankreichs verbracht. Sie liebte die Brandung. Den weichen Sand. Selbst heftigen Wellengang. Das vergegenwärtigte sie sich jetzt: Selbst wenn sie fiel, würde sie im Wasser landen. Sie würde schwimmen. Es war nicht einmal besonders hoch.

Sie hatte keine Wahl.

Sie streckte den Arm aus und fasste wieder Theos Hand. Jetzt, da sie wieder verbunden waren, fühlte sie sich sicherer. Dann wieder verängstigter. Sicherheit. Angst. Nur seine Hand bewahrte sie noch vor dem Sturz. Und nur seine Hand drängte sie vorwärts. Wo sich ihre kühle Haut berührte, wurde es plötzlich heiß; wie Metall, das miteinander verschmolz. Sie waren eins.

Vielleicht würde Theo springen und ihr Schicksal für sie entscheiden. Jac war handlungsunfähig. Sehnte sich danach, zurückzuweichen, und zugleich, den Schritt ins Leere zu tun. Sich über die Kante zu stürzen. Theo sagte etwas zu ihr, aber sie konnte nicht verstehen, was. Der Wasserfall war zu laut. Zu schön. Sie riss sich los. Endlich frei. Seine Finger umklammerten nicht länger die ihren. Das Wasser kam ihr rasend schnell entgegen, dann wurde es kalt. So kalt.

Zwanzig

Als Jac Stunden später im Krankenzimmer von Blixer Rath erwachte, erinnerte sie sich nicht daran, was geschehen war. Die Bilder in ihrem Kopf wirbelten wild durcheinander. Sie war gefallen, das wusste sie noch. War sie tatsächlich gesprungen? Wieso hätte sie das tun sollen? Dennoch war es das Letzte, woran sie sich erinnerte – abgesehen von der schrecklichen Kälte des Sees.

Daran, wie sie aus dem Wasser und wieder in die Klinik zurück gelangt war, hatte sie keine Erinnerung. Auch nicht an das, was mit Theo geschehen war.

Die Schwester maß ihre Temperatur und wirkte erleichtert. Als Jac nach dem Grund dafür fragte, antwortete sie, der Arzt hätte eine Unterkühlung befürchtet.

Jac schlief wieder ein, und als sie das nächste Mal erwachte, saß Malachai Samuels neben ihrem Bett. Eine Viertelstunde lang befragte er sie zu den Geschehnissen. Aber sie konnte sich weiterhin an kaum etwas erinnern. Sie konnte ihm nur sagen, dass sie müde war und Kopfschmerzen hatte.

Hatte sie sich den Kopf gestoßen?

Auch das wusste sie nicht. Bei ihrem nächsten Erwachen war es Tag, und die Kopfschmerzen hatten nachgelassen. Als die Schwester hereinkam, um nach ihr zu sehen, fragte Jac nach Theo. Die Krankenschwester sagte, es ginge ihm gut. Doch sagte sie es in einem derart seltsamen Tonfall, dass Jac misstrauisch wurde. Als Malachai nachmittags zu einem weiteren Besuch vorbeischaute, fragte sie auch ihn nach ihrem Freund.

Theo sei nach Hause gefahren, erklärte Malachai.

»Wann wird er zurück sein? Ich muss mit ihm reden. Er wird mir helfen können, zu verstehen, was passiert ist.«

»Er ist endgültig nach Hause gegangen«, sagte Malachai. »Er kommt nicht zurück.«

Sie hatte Malachai gefragt, ob sie Theo einen Brief schreiben dürfe, um sich zu bedanken. Inzwischen war ihre Erinnerung zurückgekehrt, und sie wusste, dass Theo ihr nachgesprungen war, sie aus dem Wasser gefischt und anschließend unter größter Anstrengung zur Klinik geschleppt hatte. Aber Malachai hatte abgelehnt. Es sei das Beste, wenn sie ihm nicht so bald schreibe. Er mache eine schlimme Zeit durch. Was dies bedeute, hatte sie gefragt.

»Das ist vertraulich, Jac. Ich kann mit dir nicht über andere Patienten reden.«

»Er ist nicht irgendein anderer Patient. Er ist mein Freund.« Sie fühlte, wie ihr die Tränen in die Augen stiegen, hielt sie aber zurück. Jac weinte nie.

Seit Jac auf Jersey angekommen war, hatte sie mit Theo nicht ein einziges Mal über seinen letzten Tag in der Blixer-Rath-Klinik vor siebzehn Jahren geredet. Doch jetzt musste sie es tun. Während sie weiter den Strand entlanggingen, sagte sie: »Ich fühlte mich verloren ohne dich, nachdem du Blixer Rath verlassen hattest.«

»Es tut mir leid. Sie haben mich weggeschickt. Ich war sehr besorgt um dich. Ich habe dir geschrieben.«

Sie nickte. »Sie haben mir deine Briefe nie gegeben.«

Er nahm sie bei der Hand. Tat er es nur, weil der Weg steinig und uneben war? Oder handelte es sich um eine Geste der

Freundschaft? Oder doch mehr? Überraschenderweise spürte sie die Verbindung zu Theo wie eine dehnbare Faser, die all die Jahre immer weiter gespannt worden war. Einen Moment lang dachte sie an Griffin. Auch diese Verbindung hatte über so viele Jahre angehalten. Sie würde nie richtig glücklich werden, solange Griffins Schatten auf ihr lastete. Tief in ihrem Inneren spürte sie eine plötzliche Leere, und sie musste daran denken, was nach dem Gewitter geschehen war. Das Baby war in Liebe empfangen worden. Es verdiente, auch in Liebe betrauert zu werden. Aber sie war nicht bereit, sich diesem Schmerz hinzugeben. Noch nicht.

Sie waren kurz vor dem Gipfel, als sich unter Jacs Füßen ein Stein löste. Um ein Haar hätte sie das Gleichgewicht verloren, aber Theos Griff gab ihr Halt.

»Wir sind fast da«, sagte er.

Das Meer lag zu ihrer Rechten. Sie befanden sich nur anderthalb Meter über dem Sand. Nicht gerade eine furchteinflößende Höhe. Sie sah nach vorn. Der höchste Punkt lag kaum dreißig Zentimeter höher.

Er bemerkte, dass sie die Höhe abschätzte. »Es ist nicht sehr hoch. Und darunter liegt jede Menge Sand. Dieses Mal wird es nicht gefährlich. Versprochen.«

Also erinnerte er sich.

»Theo, als wir in Blixer Rath waren …« Plötzlich zweifelte sie, ob sie wirklich herausfinden wollte, was geschehen war.

»Ja?«

»Ich weiß, dass ich auf dem Felsen ausgerutscht und in den See gefallen bin. Aber weshalb bist du so überstürzt abgereist?«

»Vorurteile.«

»Was meinst du damit?«

»Selbst dort, in dieser Hochburg alternativen Denkens, fürchteten sie sich vor dem, was sie nicht verstanden. Und was sie nicht verstanden, das waren wir.«

»Was konnten sie an uns nicht verstehen?«

Sie waren jetzt ganz oben angelangt. Er setzte sich und ließ die Füße über die Kante baumeln. Er hatte recht, es ging nicht tief hinunter. Sie setzte sich neben ihn. Aus dieser Perspektive öffnete sich ein völlig anderer Blick auf die geschwungene Küstenlinie mit ihren Buchten und Häfen. So vieles daran wirkte unverdorben und unerschlossen und sehr unzeitgemäß.

»Zwischen meinem Bruder und mir hat es schon immer eine große Rivalität gegeben«, erzählte Theo. »Ich bin zwar ein Jahr älter, aber er war immer größer und stärker als ich. Er hat mich oft geschlagen. Ernsthaft verletzt hat er mich dabei nie, aber ich geriet jedes Mal in eine Art Trancezustand. Manchmal war ich über mehrere Stunden hinweg nicht ansprechbar. Sie nannten das Dissoziation.«

»Sie?«

»Die Leute, die mir dabei nicht helfen konnten.«

»So kam also das Haus der letzten Hoffnung ins Spiel.« Sie lächelte, als sie den alten Namen aussprach. Theo lächelte ebenfalls. »Ist also nach meinem Unfall so etwas Ähnliches auch in Blixer Rath geschehen? Bist du ohnmächtig geworden?«

Er sah sie an. »Erinnerst du dich wirklich nicht daran?«

»An kaum etwas. Wir haben einen dieser Steinkreise gebaut, wie auf deinen Zeichnungen, das weiß ich noch. Und wir haben uns hineingesetzt und meditiert. Und dann hast du mir eine Droge gegeben. War es ein Pilz?«

Er nickte. »Ja. Nicht gerade schlau von mir.«

Sie erzählte ihm, welche Erinnerungen sie an den Aufstieg und den anschließenden Sturz hatte. »Ich bin im Krankenhaus aufgewacht und habe erfahren, dass du weg warst. Warum bist du abgereist?«

»Sie haben mich rausgeworfen, Jac. Angeblich hatte ich zu viele Regeln gebrochen. Dass ich dir den Pilz gegeben habe, hat das Fass zum Überlaufen gebracht, haben sie gesagt. Ich glaube allerdings, dass sie mich in Wirklichkeit rausgeworfen haben, weil sie dachten, ich hätte dich runtergestoßen.«

»Hast du aber nicht. Aus irgendeinem verrückten Grund bin ich gesprungen.« Sie schloss die Augen und bemühte sich, mehr Details dieses längst vergangenen Tages an die Oberfläche zu bringen. »Ich weiß nicht, wieso, aber ich bin gesprungen. Warum haben sie mich nicht gefragt?«

Er zuckte die Schultern.

»Warum hätten sie behaupten sollen, dass du mich geschubst hast? Ich verstehe das nicht.«

»Als Heranwachsender war ich ein Außenseiter, schwierig, launenhaft. Ich gehörte nicht dazu. Mein Bruder war das genaue Gegenteil. Ein echter Sonnenschein mit Millionen von Freunden. Gut in der Schule, gut im Sport. Angepasst. Er konnte überhaupt nichts falsch machen. Es gab keinen Grund für ihn, mich zu beneiden, aber er tat es. Er machte sich ständig über mich lustig und fing Streit an. Du weißt ja, wie Kinder sind, ich wollte mich auch nicht bei meinen Eltern ausheulen. Ich wollte einfach nur, dass er mich mochte. Aber egal, was ich tat, es hat alles nichts genützt. Solange wir noch klein waren, konnte ich ihn meistens abwehren, wenn er mich verprügeln wollte. Aber dann kam ein Kampf, der richtig böse ausging. Ich wollte ihn mir eigentlich nur vom Leib halten, damit er mich nicht verletzen konnte. Ich schob ihn weg. Er verlor das Gleichgewicht, stürzte und krachte mit dem Kopf seitlich gegen ein Tischbein. Dabei hat er auf einem Auge den Großteil des Sehvermögens eingebüßt. Ich verfiel danach in einen psychotischen Zustand, zumindest haben sie mir das erzählt. Vier Monate lang habe ich kein Wort mehr gesagt. Habe zu essen aufgehört. Angeblich versuchte ich, mich zu Tode zu hungern. Ich wurde zu zig Ärzten geschleift, schluckte sämtliche Pillen, die sie mir verabreichten. Versuchte eines Nachts sogar, alle auf einmal zu schlucken, um richtigen Schaden anzurichten. Dann haben sie mich nach Blixer Rath geschickt.«

»Und was ist passiert, nachdem du wieder zu Hause warst?«

»Mein Vater war außer sich und hat mich ins Internat gesteckt.«

Jac fühlte sich elend. Irgendwie war das alles ihre Schuld. »Wie war es dort?«

»Schrecklich.« Er stand auf. »Und langweilig.« Er streckte die Hand aus, um ihr aufzuhelfen. Sie nahm sie. Auch als sie standen, ließ er ihre Hand nicht los.

»Jetzt hier lang«, sagte er und führte sie den steinigen Abhang hinunter.

Die Sonne hatte die Wolkendecke durchbrochen, und flüssig gelbes Licht ergoss sich über das Meer – genau die Sorte Licht, die die Impressionisten in ihren Malereien festzuhalten versuchten. »Monet war ein Meister darin, diese Atmosphäre einzufangen«, sagte Jac und dachte daran, wie ihre Mutter sie ins Musée Marmottan oder in das Musée de l'Orangerie mitgenommen hatte, um die Werke dieses Künstlers zu betrachten. Sie erinnerte sich an ihren letzten Besuch dort im Sommer zusammen mit ihrem Bruder. Vielleicht würde sie nach dieser Reise für eine Woche nach Paris zurückkehren, um Zeit mit Robbie zu verbringen. Er konnte ihr sicher helfen, einige Dinge zurechtzurücken, die Vergangenheit von der Gegenwart zu trennen, damit sie wieder in die Zukunft sehen konnte.

Theo ließ ihre Hand los und sprang von dem Felsen. Es war nur ein Meter bis zu dem weichen Sandstrand hinunter. Er streckte die Arme nach ihr aus.

»Spring, Jac. Ich fange dich auf.«

Sie sah nach unten. Kein besonders hoher Sprung. Nichts, wovor man Angst haben müsste. Und dennoch fürchtete sie sich. Es war vollkommen irrational. Sie holte Luft. Sah ihm fest in die Augen. Und sprang.

Eine Sekunde schwerelosen Fallens. Äußerste Panik. Als hätte sie ihren Körper verlassen. Als wäre sie verloren. Würde nie wieder zurückfinden. Würde … und da packte er sie schon an der Hüfte.

Von hier aus war es nur ein kurzer Fußmarsch bis zu einer riesigen Gesteinsformation. Auf Säulen ruhende Felsplatten bildeten einen überdachten Durchgang.

»Hier entlang«, sagte Theo.

Sie gingen ein paar Meter in den Gang hinein. Fast augenblicklich roch Jac Feuer. Ein großes, beißend bitteres Birken- oder Fichtenfeuer. Jacs Nasenhöhlen füllten sich mit diesem uralten, erdigen Duft. Nicht unangenehm, aber fremdartig.

»Was ist das für ein Ort?«, fragte Jac und blieb stehen.

»Der Legende nach haben sich hier schon im siebzehnten Jahrhundert Hexen und Teufelsanbeter versammelt. Archäologen sind der Meinung, dass er schon sehr viel früher eine heidnische Kultstätte war. Hast du Angst, hineinzugehen?«

»Nein«, antwortete sie und folgte ihm.

Sie betraten den innersten Kreis. Der Boden unter ihren Füßen knirschte. Ein ganz leises Geräusch, aber sie erkannte es sofort. Der Boden um die Feuerstelle war mit Fischgräten und Knochen übersät. Ihr lief ein Schauder über den Rücken.

Nein, drifte nicht weg. Sei präsent.

Jac glitt in eine Unterwelt voller unbekannter Stimmen und Gerüche und Gefühle, die zu jemand anderem gehörten … aber zu wem?

»Jac? Alles in Ordnung?«

Theos Stimme zog sie wie eine Rettungsleine in die Gegenwart zurück.

»Ja, mir geht es gut. Was weiß man über dieses Bauwerk?«

»Archäologen glauben, dass diese Steine seit über sechstausend Jahren hier stehen.«

»Sieht nach einer keltischen Ritualstätte aus«, entgegnete Jac.

Sie gingen unter einem steinernen Torbogen hindurch. Auf der anderen Seite befand sich eine weitere Steingruppierung, diesmal aus breiten Platten, die gleichmäßig im Abstand von einem Meter aufgestellt waren. Reihe an Reihe. Theo lief mit größter Selbstverständlichkeit hindurch. Offensichtlich kannte er die Stelle ganz genau.

»Wirkt vertraut, oder?«, rief er ihr zu.

Sie nickte. »Genau wie die Steine am Strand. Das hier ist auch einer der Orte, die ich in Blixer Rath gezeichnet habe.«

»Du hast all diese Orte gezeichnet. Es hat irgendwas mit uns beiden zu tun. Etwas, das Malachai Angst machte. Da war eine Art übersinnliche Verbindung zwischen uns. Das ist eine der Sachen, über die ich dir geschrieben habe. Sogar der Unfall am Ende – du hast genau das getan, was ich tun wollte. Ich war es, der von dieser Klippe springen wollte. Aber du hast es ausgeführt.«

»Das verstehe ich nicht. Wie soll so etwas möglich sein?«

»Ich verstehe es selbst nicht. Weder das, was zwischen uns war, noch, was es bedeutet. Und ich weiß nicht, ob es immer noch vorhanden ist. Aber vielleicht können wir es jetzt, wo du hier bist, herausfinden.«

Sie nickte. »Vielleicht können wir das.«

Sie hatten das Ende der Dolmen und die Überreste eines Lagerfeuers erreicht. Jac beugte sich darüber. Sie schnupperte. »Riechst du das auch?«

Theo schüttelte den Kopf.

»Ein mineralischer Geruch, gemischt mit Kiefernholz, fast schon süßlich.«

Er schnüffelte erneut. »Ich kann überhaupt nichts riechen. Aber du schon, ja?«

Sie nickte.

»Erkennst du, was es ist?«, fragte er.

Sie sog erneut die Luft ein. »Nein. So etwas habe ich noch nie gerochen.«

Theo zog eine Packung Streichhölzer aus der Tasche, wühlte in dem Haufen und fand etwas Kleinholz. Er brauchte zwei

Versuche, bis es ihm gelang, ein Feuer zu entfachen. Jac sog den Rauch ein. Sie fühlte, wie die Umgebung um sie zu flimmern begann. Dieses altbekannte Gefühl, Schauder, die ihr immer über die Arme liefen, bevor eine Halluzination begann.

Sie versuchte, ihre Atemübungen durchzuführen, aber die Luft war dafür zu sehr mit fremdartigen Gerüchen angefüllt. Jac kämpfte gegen den Anfall an. Der Feuerschein tauchte die Steinsäulen in flackerndes Licht und ließ die Gravuren auf ihren Oberflächen deutlich hervortreten. Erst waren sie ihr gar nicht aufgefallen, jetzt jedoch nahm sie sie überdeutlich wahr.

Vögel stiegen mit ausgebreiteten Schwingen empor und umkreisten die Säulen. Soweit sie wusste, hatte sie noch nie eine Abbildung dieses Ortes gesehen, und dennoch war er ihr vertraut.

Theo wird mich jetzt in die nächste Kammer bringen, dachte Jac.

Und dann werde ich den Altar sehen.

Und das tat er. Und Jac sah den Altar.

Einundzwanzig

56 v. Chr.
Kanalinsel Jersey

»Ich habe gehört, dass die Römer in weniger als zwanzig Tagen hier sein werden«, sagte Owain. »Kannst du mir ein paar Metschläuche holen? Und Obst?«

»Begibst du dich in Klausur?«, fragte Gwenore.

Er nickte. »Ich muss die Götter konsultieren und um Visionen für neue Einsichten bitten.«

»Wieso? Sind wir auf die Römer nicht vorbereitet?«

»Das ist keine kleine Bande von Abtrünnigen. Es ist eine große Gruppe von Soldaten, die alles plündern, was auf ihrem Weg liegt.«

»Aber du und die Krieger, ihr seid doch darauf vorbereitet …«

»Nicht, wenn wir in der Unterzahl sind«, unterbrach Owain sie kopfschüttelnd. »Wir brauchen Rat.«

Gwenore nickte. Sie war klug genug, ihrem Ehemann nicht zu widersprechen. Wenn er gehen musste, würde sie ihm seinen Proviant zubereiten und eine Zeitlang ohne ihn zurechtkommen. Owain spürte, wie nervös sie war. Obwohl sie eine starke Frau war und sich sonst vor nichts fürchtete, war sie von einer unerklärlichen Angst vor diesen Klausuren beseelt. Er bedeutete ihr, sich keine Sorgen zu machen.

Vor der Hütte arbeitete ihr elfjähriger Sohn an seinem Totem. Jeder Novize musste diese rituelle Aufgabe bewältigen, bevor er geweiht wurde. Brice hatte es fast geschafft, die Gestalt des Tieres aus dem Haselnussstumpf herauszuarbeiten.

Owain war stolz darauf, wie flink Brice seine Anweisungen verstanden hatte.

»Auf der ewigen, seit Anbeginn währenden Suche nach den Geheimnissen der Schöpfung benötigt ein Priester mehr als nur Weisheit; er muss eine Verbindung zum Reich des Übernatürlichen finden, wo die Antworten sich verbergen«, hatte Owain erklärt. »Ein Totem wird dir bei deinem Streben nach magischem Wissen behilflich sein. Es wird eine Brücke zwischen der körperlichen und der metaphysischen Welt schlagen.«

»Das Totem ist das Tier, mit dem ich verschmelzen werde?«, hatte Brice gefragt.

»Ja, mein Sohn. Jedes Tier hat unterschiedliche Eigenschaften. Eine Eule gibt Einsicht. Ein Wolf steigert das Bewusstsein für Gefahren.«

Herauszufinden, von welchem Tier man am meisten Hilfe benötigte, und anschließend sein eigenes Meditationswerkzeug zu schaffen, um während des schwierigen bevorstehenden Lebens Stärke und Wissen daraus zu schöpfen, war ein an sich bereits Kräfte aufbauender Prozess. Brice arbeitete inzwischen seit mehr als vier Monaten daran, und in dieser Zeit hatte Owain seinen Sohn zum Mann reifen sehen.

Owain war stolz, derjenige Priester zu sein, der seinen Sohn in den Druidenstand erhob. Ihm war das Privileg vergönnt, Brice für die geheime Zeremonie tief in die Höhle zu führen, wohin kein Lichtstrahl vordringen konnte, nah am Zentrum der Erde und an den Seelen der Tiere. Unterstützt von dem Weihrauch aus magischen Steinen und von einem heiligen, aus zerstoßenen Kräutern gebrauten Trank, würde er Brice beibringen, mit seinem ausgewählten Totemtier zu tanzen, bis er jenen ekstatischen Ort des Wachstums und Verstehens fand. Den Ort des übersinnlichen Wissens.

Sie hatten die heilige Ritenstätte schon einmal besucht. Im Winter war Brice mit verbundenen Augen ins innere Heiligtum geführt worden, wo er den Weihrauch inhalierte, den Alkohol trank und eine Klartraumreise durchlebte. Eine Reise, die ihm helfen sollte, sein wahres Totemtier zu finden.

Brice hatte eine Katze gesehen. Er hatte seinen geistigen Führer gefunden. Jenes Wesen, mit welchem er fortan während der magischen Stunden zu kommunizieren in der Lage sein würde: in der Morgendämmerung, im abendlichen Zwielicht und zur Mitternacht in der heiligen Höhle oder in den alten Wäldern.

Der nächste Schritt des Novizen bestand darin, dem Geist eine physische Form zu verleihen. Deshalb verbrachte Brice seither Tag für Tag Stunden mit dem Schnitzen seiner Katze.

Es war ein passendes Tier für einen Priester. Katzen hüten die Geheimnisse des Jenseits und verbinden uns mit mystischen Welten. Als Träger esoterischen Wissens vermögen Katzen Pforten zu öffnen, durch welche ein Priester die Zukunft sehen und Einsicht erlangen kann.

Wie sein Vater war Brice dunkelhäutig und hochgewachsen. Ein kluger Junge mit einer sanften Seele, der mit seltenem Einfühlungsvermögen für andere sorgte. Das hatte er von seinem Vater geerbt. Von seiner Mutter hatte er den Sinn für Humor und Schabernack, der Owain manchmal regelrecht zur Weißglut trieb, ihn jedoch insgeheim stets zum Lachen brachte. Und wie Gwenore auch hinterfragte der Junge alles.

Als einer der Stammesältesten vollzog Owain Zeremonien und Rituale, die seinem Volk halfen, zu überleben und zu gedeihen. Gwenores Fragen waren nicht immer willkommen. Manchmal grenzten sie an Anarchie. Regeln waren dazu da, blind befolgt zu werden. Daran glaubte sie nicht. Und Owain sorgte sich, dass ihre Neugierde für ihren Sohn nicht immer ein gutes Beispiel bot. Oder für die anderen Frauen, die zu ihr aufsahen. Trotzdem konnte er sie nicht ändern. Sie war zu eigensinnig. Und er war sich nicht sicher, ob er es überhaupt gewollt hätte. Sie war sein Ein und Alles. Schon seit dem ersten Moment, da er sie an der Seite von Roan, seinem Bruder, gesehen hatte, begehrte Owain sie. Und in den ersten drei Jahren von Gwenores Ehe mit Roan hatte Owain jeden Tag damit verbracht, sich gegen sein Begehren für sie zu wehren und die Götter für die Ungerechtigkeit zu verfluchen, dass sie seinen Bruder gewählt hatte.

Brice schnitzte weiter, und Owain verlor sich in den gleichmäßigen, bedächtigen Schlägen des Hammers gegen den Meißel. Der Gedanke an Roan versetzte ihm einen vertrauten Stich von Verlangen, vermischt mit Schuld. Sosehr Owain seinen Bruder auch vermisste – und das tat er jeden einzelnen Tag –, wusste er doch, dass er Gwenore nicht bekommen hätte, wenn das Schicksal nicht eingegriffen hätte und Roan nicht im Kampf gefallen wäre. Und sie hätte ihm keinen Sohn geschenkt.

»Diese letzten Monate, bevor Brice zwölf wird, sind kostbar«, sagte Owain zu Gwenore. »Es sind die letzten Monate seiner Unschuld.«

»Wir müssen ihn erwachsen werden lassen, egal, wie schwer es uns fällt, ihn gehen zu lassen.« Gwenore erinnerte ihn nicht zum ersten Mal daran.

»Er hat so hart gearbeitet, um sich für seine Initiation vorzubereiten.«

»Und er wird sich wacker schlagen.«

Owain nickte, doch nur er wusste, wie schwierig die Initiationsrituale waren. Nicht jeder Junge schaffte es, und wer versagte, wurde gemieden und manchmal sogar geächtet. Er nestelte an seinem Ring. Die Kupferlegierung hatte einen pflaumenroten Schimmer und war zu einem filigranen Flechtwerk verwoben. Wenn Owain ihn betrachtete, sah er nichts als Knoten, aber Gwenore meinte, sie sähe ein seltsames, geisterhaftes Gesicht, das ihr aus hohlen Augen entgegenglotzte. Es war Owains

Initiationsring. In wenigen Wochen würde er Brice bei dessen Eintritt in die Priesterklasse einen ganz ähnlichen Ring überreichen.

»Ich weiß, dass er das schaffen wird.« Aber seine Stimme strafte die Worte Lügen.

»Wenn dein Bruder noch leben würde und Brice sein Sohn und nicht deiner wäre, würde er zum Krieger ausgebildet werden. Ein weitaus gefährlicherer Lebensweg«, erinnerte sie ihn. »Das solltest du dir besser vor Augen führen.«

»Er ist einfach so schnell groß geworden.« Owain beobachtete Brice immer noch. Er konnte den Blick nicht von ihm abwenden.

»Er ist nicht Roan, Owain.«

Jedes Stammesmitglied glaubte an ein Leben nach dem Tod und an die Fähigkeit der Seele, in einem neuen Körper wiedergeboren zu werden. Die Unsterblichkeit der Seele war unumstritten. Fielen nicht die Blätter von den Bäumen, um Teil des Bodens zu werden, der den Baum ernährte, der dann wieder neue Blätter trieb? Owain hatte gehofft, Roans Seele würde in Brice wiedergeboren werden. Er hatte dafür gebetet und nach der Geburt des Kindes nach Anzeichen Ausschau gehalten. Jahrelang hatte er nach einem Beweis, einem Fingerzeig, nach einem einzigen Schimmer des Wiedererkennens gesucht. Und jedes Mal, wenn ihn Gwenore dabei ertappte, sagte sie ihm, es sei aussichtslos. Er würde Roan niemals in seinem Sohn wiederentdecken. Denn Roan stecke in ihm selbst – in Owain.

Als Hexe wusste Gwenore von Dingen, die für andere auf ewig Mysterien blieben. Sie wusste auch, dass Roan nach seinem Tod mit seinem Bruder Owain verschmolzen war. Und sie trug das Zeichen der Hexen. Jenes kleine, sternförmige Muttermal gleich über ihrem Herzen auf der linken Brust. Er liebte diesen Stern und den Umstand, dass auch Brice an fast derselben Stelle seines kleinen Körpers das gleiche Mal aufwies.

Ein paar Monate nach der Geburt von Brice hatte Gwenore eines Tages Owain dabei überrascht, wie er vor den Augen des kleinen Kindes ein Metallstück in der Form eines Sterns hin und her schwang, das er für seinen Sohn angefertigt hatte. Brice konzentrierte sich auf den Stern. Er wollte danach greifen und lachte, als Owain ihn wegzog.

»Hast du überhaupt geschlafen?«, fragte sie.

Er antwortete nicht. Es war auch nicht nötig. Sie wusste, was ihn umtrieb und warum er stundenlang dasaß und seinen Sohn anstarrte.

»Ich muss dir etwas sagen«, fuhr sie fort. Sie sprach zögerlich, als wäre sie unsicher, wie er die Nachricht aufnehmen würde. »Bei der Begräbniszeremonie deines Bruders ist etwas geschehen.«

»Was meinst du?«

»Es war ein wolkenreicher Tag. Erinnerst du dich?«

Owain nickte.

»Aber während des heiligen Aktes brachen die Wolken auf. Erinnerst du dich auch daran?«

»Nein.«

»Nun, so war es jedenfalls. Plötzlich herrschte Helligkeit, wo zuvor Düsternis war. Es war ein warmes, gelbliches Licht, und es fiel genau auf dich, während du die Zeremonie durchführtest. Du warst von einem hellen Schimmer umgeben, einer goldenen Robe gleich. Erst blendete es so, dass ich dich kaum ansehen konnte. Dann schienst du dieses Licht zu absorbieren. Es aufzusaugen. Bis es am Ende der Zeremonie verschwunden war. Das war Roan. Er war da. Ich konnte sogar seinen Duft in der Luft wahrnehmen. Er war dort, Owain, in diesem Licht, und das Licht ist in dich eingedrungen.«

Owain hatte ihr zugehört, ohne ein Wort davon zu glauben. Hätte Gwenore von einem anderen gesprochen, hätte er es glauben können. Aber Roan – in ihm? Er konnte nicht anders, als sich zu fragen, ob sie all dies nur erzählte, weil sie es sich so wünschte. Ob es lediglich ihre Art war, Roan am Leben zu halten und nicht akzeptieren zu müssen, dass sie ihn verloren hatte. Sie hatten beide an ihren Verlusten zu leiden. Rational konnte er begreifen, dass sie um seinen Bruder mindestens so sehr trauerte wie er. Man hört nicht auf, jemanden zu lieben, nur weil er zu atmen aufgehört hat. Doch egal, wie sehr er sich darum bemühte, die Gefühle seiner Frau zu verstehen – es machte ihn noch immer eifersüchtig, wie viel Roan ihr bedeutet hatte.

»Du hast Brice jetzt sehr lange beobachtet«, riss ihn Gwenore aus seinen Gedanken, als sie in das Zimmer kam und sich neben ihn stellte. Sie reichte ihm eine Tasse Met. Er nahm sie entgegen und trank. »Er wird noch eine ganze Weile brauchen.« Damit nahm sie die Hand ihres Mannes.

Owain drehte sich zu Gwenore um und versuchte, nicht daran zu denken, dass sie Roan zuerst geliebt hatte, sich nicht zu fragen, ob sie immer noch seinen Bruder begehrte. Inzwischen lebte sie seit vierzehn Jahren an seiner Seite. Und jetzt stand sie hier und bot ihm einen Ausweg aus seinen Sorgen an.

Er berührte ihre Brüste durch den Stoff ihres Kleides, spürte ihre weiche Haut durch das raue Material und sog ihren Geruch ein. Sie duftete nach den Ölen, mit denen sie ihre Haut geschmeidig hielt. Es war ihr geheimer Duft. Der Geruch, von dem nur er trunken werden konnte. Die einzigartige Kombination aus Fruchtbarkeitshölzern, blühenden Blumen und reifer Erde erregte ihn.

Owain zurrte ihr Kleid auf und streichelte ihre Schenkel. Spürte sie unter seiner Berührung erschaudern. Die Hände eines Priesters waren im Unterschied zu denen anderer Männer nicht mit Schwielen übersät. Wie es auch die Hände seines Bruders gewesen wären. Roans Fingerspitzen hätten sie wundgerieben. Er hoffte, dass sie wenigstens dies an ihm schätzte.

Manchmal hatte er tatsächlich den Eindruck, als lebte Roan in ihm weiter. Dann fühlte sich Owain, als schliefe er für zwei mit seiner Frau. Dass er, wenn er wie jetzt voller Begehren, voller Verlangen in Gwenore eindrang, wenn er sie nehmen wollte, bis sie zitterte und stöhnte, mehr als eines Mannes Gelüste erfüllte.

War sie es, die ihm diesen Gedanken eingegeben hatte? Oder stimmte es vielleicht? Priestern wurde beigebracht – und sie lehrten es so weiter –, dass die körperliche Vereinigung heilig war und die Fortpflanzung Teil des ewigen Rituals von Leben und Tod. Dennoch erfuhr Owain den Akt insgeheim nie als heilig. Es war mitreißend. Überwältigend. Eine Droge, stärker als die Kräuter, die er trank, oder der Rauch, den er inhalierte, wenn es Zeit war, mit den Göttern zu sprechen.

An wen denkst du gerade?, wollte er Gwenore anschreien, als er in die feuchte Spalte zwischen ihren Beinen drang.

Wer bin ich jetzt für dich? Ich? Mein Bruder? Wen von uns begehrst du so sehr?

Diese Fragen waren seine ständige Folter, das Mantra, das in seinen Gedanken widerhallte, wann immer er mit Gwenore schlief. Diese Worte wiederholten sich im Rhythmus seiner Hüftbewegungen; sie verfolgten ihn, wenn er mit seinen Fingern durch ihr Haar fuhr, wenn sie ihm den Rücken streichelte, wenn ihre Lippen sich trafen, wenn er ihren Atem im Nacken spürte – immer dann, wenn ihre Herzen im Gleichklang schlugen.

Wer bin ich jetzt für dich? Wer bin ich jetzt für dich? Der lebendige Bruder? Der tote?

Owain zog Gwenore noch näher zu sich. Während sie sich ihm hingab, sich aufbäumte, begann sie leise zu stöhnen. Ihre Finger bohrten sich in sein Fleisch. Wogen der Empfindung durchdrangen ihn. Das Blut brannte in seinen Venen. Es war, als atmete er Feuer.

»Gwenore …«, hauchte er. »Ich will dich.«

»Du hast mich.«

»Noch mehr. So, dass es keinen Raum mehr zwischen uns gibt. Keine Distanz. Nicht einmal Luft. Nur uns.«

Der Duft tausender Blumen entströmte ihrem Haar, und ihr Mund schmeckte nach Bienenhonig. Er inhalierte sie. Schmeckte sie. Trank sie.

»Du machst mich verrückt«, stöhnte er heiser.

»Ja.« Ein Lachen entstieg ihrer Kehle.

Und ja, ja, sie machte ihn wahnsinnig. Sie hatte ihn verhext. Seine Hexe. Sie hatten gemeinsam diese Reise angetreten, und jetzt rauschte ihr Blut, und eine wohltuende Wärme umschloss sie. Er stieß heftiger zu. Sie biss ihn in den Nacken. Zwischen ihren Beinen war ein ganzer nächtlicher Himmel. Sterne explodierten um ihn herum.

»Owain, Owain …«, sang sie.

Er strebte jetzt seinem eigenen Höhepunkt entgegen, nicht ihrem. Sie war ihm nicht mehr nah. Immer in den letzten Augenblicken entglitt sie ihm.

Und dann kam er. Und gleich darauf sie. Anschließend der erste Moment der Stille.

Sie lagen schweigend da. Reglos. Kamen zur Ruhe. Nun war der Geruch ihrer Haut mit dem des Geschlechtsaktes vermischt. Draußen ertönten nach wie vor die gleichmäßigen Schläge von Brice, während dieser das Holz schnitzte und Späne flogen.

»Ich muss jetzt zu den Höhlen aufbrechen«, sagte Owain.

»Für wie lange dieses Mal?«

»Du weißt, dass ich diese Frage nicht beantworten kann. Solange ich eben brauche, um zu erfahren, was ich tun soll.«

»Es ist gefährlich, heute Abend dorthin zu gehen. Die Flut steigt«, warnte sie ihn.

»Ich weiß.« Er strich ihr das Haar aus der Stirn. Ihre Haut war klamm. Wie lange würde es dauern, bis er wieder mit ihr schlafen konnte?

»Ich bin schon zu den Höhlen gegangen, noch bevor wir uns kannten. Weshalb machst du dir Sorgen?«, fragte er.

Sie zuckte die Schultern.

»Warum?«

»Die Kräuter waren bitter heute.«

Er wusste, wie sie die Zeichen deutete: Wenn bestimmte Kräuter nach dem Aufbrühen bitter schmeckten, sah sie Unheil voraus. Gwenore begann zu zittern. Eine kräftige Brise wehte vom Meer heran.

»Winde des Wandels«, murmelte sie.

Es war fünfzehn Jahre her, seit sich ihr Stamm zuletzt einer solchen Bedrohung gegenübergesehen hatte. Fünfzehn Jahre seit dem Kampf, in welchem sein Bruder starb.

»Wenigstens wird Brice nicht kämpfen müssen«, beruhigte er seine Frau. »Wenigstens musst du das nicht befürchten.«

Owain lauschte noch kurz den Geräuschen seines Sohnes, der das Totem schnitzte und seine Magie zum Leben erweckte, dann beugte er sich vor und küsste Gwenore auf die feuchte Stirn.

»Ich muss los. Es ist Zeit für mich, zu beten, zu singen und die Visionen zu empfangen, die uns helfen werden, uns auf die Zukunft vorzubereiten. Möchtest du mit mir zusammen zum Meer hinuntergehen?«

Zweiundzwanzig

Jac erzählte Theo nichts von der Szene, die sich gerade in ihrem Kopf abgespielt hatte. Erst einmal musste sie das selbst verstehen. Im vergangenen Sommer in Paris hatte sie über Wochen hinweg Halluzinationen gehabt, alle von einem bestimmten Duft ausgelöst. War sie gerade über noch einen Duft gestolpert, der sie halluzinieren ließ?

Die Paris-Visionen hatten nach und nach eine durchaus plausible Geschichte erzählt. Viele Details passten perfekt zusammen. Aber so etwas konnte ein Gehirn erfinden. Das tat es doch beim Träumen, oder etwa nicht? In die Szene, die sich gerade vor ihr abgespielt hatte, hatte ihr Gehirn den keltischen Ring eingewoben, den sie im Metropolitan Museum gesehen hatte.

Den Sommer über hatte sie stets das Gefühl gehabt, sich praktisch selbst zu beobachten. Als wären die Bilder und die erahnten Gefühle ein Teil von ihr. Dieses Mal war es anders. Jac hatte die Szene durch die Augen eines fremden Mannes gesehen. War in seinem Kopf gewesen, ohne jedoch er zu sein. Ohne ein Teil von ihm zu sein.

»Jac? Geht es dir gut?«, erkundigte sich Theo.

»Klar. Wieso?«

»Du hast gerade Löcher in die Luft gestarrt. Ich habe dich zweimal angesprochen.«

»Entschuldige, ich war nur in Gedanken versunken. Ich habe versucht, mich daran zu erinnern, was ich einmal über Bernstein gelesen habe. Denn ich denke, daraus waren die kleinen Brocken in dem Feuer, das du gemacht hast. Er hat ziemlich interessante Eigenschaften. Die Bauern verbrannten ihn früher, um die Früchte schneller reifen zu lassen. Ich bin mir nur nicht mehr sicher, was er noch alles kann.« Sie besah sich die Feuerstelle genauer. Stocherte mit einem Stock darin herum. Verbrannte Zweige, Kohleklumpen und verkohlte Pinienkerne zur Seite schiebend, entdeckte sie einige weitere bräunliche Steine.

»Das sieht wie ein Ritualfeuer aus. Aber es kann unmöglich aus der Keltenzeit stammen. Es kann nicht so alt sein.«

»Nein. Wiccaner nutzen solche Stätten noch heute.«

»Um keltische Zeremonien abzuhalten?«

»Das behauptet zumindest meine Tante Eva. Sie hat das Weben von einer Frau gelernt, die den Wicca-Kult praktizierte. Sie könnte dir unzählige Geschichten erzählen, falls es dich interessiert.«

»Ja sehr, ich würde sie mir gern anhören.«

»Dann komm doch einfach mit mir nach Wells in Wood, wenn du magst. Du kannst zum Abendessen bleiben. Sie hat mich übrigens heute Morgen gebeten, dich einzuladen.«

Minerva saß im Salon auf dem Sofa und las. Hin und wieder nahm sie einen Schluck von ihrem Drink. Eva hatte sich an ihren Webstuhl gesetzt und arbeitete an dem herrlichen blau-grünen Tuch. Beide blickten auf, als Jac und Theo eintraten.

Die beiden Schwestern ähnelten sich in mehrerlei Hinsicht: Sie hatten helle Haut mit nur wenigen Fältchen und kornblumenblaue Augen. Aber Eva wirkte wie ein zarter Maiglöckchenstrauß in einem antiken Porzellankrug, während Minerva eher an ein Dutzend langstieliger und kräftiger schwarz-roter Rosen in einer Bergkristallvase denken ließ.

»Nehmt euch einen Drink«, forderte Minerva sie auf.

»Martini?«, fragte Theo Jac.

»Wodka Tonic, bitte, wenn welcher da ist.«

Theo ging zur Bar.

»Hattet ihr heute Glück?«, wollte Minerva wissen.

Theo brachte seine Tanten auf den neuesten Stand, während er die Drinks zubereitete.

»Dieses ganze Unterfangen ist doch zum Scheitern verurteilt. Hast du denn gar nichts von deinem Großvater gelernt?«, sagte Eva. »Es gibt zu viele Höhlen. Zu viele Ruinen. Zu viel Zeit ist seitdem vergangen. Ihr solltet …«

»Eva«, unterbrach sie Minerva. »Es stimmt schon, was du sagst, aber nichts ist unmöglich.«

»Ach, du und deine Möglichkeiten.«

Jac hatte sich Minerva gegenüber auf die Couch gesetzt und blätterte in einem Buch, das sie auf dem Beistelltisch entdeckt hatte. *Das Rote Buch* war ein Faksimile von C.G. Jungs berühmtem Tagebuch, das seine Mandala-Zeichnungen aus den Jahren 1914 bis 1930 enthielt. Er hatte dieses Projekt in dem Versuch unternommen, sein eigenes Unbewusstes zu erforschen. Sie betrachtete gerade die beeindruckend detailreichen Illustrationen, als ihr ein Gedanke kam. Wenn es einen Hinweis auf das verschollene Tagebuch in der Bibliothek gegeben hatte, befand sich dort vielleicht noch ein weiterer.

»Sind die Bücher in der Bibliothek katalogisiert?«, fragte Jac.

»Aber ja.« Minerva antwortete als Erste. »Der Katalog reicht bis in die Mitte des neunzehnten Jahrhunderts zurück. Der Großteil der vorhandenen Titel ist von unserem Urgroßvater angeschafft worden. Er kaufte alles auf, was er über das Okkulte finden konnte. Magie, Hexen und Mythologie.«

»War er derjenige, der mit dem Phoenix Club zu tun hatte?«, fragte Jac.

Minerva nickte. »Er hat eine Reihe von Monographien über

die wichtigsten Spiritisten seiner Zeit geschrieben.« Sie ratterte einige Namen herunter, von denen Jac manche vage bekannt vorkamen. »Unserem Großvater hat er dieselben Interessen vererbt. Als Henri noch klein war, nahm er an den Séancen seines Vaters hier in diesem Haus teil. Er hat uns oft erzählt, wie manche Leute extra von weither kamen, um daran teilzunehmen. Als wir noch Kinder waren, experimentierte er an …«

»Bitte, Minerva«, unterbrach Eva sie. Ihre sonst so sanfte Stimme klang plötzlich angespannt.

»Was für Experimente?«, fragte Theo. »Ich habe noch nie davon gehört.«

»Das ist alles so lange her«, antwortete Minerva und blickte dann zu ihrer Schwester. Aber Eva hatte sich abgewandt und sah zum Fenster hinaus.

»Ist es etwa geheim?«, hakte er nach.

»Kein wirkliches Geheimnis, eher etwas, über das deine Tante Eva ungern spricht. Aber Eva …« Sie blickte zu ihrer Schwester. »Das ist jetzt siebzig Jahre her.«

Theo erhob sich und ging zu seiner Tante Eva. Er stellte seinen Stuhl neben den Webstuhl und nahm ihre Hand.

»Ich würde sehr gern erfahren, was damals passiert ist. Umso mehr, wenn es dich verletzt hat.«

Eva nahm einen Schluck aus ihrem Glas und starrte eine Weile auf die Flüssigkeit. Dann stellte sie das Glas mit einem tiefen Seufzer ab, nahm ihre Spindel auf, hielt sie mit beiden Händen umklammert und begann zu erzählen.

»Großvater war davon überzeugt, dass Kinder Geister weitaus leichter wahrnehmen als Erwachsene. Dass wir noch stärker mit jener Welt verbunden sind, aus der wir kommen – mit der Welt der Seelen, die, ob erst kürzlich verstorben oder schon vor langer Zeit, alle auf ihre Wiedergeburt warten.«

»Ein bisschen wie Jungs Theorie vom kollektiven Unbewussten«, fügte Minerva hinzu.

»Immer musst du alles mit Jung in Verbindung bringen«, schimpfte Eva, als grenze bereits die Erwähnung des Unbewussten an Blasphemie.

Minerva lachte. »Weil sich alles darauf zurückführen lässt.« Sie strich den Stoff ihres langen, roten Rockes über den Knien glatt. »Entschuldige, ich wollte dich nicht unterbrechen.«

»Unser Vater war Bankier«, fuhr Eva fort. »Völlig desinteressiert an allem, was nicht die Bank betraf.« Sie wechselte einen Blick mit Theo, den Jac nicht gänzlich deuten konnte. Sie nahm aber an, es habe mit dessen Bruder zu tun. »Er verbrachte den Großteil seiner Zeit in London. Oft war unser Großvater also über Wochen der einzige Mann im Haus und passte auf uns auf. Mutter war natürlich auch hier, aber sie schien froh zu sein, dass Großvater einen Teil unserer Erziehung übernahm«, erklärte Eva und hielt dann inne. Sie nahm ihr Glas, trank einen Schluck. Dann noch einen. »Muss das wirklich sein?«, fragte sie Minerva. »Das führt doch zu nichts.«

»Theo möchte es wissen. Dann erzähle ich es ihm eben.«

»Ändert es etwas, wenn ich es dir verbiete?«

»Aber ja, ich sagte doch, wenn du wirklich nicht willst, dann …«

Dieses Mal unterbrach Eva sie. »Aber du drehst gern jeden Stein um. Und dieser ist seit Jahrzehnten nicht angerührt worden. Du hast es selbst gesagt. Ich kenne dich. Du wirst mich so lange damit quälen, bis ich einverstanden bin, also erzähle es.«

»Es war aufregend, in Großvaters Welt einbezogen zu werden«, griff Minerva die Erzählung auf. Aber während Eva beklommen geklungen hatte, wirkte Minerva entschlossen, fast begeistert.

»Es gab uns das Gefühl, etwas Besonderes zu sein. Wir taten Dinge, von denen kein Erwachsener im Haus wusste. Magische Dinge. Er sagte, sie wären unser Geheimnis. Zwischen ihm und uns. Niemand sonst durfte davon erfahren.«

»Was für Dinge?«, wollte Theo wissen.

»Wir führten nächtliche Séancen mit einem Ouijabrett durch, wenn alle anderen schliefen. Großvater Henri sagte, wir seien empfänglicher als jeder Erwachsene, mit dem er je zusammengearbeitet hätte. Es war ein riesiges Lob. Er brauchte uns, schmeichelte uns, und wir waren ihm völlig hörig.«

»Haben diese Séancen funktioniert?«, fragte Jac.

»Oh ja. Wir empfingen Botschaften von …« Minerva breitete die Arme weit aus. »Von einfach jedem, der mit uns zu kommunizieren wünschte.«

»Aber die Leute schieben dabei doch nur den Zeiger über das Brett und buchstabieren irgendwelche Wörter«, warf Theo ein. »Du glaubst doch nicht im Ernst, dass tatsächlich Geister zu dir sprachen, oder?«

»Wenn du Geister im Sinne von Gespenstern meinst, nein, natürlich nicht. Aber wir stellten Kontakt zu einer fremden Macht her«, antwortete Minerva. »Ich weiß, wie jeder andere auch, dass das Unbewusste uns auf verschiedene Art und Weise beeinflussen kann. Manches davon bleibt selbst den brillantesten Hirnforschern ein Rätsel. Gedanken können Bewegungen auslösen. Ich war gerade sechs Jahre alt. Eva acht. Wir wären schlicht gar nicht in der Lage gewesen, die Botschaften zu buchstabieren, die wir in diesen Nächten empfingen. Das war das Besondere daran.«

»Aber euer Großvater wusste, wie man mehrsilbige Worte buchstabiert und komplexe Sätze schreibt, richtig?«, hakte Theo misstrauisch nach.

»Seine Hände haben das Brett nie berührt«, sagte Minerva voller Staunen, als wäre sie wieder die kleine Sechsjährige. »Nur wir Kinder hatten den Zeiger in der Hand«, erklärte sie. »Großvater kümmerte sich nur um die Niederschrift der Buchstaben, auf denen der Stein stehenblieb. Er hat alle Abschriften unserer Sitzungen aufbewahrt.«

»Existieren sie noch?«, erkundigte sich Theo. Minerva nickte.

»Allerdings.« Sie wandte sich um und blickte zu der kunstvoll verzierten Anrichte in der Zimmerecke. »Wenn du sie durchlesen möchtest …« Sie stockte.

»Was ist?«, fragte Eva nervös.

»Nicht zu fassen, dass ich nicht vorher daran gedacht habe.« Sie sah Theo an. »Das Alter ist ein grausamer Gebieter. Theo, wie lautete der Name des Geistes, über den Hugo in den Briefen im Gedichtband schrieb?«

»Der Schatten aus dem Grabe.«

»Habe ich es mir doch gedacht.« Minerva sah Eva an. »Du erinnerst dich auch nicht?«

»Woran?«, fragte Eva zurück, als hätte sie keine Ahnung, wovon ihre Schwester sprach.

Aber Jac merkte, wie sich einen Augenblick lang die Wahrheit auf ihrem Gesicht abzeichnete. Eva erinnerte sich an etwas, das ihr Unbehagen offenbar noch mehr verstärkte.

»Eva, wie hieß denn der Geist, mit dem wir kommunizierten?«, fragte Minerva.

Ihre Schwester schüttelte den Kopf. »Ich weiß es nicht mehr. Das ist zu lange her.«

Jac war sich sicher, dass Eva log. Wie konnte Minerva das nicht bemerken? Oder sah sie es doch und verstellte sich nur, um ihre Schwester auf diese Weise aus der Reserve zu locken?

»Der Geist, mit dem wir sprachen, hieß der Schatten aus dem Felsengrab, oder?«, fragte Minerva.

»Ich dachte, er hieß einfach nur der Schatten. Wie dieser Kerl im Radio.«

Minerva schüttelte den Kopf und wandte sich an Theo. »Ich weiß es noch genau. Der Geist, zu dem wir als Kinder sprachen, hatte einen Namen. Er nannte sich der Schatten aus dem Felsengrab.«

»Hat mein Großvater davon gewusst?«, fragte Theo.

»Als unser Bruder geboren wurde, war unser Großvater bereits tot, und wir haben seitdem nie wieder mit dem Ouijabrett gespielt. Aber ich kann kaum glauben, dass ich die Verbindung nicht erkannt habe, als Alexander mir den Brief gezeigt hat. Oder dass du sie nicht bemerkt hast«, sagte sie, an Eva gerichtet.

»Theo, du solltest dich da wirklich nicht hineinziehen lassen. Das ist alles, was ich dazu zu sagen habe.«

»Eva, alles wird gut«, sagte Minerva. »Man muss den Geist der Vergangenheit freilassen.«

Eva schüttelte den Kopf. »Es ist niemals gut, einen Geist freizulassen.«

»Euch ist doch klar, dass es möglich ist …«, sagte Jac, eher an Eva denn an Minerva gewandt, »dass euer Großvater Hugos Brief gefunden und den Namen des Geistes euch gegenüber erwähnt hat. Oder das Brett hat diesen Namen überhaupt nicht buchstabiert, sondern er hat ihn nur in die Zeichen hineingedeutet, weil er davon gelesen hatte, und deshalb habt ihr dann geglaubt, ihr hättet ihn mit dem Zeiger geschrieben.«

»Du hast vollkommen recht«, sagte Eva. »Ich denke, genau so ist es gewesen.«

»Ah, du bist also eine Skeptikerin«, sagte Minerva zu Jac. »Das überrascht mich, wenn man bedenkt, was dein Interessengebiet ist.«

»Nur wegen dieser Skepsis habe ich mein Buch geschrieben, und auch die Fernsehsendung basiert darauf. Ich bin stets auf der Suche nach dem realen Kern von Geschichten, die zu Legenden und Mythen aufgeblasen werden. Ich wollte bloßlegen, wie die Wirklichkeit aufgebauscht wird und wir uns nur selbst etwas vormachen, wenn wir an diese Träume glauben. Es ist schon ironisch, dass genau das Gegenteil eingetreten ist. Zu wissen, dass auch nur ein kleines Körnchen Wahrheit in diesen Geschichten steckt, gibt den Leuten Hoffnung.«

»Du klingst, als wärst du gern wie sie«, sagte Theo.

»Ja, manchmal wünsche ich mir, ich könnte auch so sein. Es wäre eine Erleichterung, an etwas zu glauben, ohne immer alles hinterfragen zu müssen.«

Als würde er an derselben Krankheit leiden, sagte Theo: »So geht man vermutlich leichter durchs Leben.«

Minerva betrachtete Jacs Gesicht aufmerksam. Jac war oft genug bei Therapeuten gewesen, um diesen prüfenden Blick wiederzuerkennen.

»Was erhoffst du dir?«, fragte Minerva.

»Dass ich Antworten finde.« Jac spürte Trauer in sich aufsteigen. Plötzlich bekam sie Sehnsucht nach ihrem Bruder – diesem launischen, kreativen Kopf, der das Unbekannte furcht- und arglos annahm. Wenn sie nur ein klein wenig wie er werden, sich den unendlichen Möglichkeiten, von denen er sprach, nur etwas mehr öffnen könnte, wäre sie vielleicht erfüllter und weniger rastlos. In seiner Nähe konnte sie manchmal all ihre Zweifel vergessen. Einmal hatte er sie sogar fast davon überzeugt, dass sie ihre *âme sœur*, ihren Seelengefährten, finden würde.

Aber sie wusste, dass es so etwas nicht gab. Oder – noch zynischer betrachtet –, vielleicht gab es so etwas und sie hatte mit Griffin North ihren Gefährten für immer verloren.

Eva redete auf Minerva ein. Jac lauschte, den Anfang hatte sie durch ihre Grübelei verpasst. »Du weißt, dass es so gewesen ist, Minerva. Dir ist doch klar, wie besessen unser Großvater von der Bibliothek war.« Sie strich glättend über den dichten Flor des Sesselbezugs. »Es ist absolut plausibel, dass er Hugos Brief gefunden hat. Und der beeinflusste ihn dann, nicht wahr? Schließlich hat auch unser Bruder den Brief gefunden. Wieso sollte Großvater ihn nicht vor ihm entdeckt haben?« Sie blickte auf das Polster hinab und fuhr noch einmal mit der Hand darüber. »Dann hätte er den Namen bereits gekannt und ihn uns eingegeben. Das ist durchaus möglich, findest du nicht?«

Minerva gab einen müden Seufzer von sich. »Ja, das wäre alles möglich.«

»Er hätte uns nie da hineinziehen dürfen.« Sie blickte zu Jac. »Wir waren nur Kinder.«

»Mit jemandem zu kommunizieren, von dem du denkst, er sei ein Geist, muss beängstigend gewesen sein.« Jac erinnerte sich an ihre eigenen Visionen in der Kindheit in Paris. »Wenn wir Kinder sind, nimmt das Unbekannte gewaltige und schreckliche Ausmaße an.«

Eva nickte zustimmend.

»Ich hatte keine Angst«, sagte Minerva mit einem Anflug von Wehmut. »Ich war fasziniert.«

»Du hattest Angst. Du erinnerst dich nur nicht mehr.«

Minerva erhob sich und ging zu einem Bücherschrank an der Wand gegenüber dem Kamin. Das untere Drittel bestand nicht aus Regalfächern, sondern aus Schubladen. Minerva zog eine heraus und suchte darin herum. Sie nahm mehrere abgewetzte, in Leder gebundene Kladden heraus. Und eine Kiste voller Zettel, die wie eine Briefkorrespondenz aussahen. Stangen von Siegelwachs. Eine Handvoll Füllfederhalter. Mehrere Messing- und Silbersiegel. Einige Blätter Löschpapier. Ein kristallenes Tintenfass. Ein erstaunlicher Fundus von Schreibinstrumenten aus längst vergangenen Tagen.

Minerva kramte noch mehr Sachen aus dem Schubfach. Einen Stapel Briefumschläge, mit einem burgunderfarbenen Schleifenband verschnürt. Tintenfässer.

»Was machst du da?«, fragte Eva. »Alles war so sorgfältig sortiert.«

»Ja, ja, ich lege auch alles wieder ordentlich zurück. Entspann dich doch einfach.«

»Ja, sicher tust du das.« Eva seufzte. »Aber ich weiß nicht mehr, wo alles ist, wenn du es nicht genau so wieder zurücklegst, wie es war«, fuhr sie fort.

»Seit fünfzig, sechzig Jahren hast du nichts von alledem hier gebraucht.«

»Woher willst du das wissen?«

Theo warf Jac einen amüsierten Blick zu. In den vielen Jahren zusammen mit seinen Großtanten musste er Hunderte solcher Diskussionen miterlebt haben.

»Diese Abschriften jetzt noch einmal durchzulesen kann doch überhaupt nichts bringen«, klagte Eva.

»Danach suche ich gar nicht«, entgegnete Minerva. Sie hatte die gesamte Schublade geleert und hievte sie jetzt aus dem Bücherschrank.

»Was treibst du denn bloß?«, fragte Eva. »Da ist nichts mehr drin.«

»Doch. Großvater hat mir das Versteck gezeigt. Hier unter der Lade ist ein Geheimfach. Ich dachte immer, du weißt davon. Darin hat er das Brett versteckt, nachdem Vater ihn ausdrücklich angewiesen hatte, uns an seinen Experimenten nicht länger teilnehmen zu lassen. Wann immer unser Vater aus London heimkehrte«, erklärte Minerva Theo und Jac, »wanderte das Brett für die Dauer seines Aufenthaltes hier hinein und wurde erst wieder hervorgeholt, wenn er abgereist war.«

Minerva zog eine längliche Kiste aus dem Versteck und trug sie zu der Sitzecke. Eva entfuhr ein leises Stöhnen, als verursache ihr der Anblick Schmerzen. »Es war die ganze Zeit da drin?« Eva war sichtlich aufgewühlt. »Wirf es weg, Minerva.«

Minerva sah ihre ältere Schwester an und seufzte. »Jetzt übertreibst du aber.«

»Ich will, dass du dieses Ding entsorgst.« Eva hatte die Stimme erhoben. Ihre Hände waren zu Fäusten geballt. Theo sah überrascht drein, als wäre solch ein heftiger Streit auch für ihn etwas Neues.

»Ich glaube ernsthaft, dass dir deine Kindheitserinnerungen einen Streich spielen. Das ist alles halb so wild. Wenn wir es uns noch einmal anschauen, könnte dich das vielleicht davon erlösen«, meinte Minerva.

»Erlösen? Warum bist du so verzweifelt darauf aus, dieses Kapitel unseres Lebens noch einmal aufzufrischen? Es ist ein Fehler. Ich warne dich.«

Minerva klappte das Brett auf. Geöffnet war es etwa einen halben Meter lang und fast genauso breit. In der oberen rechten Ecke stand, mit schwarzer Tinte geschrieben, das Wort *Ja*. Oben links das Wort *Nein*. Ein Halbkreis aus allen Buchstaben des Alphabets füllte den Mittelteil aus. An der unteren Kante standen die Zahlen 0 bis 9.

Ein Teil der schwarzen Farbe war abgeblättert, so dass die Buchstaben und Zahlen, obgleich lesbar, doch recht mitgenommen wirkten. Das Brett selbst war größtenteils glatt, nur an einigen Stellen war durch den abgeschabten Lack das rohe Holz zu sehen.

»Unser Großvater hat es selbst gemacht«, sagte Minerva und strich gedankenverloren über eine Stelle, an der der Lack noch intakt war. Eva stand auf und ging an die Bar, goss zwei Fingerbreit einer klaren Flüssigkeit aus einem Dekanter in ihr Glas, fügte zwei Eiswürfel hinzu und nahm einen tiefen Schluck. Dann gleich noch einen.

»Und er hat ganz schön was angerichtet damit. Dieser widerliche Bastard«, murmelte Eva, was selbst Minerva überraschte.

Theo blickte seine Tanten an. »Was ist passiert?«

»Er hat uns Nacht für Nacht an den Tisch gesetzt und mit den Geistern kommunizieren lassen«, antwortete Eva. »Es hat uns beiden Angst eingejagt. Fürchterliche Angst, auch wenn meine Schwester es vergessen hat. Sie war so jung … es war so unfair. Immer wenn wir mit dem Brett gespielt hatten, hatte sie danach Alpträume, und ich musste sie wachrütteln, damit sie aufhörte, im Schlaf zu schreien. Aber ihm war das egal. Nacht für Nacht zwang er uns, an diesem Tisch zu sitzen und sein Spiel zu spielen. Manchmal geschah gar nichts. Aber manchmal … Ich weiß nicht …«

»Ich verstehe es bis heute nicht, aber unsere Hände bewegten sich wie von allein. Sie buchstabierten Ströme von Wörtern, die wir nicht einmal verstanden«, sagte Minerva.

»Wenn mich das zu sehr mitnahm und ich ihn bat, aufhören zu dürfen, wurde er nur böse auf mich. Er sagte, wir seien etwas ganz Besonderes und dass nicht jeder mit den Toten sprechen könne.« Eva war blass. Ihre Finger umklammerten das Glas so fest, dass ihre Knöchel weiß hervortraten.

»Nach den Sitzungen lag ich stundenlang wach und fragte mich, ob es sie wirklich gab«, fuhr sie fort. »Und ob sie kommen und uns an diesen Ort auf der anderen Seite des Brettes entführen würden.«

»Es war aufregend, mit Großvater so lange aufzubleiben«, sagte Minerva. »Er war so stolz auf uns, erinnerst du dich nicht?«

»Nicht im Geringsten. Stolz? Nein.«

»Wann haben diese Séancen dann aufgehört?« fragte Theo.

Minerva antwortete schnell. »Als wir neun und elf Jahre alt waren.«

»Sie hörten auf, weil Großvater starb«, sagte Eva sehr leise. Sie nahm einen großen Schluck aus ihrem Glas, stand dann auf und ging zum Kamin, griff nach einem Schürhaken und schlug so kräftig auf ein Holzscheit, dass Funken herausstoben.

Etwas war unausgesprochen geblieben. Jac kannte dieses Schweigen. Sie hatte es oft genug in ihrer eigenen Familie erlebt, wenn ihre Mutter eine Affäre hatte und ihr Vater es herausfand. Diese stummen Phasen waren immer länger geworden, während die Ehe nach und nach auseinanderbrach. Bis ihre Mutter sich für das endgültige Schweigen entschied.

»Also habt ihr dieses Brett zuletzt einen Tag vor Henris Tod benutzt?«, fragte Theo.

»Nein, am Tag seines Todes«, antwortete Minerva.

Ohne ein Wort wandte Eva sich ab und verließ das Zimmer. Jac lauschte den sich entfernenden Schritten.

Minerva stand neben dem Tisch und blickte auf das hölzerne Brett hinab, als könne nur dieses die Anspannung lösen. Jac hatte gedacht, Eva würde an diesem Abend nicht mehr zurückkommen, aber die Schritte auf dem Parkett näherten sich wieder. Als sie eintrat, hatte sie zwei Gläser in der Hand. Zusätzlich zu ihrem Drink trug sie ein Saftglas mit einem Blumenmuster um den Rand. Eines dieser schönen Gläser, die man mit Orangensaft füllte und in einer sonnendurchfluteten Küche austrank, während im Ofen frische Croissants buken und der Kaffee kochte.

»Du wolltest das schon immer tun«, sagte Eva und hielt ihrer Schwester das Glas hin.

»Aber du möchtest nicht.«

»Ja, das stimmt. Ich will die Erinnerungen nicht. Aber ich will, dass du siehst, dass nichts passieren wird. Du wolltest immer glauben, wir hätten das kosmische kollektive Unbewusste angezapft, von dem du so gern redest. Du hast dich an den Gedanken geklammert, dass er uns damit ein Geschenk machte. Jetzt wirst du ein für alle Mal begreifen, dass er uns manipuliert hat, Minerva. Und du wirst mir vergeben.«

»Es gibt nichts, wofür ich dir vergeben müsste.«

»Lüg mich nicht an. Niemals. Das ist unaufrichtig und passt nicht zu dir.«

»Wovon redest du?«, fragte Theo.

Keine der Schwestern schien ihn gehört zu haben.

»Warum hätte er uns manipulieren sollen?«, fragte Minerva. »Was redest du da?«

Jetzt waren die Rollen vertauscht. Sie war auf einmal die unsichere, nervös wirkende Schwester.

»Um uns zu ängstigen«, flüsterte Eva.

»Warum sollte er uns Angst einjagen wollen?«

»Diese Frage solltest du doch von uns allen am besten beantworten können. Du bist die Therapeutin. Bist du wirklich so blind gegenüber deiner eigenen Familiengeschichte?«

Jac war unwohl zumute. Sie hatte das Gefühl, am falschen Ort zu sein. Außerdem begriff sie nicht, weshalb dieses Gespräch gerade jetzt stattfand. Theo hatte ihr erzählt, dass die Schwestern seit zwanzig Jahren zusammenlebten. Eva hatte nie geheiratet, war nie fortgegangen. Minerva hatte geheiratet, war nach London gezogen und hatte ein Kind bekommen, aber nach der Scheidung war sie in den 90er Jahren nach Wells in Wood zurückgekehrt. War es wirklich möglich, dass sie diese Aussprache all die Jahre vermieden hatten?

»Warum hätte er uns Angst einjagen sollen?«, fragte Minerva erneut. Jac hörte aus der Stimme der alten Frau den Tonfall eines verwirrten kleinen Mädchens heraus.

»Du weißt es wirklich nicht?« Eva klang überrascht.

»Nein.«

»Er ängstigte uns, um uns unter dem Vorwand, uns beruhigen zu wollen, umarmen zu können. Mit mir hat er das ständig gemacht. Und als ich ihm zu erwachsen wurde, verlagerte er sein Interesse auf dich.«

Minerva starrte Eva entsetzt an.

Jac sah, dass sie ihr nicht glaubte.

Einige Augenblicke lang herrschte Stille. Minerva erhob sich, ging zu den Fenstern und starrte in die Finsternis hinaus. Das Schweigen zog sich in die Länge.

Eva hielt sich immer noch an ihrem Glas fest. »Wir müssen es tun, Minerva. Ich muss es dir zeigen. Wir hätten es schon vor Jahren tun sollen.«

Minerva drehte sich nicht um.

Eva stand auf und ging zu ihrer Schwester. »Es wird sich nicht ewig vermeiden lassen. Wir würden es nur hinauszögern.« Eva griff nach dem Arm ihrer Schwester, drehte sie herum und führte sie in Richtung des Kartentisches. Minerva wehrte sich nicht.

»Theo, komm und setz dich«, sagte Eva. Sie schaute zu Jac. »Du schließt dich uns an, nicht wahr?«

Eva und Theo saßen zur Linken und zur Rechten Minervas. Jac saß ihr gegenüber. Als alle vier Platz genommen hatten, schaute sich Minerva im Zimmer um, als suche sie noch etwas.

»Was ist?«, fragte Eva.

»Wenn wir das wirklich tun wollen …« Sie stand auf und löschte das Licht. Dann nahm sie eine Streichholzschachtel vom Kaminsims und zündete die Kerzen im Kerzenleuchter an. Ein schwacher Duft von Schwefel erfüllte die Luft.

Minerva trug die flackernden Flammen zum Tisch. Schimmerndes Licht umgab jede Kerze. Plötzlich wich die Gegenwart in die Vergangenheit zurück, und Jac fühlte sich, als trete sie in ein anderes Zeitalter ein.

Dieser Raum ist wie geschaffen für Kerzenlicht, dachte sie. Für diesen sanften Schein und diese Schatten. Für Nischen, in denen sich Geheimnisse verstecken.

»Jetzt ist es so wie in meiner Erinnerung«, sagte Minerva, als sie den Kerzenständer absetzte.

Eva gab ein bitteres Lachen von sich. »Ja, wie eine Theaterkulisse. Unser Großvater war durch und durch ein Dramatiker. Er verkörperte die Rolle eines mystischen Weisheitssuchenden hervorragend. Es war alles so exotisch. Andere Kinder hatten Großväter, die Farmer, Lagerverwalter oder Banker waren, aber unserer war ein Exzentriker.«

»Wie ist er gestorben?«, fragte Theo. »Ich glaube, das hat mir nie jemand gesagt. Kann es sein, dass du es nie erwähnt hast?«

Das Kerzenlicht flackerte an den Wänden.

Beinahe unfreiwillig, so schien es Jac, blickte Minerva zur Tür und in den Flur, der zu der mächtigen marmornen Treppe führte.

»Er ist gestolpert und die Treppe hinuntergestürzt …«, sagte Minerva.

Eva unterbrach ihre Schwester. Ihre Stimme klang gespenstisch, wie aus weiter Ferne. »Und hat sich das Genick gebrochen. Er war auf der Stelle tot.«

»Wie furchtbar«, sagte Jac. »Für euch beide.«

»Ja, furchtbar«, sagte Eva mit derselben distanzierten Stimme. »Großvaters Tod war schrecklich, in jeder Hinsicht, bis auf die eine.« Sie machte eine Pause. »Es gab keine Séancen mehr.«

Lange Zeit war nur das Rauschen der gegen die Felsen schlagenden Brandung zu hören.

Schließlich stellte Eva das Glas aufs Brett und gab Anweisungen. »Also dann. Jeder legt einen Finger auf das Glas. So etwa.« Ihre Bewegung wirkte zögernd, als erwarte sie, sich an seiner Oberfläche zu verbrennen.

Das Glas war kühl und glatt, und es fühlte sich für Jac beinahe so an, als vibriere es. Theo platzierte seinen Zeigefinger neben ihrem. In der anderen Hand hielt er erwartungsvoll einen Stift bereit.

Minerva zögerte. »Eva, bist du dir sicher?«

»Bist du nicht diejenige, die immer behauptet, man solle sich seinen Geistern stellen?« Eva lachte bitter.

Minerva legte ihren Finger aufs Glas und vervollständigte das Quartett.

Die Kerzen flackerten. Ein Luftzug wehte durchs Zimmer und mit ihm eine Kakophonie von Gerüchen. Da war das Paraffin der Kerzen. Evas Maiglöckchen-Parfüm. Minervas würziges *Oriental*. Eukalyptus, Honig, Zimt und Eichenmoos von Theo. Und in all diese Düfte mischte sich der Geruch der Vergangenheit. Verbranntes Holz. Asche. Schimmel. Verstreichende Jahre. Jac fühlte sich, als jage sie durch einen Tunnel von Gerüchen hindurch und nehme im Vorbeirauschen jede einzelne Duftnote wahr.

»Ist … ist jemand bei uns?«, fragte Eva zaghaft.

»Genau das sagte Großpapa immer«, sagte Minerva leise, fast ein wenig bewundernd.

»Ist da jemand? Ist jemand bei uns?«, wiederholte Eva schon etwas forscher.

Das Glas rührte sich nicht.

Eva wiederholte ihre Frage ein weiteres Mal. Nun klang sie beinahe hämisch. Als wollte sie etwas ein für alle Mal beweisen.

Jac sah, wie Theo sich auf das Brett konzentrierte. Und Minerva auch.

Zum vierten Mal wiederholte Eva ihre Frage. Jetzt klang sie spöttisch, scharf. »Ist jemand bei uns?«

Das Glas blieb reglos am Rand des Brettes stehen. Evas Mund verzog sich zu einem selbstgefälligen Lächeln.

Theo wirkte enttäuscht.

Minerva schenkte all dem keine Beachtung, sondern starrte auf ihren Finger am Glas. »Ich weiß, dass du hier bist«, flüsterte sie ohne den geringsten Zweifel in der Stimme. »Ich kann dich spüren. Ich erinnere mich an dich.«

Und bei diesen Worten begann das Glas zu beben.

Zunächst glaubte Jac, es sei Evas Zorn, der das Glas in Bewegung versetzt hatte. Aber nein, ihr Finger zitterte nicht.

Keiner der Finger schob es. Das war Jac absolut klar. Das Glas bewegte sich tatsächlich und zog alle mit sich.

Rasend schnell glitt das Saftglas auf dem Brett hin und her und verharrte so kurz bei den einzelnen Buchstaben, dass Theo – der sich bereit erklärt hatte, diese aufzuschreiben – kaum folgen konnte.

E.. S.. I.. S.. T.. V.. I.. E.. L.. Z.. E.. I.. T.. V.. E.. R.. G.. A.. N.. G.. E.. N

Schwer atmend flüsterte Minerva jedes Wort, das sie entzifferte.

Jac versuchte mitzulesen, doch Minerva war schneller.

»Ja«, sagte Minerva, »es ist viel Zeit vergangen.«

V.. E.. R.. L.. I.. E.. S.. S.. T.. M.. I.. C..

H.. U.. N.. D.. U.. N.. S.. E.. R.. S.. P.. I.. E.. L..

Das Holz knackte im Kamin. Ächzte, zischte. Der Raum füllte sich mit dem Geruch feuchter Erde. Dem Duft von Rauch und Feuer.

Minervas Gesicht verriet helle Begeisterung. Eva hingegen war leichenblass.

»Wer bist du?«, flüsterte Minerva.

D.. U.. W.. E.. I.. S.. S.. T...

»Ja, ich weiß es. Aber nenne deinen Namen. Großvater ließ dich immer deinen Namen sagen.«

S.. C.. H.. A.. T.. T.. E.. N.. A.. U.. S.. D.. E.. M.. G.. R.. A.. B.. E..

Das Glas bewegte sich zu schnell. Minerva hatte aufgehört, die Wörter mitzusprechen. Jac beugte sich vor, um lesen zu können, was Theo auf den Block geschrieben hatte.

Schatten aus dem Grabe.

»Früher hast du einen anderen Namen benutzt«, sagte Minerva. »Wie lautete dieser Name?«

A.. U.. S.. D.. E.. M.. F.. E.. L.. S.. E.. N.. G.. R.. A... B..

»Wozu wollte mein Großvater dich erreichen? Was wollte er von dir?«, fragte sie.

E.. R.. W.. O.. L.. L.. T.. E.. G.. E.. H...

E.. I.. M.. N.. I.. S.. S.. E.. E.. R.. F.. A.. H.. R.. E.. N..

»Welche Geheimnisse?«, fragte Minerva.

Plötzlich hörte das Glas auf, über das Brett zu rutschen. Jac kam es vor, als seien die Luft im Raum und die Flammen im Kamin ebenfalls zum Stillstand gekommen. Und dann raste das Glas plötzlich los. Es rutschte über das Brett wie von Furien gejagt. Theo kam mit dem Schreiben kaum hinterher. Ein Scheit im Feuer knackte und krachte. Ein Fenster quietschte. Das Glas raste weiter. Eine Tür schlug zu. Das Glas rutschte kreuz und quer über das Brett. Ein hoher Klagelaut schien aus dem Boden hervorzudringen, als stöhnte das ganze Haus.

»Das ist der Wind«, murmelte Eva, aber es klang eher danach, als wolle sie sich selbst beruhigen. »Es ist nur der Wind.«

Jac beobachtete, wie das Glas von rechts nach links schlitterte und dann wieder zurück. Es fühlte sich unter ihrem Finger so lebendig an. Als hätte es einen eigenen Verstand. Plötzlich glitt das Glas nach links vom Brett herunter, über die Tischplatte und dann über die Kante. Sie verloren den Kontakt. Es hätte herunterfallen müssen, tat es aber nicht. Noch nicht. Einige Augenblicke lang schwebte das einfache, geblümte Saftglas frei in der Luft.

Wieder entfuhr dem Parkettboden ein Stöhnen. Das Glas fiel und zerschellte. Scherben glitzerten im Kerzenlicht.

Auf der anderen Seite des Raumes fiel fast gleichzeitig ein gerahmtes Foto von der Wand und zerbrach ebenfalls auf dem Boden. Eva stieß einen schrillen Schrei aus und begann zu wimmern. Minerva beugte sich hinüber und nahm ihre Schwester in den Arm. Sie redete ihr sanft und beruhigend zu. Eva weinte. Wie ein kleines Kind, dachte Jac.

Theo stand auf, eilte zur Wand und schaltete das Licht ein. Dann hob er das Foto auf und starrte es an. Seine Stirn legte sich in Falten. Er kniff die Augen zusammen.

Jac ging hinüber, um es sich auch anzusehen.

Es handelte sich um eine sehr alte und ausgeblichene Schwarz-Weiß-Aufnahme. Ein Mann in einem eleganten Anzug stand auf einem Felsen und blickte in die Ferne. Hinter ihm war das Meer zu sehen. Etwas stimmte an dem Bild nicht, nur konnte Jac es zuerst nicht genauer benennen. Dann erkannte sie es. Sein rechter Fuß war seltsam positioniert. Der Knöchel in unnatürlichem Winkel gebogen. Es musste ohnehin schwer gewesen sein, auf diesem Felsen die Balance zu halten, umso mehr mit solch einer Fußhaltung.

Entlang dem unteren Bildrand standen in verblasster Tinte vier in Druckbuchstaben geschriebene Wörter.

Victor Hugo im Exil.

Minerva begleitete ihre noch immer weinende Schwester aus dem Zimmer. Sobald sie außer Hörweite waren, fragte Jac Theo, was das Glas in seinem Ausbruch wahnsinniger Aktivität buchstabiert hatte. Mit dem Foto in der Hand ging Theo zum Tisch zurück. Mühsam entzifferte er die Wörter auf dem Notizblock.

Er ängstigte … dich, um … dich trösten zu können. Auf dieselbe Weise … habe ich ihn verführt. Ich habe viele Mittel, um die Menschen zu verführen. Manche sind mir erlegen … manche habe ich verloren. Dich werde ich nicht verlieren.

Dreiundzwanzig

13. Oktober 1855
Kanalinsel Jersey, Grossbritannien

Ich bin ein rationaler Mensch. Für meine Überzeugungen bin ich ins Exil gegangen: Ich halte die Kirche und den Klerus für boshafte Unterdrücker, welche die Angst vor dem Unbekannten nutzen, um die Ungebildeten ins Joch zu zwingen. Ich glaube an die Rechte jedes Einzelnen und daran, dass die korrupte Regierung sich nicht um das Wohl ihrer Bürger schert.

Und doch sehe ich jetzt Gespenster, rede ich mit Geisterwesen. Ich glaube, dass Luzifer selbst mich heimgesucht hat. Ich habe das Tor zu einer jenseitigen Welt aufgestoßen, in der die Geister leben, die sich meiner Stimme bemächtigen. Was sie sagen, schreibe ich eigenhändig mit Tinte auf Papier, doch erst, nachdem ich es von ihnen vernommen habe.

Ich leide äußerste seelische und geistige Not und weiß nicht, an wen ich mich wenden soll.

Die mir auf diese Insel gefolgt sind, haben alles, was ihnen teuer war, zurückgelassen. Auch ich habe in Paris meine Bibliothek mit tausend Bänden aufgegeben, meine Gemälde und Skulpturen, meine Möbel und mein Geld – mehrere Millionen Franc –, als ich gegen die Ungerechtigkeit aufbegehrte. Es darf nicht geschehen, dass ich und die Meinen all diese Opfer gebracht haben, nur damit ich jetzt den Verstand verliere, die geistige Gabe, dem Dasein einen Sinn abzutrotzen.

Den Roman, an dem ich so lange gearbeitet habe, rühre ich nicht mehr an. Am Schreibpult stehe ich nur, um meine Gespräche mit den Toten aufzuschreiben. Kritiker haben mir Mal um Mal vorgeworfen, meine Romane seien mit dem Makel behaftet, dass große Zufälle die treibenden Konflikte hervorrufen. Warum, habe ich sie stets gefragt, soll das ein Mangel sein? Zufälle kommen vor, in meinem Leben zumal.

Doch einen derart verstörenden Zufall, wie ich ihn heute zu Papier bringen werde, habe ich nie zuvor erlebt.

Seit einer Woche sind Freunde aus Brüssel bei uns zu Besuch. Vorgestern waren wir gemeinsam ins Theater aufgebrochen. Eine Schauspieltruppe gastierte in Saint Helier, und wir freuten uns auf einen unterhaltsamen Abend. Leichten Herzens ließen wir das Haus in der Marine Terrace hinter uns, doch kaum hatten wir die Hauptstraße des Ortes erreicht, als offenbar wurde, dass etwas nicht stimmte.

Mehr als zwei Dutzend Männer standen auf dem Stadtplatz versammelt. Connétable Jessie Trent war bei ihnen und rief ihnen Anweisungen zu. Die Männer lauschten mit entschlossenen, sorgenvollen Gesichtern.

Ich entschuldigte mich bei meinen Gästen, bat sie, mit der Familie vorauszugehen, und versprach, alsbald nachzufolgen. Dann ging ich zu Trent. Er hatte seine Instruktionen beendet und sprach jetzt mit einem der Männer. Als er mich kommen sah, unterbrach er sich und erzählte mir, was vorgefallen war.

»Der Hund ist wieder aufgetaucht, Monsieur Hugo.«

»Das Vieh ist verhext«, sagte sein Gesprächspartner. »Das ist eine Höllenkreatur.«

»Aber braucht es denn so viele, bloß um einen Hund zu fangen?«, fragte ich Trent. »Ist das nicht übertrieben?«

»Es geht nicht um den Hund. Wir haben einen Trupp zusammengerufen, der Monsieur Bertans Tochter wiederfinden soll.«

»Noch ein Mädchen?«, fragte ich, und mir wurde flau im Magen. »Wie alt ist sie?«

»Elf Jahre«, sagte einer der Männer und trat aus der Gruppe hervor. Seine angsterfüllten, trüben Augen, der verzerrte Mund und der abgehärmte Ausdruck waren unverkennbar. »Meine Tochter«, fuhr er fort, »ist seit gestern Abend schon verschwunden. Seit dieses Gebell zu hören war.«

»Was ist mit der Burg?«, fragte ich Trent.

»Dort waren wir schon.« Er schüttelte den Kopf. »Jetzt wollen wir uns aufteilen. Ich habe soeben allen ihre Gebiete zugeteilt. Möchten Sie sich uns anschließen?«

Der junge Mann fiel mir wieder ein, mit dem ich eine Woche zuvor am Strand gesprochen hatte. Der auf die Felsen zugeschritten war, durch die es keinen Durchlass gab, und nicht zurückgekommen war. Ein Fremder, den du nicht gesehen hattest; eine Erscheinung, die keine Fußspuren hinterließ. Warum kam er mir gerade jetzt in den Sinn? Mit einem Mal fielen mir seine seltsamen Worte wieder ein: »Das Kind, das du in der Burg gefunden hast, habe ich dorthin gebracht. Zum Helden bist du geworden, doch deine Trauer blieb. Hättest du getan, was ich dir sagte, wärst du jetzt ein glücklicherer Mensch.«

»Hören Sie, Trent, ich werde mir die Felsenküste bei der Marine Terrace vornehmen. Es gibt dort viele Höhlen; das Kind könnte heute Morgen von der Flut darin eingeschlossen worden sein.«

»Gut, ich begleite Sie. Ich will nur eben noch die letzten Ordern ausgeben.«

Ich verabredete mit ihm, dass ich mich bei meiner Familie entschuldigen und dann zu ihm zurückkehren würde. Eine Viertelstunde darauf gingen der Connétable und ich die Helling hinunter zum Strand und vollzogen die Wanderung nach, die wir vor allzu kurzer Zeit schon einmal gemacht hatten.

Gut zwei Stunden Tageslicht blieben uns noch, und wir liefen rasch in eine Höhle nach der anderen. Manche waren bis zu unseren Knöcheln mit Wasser gefüllt, und von dem Mädchen fehlte jede Spur. Als die Dunkelheit hereinbrach, gaben wir nicht auf, sondern entzündeten Petroleumlampen, die Trent mitgebracht hatte. In der Konstruktion aus Metall und Glas erlosch die Flamme nicht so leicht, nur störte mich der unangenehme Geruch. Der Wind konnte den Lampen nichts anhaben, doch wenn sich die bedrohlichen Wolken über uns entluden, würde der Regen unsere Lichter löschen und der Suche ein Ende machen.

»Einige der Männer glauben, dass es auf der Insel spukt, dass La Dame Blanche zurückgekehrt ist, um ihr Kind zu holen«, sagte Trent auf unserer Wanderung über den einsamen nächtlichen Strand. »Das ist eine jahrtausendealte Legende, aus der Zeit, aus der auch die vielen steinernen Tempel und Gräber auf Jersey stammen. Die Dame in Weiß soll damals ihr eigenes Kind getötet haben. Man sagt, die Druiden hätten sie zur Strafe in einen Felsen eingeschlossen, wo sie starb. Und wo ihre Seele bis heute eingeschlossen ist. Des Nachts streift sie auf der Suche nach dem Kind ruhelos umher.«

Ich kannte die Geschichte, doch ließ ich sie mir gern noch einmal erzählen. Halb lauschte ich, halb dachte ich an die Besuche der Dame in Weiß in der Marine Terrace zurück. Als meine Tochter bestürzt auf ihre Geschichte reagierte, hatte La Dame sie zu trösten versucht, hatte gesagt, dass sie litt, aber nicht verzweifelte, da sie wusste, dass sie eines Tages erlöst und mit ihrem Kind vereint sein werde.

»Und die Männer glauben wirklich, dass ein Geist hinter dem Verschwinden der Mädchen steht?«, fragte ich Trent. »So abergläubisch sind sie?«

»In der Tat. Bei Tag ist unsere Insel wunderschön, Monsieur Hugo, doch wenn die Sonne untergeht, wirft sie lange Schatten. So abgeschnitten, wie wir hier sind, können wir unserer Vorstellungskraft freien Lauf lassen.«

Allmählich stieg die Flut, und unweit unseres Weges toste die Brandung wütend gegen die Küstenfelsen. Die Zeit wurde uns knapp. Es gab in dieser Gegend Hunderte Höhlen, und bald würden viele davon geflutet und unerreichbar sein.

Wir beschlossen, uns zu trennen und uns unterschiedliche Höhlen vorzunehmen, damit wir besser vorankämen.

Ich hatte mir bis dahin einige dieser Kavernen angesehen. Da Felsformationen mich seit je faszinieren, habe ich sie oft gezeichnet, habe ihre geheimnisvolle Würde einzufangen versucht, statt sie zu erforschen. Diese gewaltig aufgetürmten Felsen waren zu allen Zeiten hier und haben alles gesehen, haben schweigend zugeschaut, wenn Menschen sie als Unterschlupf benutzten, als Kultstätten oder Gräber, als Schauplätze ihrer Verbrechen oder Vertragsabschlüsse oder als Versteck. Manche Höhlen, sagte man, waren mit Gemälden verziert, andere bargen prähistorisches Werkzeug, Schmuck und Knochen. Die ich erkundet hatte, waren leer gewesen. Feucht und kalt. Schmucklos und kahl.

Mit den Höhlen, die ich an jenem Abend erst mit Trent, dann allein durchsuchte, war es nicht anders. Doch dann entdeckte ich eine kleine Öffnung, so schmal, dass ich mich seitwärts hindurchzwängen musste. Fast wäre ich daran vorübergegangen, doch für ein Kind mochte ihre Größe anziehend sein.

Jenseits des Felsspalts fand ich mich in einem steinernen Tunnel wieder. Ich folgte ihm, bis ich vor einer geschlossenen Felswand stand. Ein leichter Luftzug schien aus den Wänden selbst zu kommen. Unmöglich!

Natürlich war es nur eine Illusion. Die Riefen, Scharten und Farbunterschiede versteckten eine seitliche Öffnung, durch die man bequem hindurchgehen konnte.

Dahinter, tiefer im kühlen Fels, folgte ich dem Pfad zu einem deutlicher markierten Durchgang in eine große Kammer, in welcher mich eine Überraschung erwartete. Die Wände waren über und über mit Malereien bedeckt, deren Kunstfertigkeit mich in Erstaunen versetzte.

Die uralten Bilder waren nicht weniger raffiniert als jene, die ich aus den Werkstätten Delacroix' oder Corbets kannte. Gebannt betrachtete ich die halb menschlichen, halb tierischen Figuren, deren Farben so kräftig waren, als wären sie erst kürzlich aufgetragen worden. Was für faszinierende Kreaturen: Ochsen mit Männergesichtern, Männer mit Hufen und Schweif, Frauen mit dem Körper eines Vogels oder Katzen mit dem Gesicht, dem Hals, den Brüsten einer Frau.

Die Gemälde fesselten mich derart, dass ich das Geräusch nicht gleich bemerkte. Als mir das grimmige Knirschen unter meinen Füßen endlich zu Bewusstsein kam, schaute ich zu Boden. Ich erwartete, Muschelschalen zu sehen, wie man sie überall auf Jersey fand, doch es waren nicht die grazilen Gebilde vom Strand, die meine Frau und meine Tochter so liebten. Es waren Knochen. Ein mit Fischgräten, Vogelknochen und den Überresten von allerlei Kleingetier bestreuter Pfad führte mich abwärts, tiefer und tiefer in die Höhle hinein.

Schließlich kam ich in eine große Kammer, die einer Kathedrale glich. Zwei Reihen aus über mannshohen Monolithen bildeten ihren Mittelgang. Dieser führte auf eine breite, massive Platte zu, die auf drei aufrechten Steinen ruhte. Wie ein Altar, dachte ich.

Indem ich die Laterne von einer Seite zur anderen schwenkte, bemerkte ich Vertiefungen in den Seitenwänden. Aus der Nähe betrachtet, schienen es primitive Sitze für die Zuschauer jener Rituale oder Kulthandlungen zu sein, die einst hier stattgefunden haben mochten.

Ich begann die Wände abzuschreiten. Um jeden steinernen Thron herum lagen ausgedörrte Lederfetzen, Perlen und Fetische verstreut. Was mochte der Sinn dieser Gegenstände sein?

Meine Schritte hallten in der Leere wider, und irgendwo

fernab hörte ich Wasser tropfen. Und dann ein flüsterleises Stöhnen. War es Einbildung? Ich lauschte angestrengt. Es schien von der Rückseite der Kammer zu kommen. Ich hielt Ausschau, doch sah ich nichts als Schwärze, bis ich die Höhle durchschritten hatte. Der Anblick, den die Laterne hier enthüllte, war das Schrecklichste, was ich seit jenen blutigen Tagen des Aufstands in Paris gesehen hatte.

Die Kleider des Kindes waren in Fetzen gerissen. Lange blutige Striemen zeichneten seine entblößte Haut. Auf der Stirn des Mädchens klaffte ein tiefer Schnitt, aus dem Blut troff und das blonde Haar beinahe schwarz verfärbte. Ihre Unterlippe war blutverkrustet und geschwollen.

Die Kleine schien ohnmächtig zu sein. Ich legte ein Ohr auf ihre Brust und lauschte. Ihr Herz schlug schwach, und ihre Haut war klamm. Sie war dem Tode nahe, ob von dem Blutverlust oder einem Schlag auf den Schädel. Das Resultat konnte dasselbe sein. Ich wurde nicht zum ersten Mal Zeuge des nahenden Endes; die Anzeichen waren immer dieselben, ob in den Straßen von Paris oder in den opulenten Behausungen meiner Freunde.

Für dieses Mädchen war die Zeit gekommen.

Mochte sie nun um ihr Leben gekämpft haben oder nicht – inzwischen hatte sie aufgegeben. Ihr Körper hatte sich in sein Schicksal gefügt. Ich wusste, dass ihr letzter Atemzug kurz bevorstand.

Da hörte ich, mitten in der Einsamkeit und Stille dieses unterirdischen Tempels, den die Heiden vor Tausenden Jahren errichtet haben mochten, ein langgezogenes, tiefes Knurren hinter mir. Ich fuhr herum, hob meine Laterne und hielt Ausschau nach glühenden Augen, nach blitzenden Zähnen. Nichts dergleichen war zu sehen. Es war nur meine Einbildung, die mir Streiche spielte. Doch solche Ablenkungen durfte ich mir nicht erlauben. Die Zeit verrann und mit ihr das Leben des Kindes. Noch mochte es möglich sein, sie zu retten, wenn ich die Blutung stillte. Rasch zog ich mir das Hemd vom Leib. Ich riss mit den Zähnen Streifen davon ab und band sie ihr so fest wie möglich um den Kopf.

Während ich so arbeitete, spürte ich, dass jemand bei mir war. Der Geist meiner toten Tochter war ganz in der Nähe. Ich könnte selbst heute nicht sagen, woher ich es wusste oder was ich in ihrer Gegenwart empfand. Noch weniger kann ich erklären, wie so etwas möglich sei. Nie hatte ich sie bis zu jener Nacht in all den Jahren seit ihrem frühen Tod so deutlich an meiner Seite gespürt. Oder überhaupt gespürt. Zwar hatte ich mich stets an sie erinnert. Zwar hatte sie am Kartentisch zu uns gesprochen. Doch dies war kein halb verblasster Schemen. Es war Didines ganzes Wesen, ihre Seele, die da mit mir hoffte, bangte und Wache hielt.

Was bildete ich mir da nur ein? Gab es in der Höhle Gase, welche die Sinne betäubten? Ich hatte von so etwas schon gehört. Die abgestandene Höhlenluft konnte verdorben sein und unheilvolle Wirkungen auf mein Gehirn ausüben. Fieberhaft suchte ich, während ich das Kind verarztete, nach einer Erklärung, doch es fiel mir keine ein.

Didine war dort, das wusste ich. Sie war in dem Tröpfeln des Wassers, in dem Flüstern des Windes, der durch die steinernen Kammern strich, in den schwachen Atemzügen des Kindes, das ich zu retten versuchte.

Es ist so weit, Hugo.

Wieder hörte ich die Stimme, die ich aus Séancen mit einem ganz bestimmten Geisterwesen kannte. Die körperlose Stimme jenes schönen jungen Mannes am Meeresstrand. Ich wandte nicht einmal den Kopf. Es war auch nicht nötig; ich wusste, wer da zu mir sprach. Der Schatten aus dem Grabe war zu mir zurückgekehrt.

»Was meinst du? Was willst du von mir?«, rief ich wie ein Dummkopf laut in die Dunkelheit.

Wenn du sie aufgibst, wenn du sie sterben lässt, dann hole ich sie mit der Seele deiner Tochter ins Leben zurück.

»Unsinn. Das ist unmöglich. Und selbst, wenn es möglich wäre, könnte ich so etwas niemals tun.« Mich packte das Grausen. Ich hätte gleich rundheraus ablehnen müssen. Dass ich erst an der Möglichkeit zweifelte, sprach Bände und machte mir Angst. Liebäugelte ich etwa mit seinem Angebot?

Du glaubst doch, dass die Seele weiterlebt?

»Ja, ja, das glaube ich, aber ...«

Und du glaubst an die Wiedergeburt?

Wollte er mich hier und jetzt in ein philosophisches Gespräch verwickeln? Ich konzentrierte mich auf das Wesentliche, auf die Verletzung an der Stirn des Mädchens. Es sah so aus, als hätte die Blutung nachgelassen. Wenn dem so war, konnte ich sie von hier fortbringen, an die frische Luft. Dann konnte ich Hilfe holen.

Du glaubst doch an die Wiedergeburt der Seele?

»Ja, ich glaube an die Reinkarnation. Aber hier kann von einer Geburt wohl kaum die Rede sein. Lass mich in Frieden.«

Es gibt noch andere Formen der Reinkarnation. Im Tode lässt die scheidende Seele den Körper leer zurück. Allein in diesem kurzen Augenblick kann eine andere Seele ihren Platz einnehmen. Eine verirrte, verlorene Seele. Eine Seele, die sich nach der Rückkehr ins Leben sehnt. Wenn der Körper dann wieder erwacht, lebt er mit der neuen Seele fort. Sicher hast du von schweren Unfällen oder Krankheiten gehört, von denen man sagt, der Genesene sei wie von den Toten zurückgekehrt? Und er sei danach nicht derselbe gewesen?

»Warum erzählst du mir das?« Doch ich wusste schon, wie seine Antwort lauten würde.

Schon in der Burg wollte ich so einen Tausch zuwege bringen, doch du rettetest das Kind, bevor ich es dir noch erklären konnte. Mach heute nicht denselben Fehler. Ich habe dir dieses Kind zu Füßen gelegt und biete dir, wonach es dich so sehr verlangt. Du musst nur deine Hände von der Wunde lassen. Lass sie bluten. Lass sie sterben.

»Nein!«, rief ich und drückte nur noch fester auf die Wunde. Ich sah dem Mädchen ins Gesicht. Ein wenig Farbe überhauchte ihre blassen Wangen. Der Puls an ihrem Hals schien stetiger zu sein.

»Halt durch! Halte durch!«, schrie ich sie an.

Du begehst einen Fehler.

Plötzlich stand er leibhaftig vor mir, derselbe junge Mann, dem ich am Strand begegnet war, mit den seidigen schwarzen Locken, den durchdringenden topasgelben Augen. Luzifer selbst war bei mir in jener steinernen Kathedrale, und in meinen Händen lag ein junges Mädchen, dessen Seele halb zum Abschied bereit war, halb zum Bleiben entschlossen. Das Bild des Mannes verblasste, dann verschwand es ganz.

»Halte aus!«, rief ich noch lauter. »Du wirst schon stärker. Du kannst es schaffen.«

Jetzt kämpfte sie wieder. Jetzt gewann sie. Das Mädchen würde überleben.

Du könntest deine Tochter wiederhaben! Wie kannst du die Gelegenheit verstreichen lassen?

Ich antwortete ihm nicht. Es war blasphemisch, was er behauptete, und es war unmöglich. Und selbst wenn nicht, war mir der Preis zu hoch. Die Tochter eines anderen Vaters sollte sterben, damit die meine leben durfte?

Beschämt gestehe ich, dass ich mich bei diesem Gedanken dazu hinreißen ließ, es mir vorzustellen.

Wie wäre es, wenn dieses Kind die Augen öffnete, mich Papa nannte und die Arme um mich schlang? Wenn sie flüsterte, sie sei es wahrhaftig, mein Liebling, meine Didine? Schmerzliche Freude und tiefe Reue überkamen mich.

Ein Feigling bist du. Ich biete dir nichts Geringeres als ein Ende deiner Leiden.

»Ich kann es … will es nicht annehmen.«

Noch immer bemühte ich mich, das Blut zu stillen, da kam

mir plötzlich eine Frage in den Sinn, die ich schon lange hätte stellen sollen.

»Warum machst du mir dieses Angebot?«

Man verleumdet mich, und du kannst daran etwas ändern. In deinen Schriften kannst du die Menschen unterrichten und mich in mein Recht setzen. Du kannst ihnen sagen, dass ich Licht ins Dunkel bringe, dass ich die großen Rätsel löse. Dass, wer anders ist, nicht böse sein, und dass Wandel kein Verderben bringen muss. Du kannst den Makel des Bösen von mir nehmen. Ich bin Luzifer. Mein ganzes Tun ist darauf gerichtet, den Menschen Gottes ganzes Wissen zuzutragen. Und zum Dank für deine reinigenden, klärenden Worte kehrt die Seele deiner Tochter ins Leben zurück.

Ich betrachtete den Verband um den Kopf des Mädchens. Es sickerten keine roten Flecken mehr hindurch. Die Blutung war gestillt. Jetzt musste ich sie nur ins Freie bringen.

Behutsam hob ich sie hoch. Sie war so klein und wog so wenig. Ihre Knochen kamen mir zerbrechlich vor wie die Gebeine der Vögel auf dem Höhlenboden.

Ich versuche dir nur zu geben, was du wünschst!

Die Stimme des Schattens klang jetzt flehentlich und voller Trauer. Ich begriff bei ihrem Klang, dass auch er in einer Hölle lebte. Mich durchzuckte ein Gefühl der Schuld, weil ich ihn weiter darin schmoren ließ.

Kann ich dich denn gar nicht in Versuchung führen?

Natürlich konnte er das, doch hätte ich es niemals eingestanden. So mächtig, wie er war, würde er sich meine Wankelmütigkeit zunutze machen.

»Nein, es verlockt mich nicht, ein Kind sterben zu lassen, damit meine Tochter wiederkehrt.«

Sosehr ich es auch abstritt, spürte ich doch wie einen Schwindel das Verlangen nach Didine, meiner wunderbaren Tochter, dem Licht meines Lebens. Wie würde es sich anfühlen, wenn dieser Schmerz versiegte?

Doch konnte ich eine Seele um einer anderen willen verwerfen?

Während ich, über die verstreuten Knochen stolpernd, meine kostbare Last aus der Höhle schleppte, versuchte ich nachzuvollziehen, wie ich an diesen fremdartigen Ort geraten war, in diese widervernünftige Welt, die mich seit meiner Ankunft auf Jersey fasziniert hatte und in die ich mich jetzt hineingeworfen sah. Was hatte ich nur getan? Was für ein Tor hatte ich da aufgestoßen? Und wie es wieder schließen, da ich so abscheuliche, verlockende Angebote bekam?

Ich dachte an jenen Abend vor zwei Jahren zurück, da ich mich zum ersten Mal zu einer Séance an den Kartentisch gesetzt hatte. Wann hatten wir den Schatten aus dem Grabe herbeigerufen? Wie konnten wir ihn dorthin zurückverbannen, wo er hergekommen war?

Der Weg hinauf ins Freie war lang. Das Mädchen, das mir erst so leicht erschienen war – jetzt wog es mit jedem meiner Schritte schwerer. Unaufhörlich redete der Schatten auf mich ein. Er bediente sich meiner Erinnerungen und hielt mir meine kostbarsten Momente mit Didine vor Augen.

Weißt du noch, wie du sie lesen lehrtest? Wie sie laut eines deiner Gedichte las? Wie sie deine Ideen hinterfragte, erinnerst du dich daran? Wie sie bis in die Nacht mit dir Debatten führte? Wie du ihr sagtest, sie sei dein eigenes besseres Selbst … dein Wunder … deine Didine …

»Schweig!« Ich drückte das fremde Kind fester an meine Brust, damit er sie mir nicht fortreißen und seine Sache noch heftiger verfechten konnte.

So schnell ich eben konnte, setzte ich meinen Weg durch die Felsengänge fort. Die Laterne hatte ich zurücklassen müssen, weil ich mit beiden Armen das Mädchen hielt. Im Halbdunkel flackerten bedrohliche Schatten die Wände entlang. Ich war wahrhaftig in der Unterwelt.

Ich weiß, dass du neugierig bist. Ich kann es hören, dass du dich fragst, wie es wäre, wenn du wieder mit ihr sprechen könntest.

»Unmöglich. Du bist nicht real!«

Die Ägypter, die Griechen, die Chinesen – sie alle haben es geglaubt. Du selbst glaubst ja an die Seelenwanderung, an den Weg der Seele durch die Ewigkeit von einem Körper zum nächsten, zu immer neuer Größe, neuen Veränderungen. Wie wäre es, wenn du einmal davon schriebest? Denk an die Reichtümer, die du anhäufen könntest. Denk an den Ruhm!

»Ich habe selbst Ideen genug. Ich habe Themen für meine Romane. Lass mich in Frieden.«

Gib zu, dass du seit deiner Ankunft die Gabe des Schreibens verloren hast. Wir Geister sind jetzt deine Leidenschaft.

Endlich erreichte ich den Ausgang der Höhle und stolperte in die Nacht hinaus. Ich hörte wieder das Rauschen der Brandung und die fernen Stimmen der Männer, die zu beiden Seiten noch immer den Strand abschritten, einander zuriefen und das Suchgebiet erweiterten.

Ich wandte mich nach meinem unsichtbaren Begleiter um, doch ich spürte, dass er verschwunden war.

Als ich Trent herbeirief, ihm sagte, dass ich das Kind gefunden hatte, durchfuhr mich eine jähe, knochentiefe Angst. Sie erfüllte den ganzen Körper, pulsierte durch meine Adern. Ich hatte erlebt, wie Männer den Verstand verloren. Stand mir dasselbe bevor?

Wenn ich nicht verrückt geworden war, dann musste das Angebot, das man mir unterbreitet hatte, mich umso mehr den Verstand kosten. Wie konnte ein Mensch in dem Bewusstsein leben, dass all seine Nachtmahre wirklich waren? Dass Teufel und Dämonen uns heimsuchen, uns beherrschen konnten? Was, wenn Gott kein himmlisches Wesen war, sondern bloß die Wahl zwischen Gut und Böse, zwischen Licht und Dunkelheit? Was, wenn es eine Macht zwar gab, aber nur die Macht der menschlichen Entscheidung?

Trent kam im Laufschritt auf mich zu und mit ihm ein weiterer Mann. Sein Gesichtsausdruck bedurfte keiner Deutung. Er war der Vater des Kindes und starrte das Bündel in meinen Armen an.

»Sie ist verletzt«, sagte ich, als er schon die Arme nach ihr ausstreckte. »Aber sie lebt. Da ist eine Wunde auf ihrer Stirn, die jedoch nicht mehr blutet.«

Der Mann sagte kein Wort. Ich hatte es auch nicht erwartet. Er nickte bloß, und als er den Kopf hob, glänzten Tränen in seinen Augen.

Vierundzwanzig

Als Jac am Abend nach der Séance in ihr Hotel zurückgekehrt war, wartete eine Nachricht auf sie: Ash hatte gefragt, ob sie mit ihm frühstücken wolle. Sie rief zurück, erreichte seine Mailbox und nahm die Einladung an. Jac hoffte nach den Ereignissen im Hause Gaspard, dass er ihr helfen würde, die Geistererscheinung zu verstehen.

Die beiden Brüder waren wie zwei Seiten derselben Münze, die eine hell, die andere dunkel. Indem sie Ash genauer kennenlernte, konnte sie vielleicht Theo besser verstehen. Sein geheimnisvolles Verhalten beflügelte ihre Phantasie. Wie überhaupt die gesamte Familie. Die altjüngferlichen Schwestern; das uralte, mit Antiquitäten vollgestopfte Haus; die rätselhaften Vorfahren mit ihrem Interesse an Séancen und Zauberei; der tragische Tod von Theos Frau; der versteckte Schatz von Victor Hugo … Jac war davon ebenso gefesselt wie von sämtlichen Mythen, die sie je untersucht hatte.

Drei Tische im Speisesaal waren besetzt. Ash Gaspard saß am Fenster. Die Kellnerin setzte Jac so, dass sie einen Ausblick auf die rauen Wellen und den bewölkten Himmel hatte.

»Guten Morgen«, begrüßte Ash sie. »Meine Tante hat mir erzählt, dass es letzte Nacht in Wells in Wood ziemlich hoch herging.«

»Das kann man wohl sagen.«

»Die beiden sind schon ein Paar! Ich hoffe, es war wenigstens unterhaltsam.«

»Wohl eher verstörend als unterhaltsam.«

»Du glaubst doch nicht etwa an diesen ganzen Hokuspokus, oder?« Er sah sie aufmerksam an. Ash hatte dieselben Augen wie sein Bruder, nur dass in seinen Heiterkeit lag.

»Deine Tante Minerva und ich hatten diese Unterhaltung schon gestern Abend. Nein, dafür denke ich zu rational. Aber ich gebe zu, es gibt Vorgänge, die ich kaum logisch erklären kann. Und letzte Nacht war in dieser Hinsicht eine der größten Herausforderungen.«

»Welche anderen gibt es denn noch?«, erkundigte er sich.

Ash beugte sich zu ihr, und sie roch sein Parfüm. Wie bei ihrem ersten Treffen ging sie in Gedanken die Bestandteile durch. Zitrone, Verbene, Bergamotte, Tonkabohne, Patschuli und noch etwas … aber was war das nur?

»Ich hoffe, du hältst mich nicht für unhöflich, aber kannst du mir verraten, wie dein Parfüm heißt? Meine Familie ist im Parfümgeschäft, und ich bin normalerweise gut darin, Gerüche zu identifizieren. Aber was du da trägst, habe ich noch nie gerochen.«

Ash lächelte. »Es liegt daran, dass …«

Die Kellnerin erschien, und er unterbrach seine Erklärung.

Ash bestellte ein englisches Frühstück mit Tee, Jac einen Kaffee und einen Joghurt mit Früchten.

»Wo waren wir?«, sagte er, sobald die Bestellung aufgenommen war. »Oh, ja. Ich wollte dir von meinem geheimnisvollen Parfüm erzählen.« Er lächelte vergnügt. »Nach dem Frühstück möchte ich dir, falls du Zeit hast, einen besonderen Ort zeigen. Dort erzähle ich dir dann alles über mein Parfüm, abgemacht?«

Beim Essen unterhielten sie sich über seine Tanten und über die Séance.

»Ich muss dich um einen Gefallen bitten«, sagte er, als sie die Teller geleert hatten.

»Ja?«

»Mein Bruder ist nicht mehr derselbe, seit seine Frau gestorben ist, und wir machen uns alle Sorgen um ihn. Er lässt die Arbeit schleifen. Die Galerie ist meist geschlossen, und er hat noch immer keinen Ersatz für Naomi eingestellt. Statt sich um seine eigentlichen Aufgaben zu kümmern, verbeißt er sich in diese Suche, wegen der er dich hierhergeholt hat.«

Ihr war es unangenehm, hinter Theos Rücken über ihn zu reden. »Um was für einen Gefallen geht es denn?«

»Kannst du ihn ein wenig im Auge behalten? Er lässt niemanden von uns an sich heran, aber dir scheint er zu vertrauen. Sollte er anfangen, sich unberechenbar zu verhalten oder Dinge zu erzählen, die einfach keinen Sinn ergeben – also falls dir auffällt, dass er den Verstand verliert, möchte ich, dass du mich oder Minerva anrufst. Sie hat versucht, ihn zu einer Therapie zu überreden, aber er weigert sich. Er glaubt nicht, dass er Hilfe benötigt.«

»Ich habe ihn fast zwanzig Jahre lang nicht gesehen. Wie sollte ich also wissen, ob er sich normal verhält?« Sie vermutete, dass sich hinter Ashs Bitte eine unterschwellige Botschaft, vielleicht sogar eine Warnung verbarg … aber sie war sich nicht sicher.

»Du wirst es erkennen. Seine Frau konnte es.«

»Natürlich konnte sie es. Sie war mit ihm verheiratet.«

»Sicher, aber sie kannten sich eigentlich noch gar nicht so lange. Theo wurde plötzlich extrem eifersüchtig, wenn sie nicht in seiner Nähe war. Wenn sie beruflich nach London musste, beschuldigte er sie, ihn zu betrügen. Er las heimlich ihre Mails, überwachte ihre Anrufe. Das Ganze erreichte seinen traurigen Höhepunkt, als er erfuhr, dass sie mit mir über sein Verhalten gesprochen hatte.« Ash schüttelte den Kopf. Die Erinnerung daran schien ihn zu schmerzen.

»Wie hat er reagiert?«

»Er hat versucht, sie einzusperren.«

»Das hat Theo getan?« Jac erinnerte sich, wie Theo letzte Nacht die Hand seiner Tante gehalten hatte. Wie sanft er gewesen war.

»Ich weiß. Mir fällt es selbst schwer, das zu glauben. Aber etwas in ihm war zerbrochen. Sie kletterte aus dem Fenster und fuhr davon. Ich nehme an, sie war auf dem Weg zu mir.«

»In der Nacht, als sie starb?«

Ash nickte. »Theo gibt mir die Schuld. Er glaubt allen Ernstes, dass ich derjenige war, mit dem sie ihn betrogen hat. Dass sie meinetwegen abgelenkt und aufgewühlt war und deshalb nicht genügend auf die Straße achtete. Die Polizei hat festgestellt, dass sie ins Schlingern geriet, weil sie einem anderen Wagen ausweichen wollte, und dass der andere Fahrer den Unfall verursacht hat, aber Theo glaubt nur das, woran er glauben möchte. Seitdem haben wir kein normales Wort mehr miteinander gewechselt. Er will einfach keine Vernunft annehmen. Wir hatten es auch früher nicht leicht miteinander, aber so schlimm war es noch nie. Und jetzt ist er ganz versessen darauf, diese Aufzeichnungen von Victor Hugo zu finden. Als würde er sich davon die Lösung aller Probleme erwarten.«

Jetzt wurde Jac klar, warum Theo sich beim letzten Mal derart geärgert hatte, als er sie und Ash zusammen an der Bar gesehen hatte.

»Ich fühle mich irgendwie nicht ganz wohl dabei. Es ist, als würdest du mich bitten, seine Psyche auszuspionieren.«

»Es tut mir leid. Aber Minerva und ich fanden, dass du Bescheid wissen solltest. Sie wollte eigentlich selbst mit dir reden. Wahrscheinlich hätte sie sich dabei geschickter angestellt als ich, aber es ist schwierig für sie, mit dir in Kontakt zu treten, ohne dass Theo davon erfährt.« Er legte seine Serviette weg und bezahlte die Rechnung. »Gehen wir? Ich verspreche dir, dich mit keinen weiteren unangenehmen Bitten zu belästigen. Ich möchte dir nur etwas zeigen, was dich garantiert faszinieren wird.«

Ash fuhr über dieselben Landstraßen, die sie bereits zweimal mit Theo passiert hatte. Unterwegs sprach er kaum. Schweigen kann sehr unangenehm sein, besonders zwischen Leuten, die sich nicht gut kennen, aber dieses war es nicht. Es hatte etwas seltsam Vertrauliches. Einmal wandte er sich ihr zu und lächelte, und sie erwiderte die Geste. Es war ein freundlicher, sonniger Vormittag, und Jac freute sich darauf, etwas Spannendes gezeigt zu bekommen.

Sie erreichten das Ende der langen, gewundenen Straße. Hier begann das Gaspard-Anwesen. Ash bog rechts ab. Sie durchquerten das Weißbirkenwäldchen und fuhren weiter in den Wald. Je tiefer sie hineinkamen, desto düsterer wurde es. Plötzlich frischte der Wind auf. Er rauschte durch die Blätter und kündigte den bevorstehenden Regen an. Kurz bevor sie die Skulpturen erreichten, die den Weg zum Haupthaus säumten, bog Ash scharf nach links auf eine noch schmalere, sehr kurvige Straße. Dann hielt er an.

»Mein Zuhause«, sagte Ash.

Im ersten Moment sah Jac nur Bäume. Doch dann erblickte sie einen viktorianischen Ziegelbau, der hinter uralten Stechpalmen, Eichen und Haselnusssträuchern hervorschimmerte. Manche standen so nah am Haus, als wäre es mehr für sie errichtet worden als für die Menschen.

Efeu rankte sich über die Wände und verdeckte mehrere Fenster. Eine Glyzinie mit einem Stamm so dick wie ein Männerarm schlang sich um das Verandageländer, zum Dach hinauf und auf der anderen Seite wieder herunter. Die Natur schien das Haus schon seit langem in Besitz genommen zu haben, ohne dass sich jemand dagegen gewehrt hätte. Jac fand es zauberhaft.

»Wann wurde das gebaut? Gehört es zum Haupthaus?«

Ash öffnete die Tür und bat sie ins Haus. Dabei erklärte er: »Einer meiner Vorfahren war Juwelier. Pierre Gaspard.«

Sie nickte. »Ich habe von ihm gehört.«

»Tja, und das hier war sein Atelier. Wie viele andere Kunsthandwerker der damaligen Zeit hat er sich neben dem Schmuck auch mit Buntglasarbeiten beschäftigt, für die er ziemlich berühmt wurde. Sicher hast du einige seiner Werke schon im Haupthaus bewundern können, oder?«

»Ja, aber hier lebt man ja praktisch im Inneren der Farben. Es ist wundervoll.«

Sie ließ ihren Blick über das in die Haustür eingefasste Buntglas, den Raum und die einzelnen Fenster schweifen. Überall war dieselbe idyllische Waldlandschaft mit einer japanischen Brücke dargestellt, die einen von Bäumen umsäumten Teich überspannte. Aber jede Abbildung zeigte sie zu einer anderen Jahreszeit. Von Beeten voller blühender Krokusse über sommerliche Seerosen und bernstein- und rostfarbenes, auf der Wasserfläche schwimmendes Herbstlaub bis hin zu schneebedeckten Kiefern war jedes liebevolle Detail dieser Landschaften nicht auf die Scheiben aufgemalt, sondern aus satt leuchtendem Buntglas gefertigt.

»Nach seiner Hochzeit nutzte er das Haupthaus als Wohnstätte, und dies hier wurde sein Ausstellungsraum. In der Stadt besaß er noch ein Ladengeschäft, aber dort verkaufte er nur Schmuck, Lampen und andere kleine Objekte. Für größere Projekte ließ er die Kunden hierherkommen. Es sah damals ziemlich genauso aus, wie du es jetzt hier siehst. Der Ausstellungsraum sollte die Zimmer eines Hauses nachempfinden, damit sich seine Kunden vorstellen konnten, wie eine Buntglastür in ihrem Hausflur oder die Fenster in ihrer Bibliothek wirken würden. Komm, ich zeige dir den Rest.«

Ash führte Jac weiter durch das Speisezimmer mit seiner aus Buntglas gefertigten, in marokkanischen Blautönen gehaltenen

Feuerstelle, die schimmerte wie ein von Mondlicht beschienener See, und durch die Bibliothek, wo elegant geschwungene, narzissenförmige Buntglasstehlampen ihr sanftes Licht über jeden der Sessel ausgossen.

»Du hast nach meinem Parfüm gefragt«, sagte Ash, als er sie einen langen, von grünlich schillernden Wandleuchtern erhellten Flur entlangführte. »Aber zuerst musst du mehr über diesen Ort erfahren. Bis ich vor zehn Jahren eingezogen bin, war das Haus unbewohnt. Pierre und später sein Sohn haben hier bis weit nach dem Ersten Weltkrieg seine Glasarbeiten verkauft. Aber in den dreißiger Jahren änderten sich die Verhältnisse, und Buntglas kam aus der Mode. Dann kam der Krieg. Unser Anwesen ist groß, und dieses Gebäude steht weit abseits des Haupthauses. Niemand brauchte es, und keiner schien zu wissen, was man damit anstellen sollte, also wurde es als eine Art riesige Abstellkammer genutzt. Als ich mich entschloss, das Haus zu übernehmen, brauchte ich Monate, um alles auszusortieren. Aber unter all dem Müll waren die original ausgestatteten Räume noch komplett erhalten. Das Haus musste nur kräftig entrümpelt werden.«

Ash blieb vor einer dunklen Mahagonitür stehen, deren Türblatt mit Blumengirlanden verziert war. Als er sie öffnete, roch Jac sofort, was sich in dem Raum befand. Er schaltete das Licht ein, und sie traten ein.

»Hier hat Fantine gearbeitet, Pierres Ehefrau.«

Sie kannte den Namen aus Victor Hugos Brief. Das war also ihr Labor. Jac betrachtete den Arbeitsplatz der Parfümeurin, alles war blitzsauber und perfekt erhalten. Ganz ähnlich wie in der Maison L'Étoile in Paris, wo Jac aufgewachsen war. In der Mitte des Raumes befand sich eine Duftorgel. Das komplexe Möbelstück, das mit seinen von der Mitte nach außen hin ansteigenden Regalen einem Amphitheater glich, war schöner als die Duftorgel des Hauses L'Étoile. Jac vermutete, dass Fantines Ehemann, ein Juwelier mit einem feinen Gespür für Design, bei der ausgefeilten Verzierung dieses Arbeitsplatzes die Hand im Spiel gehabt hatte.

Jac schnupperte. Keine Duftorgel roch wie die andere, da jeder Parfümeur ganz bestimmte Aromen bevorzugte. Die verblassten Aromen von Vanille und Rose, Zitrone und Verbene hingen schwach, aber unverkennbar in der Luft.

Jac zog Fantines Stuhl heran und drehte sich zu Ash um. »Darf ich?«

»Natürlich.«

Jac setzte sich und ließ den Blick über die zahllosen Reihen kleiner, brauner Fläschchen mit Ölen und Essenzen schweifen. Jedes war mit einem vergilbten, rechteckigen Papieretikett beklebt, auf dem der Name der Essenz in einer weiblichen Schrift verzeichnet war.

Während Jac nach der Verbene griff, einem der intensivsten Düfte im Raum, stellte sie sich Fantine vor, wie sie an ihrem Platz saß und Ashs Duft kreierte. Der Pfropfen klemmte fest und ließ sich nicht öffnen. Also stellte sie das Fläschchen weg und probierte die Zitronenessenz. Der Korken gab nach, und sie beugte sich darüber.

»Es riecht so frisch. Es erstaunt mich immer wieder, wie lange sich ein Duft halten kann. Viel länger, als den meisten Menschen klar ist. Länger als die Menschen selbst.« In ägyptischen Gräbern hatte man Ölrückstände gefunden, die noch immer komplexe Aromen verströmten. »Wie alt ist dieses Labor eigentlich?«

»Pierre hat es 1856 für seine Frau eingerichtet, und Fantine hat hier mindestens siebzig Jahre lang Parfüms hergestellt. Als sie 1924 starb, war sie vierundneunzig Jahre alt und arbeitete bis zuletzt an ihren Rezepturen. Ihren Aufzeichnungen zufolge wurde mein Eau de Cologne 1912 kreiert. Es besteht aus Bergamotte, Verbene …«

»Du hast ihre Formeln?«, unterbrach ihn Jac.

»Ganze Bücher voll davon. Möchtest du sie sehen?«

Sie nickte aufgeregt. »Ja, unbedingt!«

Er führte sie zu einem kleinen Sekretär, der abseits in einer Ecke stand. Es war ein altmodisches Möbelstück mit großen Schubladen und einem Aufsatz mit Glastüren, hinter denen gut zehn in schwarzes Leder gebundene Notizbücher zu sehen waren.

Ash öffnete die Vitrine. Jac erkannte den süßlichen Duft vertrockneten Leims, den Geruch lederner Einbände und die holzigen Ausdünstungen alten Papiers.

Jac nahm eines der Bücher heraus und schlug es auf. Die Handschrift war die gleiche wie auf den Flaschenetiketten. Jede Seite enthielt eine Parfümrezeptur. Die phantasievollen Namen der Parfüms ließen vermuten, dass Fantine und ihr Mann sie sich gemeinsam ausgedacht hatten.

Nächtlicher Smaragd.

Berstender Saphir.

Perlmuttene Einsamkeit.

Jac betrachtete die Zutatenlisten der einzelnen Düfte und mischte sie in Gedanken zusammen.

»Die sind wirklich großartig. Raffiniert und außergewöhnlich zugleich.«

»Woher weißt du das?«

»Ich habe ein ausgeprägtes Duftgedächtnis. Wenn ich die Zutaten lese, kann ich den Duft gedanklich zusammensetzen.«

»Ist das nicht ziemlich ungewöhnlich?«

»Nicht in meiner Familie. Mein Großvater und mein Vater hatten es, aber mein Bruder nicht.«

»Bedeutet das, du kannst einfach Düfte kreieren, ohne daran zu riechen?«

Sie nickte. »Ich tue es nur nicht.«

»Du stellst keine Parfüms her?«

»Nicht, seit ich erwachsen bin.«

»Kannst du mit den Zutaten hier Parfüms aus diesen Aufzeichnungen herstellen?«

»Einige Zutaten haben vielleicht an Kraft eingebüßt, aber wenn der Raum die meiste Zeit verschlossen und dunkel war, könnten viele davon noch so frisch sein wie die Zitronenessenz.«

»Würdest du gern eines anmischen?«

Jac überraschte sich selbst, als sie die Frage, ohne nachzudenken, bejahte. Seit dem Tod ihrer Mutter hatte sie das nicht mehr getan, seit ihrem vierzehnten Lebensjahr. Während sie, einem der Rezepte folgend, ein Fläschchen nach dem anderen aus den Fächern zog, dachte sie daran, wie bei ihr und auch bei Fantine Düfte und Familie eng miteinander verwoben waren. Jacs Vater und Großvater hatten zu Hause gearbeitet. Hier hatte sie in ihrer Kindheit mit ihrem Bruder Parfümhersteller gespielt; hier hatten beide die Grundlagen der »achten Kunst« gelernt, wie man bei den L'Étoiles dazu sagte. Und jetzt saß Jac erneut am Arbeitstisch eines Parfümeurs. Sie las die Zutatenliste der *Perlmuttenen Einsamkeit.* Jasmin. Orangenblüten. Pfeffer. Gardenie. Ambra. Und etwas namens Amber.

»Seltsam. Hier ist eine Zutat aufgelistet, die gar nicht existiert, soweit ich weiß. Ich frage mich, ob es ein Versehen ist.«

»Was meinst du?«

»Fantine hat hier Amber aufgelistet, aber das ist keine Essenz. Ich dachte zuerst, sie könnte vielleicht Ambra meinen, aber das steht ebenfalls auf der Liste.«

»Was ist Ambra? Dieses Harz, in dem Insekten gefangen werden?«

»Nein, das ist Amber. Bernstein. Aber Bernstein kann doch keine Zutat für ein Parfüm sein. Amber und Ambra sind völlig verschieden. Es ist aber noch komplizierter: Amber ist auch die Bezeichnung einer Duftklasse. Damit bezeichnet man orientalische Düfte. Warme, holzige und würzige Parfüms, die meistens auf Vanille, Tonkabohnen, Ladanum und Ambra basieren.«

»Ich wohne ja schon lange hier, aber es ist echt toll, eine Parfümeurin in dieser Werkstatt zu erleben«, sagte Ash.

Jac sah sich nicht als Parfümeurin. Sie war keine. Nicht richtig. Aber sie widersprach ihm nicht.

»Was ist Ambra denn dann, ist das auch eine Art Harz?«, fragte er.

»Nein. Es ist eine graue, wächserne Substanz, die von Pottwalen ausgeschieden und an den Strand gespült wird. Es stinkt fürchterlich, wenn man es frisch sammelt, aber mit der Zeit gibt es einen angenehmen, sehr erfrischenden Geruch ab, ein bisschen wie Franzbranntwein. So wie Eichenmoos wird Ambra weniger wegen seines Eigengeruchs verwendet, sondern vor allem wegen seiner Wechselwirkung mit anderen Zutaten.«

»Wie in aller Welt ist jemand überhaupt auf den Gedanken gekommen, so etwas für Parfüms zu benutzen?«

Jac lachte. »Das habe ich meinen Großvater auch immer gefragt. Nicht nur bei Ambra, sondern auch bei anderen Zutaten, zum Beispiel den Drüsensekreten der armen Zibetkatzen.«

Sie suchte die Regale ab, fand zwei Fläschchen und nahm sie heraus. Das eine war mit *Ambra,* das andere mit *Zibet* beschriftet. Sie reichte sie Ash. Dann bemerkte sie noch etwas. »Das ist wirklich seltsam.«

»Was?«

Jac nahm ein weiteres Fläschchen aus dem Regal und zeigte es Ash. Auf dem Etikett stand klar und deutlich *Amber.* Es war nur noch ein öliger Bodensatz übrig. Jac öffnete das Fläschchen und roch daran. Der Geruch war ihr vertraut, aber zunächst konnte sie ihn nicht zuordnen. Dann aber fiel es ihr ein. Es roch wie das Feuer, das sie und Theo am Tag zuvor in der Hexenhöhle entzündet hatten. Sie gab Ash das Glasgefäß. »Hier, riech mal. Es hat eine mineralische Note, aber es ist auch süßlich, beinahe blumig.«

Er beugte sich darüber und schnüffelte.

»Und jetzt rieche an der Flasche mit Ambra.«

Er gehorchte.

»Ganz anders, stimmt's?«

»Ja, stimmt.«

»Warte, ich mache jetzt mal das Rezept fertig. Ich möchte sehen, was dabei herauskommt.«

Jac tauchte eine Pipette in das Fläschchen, saugte die zwei geforderten Tropfen ein und fügte sie der Mischung bei. Sie ließ die Flasche kreisen, damit sich die verschiedenen Essenzen vermengten. Gespannt beobachtete sie die wirbelnde Mixtur. Sobald die Zutaten miteinander verschmolzen waren, roch sie daran. Sie hatte sich nicht mehr so gefühlt, seit sie mit Robbie ihre unmöglichen Düfte geschaffen hatte.

Zum ersten Mal seit über siebzehn Jahren stellte sie ein Parfüm her.

»Du hast hier eine richtige Zeitkapsel«, sagte Jac. »Es gibt Parfümeure, die töten würden, um diese Rezeptbücher lesen zu können und an diese alten Zutaten zu kommen.«

»Würdest du dich dafür interessieren? Wenn einer der Düfte etwas taugt, würde deine Firma ihn vielleicht auf den Markt bringen wollen?«

Jac war völlig verblüfft. Nicht, weil er das Angebot gemacht hatte, sondern weil es ihr so verlockend vorkam: sich ein paar Monate vollständig von der Außenwelt abzukapseln, weit weg von Paris und New York, weit weg von Griffin North – von ihrer Trauer um ihn –, und sich in den vergilbten Seiten der Rezepte mit faszinierenden, poetischen Namen zu vergraben …

»Denkst du darüber nach? Es wäre doch schade, so ein Potential ungenutzt zu lassen. Ich wäre sehr daran interessiert, einen neuen Geschäftszweig aufzumachen.«

»Ein Banker durch und durch«, scherzte sie. »Und ich dachte, du wärst trotz allem ein Romantiker.«

»Wir suchen ständig neue Investitionsmöglichkeiten. Aber es

ist mehr als das. Dies hier gehört genauso zum Familienerbe wie der Schmuck und das Buntglas. Und es lag die ganze Zeit hier versteckt. Ich meine es ernst, Jac.«

»Das weiß ich.«

»Denkst du nicht, dass die Story von den verlorenen Düften, die der Welt wieder zugänglich gemacht werden, ein toller Kundenmagnet wäre? So was regt die Phantasie an. Ich kann schon die Werbeanzeigen vor mir sehen.«

Jac lachte. »Es hört sich fast so an, als hättest du schon alles ausgetüftelt.«

»Manche Ideen sind so gut, dass sie sich selbst austüfteln. Du hast ein Gespür für Düfte und ich für Mittel und Wege, Geld zu machen. Das hätte wirklich Hand und Fuß. Denk einfach darüber nach, okay?«

Jac sagte ja, ohne den Vorschlag überhaupt richtig zu durchdenken, was sie schon wieder völlig überrumpelte. Aber sie spürte etwas in dieser Parfümwerkstatt, das sie im Zusammenhang mit Düften gar nicht kannte. Besser gesagt spürte sie hier etwas nicht mehr. Dieser Arbeitsplatz hatte kein Leid in sich aufgesogen, in diesen braunen Glasflakons schwammen keine Tränen, es hing keine Trauer in der Luft. Die Familientragödien der L'Étoile waren nicht Teil dieser Düfte. Hier entfalteten sie sich weitab von der Vergangenheit ihrer Familie, und das war eine schwindelerregende Erfahrung.

»Willst du das erste von Fantines Parfüms riechen, das nach fast einhundert Jahren wieder neu zubereitet worden ist?«, fragte Jac.

»Es wäre mir eine Ehre. Wir könnten zusammen daran riechen.«

Jac lachte.

»Das erste Mal, als ich dich gesehen habe, damals in dieser Hotelbar, wirktest du so traurig«, sagte Ash. »Ich kannte dich zwar nicht, aber ich habe mir gewünscht, dir irgendwie einen

Teil dieser Trauer nehmen zu können.« Er blickte sie an. »Hier in der Werkstatt siehst du überhaupt nicht traurig aus.«

Und dann beugte sich Ash zu ihr herab und küsste sie sanft auf den Mund. Nach dem ersten Schock erwiderte sie den Kuss. Ein wohliger Schauder durchfuhr sie.

Was machte sie da? Das war Theos Bruder!

Sie lösten sich voneinander. Ash lächelte entspannt und unbekümmert, als wäre soeben etwas Angenehmes, durchaus nicht Beunruhigendes passiert. Er deutete auf die Flasche. »Jetzt würde ich gern daran riechen.«

»Wir sollten es richtig angehen, so wie es mein Großvater immer gemacht hat …«, sagte Jac.

Sie brauchte einen Teststreifen. Die modernen Parfümeure benutzten schmale Papierstreifen, und Fantine musste etwas Ähnliches gehabt haben. Entzückt entdeckte sie einen Stapel cremefarbener Schleifenbänder in der Duftorgel. Sie waren etwa so lang wie ein Rosenstiel. Sie zeigte sie Ash.

»Mein Großvater bestand darauf, dass wir in unserer Parfümerie auch solche Bänder benutzten. Keine Fertigware aus Papier.«

Während sie das Band in den Flakon hielt und zusah, wie es sich mit dem Parfüm vollsog, dachte sie an ihren Großvater und dessen altmodische Sitten. Er hatte immer mit Hingabe die Stoffbänder in den Flakon getaucht, hatte zugesehen, wie sie sich vollsaugten, und sie dann dem Kunden wie ein Geschenk überreicht. Manchmal überraschte er Jac mit einer neuen Duftkreation. Er band ihr den mit dem Parfüm vollgesogenen Stoffstreifen mit einer kleinen Schleife ums Handgelenk, und dann bat er sie, ihn den ganzen Tag lang zu tragen und ihm hinterher zu sagen, was sie davon hielt. Sie hatte jedes einzelne dieser Bändchen aufbewahrt. Wo sie jetzt wohl waren? Vermutlich irgendwo in dem Haus in der Rue des Saints-Pères.

Plötzlich spürte Jac, wie die Luft um sie herum zu flimmern

begann. Kalte Schauder liefen ihr über die Arme; feine Nadelstiche, die sie vor dem warnten, was ihr bevorstand. Die Gerüche um sie herum wurden intensiver. Das Licht schwächer. Schatten senkten sich herab. Sie durchlebte die ersten Warnzeichen einer beginnenden Halluzination.

Unter den Zutaten für das Parfüm musste sich ein olfaktorischer Auslöser befunden haben.

Jac wich vor den offenen Flaschen voller Essenzen zurück. Das Schleifenband fiel zu Boden. Ein Stück von der Orgel entfernt waren die Empfindungen, die sie überfielen, weniger intensiv als bei früheren Anfällen. Und weniger beängstigend. Fast war sie versucht, sich der bevorstehenden Vision freiwillig hinzugeben. Ein Teil ihrer selbst schien ihren Körper verlassen zu haben, schien an der Decke zu schweben und von dort eine Unbekannte zu beobachten, die in ferner Vergangenheit dabei war, Parfüms herzustellen.

Jac wollte bleiben, die Frau näher betrachten, aber sie wusste, dass sie dies nicht zulassen durfte. Nicht noch einmal. Nicht jetzt.

Sie rief sich hastig in Erinnerung, was sie in solch einer Lage tun musste.

Öffne ein Fenster. Lass frische Luft herein. Nimm tiefe, bewusste Atemzüge. Gib deinem Gehirn eine Beschäftigung.

Ohne Ash eine Erklärung zu liefern, stand sie auf, ging zum Fenster, öffnete es und steckte den Kopf hinaus. Sie atmete die Waldluft tief ein und konzentrierte sich. Hasel. Gras. Rosen. Kiefer. Das Meer. Vernunft.

»Alles in Ordnung?«, fragte Ash.

»Es geht gleich wieder. Tut mir leid. Etwas, das ich eingeatmet habe, hatte eine komische Wirkung auf mich.«

»Eine der Zutaten?«

»Ja.«

»Welche?«

»Ich weiß es nicht.«

»Ich glaube, ich habe auch etwas gespürt«, sagte er.

»Ach ja?« Sie drehte sich zu ihm um.

Ash sah sie seltsam an. Als würde er nicht wirklich sie, sondern jemand anderen betrachten. Ehe sie sich versah, beugte er sich vor und küsste sie noch einmal. Und die Gefühle, die sie zu bekämpfen versucht hatte, verwandelten sich in etwas Neues. Jac erbebte unter dem Ansturm von beinahe ungetrübter Lust.

Fünfundzwanzig

Es herrschte Ebbe. Im grellen Licht des Nachmittags sahen die Scharten und Risse im Gestein wie menschliche Gesichter aus. Jac und Theo suchten am Strand unweit des Hauses von Victor Hugo nach einer Felsengruppe wie der auf dem Photo, das in Wells in Wood von der Wand gefallen war. So merkwürdig, wie der Dichter darauf seine Füße hielt, hatte es fast so ausgesehen, als ob er auf etwas Bestimmtes hatte hindeuten wollen. Es konnte ein Hinweis sein, und da sie keine anderen Anhaltspunkte besaßen, hatte Theo zugestimmt, ihm nachzugehen.

In der Galerie hatte er zwei Kopien von dem Photo gemacht. Eine reichte er jetzt Jac. Hugo stand in seinem eleganten Aufzug auf dem Felsen. Sein Blick und auch sein Oberkörper waren nach links gewandt, vom Fotografen weg. Das Photo glich einer sehr bekannten Aufnahme, die Jac in mehreren Geschäften und Restaurants auf der Insel gesehen hatte. Es gefiel dem Schriftsteller offensichtlich in luftiger Höhe. Trotzdem war es nicht leicht, sich den Fünfzigjährigen dabei vorzustellen, wie er in dieser unbequemen Kleidung die Felsen erklomm.

»In welche Richtung schaut er?«, fragte Jac. »Aufs Meer oder ins Landesinnere? Nach Norden oder nach Süden?«

»Das lässt sich nicht erkennen«, antwortete Theo.

»Das macht es nicht gerade einfacher«, sagte sie.

Eine gute halbe Stunde lang schritten sie den Strand ab, hielten immer wieder inne und verglichen das Photo mit den Felsen. Schließlich gelangten sie zu einer Formierung, die der auf dem Bild tatsächlich ähnelte. Als sie näher kamen, sagte Jac: »Sieht nicht so aus, als gäbe es hier irgendwo eine Höhle; da ist keine Öffnung.« Sie studierte das Photo erneut. »Aber es scheint wirklich dieselbe Stelle zu sein.«

Theo kletterte auf einen kleinen Felsen und von dort auf einen anderen. »In unserer Kindheit haben mein Bruder und ich Stunden damit zugebracht, Höhlen zu erkunden.«

Jac spürte einen Anflug von Scham. Als Theo seinen Bruder erwähnte, dachte sie kurz an die zwei unerwarteten, aber nicht unangenehmen Küsse. Aber für solche Gedanken war jetzt keine Zeit. Theo erzählte weiter.

»An der gesamten Küste entlang. Wir haben bestimmt mehr als die Hälfte aller Höhlen erkundet.« Er stand jetzt auf dem vierten Felsen. »Dabei habe ich gelernt, dass nicht alle Höhleneingänge auf Augenhöhe liegen.« Auf dem fünften Felsen. »Hier drüben ist ein Vorsprung. Warte mal …«

Für eine Weile verlor Jac ihn aus den Augen. Sie wartete. Als er wieder auftauchte, klang seine Stimme lebhafter als sonst.

»Komm, und schau dir das an. Ich glaube, wir haben was entdeckt.«

Jac kletterte hoch, erreichte Theo und folgte ihm durch einen Spalt bis zum Felsvorsprung. Er trat nah an sie heran und legte ihr schützend die Hände auf die Schultern. Die Berührung war kühl und unangenehm. Jacs Gedanken wanderten ein paar Stunden zurück. Ashs Hände hatten sich ganz anders angefühlt. Warm.

»Wir müssen da runter«, sagte Theo. Vor ihnen lag ein Hohlraum, der zwischen den Steinen eingeschlossen war. Der Boden war mit Sand bedeckt. In der Felswand zur Rechten war eine Öffnung zu erkennen.

»Ich gehe voraus. Ich bin größer, für mich ist der Sprung nicht so hoch«, sagte Theo.

Er sprang und landete dumpf im Sand.

»Hier steht das Wasser eine Handbreit hoch«, sagte er. »Lass mich erst einmal nachsehen, ob es wirklich ein Eingang ist, bevor du nachkommst.«

Sie beobachtete, wie er zur Öffnung ging und darin verschwand. Nach zehn oder fünfzehn Sekunden tauchte er wieder auf und schaute mit einem feierlichen Lächeln zu ihr hoch. »Das könnte das sein, wonach wir suchen, Jac.«

Von plötzlicher Panik gepackt, starrte Jac auf die Felsenkante zu ihren Füßen. Sie konnte den Anblick kaum ertragen. Aber es könnte die richtige Höhle sein. Jac musste es wagen, so schwer es ihr auch fiel. Sie konzentrierte sich, hielt die Luft an und sprang.

Theo fing sie auf und setzte sie ab.

Sie stand im Sand. Eingeschlossen von den Felsen. Wasser drang durch ihre Schuhe und Socken, es war eisig. Jac folgte Theo eine leichte Steigung hinauf. Vor der Felsöffnung war der Sand trocken. Theo ging zuerst hinein, zündete die Laterne an, die sie mitgebracht hatten, und hielt sie ein wenig hinter sich, um Jac den Weg auszuleuchten.

Überall lagen ausgebleichte Tier- und Vogelknochen, über die jahrelang Wasser hinweggeflossen war. Die Gerüche waren sehr intensiv. Es duftete nach dem Salzwasser des Ärmelkanals. Nach den Mineralien des Gesteins.

Zum zweiten Mal innerhalb nur weniger Stunden erlebte sie die rauschhafte Begeisterung, die so oft mit neuen Entdeckungen einherging. Bisher hatte Jac sie nur in Situationen wie dieser hier erlebt: wenn sie bei ihren Recherchen auf bedeutende Erkenntnisse stieß. Aber vor wenigen Stunden hatte sie dieselbe Erregung auch in Ashs Haus verspürt, während sie sich an Fantines Duftorgel setzte.

Als sie einen Schritt hinter Theo aus dem schmalen Zugang

in die eigentliche Höhle hinaustrat, beleuchtete seine Laterne eine erstaunliche Szenerie.

»Es ist herrlich«, sagte sie voller Bewunderung.

Sie befanden sich in einem länglichen Gang, dessen Wände und Decke komplett mit Malereien in Schwarz, Braun und Ocker bedeckt waren. Zuerst sah Jac nur ein wildes Durcheinander aus Männern, Frauen, Pferden, Kühen, Vögeln, Hunden, Katzen … und dann bemerkte sie allmählich die Details. Keine der Gestalten war nur menschlich oder nur ein Tier. Sie waren eine Mischung aus beidem. Ein Mann mit dem Unterkörper eines Rehs. Ein Stier mit Teufelshörnern auf zwei menschlichen Beinen. Ein Vogel mit einem Frauengesicht. Eine Frau mit Vogelkopf und Schwingen.

»Diese Abbildungen sind phantastisch«, sagte sie bewegt. »Manche Fälschungen haben schon Fachleute getäuscht, deswegen kann ich nicht ganz sicher sein, aber diese hier wirken authentisch. Einige dieser Gestalten sind keltische Gottheiten. Hast du so etwas sonst noch wo auf der Insel gesehen?«

»Na ja, es gibt in der Gegend etliche Höhlenmalereien. Einige sind im Museum und in zwei Höhlen zu besichtigen, die hin und wieder für die Öffentlichkeit zugänglich sind. Aber solche Kreaturen sind nirgendwo dabei.«

Jac untersuchte die Malereien genauer. »Ich bräuchte nur eine winzige Probe, aber ich will sie nicht eigenhändig entnehmen. Wir sollten einen Experten zu Rate ziehen, wenn es so weit ist …« Sie verstummte und kehrte zum Höhleneingang zurück.

»Ich denke …«, sagte sie, während sie den Gang langsam abschritt. »Hier gibt es Elemente von Mythen und Legenden, die ich wiedererkenne. Aber diese Malereien erzählen auch eine ganz individuelle Geschichte, von der ich noch nie gehört habe. Schau dir diesen Katzenmann an.« Sie zeigte darauf. »Wenn du ihm folgst, siehst du es. Er bildet mit diesen anderen Wesen eine Prozession. Sie marschieren in einer Paradenformation. Es muss ein Fest sein, das erkennt man an den Kränzen um ihre Köpfe.« Sie wies auf eine andere Zeichnung. »Hier ist die gleiche Gruppe von Halbwesen noch mal. In diesem Abschnitt scheint es, als sei der Katzenmann für etwas auserwählt worden. Und wenn du ihm hier entlang folgst …« Sie ging ein Stück weiter. »Hier zum Beispiel wird er gebadet …« Noch ein Stück weiter. »Hier wird er gefüttert.« Sie übersprang eine Gruppe von Zeichnungen, die sich von den anderen ein wenig unterschieden. Nach und nach fand sie sich immer besser zurecht. »Hier ist er noch einmal. Er geht in die Höhle, auf dem gleichen Weg wie wir. Immer tiefer hinein.«

Jac fotografierte alles mit ihrem Handy. Sie hatte keinen Empfang, aber das Blitzlicht an der Kamera funktionierte einwandfrei. »Siehst du diese gehörnten Zentauren? Sie sind die Einzigen, die sich nicht mit dem Katzenmann und den anderen Figuren mischen. Sie scheinen die Zeremonie zu überwachen.«

Jac fiel auf, dass die unteren Abschnitte der Malereien nicht immer vollendet waren. Eine wellige Trennlinie verlief einmal ringsum, unterhalb derer die Wände kahl waren. Und dann wurde ihr klar, warum. Sie wies Theo darauf hin.

»Wieso haben sie die Wände auch hier unten bemalt, wenn sie davon ausgehen mussten, dass das Meer die Zeichnungen wegspülen würde?«

»Vielleicht hat sich die Höhle damals nicht so weit mit Wasser gefüllt. In den letzten zweitausend Jahren hat sich das Gelände durch Erosion sehr verändert.«

Sie waren am Ende des Ganges bei einem kleinen Torbogen angekommen. Theo ging als Erster hindurch. Jac folgte ihm. Die Steine unter ihren Füßen waren uneben und rutschig. Bei Flut drang Wasser eindeutig bis hierher in die Höhle vor.

Hinter dem Torbogen war es eiskalt und still. Sie hörten nur das Knirschen der Knochen und Muscheln unter ihren Füßen und das langsame, gleichmäßige Tropfen von Wasser.

Theos Laterne erhellte einen etwa drei mal drei Meter großen Raum mit niedriger Decke. Theo musste gebückt stehen. Jac hingegen hatte noch eine Handbreit Platz über ihrem Kopf.

Hier gab es nur eine Zeichnung des Katzenmannes: Er kniete in einer Senke, und ein größeres Wesen, halb Mensch, halb Bock, goss Wasser über ihn. »Das sieht aus wie ein Reinigungsritual«, sagte Jac. Sie wandte sich um und ging zum Mittelpunkt des Raumes, wo sich in der Tat eine ausgehöhlte Vertiefung im Boden befand. Sie war von blassgelben, schillernden Muscheln umrahmt und mit flachen, ovalen Steinen abgegrenzt.

»Es ist das gleiche Becken wie auf der Zeichnung«, sagte sie.

Es gab nichts weiter zu untersuchen, also gingen sie bis zur Schwelle der nächsten Kammer. Das Geräusch tropfenden Wassers war jetzt viel deutlicher zu hören. Als Jac eintrat, fühlte sie sich, als käme sie in eine Kathedrale. Die Decke war mindestens sechs Meter hoch und voller Stalaktiten. Eine Doppelreihe monolithischer Steine, jeder zwei bis drei Meter hoch, bildete einen Gang. Dieser Gang führte zu einem weiteren Steinkreis, in dessen Zentrum eine Steinplatte auf zwei quadratischen Felsen ruhte. Die Anordnung erinnerte Jac an Stonehenge und jenes damit verbundene uralte Rätsel, das nie gelöst worden war.

Ein Wasserfall rann die Rückwand herab, er duftete nach einer Mischung aus Salz und Schwefel. Waren sie etwa im Kreis gegangen? Näherten sie sich dem Ausgang? Oder entsprang das Wasser einer Quelle im Inneren des Felsens? Theos Laterne beleuchtete die direkte Umgebung, aber der Raum war so tief, dass man nicht alles erkennen konnte. Die Spalten und Ecken blieben in unergründliche Dunkelheit gehüllt.

Jac konzentrierte sich auf das, was sie gut erkennen konnte – weitere schwarze, braune und ockerfarbene Malereien an der rechten Wand.

»Hier ist auch wieder dieselbe Gestalt«, sagte sie. »Halb Katze, halb Mann.«

Theo blickte ihr über die Schulter. Er stand so dicht neben ihr, dass der Duft seines Cologne sogar den feuchten Geruch der grabähnlichen Höhle verdrängte.

»Es sieht so aus, als würde er hier abgetrocknet, dann angekleidet und hier mit Perlen und Federn geschmückt.«

Dem Wesen folgend, gelangten sie tiefer in den Raum. Die Geschichte ging weiter. Im nächsten Abschnitt brachten ihm Frauen Teller mit Nahrung. In dem darauffolgenden fütterten sie ihn.

Sie hatten jetzt die Rückwand erreicht. Hier rieselte Wasser aus Felsrissen herab und strömte in einen tiefen Schlund im Boden. Ein feiner Dunst legte sich auf Jacs Gesicht. Sie konnte das Wasser schmecken. Es war überhaupt kein Meerwasser, sondern See- oder Flusswasser.

»Woher kommt das Wasser?«

»Ich weiß nicht, was über uns ist. Ich bin mir auch nicht sicher, wie tief wir hineingegangen sind«, sagte Theo.

Das Wasser rann von der Felswand in eine die gesamte Höhle durchziehende Furche. In einem sachten Gefälle floss es zu einer weiteren Rille, die den größten Monolithen umgab.

Jac kniete sich hin. Über die Jahrhunderte hatte das fließende Wasser die Unebenheiten des Abflusses abgetragen, und er war glatt wie eine Porzellanwanne. Als sie eine Hand ins Wasser hielt, überkam sie plötzlich eine Erinnerung. Genau das hatte sie irgendwo, irgendwann schon einmal getan. Die Vorstellung war ganz deutlich, aber Jac konnte sie nicht einordnen. Eher fühlte es sich so an, als hätte ihr jemand von dieser Szene so lebhaft erzählt, dass sie das Gefühl bekommen hatte, sie sei selbst dabei gewesen.

Theo war inzwischen zur anderen Seite des Monolithen gegangen.

»Jac, komm und sieh dir das an! Ich glaube, ich habe was gefunden.«

Theo hatte seine Laterne auf eine tiefe Einbuchtung in der steinernen Wand gerichtet. Darin befand sich ein weiterer Felsblock, dunkler, fast schwarz, und etwa anderthalb Meter hoch. In der Highschool hatte Jac sich die Meteoriten im Naturkundemuseum angesehen. Sie war sich nicht sicher, aber dieser hier ähnelte den dort ausgestellten geschmolzenen Brocken aus dem Asteroidengürtel zwischen Mars und Jupiter.

Der Stein war rundlich und schartig und fühlte sich an wie Glas. In seiner mattschwarzen, schimmernden Oberfläche gab es zahllose Dellen, auch Daumenabdrücke genannt, wie Jac sich erinnerte. Manche davon waren so tief, dass sie kleine Kammern bildeten. Und all diese Nischen schienen mit winzigen Objekten gefüllt zu sein.

Theo griff in eine hinein und zog eine kleine Figur heraus. Es war das geschnitzte Abbild eines der Zentauren von den Wandmalereien. Die Figur wirkte klobig und fremdartig, aber gleichzeitig eigen und schön.

Durch den Winkel, in dem Theo die Figur und die Laterne hielt, strahlte das Licht einen Moment lang in die Nische hinein.

»Warte mal. Da drinnen ist noch etwas anderes«, sagte Jac, griff in die Nische und förderte einen kalkweißen Gegenstand zu Tage.

»Ein Knochen«, stellte sie fest. »Sehr alt.«

»Menschlich, oder?«

Sie nickte. Jac fühlte sich an die Pariser Katakomben erinnert, wo die Gebeine von sechs Millionen Menschen lagerten und die Höhlen mit einer makabren Schönheit dekorierten. »Menschlich … ja, ich glaube schon.«

»Schau, da sind noch mehr dieser Figuren.« Theo richtete seine Lampe nacheinander auf mehrere Nischen und zog weitere Schnitzereien heraus. »Hinter jeder Statue liegt ein Knochen. Was bedeutet das?«

»Jeder dieser Miniaturgötter oder -krieger hält Wache, denke ich«, antwortete Jac.

»Stammen all diese Knochen von derselben Person?«, fragte Theo.

Sie betrachtete die Gebeine, die er herausgezogen hatte. »Nein, das sind alles Kreuzbeinknochen, vom unteren Ende der Wirbelsäule, wo das vegetative Nervensystem endet. Davon hat jeder nur eines. Es hat im Altertum eine bedeutende Rolle gespielt. Die Römer nannten es *os sacrum,* was sich mit ›heiliger Knochen‹ übersetzen lässt. Die Griechen sagten dazu *hieron osteon,* was dasselbe bedeutet. Manche glauben, man könne zur Erleuchtung gelangen, indem man die spirituelle Energie des Kreuzbeins erweckt. Heilige indische Jogis setzen dieses Erwachen mit Wiedergeburt gleich.«

»Dann hat dieser Knochen also etwas mit der Reinkarnation zu tun?«

Jac wollte darauf eigentlich nicht antworten. Das Konzept der Wiedergeburt, der Seelenwanderung, die Vorstellung, die Seele kehre immer wieder zurück, um ihren karmischen Weg zu vervollständigen, schien sie überallhin zu verfolgen, seit sie zu Beginn des Sommers nach Paris gegangen war.

»Ja. Das Kreuzbein ist der Knochen im Körper, der als Letzter verrottet, und die Menschen der Antike glaubten, dass es den Kern bildet, um den herum der gesamte Körper im Jenseits neu zusammengesetzt wird.«

»Du bist doch auf vielen Ausgrabungen gewesen, oder?«

»Ja, warum?«

»Ist dir da jemals etwas Vergleichbares untergekommen?«, fragte er. »Irgendetwas, das erklären könnte, womit genau wir es hier zu tun haben?«

Sie schüttelte den Kopf. »Nein, kein einziges Mal …« Sie dachte nach. »Na ja, eine Sache ist ansatzweise vergleichbar. Im alten Ägypten wurden die Toten zusammen mit kleinen Shabti-

Skulpturen bestattet, die auch etwa so groß wie diese Figuren waren. Ihre Aufgabe bestand darin, die Toten auf der Reise ins Jenseits zu beschützen.«

Sie hatten inzwischen acht Nischen geleert, und Theo griff in die neunte.

»Das ist kein Knochen«, sagte er, als er etwas daraus hervorholte.

Jac richtete das Licht darauf. Der Gegenstand war länglich wie ein Knochen, aber dunkel und glänzend. Sie berührte ihn. »Das ist Holz …«

»Eine Pfeife«, sagte Theo. »Nicht so alt wie der Rest der Sachen. Vielleicht einhundert Jahre. Im Haus gibt es nämlich so ähnliche, die einem meiner Vorfahren gehört haben.«

Jac roch daran und lachte. »Haschisch.«

»Wirklich?«

»Um die 1850er herum haben die Leute viel Haschisch geraucht. Hier hat offenbar jemand gern seinem Laster gefrönt …«

»Jac, hier ist noch mehr.« Seine Stimme bebte vor Erregung.

Theo hielt ein ledergebundenes, ziemlich abgegriffenes Buch in Händen. Es roch leicht modrig. Ein Lederband um seine Mitte hielt es geschlossen. Goldene, noch immer leuchtende Buchstaben waren auf dem Einband eingestanzt.

V.H.

Theo versuchte, den Knoten zu lösen.

Jac hielt ihn zurück. »Sei vorsichtig. Es könnte leicht zerfallen.«

Er reichte es ihr. »Ich bin zu nervös. Öffne du es.«

Jac trug das Buch zu dem steinernen Tisch und legte es darauf.

Theo stellte die Laterne daneben und sah zu, wie Jac ganz vorsichtig das Band entknotete und das Buch öffnete.

Auf der ersten Seite fand sich kein Titel, auch keine Widmung, nur Zeilen einer stark nach rechts geneigten Schreibschrift.

»Die Tinte ist überhaupt nicht verblasst. Womöglich ist es seit Jahren nicht aufgeschlagen worden. Vielleicht sogar, seit es hier abgelegt wurde«, flüsterte Jac ehrfürchtig.

»Es ist in Französisch geschrieben«, stellte Theo fest. »Kannst du es lesen?«

Jac las die ersten Zeilen und übersetzte sie für Theo.

Jede neue Geschichte beginnt mit einem Schauder der Erwartung. An ihrem Ausgangspunkt ahnen wir schon, wohin sie uns führen wird, doch was uns schaudern macht, ist der unentdeckte Weg dorthin. Diese absonderliche, seltsame Geschichte beginne ich am Meer.

Sie hielt inne und drehte sich zu Theo um. »Du hast es gefunden! Hier hat Victor Hugo aufgeschrieben, was er auf dieser Insel erlebt hat.«

»Ich kann fast nicht glauben, dass es echt ist.«

Zum ersten Mal, seit sie nach Jersey gekommen war, entdeckte Jac einen Ausdruck echter Freude auf seinem Gesicht.

»Es ist echt. Riechst du das?«

Er beugte sich darüber und roch. »Ja, was ist das?«

»Schimmel, Leder, der unverwechselbare Geruch verrottenden Papiers – so ähnlich wie eine Mischung aus dem Geruch von Gras mit leicht säuerlicher Note und einem Hauch Vanille.«

Doch Jac roch noch etwas anderes. Ein volltönendes und würziges Parfüm, das Rosen, Ylang-Ylang und Eichenmoos enthielt. Ein feines, über Jahre hinweg zwischen den Seiten bewahrtes französisches Parfüm entwich dem Buch. Es erinnerte Jac an die Düfte, mit denen sie aufgewachsen war. Wunderbar abgestimmt und rund, ganz anders als die meisten modernen, massengefertigten Parfüms.

Sie roch noch einmal daran. Es gab darin eine Note, die sie nicht genau zuordnen konnte, und diese war dem mysteriösen

Bestandteil von Ashs Herrenduft sehr ähnlich. Nein, nicht ähnlich, es war dieselbe Note. Es war dieses geheimnisvolle Amber, das sie in Fantines Atelier gefunden hatte.

War dies etwa auch eine von Fantines Kreationen? War die Ambernote ihr Erkennungszeichen? Wie Vanille bei Jean Guerlains? Wie Tuberose bei Jacs Großvater?

Theo versuchte, weitere Teile des Textes auf der Seite zu lesen. »Ich wünschte, mein Französisch wäre besser. Du wirst es mir vorlesen müssen. Macht es dir etwas aus?«

»Etwas ausmachen? Es wäre mir eine Ehre.«

Sie begann die nächste Zeile zu übersetzen und wurde von dem Geräusch rauschenden Wassers abgelenkt. »Hörst du das?«, fragte sie.

»Was, das Wasser?«

»Ja, hört es sich jetzt nicht lauter an als vorhin?«

»Tatsächlich.« Theo drehte sich um. »Verdammt«, fluchte er. »Der Wasserfall ist angeschwollen.«

Jac atmete tief ein und sagte: »Der Geruch von Mineralien ist auch stärker geworden. Darüber habe ich bis jetzt noch nie nachgedacht, aber die Menschen der Vorzeit müssen in der Lage gewesen sein, bestimmte Gefahren zu riechen. Steigende Fluten. Regenstürme.«

»Wir sollten gehen. Die Flut kommt.« Als Theo nach dem Buch griff, stieß er eine der kleinen Figuren um. Sie fiel zu Boden.

Jac bückte sich danach und hob sie auf. Die Statue war auf einem feuchten Stück Erde gelandet und sonderte jetzt einen süßlichen und erdigen Geruch ab. Es war die gleiche Ambernote wie in Fantines Atelier. Wie in Ashs Herrenduft. Wie in dem Parfüm zwischen den Buchseiten. Jac kannte kein Harz, das beim Kontakt mit Wasser weich wurde. Sie rieb mit dem Finger über die Statue und löste den Schmutz und den Schlamm. Darunter kam eine durchscheinende, goldgelbe Gestalt zum Vorschein. Sie schimmerte.

Jac musste an die wunderschön geschnitzte Bernsteineule denken, die ihr Malachai gezeigt hatte, nachdem ihr Theos Brief in die Hände gefallen war. Das Material war ganz ähnlich, wenn nicht gar identisch. Malachai würde die Parallelen sicher auch bemerken. *Kein Zufall,* würde er sagen, *sondern ein Kreis, der sich schließt. Die unendlichen Möglichkeiten von Energie und Geist.*

Je stärker sie daran rieb, desto deutlicher trat das Aroma hervor. So ein intensiver Geruch, ohne dass sie den Klumpen erwärmt hätte? Wie war das möglich? Die kleine Skulptur in Malachais Büro hatte nach nichts gerochen. Dieser Bernstein war anders, und er kam ihr bekannt vor. Wie eine lang zurückliegende Erinnerung. Aber das war genauso unmöglich. In Fantines Labor war sie überzeugt gewesen, den Duft noch nie zuvor gerochen zu haben. Wie also sollte sie sich jetzt daran erinnern können?

Sechsundzwanzig

56 v. Chr.
Kanalinsel Jersey

Als Owain in die Hütte trat, stand Gwenore am Herd. Sie blickte auf und begrüßte ihn mit einem Lächeln. Aber darunter las er Sorge. Er war vier Tage fort gewesen. So lange wie nie zuvor, und die Klausur war aufreibend gewesen. An der Reaktion seiner Frau konnte er erkennen, dass ihm die Erschöpfung anzusehen war.

»Du siehst aus, als könntest du Essen und Schlaf gebrauchen«, sagte sie zu ihm. »Was davon zuerst?«

»Ich bin am Verhungern.« Er setzte sich zu Tisch und hoffte, dass sie sich auf die Zubereitung des Essens konzentrieren und keine weiteren Fragen stellen würde. Zumindest vorerst. Bis er mit den Ältesten gesprochen hatte. Der schwierigste Teil seiner Klausur war vermutlich der Heimweg gewesen, die Aussicht, dass Gwenore eine Antwort auf die Frage erwarten würde, welchen Weg ihm die Götter gewiesen hatten. Welche Vorbereitungen ihr Stamm treffen musste.

Owain war wieder den Tränen nahe, als er an die Offenbarung zurückdachte. Obwohl er bereits geweint und mit den Fäusten stundenlang auf den Boden eingetrommelt hatte, quälte ihn die schreckliche Furcht noch immer wie im ersten Augenblick.

Gwenore goss ihrem Ehemann einen Becher Bier ein. Während er in tiefen Schlucken davon trank, brachte sie einen Stapel Getreidekuchen und setzte sich neben ihn. Er nahm ein Stück Kuchen und biss hinein. Sie war eine gute Köchin, aber in dem Moment schmeckte das Gebäck wie Stroh. Wieso hatte er sich eingebildet, essen zu können? Er fühlte sich, als könne er noch nicht einmal richtig atmen. Sie legte ihm die Hand auf das Bein, als wolle sie sich vergewissern, dass er real und nicht nur eine Erscheinung war. Es war eine ruhige Geste, und er erinnerte sich, dass sie ihn oft auf dieselbe Weise berührt hatte, als sie noch nicht lange zusammenlebten und sie noch schüchtern war.

»Also, erzähle. War es sehr schwierig? Warum warst du so lange weg?«

Wie sollte er es ihr je erklären? Was konnte er sagen? In seiner Angst reagierte er schroff. »Ich bin hungrig, Frau. Können deine Fragen nicht warten?«

Sie stand auf und ging zum Herd. Aus dem Kessel über dem Feuer schöpfte sie Eintopf in eine Holzschale. Sie stellte sie vor ihn hin, und er zwang sich zu essen. Ihm war alles recht, was ihn vor weiteren Fragen bewahrte.

Gwenore goss ihm Bier nach. Er trank einen Schluck und machte sich dann wieder über den Eintopf her. Er war sorgsam zubereitet und gut gewürzt, schmeckte ihm aber auch nicht besser als der Kuchen. Owain füllte seinen Magen nur, weil er so lange nicht gegessen hatte und ihm das Essen einen Grund lieferte, nichts erzählen zu müssen.

»Hattest du Visionen?«, fragte Gwenore.

»Ja.« Er hatte die Tage in der Höhle mit Fasten, Träumen und dem Meditieren über seine Träume verbracht.

»Konntest du sie deuten?«

»Ich denke schon«, antwortete er und schaufelte sich noch mehr Essen in den Mund. Er musste sich beherrschen, um es nicht gleich wieder hochzuwürgen.

»Du bist länger geblieben, als ich erwartet hatte.«

Er nickte.

»Warum?«

»Die Botschaften waren kompliziert.«

Sie seufzte.

»Was ist?«, fragte er.

»Sag du es mir.«

»Was meinst du, Frau? Sprich nicht in Hexenrätseln.«

»Du verschweigst mir, was du erfahren hast. Normalerweise erzählst du es immer sofort. Normalerweise kannst du es kaum abwarten, mir davon zu berichten.«

»Wirklich?« Es war ihm gar nicht aufgefallen, dass er sie sonst so schnell ins Vertrauen zog, wenn er von einer Klausur zurückkehrte.

»Ja, Owain. Wirklich. Sobald du heimkehrst, erzählst du mir, was du erfahren hast. Ich bin seit vierzehn Jahren mit dir zusammen. In jedem dieser Jahre habe ich dich viermal auf die Suche nach Antworten gehen sehen. Insgesamt über fünfzig Klausuren. Und immer warst du nach zwei Nächten zurück, müde zwar, aber voller frischer Energie. Jetzt aber warst du doppelt so lange fort und kommst erschöpft und kränklich zurück. Mit Sorgenfalten um den Mund und auf der Stirn. Mit Angst in deinen Augen.«

»Die Visionen waren kompliziert, Gwenore. Ich bin mir nicht sicher, ob ich verstehe, was ich gesehen habe. Ich muss mich heute Nacht mit den anderen Priestern beraten.«

»Kann das nicht bis morgen warten?«

»Nein.«

»Es muss aber warten. Du kannst doch kaum die Augen offenhalten.«

Er wusste selbst, wie müde er war. Seit ihm eine Deutung der Visionen gelungen war, hatte er nicht mehr schlafen können. War es möglich, dass er die Träume falsch interpretiert hatte? Würde einer der anderen Priester etwas anderes darin lesen?

Oh, wie er doch dafür betete, dass es so sein möge. Er irrte sich selten. Darauf war er stolz. Doch dieses Mal – diesmal wäre es ein Segen, wenn er sich täuschte.

»Komm«, sagte sie und streckte die Hand aus. »Versuch wenigstens, zu schlafen. Wenn es nicht geht, kannst du zu den anderen gehen.«

Sonst wusch er sich vor dem Schlafengehen, aber er hatte sich erst vor wenigen Stunden mit dem geweihten Wasser in der Höhle gewaschen. Mit dem eiskalten Wasser, das er stets nutzte, um ganz aus seinen Visionen aufzutauchen.

Gwenore blieb bei ihm, als er die Tunika auszog. Er fragte sich, ob sie noch mehr gemerkt hatte, erkundigte sich aber nicht danach, um nicht noch weitere Fragen heraufzubeschwören. Owain fürchtete sich vor dem, was sie vielleicht erahnte. Und er wollte es nicht erklären müssen. Konnte es nicht ertragen. Noch nicht. Nicht, solange es noch eine kleine Hoffnung gab, dass er das in der Höhle Gesehene falsch gedeutet hatte. Nicht, solange er sich nicht mit den Ältesten beraten und sichergestellt hatte, dass seine Deutung richtig war.

Er legte sich auf die Matte. Gähnte. Er war wirklich müde. Die Visionen ermüdeten ihn jedes Mal. Aber seine Erschöpfung reichte diesmal tiefer. Bis in sein Herz. Sie zerriss ihn innerlich.

Gwenore legte sich zu ihm.

Er schloss die Augen und stellte dann die eine Frage, auf die er eine Antwort brauchte. Die eine Frage, die er kaum zu stellen wagte, weil er fürchtete, seine Stimme würde ihn verraten, wenn er den Namen seines Sohnes laut aussprach. »Wo steckt Brice?«

»Er ist mit ein paar Jungs beim Angeln. Ich denke nicht, dass wir ihn vor morgen oder übermorgen zu Gesicht bekommen. Sie wollten mindestens die Nacht über auf der anderen Seite der Insel bleiben.«

Owains Erleichterung wich jäh der Panik. Er wollte seinen Sohn zu Hause haben. Wollte ihn sehen. Ihm in die Augen blicken. Wollte erkennen, dass Brice nicht derselbe Junge war, den er in seinen Visionen gesehen hatte. Dass der Junge in seinen Träumen der Sohn eines anderen gewesen war.

Doch er wusste, dass er vergebens hoffte. Owain kannte seinen Sohn. Wie hätte er ihn auch verwechseln sollen? Es sei denn, die Kräutermischung wäre zu kräftig gewesen. Das war doch immerhin möglich, oder? Vielleicht hatte zu viel Magie im Rauch des heiligen Feuers gesteckt. Auch das war doch möglich, oder nicht? Vielleicht spielten ihm die Götter Streiche. Vielleicht …

»Was hast du?«, fragte Gwenore. »Du bist so rastlos.«

Er schüttelte den Kopf. »Ich weiß es nicht.«

»Brauchst du einen Heiltrank?«

»Nein. Es wird schon wieder.« Er wollte nicht, dass sie ihn bediente. Wollte ihre Zuwendung jetzt nicht. Das würde ihre Wut nur schlimmer machen, sobald sie hinter das schreckliche Geheimnis kam, das ihm in der Höhle der Visionen offenbart worden war. Vielleicht stimmte ja etwas mit seinen Fähigkeiten nicht. Vielleicht hatte er seine Gabe eingebüßt, Botschaften aus der Geisterwelt zu empfangen. Oder jemand hatte die heilige Stätte, zu der ausschließlich Priester Zugang hatten, entweiht und irgendwie verändert, hatte die Magie vernichtet.

War das möglich?

Der Höhleneingang war gut versteckt. Eben deshalb hatten die Ahnen diesen Ort ja ausgewählt, weil die Felsen den Zugang selbst bei Ebbe verbargen. Bei Flut drang das Wasser bis in die vorderen Kammern. Während eines Sturms konnte man in der Höhle eingeschlossen werden. Erst vor zwölf Jahren war ein Priester, der darin Schutz suchte, ertrunken.

Außer den Ältesten kannte niemand die genaue Lage der Höhle. Das Wissen wurde von Generation zu Generation weitergereicht. Nur Priester hatten Zutritt. Und nur sie konnten dort bestattet werden. In den Tiefen der innersten Kammern hatte Owain vor langer Zeit fünf Älteste begraben, von denen zwei seine Lehrmeister waren. Es waren schwierige Zeiten damals. Owain glaubte an die Rückkehr ihrer Seelen, doch weil er den Männern sehr nahegestanden hatte, war ihr Tod für ihn schwer zu akzeptieren gewesen. In den letzten Tagen hatte er beide stärker vermisst als in all den Jahren zuvor. Nach den Visionen hatte er ihre Gräber besucht und versucht, sie herbeizurufen und mit ihnen zu kommunizieren. Er hatte zu ihnen gebetet, damit sie ihm halfen, die Visionen auf andere Weise zu deuten.

Warum nicht mich? Wieso wollen die Götter nicht mich?

»Was?«, fragte Gwenore. Sie starrte ihn mit ihren grünen Augen an. »Du hast im Schlaf geschrien.«

Verwundert stellte er fest, dass er tatsächlich eingeschlafen war. Bei allem, was ihn bedrückte, hatte er dies für unmöglich gehalten.

»Du hast mit jemandem gestritten, Owain.«

»Was habe ich gesagt?«, fragte er. Er hoffte, dass sein Traumgespräch Fehler offenbaren würde, die er bei der Interpretation der Weissagungen gemacht haben mochte.

»Warum nicht mich? Das hast du gesagt. Immer wieder.«

Owain nickte und schloss die Augen. Nein, es war keine neue Weissagung. Es war nur das, was er seit der schrecklichen Offenbarung ununterbrochen dachte.

Gwenore streichelte sein Haar. Entwirrte mit den Fingerspitzen seine dichten Locken. Sie roch nach dem Mahl, das sie zubereitet hatte, nach Erde und Kräutern, nach den süßlichen Blumen, die sie aufgebrüht hatte, und nach den Ölen, die sie zum Brauen ihrer Heiltränke verwendete. Seine Frau entstammte einer weit zurückreichenden Erblinie von Hexen, Kräuterkundlern und Heilern, die ihre Rezepte immer weitervererbt hatten. Ihre Tränke machten die Haut geschmeidiger, entspannten die Seele. Einige vermochten sogar dunkle Mächte zu vertreiben.

Als er das erste Mal mit ihr geschlafen hatte, war er derart von ihrem Duft verzaubert gewesen, dass er sie beschuldigt hatte, ihn unter Drogen gesetzt zu haben. Sie leugnete das und sagte, dass in den Ölen, die sie trug, nur die Düfte der Natur vereinigt seien. Aber er war sich nicht so sicher. So wie er auch nicht ausschließen konnte, dass die Getränke, die sie ihm und Brice jeden Morgen zubereitete, magisches Gebräu waren.

Er beobachtete sie beim Zermahlen von Gräsern, Kräutern und Steinen, wie sie diese mit Quellwasser vermischte und dabei betete. Er hatte sie nie etwas Verdächtiges hinzugeben sehen. Und dennoch – wie kam es, dass er und Brice die gesündesten Männer auf der Insel waren? Dass keiner von beiden, noch sie selbst, jemals krank wurden?

Gwenore massierte ihm den Hinterkopf, den Nacken und die Schultern. Knetete die schmerzhaften Verkrampfungen weg. Sie benutzte dazu eines ihrer gepressten Öle. Das Menthol drang in seine Poren und ließ ihn ungeachtet seines Widerstandes entspannen.

Er gab sich ihren geübten Fingerspitzen hin. Vergaß seine Angst. Versuchte nicht länger, seine Probleme zu lösen. Mit jeder Sekunde ließ er mehr und mehr von den Gedanken ab und versank in der körperlichen Wahrnehmung. Er war auf keiner heiligen Klausur, keiner Mission mehr. Dies war sein Heim. Dies war seine Frau.

Der Rauch, den er in der Höhle verbrannte, versetzte ihn in Trance. Losgelöst vom Körper, war er nur Geist. Sein Verstand verband sich tanzend mit Ideen und Bildern. Er wurde Zeuge eines Schauspiels auf einer Bühne aus Luft. Eines Theaters der Götter. Er lag dann rücklings auf dem steinernen Tisch, bis zu dem die Fluten selbst dann nicht vordrangen, wenn der Mond zu hoch am Himmel stand, und gab sich ganz seinen Visionen hin.

Aber das, was Gwenore mit ihm anstellte, erzeugte eine ganz andere Art der Trance. Nur Körper, losgelöst von seinem Geist.

Er wurde eins mit seiner Haut unter ihren Händen. Er war jetzt sein eigener, sich beschleunigender Atem.

Owain war von dieser Reaktion überrascht. Konnte er es sich leisten, nachzugeben? Verlangten die Götter, dass er sich seines physischen Ichs bewusst war? Oder versuchte er nur, sich das einzureden? Vielleicht sehnte er sich nur danach, dass Gwenore ihn zu diesem Ort des Vergessens zwischen ihren Beinen führte. Sie zog sich aus. Das sternförmige Mal auf ihrer Brust erschien ihm in dieser Nacht röter als sonst. Er berührte es und verbrannte sich die Fingerspitzen.

Gwenore setzte sich auf ihn. Küsste ihn. Fuhr fort, ihn zu massieren. Ihr Haar breitete sich über seinen Bauch. Jede Strähne reizte ihn wie eine Feuerzunge. Nach vier eisigen Tagen und Nächten erwärmte sich endlich sein Blut. Er spürte, wie es rascher floss. Er ließ sich nach hinten sinken und schloss die Augen. Konzentrierte sich auf die Berührungen von Gwenores Lippen. Ihren warmen Mund. Die Bewegung der Gezeiten, das Hin und Her der Wellen auf dem Sand steckte auch in ihren Regungen. Er dachte daran, was für ein Wunder es war, dass zwei Körper so aufeinander wirken konnten. Gwenore hatte ihm einmal gesagt, dies sei die wahre Magie. Und dass er nicht in der Höhle danach suchen sollte.

Seine Bewegungen verschmolzen mit dem Rhythmus ihres Atems. Seine Atemzüge mit dem Rhythmus ihrer Bewegungen. Es gab nichts mehr, was ihn an die Realität band. Nichts, was ihn davon abhielt, seinen Geist abzuschalten.

Owain ließ los.

Siebenundzwanzig

Theo kniete neben Jac. Ihre Augen waren geöffnet, aber sie sah ihn nicht. Er rief ihren Namen. Einmal. Zweimal. Ein drittes Mal. Panik stieg in ihm auf.

»Jac!«

Sie reagierte nicht.

Es geschah schon wieder. Er sprang in Gedanken in die Zeit zurück, die sie als Jugendliche gemeinsam in Blixer Rath verbracht hatten. Jene schrecklichen, wunderbaren Tage. So etwas Ähnliches, oder exakt dasselbe, war schon einmal geschehen. An seinem letzten Tag dort. Sie war im einen Augenblick anwesend und bei Bewusstsein gewesen und im nächsten einfach weg. Nicht wirklich schlafend. Auch nicht bewusstlos, aber völlig geistesabwesend. Damals hatte er sie aus dem Wasser gezogen und in die Klinik geschleppt, wo ihn Malachai Samuels mit Fragen gelöchert hatte, während er Jac den Puls fühlte und ihre Augenlider nach unten zog.

Theo hatte geschockt zugesehen. Nie zuvor hatte er solche Ängste durchgestanden. Sie war seine Freundin. Hitzig und stur. Und natürlich versehrt und verletzlich wie er selbst auch. Der Vorwurf, er hätte ihr etwas angetan, war unerträglich.

Malachai hatte ihren Namen mehrmals wiederholt. Als sie nicht antwortete, hatte Malachai … was getan? Theo strengte sich an, sich zu erinnern, aber in seinem Kopf herrschte völlige Leere. Was sollte er tun? Was konnte er überhaupt tun? Er versuchte, sich in diesen Tag zurückzuversetzen. Sich das Arztzimmer erneut ins Gedächtnis zu rufen. Jac auf der Couch zu sehen.

Ja!

Theo riss sich das Hemd vom Leib und tauchte es in die Wasserrinne. Dabei fiel ihm zum ersten Mal auf, dass der Boden um ihn herum nass war. Spritzte der Wasserfall bis hierher? Er sah hin. Nein, die ansteigende Flut ließ nicht nur den Wasserfall anschwellen, sondern drückte auch das Meerwasser in die Höhle.

Er musste Jac hier rausschaffen. Und es würde sehr schwer werden, wenn sie wie im Halbschlaf und kaum ansprechbar war. Sie würde selbst gehen müssen. Theo richtete sie auf, fuhr ihr mit dem feuchten Stoff über das Gesicht und sprach zu ihr. Dabei stützte er sie mit der Hand am Rücken. Er spürte ihre Knochen durch das Shirt. Fühlte die Stelle, an der der BH anfing. Die Intimität verunsicherte ihn.

Theo machte das Hemd nochmals nass und presste es an Jacs Handgelenke, erst rechts, dann das links, und legte es anschließend in ihren Nacken. Er war sich ziemlich sicher, dass der Arzt dasselbe getan hatte. Es kühlte ihr Blut und senkte ihre Körpertemperatur, bis sie wieder zu sich kam. Doch Jac reagierte immer noch nicht.

Wieder tauchte er den Stoff ins Wasser und legte ihn dann um ihr linkes Handgelenk. Zählte bis dreißig. Dann um das rechte Handgelenk. Zählte erneut.

Was sollte er tun, wenn es ihm nicht gelang, sie wachzubekommen? Wie anstrengend wäre es, sie durch die engen Gänge zu ziehen? Und wie lange konnte er noch abwarten, ehe die Flut zu hoch war?

Der Wasserstand stieg schnell. Seine Schuhe waren bereits vollgesogen. Selbst wenn die inneren Kammern und Tunnel nicht vollkommen überflutet wurden, wovon er dank der von

Jac entdeckten Wasserlinien ausgehen konnte, würde der Eingang wahrscheinlich vollkommen unter Wasser stehen. Ihm würde es nichts ausmachen, die Ebbe abzuwarten, aber was war mit Jac, wenn ihr Zustand so blieb? Wie lange war zu lange?

Er presste ihr das Hemd nochmals in den Nacken und zählte. Fünf Sekunden. Zehn. Zwanzig. Zu dieser Jahreszeit konnten sie es nicht sehr lange im Meer aushalten. Die Temperatur war einfach zu niedrig. Erfrieren war auf Jersey für jeden Höhlenforscher eine Gefahr. Als er klein war, hatte seine Mutter ihn und Ash ständig gewarnt. Egal, wie warm es draußen auch sein mochte, wenn man zu lange im kalten Wasser blieb, konnte man ernsthaften Schaden davontragen.

Jac starrte ihn an. Runzelte die Stirn.

»Alles okay?«, fragte er.

Sie antwortete nicht, sondern sah sich in der Höhle um. Ihr Blick schweifte über die Laterne auf der Steinplatte, die Wände, die Monolithen bis zurück zu dem bernsteinfarbenen Totem, das sie noch immer umklammert hielt. Das Letzte, was sie vor ihrer Trance getan hatte, war, es aus der Nische zu nehmen, es fallen zu lassen und wieder aufzuheben.

»Wir müssen hier raus. Die Höhle füllt sich mit Wasser«, mahnte er.

Jac reagierte nicht. Theo fragte sich, ob sie ihn überhaupt gehört hatte.

»Schnell«, drängte er sie.

»Brice?«

Sie musterte ihn, als wüsste sie nicht, wer er war, und schlimmer noch, als hätte sie Angst vor ihm.

»Was?«

Sie sprach sehr schnell. Ein Schwall von Worten, die er nicht verstehen konnte, abgesehen von dem Namen, der immer wieder vorkam: Brice.

»Jac, wir müssen hier raus.« Er nahm ihr die geschnitzte Figur aus der Hand und stellte sie in eine der Nischen zurück. Dann überlegte er es sich anders, nahm sie wieder heraus und steckte sie ein. Er legte ihr einen Arm um die Hüfte und wollte ihr aufhelfen. Aber sie stieß ihn von sich.

Die Flut stieg unaufhaltsam. Theo stand inzwischen knöcheltief im Wasser, das überall durch Risse und Löcher einsickerte. Er fühlte, wie seine Zehen allmählich taub wurden.

»Du musst mir erlauben, dich zu stützen. Wir müssen hier weg. Die Höhle wird überflutet.« Er deutete auf den Boden.

Sie schaute hin.

Theo sah, wie sich ihre Augen vor Angst weiteten.

Als er dieses Mal den Arm um sie legte, schob sie ihn nicht weg. Sie ließ sich hochhelfen, doch dann sackte sie in sich zusammen. Es war, als stünde sie unter Drogen. Sie war verwirrt, aber in der Lage, mit seiner Hilfe zu laufen, und das war alles, worauf es ihm ankam.

»Komm. Hier entlang.« Er führte sie aus der riesigen Kammer in die nächste und von dort in den Tunnel. Hier reichte ihnen das Wasser fast bis zu den Knien. Unter größter Anstrengung watete er hindurch und zog sie mit sich. Dabei stach ihm das Tagebuch, das er in die Tasche gesteckt hatte, unangenehm in die Rippen. Vermutlich hätte er es an Ort und Stelle zurücklassen und später holen sollen. Was, wenn er ausrutschte und es nass wurde? Wenn die Tinte verlief, wäre alles, was Hugo aufgeschrieben hatte, unwiederbringlich verloren. Wie dumm von ihm.

Endlich hatten sie es aus der Höhle herausgeschafft. Auch in der Senke am Höhleneingang stand das Wasser kniehoch. Wie sollte er mit Jac nur hier herausklettern?

Theo hatte die Zeile in Hugos Brief, die sich auf die Gezeiten bezog, nicht ernstgenommen – *die Mondphase wird unser Geheimnis schützen.* Die Höhle war wegen der Gezeiten vermutlich die meiste Zeit über unzugänglich. Heute schienen er und Jac den

Moment erwischt zu haben, in dem man sie gerade noch betreten konnte. Plötzlich riss sich Jac von ihm los und watete zu der Wand. Sie legte die Hände auf zwei hervorstehende Steine, die Theo nicht einmal bemerkt hatte, und begann, aus der Schlucht hinauszuklettern.

Theo folgte ihr. Als er sie behände die Wand erklimmen sah, fragte er sich, wie sie die Hand- und Fußstützen überhaupt gefunden hatte.

Sobald Jac oben angelangt war, verschwand sie, ohne sich nach ihm umzudrehen oder auf ihn zu warten. Sie marschierte energisch nicht in den Ort zurück, sondern in die entgegengesetzte Richtung. Theo rief nach ihr, aber sie reagierte nicht. Er rannte hinter ihr her und holte sie ein.

»Jac, wohin gehst du?«, fragte er. »Mein Wagen steht dahinten.«

Sie musterte ihn stirnrunzelnd.

Verstand sie wirklich nicht, was er sagte?

Er nahm sie bei der Hand. »Hier entlang.«

Genau wie in der Höhle und wie vor so vielen Jahren auch trat Angst in ihre Augen. Sie versuchte sich freizukämpfen. Nur unter Mühen gelang es ihm, sie zum Parkplatz zu zerren. Als sie seinen Jaguar erreichten, musterte sie den Wagen ebenso verständnislos wie soeben Theo. Ihm fiel nichts Besseres ein, als zu versuchen, sie in das Auto zu verfrachten. Aber sie wehrte sich und schlug wild um sich. Dabei traf sie ihn am Kopf. Sie bewegte sich wie eine erfahrene Kämpferin, ihre Schläge waren aber nicht hart. Zwar verletzte sie ihn nicht ernsthaft, aber er war so überrascht, dass er sie losließ. Sie rannte weg.

Verwirrt blickte er ihr nach.

Was ging hier vor? Er nahm die Verfolgung auf, aber dieses Mal konnte er sie nicht einholen; sie war schnell, und er musste sich anstrengen, um sie nicht aus den Augen zu verlieren.

Bald hatten sie den Wald erreicht. Der Wind pfiff in Theos

Ohren. Zweige schlugen ihm ins Gesicht. Er bat Jac inständig, anzuhalten, aber entweder hörte sie ihn nicht oder schenkte ihm keine Beachtung. Theo wusste nicht genau, warum, aber er hatte den Eindruck, sie laufe nicht vor ihm davon, sondern auf etwas anderes zu.

Aber auf was? Sie war gerade einmal seit drei Tagen auf der Insel und kannte sich hier nicht aus. Eine Viertelstunde später rannte sie immer noch. Und er trabte weiterhin hinter ihr her. Er hatte mehrmals beschleunigt, um aufzuholen, aber jedes Mal mobilisierte sie neue Kräfte und sprintete davon. Egal, wie schnell er lief, sie rannte schneller. Und plötzlich geschah das Undenkbare. Er verlor sie aus den Augen. Die Logik gebot ihm, einfach weiter geradeaus zu laufen. Obwohl es nicht ausgeschlossen war, dass sie irgendwo abgebogen war. Einhundert Meter weiter schimmerten riesige Steine zwischen den Bäumen hindurch. Als Theo zu der Lichtung kam, wäre er fast über Jac gestolpert. Sie lag ausgestreckt vor einer Ansammlung uralter Findlinge.

Dies war der Steinkreis, der ihn schon als Kind eingeschüchtert und fasziniert hatte. In seiner Jugend hatte ihn dieser Ort magisch angezogen. Sosehr er sich hier manchmal gefürchtet hatte, war er doch immer wieder zurückgekehrt. Um nachzudenken. Zu weinen. Hier fühlte er sich seinem Selbst am nächsten. Sogar wenn dieses Selbst Höllenqualen litt.

Auf der anderen Seite des Kreises führte ein Tunnel in eine flache, ausgehöhlte Grotte. Als Kind hatte er manchmal geglaubt, Stimmen herausdringen zu hören, den Widerhall eines Gesprächs, obwohl er wusste, dass niemand dort drinnen war. Dass niemand dort sein konnte. Dieser Felsentempel war eine der größten Sehenswürdigkeiten der Insel, aber es kam selten jemand her, weil er sehr schwer zu erreichen war. Tief im Wald verborgen, und der Zugang führte über das Privatgrundstück Wells in Wood.

Jac hatte ihn zu einem Fünfkilometerlauf verleitet und ihn direkt nach Hause geführt.

Sie lag schluchzend vor ihm auf dem Boden. Ihr Weinen klang unheimlich und rührend schön zugleich. Eine Arie des Leids. Ein Lied für die Toten, dachte er, obwohl er sich selbst nicht erklären konnte, woher er das wusste. Jac ehrte die lang Dahingeschiedenen mit einer Hingabe, die seinen Verstand überstieg und ihn auf rein emotionaler Ebene berührte. Ein Lied, das sich in den Himmel erhob, die Geister beschwor, die Zeit auflöste.

Hier, in diesen Schatten versteckt, hatte er als Junge Marihuana geraucht, hatte seinen Vater für dessen Strenge und seinen Bruder für dessen Unfehlbarkeit verflucht. Er, Theo, war nie gut genug. Hierher kam er, wenn er besonders frustriert und schlecht gelaunt war. Hier gestand er es sich zu, in seinem Leid zu schwelgen. Hier fühlte er sich so einsam wie nirgendwo sonst, zugleich aber auch vollkommen und ganz.

Woher wusste Jac von diesem Ort? Und weshalb war sie hierhergelaufen? Was bedeutete er ihr?

Achtundzwanzig

Jac lag neben der keltischen Ruine im Gras. Minerva war über sie gebeugt und fühlte ihren Puls. Theo stand nervös daneben und beobachtete alles.

»Wie lange ist es her, dass sie irgendetwas Verständliches gesagt hat?«, fragte Minerva.

»Ich weiß es nicht.«

»Versuch dich zu erinnern«, forderte Minerva ihn auf.

In Gedanken ging er die letzte Stunde noch einmal durch. »Wir waren in der Höhle. Sie hob ein Totem auf und sprach darüber, wie sehr es den Objekten ähnelte, mit denen die alten Ägypter ihre Toten begruben.«

»Und dann?«

»War sie irgendwie plötzlich nicht mehr da. Natürlich nicht buchstäblich. Aber sie starrte nur ins Leere und reagierte auf nichts. Und das Wenige, was sie sagte, ergab keinen Sinn. Es klang noch nicht einmal so, als würde sie selber sprechen.«

»Was hat sie gesagt?«

»Kauderwelsch. Nichts, das ich hätte verstehen können. Nein, das stimmt nicht. Da war ein Wort, das sie öfter wiederholt hat, vielleicht einen Namen: Brice. Zumindest glaube ich, dass es das war.«

Minerva hörte zu und nickte.

»Hast du eine Ahnung, was mit ihr los ist?«, fragte er.

»Nein. Sie wirkt, als stünde sie unter Drogen, aber du meintest ja, dass sie nichts genommen hat. Hat sie von dem Wasser in der Höhle getrunken?«

»Nicht, dass ich wüsste. Aber selbst wenn – kann Wasser so etwas anrichten?«

»Das Wasser könnte mit Gott weiß was verunreinigt sein. Es könnten sich auch Risse in der Höhle befinden, aus denen halluzinogene Gase austreten, die sie dann eingeatmet hat. Das wäre auf dieser Insel nicht das erste Mal.«

»Aber mir geht es gut.«

»Sie könnte aus irgendwelchen Gründen anfälliger dafür sein.«

»Kannst du ihr helfen?«

»Ich denke schon. Ihre Vitalwerte sind nicht besorgniserregend. Geh bitte ein Stück zur Seite und sei still. Ich will versuchen, sie durch Zusprechen aus diesem Zustand zu holen, aber damit das klappt, muss sie meine Stimme ohne jegliche Ablenkung hören können.«

Theo ging widerwillig beiseite und lehnte sich gegen eine Eiche, gerade weit genug weg, um seiner Tante Raum zu lassen, aber doch so nah, dass er sehen und hören konnte, was vor sich ging.

»Jac, ich möchte, dass du mir zuhörst. Ich bin es, Minerva. Ich möchte dir helfen.«

Sie sprach sanft, rhythmisch, es war fast ein Singsang. »Ich möchte dir helfen. Ich möchte dich finden und dir wieder zurückhelfen.«

Jac reagierte nicht. Ihre Augen waren offen, aber sie schienen nicht auf Minerva gerichtet. Sie weinte noch immer, aber nun schon ruhiger und leiser. Ein beständiger Fluss von Tränen, wie ein später Nachmittagsregen.

»Jac, alles was du tun musst, ist meiner Stimme zu lauschen«, sang Minerva. Ihr Tonfall wirkte selbst auf Theo wohltuend. Sie wiegte sich auch ein wenig hin und her, wie ein menschliches Metronom, fand er.

»Ich möchte, dass du weißt, dass du in Sicherheit bist. Ich bin hier, und Theo ist hier. Du liegst uns am Herzen, und wir wollen uns um dich kümmern, ganz egal, was geschehen ist. Wir können helfen. Du musst nicht bleiben, wo du bist. Selbst wenn du glaubst, gefangen zu sein, du bist es nicht. Ich kann dich rausholen. Lausche einfach meiner Stimme. Lausche, und lass deine Ängste gehen. Lausche, und lass mich helfen. Höre, und ich werde dich da rausholen, wo auch immer du bist. Lausche einfach meiner Stimme. Meine Stimme ist ein mächtiges Seil aus gesponnenem Gold, mit Kupfer umwunden, so stark wie ein Baumstamm. Lausche meiner Stimme und greife danach. Fühle, wie kräftig das Seil ist. Es ist so stark, dass ich dich damit herausziehen kann, wo auch immer du bist. Entspanne dich und hör zu, halte dich fest, und ich werde dich rausziehen. Lausche meiner Stimme. Ich ziehe dich jetzt raus. Du spürst, wie du gezogen wirst, zurück zu uns. Zu Theo, zu mir. Halte dich gut fest.«

Theo glaubte eine Veränderung wahrzunehmen. Jac schien sich ein klein wenig vorzubeugen. Leicht zum Rhythmus von Minervas Gesang hin und her zu schwanken. Was machte seine Tante da? Hypnotisierte sie sie?

»Es wird alles gut, Jac. Ich halte das eine Ende des Seils und du das andere, ich ziehe dich hoch. Du steigst empor. Höher und höher. Fort von dem dunklen Ort, an dem du gefangen warst, und ins Licht hinein. Theo ist hier und wartet. Wir werden zum Haus zurückkehren und zusammen etwas essen. Es wird alles gut. Du bist in Sicherheit. Lausche einfach meiner Stimme. Sie ist ein mächtiges und kräftiges Seil, und sie zieht dich hoch, raus aus der Dunkelheit. Du brauchst dich nicht mehr zu fürchten. Nicht mehr traurig zu sein. Musst dir um nichts mehr Sorgen machen. Alles wird gut. Halte dich einfach am Seil fest.«

Neunundzwanzig

Irgendetwas zerbrach in Jac. Sie begriff weder, was sie da fühlte, noch, woher es kam, aber sie hatte nie zuvor etwas Vergleichbares erlebt. Es war ganz anders als die Rückkehr aus den Halluzinationen, die sie in ihrer Kindheit in Paris oder im vergangenen Sommer erlebt hatte. Da waren die Übergänge einfach gewesen. Jac war einfach aus dem Traum herausgetreten und wieder sie selbst gewesen. Und was blieb, war eine klare Erinnerung.

Aber diesmal war es anders. Sie war nicht sicher, wer sie gewesen war und wo sie sich jetzt befand. Als sie um sich herum Blätter und Bäume, Wasser und Felsen wahrnahm, war ihr einziger Gedanke, dass sie noch nicht bereit war, diesen Ort zu verlassen. Dass sie noch nicht mit der Trauer abgeschlossen hatte. Jemand, den sie liebte, war hier gestorben. Und sie war noch nicht so weit, in die Welt zurückzukehren. Nicht ohne ihn.

Nein, das stimmte nicht.

Hier hatte jemand gelebt, den sie liebte.

»Jac, hör auf meine Stimme.«

Der Singsang unterbrach ihre Gedanken. Ja, ihr Name war Jac, natürlich, aber das war nur eine Hälfte von ihr. Sie hatte den Eindruck, als gäbe es noch ein anderes Ich. Zwei, die sich gegenseitig bekämpften – das eine wollte bleiben, das andere gehen.

»Halte dich an meiner Stimme fest. Lass zu, dass sie dich herauszieht. Du brauchst keine Angst mehr zu haben. Oder traurig oder besorgt zu sein. Alles wird gut. Halte dich nur am Seil fest.«

Jac wollte sich nicht mehr fürchten. Oder traurig sein. Sie stieß sich mit aller Kraft ab, als würde sie aus der Tiefe emportauchen. Als sie die Wasseroberfläche durchbrach, schnappte sie nach Luft. Sah sich nach dem Ursprung der Stimme um. Eine Frau saß neben ihr und schaute sie an. Der Gesichtsausdruck der Frau verriet, dass etwas nicht stimmte.

»Was ist passiert?«, fragte sie.

Jetzt erkannte sie die Frau. Es war Theos Tante.

»Alles wird gut«, sagte Minerva.

Theo rannte herbei und kniete sich neben sie. »Geht es dir gut?«

Jac erinnerte sich, diesen Gesichtsausdruck schon einmal an ihm gesehen zu haben. Wann war das? Warum? Und dann wusste sie es. In Blixer Rath. Aber unter welchen Umständen?

»Ihr beide seht so besorgt aus«, sagte Jac.

»Weißt du, wer ich bin?«, fragte Theo.

»Natürlich, wieso sollte ich nicht?«

»Und wo du bist?«, fragte Minerva.

»Diese Stelle kenne ich nicht, nein, aber ich bin auf Jersey, oder? Warum stellt ihr mir solche Fragen?«

»Du warst während der letzten Stunde nicht ganz bei dir«, sagte Minerva in einem Ton, den Jac kannte. Dem Ton einer Therapeutin, die möglichst wenige Informationen preisgibt, um ihre Patientin nicht zu beunruhigen.

»Wie sind wir hierhergekommen? Ich erinnere mich, dass wir in der Höhle waren.« Jac schaute zu Theo. »Wir haben diesen seltsamen Stein gefunden und dieses kleine bernsteinfarbene Totem und …« Sie dachte nach. »Oh, du hast das Tagebuch von Victor Hugo gefunden.« Sie musterte ihn. »Hast du es noch?«

Er nickte.

»Ihr habt es gefunden?«, fragte Minerva überrascht.

»Ja«, sagte Theo.

Jac war immer noch damit beschäftigt, ihre Verwirrung abzuschütteln. Sie roch Minervas Parfüm. Es stammte aus dieser Zeit und von diesem Ort. Nicht aus der Dunkelheit, in der sie die letzte Stunde verbracht hatte. Eine ganze Stunde? Hatte Theo das wirklich gesagt?

»Wie sind wir von dort hierhergelangt?«

»Kommt, lasst uns erst nach Hause gehen«, sagte Minerva. »Wir können das bei Tee und Kuchen bereden. Du hast für heute genug durchgemacht.«

Theo half Jac auf. Sie schaute sich erneut um und versuchte, die Orientierung zurückzugewinnen. »Ich dachte, wir wären unten am Strand.«

»Das waren wir. Aber wir haben einen langen Spaziergang gemacht – besser gesagt ein Rennen. Du bist eine sehr schnelle Läuferin, weißt du. Ich hatte keine Chance, mitzuhalten.«

»Ich laufe gar nicht. Schon seit Jahren nicht mehr. Schwimmen ist mir lieber.«

Theo sah sie an, als glaubte er ihr kein Wort.

»Lasst uns darüber reden, wenn wir wieder im Haus sind«, sagte Minerva. »Ich hole den Wagen her. Theo, bring Jac runter zur Straße.«

Theo nahm Jac beim Arm, um sie zu stützen. Sie gingen ein paar Schritte, dann hielt sie inne und drehte sich zu den Steinruinen um.

»Bin ich wirklich bis hierher gerannt?«, fragte sie Theo.

»Ja, wir wollten gerade ins Auto steigen, unten am Strand, da hast du dich von mir losgerissen und bist weggelaufen.«

»Hat mich irgendetwas erschreckt?«

»Ich weiß es nicht. Du hast nichts gesagt. Du bist einfach losgerannt, als wüsstest du, wo du hinwillst, und hast mich hierher geführt.«

»Das war sein Haus. Er hat hier mit seiner Familie gelebt.« Jac war über sich selbst erstaunt. Ihr war nicht wirklich klar, über wen sie sprach, aber sie wusste jetzt Dinge über einen Mann, die sie bisher noch nicht gewusst hatte. Dieses Wissen war einfach da, in einer Nische ihres Bewusstseins. Fast wie die Totems in der Höhle, die einen Knochen bewachten und all die Zeit darauf gewartet hatten, entdeckt zu werden, um ihre Schätze preiszugeben.

»Wer? Wann hat er hier gelebt?«, fragte Theo.

Jac schüttelte ratlos den Kopf.

»Du hast geweint, als du hier ankamst. Weißt du, warum?«

»Nein. Warte, doch, ich weiß es. Irgendetwas Schreckliches ist passiert. Es hat sich angefühlt, als hätte ich alles, was mir wichtig war und was mir jemals wichtig sein würde, verloren.«

Theo nickte.

»Du kennst dieses Gefühl?«, fragte Jac.

»Ja. Ich weiß nicht recht, wie ich es erklären soll, aber immer wenn ich hierherkomme, spüre ich eine ganz eigenartige Einsamkeit. Dieser Ort ist teilweise der Grund dafür, dass ich in Blixer Rath gelandet bin. Ich habe hier sehr viel Zeit verbracht und wurde immer depressiver, bis ich …«

Er hielt inne und trat gegen einen Stein.

Jac sah ihn an. Theo tat ihr leid. Sie verstand ihn in einer Weise, wie sie niemand anderen verstand, den sie je getroffen hatte. Als stecke sie irgendwie in seinem Kopf. Es war eine sehr reale Verbindung. Eine, die sie nicht ignorieren durfte.

»Lass uns gehen. Minerva wartet sicher bereits mit dem Auto. Wenn wir erst mal zu Hause sind, versuchen wir rauszukriegen, was passiert ist«, sagte er.

Jac starrte noch immer auf die Ruinen. Steine, von Bäumen umgeben. Uralte Steine und heilige Bäume. »Du weißt genau, wo wir sind, oder?«

»Ja, natürlich.«

»Wenn ich also hierher zurückkommen wollte, könntest du mir den Weg zeigen?«

Er nickte. »Aber wir werden nicht hierher zurückkehren.« Er sagte es so, als wolle er es durch seine bloßen Worte erzwingen.

»Vorhin meintest du, dass du als Jugendlicher ständig hier gewesen bist, bis … bis was?«

»Ich hier versucht habe, mich umzubringen.«

Dreißig

Jac hatte sich einen roséfarbenen Kaschmirschal um den Hals gewickelt, saß auf dem Sofa vorm Kaminfeuer und trank eine Tasse Tee mit Brandy. Wie es ihre Großmutter immer gern getan hatte. Wie es ihr Bruder heute oft tat.

Eva war in der Küche und bereitete eine Suppe und Sandwiches zu, während Minerva und Theo Jac Gesellschaft leisteten. Sie schlürften ebenfalls ihren Tee mit Schuss. Keiner der beiden hatte ihr weitere Fragen gestellt. Zumindest bis jetzt. Trotzdem ging sie das Ereignis immer wieder in Gedanken durch. Es war alles so verwirrend, und die Antworten, die sie von Theo bekommen hatte, machten es nur noch komplizierter.

»Hast du die Statue mitgenommen?«, fragte Jac Theo.

»Ja.« Er griff in seine Tasche und holte die Figur hervor. Er stellte sie vorsichtig auf den Kaffeetisch. Jac betrachtete sie, griff aber nicht danach. Noch nicht.

»Was ist das?«, fragte Minerva.

Jac setzte zu einer Antwort an, als Eva mit einem Tablett voller Käse-Tomaten-Sandwiches hereinkam. Erst als Jac das getoastete Brot roch, wurde ihr bewusst, wie hungrig sie war.

Während Jac aß, nahm Eva die Statue und untersuchte sie.

»Das ist sehr seltsam«, sagte sie.

»Was?«, fragte Minerva.

»Ich glaube, wir haben so eine schon irgendwo im Haus. Ich habe so etwas schon einmal gesehen.« Sie stellte sie zurück, und Jac griff danach. Behutsam nahm sie sie hoch, als sei sie glühend heiß, und drehte sie hin und her.

»Ich denke, du solltest heute Nacht hierbleiben«, sagte Minerva, die Jac nicht aus den Augen ließ.

»Ach, ich kann schon ins Hotel fahren. Mir geht es wieder gut.«

»Ja, im Moment. Aber heute Nachmittag ist etwas passiert, und als Ärztin würde ich dir dazu raten, zu bleiben. Ich denke nicht, dass du Gefahr läufst, einen Rückfall zu erleiden, aber falls doch, sollten Leute in der Nähe sein.«

»Ich weiß das zu schätzen, aber …«

»Meine Schwester hat recht, Jac«, stimmte Eva zu. »Wir können dich wirklich nicht in ein einsames Hotelzimmer zurückschicken.«

»Wenn ich bleibe, möchte ich aber, dass ihr mir helft herauszufinden, was passiert ist«, sagte Jac.

»Dafür ist auch morgen noch Zeit. Was du jetzt brauchst, ist eine Mahlzeit, etwas Ruhe und eine Mütze voll Schlaf.«

»Aber vorher will ich begreifen, was geschehen ist.«

»Ich denke nicht …«, setzte Minerva an.

Jac unterbrach sie. »Ich muss Bescheid wissen, sonst drehe ich durch.«

»In Ordnung.« Minerva klang besänftigend, aber auch widerstrebend. Warum nur?

»Theo, hilf mir abräumen«, sagte Eva. »Wir lassen euch in Ruhe reden.«

Zusammen sammelten die beiden Geschirr und Tassen ein und brachten alles in die Küche, dann kam Eva noch einmal zurück.

»Ich habe etwas für dich«, sagte sie und zog ein seidenes Band aus der Tasche. »Gib mir deine Hand.«

Jac tat wie geheißen.

»Das ist deine Rettungsleine. Meine Schwester hat dich nach ihrer Stimme greifen lassen wie nach einem Seil, um dich aus deinem Zustand herauszuholen. Ich möchte, dass du auch ein eigenes Seil besitzt, falls sie mal nicht in der Nähe ist. Du kannst es benutzen, sobald du merkst, dass du wegdriftest.«

Das Band war mit dem prächtigsten Scharlachrot eingefärbt, das Jac je gesehen hatte.

»Ist das Wicca?«, fragte Jac, während Eva die Enden des Fadens verschnürte. Ihr ganzes Leben lang hatte sie Schnüre und Schleifenbänder gesammelt, und sie fühlte sich augenblicklich mit dem Armband verbunden. Als hätte sie schon darauf gewartet. Aber auch das ergab keinen Sinn.

Eva lachte. »Nein, es ist eine mystische Kabbala-Tradition. Es nennt sich *Roite Bindele*. Es soll Unglück und den bösen Blick abwehren. Eine Klientin bat mich vor Jahren, eines für sie zu machen, und hat mir alles darüber erzählt. Seitdem stelle ich sie regelmäßig her.«

Jac strich über das seidene Band.

»Der böse Blick …«, wiederholte sie.

»Die Vorstellung vom bösen Blick reicht über fünftausend Jahre bis ins alte Babylon zurück …« Eva hielt inne. »Oh, das weißt du alles bestimmt schon, nicht wahr?«

Jac nickte. »Ja. Jede Kultur hat ihre eigene Version. Es ist universell. Besonders faszinierend am Studium der Mythologie ist, dass so viele Geschichten und Symbole über die Jahrhunderte und in verschiedenen Kulturen gleich geblieben sind. Nur umbenannt und ein wenig abgeändert.« Sie blickte auf. »Danke.«

Eva lächelte. »Jetzt lasse ich euch aber wirklich allein«, sagte sie und ging langsam aus dem Zimmer, wobei sie ihr linkes Bein unmerklich nachzog.

»Setz dich doch auf die Couch«, schlug Minerva vor. »Das ist bestimmt angenehmer.«

Jac machte es sich im Sitzen mit ausgestreckten Beinen bequem und legte sich den Kaschmirschal wie eine Decke über. Sie fror immer noch.

Minerva zog einen Lehnstuhl heran und setzte sich.

Jac fiel auf, dass die Möbel jetzt wie im Behandlungszimmer eines Therapeuten angeordnet waren.

»Okay, dann fangen wir mal an. Wenn du magst, kannst du deine Augen schließen. Manchmal hilft das.« Minerva lächelte.

Jac schloss die Augen.

»Schön. Ich mache erst mal ein bisschen Tiefenatmung mit dir, damit du dich entspannst.«

Minerva ging mit ihr eine Serie von Schritten durch, die Jac von den Ki-Atemübungen her kannte, die Malachai ihr vor so langer Zeit in Blixer Rath beigebracht hatte.

»Vier Takte einatmen: eins, zwei, drei, vier … jetzt halten: zwei, drei, vier … langsam ausatmen: Zwei, drei vier. Und wieder halten: zwei, drei, vier … und noch einmal.«

Jac spürte, wie sich die letzten Reste der Anspannung lösten: im Nacken … in den Schultern … dann in den Kniekehlen.

»Jetzt erzähle mir, woran du dich als Letztes erinnerst, bevor wir dich bei der Ruine wieder aufgeweckt haben«, bat Minerva.

»Dass ich in der Höhle war. Dass Theo das Buch gefunden hat.«

»Schön. Sehr gut. Lass uns eine Weile in der Höhle bleiben. Schau dich um. Siehst du Theo? Schau auf deine Füße, deine Hände. Was siehst du?«

Jac beschrieb die Höhle und den seltsamen Meteoritenstein mit den Totems und Knochen in den Nischen.

»Beschreibe mir die Totems genauer.«

»Es waren kleine, grob geschnitzte Figuren, halb Mensch, halb Tier, wie auf den Wandmalereien. Eine davon war ein Katzenmann. Sie ist nass geworden. Als ich sie trockenrieb, ging ein wundervoller Duft von ihr aus.«

»Kannst du dich noch genau an diesen Geruch erinnern?«, fragte Minerva leise.

Jac erinnerte sich, und der Duft beschwor eine wahre Bilderflut herauf. Sie verfolgte den Film, der in ihrem Kopf ablief, und schilderte ihn Minerva. Es war die leidvolle Geschichte einer kleinen Familie – Mutter, Vater und Sohn. Und obwohl sie die drei überhaupt nicht kannte, empfand Jac die Gefühlsregungen dieser Menschen nach. Jeden Anflug von Angst, jeden Zornesausbruch, jede Aufwallung der Liebe.

Diese Bilder, diese Menschen und ihre Krisen waren ihr völlig unbekannt. Die Geschichte war ganz sicher nicht aus ihrem Unbewussten emporgestiegen. Sie kam von außen, war ihr fremd.

Jac wurde vom Schmerz des Mannes überwältigt, dessen Krise sie jetzt miterlebte. »Ich bin in einer Höhle. Die Götter schicken mir eine Art Vision, damit ich weiß, was ich für meine Gemeinschaft unternehmen muss. Aber die Verantwortung wiegt zu schwer. Lieber sterbe ich, als diesen Auftrag anzunehmen. Ich muss mich täuschen, muss die Botschaft missverstanden haben. Das kann einfach nicht stimmen. Es kann nicht das sein, was von mir erwartet wird.«

Als Jac ihre Augen öffnete, saß Minerva immer noch nach vorn gebeugt in ihrem Sessel und hörte zu. Zunächst sagte sie nichts. Es war Theo, der inzwischen unbemerkt wieder in das Zimmer zurückgekehrt war, der als Erster das Wort ergriff.

»Das hast du alles gesehen?«

Jac nickte. »Ja.«

Theo schüttelte ungläubig den Kopf. »Ich verstehe das nicht«, sagte er, »aber ich kenne diese Geschichte.«

»Wie meinst du das?«, fragte Minerva.

»Sie kommt mir so bekannt vor. Es war fast so, als wüsste ich im Voraus, was Jac erzählen würde.«

»Was passiert denn hier bloß?«, wunderte sich Jac. »Wie kann ich mir eine Geschichte ausdenken, an die sich Theo erinnert?«

Minerva blickte von Jac zu Theo. »Vielleicht ist das schon einmal so gewesen.«

»Was ist schon einmal so gewesen?«, fragte Jac.

Minerva stand auf. »Ich muss jemanden anrufen.«

»Jetzt?«, fragte Theo. »Was kann denn …«

»Ich brauche erst einmal ein paar Informationen«, antwortete Minerva. Sie blickte Jac an. »Du hast das sehr gut gemacht. Und ich verspreche, dass ich dir helfen werde. Lass mich nur telefonieren, und dann werde ich alles erklären. Keine Sorge. Es wird alles gut.« Damit verließ sie den Raum.

Theo blickte zu Jac, und es kam ihr so vor, als sähen seine Augen noch blasser, noch trauriger aus. Schweiß stand ihm auf der Stirn. Unablässig ballte und öffnete er die Fäuste.

»Verstehst du vielleicht, was hier los ist?«, fragte er.

Jac schüttelte den Kopf. »Nein. Aber das Tagebuch hast du wirklich gefunden, oder? Das habe ich mir nicht bloß eingebildet?«

Sofort hellten sich seine Augen auf. »Ja.«

»Kann ich es sehen?«

Nach wenigen Sekunden war Theo zurück und überreichte ihr behutsam das Notizbuch.

Jac strich über das abgegriffene Leder. Schlug das Buch auf. In der dunklen Höhle hatte sie nicht viel erkennen können. Aber jetzt, im hellen Licht, ließ sich die eng gesetzte, schräge Handschrift mühelos entziffern. Noch einmal las sie den ersten Absatz, dann blätterte sie zum Ende vor. Die Seiten waren bis fünfundzwanzig durchnummeriert.

Jac gehörte zu den Menschen, die das Ende eines Buches immer zuerst lasen. Nicht das ganze letzte Kapitel, nur die letzten fünf oder sechs Zeilen. Sie musste wissen, was für eine Reise ihr da bevorstand, ob sie glücklich oder traurig endete.

Ihr Bruder hatte sie einmal gefragt, wieso sie das mache. Nach längerem Nachdenken hatte sie Robbie gesagt, dass sie sich vor Überraschungen schützen wolle. Sie habe in ihrem Leben schon zu viele erlebt, und sie hätten zu viel Leid mit sich gebracht.

Die letzten drei Worte auf der Schlussseite hielten allerdings eine andere Art der Überraschung parat. Sie zeigte sie Theo.

»Schau mal«, sagte sie. »Das ist nicht das einzige Tagebuch.«

Theo schielte auf die Wörter. »Könntest du das übersetzen?«

»Fortsetzung im nächsten Band«, sagte sie. »Es muss also noch so ein Heft geben.«

»Ich habe keines gesehen.«

»Hast du auch in den restlichen Nischen nachgesehen?«

»Nein, die Höhle wurde ja überflutet.«

»Wir müssen also noch einmal dorthin zurück.«

»*Ich* werde gehen.«

»Ich komme mit.«

»Darüber können wir später noch reden. Fürs Erste haben wir das hier. So haben wir wenigstens eine Beschäftigung, während wir darauf warten, dass die Gezeiten mitspielen und …«

Minerva war ins Zimmer zurückgekehrt. Sie hielt ein Telefon in der Hand.

»Ich habe gerade mit Malachai gesprochen. Er möchte, dass du ihn nach unserem Gespräch anrufst, Jac.«

»Was hat das mit Malachai zu tun?«, fragte Jac.

Theo stand auf und wollte gehen.

»Nein, bleib hier, Theo«, bat ihn Minerva. »Du solltest das auch hören.« Sie wartete, bis er Platz genommen hatte, und holte tief Luft. »Eva besser auch.« Sie verließ den Raum und holte ihre Schwester.

Nun, da alle versammelt waren, begann Minerva zu erzählen. Sie wandte sich an Jac und Theo. »Malachai und die anderen Therapeuten in Blixer Rath haben C.G. Jungs Analytische Psychotherapie praktiziert und glaubten dementsprechend an das kollektive Unbewusste.«

»Das wissen wir«, sagte Theo.

Jac nickte.

Die Theorie, dass das Unbewusste Erinnerungen, Instinkte und Erfahrungen beherbergte, die allen Menschen auf ewig gemeinsam sind, war zuerst nur schwer zu begreifen gewesen. Aber mit der Zeit hatte sie es verstanden und hatte erkannt, wie Wissen auf sie überging und sich in ihre eigenen Träume und Handlungen flocht. Ihr eigenes Verständnis von Jungs Theorie hatte entscheidend zu ihrer Heilung beigetragen und zugleich ihr Interesse an Mythologie geweckt. Es war der Grundstein für ihre Entscheidung gewesen, Mythenforscherin zu werden.

»Einige der Therapeuten in Blixer glaubten, wie Jung auch, an die Reinkarnation und daran, dass viele psychologische Probleme eigentlich aus vergangenen Leben stammen statt aus der Gegenwart.«

»Nein«, entfuhr es Jac unabsichtlich.

Minerva sah sie aufmerksam an. »Was hast du?«

»Diese Geschichte kann nichts mit Reinkarnation zu tun haben.«

»Wieso nicht?«

»Ich glaube nicht daran.«

Minerva musterte sie. »Ich verstehe dich. Wirklich. Aber dürfte ich bitte fortfahren?«

Jac seufzte, rutschte auf der Couch hin und her und überkreuzte ihre Beine.

»Als ihr beide in Blixer Rath wart«, fuhr Minerva fort, »geschahen einige seltsame Dinge. Jac, erinnerst du dich an deine Zeichnungen von den Steinkreisen? Diese Steinkreise befinden sich auf Jersey. Du hast sie auf eurem Spaziergang gesehen.«

»Ja, natürlich.«

»Es gab noch andere Vorkommnisse, an die du dich vielleicht nicht erinnerst. Malachai sagt, dass er dich hypnotisiert hat, damit du sie vergisst.«

»Wieso sollte er so etwas tun?« Jac war verwirrt. Dann entrüstet. »Wie konnte er mir das antun?«

»Darf ein Therapeut so etwas überhaupt?«, fügte Theo hinzu.

»Es wäre nicht fair, meine Meinung zu äußern, ohne die dazugehörigen Fakten zu kennen. Ich war nicht dabei. Aber Malachai ist einer der besten Therapeuten, die ich kenne. Er hat mir gerade erst gesagt, dass er es getan hat, weil er überzeugt war, dass du sonst in deiner Therapie weit zurückgeworfen worden wärst. Das wollte er nicht zulassen.«

»Was sollte ich durch diese Hypnose vergessen?«, fragte Jac mit vor Wut zitternder Stimme.

»Als ihr beide euch in Blixer angefreundet habt, war Malachai zunächst sehr froh darüber. Er unterstützte es sogar. Er rief an und sprach mit mir darüber. Deine Mutter, Theo, hatte Malachai gebeten, mich über deinen Fall auf dem Laufenden zu halten. Der Sommer verlief für euch beide so erfreulich. Ihr habt Wege und Techniken entwickelt, eure individuellen Probleme zu bewältigen. Je näher ihr euch kamt, desto rascher waren die Fortschritte. Bis zum Tag des Unfalls, bis zu dem Tag, als du gestürzt bist, Jac. Erinnerst du dich?«

»Natürlich. An dem Tag ist Theo abgereist.«

»Malachai hat mich nach Hause geschickt, obwohl ich nichts damit zu tun hatte«, sagte Theo mit unverhohlenem Zorn. »Ich durfte mich nicht mal von Jac verabschieden. Und niemand hat mir einen vernünftigen Grund genannt, wieso das nicht gehen sollte. Sie behaupteten, ich müsse nach Hause, weil ich die Regeln gebrochen hatte, aber ich wusste, dass sie mir die Schuld an dem Unfall gaben.«

»Sie haben dich zurückgeschickt, weil du zu oft zu viele Regeln gebrochen hattest«, entgegnete Eva.

»Aber auch wegen dessen, was sich zwischen dir und Jac abspielte«, sagte Minerva. »Freundschaft ist eine Sache, aber Malachai vermutete, dass du Jac verführen wolltest. Und an diesem Punkt deiner Therapie, eurer beider Therapien, hätte das gefährlich werden können.«

»Wegen ein paar harmloser Küsse und ein bisschen Gras?« Jac blickte zu Theo. Einen Moment lang trat die Gegenwart mit ihren Rätseln hinter jene unschuldigen Berührungen in den Wäldern zurück. Doch Theos Gesicht war wutverzerrt und seine Augen verdüstert. Er litt Qualen, die Jac sich einfach nicht erklären konnte.

»Nein«, sagte Minerva. »Da war noch etwas anderes. Malachai meinte, er habe so etwas noch nicht erlebt. Er hat erzählt, dass du damals bei deinem Unfall eine so heftige Regression durchlebt hast, dass er glaubte, dich womöglich nicht aus deiner Trance zurückholen zu können.«

»Daran erinnere ich mich gar nicht. Aber selbst wenn, verstehe ich nicht, was das Ganze mit Theo zu tun gehabt haben soll«, erwiderte Jac.

»Deine Erinnerungen bezogen sich nicht auf deine früheren Leben, sondern auf Theos. Du erinnertest dich an die Reinkarnationen eines anderen.«

Einunddreißig

»Willst du damit sagen, dass ich mich an Theos Vorleben erinnert habe? Nicht an mein eigenes?«

»Genau. Und während der Rückführung wurdest du ziemlich gewalttätig. So ist auch der Unfall passiert.«

»Hast du von so etwas je gehört?«, fragte Jac Minerva.

»Nein. Aber Malachai hält es für möglich, dass es heute noch einmal passiert ist.«

Theo stand auf und setzte sich zu Jac auf die Couch, legte ihr den Arm um die Schulter, und erst da bemerkte Jac, dass sie zitterte.

»Wer warst du heute, woran erinnerst du dich?«, fragte er.

»Ich war ein Priester. Es muss ein heidnischer Priester gewesen sein … ein Druide … denn er war verheiratet und hatte einen Sohn. Ich dachte immerzu, dass ich doch eigentlich im Geist der Frau sein müsste … in ihren Gedanken … ich war es aber nicht. Es ergab keinen Sinn. Ich sah, was der Priester sah. Seine Frau war eine Kräuterkundlerin. Eine Hexe«, erklärte Jac. »Keine Schwarzmagierin, sondern ein hochangesehenes Stammesmitglied. Ich … er …« Sie zögerte, wusste nicht, wie sie über die Person in ihrem Traum reden sollte. »Der Priester«, entschloss sie sich dann, »und seine Familie lebten in einer Steinhütte in einem Gebiet, das dem Ort ähnelte, an dem wir eben waren.«

»Der Haufen Steine, von dem ich mein ganzes Leben lang besessen war«, sagte Theo.

»Mein Zuhause«, fuhr Jac fort. Sie merkte gar nicht, dass sie das Wort *mein* verwendet hatte. Sie malte sich die Szene jetzt in ihrem Kopf aus. Dabei sah sie nicht die Ruine draußen im Wald, sondern ein Zuhause, das nach frischgekochten Speisen duftete, und ein Paar, das sich liebte.

Jac erschauderte. Sie war nach Jersey gekommen, um von Malachais ständigen Vorträgen über die Reinkarnation Abstand zu gewinnen. Reumütig dachte sie an Ödipus und an die Aussichtslosigkeit, seinem Schicksal zu entkommen. Aber sie glaubte nicht an das Schicksal. Jac blickte zu Minerva. Sie fühlte sich, als stünde sie am Rande des Wahnsinns. Gab es eine ganze Episode in ihrem Leben, an die sie sich nicht erinnern konnte?

»Dachte Malachai, dass ich in der Klinik Theos Erinnerungen erlebte und dass die irgendwie den Unfall verursacht haben? Hat er den gesamten Vorfall deshalb aus meinem Gedächtnis gelöscht?«

»Ja. Malachai hat dich hypnotisiert, aber nur, um dich zu beschützen. Er meinte, du seist in den Erinnerungen gefangen gewesen, Jac. In Theos Erinnerungen. Dass er dich lange nicht zurückholen konnte. Genau wie ich heute. Es hat ihm furchtbare Angst eingejagt. Er hatte so etwas noch nie erlebt. Es ist eine Sache, sich an Bruchstücke seines eigenen Vorlebens zu erinnern, aber sich an die eines anderen zu erinnern …«

»Und all das hat er dir vorhin am Telefon erzählt?«

»Ich bin ja auch Therapeutin. Ich bin hier vor Ort, und heute ist dir etwas zugestoßen, das ein Eingreifen von mir erfordert.«

»Wenn er mich hypnotisiert hat, um mich von weiteren Reinkarnationserlebnissen abzuhalten, weshalb ist er dann überzeugt, dass ich diesen Sommer in Paris welche hatte?«

»Das wirst du ihn selbst fragen müssen. Ich weiß nichts von diesem Sommer«, entgegnete Minerva.

»Aber du denkst, dass genau das, was er beschrieben hat, auch heute mit mir passiert ist?«

»Ja.«

»Du hast eben gesagt, Malachai hätte nie zuvor davon gehört, dass jemand die Erinnerungen eines anderen durchlebt hat. Hast du schon einmal davon gehört?«, mischte Eva sich ein.

»Nein. Aber ich bin keine Expertin auf diesem Gebiet«, antwortete Minerva. »Ich habe mich nie so intensiv mit Wiedergeburten oder Rückführungen auseinandergesetzt wie Malachai.«

Jac stand auf. Sie wusste nicht, was überwog, ihr Ärger oder ihre Angst. Was von beiden sie zu Fall brachte. Sie stolperte. Hätte Theo sie nicht rechtzeitig gepackt, wäre sie geradewegs auf den gläsernen Couchtisch gekracht. Bis vor wenigen Stunden hatte sie gedacht, dass er derjenige war, der in Schwierigkeiten steckte. Der versehrt war. Der Hilfe brauchte. Doch jetzt war sie es, und er musste ihr helfen.

»Wo willst du hin?«, fragte er.

»Ich muss Malachai anrufen.«

»Du warst in Gefahr«, sagte Malachai am anderen Ende der Leitung. »Du warst nicht du selbst. Du wurdest aggressiv, stießt Theo weg, und er fiel hin – und dann hast du dich von der Klippe gestürzt.«

»Woher weißt du das?«

Jac saß auf einem grünen Sofa in der Bibliothek. Das Tweedgewebe bestand aus verschiedenen Garnen: Da waren Blauschattierungen von Kobaltblau bis hin zu Türkis und drei Grüntöne – Smaragdgrün, Lindgrün und Tannengrün. Ein türkisfarbener Faden hatte sich gelöst, und Jac versuchte, ihn zurückzustecken, während sie Malachais Erklärungen lauschte.

»In den Tagen vor dem Zwischenfall war ich ausgesprochen besorgt. Dein Verhalten änderte sich. Du wurdest zusehends rebellisch, auf eine Art, die weder zu deinen Fortschritten noch zu deiner Persönlichkeit passte. Und ich war mir sicher, dass Theo Drogen nahm und sie dir verabreichte. Da ihr an diesem Tag nicht pünktlich von eurem Spaziergang zurückkamt, ging ich euch suchen. Du warst in einem Zustand tiefer Regression, als ich euch fand. Ich habe gesehen, wie du dich von der Klippe gestürzt hast. Wie Theo hinterhergesprungen ist. Als du auftauchtest, warst du nicht du selbst. Du warst die Person, an deren Leben du dich erinnertest. Und du bliebst sehr lange in diesem Zustand. Ich konnte dich nicht zurückholen.«

»Wieso glaubst du, dass ich mich an ein Vorleben erinnerte, das nicht mein eigenes war?«

»Wegen der Rückführungen, die ich an Theo durchgeführt hatte. Und wegen deiner Zeichnungen.«

»Wer war ich denn?«

»Das habe ich nie herausgefunden.«

Sie hörte das Zögern in seiner Stimme. »Was verheimlichst du mir?« Er hatte geklungen, als wäre er völlig aus der Fassung. So hatte sie ihn noch nie erlebt.

Malachai war ein Meister der Selbstbeherrschung.

»Ich habe alles erzählt, was ich weiß.«

»Dann erzähl mehr, als du weißt. Erzähl mir endlich, was du denkst!« Jac hätte ihn am liebsten angeschrien. Sie konnte ihre Stimme gerade noch im Zaum halten. »Wieso weißt du nicht, wessen Vision …«

»Eine Regression ist keine Vision, das ist …«

»Ich habe soeben erfahren, dass du mich mit vierzehn Jahren hypnotisiert und es mir all die Jahre verheimlicht hast. Solche Wortklaubereien kann ich jetzt echt nicht gebrauchen, okay?«

»Jac, bitte …«

»Wieso weißt du nicht, wer ich war?«, unterbrach sie ihn.

»Weil du nicht Englisch gesprochen hast.«

»Dann bin ich ins Französische zurückgefallen. Was ist daran ungewöhnlich?«

»Nein, Jac. Es war auch kein Französisch. Soweit ich es erkennen konnte, hast du irgendeine altertümliche Sprache gesprochen. Eine Mischung aus Altirisch und Walisisch. Ich konnte nicht verstehen, was du sagtest, aber es war deutlich, dass du am Boden zerstört warst und nicht weiterleben wolltest. Du warst von der Klippe gesprungen, weil du dich umbringen wolltest.«

Jac holte tief Luft. Versuchte, sich an diesen Tag zu erinnern. An den Spaziergang. Die Küsse und Berührungen, die für sie damals etwas Neues und Wundervolles waren. Wie sie einen Steinkreis gebildet und sich hineingesetzt hatten, wie Theo ihr von den Pilzen gegeben hatte. Bis sie am Ende im Krankenhaus aufgewacht war und Malachai an ihrem Bett saß.

Dazwischen klaffte eine riesige Lücke. Ein großer Brocken ihres Lebens, der fehlte. Daran hatte sie nie gedacht.

»Erzähl mir von heute, Jac. Erzähl mir, wie es sich angefühlt hat, und vergleiche es mit den Erlebnissen, die du diesen Sommer in Paris hattest.«

»Das will ich nicht. Ich will …«

Er fuhr dazwischen. »Vertrau mir. Ich weiß, dass du große Widerstände hast. Ich weiß nicht genau, warum. Aber ich kann dir eines verraten. Ich habe noch nie mit jemandem zusammengearbeitet, der die Erinnerungen anderer Menschen abrufen konnte. Du kannst das. Und Theo ist nicht der Einzige, auf dessen Vorleben du Zugriff hattest. Bei unseren gemeinsamen Sitzungen in Blixer habe ich erkannt, dass du eine sehr ungewöhnliche Gabe besitzt, dich für …«

»Gibt es noch andere Sitzungen, an die ich mich nicht erinnere? Wie viel von meiner Erinnerung hast du gelöscht?«

»Deine Großmutter hat mir die Erlaubnis gegeben, zwei weitere Hypnosen durchzuführen.«

»Und?«

»Du warst in der Lage, Erinnerungen aus den Rückführungen anderer Schüler abzurufen.«

»Das ist unmöglich!« Jac umklammerte den Telefonhörer.

»Nach diesen Sitzungen hielten deine Großmutter und ich es für besser, deine Fähigkeiten zu blockieren, bis wir sie besser verstanden. Es war an sich ein ganz harmloser Vorgang. Ich habe dich nur unter Hypnose gesetzt und dir nahegelegt, keine spontanen Regressionen mehr zuzulassen. Ich habe dir beigebracht, sie zu blockieren.«

»Aber du denkst doch, ich hätte den ganzen Sommer über Regressionen erlebt. Wie kann das sein?«

»Ich denke, die Erinnerungen waren so stark, dass sie sich trotz allem Bahn gebrochen haben.« Er ließ ihr kurz Zeit, diese Information zu verdauen. »Kannst du mir sagen, Jac, wie sich der heutige Anfall im Vergleich zu denen im Sommer angefühlt hat?«

Sie war immer noch wütend. Aber der Wissensdurst war stärker. Denn es hatte einen Unterschied gegeben, und er passte zu allem, was er gesagt hatte. Jacs Angst war größer als ihre Streitlust. »Bei diesen Anfällen in Paris fühlte es sich an, als wären die Szenen, die ich sah, Teil meiner eigenen Träume. Egal, ob es nun Erinnerungen an frühere Leben oder Halluzinationen waren, sie passten zu dem, was du mich gelehrt hast. Was Jung ›meine eigenen mythischen Vergangenheiten‹ nannte.«

»Ganz richtig. Für die meisten Leute fühlen sich Regressionen wie Erinnerungen an. Wie ein Film, den man schon mehrmals gesehen hat.«

»Heute war es anders. Was ich heute sah, war total fremdartig. Es kam nicht aus meinem Inneren.«

»Nein, das stimmt.«

»Woher weißt du das?«

»Ich glaube, dass genau dasselbe schon einmal geschehen ist, als du vierzehn warst. Eine intensive Regression in einen fremden Gedächtnisspeicher.«

»Aber wie ist das möglich?«, flüsterte sie.

Wieder steckte Jac in diesem Dilemma: Entweder sie glaubte an eine Welt des Übersinnlichen, die nicht mit ihrer rationalen Weltsicht zusammenpasste, oder sie nahm hin, dass sie dabei war, den Verstand zu verlieren.

»Wir wissen es nicht. Wie schon gesagt, es ist selten. Durch tiefe Meditation oder Hypnose können empfängliche Menschen zu ihrem vorangegangenen Leben vordringen, ihre karmischen Probleme erkennen und sie lösen. Sie können einmal durchleben, was unvollendet blieb, herausfinden, was getan werden muss. Das ist nicht gefährlich – es ist ein Fortschritt. Es ist läuternd. Sich jedoch an das Vorleben eines anderen erinnern zu können ist ziemlich beispiellos. Es ist uns nicht bestimmt, uns der übersinnlichen Schulden und Verbrechen anderer anzunehmen. Wir sind nicht dazu geschaffen, uns neben der Last der eigenen auch noch die einer fremden Seele aufzubürden. Ich mache mir Sorgen, Jac. Ich wollte von Anfang an nicht, dass du nach Jersey gehst. Ich denke, du solltest nach Hause kommen.«

»Was?«

»Komm nach Hause. Jetzt gleich. Ich habe es dir gesagt, als du abfuhrst, und ich sage es dir jetzt noch einmal: Du bist in Gefahr. Psychischer Gefahr. In Blixer Rath warst du in Theos karmischem Leid gefangen und konntest fast nicht mehr daraus entkommen. Heute bist du dahin zurückgeraten. Was ist, wenn du noch einmal dahin zurückkehrst und wirklich verschollen gehst? Was ist, wenn du einen psychotischen Zusammenbruch hast? Du darfst dieses Risiko nicht eingehen.«

»Hast du ihn rausgeworfen, um mich zu schützen, obwohl er Hilfe brauchte?«

»Einer von euch musste gehen, und Theo hatte die Regeln gebrochen. Er wäre ohnehin nach Hause geschickt worden. Er hat Alkohol gestohlen und sich Drogen schicken lassen. Er gehörte nicht nach Blixer Rath. Und du gehörst nicht nach Jersey.«

»Aber in Wahrheit hast du ihn nach Hause geschickt, um mich zu beschützen.«

Jac hatte ein furchtbar schlechtes Gewissen. Was, wenn Theo ihretwegen die nötige und ihm zustehende Behandlung verweigert worden war? Wenn Theo nur ihretwegen nicht zu Ende bringen durfte, was ihn hätte heilen können? Wie sollte sie damit zurechtkommen?

»Ihr zwei wart Gift füreinander«, sagte Malachai.

»Eine Sache verstehe ich nicht.« Jac lachte bitter. »Mal abgesehen von den zahllosen Sachen, die ich sonst nicht verstehe. Minerva hat mir erzählt, du hättest mich zum Schutz vor weiteren Regressionen hypnotisiert.«

»Ja.«

»Aber du bist doch überzeugt, dass ich vor kurzem in Paris weitere Regressionen erlebt habe.«

»Ja.«

»Aber wieso? Warum in Paris? Wie erklärst du dir das?«

»Ich glaube, dass es etwas mit dem Duft zu tun hatte, den du in der Werkstatt deines Bruders entdeckt hast. Du bist sehr geruchsempfindlich. Ich würde vermuten, dass du heute auch wieder etwas gerochen hast, das dich beeinflusst hat. Jac, ich möchte …«

»Es ist mir egal, was du willst. Du hast in meinem Kopf herumgepfuscht und mir nichts gesagt. Du warst mein Arzt, und du hattest Geheimnisse vor mir. Du hast mich ohne mein Einverständnis hypnotisiert.«

»Warte. Denk nach. Erinnere dich. Ich hätte dich niemals ohne deine Zustimmung hypnotisieren können. Dein Unbewusstes würde es nicht zulassen. Wir hatten viele Hypnosesitzungen, oder nicht?«

»Ja.«

»Versuch, dich an die eine nach jenem Zwischenfall in den Bergen zu erinnern. Du wusstest teilweise nicht mehr, wer du warst. Du hattest dich in Theos verletzte Seele hineinversetzt. Nach dem Vorfall hattest du lähmende Kopfschmerzen. Erinnerst du dich daran?«

»Ja.« Jetzt fiel es ihr wieder ein. Jac hatte diese furchtbaren Kopfschmerzen bis dahin ganz vergessen.

»Wir haben unter Hypnose daran gearbeitet. Ich habe dir dabei zu vermitteln versucht, dass du dir keine solche Reise in die Vergangenheit mehr erlauben durftest. Ich wollte dir die Kraft verleihen, dich selbst zu schützen.«

»Und du glaubst, ich brauche immer noch Schutz wegen etwas, das ich mit vierzehn unter Drogeneinfluss getan habe? Das ist doch verrückt. Ich bin hergekommen, um die keltische Mythologie zu erforschen, und das werde ich auch tun. Diese Insel ist eine wahre Fundgrube. Die Ruinen, die wir heute gesehen haben, sind noch genau so erhalten, wie sie vor Tausenden von Jahren waren. Ich will noch nicht gehen.«

»Was meinst du mit ›genau so wie vor Tausenden von Jahren‹? Woher weißt du das?«

Jac überlegte einen Moment. Es war tatsächlich eine merkwürdige Formulierung.

»Erzähl mir, was du gemacht hast, als dich die Erinnerungen überkamen«, drängte Malachai.

»Ich kann das nicht noch einmal durchmachen.«

Er seufzte. »Jac, es tut mir leid. Ich habe dir doch immer nur helfen wollen.«

»Du hast mir so viel verheimlicht.«

»Wir hatten vor, es dir irgendwann zu sagen. Deine Großmutter und ich haben uns ausführlich darüber unterhalten, und sie wollte es dir nach deiner Rückkehr aus der Klinik erzählen.«

»Das hat sie aber nicht.«

»Nein. Als du nach Hause kamst, war sie so erleichtert darüber, wie gut es dir ging, dass sie dir noch etwas mehr Zeit geben wollte. Dann hast du beschlossen, nach Amerika zu ziehen, und sie wollte es dir nicht vor deiner Abreise sagen, aus Angst, dass es dich zu sehr belasten könnte. Deine Großmutter und ich haben über die Jahre sehr oft miteinander gesprochen. Ich musste ihr versprechen, dass ich es dir eines Tages sagen würde, falls sie sterben würde, ohne mit dir darüber gesprochen zu haben.«

»Und du hast nie einen Anlass dazu gefunden?«

»Nein, bis heute nicht.«

Jac griff erneut nach dem türkisfarbenen Faden, zwirbelte ihn zwischen den Fingern und zog daran. Stück für Stück, bis er ganz heraus war. Sie wickelte ihn wie einen Ring um ihren Zeigefinger. Von allen Menschen in ihrem Leben, die noch lebten, waren Malachai und ihr Bruder Robbie die einzigen, denen sie vollends vertraute. Beide waren immer für sie da gewesen. Doch nun war ihr Vertrauen in Malachai erschüttert.

Er hatte ihr etwas verheimlicht. Etwas Entscheidendes, das den Kern ihres Wesens betraf.

»Wenn du partout nicht nach Hause willst, dann gib mir bitte wenigstens noch ein paar Minuten Zeit. Ich möchte versuchen, herauszufinden, was deinen Zustand heute Nachmittag verursacht hat, und dann zu verhindern, dass es noch einmal passiert. Was hast du gemacht, als es anfing? Wo warst du?«

Jac hatte keinerlei Bedürfnis, die Erinnerung an den Nachmittag auszudiskutieren. Aber andererseits wollte sie so etwas auf keinen Fall noch einmal durchmachen müssen. Also berichtete sie Malachai von der Höhle, dem Monolithen und dem schwarzen Stein. »Darin sind kleine Nischen, in denen Dutzende von Totems standen, jeder in seinem eigenen Kämmerchen. Du hast doch diese Bernsteinfigürchen, von denen du mir eines gezeigt hast …«

»Und?«

»Die sind ganz ähnlich.«

»Inwiefern?«

»Sie sind etwa sieben bis acht Zentimeter hoch und grob geschnitzt, aber sehr ausdrucksstark. Alle halb Mensch, halb Tier. Sie sind von Kohlerückständen bedeckt. Vermutlich wurden sie angebrannt. Als ich eine angefasst habe, fühlte sie sich klebrig an. Meine Hand war nass, und …« Sie stockte.

»Was ist?«

»Ich habe sie wohl angefeuchtet, und da roch ich es. Ich weiß noch, wie ungewöhnlich ich es fand, dass dieses Material denselben Geruch hatte, wie wenn man es verbrennt.«

»Woher weißt du, wie es dann riecht?«

Sie berichtete ihm, wie sie am Tag zuvor die Feuerstellen entdeckt hatte und sich kurz darauf die ersten Anzeichen eines Anfalls eingestellt hatten. Dann erzählte sie ihm noch von der rätselhaften Essenz namens Amber in der alten Parfümwerkstatt.

Er schwieg, als sie ausgeredet hatte.

»Malachai?«

»Ich vermute, der Geruch hat dich beeinflusst«, sagte er nach einer Weile.

»Weil ich empfänglich für Düfte bin? Also hältst du Bernstein für einen weiteren Auslöser.«

»Ja, ich halte es für sehr wahrscheinlich, dass du empfänglich für olfaktorische Auslöser bist. Besonders, wenn der Duft halluzinogene Eigenschaften aufweist wie jener in Paris. Es wäre aber auch möglich, dass du etwas von dem Harz eingenommen hast. Du meintest, deine Hand sei nass gewesen, als du den Stein festhieltest. Hast du vielleicht dein Gesicht oder deinen Mund berührt?«

»Ich weiß es nicht.«

»Hast du die Figur noch?«

Jac hatte sie aus dem Wohnzimmer mitgenommen. Jetzt stand die Figur direkt vor ihr auf der Schreibtischkante. »Nein«, sagte sie, ohne recht zu wissen, warum. Dann lehnte sie sich zurück und legte den Kopf auf das Sofapolster. Sie spürte einen Anflug von Kopfschmerzen. Jac wollte nicht über Regressionen nachdenken. Oder sich mit Malachai über Reinkarnation unterhalten. Sie war nach Jersey gekommen, um sich in ihre Arbeit zu stürzen. Um keltische Ruinen und Höhlen zu untersuchen und den Ursprung eines Mythos zu finden. Um den Schmerz über Griffins Verlust zu überwinden und die Leere in ihrem Leben zu akzeptieren, eine Hoffnungslosigkeit, die sie nie zuvor so intensiv verspürt hatte.

»Wieso kann ich nicht einfach eine Halluzination gehabt haben? Eine drogenbedingte Vision.«

»Weil du Regressionen hast. Du bist sehr empfänglich. Das warst du bereits als Kind.«

»Dann bin ich also eine Art Freak?«

»Was du erlebst, ist erstaunlich. Absolut bemerkenswert.«

»Du hast eine wertvolle Gabe. Eine gefährliche Gabe. Deshalb flehe ich dich an, heimzukommen.«

Jacs Kopfschmerzen verschlimmerten sich. »Kannst du mich übers Telefon hypnotisieren?«

»Wieso?«

»Damit diese Visionen aufhören.«

»Ich weiß es nicht.«

»Magst du es versuchen?«

»Komm heim, dann werde ich es tun. Du weißt jetzt, wo sich die Höhle befindet. Du kannst später selbst dorthin zurückkehren.«

»Ich bin noch nicht bereit, zu gehen. Hier gibt es tolle Geschichten zu entdecken, Malachai, da bin ich sicher. Wer weiß, welcher beeindruckende Mythos hier seinen Anfang genommen hat. Das will ich herausfinden. Ich bleibe.«

Zweiunddreißig

Der zweite Stock des Hauses besaß zwei Seitenflügel. Minerva brachte Jac zu ihrem Schlafzimmer und deutete auf eine weitere Tür.

»Mein Zimmer ist hier, nur zwei Türen weiter, falls du mich brauchen solltest. Eva schläft auf der anderen Seite der Treppe, und Theo ist unten untergebracht. Da hat er seine Privatsphäre.«

»Hat er hier mit seiner Frau gelebt?«, fragte Jac.

»Nein, sie hatten ihr eigenes Haus auf dem Anwesen. Das ehemalige Haus des Wildhüters. Theo ist nach ihrem Tod wieder hier eingezogen.« Minerva hielt kurz inne und schüttelte den Kopf. »Es war ein Autounfall. Sie war zwar eine vorsichtige Fahrerin, aber es gibt sehr gefährliche Kurven auf diesen Straßen und jede Menge Nebel. Naomi stammte aus London und war Straßenlaternen gewöhnt, sie war einfach nicht vorsichtig genug.«

Oder sie war sehr unglücklich, dachte Jac.

Sie sagten einander gute Nacht. Danach lag Jac eine geschlagene Stunde schlaflos in dem taubenblau und weiß eingerichteten Schlafzimmer, lauschte dem Meer, wie es gegen die Felsen anbrandete, und dachte an all das, was seit ihrer Ankunft geschehen war. Irgendwann gab sie es auf, einschlafen zu wollen, stieg aus dem Bett und wickelte sich in den Morgenmantel, den Minerva ihr gegeben hatte. Dann machte sie es sich auf der breiten

Fensterbank bequem und blickte hinaus. Die Horizontlinie war verschwunden. Himmel und Meer verschmolzen in der pechschwarzen Finsternis. Der phosphoreszierende Glanz der Wellen hatte etwas Gespenstisches.

Irgendwo zur Linken glitt der Schein von Autolichtern vorüber. War Theo ausgegangen? Dann hörte sie Tasha bellen. Offenbar war er mit dem Hund draußen. Eine Autotür wurde geöffnet, wieder geschlossen. Jac sah, wie der Hund über das Gras lief und eine Sekunde lang angeleuchtet wurde, bevor er hinter einer Ecke verschwand.

Jac fühlte sich rastlos und beschloss, hinunterzugehen, sich einen Tee zu machen und zu lesen. Als sie das Schlafzimmer verließ, erinnerte sie sich an das letzte Mal, dass sie so etwas in einem fremden Haus getan hatte: Vor einem Monat bei Malachai, an jenem Wochenende, an dem sie beinahe vom Blitz erschlagen worden war. An dem sie erfuhr, dass sie Griffins Baby verloren hatte. In jener Nacht, in der sie Theos Brief entdeckt hatte, der sie hierhergeführt hatte.

Es gab so vieles, worüber sie nachdenken musste. Was war heute mit ihr passiert? Warum wurde sie von dieser Insel magisch angezogen? War sie einem Mythos auf der Spur, oder jagte sie nur dem Trugbild eines Jungen hinterher, den sie gekannt hatte, als sie ein Teenager gewesen war? Ihr erster Kuss, die erste Verliebtheit. Eine neue Beziehung mit Theo anzufangen war ihr zumindest theoretisch denkbar vorgekommen, bis die Sache mit seinem Bruder alles verkomplizierte. Aber so faszinierend beide Brüder auch auf ihre eigene Weise sein mochten – Jac war ohnehin noch nicht über den Verlust von Griffin hinweg. Eines Tages würde sie sich an den Gedanken gewöhnen müssen, dass er wirklich aus ihrem Leben verschwunden war. Das war schon ein Fortschritt, oder? Die Einsicht, dass sie irgendwann darüber hinwegkommen würde?

Sie zog den Morgenmantel enger, steckte ihr Handy ein und

verließ das Zimmer. Jac ging den breiten, mit Teppich überzogenen Treppenaufgang hinunter und ließ die Finger über das polierte Geländer gleiten. Was sie jetzt brauchte, war ein Gespräch mit Robbie, aber ihr letzter Anruf war an die Mailbox weitergeleitet worden.

Beide brauchten nicht viele Worte, wenn sie miteinander redeten. Robbie wusste fast immer, was sie dachte. Eine Tatsache, die sie manchmal zur Weißglut brachte, aber immer auch beruhigend wirkte. Hin und wieder war er allzu überzeugt von den Ratschlägen, die er gab. *Monsieur Je Sais Tout* hatte sie ihn als Kind mit einem gespielten Ritterschlag feierlich getauft. *Graf Neunmalklug*. Und die Momente, die sie an der kleinen Duftorgel verbrachten, die ihr Vater für sie gebaut hatte, gehörten zu den kostbarsten Erinnerungen, die Jac besaß. Der kleine Tisch mit den vielen Essenzen und Ölen hatte sie für Stunden beschäftigt. Ihr Großvater kam am Ende eines jeden Tages vorbei, um an dem zu riechen, was sie zusammengemischt hatten. Er benotete es, und wann immer er einem Duft, den Jac zusammengebraut hatte, besonders hohe Werte gab, achtete Robbie darauf, dass Jac auch wirklich die gebührende Anerkennung bekam. Obwohl sie älter war, hatte er sich immer um sie gekümmert.

In der Küche schaltete sie den Wasserkocher ein. Sie öffnete einen Schrank nach dem anderen, bis sie den Tee gefunden hatte. Dabei stellte sie hocherfreut fest, dass es Robbies Lieblingsmarke war, Mariage Frères. Sie überflog die Namen auf den schwarzen Behältern. Earl Grey. Russischer Stern. Marco Polo. Sie entschied sich für Poètes Solitaires.

Während sie darauf wartete, dass das Wasser kochte, wurde ihre Sehnsucht nach einer Unterhaltung mit Robbie noch stärker. Sie wollte ihm erzählen, was passiert war. Hören, was er dachte.

Robbie, ruf mich an.

Sie stellte sich vor, wie ihr Bruder den Kopf hob und sich suchend umschaute. In die Dunkelheit spähte. Jac war hübsch, aber

Robbie war schön. Ihre Gesichtszüge ähnelten sich. Seine waren ein wenig zu fein für einen Mann, und ihre für eine Frau ein wenig zu grob. Er war wie ein rätselhaftes Spiegelbild, wie eine andere Version ihrer selbst. Robbie und Jac. Jac und Robbie. Schon immer untrennbar miteinander verbunden, wie es Kinder oft waren, die eine Tragödie einte.

Doch die Vergangenheit hatte sie völlig unterschiedlich geprägt. Robbie hatte sich dem Buddhismus zugewandt und war spirituell und nachdenklich geworden. Jac hingegen unnachgiebig und schwierig im Umgang, zynisch und misstrauisch. Robbie liebte den Umgang mit anderen Menschen. Jac baute zu niemandem leicht eine Beziehung auf. Sie fürchtete sich zu sehr davor, jemanden liebzugewinnen und dann doch zu verlieren. Was, wenn sie plötzlich aus ihrem Leben verschwanden? Wie bei Ödipus wurden ihre Befürchtungen gerade dadurch wahr, dass sie ihnen aus dem Weg zu gehen versuchte.

Der Tee war fertig. Sie nahm einen Schluck. Der vertraute Geschmack spendete ein klein wenig Trost. An fremden Orten fühlte sie sich nie ganz wohl. Obgleich sie wegen ihrer Arbeit viel reiste, sehnte sie sich rasch nach ihrer kleinen New Yorker Wohnung am East River, in die sie sich zurückziehen konnte.

Mit der Tasse in der Hand trat Jac auf den Flur hinaus. Der Marmorboden war glatt und kalt unter ihren Füßen. Ohne Evas Geplauder, ohne Minervas forschenden Blick und ihre endlosen Fragen wurde die Melancholie des Hauses noch intensiver. Die kühle Luft schien in der Stille vor Geheimnissen zu vibrieren.

Auf ihrem Weg in die Bibliothek bemerkte sie erfreut das Prasseln eines Feuers und entdeckte Theo in einem Sessel neben dem Kamin. Er war offenbar so vertieft in seine Lektüre, dass er sie nicht hereinkommen hörte.

»Hallo«, sagte sie leise, um ihn nicht zu ängstigen.

Aber er zuckte trotzdem zusammen.

»Tut mir leid, ich wollte dich nicht erschrecken.«

Sein Blick wirkte abwesend. »Nein, natürlich nicht. Ist schon gut.« Er wies auf den Sessel neben sich. »Komm, setz dich. Ich bin so froh, dass du auftauchst. Ich wollte dich fast schon wecken, dachte aber, du bräuchtest Ruhe.«

Sie sah auf das Buch in seiner Hand, Victor Hugos kleines ledergebundenes Tagebuch. »Ich konnte nicht schlafen. Es gibt zu vieles, über das ich nachdenken muss.«

»Glaubst du, was uns Minerva erzählt hat? Hast du mit Malachai gesprochen? Denkst du tatsächlich, dass du dich an meine Vergangenheit erinnert hast?«

»Ich weiß noch nicht, was ich glaube, aber ich habe mit ihm gesprochen. Er denkt jedenfalls, dass es so war.«

»Könnte das stimmen? Wir haben schon eine seltsame Verbindung.«

Sie nickte.

»Macht dir das Angst?«

»Schon, ja. Und dir?«

»Nicht im Geringsten. Aber ich bin auch nicht derjenige, der diese Visionen hat.« Er nahm ihre Hand und hielt sie, als wollte er sie wärmen. Es war eine fürsorgliche Geste, und das gefiel ihr.

»Ich weiß nicht, was ich denken soll«, sagte sie.

»Ich auch nicht.«

Sie deutete mit einem Kopfnicken auf das Tagebuch. »Und wie geht es damit voran?« Sie war erleichtert, über etwas anderes reden zu können als ihren inneren Aufruhr.

»Mein Französisch ist grauenvoll. Ich komme nur sehr langsam voran.«

»Ist es nicht erstaunlich, dass es nach all der Zeit immer noch dort war? Wie viel hast du gelesen? Was hast du herausgefunden?«

»Es ist seltsam. Noch ungewöhnlicher, als ich dachte. Schau es dir mal an.« Er wirkte verstört. »Vielleicht habe ich alles falsch verstanden. Ich hoffe es fast.«

»Was meinst du damit?«

»Hier«, sagte er und hielt ihr das dünne Büchlein hin. Sein Einband bestand aus dunkelbraunem, weichem Leder. Die fünfundzwanzig Seiten waren mit Goldschnitt verziert, der teilweise abgeblättert war. Jac roch das Meer, den Moder und das seltsame, aber wunderbare Parfüm.

Sie besah sich das Titelblatt. Es war mit einem Datum versehen. Dezember 1855.

Fast einhundertsechzig Jahre alt. Sie fragte sich, ob Fantine es jemals unten am Meer gesucht hatte. Hatte sie es entdeckt? Es gelesen? Oder hatte es bis jetzt niemand außer Victor Hugo berührt?

Jac lehnte sich zurück. Der Armsessel umschmiegte sie und bot ein trügerisches Gefühl von Sicherheit. In solch einem Sessel durfte einem eigentlich nichts passieren. In so einem Sessel ließ man sich von der Großmutter etwas vorlesen. Oder man lauschte darin beruhigender klassischer Musik. Als Jac jedoch den ersten Absatz überflog, ahnte sie, dass das, was sie erwartete, ganz und gar nicht beruhigend oder besänftigend war.

Dann las sie laut vor, wobei sie den Text direkt aus dem Französischen übersetzte.

Jede neue Geschichte beginnt mit einem Schauder der Erwartung. An ihrem Ausgangspunkt ahnen wir schon, wohin sie uns führen wird, doch was uns schaudern lässt, ist der unentdeckte Weg dorthin. Diese absonderliche, seltsame Geschichte beginne ich am Meer. Seine Geräusche und Gerüche sind meine Satzzeichen. Seine Bewegungen meine Worte. Während ich schreibe, rennen Wellen zornig gegen die Küste an, und wenn sich das Wasser von den Felsen zurückzieht, sieht es aus, als weinten sie. Als wollte die Natur zum Ausdruck bringen, was in meiner Seele vor sich geht. Was ich nicht aussprechen, nur aufschreiben kann, nur heimlich und nur für dich, Fantine.

Dreiunddreißig

19. Oktober 1855
Kanalinsel Jersey, Grossbritannien

Wenn ich meine Begegnungen mit dem Schatten aus dem Grabe aufzeichne, ist meine größte Angst, dass jemand sich das Fenster in die Geisterwelt für schändliche Zwecke zunutze machen könnte. Doch kann ich es verhindern? Ich habe ja nicht nach ihm gerufen. Er ist in den Séancen erschienen, und diese sind kein Geheimnis. Einmal habe ich ihn gefragt, wie man ihn herbeirufen könne, und er berichtete von obskuren Praktiken, welche von altägyptischen Mystikern und mittelalterlichen Alchemisten perfektioniert worden seien. Zu gern würde ich seine Worte wiedergeben, doch die Magie, von der er sprach, ergab in meinen Ohren wenig Sinn.

Nun zu dem, das ich weiß. Oder weiß ich am Ende nichts? Ist alles nur Phantasterei?

Dies jedenfalls gilt, wenn man ihn heraufbeschwören will:

Er kommt bei Dämmerung oder zu Beginn der Nacht.

Er erscheint bei Séancen oder aber am Meer. In den vergangenen zwei Jahren ist er bei sieben Séancen erschienen und siebenmal nahe der Höhle mit den Wandmalereien. Sie scheint seine Wohnstatt zu sein; die Teufelshöhle nenne ich sie.

Besonders wohl fühlt sich diese flüchtige Kreatur auf hoher See. Er hat mich sogar an Bord eines Segelbootes heimgesucht. Dortselbst begegnete ich ihm zum vorletzten Mal.

Das war in der zweiten Oktoberwoche. Robert und Pauline St. Croix waren aus Paris zu Besuch gekommen. Das Wetter war angenehm, und unser Nachbar, Monsieur Rose, hatte uns zu einer Partie auf seiner hübschen Schaluppe eingeladen. Meine Ehefrau hatte bereits Obst, Käse und Wein vorausgesandt. Leichten Herzens brachen wir auf; der Himmel war wolkenlos, und eine frische Brise ließ auf bestes Segelwetter hoffen.

Adèle, meine Frau, schien ebenfalls guter Dinge zu sein, was mich besonders freute, da sie auf Jersey zuweilen unzufrieden war. Sie nannte die Insel provinziell und vermisste Paris noch immer.

Kein politisches Regime währt ewig, und so versichere ich ihr fortwährend, dass wir unsere geliebte Stadt bald wiedersehen werden. Hoffen wir, dass mich die Geschichte nicht allzu viel länger Lügen straft.

Eine jede Ehe hat ihre guten und schlechten Zeiten. Auf dem Weg zum Hafen, in der Kutsche, betrachtete ich Adèle und dachte über das junge Mädchen nach, in das ich mich einst verliebte und das mir seither als meine Ehefrau manche glückliche, aber auch manche herzzerreißende Überraschung bescherte. Ich fragte mich: Wäre sie nicht die Erste gewesen, die einen Liebhaber nahm, wäre sie nicht vom Pfad der Tugend abgewichen, wie hätte ich mich dann verhalten? Wäre alles anders gekommen, wenn sie nicht die Untreue in unsere Ehe getragen hätte? Oder wäre ich letztendlich dennoch untreu geworden? Wir würden es nie erfahren.

Ich nahm ihre Hand. Sie wandte sich mir lächelnd zu.

»Ich denke, wir sollten das Tischerücken aufgeben«, sagte sie freundlich, mit Besorgnis in der Stimme.

Es war das Letzte, was ich in dem Moment erwartet hätte.

»Es ist unchristlich«, fuhr sie fort.

Robert, der ebenso wie ich gegen die Kirche war, nicht aber gegen Gott, fragte: »Warum denn das?«

»Es ist widernatürlich. Die Vorstellung, mit den Toten zu sprechen, war anfänglich neu und spielerisch. Inzwischen ist es eine düstere Obsession geworden. Es hat unser Haus in ein Mausoleum verwandelt.«

»Aber wir haben mit Didine sprechen dürfen«, sagte ich.

Adèle hatte ihr erstes und ihr zweites Kind verloren. Sie war leidgeprüft. Dass eine Mutter so etwas durchleiden und überleben kann, grenzt an ein Wunder. Meine Frau ist nicht hartherzig, aber ihr Pragmatismus kann bisweilen schroff erscheinen.

»Nein, Victor, das haben wir nicht. Ein Holzhocker hat auf einen Tisch geklopft. Das ist nicht unsere Tochter. Wir verlängern damit nur unsere Trauer.«

»Was sagt dir, dass sie es nicht ist?«, fragte ich.

»Du redest wie ein Narr. Was erhoffst du dir denn? Dass sich der Tisch in Fleisch und Blut verwandelt?«

»Ganz sicher nicht!«

»Du weißt, dass ich recht habe«, sagte Adèle leise und sanft. »Es wäre für uns alle das Beste. Unsere lebende Tochter wird mit jedem Tag nervöser. Dies Gerede von den Toten und den Geistern lässt sie nicht unberührt.«

Da mochte sie in der Tat recht haben. Seit zwei Jahren hielten wir diese Zwiegespräche, und so viele Geister waren mir dabei schon erschienen, dass ich zuweilen meine Notizen brauchte, um mich ihrer Namen zu erinnern. Vielleicht hatte meine Faszination bereits krankhafte Züge.

»Ja. Ja, ganz wie du wünschst.«

»Aber bitte, kann das warten, bis wir abgereist sind?«, fragte Pauline. »Ich habe mir so sehr gewünscht, eine dieser Séancen zu erleben, und wenn es nur eine Einzige ist.«

Ich blickte zu meiner Ehefrau, die nickend ihr Einverständnis gab.

Eine einzige Séance wollten wir also noch halten und es dann dabei bewenden lassen. Wenn ich ehrlich sein soll, war ich sogar erleichtert. Vielleicht würde mich ohne die Séancen mein finsterer Besucher in Frieden lassen.

Die erste Hälfte der Segelpartie verlief denkbar erfreulich. Unser Proviant war vorzüglich, das Wetter mild, und die Gespräche waren anregend. Als die Elisabeth-Burg in Sichtweite kam, erzählte unser Gastgeber den Pariser Freunden die Heldengeschichte von der Rettung der kleinen Fischhändlerstochter. Inzwischen rankten sich Legenden um den Vorfall. Ich sollte sogar eine Horde wilder Hunde abgewehrt haben, um das Mädchen zu retten. Ich beeilte mich, seine Übertreibungen richtigzustellen.

»Und das war nicht die einzige große Tat von Monsieur Hugo«, sagte Monsieur Rose und berichtete Robert und Pauline von dem zweiten Mädchen, das ich in der Teufelshöhle gefunden hatte. Er wies zur Küste hinüber, und ich begriff auf einmal, wie nah diese Höhle und die Burg beieinanderlagen.

»Zwei Kinder? Das klingt verdächtig. Oder was meinst du, Victor?«

»Allerdings«, sagte ich. »Die Obrigkeit vermutet, dass einer der Inselbewohner dahintersteckt und irgendwie seinen Hund abgerichtet hat, um die Kinder anzulocken. Alle Väter fürchten um ihre kleinen Töchter.«

»Wie alt waren die Mädchen?«, fragte Robert.

»Zehn und elf Jahre«, sagte ich.

»Nun, dann sind sie doch alt genug, zu erzählen, was mit ihnen geschehen ist. Was haben sie gesagt?«

»Sie erzählen beide dieselbe Geschichte, aber sie ergibt wenig Sinn«, sagte Rose. Als Mitglied der Bereitschaftspolizei verlieh er seinem Bericht einen höchst offiziellen Klang. »Beide beschrieben einen großen, hübschen schwarzen Hund mit gelben Augen, der an ihr Fenster gekommen sei. Er soll gebellt und gewinselt und so verzweifelt geklungen haben, dass sie hinausgingen, um nach ihm zu sehen. Der Hund ließ sie näher kommen und lockte sie anschließend hinter sich her. Keines der beiden Mädchen kann sagen, was geschah, nachdem sie an ihrem Bestimmungsort angelangt waren, in der Burg oder der Höhle. Diese Erinnerungen scheinen einfach zu fehlen.«

»Man könnte es mit Mesmerismus versuchen«, sagte Pauline. »Du kennst das, nicht wahr, Victor? Sagt man nicht, dass es nicht nur heilsam und gesundheitsfördernd ist, sondern auch verschüttete Erinnerungen zutage fördert?«

»Ja, und ich habe es auch bereits vorgeschlagen«, sagte ich. »In Paris habe ich damit selbst gute Erfahrungen gemacht. Aber hier auf der Insel gibt es niemanden, der diese Methode praktiziert.«

In dem Moment schlug das Wetter um. Von Westen her zogen plötzlich dichte, dunkle Wolken heran, schoben sich vor die Sonne und verdüsterten unsere Stimmung. Der Wind frischte auf, die See wurde rauer. Das Boot wurde plötzlich hin und her geworfen.

»Wir sollten zurück an Land«, sagte Rose. »Solche Unwetter können rasch vorüber sein, aber ich will es nicht darauf ankommen lassen. Dieses sieht besonders bedrohlich aus.«

Als er beidrehte, nahm der Wind noch weiter zu und riss ihm fast den Klüver fort.

»Kann ich helfen?«, fragte ich.

Rose nahm mein Angebot an und schlug vor, dass ich die anderen unter Deck bringen und ihnen zeigen solle, wie man sich an den Kojen festband. »Es sind schon bei schönerem Wetter Leute ertrunken. Wie schnell wird man von Bord gespült!«

Kaum waren ihm die Worte über die Lippen gekommen, als sich ein jäher Schreck in seinen Augen spiegelte, weil er begriff, was er da von sich gab.

Ich beeilte mich, meine Frau und meine Freunde in Sicherheit zu bringen, und war kaum wieder an Deck, als der Sturm mit voller Gewalt losbrach.

Jetzt, da ich es rückblickend zu erzählen versuche, kann ich die

Ereignisse der darauffolgenden halben Stunde nicht vollständig erklären, so wenig wie manches andere, das auf Jersey geschah.

Selbst in meinen schlimmsten Zeiten, da Didine von uns genommen worden war, hatte ich nie ernsthaft in Erwägung gezogen, mir das Leben zu nehmen. Nichts bedeutet mir mehr als das Recht jedes Einzelnen auf seine Freiheit. Der Tod konnte unmöglich die Antwort auf meine Trauer sein. Doch als ich mich an jenem Tag am Mast festband und meinem Nachbarn half, das Boot in den Hafen zu steuern, rief das Meer so eindringlich wie eine Liebende nach mir. Es raunte mir leise zu, loszulassen, den Kampf aufzugeben, mich von der Trauer zu befreien. Im Tod würde ich Frieden finden, würden all die brennenden Fragen auf immer ein Ende haben. Ich würde erfahren, was meine liebe Didine erfahren hatte, würde wieder mit ihr vereint. Und ich wäre der Versuchungen ledig, mit denen der Schatten mich quälte.

Dem Himmel sei Dank für die Taue; ohne sie wäre ich nur allzu gern von Bord gestürzt. So groß war die Macht des Schattens über mich. Mein Leben hätte ich hingegeben, um mich nur seinem Griff zu entwinden.

Meine Ehefrau hatte recht gehabt. Nach diesem letzten Abend, beschloss ich, würde es keine Séancen mehr geben.

So rasch, wie der Sturm uns überfallen hatte, verging er auch wieder. Der Wind flaute ab. Der Regen ließ nach.

Adèle und unsere Gäste kamen wieder an Deck. Als wir an dem Strandabschnitt mit der Teufelshöhle vorüberfuhren, sah ich trotz der hereinbrechenden Dunkelheit einen großen Hund oben auf den Felsen stehen, der zu uns herüberstarrte. Er heulte, und das Meer trug seine Klage zu uns her. Mit ihr vernahm ich eine vertraute, golden-sanfte Stimme.

Bravo, mein Freund. Ich fürchtete schon, ich hätte dich verloren. Dabei haben wir noch so viel vor uns, du und ich.

»Hören Sie das?«, fragte ich unseren Gastgeber.

»Das Meer?«

»Den Hund.«

Er schüttelte den Kopf.

Monsieur Rose hatte berichtet, dass die Männer sich unaufhörlich bemühten, das Tier zu fangen. Immer wieder fanden sie sich zu Suchmannschaften zusammen und durchstreiften die ihnen zugeteilten Gebiete. Ich allein wusste, wie aussichtslos die Sache war. Außer den Mädchen und mir hatte noch niemand den Hund gesehen. Und so würde es bleiben, soviel sie auch suchten. Das Tier war eine Aberration. Er zeigte sich nur, wenn es einen Grund dafür gab. Und doch konnte ich sie unmöglich bitten, die Suche einzustellen. Sie hätten mir nicht geglaubt.

An jenem Abend hielten wir nach dem Diner und nach einem kleinen Umtrunk, wie von unseren Gästen erbeten, unsere letzte Séance. Adèle war eine viel zu gute Gastgeberin, um ihnen ihre Wünsche abzuschlagen. Auch meine Söhne und meine Tochter gesellten sich dazu.

Wir löschten die Petroleumlampen, entzündeten Kerzen und versammelten uns um den Kartentisch. Mir fiel auf, wie blass meine Tochter wirkte und wie tief die Ringe unter ihren Augen waren. Ich riet ihr, sich zur Ruhe zu legen, doch sie schüttelte den Kopf.

»Ich muss dabei sein, falls sie zu uns kommt«, sagte Adèle. Ihre Stimme klang gepresst und nervös.

Ja, es war, wie meine Frau es sagte. Wir mussten diesen Wahnsinn beenden. Wir alle sehnten uns viel zu sehr nach unserer Didine. Wünschten uns zu heftig, mit ihr zu sprechen. Wir hatten unsere Trauer nicht überwunden, nach einem Dutzend Jahren nicht. Es war an der Zeit. Vielleicht würde es uns helfen, wenn wir die Séancen aufgaben.

»Wer ist da?«, fragte meine Ehefrau, als wir die Hände zum Kreis geschlossen hatten.

Im Zimmer herrschte eine angenehme Atmosphäre. Keine

fremdartigen Gerüche, keine kalten Luftzüge waren da, wie sie manchmal unseren ungebetenen Gast angekündigt hatten. Und der Hocker antwortete nicht.

Meine Frau wiederholte ihre Frage.

Das Klopfen begann. Ich vernahm sogleich die Stimme eines berühmten Freidenkers und Theaterdichters in meinem Inneren und verkündete meinen Gästen, wer uns da besuchte. Dieses eine Mal war ich nicht enttäuscht, dass ich keinen Gruß meiner Tochter vernahm. Ich war erleichtert, dass es nicht der Schatten aus dem Grabe war.

Von Robert und Pauline war überraschtes Gemurmel zu hören, und sie begannen gleich, dem Geist Fragen zu stellen. Eine Viertelstunde lang setzte das Gespräch sich ohne Zwischenfälle fort. Doch dann spürte ich, wie Kälte in das Zimmer kroch. Ich roch den Duft nach Asche und Weihrauch, der stets die Ankunft des Schattens begleitete.

Waren jetzt zwei Geister im Raum? Oder war einer bei der Ankunft des zweiten verschwunden?

Ich blickte die anderen der Reihe nach an. Niemand außer mir schien etwas bemerkt zu haben.

Eine Weile klopfte der Hocker weiter. Unser Besucher war nicht verschwunden, er sprach noch immer zu uns. Dann verloschen plötzlich alle Kerzen. Dunkelheit brach über uns herein.

»Was ist geschehen?«, rief Pauline mit zitternder Stimme.

»Nichts, gar nichts«, versicherte meine Frau und schickte sich an, aufzustehen, um die Dochte wieder zu entzünden. »Es war der Wind. Ich werde …«

»Nein. Durchbrich nicht den Kreis«, herrschte Robert sie an. So gebieterisch stellte er seine Forderung, dass Adèle sitzen blieb, die Hände wie meine um den Hocker ausgespreizt.

Ich spürte, wie meine Tochter neben mir zu zittern begann. »Was ist?«, fragte ich sie.

Sie schüttelte den Kopf. »Irgendetwas stimmt da nicht.«

»Womit denn?«

Sie wies auf Robert, unseren Gast.

Wie soll ich es nur erklären? Durch das Fenster fiel gerade genug Mondlicht herein, dass ich das Gesicht meines Freundes klar erkennen konnte. Seine Muskulatur schien sich verändert zu haben; er wirkte kaum noch wie er selbst. Zwar war sein Haar noch grau und sein Schnurrbart dicht. An seinem Kinn war die vertraute Narbe. Doch sein Mund war härter, schmaler geworden. Seine Züge hagerer. Aus seinen Augen blickte eine fremde Seele, als hätte sich jemand seiner bemächtigt.

»Du musst folgen«, sagte er laut, mit einer Stimme, die nicht wie seine eigene klang.

Unmöglich! Ich wollte nicht wahrhaben, was nur ich in seiner Stimme hörte. Wen ich da hörte.

»Robert?«, fragte seine Ehefrau furchtsam. »Was ist mit dir?«

Er reagierte nicht, wandte sich nicht nach ihr um.

Ich glaubte, es müsste etwas mit der Akustik des Zimmers nicht in Ordnung sein. Der Schatten konnte doch nicht aus Robert sprechen!

»Wem folgen? Wohin?«, fragte ich.

»Dem Weg, den du einmal eingeschlagen hast.«

»Meinem politischen Weg? Meinen Romanideen?«, fragte ich.

Er lachte nur höhnisch. »Sie wartet auf ein Wiedersehen. Du kannst sie jetzt nicht enttäuschen.«

»Was meint er damit, Victor?«, fragte meine Ehefrau.

Pauline brach in Tränen aus. »Warum klingst du denn so seltsam? Was ist mit dir, Robert?«

Ihre Worte klangen wie das lästige Summen einer Fliege in meinen Ohren. Ich befahl ihr, still zu sein.

Meine Frau starrte mich durchdringend an, doch ich beachtete sie nicht.

»Was meinst du damit?«, fragte ich den, der durch Robert mit mir sprach. »Wer wartet?«

»Du weißt, von wem ich spreche. Sie kann nicht ewig warten. Es erfordert sehr viel Kraft, zwischen den Welten zu verweilen. Du musst es tun, und zwar bald.«

»Was geschieht hier, Robert?« Das war wieder Pauline. Dieses Mal kümmerte ich mich nicht einmal darum.

»Wie könnte ich das? Der Preis ist zu hoch.«

»Wie könntest du es nicht tun?«, fragte der Geist.

Neben mir sank Pauline ohnmächtig in sich zusammen. Meine Frau sprang auf, um ihr beizustehen. Der Kreis unserer Hände war gebrochen. Ich hatte noch so viele Fragen, doch darauf kam es nicht mehr an. Der Geist hatte den Körper meines alten Kampfgefährten verlassen. Robert war wieder ganz er selbst und schien nicht zu ahnen, dass sich irgendetwas Ungewöhnliches ereignet hatte.

»Pauline, was hast du?«, fragte er, beugte sich über seine Ehefrau und versuchte sie aufzuwecken. Seine Stimme klang wieder vertraut.

Pauline kam zu sich und sah ihren Ehemann angsterfüllt an.

»Was hast du bloß?«, fragte er.

»Du hast mit einer fremden Stimme gesprochen. Du warst gar nicht wiederzuerkennen.«

»So ein Unsinn«, sagte er und wandte sich an mich. »Was geht hier vor, Victor?«

Meine Frau bot Pauline an, sie auf ihr Zimmer zu begleiten, damit sie sich hinlegen könne, doch Robert bestand darauf, dass sie blieb. »Erst einmal klären wir, was hier vorgegangen ist, damit Pauline begreift, dass es nur ein Spiel war. Ich lasse nicht zu, dass sie sich fürchtet. Victor, erkläre uns den Kniff dahinter, so dass Pauline es versteht.«

»Es war kein Kniff dabei. Es war kein Spiel«, sagte ich. »Erinnerst du dich an die vergangene halbe Stunde?«

»Natürlich, ich bin doch kein Narr. Wir haben uns an den Tisch gesetzt, und dann fing der ganze Unsinn an. Du behauptetest, Shakespeare sei da und wolle mit uns sprechen. Und unsere Hände haben irgendwie den Hocker bewegt. Einer von euch« – er sah meine Frau und meine Kinder an – »muss ihn wohl gesteuert haben.«

»Erinnerst du dich denn gar nicht an das, was du gesagt hast?«, fragte ich.

»Ich habe nichts gesagt.«

Genau wie die beiden jungen Mädchen, dachte ich, die der schwarze Hund fortgelockt hatte. Von einem gewissen Zeitpunkt an fehlte ihnen jede Erinnerung.

»Nun? Ich will es wissen«, sagte er. Er war vor Zorn rot angelaufen. »Was ist das für ein fauler Zauber, den du mit uns getrieben hast? Hast du die Politik und die Philosophie aufgegeben, um ein Spiritist zu werden? Spielst du deine eigenen Geschichten nach?« Seine Stimme hallte laut durch unseren Salon. »Ich weigere mich, deine Spielfigur zu sein.«

»Es war kein Spiel«, sagte ich wieder.

»Robert«, mischte Pauline sich ein, »du musst doch wissen, was gewesen ist. Du hast mit einer anderen Stimme gesprochen, und dein Gesicht sah so anders aus. Du hast sogar anders gerochen.«

»Wie denn gerochen?«, fragte ich.

»Nach Rauch. Wie die Aschenreste im Kamin.«

»Victor!«, rief Robert. »Ich verlange eine Erklärung. Meine Frau fürchtet sich, und sie redet Unsinn. Wenn es kein Spiel war, was war es denn dann?«

»Ein Geist hat sich deines Körpers bemächtigt, um zu mir zu sprechen«, sagte ich.

Robert warf aufgebracht die Arme hoch und holte mehrmals tief Luft. »Das … das ist absurd!«

»Aber ich habe es gesehen, Robert«, sagte Pauline unter Tränen.

Meine Frau bemühte sich, für Klärung zu sorgen. »Um ehrlich zu sein, verstehen wir alle nicht recht, was in den letzten zwei Jahren hier vorgegangen ist.«

»Du willst doch wohl nicht sagen, dass ihr an das alles glaubt?«

Adèle zuckte mit den Achseln. »Wir wissen selbst nicht mehr, was wir glauben sollen.«

Pauline ergriff meine Hand. »Kannst du mir helfen, mit meinem Bruder zu sprechen? Kannst du George herbeirufen?«

Robert legte ihr die Hände auf die Schultern. »Nichts dergleichen wird er tun. Victor kann genauso wenig mit Geistern sprechen, wie ich diese Katze hier dazu bringen kann, italienisch zu parlieren. Gehen wir zu Bett, meine Liebe. Das ist doch alles Hokuspokus.« Er warf mir einen finsteren Blick zu. »Und du tätest besser daran, deine Einbildungskraft für deine Romane aufzusparen. Die ernähren dich immerhin.«

Es hätte keinen Sinn gehabt, mit ihm zu streiten. So wie auch alles andere keinen Sinn mehr ergab. Meine Ehefrau wollte, dass wir ein Ende machten. Meine Tochter wurde mit jedem Tag nervöser. Und ich hatte soeben einen guten Freund verloren, das wusste ich nur allzu genau.

Ja, es war an der Zeit, aufzugeben.

Alle begaben sich auf ihre Zimmer, nur ich blieb im Salon zurück und sah durch das breite Fenster auf das Meer hinaus. Der Mond sandte silberne Funken über die Wasseroberfläche hin. Und irgendwo in der Ferne hörte ich ein Bellen. Ein einsames Bellen. Ein Bellen, das, wie es schien, nur an mich gerichtet war.

Vierunddreißig

Jac war beim letzten Absatz in Hugos Tagebuch angelangt.

Alle begaben sich auf ihre Zimmer, nur ich blieb im Salon zurück und sah durch das breite Fenster auf das Meer hinaus. Der Mond sandte silberne Funken über die Wasseroberfläche. Und irgendwo in der Ferne hörte ich ein Bellen. Ein einsames Bellen. Ein Bellen, das, wie es schien, nur an mich gerichtet war.

Sie deutete auf den unteren Rand der Seite und zeigte Theo die dort geschriebene Zeile. »Und hier steht: *Fortsetzung im nächsten Band.*«

Er nahm ihr das Tagebuch aus der Hand und starrte auf jene letzten Worte. Jac leerte ihre dritte Tasse Tee. Es war bereits halb drei, und sie hatte seit Mitternacht vorgelesen. Nur zweimal hatten sie das Buch zur Seite gelegt, um mehr Wasser aufzukochen und Toast zuzubereiten.

»Wir müssen in diese Höhle zurück«, sagte sie. »Heute.«

»Ich gehe. Aber ich kann dich nicht mitnehmen. Es ist zu gefährlich.«

»Ich habe nicht die weite Reise gemacht, um in einem Hotelzimmer zu versauern. Solange ich die Totems nicht berühre, wird nichts Schlimmes passieren. Ich muss die Höhle noch einmal sehen, sie und die Steinplatte fotografieren. Dieser Fund muss erforscht werden. Es könnte eine bedeutende keltische Kultstätte sein. Der Nachweis für den Ursprung eines Mythos.«

An Theos Nicken konnte sie erkennen, dass er ebenso gern glauben wollte wie sie, dass sie zurechtkommen würde. Selbst wenn sie wieder in diesen Trance-Zustand verfiel, wusste Minerva ja inzwischen, was zu tun war. Allein der Gedanke ließ Jac erschaudern, und sie versuchte, an etwas anderes zu denken.

»Bist du wirklich sicher, dass es nur darauf ankommt, dem Bernstein nicht zu nahe zu kommen oder ihn nicht zu berühren? Was ist, wenn die Figur Dämpfe ausstrahlt?«

»Es ging mir bestens, bis ich sie berührt habe«, versicherte sie ihm. »Außerdem …«

Jac spielte mit dem roten Band, das Eva ihr um das Handgelenk gebunden hatte. »Ich habe jetzt meinen persönlichen Lebensretter. Ich bin geschützt.«

Am nächsten Morgen wachte Jac sehr abrupt um sieben Uhr auf. Ihr verstörender Traum war noch ganz frisch.

Sie war wieder der Druide aus ihren Halluzinationen gewesen. Aufgeregt hatte er eine Gruppe von Männern besucht, ihnen eine Geschichte erzählt und sie um ihre Deutung gebeten. Und er war in einen Kokon aus seidenen Strängen gewickelt gewesen, gefesselt und bewegungsunfähig.

Noch immer von den Ängsten des Priesters verfolgt, zog Jac sich an und versuchte, sich an den Inhalt dieser Geschichte zu erinnern. Doch alles, dessen sie sich mit Gewissheit entsinnen konnte, war der Satz, den er unablässig wiederholt hatte.

Es muss eine andere Bedeutung geben … Es muss eine andere Bedeutung geben.

Um acht traf sie die anderen zum Frühstück. Minerva saß bereits mit Theo am Tisch, der so aussah, als sei er überhaupt nicht mehr schlafen gegangen. Eva goss Jac ein Glas kalten Orangensaft ein und begab sich dann in die Küche, um das Essen zuzubereiten. Minerva reagierte besorgt, als sie hörte, dass beide nicht viel geschlafen hatten, weil sie so lange wegen des Buches wach gewesen waren. Und dann erzählte ihr Theo, dass es noch ein zweites Tagebuch gab, das sie finden wollten.

»Wir müssen begreifen, was hier vor sich geht. Ihr könnt nicht einfach so in die Höhle zurückgehen und das Tagebuch holen. Der gestrige Anfall war schwerwiegend. Theo, ich weiß, wie viel dir all das bedeutet, aber was du da vorhast, könnte weitreichende Folgen für Jac haben und sogar für dich.«

Bevor einer von ihnen etwas erwidern konnte, kam Eva mit einer Platte voller Spiegelei und Schinken aus der Küche. Als sie diese auf dem Beistelltisch absetzte, erscholl eine männliche Stimme aus der Eingangshalle.

»Seid ihr alle beim Frühstück?«

»Oh, das ist Ash«, sagte Eva.

Klang sie freudig oder nervös? Jac war sich nicht sicher. Sie blickte zu Theo und bemerkte, dass Minerva das Gleiche tat.

Soweit das möglich war, wirkte sein Gesicht nun noch mitgenommener, seine Augen noch sorgenvoller.

Ash küsste erst Minerva, dann Eva auf die Wange und wandte sich an Jac. »Du hier? Bist du eingezogen?«

»Nein«, antwortete sie, einen Moment lang beinahe peinlich berührt. »Gestern ist einiges aus dem Ruder gelaufen, und deine Tante wollte, dass ich hier übernachte. Sicherheitshalber.«

Ihr Drang, sich zu rechtfertigen, traf sie völlig unerwartet.

»Bist du krank?«

Sie schüttelte den Kopf. »Mir geht es gut.« Sie hielt inne, nicht sicher, wie sie es in knappen Worten beschreiben sollte.

»Nimm doch Platz, Ash«, sagte Minerva.

»Ich hole dir eine Tasse Kaffee«, setzte Eva hinzu.

»Was machst du hier?«, fragte Theo seinen Bruder. Er sah zuerst Eva, dann Minerva an. »Habt ihr ihn hergebeten? Traut ihr mir nicht zu, auf das Tagebuch aufzupassen?«

»Aber natürlich vertrauen wir dir, Theo«, sagte Minerva.

»Wovon redest du? Sie haben mich nicht hergebeten. Welches Tagebuch?«, fragte Ash.

»Sie haben Victor Hugos Tagebuch in einer der Höhlen entdeckt«, klärte Eva ihn auf.

»Ach, wirklich?« Ash blickte zu Theo und Jac. »Seid ihr sicher, dass es wirklich sein Tagebuch ist? Du kennst dich doch bestimmt gut mit Fälschungen aus. Ist es echt?«

»Das lässt sich bis jetzt nicht sagen. Es scheint das passende Alter zu haben und ist in einem entsprechenden Zustand. Aber es gibt ausführliche Tests, unter anderem eine Handschriftenanalyse, die man machen müsste, um …«

»Es ist echt«, unterbrach sie Theo. Er klang entrüstet. »Was willst du überhaupt, Ash?«

»Ich habe dich gestern mehrmals angerufen. Wir müssen diese Angelegenheit mit dem Renoir-Pastell endlich klären. Heute.«

»Ich sagte dir doch, dass die Quittung auf einen Verkauf hinweist und dass ich mich demnächst darum kümmern werde.«

»Nein. Du musst dich jetzt darum kümmern. Es kann nicht länger warten.«

»Worum geht es?«, fragte Minerva.

Ash erklärte es ihr. »Timmonson behauptet, der Großvater ihres Kunden habe unter Zwang gehandelt, als er das Bild 1937 verkaufte.«

»Ash, wir haben das doch längst besprochen. Ich habe Briefe, die beweisen, dass es keinen Zwang gab«, sagte Theo.

»Worauf wartest du dann? Lass sie Timmonson zukommen. Gestern bekamen wir die gerichtliche Vorladung zur Vorverhandlung in die Bank geschickt. Die Sache geht vor Gericht, und die Anwälte kosten ein Vermögen. Ich will kein Geld für eine Verteidigung ausgeben.«

»Davis hat uns den Renoir verkauft und dafür einen Dürer erstanden«, sagte Theo.

»Kümmere dich einfach darum, Theo. Und wir müssen auf der Stelle jemanden einstellen, der sich um die Rückgabe der restlichen Kunstwerke kümmert. Wir können es uns nicht erlauben, diese Sache immer weiter vor uns herzuschieben, nur weil du nicht bereit bist, dich ihr zu stellen.« Dabei sah Ash Minerva an, nicht seinen Bruder. »Es ist an der Zeit, in die Zukunft zu blicken.«

Darauf folgte ein kurzes Schweigen, das Eva brach, indem sie Ash fragte, ob er gern Eier zum Frühstück wolle.

»Danke, Tante Eva. Ich hätte sehr gern welche, und ich würde vor allem gern mehr von Jacs Meinung über das Tagebuch hören.«

Theo stand auf, warf seine Serviette auf den Stuhl und verließ das Zimmer.

In der langen Stille, die darauf folgte, waren nur Theos Schritte auf dem Marmorboden der Eingangshalle zu hören.

»Du musst mehr Geduld mit deinem Bruder haben«, sagte Minerva. »Sei nicht so aggressiv. Deine Taktik funktioniert nicht. Hat noch nie funktioniert.«

»Ich kann es mir nicht leisten, noch geduldiger zu sein. Wir stehen kurz vor einer Katastrophe. Eine Anklage könnte uns ruinieren. Könnt ihr ihn nicht in eine Therapie stecken?«

»So einfach ist das nicht«, entgegnete Minerva. »Ich versuche, mit ihm zu arbeiten. Aber das braucht Zeit.«

»Zeit? Es dauert ewig. Ihm ging es schon mies, bevor Naomi starb«, sagte Ash. »Jetzt ist er unerträglich.«

»Theo wird von Geistern verfolgt«, sagte Eva.

Minerva und Ash sahen sie verblüfft an. Jac vermutete, dass sie noch nie so etwas gesagt hatte.

»Ja, er hat Schwierigkeiten, über Naomis Tod hinwegzukommen, aber …«, begann Minerva.

»Nein, es ist mehr als das. Er wird von Geistern verfolgt«, erwiderte Eva.

»Was in aller Welt meinst du damit?«, fragte Minerva.

»Ich habe diese Jungs aufwachsen sehen. Mit all ihren Konflikten. Ich habe mir deine psychologischen Erklärungsversuche angehört, aber für mich haben sie nie einen Sinn ergeben. Es gibt keinen psychologischen Grund für die Probleme, die sie miteinander haben. Du versuchst ständig, einen aus dem Nichts hervorzuzaubern. Weil ich weder Mutter noch Therapeutin war, habe ich mich mit meiner Meinung zurückgehalten. Aber seit wir das Ouijabrett herausgeholt haben, sehe ich die Dinge in einem anderen Licht. Ein Puzzlestück fügt sich an das andere …« Eva stockte.

Jac musterte das Gesicht der älteren Frau. Eva hatte ihre Worte sorgfältig abgewogen. Ihre Ratlosigkeit wich allmählich einer ungewohnten Besonnenheit und Entschlusskraft.

»Die Luft hier ist vergiftet«, sagte Eva. »Wegen uns und wegen unseres Großvaters. Und es ist an der Zeit, dass wir etwas dagegen unternehmen.«

»Wovon in aller Welt redest du da?«, fragte Ash.

Eva dreht sich zu ihrer Schwester um. »Was weißt du darüber, wie Großvater starb?«

»Es war spät, und nicht alle Lichter waren an. Großvater kam mit dir zusammen die Treppe herunter. Dabei habt ihr die Katze übersehen. Großvater stolperte und schob dich oder zog dich bei dem Versuch, das Gleichgewicht wiederzufinden, und du fielst auch. Ihr seid beide schlimm gestürzt. Du hast dir die Hüfte gebrochen, er sich das Genick.«

Eva starrte auf den Teller mit Eiern und Toast, als suche sie darin nach ihrem nächsten Stichwort. »Er hatte angefangen, seine Aufmerksamkeit auf dich zu richten, Minerva. So wie er zuvor mir nachgestellt hatte. Ich habe alles durchschaut. Er wollte dich mit dem Ouijabrett ängstigen, um dich dann zu trösten. Nicht zu offensichtlich, nicht zu traumatisierend. Zumindest nicht zu Beginn. Aber er arbeitete auf mehr hin. Viel mehr.« Sie hielt den Kopf noch immer gesenkt. »Es war falsch. Sehr falsch.«

Jac beobachtete Evas Hand. Sie ballte die Faust auf ihrem Schoss. Dann hob sie den Kopf und blickte zu ihrer Schwester.

»Da war keine Katze auf den Stufen.«

»Warum dachte ich, dass da eine war?«

»Weil ich es allen erzählt habe.«

»Was hat den Unfall dann verursacht?«

»Es war kein Unfall. Ich habe ihm absichtlich ein Bein gestellt. Bevor er mit dir machen konnte, was er mit mir gemacht hat.« Eva stieß ihren Teller zur Seite. Dabei kippte das Saftglas um. Orangefarbene Flüssigkeit breitete sich auf dem leinenen Tischtuch aus. Eva legte ihre Serviette auf den Fleck. Sie stellte das Glas wieder auf und blickte wieder ihre Schwester an.

»Je mehr Séancen es gab, desto gieriger wurde er. Ich weiß nicht, wie die psychologische Erklärung dafür lautet oder wie sein Zustand genannt werden kann, aber er glaubte, dass dieser Schatten existierte. Unser Großvater hörte auf diesen Geist. Wie nennst du das? Assoziative Störung? Psychotischer Zusammenbruch? Ich weiß es nicht, aber er erschuf ein Monster, damit er Befehle von ihm entgegennehmen und selbst zum Monster werden konnte. Er gierte nach Sex, und ich konnte nicht tatenlos zusehen, wie er auch dich verletzte. Ich hatte nicht erwartet, dass er sterben würde. Ich weiß nicht mehr, was ich dachte. Ich war nur so wütend und hatte solche Angst. Zuerst baute ich das Ouijabrett in der Bibliothek auf, dann ging ich in sein Zimmer und weckte ihn. Ich sagte ihm, der Geist sei in der Bibliothek und benutze das Brett ohne uns. Ich behauptete, er buchstabiere eine Botschaft. Dass der Geist endlich Ruhe finden wolle und wir aufhören sollten, ihn immer wieder hervorzulocken, und dass er uns bestrafen würde, wenn wir nicht gehorchten. Ich erzählte Großvater, ich hätte Angst und dass er es sich ansehen solle. Als er die Treppe erreichte … stellte ich ihm ein Bein …«

Sie schwieg. Eine einsame Träne löste sich und lief ihr die Wange hinab.

»Um mich zu beschützen?«, fragte Minerva erstaunt. »Und die ganzen Jahre hast du nichts gesagt?«

»Ich habe das so nicht gewollt.« Eva versagte die Stimme.

Minerva stand auf und ging zu ihrer Schwester. Sie zog Theos Stuhl heran, setzte sich und schlang ihre Arme um die weinende Frau.

»Eine unvorstellbare Last, und du musstest sie über all die Jahre allein tragen. Ich wünschte, du hättest es mir früher erzählt.«

Die beiden Schwestern verharrten eine Weile so, bis Eva sich löste.

»Was jetzt zählt, ist Theo«, erklärte sie bestimmt. »Dieses ganze Gerede von dem Schatten und davon, dass Theo es für möglich hält, mit ihm zu kommunizieren. War das, was uns als Kindern passierte, real? Ich war immer überzeugt, dass sich Großvater den Schatten nur ausgedacht hat, aber jetzt bin ich mir nicht mehr so sicher. Wird unser Haus von einer fremden Macht bewohnt? Irgendetwas stimmt hier nicht. Mit uns. Mit uns allen. Wir müssen uns damit auseinandersetzen.«

Eva nahm mit zittriger Hand ihre Kaffeetasse auf. Sie trank einen Schluck der inzwischen lauwarmen Flüssigkeit.

»Du kannst dein ganzes Leben lang ein Gemälde an der Wand haben, und dann, eines Morgens beim Aufwachen, fällt das Licht auf neue Weise darauf, und es ist, als hättest du es nie zuvor gesehen. Theo wird von Geistern verfolgt. Schon immer. Wurde mit dem Fluch geboren. Keine Therapie, nichts half. Und jetzt wird es schlimmer. Ich kann es in seinem Blick erkennen. Er wird von Geistern verfolgt und braucht stärkere Hilfe, als wir sie ihm bisher gegeben haben.« Eva sah Ash an. Dann Minerva. Und schließlich Jac. »Er braucht eine Art Magie.«

Fünfunddreißig

Ash machte sich auf den Weg in die Bank. Minerva fuhr in ihr Büro, nur Eva blieb allein am Tisch sitzen und gönnte sich eine zweite Tasse Kaffee.

Jac fand Theo in der Bibliothek, wo er gerade in einer Gezeitentabelle blätterte.

Er meinte, dass es wegen des Hochwassers noch ein paar Stunden dauern würde, bis sie wieder in die Höhle konnten. Dass es jedoch ein anderes Bauwerk gab, das er ihr zeigen wollte.

Sie gingen zu seinem Wagen. Die zehnminütige Fahrt durch eine malerische Landschaft endete, als Theo das Auto am Rand einer wenig verheißungsvollen Straße parkte. Nichts wies darauf hin, dass sie ein bestimmtes Ziel erreicht hatten.

»Den Rest des Weges werden wir zu Fuß zurücklegen müssen«, erklärte Theo. »Man nennt diesen Ort *La Pouquelaye de Faldouet.*«

»*Faldouet* bedeutet schnell fließender Strom, aber was ist *pouquelaye*?«

»Manche glauben, der erste Namensteil leite sich von Shakespeares Puck im *Mittsommernachtstraum* her, das war ein Zwerg oder genauer gesagt ein Elf. Und *laye* könnte als ›Platz‹ gedeutet werden. Das ergäbe dann ›Elfenplatz am schnell fließenden Strom‹.«

Als sie um eine Ecke bogen, stießen sie auf eine Gruppe hoch aufragender Steine.

»Das ist ja unglaublich!«, rief Jac aus. Mehr als ein Dutzend Monolithen bildeten einen Gang, der in eine große, kreisförmige Kammer führte, hinter der eine zweite Kammer lag, die von einem gigantischen Deckstein überdacht wurde.

»Dieser Stein wiegt über vierundzwanzig Tonnen«, erklärte Theo. »Er stammt aus einer Gegend, die einen halben Kilometer entfernt liegt. Wie wurde er hierhergebracht? Und warum?«

»Wie auch im Fall von Stonehenge kann man nur vermuten, wozu diese Orte dienten. Viele von ihnen sind Grabstätten«, erklärte Jac.

All diese Grabstätten ließen Jac an ihre vielen Verluste denken. Sie erinnerten sie jedes Mal an ihre Mutter und jetzt auch an den Verlust ihres Geliebten und die Schwangerschaft …

Einen Augenblick lang war der Gedanke an ein Baby – an ihr Baby – so präsent, dass sie ins Wanken geriet. Sie konnte sich gerade noch an der Wand abstützen. Der Schmerz umhüllte sie wie dichter Nebel.

»Auf diesem Gelände haben schon mehrere Ausgrabungen stattgefunden«, erklärte Theo. »Seit Mitte des achtzehnten Jahrhunderts. Sie haben hier die Knochen von zwei Kindern und mindestens drei Erwachsenen gefunden.«

Jac erschauderte. Sie hatte viele Ausgrabungen erlebt und konnte sich bildhaft vorstellen, wie die Szene ausgesehen hatte.

»Ein Skelett befand sich in sitzender Position in einer der Nebenkammern«, fuhr Theo fort. »Man hat auch Nutz- und Haushaltsgegenstände entdeckt. Schüsseln, Steinäxte, Schmuckanhänger, Werkzeug aus Feuerstein. Ich habe gelesen, dass die Haushaltswaren nicht zeremoniell vergraben waren, sondern so lagen, als wären sie genutzt worden. Niemand ist sich völlig sicher, ob diese Stätte ein Grab, ein Tempel oder eine Siedlung war.«

»Dieser Ort ist nach der Sonnenwende ausgerichtet, oder?«, fragte Jac und versuchte, sich zu konzentrieren. *Präsent* zu sein, wie Robbie sagen würde.

Theo nickte. »Ja. Wie die meisten Fundstätten auf der Insel. Ist das häufig so?«

»Ja, steinzeitliche Tempel und Grabstätten sind oft nach Heiligen Linien ausgerichtet. Was hast du noch über diese hier gehört?«

»Vor etwa dreißig Jahren haben sich in einem westlich von hier gelegenen Haus seltsame Dinge ereignet. Gegenstände schienen sich von selbst zu bewegen. Ein Stuhl stand nicht mehr neben dem Kamin, sondern in der Mitte des Raumes. Ein Gemälde hing nicht mehr an der Wand, sondern lehnte an einer Tür. Weil der ortsansässige Hexenzirkel das Haus für Treffen nutzte, wurde der Rektor der anglikanischen Kirche zu Rate gezogen. Drei Tage lang vertrieb er die Geister, danach wurden von den Bewohnern keine weiteren Vorkommnisse mehr gemeldet, aber ein paar Fremdenführer haben mir erzählt, dass sie hier ab und zu noch Überreste von Hexensabbaten finden. Kerzenstümpfe beispielsweise. Es geht sogar das Gerücht, dass um die Sonnenwende herum Blutopfer erbracht wurden. Angeblich wurden hier Messen abgehalten, um die Kraftfelder der Heiligen Linien in dieser Gegend mit neuer Energie aufzuladen. Das behaupten jedenfalls Leute, die sich mit paranormalen Aktivitäten beschäftigen.«

Wie immer, wenn er über vorzeitliche Stätten sprach, klang er aufgeregt. Grenzte seine Leidenschaft an Besessenheit? Hatte Ash recht? Beschäftigte Theo sich zu intensiv mit der Vergangenheit? War er zu sehr auf die uralten Monumente fixiert? Wurde er, wie Eva vermutete, von Geistern verfolgt?

Jac umrundete den Dolmen. »Sieh ihn dir aus diesem Winkel an. Siehst du, wie die Erde angehäuft wurde?« Sie deutete darauf. »Es gibt eine Theorie, wonach solche Stätten den schwangeren

Bauch von Mutter Erde repräsentieren.« Ein Kribbeln machte sich in ihrem eigenen Bauch bemerkbar. Wieso hatte sie das zur Sprache gebracht? *Rede weiter,* dachte sie. *Arbeite dich da durch. Lass es hinter dir.* »Die Hauptkammer stellt die Gebärmutter und die Pforte mit dem Durchgang den Geburtskanal dar. Die alten Völker glaubten, alles Leben entstamme der Erdenmutter, demnach könnte diese Anordnung eine rückwärts ablaufende Geburt nachbilden. Wenn man in einer symbolischen Gebärmutter bestattet wird, könnte das die Wiedergeburt ins nächste Leben erleichtern.«

»Faszinierend«, sagte Theo. »Davon habe ich noch nie gehört.«

»Aber da gibt es noch etwas anderes.« Sie ging durch die Ruine. »Ich denke nicht, dass der Dolmen nur deswegen so gebaut wurde.«

»Woher willst du das wissen?«

Sie zuckte die Schultern. »Keine Ahnung. Aber ich kann es fühlen. Es ist fast so, als wäre dieser Ort lebendig. Als versuche er, zu mir zu sprechen.«

»Das glaube ich sofort. Überall auf der Insel ist eine Vergangenheit zu spüren, die nur darauf wartet, erweckt zu werden«, sagte Theo. »Ich fühle es auch. Ich denke, Victor Hugo konnte es auch spüren. Vermutlich hat die Insel seine Faszination für Reinkarnation wieder entfacht.«

»Wenn Malachai jetzt hier wäre, würde er uns daran erinnern, dass es keine Zufälle gibt.«

Theo seufzte. »Ich wünschte, du würdest ihn nicht so oft erwähnen. Du betrachtest ihn als eine Art Held, aber er manipuliert dich. Er hat eigene Pläne.«

Es war deutlich, dass Theo Malachai nicht ausstehen konnte. »Du bist zu abhängig von ihm«, fügte er hinzu.

»Ich sehe das anders.«

»Du musst dich von ihm lösen.«

»Warum?«

»Er wollte nicht, dass du herkommst. Er denkt, dass du nicht in meiner Nähe sein solltest, oder?«

Jac dachte an das Telefonat mit Malachai zurück und an seine Warnungen. Ein Schauder lief ihr über den Rücken.

»Stimmt. Aber ich habe nicht auf ihn gehört, oder?«

Theo ging einen Schritt auf sie zu, und bevor ihr klar wurde, was er tat, beugte er sich vor und küsste sie hart und lange. Das war kein Gutenachtkuss. Seine Lippen waren kalt. Er drückte sie heftig an sich. Es fühlte sich vollkommen falsch an. Sie befreite sich. Stolperte rückwärts.

»Es ist lange her, dass ich jemanden so geküsst habe«, erklärte er beschämt. »Ich hoffe, ich habe es nicht völlig verlernt.«

Sie lachte, aber es klang gekünstelt.

»Wir gehören zusammen, Jac.«

»Nein, nicht so, Theo.« Sie wurde von Trauer übermannt. *Gehörte* sie zu jemand anderem als Griffin?

»Bist du sicher? Willst du es nicht versuchen?«

Die Sonnenstrahlen stachen ihr in die Augen. Er stand vor ihr, sein Gesicht lag im Schatten. Das hatte etwas Bedrohliches. Sein Geruch warnte sie vor einer möglichen Gefahr. Dann sah sie voller Schrecken, dass die Luft um sie herum zu flimmern begann, wie schon so oft in ihrem Leben. Der visuelle Vorbote eines Anfalls oder, wie Malachai zu sagen pflegte, eines Erinnerungssprungs. Ein Meer von Gerüchen brach über sie herein. Sie roch Salbei, Hasel, Wacholder, Weihrauch und das seltsame Amber, das Fantine in ihrer Werkstatt gehabt hatte.

Jac spürte, wie sie taumelte. Vor ihren Augen lag derselbe Ort, aber er füllte sich mit Menschen, die zunächst noch geisterhaft wirkten, bald aber zu Fleisch und Blut wurden.

Eine ganze Gruppe von Menschen hatte sich vor dem Dolmen versammelt und wartete darauf, eintreten zu können. Alle waren in naturfarbene Kleider gehüllt – weiße, ockerfarbene oder braune Stoffe.

Sie sangen. Viele hatten Holztabletts voller Gemüse, Obst und flacher, runder Brotscheiben dabei. Die Luft duftete nach Rosen und Nelken. Süß und würzig. Frisch und streng.

Die Frau namens Gwenore war mit ihrem Sohn Brice da. Als Jac den Jungen ansah, empfand sie tiefen Stolz.

Wenn du spürst, dass du davondriftest, zieh dich selbst zurück … du hast jetzt eine Rettungsleine …

Jac befingerte das scharlachrote Band. Konzentrierte sich auf die Seide auf ihrer Haut. Es funktionierte, die Szene löste sich auf.

»Ist alles in Ordnung?«

Sie saß auf dem Boden, war gestürzt. Eine physische Parallele zu ihrem psychischen Missgeschick.

Theo stand neben ihr und starrte sie beunruhigt an.

Aber sie sah nicht nur Theo. Da war auch Owain. Der Mann, dessen Gedanken sie gerade wahrgenommen hatte. Sie hatte Gwenore und Brice durch Owains Augen gesehen. Den hochaufgeschossenen, freundlichen Jungen betrachtend, war Jac das Herz aufgegangen. Sie hatte eine Liebe verspürt, die sie noch nie zuvor empfunden hatte. Eine Liebe, die so rein war wie romantische Liebe es nie sein konnte, frei vom Schmerz der Leidenschaft.

Plötzlich begriff Jac. Theo war die Reinkarnation von Owain. Jac hatte wirklich, wie es Malachai erklärt hatte, eine Vergangenheit nacherlebt, die zu jemand anderem gehörte. Zu Theo.

Das Band um ihr Handgelenk. Sie folgte seinem Verlauf mit den Fingerspitzen, als sei es ein Weg, den sie entlangwanderte. Sie schloss die Augen, konzentrierte sich nur noch auf die Seide. Was geschah mit ihr? Sie sollte verängstigt sein, und ein Teil von ihr war es auch. Aber da war noch etwas anderes. Eine neue Energie.

Das sich überlagernde Abbild der beiden Männer brannte sich in ihre Netzhaut.

»Alles in Ordnung?«

Als sie ihre Augen öffnete, stellte sie erleichtert fest, dass sie nur noch Theo sah.

»Jac?«

»Es geht mir gut. Ich hatte – ich weiß nicht – eine Art Flash, denke ich. Nicht zu vergleichen mit dem, was gestern passiert ist, nur ein Aufglimmen.«

Er fuhr sich mit der Hand durchs Haar. »Bist du auch sicher, dass alles in Ordnung ist? Ich kann den Gedanken nicht ertragen, dass dir etwas zustoßen könnte.«

Seine Besorgnis war tröstlich. Jac fiel es nicht leicht, Freundschaften zu schließen. Nicht, weil sie nicht gewollt hätte oder die Menschen sich nicht zu ihr hingezogen fühlten, sondern weil sie nicht besonders gut darin war, sich in der Art mitzuteilen, die Leute miteinander verband.

Die Halluzinationen in ihrer Kindheit, der Freitod ihrer Mutter, das Jahr, in dem sie von Arzt zu Arzt gerannt war, um herauszubekommen, was mit ihr nicht stimmte, die zwölf Monate in Blixer Rath, wie sie Griffin gefunden und dann wieder verloren hatte – solcherlei Dinge besprach man nicht auf ungezwungenen Dinnerpartys. Sobald sie also jemanden näher kennenlernte, war es derart mühsam, echte Intimität herzustellen, dass sie es meistens gar nicht erst versuchte … Aber mit Theo war es anders. Sie hatten eine gemeinsame Vergangenheit. Beide hatten an einem lähmenden psychologischen Trauma gelitten und überlebt. Jac musste sich nicht sorgen, dass er vor ihren inneren Dämonen zurückschreckte. Auch er litt unter ihnen. Und sie konnte ihm furchtlos anvertrauen, dass sie manchmal glaubte, verrückt zu sein. Er dachte das Gleiche von sich selbst. Er hatte sie erlebt, als sie am verwundbarsten war, so wie sie auch ihn.

»Wir waren noch sehr jung damals in der Klinik«, sagte sie.

Er nickte. »Und sehr verstört. Es war eine schlimme Zeit. Du warst der erste Mensch, der mich zu verstehen schien. Du warst ein Wunder.«

»Das warst du für mich auch.«

»Du warst die Erste, die mir das Gefühl gab, ich selbst zu sein«, sagte Theo. »Als seien wir irgendwie gleich, und ich hatte das Gefühl, dass du mich so akzeptiertest, wie ich war. Das war eine sehr wichtige Entdeckung.«

Was er sagte, war sehr wichtig, dachte Jac. Es war der Schlüssel zu all dem, was mit ihr vorging, doch sie verstand es noch nicht ganz.

»Was hast du entdeckt?«, fragte sie.

»Dass ich in der Lage war, mich selbst zu mögen. Zumindest mochte ich den, der ich war, wenn wir zusammen waren.«

»Was hast du an dir selbst gemocht?« Sie wusste nicht, wieso, war aber ganz sicher, dass diese Frage von enormer Bedeutung war – das entscheidende Teil eines Puzzles, von dem sie nicht einmal gewusst hatte, dass es existierte.

»Jeder andere hätte wissen wollen, wieso ich mich nicht leiden konnte, und nicht gefragt, was ich an mir mochte. Aber du bist nicht wie die anderen. Das warst du nie. Ich bin froh, dass das immer noch so ist.«

»Du hast meine Frage noch nicht beantwortet.« Sie musste es unbedingt wissen.

»Du warst der erste Mensch, dem ich helfen wollte. Du hast so sehr gelitten. Ich wollte mich um dich kümmern.«

»Weil es auch deinen Schmerz gelindert hätte, wenn du mir geholfen hättest?«

»Ja, woher wusstest du das?«

Sie zuckte mit den Achseln. »Keine Ahnung.« Sie blickte auf die Steine. Streckte die Hand aus und berührte einen davon. Er war ganz warm.

»Ich glaube, dieser Ort kam mal in meinen Träumen vor«, sagte sie ganz leise. Als würde sie nicht wollen, dass es der Wahrheit entsprach. »Ich nenne sie meine Steinträume.«

»Vielleicht liegt es an meinen Zeichnungen, die du in Blixer

Rath gesehen hast? Ich habe diesen Ort mit seinen Bauwerken unzählige Male gezeichnet.«

»Wir alle träumen in Mythen«, sagte sie und wiederholte damit etwas, das Malachai ihr immer wieder gesagt hatte. »Ich bin nie in der Lage gewesen, einen Mythos mit meinen Steinträumen in Verbindung zu bringen, ganz im Gegensatz zu meinen anderen Träumen.«

Sie gingen weiter, und Theo führte sie über einen Bach zu einer weiteren Ruine – einem aus Stein erbauten Torbogen. Efeu kroch die Mauern empor.

»Wovon hast du geträumt, seit du hier bist?«, fragte er.

»In den vergangenen Nächten habe ich von Seilen geträumt. Jemand, den ich während meines Anfalls gesehen habe, war gefesselt. Und dann war da ein Traum von Moira, der Schicksalsgöttin, mit ihren wunderschönen Seidenfäden in schimmernden Farben – Gold, Silber, Aquamarin, Kobalt, Purpur, Rosa. Allesamt dünn – viel zu dünn. Sie saß da und durchtrennte sie. Dabei sang und weinte sie. Ich erinnere mich sogar an die Worte, die sie sang. *Wir sind die Hüter der Fäden.*«

»Was, glaubst du, bedeutet das?«

»Ich denke, der Zwischenfall hat mir sehr zu schaffen gemacht. Ich will kontrollieren, was ich sehe. Meine Halluzinationen im Griff haben. Außerdem glaube ich, dass der Webstuhl deiner Tante mich sehr beeindruckt hat.«

Er nickte.

»Erzählst du mir von deinen Träumen?«, fragte Jac.

»In Blixer Rath träumte ich oft davon, dem Minotaurus geopfert zu werden. Ich war einer der Jugendlichen, die ins Labyrinth gebracht wurden, um an ihn verfüttert zu werden.« Theo erschauderte, und Jac stellten sich die Nackenhaare auf. »Diese Träume hörten irgendwann auf«, fuhr er fort, »und dann … als meine Frau starb, kamen sie wieder. Noch schrecklicher und beängstigender als je zuvor.«

Sie schwiegen eine Weile.

»Hast du sie immer noch?«

Er nickte. »Ich schaffe es nie, eine Nacht durchzuschlafen.«

Sie berührte seine Hand. Fühlte, wie kalt die Haut war.

»Es liegt daran, dass ich mich schuldig fühle. Ich bin dafür verantwortlich, was ihr zugestoßen ist«, sagte er.

»Wie meinst du das?«

Er holte tief Luft. »Ich habe sie umgebracht.«

Sechsunddreißig

Ash saß in der Bibliothek des Hauses, in dem er aufgewachsen war, und schlug das Tagebuch auf, das sein Bruder in einer Höhle am Meer gefunden hatte. Immer noch schien es unvorstellbar, dass dieses fragile Dokument trotz der Feuchtigkeit all die Jahre überstanden hatte. Doch hier war es.

Jede neue Geschichte beginnt mit einem Schauder der Erwartung. An ihrem Ausgangspunkt ahnen wir schon, wohin sie uns führen wird, doch was uns schaudern lässt, ist der unentdeckte Weg dorthin. Diese absonderliche, seltsame Geschichte beginne ich am Meer …

Sein Französisch war eingerostet, und er musste mehrmals innehalten, um ein Wort nachzuschlagen, doch die Geschichte riss ihn mit sich, von ihrem traurigen Beginn bis zu dem abrupten Ende, das auf einen weiteren Band hinwies.

Ash ging zu seinen Tanten im großen Salon des Hauses. Minerva arbeitete an einem ihrer Artikel, den sie für eine Psychologiezeitschrift verfasste, Eva saß am Webstuhl.

»Habt ihr das auch gelesen?«

»Nein, noch nicht«, antwortete Minerva. »Ich hatte Theo bereits danach gefragt. Wo hast du es gefunden?«

»Im Tresor. Ich nehme an, Theo ist es nicht in den Sinn gekommen, dass ich danach suchen könnte, sonst hätte er sich um ein besseres Versteck bemüht.«

»Er ist einfach zu beschäftigt«, sagte Eva.

»Was hältst du davon?« Minerva war aufgestanden und ging zu Ash hinüber, um das Buch in Augenschein nehmen zu können.

In groben Zügen beschrieb Ash, was er gelesen hatte. Es kostete ihn fast eine Stunde, doch seine Tanten hörten ihm bis zum Schluss wie gebannt zu.

»Ich weiß nicht, was ich davon halten soll«, sagte Ash. »Victor Hugo glaubte tatsächlich, mit Seelen längst Verstorbener und mit Geistern aus dem Jenseits kommunizieren zu können. Wie konnte er als Verfechter der Vernunft nur so etwas verfassen?«

»Er hatte eine Vorstellungskraft, die so groß war wie ganz Frankreich. Ich nehme an, er glaubte an das, was er schrieb. Was nicht bedeutet, dass es die Wahrheit ist. Wir wissen alle, wie leicht es ist, in windigen, dunklen Nächten an Geister zu glauben.« Minerva warf Eva einen kurzen Blick zu und wandte sich dann wieder an ihren Neffen. »Möglicherweise ist es ein in Form eines Tagebuchs verfasster Roman, ein Experiment.«

»Nur weil wir etwas nicht erklären können, bedeutet das noch lange nicht, dass es nicht geschehen ist. Dass es nicht real ist«, sagte Eva. »Ich mache mir Sorgen um Theo«, sagte sie. »Und ich frage mich, welche Bedeutung er dem Tagebuch beimisst.«

»In der zweiten Hälfte des Tagebuchs«, sagte Ash, »gibt es starke Parallelen zwischen dem, was Hugo durchmachte, und dem, worunter Theo leidet.«

»Du meinst die Macht der Suggestion«, sagte Minerva.

»Diese Aufzeichnungen wurden von einem Mann verfasst, der den schwerwiegendsten Verlust seines Lebens erlitten hatte und dem der Teufel das Angebot machte, seine Tochter von den Toten zurückzubringen«, sagte Ash. »Theo hat seine Frau verloren.«

»Das ist eine sehr gefährliche Verbindung«, sagte Eva. »Dein Bruder befindet sich in der Gewalt von etwas sehr Mächtigerem. Und er ist empfänglich.«

Minerva schaute ihre Schwester an, als wolle sie Einspruch erheben. Doch stattdessen schüttelte sie nur den Kopf. »Ich habe versucht, ihm zu helfen. Habe ihm über die Jahre Dutzende von Ärzten gesucht. Ich habe alles ausprobiert. Ich weiß nicht mehr weiter. Vielleicht hat Eva recht.«

Ash war erstaunt. »Ich habe von dir noch nie gehört, dass du dich geschlagen gibst. Ich hätte nicht gedacht, dass ich das je erleben würde.«

Eva kam zu ihrer Schwester herüber und tätschelte ihre Hand, als hätte sie ein Kind vor sich. Zum ersten Mal in seinem Leben sah Ash, wie beide die Rollen tauschten. Minerva klammerte sich an ihre Schwester, und Eva übernahm die Führung.

»Du möchtest alles begreifen und erklären können. Doch es gibt Mysterien, Minerva, die selbst dir standhalten. Ja, sogar dir.«

»Ach, Eva, was du alles verschweigst!« Minerva lachte selbstironisch.

»Darüber können wir getrost weiter schweigen.« Eva legte ihren Arm um Minervas Schulter, wandte sich aber Ash zu. »Wir müssen Theo finden, bevor er den nächsten Band in die Hände bekommt. Es ist nicht abzusehen, was er dann anstellt. Welchen verrückten Plan er fassen wird.«

»Wie willst du das anstellen? Wir wissen noch nicht einmal, wo die Höhle ist«, entgegnete Minerva. »Er hat es uns nicht verraten.«

»Nicht nötig«, sagte Eva. Sie deutete auf das Bild. »Jac hat sie in diesem Foto erkannt.«

»Aber diese Felsen könnten überall sein.«

»Könnten, sind es aber nicht. Ich weiß, wo die Höhle ist.«

Minerva sah ihre Schwester ungläubig an. »Du? Woher?«

»Unser Großvater hat mich einmal dahin mitgenommen.«

Eva biss sich auf die Unterlippe. »Er erzählte mir, der Schatten hätte ihm den Weg gewiesen.«

»Und du warst drinnen?«, fragte Ash.

»Ich habe mich geweigert und bin davongelaufen. Ich hatte Angst.«

»Ich kann einfach nicht glauben, dass dieser …«, setzte Minerva an, beendete den Satz aber nicht. »Es spielt keine Rolle, was ich glaube, oder? Eva, kannst du Ash sagen, wo sie ist?«

»Mit meinen alten Knochen werde ich bestimmt nicht da runterklettern, aber ich kann ihn hinführen.«

Siebenunddreißig

Während Jac und Theo zum Wagen zurückgingen, erklärte er ihr, dass sich seine Frau vor ihrem Tod in Therapie begeben hatte und sich von ihm trennen wollte. »Es war meine Schuld, dass unsere Ehe den Bach runterging. Sie sagte, ich sei übertrieben eifersüchtig. Sie hasste das Leben hier auf Jersey und meinte, sie würde hier ersticken. Sie wollte nach London zurück. Ich hätte einfach nur zustimmen sollen. Alles tun müssen, um sie irgendwie von Ash fernzuhalten.«

»Ash? Was hatte dein Bruder damit zu tun?«

»Mein Bruder war hinter ihr her, versuchte, sie zu verführen. Er war in sie verliebt, Jac. Er versuchte sie mir auszuspannen. Machte ihr alle möglichen Versprechungen. Er half ihr sogar, eine Wohnung in London zu finden …« Theo unterbrach sich und blickte auf seine Uhr.

»Wir können zum Strand gehen, inzwischen müsste Ebbe herrschen«, sagte er.

Sie wollte mehr erfahren, aber er hatte offenbar keine Lust, weiter über das Thema zu reden.

Wenig später gingen sie die Helling hinunter zum Strand.

»Wir scheinen gestern richtiges Glück gehabt zu haben, ausgerechnet zur passenden Zeit hergekommen zu sein«, sagte

Jac. »Das Meer muss den Eingang bei Flut vollkommen verdecken.«

»Was der Grund dafür gewesen sein dürfte, dass Hugo sie ausgewählt hat und die Tagebücher so lange unentdeckt blieben. Aber ich wundere mich, dass er sie nicht einfach zerstört hat, das wäre viel einfacher gewesen.«

»Damals war er bereits ein berühmter Schriftsteller und sich seiner Prominenz sehr wohl bewusst. Ich glaube, das wäre ihm schwergefallen.« Sie hatten die Felsformation mit der Höhle erreicht. Jac blickte über die Felsenkante. Sie verspürte den wohlbekannten Anflug von Panik, kämpfte ihn aber nieder.

Sie sprangen wie am Vortag zum Eingang hinunter. Den Boden bedeckte noch eine flache Wasserlache, die von der letzten Flut übrig war. Sie wateten durch den ersten Tunnel in die innerste Höhle, wo sie das steinerne Versteck entdeckt hatten. Hier war der Boden trocken. Theo nahm die Bernsteintotems aus den Nischen und sie durchsuchten die Hohlräume dahinter.

»Hier ist nichts. Nur diese kleinen Statuen und die Knochen«, sagte Theo niedergeschlagen. »Vielleicht hat Hugo das andere Buch doch nicht am selben Ort versteckt.« Er schwenkte die helle Laterne. »Wohin könnte er es sonst gelegt haben? Überall gibt es Spalten und Risse.« Er wirkte beinahe panisch.

Jac ging die Nischen noch einmal systematisch durch, griff tiefer hinein. Wieso sollte Victor Hugo die beiden Bücher getrennt voneinander versteckt haben? Das ergab keinen Sinn. Und wie erwartet ertastete sie in der vierten Nische von oben links etwas Kantiges. Sie zog ein Buch heraus, das genauso aussah wie das vom Vortag.

»Theo, schau! Ich habe es gefunden.«

Jac schlug es auf, atmete den jahrhundertealten Duft von Tinte, Moder und Fantines Parfüm und begann zu lesen.

Achtunddreißig

26. Oktober 1855
Kanalinsel Jersey, Grossbritannien

Eine Woche war seit dem Zwischenfall mit Robert und Pauline vergangen, und wir hatten meinem Versprechen getreu keine weiteren Séancen abgehalten. Meine Tochter schien bereits weniger nervös zu sein und sagte, sie schliefe besser. Auch meine Söhne beklagten das Ende unserer Abendunterhaltung nicht. Charles widmete sich der neuen Kunst der Photographie, und François-Victor fuhr fort, Shakespeares Werke ins Französische zu übersetzen. Es fiel ihnen leicht, sich zu beschäftigen. Nur ich fühlte mich verloren.

Zwischen der Geisterwelt und mir gab es noch offene Fragen. Um mich abzulenken, nahm ich mir vor, dir zu helfen, Fantine.

So kam es, dass ich mich am Montag, am Mittwoch und auch am Donnerstag mit Pierre Gaspard verabredete, dem ersten Juwelier des Ortes, von dem ich schon manches bezaubernde Geschenk erstanden hatte. Ihm gefiel die Vorstellung, silberne und goldene Flakons sowie juwelenbesetzte Chatelaines zu erschaffen. Und ihm gefielen deine Parfüms, die ich aus Juliettes Waschtisch ausgeborgt hatte. Er nahm mich sogar in seine Werkstatt mit, um mir zu zeigen, wo du ein Laboratorium einrichten und deine Düfte zusammenbrauen könntest. Gaspard war ein temperamentvoller Mann. Er sprühte vor Ideen für eine Zusammenarbeit mit dir und bat mich, dich ihm vorzustellen.

Ich erzählte ihm nicht, dass du von alledem noch gar nichts ahntest, doch da er so begeistert und so entschlossen war, dich kennenzulernen, ging ich am Donnerstagabend hinunter an den Strand, wo ich dich treffen und dich unterrichten wollte.

Als ich dich dort fand, blicktest du mit aneinandergepressten Händen, die Finger gen Himmel gerichtet, aufs Meer hinaus. Die Trauer, die dich umgab, war derart stark, dass ich sie fast schon sehen konnte. Ich begriff uns zwei als im Schmerz vereint und hoffte wohl, wenn ich dich von deinem Kummer befreite, könnte auch ich Trost finden.

»Hast du gebetet?«, fragte ich.

Du nicktest, was mich überraschte. Ich hatte dich nicht für religiös gehalten.

»Um was betest du denn?«

»Um Erlösung.«

»Wovon?«

»Von den Qualen der Trauer. Ich bete um den Mut, ohne Wiederkehr in dieses Meer zu gehen, damit ich die Seele meines Kindes wiedersehe. Wenn Antoine mich nicht verlassen hätte … mag sein, dass wir, wenn er gekommen wäre, um mich zu heiraten, gemeinsam den Verlust hätten verkraften können. Allein kann ich es nicht. Gedemütigt und verraten hat man mich – erst mein Onkel, dann mein Liebster und schließlich mein eigener Körper. Liebe zu erfahren und ihrer dann beraubt zu werden … das Leben wachsen zu spüren und dann nur Leere zu empfinden … in Teilen zu sterben und doch weiterleben zu müssen … Was sind das für Spiele, die das Schicksal mit mir treibt? Wie lange kann ich die Trauer noch ertragen? Jeden Tag warte ich auf seine Ankunft, obwohl ich weiß, dass er nicht kommen wird, und sehe jede Nacht aufs Meer hinaus. Ich kann nicht mehr.«

Dass du dich nach dem Ende deines Lebens sehntest, war ein Affront gegen alles, woran ich glaubte, und dennoch hatte ich

Verständnis dafür. Ich hatte den Schmerz und die Sehnsucht nach dem Tod ja selbst erfahren.

»Du musst dein Herz ja nicht erneut vergeben, aber heiraten könntest du. Du könntest wieder Mutter werden. Es würde dem Kind, das du verloren hast, zur Ehre gereichen.«

Endlich wandtest du dich nach mir um und sahst mich an. Auf deinen Wangen sah ich Tränenspuren. »Trösten Ihre drei Kinder Sie über den Verlust des einen hinweg?«

»Nein, das nicht. Aber sie geben mir die Kraft für jeden nächsten Atemzug. Sie halten mich am Leben. Indem du andere Kinder pflegst und großziehst, kannst du die Liebe für das eine zeigen. Du bist jung, Fantine. Du kannst im Gedenken an dein verlorenes Kind noch starken Söhnen und Töchtern das Leben schenken.«

»Und wer, Monsieur Hugo, sollte in Ihrem Roman die elende Dienstmagd wohl heiraten wollen?«

»In meinem Roman ist vielmehr die Frage, wer die Parfümeurin heiraten darf.«

»Ich bin keine Parfümeurin.«

»Oh, doch. Und ich habe dir einen Vorschlag zu machen. Ich habe mit dem Juwelier Gaspard gesprochen. Er wäre sehr daran interessiert, deine Parfüms in seinem Laden auszustellen. Er hat sogar bereits Flakons dafür entworfen.«

»Er will Parfüm verkaufen?«

»Dein Parfüm.«

»Wie weiß er denn davon?«

»Vor dir steht ein Meisterdieb. Ich habe die Düfte entwendet, die du für Madame Juliette geschaffen hast.«

»Sie waren ja fleißig.« Du schienst erbost.

»Ich habe bloß das eine oder andere Gespräch geführt.«

»Um das, was Ihnen vorschwebt, zu verwirklichen, bedarf es großer Mühen. Eine Parfümwerkstatt zu etablieren ist nicht einfach.«

»Ich weiß schon, dass es Mühe kosten wird, aber denke an den Lohn.«

»Und nicht nur Mühe braucht es, sondern Leidenschaft. Sie vergessen, dass ich keine habe.«

»Noch nicht. Zumindest spürst du nichts davon«, sagte ich. »Aber wenn du erst einmal anfängst, wird sie sich einstellen.«

»Mir liegt nicht daran, Leidenschaften zu nähren. Warum mischen Sie sich in mein Leben ein? Ich habe Sie nicht darum gebeten. Ich möchte nichts verkaufen, nicht mit Menschen sprechen und nicht an meinen Vater erinnert werden, an mein Leben in Paris, an Antoine und unser …«

Ich unterbrach dich, damit du nicht weiter abschweifen konntest. »Aber das Leben, das du hier führst, hat keine Zukunft!«

Der Blick, mit dem du mich ansahst, sagte mehr als tausend Worte. Ich konnte ein jedes mühelos entziffern. Die schmerzerfüllten Augen, die du auf mich richtetest, hatte ich oft genug im Spiegel gesehen.

»Komm, gehen wir spazieren«, sagte ich und ergriff deinen Arm. Obwohl wir an einem Sandstrand waren, hörte ich Kiesel aneinanderreiben und suchte am Boden nach der Quelle des Geräuschs. Ich fand sie nicht. Nicht einmal Muscheln gab es dort. Was konnte das sein?

»Wirst du meinen Vorschlag überdenken? Selbst wenn du selbst es dir nicht vorstellen kannst – könntest du nicht darauf vertrauen, dass ich ein gutes Leben für dich plane?«

Du antwortetest nicht gleich. Die Nacht schien noch stiller zu werden als zuvor. Die Wellen ebbten ab, als wartete selbst das Meer auf deine nächsten Worte.

»Ich danke Ihnen für Ihre Mühen, aber ich möchte, dass Sie sie beenden. Ich wünsche nicht, dass Sie mich retten. Können Sie diesen meinen Willen respektieren?«

»Nein!«, rief ich aus. »Meine Tochter hat ihr Leben verloren, und sie hatte dabei keine Wahl. Du hast sie, und ich ertrage es nicht, mitanzusehen, wie du sie ausschlägst. Und wofür? Für eine ignorante Gesellschaft? Einen Mann, dessen Eltern dich nicht annehmen wollten, weil du aus der Arbeiterklasse stammst? Einen Onkel, der dich als Frau aus dem Geschäft drängen konnte? Man ist sehr ungerecht mit dir umgesprungen, und ich möchte diese Schlechtigkeiten ungeschehen machen.« Ich schluchzte mittlerweile, doch es machte mir nichts aus. Ich focht um eine bedeutsame Sache.

»Das können Sie nicht. Verstehen Sie das denn nicht? Ich möchte keine Hilfe. Bitte lassen Sie mich.«

Ich rang vor Wut und vor Enttäuschung die Hände. Vielleicht konnte ich wirklich nichts für dich tun.

»Ganz, wie du willst!«, sagte ich, wandte mich ab und stapfte davon. Nach zwanzig oder dreißig Schritten verspürte ich plötzlich den Drang, zurückzublicken. Es konnten kaum zwei Minuten vergangen sein, doch du warst nirgends mehr zu sehen.

»Fantine?« Keine Antwort. »Fantine?«, rief ich lauter. Du riefst nicht zurück.

Ich eilte zum Ufer und sah, was ich von weiter oben nicht hatte erkennen können: Du warst ins Wasser gegangen. Und du gingst weiter, ohne dich umzusehen. Ich zögerte keine Sekunde. Ich wusste genau, was du plantest. Du wolltest dich ertränken. Jäh begriff ich, welches Geräusch ich kurz davor vernommen hatte – nicht Kiesel unter unseren Füßen, sondern in deine Kleider eingenähte Steine.

Und damit begann der Kampf. Das Wasser war eisig kalt. Du warst schwer von den Steinen in deinen Taschen und Säumen. Und du wehrtest dich gegen mich mit ungeahnten Kräften. Nie hatte ich vor jener Nacht jemanden gekannt, der so sehr zu sterben wünschte. Und doch konnte etwas in mir dich ebenso wenig ertrinken lassen, wie ich Didine hätte ertrinken lassen können.

Eine Welle spülte über uns hinweg, und ich verlor dich für

einen Augenblick. Ich schluckte Wasser. Tauchte hustend wieder auf. Ich fragte mich, ob am Ende ich ertrinken würde. Würdest du zusehen, wie ich mein Leben an das kalte, salzige Wasser verlor? Oder würdest du mich retten? Dann kam ich zu Atem, richtete mich auf und packte dich wieder.

Du kämpftest, schlugst und kratztest mich und zogst an meinen Haaren. Wieder kam eine Welle und riss uns von den Füßen. Diesmal hielt ich dich fest, und wir wurden gemeinsam erst Richtung Ufer gespült, dann wieder hinausgezogen. Als die Welle abfloss, lagst du noch immer in meinen Armen und hattest zu kämpfen aufgehört. Du hingst kraftlos herab. In der Wucht des Brechers warst du, wie ich später herausfinden sollte, mit dem Kopf aufgeschlagen und in Ohnmacht gefallen und warst jetzt noch schwerer als zuvor. Ich riss an deinen Kleidern und trennte den Rock davon ab, in dem die Steine waren. Ohne dies zusätzliche Gewicht gelang es mir, gegen die Strömung anzukämpfen und deinen schlaffen Körper auf den Strand zu schleppen.

Dein Atem ging nur schwach, deine Augen waren geschlossen, und du warst nicht bei Bewusstsein. Ich wusste nicht, was ich tun und wie ich Hilfe holen sollte. Dafür hätte ich dich allein lassen müssen, und das schien mir zu gefährlich. Es war kalt, und wir waren bis auf die Knochen durchnässt. Ich wusste, dass du nur überleben würdest und dass auch ich nur überleben würde, wenn es mir gelang, uns aufzuwärmen.

Direkt vor uns lag die Teufelshöhle. Ich hatte darin Zunder und Feuersteine entdeckt. Wenn es mir gelang, dich dort hineinzutragen, konnte es vielleicht noch Rettung geben. Vielleicht.

Neununddreißig

Zu unserem Glück stand das Wasser so niedrig, dass ich dich zu den Felsen tragen, dich am Höhleneingang ablegen und dich hineinziehen konnte. Ich schleifte dich bis in die hinterste Kammer und hantierte mehrere Minuten, die mir wie Stunden erschienen, mit Zunder und Steinen, bis es mir endlich gelang, ein Feuer zu entfachen. Alte, geschnitzte Bernsteinstücke waren unter den Zunder gemischt, und hätte ich die Zeit gehabt, so hätte ich sie herausgelesen. Zudem fiel mir in meiner Hast etwas Haschisch, das ich bei mir trug, in die entfachten Flammen. So mischten sich die süßlichen Düfte des Rauschgifts und des Harzes in den Rauch des Feuers. Die Höhle roch wie ein niederbrennender Wald, wie ein jähes Ende, eine Katastrophe, wie eine Welt, die ohne jede Rücksicht nimmt, vernichtet und zermalmt. Du lagst am Boden wie der lebende Beweis für ihre Ambivalenzen. So bleich, als glühtest du.

»Fantine! Fantine!«

Es kam keine Antwort.

Ich entdeckte im Feuerschein Blut an deinem Hals. Darum würde ich mich kümmern müssen, doch zunächst zog ich dir und mir die Kleider aus. Es würde nicht helfen, dein Blut zu stillen, wenn du erfrorst.

Ich schob dich so nah ans Feuer, wie ich es wagte, fühlte seine

Wärme auch in meinen Knochen und fand die Stelle, wo du dir den Kopf gestoßen hattest. Ich griff nach meinem nassen Hemd und band es auf die Wunde.

Ich habe Menschen gesehen, die um ihr Leben kämpften, und solche, die, von Schmerzen überwältigt, um ihr Ende flehten. Als ich an deiner Seite Wache hielt und dich versorgte, erkannte ich, dass du zu Letzteren gehörtest. Es gab nichts, was dich zurückgehalten hätte. Ich spürte, wie sehr du bereit warst, loszulassen.

»Kämpfe, Fantine«, flüsterte ich wieder und wieder. Und endlich kam eine Antwort. Aber nicht von dir.

Lass sie gehen, Freund. Kämpfe nicht um sie. Sie hat es nicht mehr weit. Ich nehme sie und gebe dir die Tochter wieder.

Ich wandte mich um. Der Schatten aus dem Grabe hielt auf mich zu. Er ging nicht, doch war es auch kein Schweben, sondern die Bewegung war wie nicht von dieser Welt. In seiner Gegenwart fühlte ich mich wieder, als atmete ich tiefer in meine Lungen. Ich sah die Dinge schärfer, hörte deutlicher. Die Todesnähe ließ mich das Leben stärker spüren als zu jeder anderen Zeit.

»Warum quälst du mich so?«, fragte ich. »Ich sagte schon, dass ich dir nicht helfen werde.«

Ich brauche dich. Du musst mich exkulpieren. Nur du kannst meine Ehre wiederherstellen. Ich fordere so wenig und biete so viel dafür.

»Es ist unmöglich!«

Durchaus nicht.

»Unmöglich und fürchterlich falsch. Es wäre teuflisch, eine Seele für die andere einzutauschen.« Ich sah im Feuerschein auf deinen schlafenden, nackten Leib herab. Auf deine schöne, zerrissene Seele. Du wolltest nichts weiter, als der Verzweiflung zu entkommen. Und ich, ich wollte dich verzweifelt retten. Warum? Was bedeutetest du mir?

Es war, als hätte der Schatten meine Gedanken gelesen.

An den ersten beiden Mädchen hast du mich den Fehler erkennen lassen, den ich beging. Sie waren so voller Zukunft und voller Leben. Du hättest sie niemals gehen lassen können. Aber diese hier hofft darauf, zu gehen. Sie sehnt sich danach, mit ihrem Kind vereint zu sein, es endlich im Arm zu halten. Das bedeutet ihr weit mehr als ein Leben in Fleisch und Blut. Was zögerst du? Sie hat längst aufgegeben.

»Was du da vorschlägst, ist grauenvoll. Nie sollte einem Menschen diese Macht über einen anderen gegeben werden.«

Ich sehe es in deinen Augen, dass du ja sagen willst. Ja, sag es. Ja! Ja! Sag ja, und Leopoldine wird in deinem Arm erwachen.

Der Schatten beobachtete mich. Im Licht des Feuers glänzten seine Locken und leuchteten die topasgelben Augen.

Jahrhundertelang war diese heilige Stätte der Ort, wo für einen hehren Zweck geopfert wurde. Uralte, grausame Riten hat man zelebriert, um das Stammeswohl zu sichern. Damals stellte man die Geisterwelt nicht so in Frage wie heute. Man war bereit, zu töten, wenn es nötig war.

In seinen Worten schwang eine Trauer mit, eine Sehnsucht nach den alten Zeiten:

Zauberei war hoch geachtet. Der Kult hatte noch Bedeutung. Man verehrte die Geister und gehorchte ihnen. Deine Séancen haben einen Inselgeist heraufbeschworen, der lange zum Schweigen verdammt gewesen war. Wir alle sind stets bereit, zu kommen, wenn man ruft. Ich habe gleich erkannt, dass du mir geistig ebenbürtig bist. Wie hätte ich die Gelegenheit verstreichen lassen können, die großen philosophischen Fragen mit einem so verständigen Menschen zu besprechen? Ich dachte, ich hätte in dir einen Anhänger gefunden, einen klugen Mann, der mir seine Stimme leihen würde.

»Ich kann nicht annehmen, was du mir bietest«, sagte ich wieder, doch meine Stimme klang schon weniger entschlossen. Ich war erschöpft, war abgekämpft, und ich fürchtete mich mehr als je zuvor vor dieser Kreatur.

Der Schatten sah mich so durchdringend an, als könnte er jeden meiner Gedanken mitverfolgen.

Du hattest inzwischen keinerlei Regung gezeigt. Du hattest viel Blut verloren, und obwohl ich die Wunde verschlossen hatte, warst du jetzt unmenschlich blass. Oder war das ein Streich, den das Feuer meinen Sinnen spielte? Wie lange blieb dir noch?

Plötzlich fühlte ich mich, als flösse Blei durch meine Adern. Nur einen Finger zu heben kostete schon Kraft.

»Was tust du mit mir?«, fragte ich.

Mich so lange anzuhören und zu verstehen erfordert höchste Konzentration. Das ist es, was dich so schwächt.

»Wenn Fantine erwachte, würde sie dich hören?«

Nein. Meine Stimme hörst nur du. Sie ist in deinem Inneren.

»Aber dein Mund bewegt sich. Ich kann im Hintergrund das Feuer hören.«

Die Einbildung ist ein machtvolles Instrument.

»Kann ich dich nach Belieben heraufbeschwören?«

Er lachte.

Was für ein schauerliches, wunderschönes Lachen das war! Als sei es aus dem Gesang der Nachtigallen und aus Glockenklang erschaffen worden. Es war ein herrliches Geräusch, und ich fühlte mich auserwählt, wenn ich es hörte. Wie ansehnlich er war, habe ich schon geschrieben. Doch mir ist es sicher nicht gelungen, einen wahrhaftigen Eindruck seiner Schönheit zu vermitteln. Seine Haut schimmerte. Seine Augen waren tiefer als das All, und ich sah hinein wie in das Himmelreich, dessen Pracht mich überwältigte. Er war langgliedrig und bewegte sich mit einer Anmut, die Sterblichen nicht zu Gebote steht. Und er verströmte jenen Duft – einen üppigen, rauchigen Geruch, der zugleich modern und alt und voller Süße war.

Nein, mein Freund, das hier ist keine Zauberei. Du kannst keinen Spruch aufsagen und mich wie einen Dschinn aus einer Flasche locken. Ich bin mit einem festen Ziel erschienen. Wenn ich gehe, komme ich nicht zurück. Luzifer wird dir nicht mehr für Geplauder zur Verfügung stehen.

Ich wusste, dass ich mich von seinen Worten losreißen musste, doch ich konnte nicht aufhören, seiner schmeichlerischen Stimme zu lauschen.

Ich will dir doch nur geben, was du mehr begehrst als alles andere auf Erden.

Mir schmerzten die Augen. Die Höhle füllte sich mit dichtem Rauch. Schon konnte ich die Wände und den Boden nicht mehr sehen. Der Dunst schien von dem Schatten selbst zu kommen. Und in ihm erblickte ich Didine. Ihre Kleider waren zerlumpt. Schmutz und Erde hingen in ihrem Haar. Sie hob die Arme und streckte die Hände nach mir aus.

»Didine?«

Der Rauch wirbelte herum. Sie begann zu verblassen. Ich griff nach ihr und fasste nur die leere Luft.

»Didine?« Ich verlor sie wieder, wie beim ersten Mal.

Ich habe eine Frau gewählt, die sterben will. Es liegt in deiner Macht, ihr diesen Wunsch zu erfüllen. Fantine wäre erlöst, und deine Tochter kehrte zu dir zurück. Kannst du denn Didine verleugnen – und dich selbst?

Meine Tochter wollte zu mir zurück. Ich hatte die Macht, sie zu holen. Doch wie hätte ich diese Wahl treffen können? Ein Leben für das andere? Am liebsten hätte ich mich zu dir gelegt und wäre in denselben tiefen Schlaf gefallen, nur um dieser Erscheinung und diesem betörenden Angebot zu entkommen.

Fantine will nur zu ihrem Kind – einem Kind, das sie nie Atem holen sah. Und du lässt sie nicht.

»Wenn Didine in Fantines Körper zurückkäme, würde sie mich denn erkennen? Und ihre Mutter?«

Er schüttelte den Kopf, dass seine Locken im Feuerschein tanzten.

Nicht sofort. Erst Wochen später wird sie sich an das vorige Leben zu erinnern beginnen. Aber ihre Liebe zu dir und zur Mutter wird unverändert sein. Die Seele erinnert sich an Dinge, die der Geist vergisst.

Sobald sie die Augen aufschlägt, wird sie dich als ihren Vater lieben. Was euch verbunden hat, wird wieder bindend sein.

»Aber welchen Preis muss ich dafür zahlen?«, rief ich.

Wenn du eine Seele erlöst und eine zweite rettest – warum solltest du dafür zahlen müssen?

Ich starrte in die Flammen und versuchte, den Sinn seiner Worte zu erfassen. Konnte es denn wahr sein?

Plötzlich stöhntest du leise im Schlaf. Es war das erste Geräusch, das du von dir gabst, seit ich dich aus dem Wasser gezogen hatte, und es war eines der gramvollsten, die ich je gehört hatte: Die ganze Trauer einer beraubten Mutter lag darin. Ich kannte sie und verstand dich gut. Mir war zum Weinen zumute.

Hörst du, wie sie leidet?

Seine Stimme klang mitfühlend.

Fantine hat in so kurzer Zeit so viel verloren. Zwei Jahre waren es, nicht wahr? Die Eltern, den Liebsten, das Kind, die Heimat und ihren Beruf.

»Warum? Warum hat sie so viel verloren? Ist das einfach der Lauf der Welt?«

Ja.

»Und wofür das alles?«

Die Antwort auf diese Fragen wird dir dein Leben weisen müssen. Aber von allen Menschen, die ich kenne, bist nur du in der Lage, sie zu finden und sie weiterzugeben.

»Wie kannst du da so sicher sein?«

Ich kenne dich seit Jahrtausenden. Du und ich, wir gehen diese Wege nicht zum ersten Mal. Viele Male waren es, mein Freund, seit Anbeginn der Zeiten.

Ich hatte so viele Fragen. Und ich spürte genau, dass dies meine letzte Gelegenheit war, von ihm zu lernen. Oder von den anderen Geistern. Was auch immer geschah – nach dieser Nacht würde ein Kapitel meines Lebens abgeschlossen sein.

Die Alten besaßen Fähigkeiten und Instinkte, die heute der Zivilisa-

tion zum Opfer gefallen sind. Die Magie war noch real. Sie war lebendig in den Priestern und Schamanen und wurde von einer Generation zur nächsten weitergereicht. Einen Rest dieser Kraft trägst auch du in dir. Sie ist nicht so stark, wie sie einst war, aber du kannst sie nutzen. Dazu musst du nur den Mut aufbringen, in die finstersten Tiefen deiner Seele abzutauchen. Du musst Gefahren auf dich nehmen. Musst dich der Macht der Erde bedienen.

Ich schüttelte den Kopf. »Welch ein Unsinn. Mir reicht es. Lass mich gehen. Ich muss aufstehen, muss Fantine aus der Höhle bringen und Hilfe holen.«

Nein, Victor, es ist kein Unsinn. Durchaus nicht. Du hast nach der Wahrheit der Alten gefragt, und ich habe sie dir nach bestem Wissen weitergegeben. Jetzt lass uns zu Ende bringen, was wir begonnen haben. Erlöse dieses Mädchen, und hole deines zurück.

Er hatte mich zum ersten Mal mit meinem Vornamen angeredet und hatte ihn so zärtlich und so mitfühlend ausgesprochen, dass ich mich wieder wie ein kleiner Junge auf den Knien der Mutter fühlte. Der Vater war in den Kampf gezogen, und sie rief mich zu sich und sagte, es gebe sehr schlechte Neuigkeiten.

War Vater verletzt? War er in Gefangenschaft?

Ich muss damals vier oder fünf gewesen sein und brach in Tränen aus. Sie hob mich hoch, setzte mich auf ihre Knie und legte die Arme um mich. Mit dieser Umarmung, die süß und sauer, Zucker und Zitrone in einem war, tröstete sie mich und löste fast alle Probleme meiner kleinen Welt. Ich weiß noch, wie ich Didine genauso hielt und tröstete, als sie ein kleines Mädchen war. Und an jener alten Opferstätte in der Höhle bot mir der Schatten denselben Trost. Seine Worte waren die Arme meiner Mutter. Er füllte die Höhle mit ihrem Duft: süß und sauer, Zucker und Zitrone.

Ach, Fantine, ich kann nicht wissen, ob du glaubst, was du jetzt lesen wirst. Ob die Worte bis in deine Ohnmacht drangen oder ob du spürtest, was dann geschah. Ich kann es verstehen, wenn du mich für wahnsinnig hältst, wenn du denkst, ich sei berauscht gewesen von den Dämpfen des Haschisch und des Bernsteinharzes. Ich selbst glaube nicht, dass diese Äußerlichkeiten auf mich wirkten. Ich habe mir die Ereignisse nicht eingebildet; sie waren so real wie das Papier, auf dem ich sie niederschreibe.

Wenn ich sie dir zu erklären suche, so einerseits als Bitte um Vergebung und andererseits als Mahnung an dich. Ich hoffe verzweifelt, dass du mir verzeihen kannst, doch noch wichtiger ist es, dass du unser Geheimnis wahrst. Denn niemand darf jemals wieder den Schatten aus dem Grabe heraufbeschwören.

Seinen Versprechungen kann kein Sterblicher auf Dauer widerstehen. Auch ich bin ihnen erlegen.

Victor?

Der Schatten flüsterte meinen Namen. Er strich mir über die Wange. Ich hatte mich nie mit einem Mann der Lust hingegeben. Es hatte mich nie danach verlangt. Doch hier ging es nicht um Verlangen. Was ich nun erlebte, war jenseits körperlicher Lust. Es war jenseits von Mann und Frau, Haut, Mündern, Zungen, Fingern, Brüsten, Lenden. Er war nicht Mann noch Frau, sondern alles zugleich: Mutter, Vater, Liebhaber, Kind und Ehegemahl. Alles, was es zwischen zwei Menschen geben kann, das war er für mich. Er hauchte Versprechen in meine Ohren und besiegelte sie für alle Ewigkeit mit sanften Küssen auf meine Stirn. Sein Haar berührte zart meine Haut; seine Liebkosungen machten mich trunken.

Ich wollte ihm alles, restlos alles geben. Wollte ihm seinen Wunsch erfüllen, damit er mir meinen gewährte.

Ich spürte die Berührung von nacktem Fleisch. Schmerz und Genuss und Hingabe spürte ich. Doch es war nicht sein Fleisch. Jetzt nicht mehr. Du warst es, an die ich mich klammerte, die ich berührte.

Auf irgendeine Weise, die ich nicht erklären kann, war er mit dir verschmolzen. Es war, als sei er in deinen schlafenden Körper geschlüpft und mit dir eins geworden. Er sprach mit mir, doch die Worte kamen von deinen Lippen, obwohl du noch immer bewusstlos warst, obwohl ich mich verzweifelt mit deinem Körper vereinigte.

Nimm mich, Victor. Leg deine Hände um meinen Hals. Ich will es so sehr. Ich will, dass du mich erlöst. Deine Tochter will, dass du mich erlöst, dass du sie wieder zum Leben erweckst.

Ich war tief in dich eingedrungen. Meine Hände, nass von deinem Blut, lagen an deinem Hals. Ich spürte deinen schwachen Puls und fühlte das Pulsieren deines Schoßes.

Nimm mich.

Nie hätte ich geglaubt, dass es so leicht sein könnte, jemandem den Atem abzudrücken.

Ich werde nicht leiden.

Dann verließ er deinen Körper und drang in meinen ein. Seine Hände waren in meinen Händen und drückten dir die Kehle zu. Ich kämpfte dagegen an, doch er war stärker.

Drück hier noch fester zu. Sie wird es gar nicht spüren. Wird nicht leiden. Lass sie gehen, Victor. Lass sie gehen, und wenn ihre Seele den Körper verlässt, wird Leopoldines Seele sie ersetzen. Fantines Körper mit dem Wesen deiner Tochter. Drücke hier. Und hier.

Ich blickte wie aus großer Ferne auf dich hinab. Halb ohnmächtig, halb tot warst du. Fast schon an deinem Ziel. Und dann rangst du nach Luft. Es war ein schwaches Geräusch. So leise wie der Atem einer Katze. Doch es war keine Hingabe, die ich hörte, sondern Widerstand. War es ein unwillkürlicher Reflex, oder lag Gefühl darin? Ich wusste es nicht, doch es war die Regung eines Lebewesens, das weiterleben wollte. Sie durchzuckte mich, erschütterte mich. Bebend ergoss ich mich in dir. Du warst nicht meine Tochter. Sie hatte zu atmen aufgehört. Du nicht. Dir gehörte die Zukunft.

Endlich fand ich die Kraft, meinen Griff zu lockern. Was ich getan hatte, entsetzte mich. Schockierte mich. Und ich wusste etwas, was der Schatten nicht ahnte. In dem Moment begriff ich es. In dir war Leben. Wenn ich dich nahm und dir das Leben raubte, verschrieb ich meine Seele dem Teufel.

Es würde mir nichts nützen, Didine zurückzuhaben. Mich selbst, meinen Verstand und meine Seele hätte ich doch verloren. Was konnte ich meiner Tochter und allen anderen dann noch bieten?

Du bist ein Feigling, rief der Schatten aus dem Grabe, aber seine Stimme klang schon schwächer, weiter entfernt.

Du, Fantine, atmetest immer tiefer ein und aus. Dein Gesicht füllte sich wieder mit Leben, du regtest dich, kamst wieder zu dir.

Ja, ein Feigling!, fluchte der Schatten.

»Du wolltest mich nur besitzen, nicht wahr? Du wolltest mich zu den vielen Männern zählen, die dir verfallen sind. Wolltest mich verführen. Was du mir angetan hast – beinahe angetan hättest –, ist monströs.«

Der Schatten sagte noch zweimal meinen Namen, erst wie zum Gebet und dann als Fluch.

Victor. Victor.

Dann gesellte sich deine Stimme zu seiner.

»Victor.« Beide Stimmen ertönten im Gleichklang.

Du schlugst die Augen auf und blicktest mich an. Angst lag in diesem Blick. Und Schmerz. Beides quälte mich.

»Victor?« Seine Stimme war verklungen. Nur du warst noch zu hören. »Victor, warum weinst du denn?«

Victor Hugo
30. Oktober 1855
Jersey, Großbritannien
Für Fantine und für mein werdendes Kind.

Vierzig

Ash hatte mit Evas Hilfe die Höhle gefunden und war zum Eingang geklettert. Im ersten Tunnel roch er Rauch, woraufhin er vorsichtig weiter hineinging. Jacs Stimme wurde mit jedem Meter, den er sich der innersten Kammer näherte, lauter.

Er verharrte auf der Schwelle, ganz verzaubert von den Worten, die sie vorlas. Während Ash die von Düften geschwängerte Luft einatmete und ihrer hypnotisierenden Stimme lauschte, fühlte er sich, als stürze er kopfüber in einen Traum. Seine Sinne waren wie benebelt. Er musste sich an der Wand abstützen, um sich aufrecht zu halten.

Die Worte des Teufels waren so verführerisch. Welch erstaunlicher Gedanke, eine Seele gegen eine andere einzutauschen. Besonders dann, wenn diese überhaupt nicht den Wunsch verspürte, zu leben. War das möglich? Hatte Hugo es getan?

Ash dachte an Naomi, während er Jac beim Lesen zuhörte. Er stellte sich die wunderschöne, traurige Ehefrau seines Bruders vor. Sie hatte diese Insel gehasst. Wollte nur noch nach London zurück. Brauchte seine Hilfe. Brauchte Ash, um ihr bei ihrer Flucht zu helfen.

Ash hasste Theo dafür, dass er sein Glück so wenig zu schätzen wusste. Dass er ihr solche Qualen bereitet hatte. Theo hatte sie nicht verdient.

Und jetzt war sie tot. Und Theo war an allem schuld. Es war immer seine Schuld. Immer.

Einundvierzig

Während Jac las, hatte Theo das Feuer in Gang gehalten. Süßlich duftender Rauch hatte sich in der Höhle ausgebreitet. Hatte der Geruch sie betrunken gemacht? Mehr als einmal hatte sie gespürt, wie sie abglitt. Sie hatte es nur geschafft, präsent zu bleiben, indem sie immer wieder das scharlachrote Armband an ihrem linken Handgelenk festhielt und es nur losließ, um weiterzublättern. Nun hatte sie zu Ende gelesen, nestelte an dem seidigen Band herum und versuchte, sich auf das zu konzentrieren, was Theo ihr sagen wollte.

»Entschuldige, was hast du gesagt?«

Er hatte ihr beim Lesen ständig über die Schulter geblickt. Jetzt hockte er zitternd und schwankend neben ihr. Das Feuer flackerte und verlieh seinen Augen einen noch helleren Glanz. Hatte sie je ein Gesicht gesehen, das sich so vor Sehnsucht und Verlangen verzerrte?

»Ist das … ist das möglich? Was Hugo geschrieben hat?«, fragte er langsam.

»Du meinst, ob der Schatten real war? Hugo glaubte es zumindest.«

»Wärst du in der Lage, einem solchen Angebot zu widerstehen, Jac? Wenn du die Gelegenheit hättest, jemanden, den du liebst, aus dem Jenseits zurückzuholen?«

Das Buch lag immer noch offen in ihrem Schoß. Sie konnte es nicht schließen, noch nicht; sie war zu bewegt und verwirrt, um zu wissen, wie sie reagieren sollte. In den Schatten der Höhle, weiter hinten, als sie bisher vorgedrungen waren, konnte sie spüren, nein, sehen, wie sich seltsame Formen bewegten und um ein weiteres Feuer kreisten. Und sie hörte eine weit entfernte Totenklage. Eine weinende Frau. Einen schreienden Mann.

Jac schob ihr Armband hin und her.

»Stell dir vor«, fuhr Theo fort, »wenn es wirklich möglich wäre, jemanden wiederauferstehen zu lassen. Wenn der Schatten wirklich zu meinem Vorfahren sprach … wenn er wirklich zu Victor Hugo sprach … wenn es den Schatten gibt … stell es dir nur mal vor!«

Der Qualm verdichtete sich, roch nun eklig süß. Jac hustete. Sie bekam kaum noch Luft.

»Der Schatten ist real«, erklang eine andere Stimme aus größerer Entfernung.

Jac erkannte die Stimme, es war Ash. Wie war er hierhergekommen?

»Und er ist hier. Der Schatten ist hier.«

Ash näherte sich der Stelle, an der sie und Theo saßen.

»Könnt ihr ihn nicht riechen? Er ist real.« Ash war Jac nun so nahe, dass sie seinen Atem warm auf ihrer Haut spüren konnte.

Warum zitterte sie? Es war so warm in der Höhle, wie konnte sie da frieren? Der Atem des Neuankömmlings war warm. Das Feuer war warm.

Einen Moment lang herrschte Stille. Da spürte Jac, dass Ash nach ihr griff. Wollte er sie umarmen? Warum gerade jetzt und warum vor Theo?

»Der Schatten wird Naomi von den Toten zurückbringen«, sagte Ash, und seine Finger schlossen sich um ihren Hals. Weder um sie an sich zu ziehen, noch um sie zu küssen, sondern – so wurde ihr schlagartig klar – um sie zu töten.

Das Feuer flackerte auf. Der Raum flimmerte, und sie fühlte sich in eine Halluzination abgleiten. Rauch kam darin vor, genau wie dieser Rauch. Eine Höhle wie diese Höhle. Nur nicht in der Gegenwart. Jac driftete in die Vergangenheit.

Hinter ihr rief Theo: »Hör auf! Hör auf!« Sie hörte es doppelt.

Schrien zwei Männer dasselbe? Oder hallten die Worte von den Höhlenwänden wider? Jac beachtete nicht den Druck auf ihren Hals. Sie ließ das Armband nicht los und blieb dort, wo der Schmerz war, dort, wo sie kaum noch Luft bekam: in der Gegenwart. Sie wusste, dass sie verloren wäre, wenn sie es nicht tat. Für immer verloren.

Und dann löste sich der Griff um ihre Kehle. Jac tastete nach der Stelle an ihrem Hals, wo seine Hände die Haut schmerzhaft gequetscht hatten, und rang hustend nach Atem.

»Was zur Hölle hast du da gemacht, du Idiot?«, brüllte Theo seinen Bruder an.

Jac drehte sich um.

Theo hatte Ash von ihr heruntergezogen und gegen die Wand gedrückt.

»Bist du irre? Wie kannst du das Gefasel eines bekifften Schwachkopfs ernstnehmen? Hugo hatte nicht alle Tassen im Schrank, als er das Tagebuch schrieb!«, schrie Theo.

»Misch dich nicht ein. Wage es nicht. Nicht schon wieder!«, rief Ash. Er packte seinen Bruder und stieß ihn zur Seite. »Naomi wäre nicht tot, wenn du dich nicht so jämmerlich benommen hättest. Wenn sie nicht so viel Mitleid mit dir gehabt hätte, wäre sie dir viel früher davongelaufen und würde noch leben. Sie wäre lebendig und bei mir. Sie wäre glücklich. Ich richte andere nicht zugrunde, Theo.«

Er schlug Theo ins Gesicht. Theo schlug zurück, aber Ash wich aus und packte ihn. In einer wütenden Umarmung gefangen, rangen die beiden, zogen und schoben einander. An den

Wänden der Höhle kämpften ihre Schatten, sprangen vor und zurück.

Jac versuchte zu verstehen, was vor sich ging. Hatte Ash die ganze Zeit gelogen? War er eigentlich in Naomi verliebt gewesen, anstatt ihr helfen zu wollen? Hatte er eine Affäre mit ihr gehabt? Hatte Theo trotz seiner psychischen Störungen mit seinen Verdächtigungen recht gehabt? Hatte Ash Naomi verführt, hatte sie Theo betrogen?

Die Brüder waren gleichwertige Gegner. Und jedes Mal, wenn einer von ihnen einen Vorteil zu erlangen schien, schaffte es der andere, den Spieß wieder umzudrehen.

Ash packte Theo, wirbelte ihn herum und schleuderte ihn erneut gegen die Wand. Theo stieß sich mit solcher Kraft ab, dass er Ash zu Fall brachte.

Theo stürzte sich auf Ash und drückte ihn zu Boden. Um ein Haar wäre Ash mit dem Kopf im Feuer gelandet. Er befreite sich und rollte zur Seite, wobei er den Flammen gefährlich nahe kam. Seine Haare fingen Feuer. Als er die Hitze spürte, flammte seine Energie wieder auf. Er rollte sich in die entgegengesetzte Richtung und schlug sich dabei gegen den Kopf, um die Flammen zu löschen. Dann sprang er auf und holte aus.

Der Schlag traf Theo völlig unerwartet, und er wankte.

Wieder kämpften die beiden, ohne dass einer von ihnen einen entscheidenden Vorteil erringen konnte. Schließlich stieß Ash Theo weit von sich und rannte tiefer in die Höhle hinein, in die anschließende, noch unerforschte Kammer, wo Jac soeben noch altertümlich gekleidete Menschen gesehen zu haben glaubte, darunter eine Frau, die neben einer brennenden Totenbahre weinte.

Theo rannte hinter Ash her.

Jac folgte den beiden Brüdern in diese innerste Kammer. Sie war kleiner als die anderen Räume, die Decke kaum einen Meter achtzig hoch. Die gewölbten Wände waren sorgsam glattgeschliffen und poliert. Ihre Oberfläche war mit Zeichnungen dekoriert. Die Prozessionen mit dem Katzenmann, die in dem äußersten Höhleneingang begonnen hatten, liefen in diesem Raum zusammen.

Die beiden Brüder wälzten sich übereinander.

Jac verharrte im Durchgang. Sie wollte hineingehen und sie voneinander trennen, wusste aber nicht, wie.

Ash hockte jetzt auf seinem Bruder, den er mit seinen Händen zu Boden drückte. Buckelnd warf Theo Ash ab und stürzte sich dann auf ihn. Es gelang ihm, seinen Bruder am Boden festzuhalten.

Beide rangen keuchend nach Luft.

»Du Idiot!«, sagte Theo. »Du bist irre, weißt du das?«

Als er sich nicht mehr rühren konnte, schien Ash jeglicher Kampfeswille zu verlassen. Er gab seinen Widerstand auf und lag still. Theo atmete auf.

Doch dann bäumte sich Ash mit einem Schub plötzlicher Energie noch einmal auf und rammte Theo gegen die Wand. Jac hörte den Aufprall. Sie keuchte vor Entsetzen. Ash hielt Theo gegen die Wand gedrückt; beide waren völlig entkräftet und außer Atem. Doch die Wut der Brüder war unbezähmbar. In einem so engen Raum konnte, wenn sie wieder zu kämpfen begannen, jede ruckartige Bewegung zu einer tödlichen Kopfwunde führen.

Sie musste sie aufhalten. Aber wie?

Jac legte ihre rechte Hand auf das Armband um ihr Handgelenk, als wolle sie es dadurch vor der zerstörerischen Energie der Höhle schützen. Es gab etwas, das jenseits des Hier und Jetzt existierte. In den Schatten dieses Raumes lauerten die Antworten, die sie brauchte, um zu verstehen, was seit ihrer Ankunft, oder sogar lange davor, mit ihr geschehen war.

Jac wusste, dass etwas Wichtigeres als ihre Arbeit dafür gesorgt hatte, dass sie nach Jersey kam. Dass sie hierherkommen musste, um Theo zu helfen. Ihre Bestimmung, das Schicksal, Magie oder Alchemie oder das kollektive Unbewusste oder ein mystisches Geheimnis, wie immer Minerva, Eva oder Malachai es nennen wollten, hatte sie hierhergeführt.

Was, wenn unsere Seelen miteinander verbunden sind und sich gemeinsam in das Leben ein- und wieder ausfädeln, wie zu einem gigantischen Wandteppich verwoben? Die physikalischen Gesetze behaupten, dass Energie nicht verlorengehen kann. Wir bestehen aus Energie. Demnach tritt diese Energie bei unserem Tod von neuem in die Atmosphäre ein. Was, wenn sie dadurch Teil des kollektiven Webtuchs der Seelen wird? Fasern aus Energie, die jeden von uns mit allen anderen verknüpfen. Was, wenn es unsere Pflicht ist, diesen Fäden trotz aller Knoten und wirrer Knäuel bis zum Ende zu folgen?

Jac war sich sicher, dass sie, solange sie den roten Faden nicht verlor, den ihr Eva um das Handgelenk gewickelt hatte, sich ins Unbekannte vorwagen konnte, dass sie die Antworten, die sie auf sich warten spürte, finden und den Weg zurück meistern würde.

Vielleicht konnte sie, wenn sie diese übersinnliche Reise wagte, erkennen, wer sie für diese beiden Männer war und was diese füreinander waren.

Vor langen Jahren hatte ihr Theo das Leben gerettet, indem er sie aus dem See zog. Heute hatte er es ihr zum zweiten Mal gerettet, als er sie aus dem Würgegriff seines Bruders befreite. Sie war es ihm schuldig, ebenso wie sich selbst, alles Wissen zu erlangen, das ihr zugänglich war. Vielleicht war es an der Zeit, herauszufinden, weshalb sie sich so vor dieser Fähigkeit fürchtete, die sie seit ihrer Kindheit in sich wusste. Anstatt vor dieser Gabe oder diesem Fluch davonzulaufen, war der Zeitpunkt gekommen, zu verstehen, wer sie war und was es war.

Jac schloss die Augen. Atmete die rauchgeschwängerte Luft ein, filterte die süßliche Note des Bernsteins heraus, der eigentlich keinen Geruch haben sollte. Atmete erneut. Nahm die Droge in ihre Lunge auf. Spürte die Benommenheit. Sah, wie der Raum um sie herum zu flimmern begann. Sah, wie sich die Formen veränderten. Fing an, die Gedanken eines anderen zu denken …

Zweiundvierzig

56 v. Chr.
Kanalinsel Jersey

Owain kniete vor Brice und senkte den Kopf. Die Zeremonie hatte begonnen – Vater und Sohn ehrten gemeinsam die Tradition, die Priesterschaft an die folgende Generation weiterzugeben. Brice war mit der weißen Robe eines Novizen bekleidet und trug eine Blätterkrone, die ihm Gwenore geflochten und in die sie sechs kleine Talismane eingenäht hatte, weil sechs die Heilige Zahl war. Es waren Steine und Muscheln, die sie von ihrer Mutter geerbt hatte.

Owain hatte seine Frau während der letzten Tage immer wieder heimlich beobachtet, und ihm brach dabei fast das Herz. Gwenore hatte kaum geschlafen, sondern war wach geblieben und hatte bei Kerzenlicht Robe und Krone genäht, um alles für die Ehrung vorzubereiten.

Sie hatte viel geweint.

Owain ebenfalls, aber heimlich. Solange er bei seiner Frau war, versuchte er, seine Gefühle im Zaum zu halten. Die vergangenen zwei Wochen hatte sie sich an die Hoffnung geklammert, dass ihnen die Götter Gnade erweisen oder einen Aufschub gewähren würden. Jeden Morgen hatte sie Owain Kräuterheiltränke zu trinken gegeben, damit er sich mit den Geistern verständigen konnte, um ein anderes Opfer oder eine andere Interpretation der Visionen zu finden.

Jede Nacht betete er zum Himmelsvater, zu Sucellus, zu Lugh, damit sie ihm neue Träume schickten. Und jeden Morgen brachte er ihre mageren Gaben den Ältesten, deren Aufgabe es war, die Wünsche der Geister zu deuten. Doch die älteren *Vates* sahen keine andere Lösung.

Die römischen Soldaten würden Jersey auf ihrem Raubzug schon bald erreichen. Es gab zu wenige Männer oder Jungen, um die Insel gegen den Ansturm zu verteidigen. Einzig eine göttliche Intervention konnte die Katastrophe noch verhindern. Zum Beispiel ein Sturm, der die römischen Schiffe kentern ließ. Oder eine Epidemie.

Aber um die Geister auf seine Seite zu bringen, brauchte es ein Opfer. Und die Götter hatten Owain in Traumvisionen mitgeteilt, dass sie Brice forderten, den einzigen Sohn des höchsten Priesters im Lande. Er sollte zur Sonnenwende feierlich geopfert werden. Und dieser Tag war jetzt gekommen.

Druiden, Hexen, *Vates* und Fürsten hatten sich zum Weiheritual versammelt. Sie tranken Met und aßen geröstete Brotkuchen. Owain hatte die Füße seines Sohnes mit den pflanzlichen Farbstoffen bemalt, die Gwenore vorbereitet hatte, und so waren sie jetzt mit dem königlichen Violett von Disteln, Veilchen und Salbei geschmückt. Owain dachte an die Zeit zurück, als diese Füße noch in seine Hände gepasst hatten. Als Brice ein Baby war und er den Jungen auf seinen Handflächen stehen ließ und mit ihm im hohen Gras hinter der Hütte tanzte. Dieselben ehemals winzigen Babyfüße trugen seinen Sohn jetzt zu seinem sterblichen Ende.

Owain spürte, wie ihm Tränen über die Wangen rannen.

Brice legte die Hand auf den Kopf seines Vaters und sagte, wie er es bei der Vorbereitung auf den Initiationsritus gelernt hatte: »Ich nehme die Verantwortungen eines Priesters an. Danke, Vater. Ich werde wahrhaftig zu unserem Volk sein und versuchen, mich seines Vertrauens würdig zu erweisen.«

Owain erhob sich. Er legte seinem Sohn die Hände auf die Schultern und drehte Brice zum östlichen Gemäuer, wo die Sonne eindrang und ein einzelner Strahl eine Reihe von Runen erleuchtete, die in die Steine am Boden geritzt waren.

Vater und Sohn, jetzt Priester und Priester, legten gemeinsam die Schritte bis zu der Öffnung zurück. Dies wurde der Heilige Gang genannt. Er symbolisierte den Pfad, den ein Priester im Leben beschritt. Hin zum Licht, zum Wissen und zu den mystischen Geheimnissen, die einzig ihm offenbart würden.

Sie erreichten das Ritualbecken, gespeist von einer heiligen Quelle. Beim letzten Akt der Initiation wurde der angehende Priester ins Wasser getaucht und gereinigt, um unbefleckt und bereit für die Interaktion mit den Geistern und Göttern wieder daraus aufzutauchen. Das Becken erfüllte noch eine andere Funktion. Eine, von der Brice nichts wusste. Es war der letzte Schauplatz eines Rituals, das der Dreifache Tod hieß.

Owain beugte sich vor und drückte seinem Sohn einen Kuss auf die Stirn.

»Du erweist deinem Volk eine große Ehre.« Ihm versagte die Stimme. Die nächsten Worte, die er schon so oft bei ähnlichen Ritualen gesprochen hatte, kamen ihm einfach nicht über die Lippen. Er packte seinen Sohn, drückte ihn an sich. Er flüsterte dem Jungen zu: »Ich wünschte, ich könnte mich selbst statt deiner geben.«

Brice sah zu seinem Vater auf. Er verstand nicht, was er meinte.

Owain erklärte es ihm nicht. Stattdessen drückte er ihm sanft den Kopf herab, so dass Brice wieder zu Boden blickte. Owain konnte seinen Sohn nicht ansehen lassen, was jetzt folgte. So würde der Junge wenigstens nicht wissen, was ihn erwartete.

Es war an der Zeit. Owain holte zum Schlag aus. Der erste Tötungsversuch. Kurz wandte Owain den Blick von Brice ab, zu Gwenore. Verzweifelt hoffte er, sie könnte ihn irgendwie aufhalten.

Er wusste nicht, ob sie begriff, was sein Blick ihr übermitteln wollte, oder ob sie aus der grenzenlosen, ewig währenden Leidenschaft einer Mutter heraus handelte. Aber Gwenore rannte nach vorn und warf sich gegen Brice. Sie stieß ihn zur Seite, sodass es ihr Kopf war, auf den Owain den Stein herabsausen ließ.

Sie fiel zu Boden, Blut entströmte der Wunde. Aus weit aufgerissenen Augen sah sie zu ihrem Ehemann auf. »Nimm mich und nicht ihn.«

Owain beugte sich zu seiner Frau vor, seiner Seelengefährtin. Sie lag zu seinen Füßen, womöglich tödlich verwundet. Wie konnte er tun, was getan werden musste? Wie konnte er seine Pflicht erfüllen, wohl wissend, wie schlimm es für sie war? Für ihn selbst?

Einer der Ältesten näherte sich und legte ihm die Hand auf die Schulter.

»Du hast eine Aufgabe«, sagte er. »Der gesamte Stamm ist auf dich angewiesen.«

Owain war sein ganzes Leben dazu ausgebildet worden, bedingungslos zu gehorchen. Er kannte keinen anderen Weg.

Brice kniete neben seiner Mutter. Er nahm sie in die Arme und wiegte sie. Ihr Blut befleckte seine weiße Robe. So erwachsen er während der Zeremonie auch gewirkt hatte, jetzt war er wieder ein Junge, der an der Schulter seiner Mutter weinte.

Owain packte der Zorn. Obwohl er sie noch kurz zuvor im Stillen darum gebeten hatte, nahm er Gwenore jetzt übel, dass sie eingegriffen hatte. Sie musste es doch besser wissen. Auf Brice war er wütend, weil er nicht Manns genug war, seine Emotionen zu zügeln. Und auf sich selbst, weil er Leid über die beiden Menschen brachte, die er am meisten von allen liebte.

Diese Quälerei dauerte bereits viel zu lange. Owain untersuchte die Wunde seiner Frau und sah, dass sie trotz der starken Blutung nur oberflächlich war. Er zerrte sie hoch und stieß sie an den Rand des Tempels. Dann packte er seinen Sohn und ließ den Stein auf seinen Schädel niedersausen, ohne seiner Mutter und ihm Gelegenheit zu geben, ein letztes Mal miteinander zu sprechen.

Der junge Mann sackte in sich zusammen, kippte nach vorn und blieb mit dem Gesicht nach unten vor Owain liegen. Er starrte auf den Hinterkopf seines Sohnes. Die weiche Haut in seinem Nacken, das Flaumhaar, das nun nicht mehr wachsen würde. Als Brice noch ein Baby war, hatte Owain oft an dieser Stelle geschnuppert und den unschuldigen Duft des Kleinkinds eingesogen.

Nein, an so etwas durfte er nicht denken.

Aber er konnte an nichts anderes denken. Er beging die schrecklichste vorstellbare Gräueltat, sei es auch für einen höheren Zweck. Er musste das Opfer selbst auch spüren. Er konnte nach alldem sowieso nicht weiterleben. Er würde seine Pflicht erfüllen, aber sein Leben … sein Leben würde danach wertlos sein.

Owain zog die Schlinge aus der Tasche seiner Robe und band sie seinem Sohn um den Hals.

Dies tue ich für die Geister. Ziehen, straffen. *Dies tue ich zum Wohle meines Stammes, zum Wohle unseres Volkes, für unser aller Zukunft.* Ziehen, straffen.

Wessen Blut tropfte jetzt auf die Steine? Das der Mutter? Das des Sohnes? Einzig das seine war noch nicht vergossen worden. Das Blut floss auf seine Füße zu, färbte seine Zehen rot, war glitschig und warm. Er konnte sich nicht erlauben, daran zu denken, dass dies sein Sohn war. Dies war sein Geschenk an die Götter.

Mit aller Kraft, die ihm zu Gebote stand, hob Owain Brice auf, trug ihn zu dem Ritualbecken und stieß ihn hinein. Innerhalb weniger Sekunden trübte sich das Wasser vom Blut des Jungen. Brice bewegte sich nicht, wehrte sich nicht und schnappte nicht nach Luft. Trotzdem drückte Owain ihn unter Wasser. Das Ritual bestand aus festgesetzten Schritten. Ein Dreifacher Tod musste rasch und in der richtigen Reihenfolge ausgeführt werden. Ein sauberer Tod. Ein ehrenhafter Tod. Das war das Geringste, was er seinem Sohn geben konnte.

Er hörte nicht, wie Gwenore auf ihn zu kroch. Nahm sie erst wahr, als sie ihn wie ein wildes Tier ansprang, auf seinen Rücken einschlug und ihn anspuckte, ihn verfluchte.

Owain ließ Brice nicht los. Selbst als Gwenore ihn biss und trat, hielt er seinen Sohn unter Wasser. Er konnte das heilige Ritual unter keinen Umständen abbrechen, musste es abschließen, es zu Ende bringen.

Die Ältesten eilten herbei und zerrten Gwenore weg.

Als Owain sicher war, dass sämtliche Lebensenergie seinen Sohn verlassen hatte, hob er den Jungen auf und trug ihn, immer wieder seinen Namen flüsternd, aus dem Tempel und zu der Höhle am Strand hinab, seiner letzten Ruhestätte. Dem heiligsten Ort der Insel, an dem nur Priester begraben wurden und wohin Owain seinem Sohn eines Tages folgen würde.

Es war eine Reise, die der Hohepriester allein antreten musste. Aber Owain fühlte sich nicht länger wie ein Priester. Die Bürde, die er trug, wog zu schwer.

Owain legte seinen Sohn am Eingang der Höhle ab und entzündete die erste Kerze. Mit ihr in der Hand ging er hinein, zündete entlang dem Pfad weitere an und entfachte dann die Holzhaufen, die er am Tag zuvor aufgeschichtet hatte. Sie waren Teil des Begräbnisrituals. Sechs Feuer aus getrockneten Haselzweigen, Salbei, Misteln und Brocken jener goldenen Steine, die der Stamm in Ehren hielt.

Als alle Feuer brannten und die Höhle mit ihrem Rauch für die Aufnahme des Opfers vorbereiteten, trug Owain seinen Sohn tiefer hinein. In der innersten Kammer legte er Brice auf den heiligen Altar. Dann hielt er ein Bündel getrockneten Weizens in die Kerzenflamme und legte es in die Haselzweige. Das Feuer knisterte. Noch mehr von dem nach brennendem

Holz, Salbei, Misteln und dem süßlichen Aroma der goldfarbenen Steine riechenden Rauch erfüllte die Luft. Und dann – allein in der Kammer, die ihm nun wie ein Gefängnis erschien –, hob er den Körper seines Sohnes ein letztes Mal auf und bettete ihn auf die Flammen.

Als die ersten orangefarbenen Zungen an der Haut des Jungen leckten, begann Owain zu schreien.

Er war nicht verpflichtet zu bleiben, entschied sich aber dazu, um seinem Sohn die letzte Ehre zu erweisen. Und so hielt er Wache, umfangen von der Hitze und dem süßen, schrecklichen Geruch, und beobachtete, wie der wunderschöne Junge vom brutalen Gott des Feuers verschlungen wurde.

Zum zweiten Mal an diesem Tag hörte er Gwenore nicht kommen. Da er weder sie noch sonst jemanden erwartet hatte, war er vollkommen überrascht und hatte keine Zeit zu reagieren. Ohne ein Wort zu sagen oder zu zeigen, dass sie seine Anwesenheit überhaupt bemerkt hatte, schritt Gwenore ruhig in das Feuer, das ihren Sohn verschlang, und schloss ihr Kind in die Arme. Ihr Haar, ihr wunderschönes Haar fing zuerst Feuer, und ein Lichtkranz um ihren Kopf brannte lichterloh in der Dunkelheit.

Owain vergrub sein Gesicht in seinen Händen, aber er konnte nicht mehr weinen. Er versuchte sich einzureden, dass dies nur ein vorläufiges Ende war. Sie alle glaubten, dass ihre Seelen weiterleben, neu geboren werden und sich eines Tages wiederfinden würden und dass ihr neues Ich im nächsten Leben für die Fehler bezahlen würde, die sie in diesem begangen hatten.

Die Ältesten kamen tags darauf, um ihn abzuholen, aber er wollte nicht mit ihnen gehen. Owain blieb zwanzig Tage dort und wachte, ging langsam, langsam, langsam dem Hungertod entgegen, trauerte um seine Frau und seinen Sohn, seine Vergangenheit und seine Gegenwart und fürchtete um die Zukunft seiner Seele. Und um die der ihren.

Dreiundvierzig

Theo war als Erster in der Kammer. Blut rann aus einer Platzwunde über seiner Augenbraue. Ash folgte ihm humpelnd und hielt sich die schmerzenden Rippen. Seine Nase war geschwollen und blutete. Beide Brüder waren völlig verdreckt. Ihre Kleider zerrissen.

»Ist alles okay?«, fragte Theo Jac.

»Was ist mit ihr?«, rief Ash.

»Jac?«, rief Theo. Und als sie nicht antwortete, rief er sie erneut.

Owain wusste, dass sein Name nicht Jac lautete. Es war der Name der Person, in deren Körper er gefangen war.

Zugleich begriff Jac, dass sie noch immer das Leben des Priesters namens Owain nacherlebte, der einst hier in der innersten Kammer am Boden gelegen und seine Arme ausgestreckt, die Finger in Asche getaucht und Knochen ertastet hatte.

Gedanken kollidierten miteinander. Zwei Bewusstseine versuchten vergeblich, Gegenwart und Vergangenheit zu begreifen.

Theo und Ash standen daneben und sahen hilflos zu.

Owain wusste, dass die Brüder Teil jener Zukunft waren, die er erträumt hatte, als er im Sterben lag. Einem von ihnen wohnte seine eigene Seele inne. Dem anderen die seines Sohnes. Diese beiden Männer trugen den karmischen Kampf zwischen ihm und Brice aus. Kämpften noch immer.

Jac versuchte, die Wogen der Erinnerungen von sich fernzuhalten. Versuchte, ihre Stimme zu finden. Ihr Geist steckte immer noch zur Hälfte im Körper des Priesters und zur anderen Hälfte in ihrem eigenen. Sie war gleichzeitig Owain und sie selbst. Mühsam versuchte sie, ein Wort zu formen, irgendein Wort.

»Brice«, hörte sie sich selbst sagen.

Owain betrachtete den Fremden, der die Seele seines Sohnes beherbergte. Er konnte Brice' Aura spüren, seine Gegenwart. Er sagte seinen Namen.

»Brice.«

Theo beugte sich über sie. »Das hast du schon einmal gesagt, Jac. Wer ist Brice?«

Jac zweifelte, ob sie schon jetzt zurückkehren sollte. Gab es vielleicht noch mehr zu erfahren? Sollte sie bei dem Priester bleiben, der sich zu Tode gehungert hatte, um für seine Sünden zu büßen? Um sich dafür zu bestrafen, dass er getan hatte, was man von ihm verlangte, anstatt das Richtige zu tun?

»Jac, du musst mir zuhören. Du musst zurückkehren.«

Ja, er hatte recht. Theo hatte recht.

Die Geschichte von Owain, Brice und Gwenore, die sie Theo und seinem Bruder zu erzählen hatte, würde alles erklären. Der Vater und der Sohn führten ihren Kampf noch mehrere Leben später weiter. Das schlechte Gewissen des Vaters war überwältigend, es vergiftete alle zukünftigen Existenzen. Gleichzeitig glaubte der Sohn, Schuld daran zu tragen, dass seine Mutter den Freitod gewählt hatte, weil sie nicht ohne ihn leben konnte, und dieses Schuldgefühl übertrug sich auf all seine Inkarnationen.

Jac musste zurückkommen. Tat sie es nicht, würden die beiden Männer, würden Theo und Ash ewig Feinde bleiben. Es stand in ihrer Macht, das zu verhindern. Mit aller Anstrengung versuchte sie, zurück in die Gegenwart zu gelangen. Ihr Kopf platzte fast vor Schmerzen. Sie schaffte es nicht. Noch nicht. Sie musste erst noch ganz begreifen, was mit Owain geschehen war.

In den Überresten des Feuers berührte Owain ein Stück Metall. Er ertastete den Umriss eines Sterns, dessen scharfe Kanten ihm in die Finger schnitten. Der Schmerz sandte Schauder über seine Arme. Diesen Stern hatte Owain für Brice geschmiedet und über seine Krippe gehängt. Er stellte das Muttermal dar, das Gwenore und Brice auf der Haut trugen. Gwenore musste ihn in die Krone eingewoben haben, die sie in all den Nächten für ihren Sohn aus heiligen Kräutern und Amuletten angefertigt hatte.

Mit großer Mühe zog Owain ihn aus dem Scheiterhaufen. Er blickte darauf. Auf das Blut an seiner Hand. Er fragte sich, wie es kommen mochte, dass das Blut einen derart perfekten Kreis um sein Handgelenk bildete.

Jac bemerkte, dass sie nicht auf Blut, sondern auf das rote Band blickte, das Eva ihr zum Schutz ums Handgelenk gebunden hatte. Beim Eintritt in die Vergangenheit hatte sich Jac daran festgehalten. Jetzt war es an der Zeit, sich daran zurück in die Gegenwart zu hangeln. Sie holte tief Luft. Es war wie Bergsteigen.

Ein weiterer Atemzug. Der brennende Schmerz ließ nach.

Jac atmete noch einmal tief durch. Sie versuchte zu sprechen, brachte aber keinen Laut hervor.

Theo nahm ihre Hände. Umklammerte sie fest. Zu fest.

Etwas schnitt in ihre Haut.

Sie zuckte zurück und öffnete ihre Hand. Darin lag ein grob geschmiedetes Stück Metall in der Form eines Sterns. Theo starrte darauf.

Ash ebenfalls.

Theo streckte die Hand aus und berührte es. »Wie das Muttermal im Nacken meiner Frau«, flüsterte er. »Derselbe seltsame siebenzackige Stern.«

Jac musste Theo und Ash von der Frau in ihrer Vision erzählen. Sie hatte ebenfalls ein siebenzackiges Muttermal gehabt.

»Naomi. Gwenore. Zweitausend Jahre auseinander. Beide mit demselben Sternenzeichen. Seelen verbunden. Ihr beide mit beiden verbunden. Miteinander.«

»Wovon redest du?«, fragte Theo.

»Der Stern. Owain hat ihn für seinen Sohn gemacht, als Gwenore schwanger war.«

»Wer ist Owain? Und wer ist Gwenore?«, fragte Ash.

»Die drei liebten einander«, versuchte Jac zu erklären.

Aber es gab so vieles, was sie ihnen sagen musste. Wo sollte sie anfangen? Ihnen erzählen, dass sie eine Familie gewesen waren. Dass Owain jedoch gezwungen war, den Göttern zu gehorchen. Er konnte sich ihnen nicht widersetzen und damit sein ganzes Dorf in Gefahr bringen. Und so tat er, was sie von ihm verlangten, und opferte seinen Sohn.

Die beiden Brüder warteten darauf, dass sie fortfuhr. Sie konnte nicht erkennen, ob sie etwas von dem verstanden hatten, was sie sagte. Sie war so müde, aber sie musste es ihnen erzählen. Sie mussten es wissen, um endlich zu gesunden. Doch dann vernahm sie das laute Heulen einer Polizeisirene.

Vierundvierzig

Als Jac die Augen öffnete, sah sie, dass Robbie neben ihr saß. Ihr Bruder Robbie war hier. Ihr wunderschöner, gutmütiger und sturer Bruder war bei ihr, er schaute sie an und lächelte. Die Vorhänge des hübschen blauen Zimmers waren zugezogen, doch dort, wo sich die Stoffe berührten, glitt ein goldener Lichtschein durch den schmalen Spalt hindurch. Eine Vase, angefüllt mit dunkelroten Rosen, stand auf dem Tisch und erfüllte den Raum mit einem süß-sinnlichen Aroma.

»Puh«, gab Robbie von sich. »Ich habe mir Sorgen gemacht. Wir alle. Du hast sehr lange geschlafen.«

»Wie lange?« Ihre Stimme klang heiser.

»Zwei Tage, Jac. Zwei ganze Tage.«

Er beugte sich vor und drückte ihr einen Kuss auf die Stirn. Er roch nach so vielen wundervollen Düften: Sandelholz und Süßgras, Eichenmoos und Rauch. Robbies Geruch. Ein Geruch, so vertraut und wohltuend, trotz des Geheimnisvollen, das darin verborgen lag.

»Wie spät ist es?«, fragte sie.

»Sechs Uhr.«

»Morgens?«

»Abends.«

»Wie bist du hergekommen?« Alles erschien ihr so rätselhaft.

»Als Theo und Ash dich zurückgebracht hatten, hat Minerva Malachai angerufen, und er hat mich kontaktiert. Er wollte erst selbst herkommen, aber ich war in der Nähe und somit schneller. Als ich zuletzt mit ihm telefoniert habe, hat er damit gedroht, zu kommen, wenn du nicht bis morgen früh aufwachen würdest.«

Jac dachte kurz nach. Wieso war es nötig, dass überhaupt jemand kam? Dann erinnerte sie sich wieder. Zunächst nur langsam, dann in großen Sprüngen. Wie sie das zweite Tagebuch gefunden hatte, es las. Ash, der sie unter dem Einfluss der Droge so überraschend angegriffen hatte. Die Brüder im Kampf. Wie sie selbst tief in die Vergangenheit eintauchte, um die Erinnerung daran zu finden, wer die beiden füreinander gewesen waren. Wie sie die nötigen Antworten gefunden hatte, um die tragische Vergangenheit der beiden Brüder zu enträtseln, die den Konflikt ihres jetzigen Lebens prägte. Die Knochen eines Menschen im Scheiterhaufen.

Und der eigenartig geformte Stern, der die gleichen Umrisse wie Gwenores Muttermal hatte und der, wie Theo meinte, auch dem von Naomi glich.

»Ich muss dir erzählen, was geschehen ist. Und Theo und Ash sagen, wer sie sind und was …«

»Das kannst du alles tun«, sagte Robbie. »Aber zunächst einmal musst du etwas essen und wieder zu Kräften kommen. Du hast seit achtundvierzig Stunden nichts zu dir genommen.«

Eva brachte Jac Tee und etwas Toast mit Erdbeermarmelade, von der Jac meinte, sie sei das Beste, was sie je gegessen hatte. Die süßliche Frucht glänzte wie kleine Juwelen auf dem Brot und sorgte in ihrem Mund für eine Geschmacksexplosion. Der Tee war heiß und belebend, und sie konnte den Jasmin und die grünen Teeblätter darin riechen, als stünde sie in einem weiten Feld, das voll davon war. All ihre Sinne waren geschärft. Die Decke schmiegte sich um ihre Füße wie Seide, und die Kissen hielten sie wie in einer Umarmung.

Irgendwo im Haus hörte sie schwere, sinnliche Musik, seelenvoll und groß.

»Ich fühle mich verändert«, sagte Jac.

»Was meinst du damit?«, fragte Robbie.

»Ich weiß nicht genau.«

»Fühlst du dich denn besser oder schlechter?«

Sie dachte einen Moment darüber nach. »Besser.«

Er lächelte.

Sobald sie mit dem Essen fertig war, duschte Jac ausgiebig, zog sich an und ging nach unten zu den anderen.

Eva, Minerva, Theo und Robbie saßen im Salon und erwarteten sie bereits. Eva hatte Kaffee aufgesetzt und stellte einen Teller Biskuits auf den Tisch. Ein Feuer brannte im Kamin, und der Raum erstrahlte in seinem Schein und im sanften Licht der Lampen. Es roch nach verbranntem Holz.

Minerva wirkte besorgt, war jedoch froh, sie zu sehen. Theo schien sehr bekümmert und nervös. Er gab sich die Schuld an dem, was ihr zugestoßen war. Aber so schlimm war das gar nicht gewesen, oder doch? Sie war überzeugt, sich an das meiste zu erinnern. Oder waren da doch Lücken?

»Wo ist Ash?«, fragte Jac, als sie sich setzte.

»Im Krankenhaus«, sagte Theo voller Verachtung. »Er hat ein paar gebrochene Rippen. Er befindet sich in Untersuchungshaft.«

»Wieso das?«, fragte sie.

»Wieso? Du erinnerst dich wirklich nicht? Er hat dich angegriffen.«

»Das war nicht seine Schuld.«

»Natürlich war es das«, sagte Theo.

Immer mehr Bruchstücke der Ereignisse kehrten in ihr Gedächtnis zurück. »Nein, war es nicht«, entgegnete Jac.

»Jac, er hätte dich töten können«, beharrte Theo.

»Er stand unter Drogen. Wie ich auch. Er muss dort ziemlich lange gestanden und uns beim Lesen des Tagebuchs belauscht haben. Er wurde vom Schatten mit seinem Versprechen genauso verführt wie damals Victor Hugo. Ash glaubte, er könne Naomi zurückbringen. Oder vielleicht war es auch Gwenore.«

»Gwenore?«, fragte Eva.

Jac nickte. »Sie war seine Mutter … die Mutter von Brice. Ich werde alles erklären, sobald Ash wieder da ist.« Sie ließ ihren Blick über Theo, Eva und Minerva schweifen. »Wann kann er wieder nach Hause?«

»Sie sind jederzeit bereit, ihn unserer Obhut zu übergeben«, sagte Minerva. »Dazu müssen sie nur wissen, dass du keine Anklage gegen …«

Jac unterbrach sie. »Nein, um Gottes willen, nein. Ich möchte keine Anklage erheben. Es war der Duft. Das weiß ich.«

Anderthalb Stunden später waren alle versammelt. Robbie saß neben Jac auf der Couch, Minerva ihnen gegenüber. Ash und Theo hatten zu beiden Seiten des Kamins Platz genommen.

Ash war blasser als Theo; er hatte mehr Prellungen davongetragen und konnte sich kaum bewegen. Er brachte es nicht über sich, Jac anzusehen.

Eva hielt sich beschäftigt, indem sie jedem eine Erfrischung anbot. »Möchtest du einen Kaffee, meine Liebe?«, fragte Eva, als Jac an der Reihe war. »Oder Wein?«

Jac bat um Wein. Eva reichte ihr ein langstieliges Kristallglas, das mit einem edlen, trockenen Jahrgang gefüllt war. Jac sog sein Bouquet ein und überlegte, wo sie mit ihrer Erklärung anfangen und was sie sagen sollte. Eva nahm neben ihrer Schwester Platz. Alle schauten Jac erwartungsvoll an. Alle bis auf Ash.

Jac räusperte sich. Würden sie ihr die Geschichte glauben? Würden sie denken, sie sei wahnsinnig? Sie hatte ihr gesamtes Leben damit verbracht, sich darüber Sorgen zu machen, war das nicht so? Und was hatte es ihr gebracht? Sie räusperte sich ein weiteres Mal. Sie hatte die Chance, die Kluft zwischen diesen beiden Männern zu schließen und jedes weitere Unheil zu verhindern, und sie war bereit dazu.

Jac schauderte und blickte dann zu Theo. »Ich glaube, du warst in einem vergangenen Leben ein keltischer Priester namens Owain.« Sie wandte sich Ash zu. »Du warst Brice, sein Sohn. Ich vermute, Naomi war Owains Frau, die Mutter von Brice. Ihr Name war Gwenore. Wenn die Dinge so funktionieren, wie Malachai denkt und wie sie im Buddhismus und Hinduismus gesehen werden, kehren wir alle in den gleichen Seelenkreis zurück und erhalten eine neue Chance. Ein Leben nach dem anderen, bis wir irgendwann unsere Sünden wiedergutgemacht haben. Ihr beide tragt eine Tragödie aus, die sich vor Tausenden von Jahren ereignet hat.«

Jac hielt inne. Der schwierigste Teil stand ihr noch bevor. Wie sollte sie Theo nur erklären, dass er einst ein Priester gewesen war, der seinen einzigen Sohn geopfert hatte? Oder Ash gegenüber andeuten, dass er in diesem Leben Theo dafür bestrafte, dass Owains schreckliches Opfer die Mutter von Brice zugrunde gerichtet hatte? Wie konnte man den beiden Männern klarmachen, dass die Seele der längst verstorbenen Gwenore – geliebte Ehefrau und Mutter – in Naomi weitergelebt hatte? Und dass die Brüder in ihrem entsetzlichen und zerstörerischen Verhaltensmuster gefangen waren und sie deshalb erneut verletzt hatten? Ihre Seelen waren über Jahrtausende hinweg von Schuldgefühlen geplagt worden, doch jetzt endlich konnten sie aus der Vergangenheit lernen und all das Falsche wiedergutmachen. Ihr Augenblick war gekommen, ihr Karma.

Aber was war das ihre?

Als Jac nach dem Weinglas griff, glitt ihr das rote Bändchen an ihrem Arm herab. Sie betrachtete es.

»Eva?«

»Ja, meine Liebe.«

»Dein Armband hat mich gerettet. Ich habe mich darangeklammert, und es hat meine Verbindung zur Gegenwart aufrechterhalten. Ich danke dir.«

»Keine Ursache, meine Liebe.« Evas Lächeln war schön.

Jac erkannte in den Augen der älteren Frau, dass ihre Vergangenheit sie nicht mehr verfolgte. Seit sie allen davon erzählt hatte, welche Rolle sie beim Tod ihres Großvaters gespielt hatte, war sie von ihren Dämonen befreit.

Das musste jeder von ihnen tun.

Einen kurzen Moment lang verspürte Jac eine tiefe Trauer. Über all das, was sie verloren hatte, und weil nun die Zeit gekommen war, sich intensiv mit diesen Verlusten auseinanderzusetzen, wenn sie genesen und mit ihrem Leben fortfahren wollte. Sie berührte das scharlachrote Armband. Dabei verstand sie einen Teil ihres eigenen Karmas. Es war eigentlich ganz offensichtlich, sie hatte es nur bisher nicht wahrgenommen. Ihre Aufgabe war es, diese Nachricht zu überbringen. Malachai hatte es am Telefon angedeutet, doch sie hatte nicht verstanden, was er ihr sagen wollte.

Jac wurde auf einmal alles klar. *Sie* war das, wonach Malachai schon immer gesucht hatte. *Sie* war eine lebende Erinnerungshilfe. Deshalb beschützte er sie instinktiv. Deshalb hatte er nicht gewollt, dass sie hierherkam. Jac war die Verkörperung jener Objekte, nach denen er schon sein ganzes Leben lang forschte.

Jetzt musste sie sich entscheiden: Wollte sie diese Gedanken in aller Konsequenz akzeptieren oder davonlaufen? Sie hatte bereits zu viel Lebenszeit darauf vergeudet, Dingen aus dem Weg zu gehen. Dem Tod ihrer Mutter. Der Enttäuschung über ihren

Geliebten. Selbst ihrer Schwangerschaft, die sie sich nicht eingestanden hatte, bis sie eine Fehlgeburt erlitt.

Sie holte tief Luft und begann, Theo und Ash ihre Geschichte zu erzählen.

Fünfundvierzig

Jac und Robbie hatten beschlossen, noch ein paar Tage auf Jersey zu bleiben, bis Jac wieder gänzlich bei Kräften war. Und Minerva und Eva hatten darauf bestanden, sie weiterhin bei sich zu beherbergen.

Morgens nach dem Frühstück führte Jac erst ein Telefonat und fragte Robbie dann, ob er nicht einen Spaziergang mit ihr machen wolle.

Als sie den Pfad entlangschlenderten, der vom Haupthaus fort und in den Wald führte, fragte Jac ihren Bruder, wie Theo und Ash seiner Meinung nach mit ihrer Situation umgehen sollten. Am Abend davor, nachdem sie allen jene Geschichte erzählt hatte, die sie aus ihren unterschiedlichen Halluzinationen zusammengefügt hatte, hatte im Raum Totenstille geherrscht.

Dann stellten Minerva und Eva ihr Fragen. Doch von den Brüdern sprach keiner ein Wort. Schließlich verließ Theo die Versammlung mit einem in den Raum gemurmelten »Gute Nacht«. Ash humpelte nur wenige Minuten später aus dem Raum.

Keiner der Brüder war am Frühstückstisch aufgetaucht.

»Die beiden brauchen Zeit, um alles zu verdauen, was du ihnen erzählt hast«, sagte Robbie.

»Meinst du, sie glauben es?«

»Theo schon. Zumindest teilweise. Ash wird es auch irgendwann akzeptieren. Er ist noch zu entsetzt darüber, was er dir beinahe angetan hätte. Aber selbst einem Zyniker würde es schwerfallen, den Metallstern, den du in der Hand hattest, und das Muttermal von Gwenore, das dem von Naomi glich, als reinen Zufall abzustempeln.«

Der Pfad wand sich durch ein Wäldchen aus blaugrünen Pinien. Jac inhalierte den scharfen, harzigen Geruch. »Ich hoffe, sie werden damit klarkommen.«

»Das hoffe ich auch.« Robbie machte eine Pause. »Ich weiß jedenfalls, dass du es wirst«, sagte er dann und legte ihr den Arm um die Schulter.

So gingen sie weiter, bis Jac ihm wenige Minuten später erklärte, dass sie angekommen waren.

»Hier?« Robbie schaute sich um. Zunächst konnte er nichts erkennen und wirkte verwirrt. Dann bemerkte er das viktorianische Gebäude, das hinter einem Dickicht aus uralten Steineichen, Ulmen und Haselnussbäumen verborgen lag. »Was ist das?«, fragte er.

Jac betrachtete den anmutigen Efeu, der die Ziegelmauern emporkletterte und zahlreiche Fenster überwucherte. Sie fragte sich, ob Fantine den Efeu dort gepflanzt hatte und ob sie auch für die Wisteria-Rebe verantwortlich war. Hatten sich die Pflanzen zu ihren Lebzeiten übers Geländer gewunden, hatte sie mitangesehen, wie sie dem Dach entgegenstrebten?

»Komm, ich zeige es dir«, sagte sie.

Als sie nach dem Frühstück Ash angerufen hatte, erklärte er, er habe um zehn Uhr einen Arzttermin, aber sie dürfe Robbie selbstverständlich gern sein Haus zeigen. Er würde dafür sorgen, dass die Tür unverschlossen war. Vielleicht war der Arztbesuch nur eine Ausrede gewesen, aber selbst wenn, Jac konnte ihn verstehen.

Jac stieg die steinernen Treppen zur Haustür hoch. »Pierre Gaspard hat sich das Haus als Ausstellungsraum eingerichtet«, erklärte sie Robbie. »Er war Juwelier, arbeitete aber auch mit Glas. Nach seiner Hochzeit arbeitete seine Frau Fantine ebenfalls hier.« Als Jac den Türknauf berührte und das kühle Metall auf der Haut spürte, überkam sie das sonderbare Gefühl, nach Hause zu kommen.

»Fantine, die Frau im Tagebuch von Victor Hugo?«, fragte Robbie.

Jac nickte. Er hatte ihr gesagt, dass er die Aufzeichnungen während der beiden Tage gelesen hatte, in denen sie geschlafen hatte.

Jac führte Robbie ins Haus und erzählte ihm die Geschichte, die Ash ihr erzählt hatte. Wie es jahrzehntelang leergestanden hatte, bis er es renoviert und dabei die gesamte Einrichtung unbeschädigt vorgefunden hatte.

Obwohl sie diese Räumlichkeiten erst ein einziges Mal betreten hatte, fand sie den Weg ohne Zögern. Sie hatte fast den Eindruck, als hätte das Haus auf sie gewartet und wäre nun froh, dass sie kam. Die marokkanische Feuerstelle im Speisezimmer funkelte wie das Meer. Die aus Buntglas gefertigten Stehlampen im Wohnzimmer schienen sie willkommen zu heißen.

Schließlich erreichten sie den von grünen Glaswandleuchtern erhellten Korridor. Vor der dunklen Mahagonitür, die kunstvoll mit geschnitzten Blumengirlanden dekoriert war, konnte Jac schon einen Hauch dessen riechen, was sie dahinter erwartete.

»Hier arbeitete Fantine«, erklärte sie und öffnete die Tür. Der Duft quoll hervor und zog sie förmlich in das Zimmer hinein.

Ash hatte auch hier das Licht für sie angelassen. Die Hundertschaft kleiner Flaschen glänzte im Lampenlicht. Die durch das Fenster einfallende Sonne warf schimmernde Spiegelungen an die Decke und die Wände.

»Ash hat mir erzählt, dass Fantine hier beinahe siebzig Jahre lang Parfüms kreierte«, sagte Jac, »bis sie 1924 im Alter von vierundneunzig starb.«

»Es ist unserer Werkstatt zu Hause sehr ähnlich«, staunte er.

»Seltsam, das habe ich auch gleich gedacht.«

Robbie trat an die Duftorgel und setzte sich auf die Bank. Jac nahm neben ihm Platz.

»Schicker als unsere daheim«, sagte er und fuhr mit der Hand über die Gravuren.

»Ich könnte mir vorstellen, dass ihr Mann an den Verzierungen mitgewirkt hat. Sie passen zum Stil des restlichen Hauses.«

Robbie schnupperte in der Luft, genau wie sie es bei ihrem ersten Aufenthalt hier auch getan hatte. Heute erschien der Duft nach verblasster Vanille und Rose, nach Zitrone und Verbene sogar noch greifbarer als beim letzten Mal.

»Es ist wundervoll«, erklärte er.

»Ja, eine herrliche Signatur.« Sie nickte. »Es ist unvergesslich. So wie sie auch. Ich habe die Gaspards nach ihr gefragt. Wie ihr Geburtsname lautete. Wie die Parfümeursfamilie hieß, die sie weggeschickt hat. Niemand weiß es.«

Robbie musterte die kleinen braunen Fläschchen.

»Unglaublich, dass noch so viele Etiketten intakt sind«, sagte er. »Nach so langer Zeit.«

»Sie muss hier gesessen haben, um ihre Düfte zu komponieren.« Jac griff nach einem der Fläschchen, drehte die Kappe ab und beugte sich darüber, um daran zu riechen.

»Ash besitzt alle ihre Aufzeichnungen.« Sie stellte die Flasche ab, öffnete eine der Schreibtischschubladen und zog ein in grünes Wildleder gebundenes Heft heraus, auf dessen Vorderseite die goldenen Initialen FG eingestanzt waren. Sie reichte es Robbie.

»Ihre Rezepturen sind beeindruckend. Ich habe eine davon ausprobiert. Der Duft war so ausgewogen und facettenreich. Ash meinte, er würde uns unterstützen, falls wir an ihnen arbeiten wollen.«

»Uns?«

»Ich möchte mit dir nach Paris zurück, nach Hause«, antwortete sie. »Und ich möchte Fantines mysteriöse Bernsteinessenz mitnehmen. Sie verursacht meine Halluzinationen. Und ihre Rezepturen. *Perlmuttene Einsamkeit* und *Nächtlicher Smaragd*. Alle.«

Robbie lächelte.

»Ich möchte mit dir zusammen diese längst vergessenen Düfte wieder aufleben lassen.«

Und vielleicht würde sie bei dieser Arbeit begreifen, was es zu bedeuten hatte, dass sie die Vergangenheit eines anderen betreten und an seiner Stelle noch einmal durchleben konnte.

Malachai hatte recht gehabt, als er meinte, es sei gefährlich, herzukommen. Aber inmitten aller Gefahr hatte sie auch ein kostbares Geschenk gefunden: ihre Gabe. So hatte es Minerva doch genannt, oder? Und Eva hatte sie mit einem Band aus ihrer feinsten Seide gerettet. Jac würde Robbie brauchen, um zu lernen, wie sie diese Gabe richtig nutzen, wie sie sie akzeptieren konnte und, am allerwichtigsten, wie es ihr gelingen konnte, sie nicht länger zu fürchten.

In Gedanken versunken, wie sie war, fiel ihr erst jetzt auf, dass das Fläschchen, an dem sie roch, kein Etikett trug. Waren nicht ein paar unbeschriftete Etiketten in dem Schubfach gewesen, in dem sie bei ihrem ersten Besuch die Schleifenbänder gefunden hatte? Jac öffnete es und sah nach. Ja, da lagen sie neben einem Leimtopf, einem Federhalter und einem Tintenfass. Es war alles da, was sie brauchte.

Robbie blätterte noch immer in den Rezeptbüchern. »Du hast recht, die sind phantastisch«, sagte er.

Jac tauchte die Feder in die Tinte und schrieb den Namen der Essenz, die sie gerochen hatte, auf das leere Etikett. Sie schraubte den Leimtopf auf. Der Inhalt schien noch brauchbar zu sein. War das möglich? Nein. Irgendwann musste Ash diese Dinge erneuert haben. Über die Jahre hatte er sicherlich auch einige der Etiketten neu aufgeklebt.

»Mir gefallen die Namen, die sie ihren Düften gegeben hat«, sagte Robbie.

»Oh ja.«

Jac strich den Leim auf die Rückseite des Zettelchens und klebte das Etikett auf die Flasche. Anschließend hielt sie die Ecken fest, bis der Leim angetrocknet war.

»Jac, hast du das gesehen?« Robbie hatte das Notizbuch auf der letzten Seite aufgeschlagen.

Jac hielt das Etikett weiterhin fest und blickte auf die Stelle, auf die er zeigte. Das Tagebuch war in verblichener, schwarzer Tinte unterschrieben und datiert.

Fantine Gaspard, 16. Mai 1886.

Und unter dem Namen befand sich eine kleine Zeichnung mit den Initialen *L* und *E* in einer Mondsichel. Das Familienwappen des Hauses L'Étoile. Dasselbe Emblem, das auf jeder Parfümflasche zu finden war, die ihre Familie seit der Französischen Revolution hergestellt hatte. Verblüfft sahen die Geschwister einander an.

Der Leim war getrocknet, und Jac stellte die Flasche ab. Robbie wies auf das Etikett. »Jac, hast du das gerade geschrieben?«

Sie nickte. »Ja, natürlich. Wieso?«

»Das ist erstaunlich.«

Es war nur ein Wort. *Jacinthe.* Das französische Wort für das, was sie in der Flasche gerochen hatte: Hyazinthenessenz.

»Du meinst, dass es zufällig mein Name ist?«

Jac dachte an ihren liebevollen Großvater, der seiner Schwiegertochter am Geburtstag seines ersten Enkelkindes einen Strauß dunkelvioletter Hyazinthen gebracht hatte. Und daran, wie Audrey den Duft so geliebt hatte, dass sie ihre Tochter nach den Blumen benannte.

»Nein, nicht, dass es dein Name ist. Das könnte Zufall sein. Jeder Parfümeur benutzt Blumenessenzen.«

»Aber was dann?«

Er deutete nochmals auf das Etikett. »Sieh dir deine Handschrift an.«

Sie tat es.

»Und jetzt sieh dir die Handschrift auf den anderen Fläschchen an.« Er wies auf eine kleine, braune Flasche. Und dann auf eine zweite und eine dritte. Es war nichts Ungewöhnliches daran bis auf die Tatsache, dass sie alt waren. »Was meinst du?«, fragte sie.

»Deine Handschrift, Jac. Es ist die gleiche wie ihre. Genau die gleiche.«

Es stimmte.

In den Rundungen der Buchstaben konnte Jac endlich Fantine erkennen. Sah sie vor sich in den Ober- und Unterlängen. Eine frühere L'Étoile, die an dieser Orgel saß und Parfüms kreierte.

Düfte herzustellen lag Jac im Blut. Es war ihre Bestimmung, nicht nur ihr Familienerbe. Das, wozu sie geboren war. Wozu Fantine L'Étoile Gaspard geboren gewesen war.

Getrieben von dem Gefühl, nichts zu haben, wofür es sich zu leben lohnte, war Fantine beinahe im Meer ertrunken. Doch sie war vom Rand des Abgrunds zurückgekehrt und hatte all diese herrlichen Düfte erschaffen.

Jac fuhr mit den Fingerspitzen die Initialen im Notizbuch nach und dachte an die Worte des Mannes, der sie hierhergeführt hatte. Der, wie sie selbst und wie auch Fantine, etwas so Kostbares verloren hatte, dass er nicht sicher war, ob er den Verlust überleben würde. Und der sich am Ende doch für das Leben entschied.

Jede neue Geschichte beginnt mit einem Schauder der Erwartung. An ihrem Ausgangspunkt ahnen wir schon, wohin sie uns führen wird, doch was uns schaudern lässt, ist der unentdeckte Weg dorthin.

Anmerkungen

Pablo Picasso sagte einmal: »Kunst ist eine Lüge, die uns die Wahrheit begreifen lässt.« Wann immer es mir in diesem Roman möglich war, erzählte ich die Wahrheit, um meine Lüge begreifbar zu machen.

Vieles von Victor Hugos Biographie war tatsächlich so, wie es in diesem Buch geschildert wird.

Seine geliebte Tochter ertrank, und er erfuhr die Nachricht ihres Todes, wie ich es beschrieben habe. Er gehörte zusammen mit Dumas und Baudelaire einem Haschisch-Klub an. Er ging auf der Insel Jersey ins Exil und lebte in *Marine Terrace*.

Beschreibungen seiner täglichen Routinen, seiner Ehefrau, seiner Geliebten, seiner Schreibarbeit, seines Familienlebens, seiner Haustiere, seines Glaubens an die Reinkarnation und seiner Teilnahme an mehr als einhundert Séancen basieren auf seinen Briefen und auf Gesprächen, die er eigenhändig transkribierte. Die Séancen begannen aus seinem verzweifelten Wunsch heraus, zu erfahren, ob seine Tochter in Frieden ruhte. Und sie dauerten an, weil er, wie er sagte, von der Welt der Geister besessen wurde.

Victor Hugo behauptete, mit sämtlichen Personen gesprochen zu haben, die ich in diesem Buch erwähne – Jesus, Napoleon, Dante, Shakespeare und vor allem mit dem Geist, den er den

Schatten aus dem Grabe nannte. Hugo erklärte, der Schatten habe ihn aufgefordert, ein Gedicht zu schreiben, um ihn als erleuchtetes Wesen statt als Macht des Bösen darzustellen, und 1859 verfasste Hugo tatsächlich »*La Fin de Satan*« (Das Ende Satans).

Und hier enden die Fakten und beginnt meine Fiktion. Der spezielle Handel, den der Schatten Hugo anbot, ist nirgends dokumentiert.

Fantine Gaspard ist ebenfalls meine Erfindung. Hugos Geliebte war tatsächlich in einem Haus untergebracht, das von seinem Familienhaus zu Fuß erreichbar war, und Juliette beschäftigte tatsächlich Diener, deren Namen aber unbekannt blieben.

Jersey selbst wurde mithilfe meines wunderbaren Führers und Photografen Peter Webb lebendig. Sollten Sie sich irgendwann als Reisende auf den Kanalinseln wiederfinden, kontaktieren Sie ihn, und lassen Sie sich von ihm die geheimnisvollen Höhlen und Sehenswürdigkeiten dieser reizenden und unvergesslichen Insel zeigen, die in Wirklichkeit noch viel herrlicher ist, als man sie in einem Buch beschreiben kann.

Die Kelten bewohnten Jersey vor Tausenden von Jahren; sichtbare Belege dafür sind überall zu entdecken. Die Dolmen und Menhire und Ganggräber, die ich beschreibe, existieren zum größten Teil tatsächlich. Diese steinzeitlichen Monumente wurden bis 4800 v.Chr. zurückdatiert. Das Volk der Kelten praktizierte noch den schaurigen Kult der Menschenopfer.

Was in Victor Hugos Höhle entdeckt wird, ist frei erfunden. Aber das Foto, das Jac den entscheidenden Hinweis auf den Höhleneingang liefert, gibt es wirklich. Hugos Sohn machte dieses Bild von seinem Vater, und es bleibt eines der eindrucksvollsten Porträts des großartigen Schriftstellers, Dichters und Staatsmannes. Hugo war ein Genie – einer der kreativsten und wichtigsten Schriftsteller seiner Zeit, vielleicht aller Zeiten, und war mir über die letzten Jahre nicht nur ein großzügiger Ratgeber, sondern eine sehr, sehr wertvolle Inspiration.

Nachbemerkung der Autorin

Ich liebe Herausforderungen, aber die Geschichte von Victor Hugos Séancen in seiner eigenen Stimme zu erzählen – welcher wilde Affe hatte mich da gebissen? Sicherlich war es Wahnsinn, es überhaupt zu versuchen.

Ich mache mir keine literarischen Illusionen, sondern hatte mich einfach in Hugos Geschichte verliebt und wollte sie erzählen. Mich faszinierte, wie viel über sein Leben als Staatsmann, Dichter und Autor des *Glöckners von Nôtre-Dame* und *Les Misérables*, wie wenig jedoch über einen bestimmten Aspekt seines Privatlebens geschrieben worden war: seine Experimente mit Haschisch, seine Beschäftigung mit Reinkarnation und die mehr als einhundert Séancen, die er während seiner zwei Lebensjahre auf der Insel Jersey durchgeführt hatte.

Während meiner Recherchen habe ich nicht ein einziges Mal daran gedacht, dass ich ja seine Stimme finden musste, um zu erzählen, wie er durch die Geisterwelt verführt wurde.

Da saß ich nun vor einem Computer, endlich bereit, loszuschreiben, und versuchte, ein Genie aus der Mitte des 19. Jahrhunderts heraufzubeschwören. Wochenlang war ich völlig ratlos.

Dann hatte ich eine Offenbarung. Ich musste das Genie nicht heraufbeschwören, sondern nur den Mann. Ich hatte Hugos Briefe gelesen. Wusste, dass sich die Eloquenz und Brillanz seiner Werke nicht immer in seinen Briefen wiederfand. Manchmal war er ein außergewöhnlicher Mann, der seinen Freunden und Verwandten ganz gewöhnliche Dinge sagte. Das war der Victor Hugo, den ich finden musste. Der Victor Hugo, der einem Freund eine Geschichte erzählte; der nicht für die Ewigkeit schrieb; der nicht versuchte, brillant zu sein – nur versuchte, eine unverständliche, verstörende Phase seines Lebens zu verstehen.

Aber noch immer gelang es mir nicht. Die kalte Tastatur, das mechanische Klicken der Buchstaben, die Symbole am oberen Bildschirmrand – all das bildete einen tiefen Abgrund zwischen mir und dem Mann, den ich heraufbeschwören wollte. Ich beschloss, dass schon der bloße Versuch eine Anmaßung war.

Und dennoch konnte ich nicht aufgeben.

C.G. Jung war der Ansicht, dass Zufälle oft überhaupt keine Zufälle sind. Eines Tages stand ich frustriert von meinem Schreibtisch auf und stieß dabei ein Glas voller Stifte um. Einer davon war ein Füllfederhalter. Er rollte über den Schreibtisch und landete auf dem Computer. Einen Moment lang starrte ich ihn an. Was wäre, wenn …

Ich holte ein Tintenfass, füllte den Stift, zog ein einfaches Notizbuch hervor und begann zu schreiben. Nicht so, wie *ich* gewöhnlich schreibe, an einem Computer, sondern wie Victor Hugo vor mehr als einhundertfünfzig Jahren geschrieben haben muss. Mit Feder und Papier. Ich machte mich ans Werk. Und als die Tinte zu fließen begann … flossen die Worte.

Ich erinnere mich nicht daran, dieses Buch geschrieben zu haben. Jeden Tag, wenn ich mich hinsetzte und meinen Füllfederhalter hervorholte, verschwand ich in der Welt des Romans. Drei Notizbücher und 122 833 Wörter später war dieser Roman abgeschlossen. Dies ist der erste Roman, den ich per Hand geschrieben habe. Vielleicht der letzte. Definitiv war es eine der faszinierendsten Reisen, die ich je unternommen habe. Ich hoffe sehr, dass es für Sie eine ebenso faszinierende Lektüre wird.

Danksagung

Ich danke Sarah Durand: Ich kann mich glücklich schätzen, dich als Verlegerin zu haben. Du bist unglaublich und klug und verstehst es, mich voranzutreiben, ohne mir jemals das Gefühl zu geben, getrieben zu werden. Danke für deine Hilfe, dein Vertrauen und deinen Enthusiasmus.

Der wundervollen Marketing- und PR-Abteilung, speziell Hillary Tisman, Lisa Sciambra, Cristina Suarez und Paul Olsewski.

Mit von Herzen kommender Wertschätzung Judith Curr für ihre Weitsicht und Führung, und Carolyn Reidy für ihre Weisheit und Unterstützung.

Und allen anderen bei *Atria Books* – angefangen bei der Graphikabteilung (die solch wunderbare Cover erstellt) bis zu den Verkaufsleuten, die meine Bücher in die Läden bringen – dieser Roman ist ein Teamprodukt, und ich bin glücklich, euch alle in meinem Dream-Team zu haben.

Dan Conaway, meinem Agenten/Ritter in glänzender Rüstung. Du hast mich nie im Stich gelassen und verstehst es immer, mich aufzurichten. Simon Leskar, Amy Berkow, Maja Nikolic, Steven Barr, Katie Zanecchia und dem Rest von *Writers House* – einfach der besten Agentur der Welt.

Douglas Clegg, Lisa Tucker und Steve Berry, weil sie immer

da sind, wenn ich glaube, alles vergessen zu haben, was ich je über das Schreiben gelernt habe – weil sie mich daran erinnern, dass es immer so schwer ist! Randy Susan Meyers, Jenn Risko und Linda Francis Lee – meinen Freundinnen, die nicht nur lustig, sondern auch weise, wundervoll und fast schon übertrieben großzügig sind.

Amy Bruno, Emily Faust, Sunil Kumar und Vicky Van Valkenburgh, die mir so unermüdlich und so kreativ bei so vielen Dingen helfen – mal hinter verschlossenen Türen, mal in der Öffentlichkeit. Megan Mitzel und allen anderen freundlichen Helfern bei *Blogads,* sowie all den Bloggern, die mir eine große Unterstützung sind. Ich danke den wunderbaren Menschen auf Facebook und Twitter und Goodreads und Pinterest, die meine Bücher empfehlen – das ist wichtig und bleibt nicht unbemerkt.

Natürlich meiner Familie: meinem Vater und Ellie (meiner speziellen Cheerleaderin), den Kulicks, Mara Gleckle (auch ohne Blutsbande gehörst du zur Familie) und Doug Scofield, der jeden Tag zu etwas Wertvollem macht.

Und jedem einzelnen Buchhändler und allen Bibliothekaren und allen Lesern fürs Lagern, Verkaufen und Erwerben meiner Bücher, was es mir ermöglicht, den aufregenden Weg einer Autorin zu beschreiten.

Das Zitat auf Seite 5 ist folgender Ausgabe entnommen:
Victor Hugo, die Elenden – les Misérables. Aus dem Französischen von Paul Wiegler und Wolfgang Günther.
Volk und Welt, Berlin 1996.